视角与方法

中国文学史探索

蒋寅 / 著

北京大学出版社
PEKING UNIVERSITY PRESS

图书在版编目(CIP)数据

视角与方法:中国文学史探索/蒋寅著.—北京:北京大学出版社,2018.11
ISBN 978-7-301-29923-4

Ⅰ.①视… Ⅱ.①蒋… Ⅲ.①中国文学—文学史研究 Ⅳ.①I209

中国版本图书馆 CIP 数据核字(2018)第 223614 号

书　　　名	视角与方法:中国文学史探索 SHIJIAO YU FANGFA: ZHONGGUO WENXUESHI TANSUO
著作责任者	蒋　寅　著
责任编辑	吴　敏
标准书号	ISBN 978-7-301-29923-4
出版发行	北京大学出版社
地　　　址	北京市海淀区成府路 205 号　100871
网　　　址	http://www.pup.cn　新浪微博:@北京大学出版社
电子信箱	pkuwsz@126.com
电　　　话	邮购部 010-62752015　发行部 010-62750672 编辑部 010-62757065
印　刷　者	北京中科印刷有限公司
经　销　者	新华书店 965 毫米 × 1300 毫米　16 开本　48.25 印张　602 千字 2018 年 11 月第 1 版　2018 年 11 月第 1 次印刷
定　　　价	128.00 元

未经许可,不得以任何方式复制或抄袭本书之部分或全部内容。
版权所有,侵权必究
举报电话:010-62752024　电子信箱:fd@pup.pku.edu.cn
图书如有印装质量问题,请与出版部联系,电话:010-62756370

目 录

自 序 …………………………………………………………… 1

一 古典文学的精神史意义及其研究 ……………………………… 1
   1. 历史学中的精神史研究 ……………………………………… 1
   2. 文学的精神史意义 …………………………………………… 12
   3. 文学研究中的精神史取向 …………………………………… 22

二 基于文化类型的文学史分期论 ………………………………… 32
   1. 为什么要再尝试文学史分期 ………………………………… 32
   2. 基于文化类型作文学史分期的可行性 ……………………… 37
   3. 上古：贵族文化阶段的文学 ………………………………… 43
   4. 中古：士族文化阶段的文学 ………………………………… 49
   5. 近古：庶民文化阶段的文学 ………………………………… 57
   6. 由文化视角看到的文学演变轨迹 …………………………… 73

三 20世纪文学史学反思 …………………………………………… 76
   1. "重写文学史"口号的提出 …………………………………… 76
   2. 走向文学史学的步履 ………………………………………… 77
   3. 文学史学的成果检阅 ………………………………………… 82
   4. 对文学史学的两点思考 ……………………………………… 91

四 关于中国古代文章学理论体系
　　——从《文心雕龙》谈起 ……………………… 95
　　1. 《文心雕龙》的体系结构 …………………… 95
　　2. 中国古代的文章学理论体系 ………………… 99
　　3. 深刻的历史原因 …………………………… 104

五 从目录学看古代小说观念的演变
　　——兼谈目录学与文学的关系 ………………… 116
　　1. 目录学与文学研究 ………………………… 116
　　2. 目录中的小说 ……………………………… 119
　　3. 《新唐书·艺文志》的小说家 ……………… 124

六 一种更真实的人地关系与文学生态
　　——中国古代流寓文学引论 …………………… 130
　　1. 人与地 ……………………………………… 130
　　2. 隔阂与疏离 ………………………………… 131
　　3. 怡情与融入 ………………………………… 136
　　4. 流寓作为文化记忆 ………………………… 138
　　5. 地域文学研究的新视角 …………………… 142

七 作为文学原型的精卫神话 ………………… 147
　　1. 精卫神话在唐前的流传 …………………… 147
　　2. 唐代文学中的精卫形象 …………………… 155
　　3. 精卫形象的特定精神内涵 ………………… 161

八 《左传》和《战国策》说辞的比较研究
　　——兼论春秋、战国的不同文化性格 ………… 170
　　1. 两种风格的说辞 …………………………… 171
　　2. 两种文化的更迭 …………………………… 183
　　3. 两种理想的追求 …………………………… 190

九 理想的冲突与悲剧的超越
　　——心态史上的屈原 ·················· 194
　　1. 不可调和的心灵冲突 ·················· 195
　　2. 自杀作为生命的一种选择 ·················· 204
　　3. 个人与宗族一体化关系的解除 ·················· 209

十 超越之场：山水对于谢灵运的意义
　　——谢灵运与山水诗的关系再检讨 ·················· 215
　　1. 从感事到感物 ·················· 215
　　2. 玄言诗：山水的哲学意味 ·················· 217
　　3. 游览诗：精神超越之场 ·················· 223
　　4. 山水：自由的象征性占有 ·················· 231

十一 吏隐：大历诗人对谢朓的接受 ·················· 238
　　1. 大历诗中的谢朓形象 ·················· 239
　　2. 谢朓诗中的吏隐主题 ·················· 246
　　3. 大历诗人接受谢朓的心理氛围 ·················· 251
　　4. 吏隐作为生活方式及其文化背景 ·················· 260

十二 古典诗歌中的"吏隐"
　　——一个传统观念及诗歌话语的形成 ·················· 267
　　1. 有关"隐"之种种名目 ·················· 268
　　2. 吏隐的含义 ·················· 274
　　3. 吏隐的动机 ·················· 278
　　4. 吏隐实现之前提 ·················· 282

十三 一个历史定论的检验与翻案
　　——张正见诗歌平议 ·················· 286
　　1. 被诗史遗忘的诗人 ·················· 286
　　2. 张正见诗的时代特征 ·················· 288

3. 张正见诗的缺陷 ………………………………… 296

十四　反抗·委顺·淡忘
　　——李白、杜甫、苏轼的时间意识及其思想渊源 ………… 299
　　1. 三首诗中的时间感觉 …………………………… 301
　　2. 李白与杜甫的时间意识 ………………………… 303
　　3. 苏东坡诗中时间意识的变化 …………………… 308

十五　杜甫与中国诗歌美学的老境 ……………………… 315
　　1. "老"与杜甫的诗歌批评 ………………………… 316
　　2. 由生命体验到美学趣味 ………………………… 318
　　3. 杜甫写作的老境 ………………………………… 321
　　4. 老境的两个层面 ………………………………… 324
　　5. "老"的发现与表现 ……………………………… 328
　　6. "老"眼观杜诗 …………………………………… 331

十六　绝望与觉悟的隐喻
　　——杜甫一组咏枯病树诗论析 ……………………… 339
　　1. 引言 ……………………………………………… 339
　　2. 一组独特的咏物之作 …………………………… 341
　　3. 从个体到群体命运的幻灭 ……………………… 344
　　4. 王朝信念的绝望 ………………………………… 347
　　5. "文章千古事"的觉悟 …………………………… 350

十七　杜甫是伟大诗人吗？
　　——历代贬杜论的谱系 ……………………………… 353
　　1. 宋人的非杜之论 ………………………………… 355
　　2. 明代诗家对杜诗的批评 ………………………… 358
　　3. 清人对杜诗的批评 ……………………………… 364

4. 专业化的批评眼光 ………………………………… 374
　　5. 对具体作品的批评 ………………………………… 384

十八　权德舆与贞元后期诗风……………………………… 391
　　1. 贞元八年的诗史意义 ……………………………… 393
　　2. 新文坛盟主的诞生 ………………………………… 401
　　3. 反抗日常经验与游戏化 …………………………… 408
　　4. 权德舆与中唐诗坛 ………………………………… 413

十九　走向情景交融的诗史进程…………………………… 417
　　1. 走向情景交融：动机与取境 ……………………… 418
　　2. 以佛学为中介的思维转换：观物、观心与境 …… 425
　　3. 艺术表现的自觉：移情·烘托·象征 …………… 432

二十　被批评史忽略的批评
　　　——作为批评家的严羽………………………………… 441
　　1. 由对诗歌本质的理解确立批评观念 ……………… 443
　　2. 以对诗歌艺术特性的掌握作为批评标准 ………… 446
　　3. 基于诗歌艺术批评的诗史眼光 …………………… 450
　　4. 严羽批评的失误 …………………………………… 454

二十一　陆游的沉寂和走红
　　　——明清两代对陆游诗歌的接受……………………… 456
　　1. 陆游在明清之际的浮沉 …………………………… 456
　　2. 来自程孟阳的影响 ………………………………… 460
　　3. 钱谦益对陆游的接受 ……………………………… 470
　　4. 陆游诗歌的持续流行 ……………………………… 476

二十二　科举阴影中的明清文学生态……………………… 482
　　1. 明清科举与士风 …………………………………… 484

2. 清人对八股取士制度的批判 …………………… 489
  3. 时文与传统文学的分流 ………………………… 496
  4. 举业对文学写作的具体影响 …………………… 504
  5. 寻求时文与文章的内在沟通 …………………… 511

二十三 李攀龙《唐诗选》在日本的流传和影响
　　　　——日本接受中国文学的一个侧面 …………… 521
  1.关于《唐诗选》的版本 …………………………… 522
  2.《唐诗选》的价值与真伪 ………………………… 527
  3. 蘐园诸子对《唐诗选》流行的决定作用 ………… 534
  4. 蘐园诸子为何推崇《唐诗选》 …………………… 541
  5.《唐诗选》的社会需求和嵩山房的成功 ………… 544

二十四 清代诗学与地域文学传统的建构 ……………… 549
  1. 地域文化和地域文学的发展 …………………… 549
  2. 清代风俗论和文论中的地域意识 ……………… 554
  3. 地域文学传统的自觉和建构 …………………… 559
  4. 诗论中的地域差异与地域传统意识 …………… 564

二十五 叶燮的文学史观 ………………………………… 574
  1. 诗史观与文学史观 ……………………………… 574
  2. 作论之体:《原诗》的理论品位 ………………… 576
  3. 诗史发展观:周期论和阶段论 ………………… 581
  4. 诗史动力论:自律与变 ………………………… 592

二十六 乾隆二十二年功令试诗对清代诗学的影响 …… 600
  1. 乾隆二十二年功令试诗的影响 ………………… 601
  2. 功令试诗与试帖诗的编纂、出版 ……………… 607
  3. 功令试诗与蒙学诗法的勃兴 …………………… 614
  4. 试帖诗学与一般诗学的互动 …………………… 618

二十七　乾嘉之际诗歌自我表现观念的极端化倾向
　　——以张问陶的诗论为中心 …………………………… 634
1. 张问陶的诗生活 ………………………………………… 635
2. 船山诗歌观念的微妙变化 ……………………………… 643
3. 诗歌观念变革的号角 …………………………………… 654

二十八　诗学、文章学话语的沟通与桐城派诗歌理论的系统化
　　——方东树诗学的历史贡献 ………………………… 662
1. 诗学原理 ………………………………………………… 665
2. 诗学话语 ………………………………………………… 670
3. 诗歌写作理论 …………………………………………… 679
4. 诗歌批评理论 …………………………………………… 685
5. 取法路径 ………………………………………………… 692

二十九　旧学新知：李审言与《文选》学
　　——一种意识超前的文学研究 ……………………… 699
1. 李审言其人其学 ………………………………………… 699
2. 李审言的《文选》研究 ………………………………… 710
3. 超前的文学研究意识 …………………………………… 720
4. 李审言与扬州学派的文学观念 ………………………… 725

三十　古典诗歌传统的断裂与承续
　　——中国现代诗歌中的传统因子 …………………… 733
1. 现代诗歌与诗歌传统的关系 …………………………… 733
2. 现代诗歌中的传统因子 ………………………………… 739
3. 徐志摩诗歌中的传统因子 ……………………………… 748
4. 余论 ……………………………………………………… 752

自　序

　　这部论集副标题题名为"中国文学史探索",不是意在夸耀我的学术野心之大或宣称自己的研究涉猎之广,而只是想说明我多年研究古典文学一直秉持的态度和理念。我本科就读于扬州师院中文系,大二始有志于古典文学,兴趣主要在诗歌,但平时阅读没什么特定范围。本科时写过三篇论文,一是《〈典论·论文〉再评价》,二是《读〈读袁枚随园诗话札记〉——与郭沫若先生商榷》,三是《绝句起源说》,虽都属于商榷文章,但内容跨汉魏、六朝和清代。为写《〈典论·论文〉再评价》一文,我曾读了能找到的所有建安文史文献,初步品尝到研究文学史探赜索隐的乐趣。1982年考取广西师范学院中文系硕士生,专业方向是中国文学史。授业导师有曹淑智、陈振寰(和年)、周满江、张葆全、黄立业、胡光舟诸先生,这些老师受业于冯振、夏承焘、朱东润、王力等前辈耆宿,格外重视打基础,课程主要是先秦典籍,旁及文字音韵、版本目录及文史工具书使用等专题。每门课程都要写读书报告,形式不拘,要之以独立思考、有新意为原则。我的《诗经》作业是一组训诂札记,诸子作业是论老子哲学的唯物主义倾向,杜诗作业是论《杜诗详注》注释体例之得失,目录学作业是《从目录学看古代小说观念的演变》。周满江老师的《周易》课,每人指定读一部古注,并参读今人高亨、李镜池两家新注。我分到李鼎祚《周易集解》,便以此本为基础,参酌他书做了一部集解,写满厚厚的一册笔记本。至今那本作业我还保存着,每当整理东西看到，都会感念自己今天能从事古典文学研究，全然得益于老师们的严格训练；同时又不得不感慨，我现在无法为研究生开出这些课程。即使能开，学生们也不可能像我们当年那样从容地读书。我给硕士生、博士生开的必读书目流传在网上，读者反映都是数量太大，甚至怀疑我自己是否都看过那些书。我觉得很悲哀，除了后出的新著，那些书多半我在大学期间即已读过，硕士生阶段基本已读完。眼下的学习环境和学习风气，与三十年前浑如隔世。那个时候，老师的严格和学生的勤奋，都是今天难以想象的。

如果不是考上程千帆先生的博士生，我或许就按自己的兴趣向文献考据方向发展，主要从事唐代诗歌文献考证和作家研究了。程先生的学术博雅贯通，不拘一隅，培养学生也提出博学通识的要求，以打通古今相期勉。六门博士课程为《诗经》《楚辞》《左传》《庄子》《史记》和《文心雕龙》，仍以先秦典籍为主，但增加了历史和文学理论的内容。我的作业也不再局限于本书，而努力追求通观。《诗经》作业是论忧患意识，一直推广到中外民族性格的比较；《楚辞》作业是胡文英《屈骚指掌》述评，涉及清代学术；《庄子》作业是比较研究老、庄两家的认识论；《左传》作业则是程先生出的题目，做《左传》和《战国策》说辞的比较研究，最后归结于雅和辩两种文化精神的表征；《史记》作业写司马迁的讽刺笔法；《文心雕龙》作业是由《文心雕龙》看中国古代文章学体系，从全书结构推广到历代文章总集的分类，说明《文心雕龙》是中国古代文章学理论体系的代表性著作。除了《庄子》和《史记》两篇作业自觉未能超越前辈而不曾投稿，其余都陆续在期刊发表。《文心雕龙》作业写成，正值《文学遗产》开辟"宏观研究"征文栏目，程先生将它推荐给编辑部，幸以"关于中国古代文章学理论体系"为题发表在1986年第6期上，并被《中国人民大学复印报刊资料》1987年第3期全文转载。《论〈诗经〉的忧患意识》《〈左传〉与〈战国策〉说辞的比较研究》也分别在《文学评论丛刊》和《南京大学学报》发表。这对我的学习和研究都是莫大的激励,从此我的研究便一直是在文学史的视野中展开,从博士论文选择的大历诗歌研究到近年从事的清代诗学史撰写,尽管我的多数论著都限于诗学范畴,但我经常意识到自己是在做文学史的建构,并自觉地从观念、范围和方法各个层面将自己所从事的工作提升到文学史研究的层次。

这种意识和定位其实从我最初涉足建安文学和绝句起源研究时便已略有体会。我开始认识到文学与历史、文化的大背景密不可分,对文学现象作为历史事件和过程的本质属性也有一点朦胧的意识。博士论文以大历诗风为研究课题,处理两个高峰之间的低谷,发掘一段历来不甚重视的诗史过程,乃是真正意义上的文学史研究。进入中国社会科学院文学所工作后,我受吴庚舜先生嘱托,承担《唐代文学史》下卷第一章的撰写,博士论文《大历诗风》的研究成果很快就融入中唐前期文学史的叙述之中,让我更深刻地体会到专题研究与文学史整体认知一体两面的关系,并引发对文学史理论的深入思考。因此,在20世纪80年代末"重写文学史"的浪潮中,我也是个积极关注者和参与者,尤其关注文学繁荣原因的讨论,撰有《一代有一代之文学》(《文学遗产》1994年第5期),以唐诗为例剖析文学繁荣的内部和外部机制。"新三论"(系统论、信息论、控制论)的熏陶,让我彻底放弃历史决定论的思维模式,逐渐确立起与后现代史学观念相通的历史观。1997年我受聘为京都大学研究生院客座教授,参与川合康三先生主持的"中国的文学史观"合作课题,在课题组的讨论会上报告《近年中国大陆"文学史学"鸟瞰》一文,对当时文学史理论中流行的决定论思维模式提出了质疑,后来发表于《文艺理论研究》1999年第2期。随着我的研究由唐代诗歌转向清代诗学,经常在长时段的视野中思考文学史问题,我越来越关注文学史研究的理论问题,同时留意古人有关文学史的理论思考。

《叶燮的文学史观》《基于文化类型的文学史分期论》是两篇有代表性的论文，集中阐述了我对文学史分期和演进动力的一些思考。一度还曾有过撰述中国文学史理论的想法，但很快就看到董乃斌、陈伯海、刘扬忠三位前辈撰写的《中国文学史学史》，深感自己还需要做更多的理论和资料准备才能措手。这样，我就一边做清代诗学史研究，一边搜集古代文学史理论的资料，同时一个一个地处理不断遇到的文学史问题，慢慢就积聚了这部论集收入的大部分篇章。而书名题作"视角与方法——中国文学史探索"，确实是希望与学界同道分享我对文学史研究观念、方法和视角的一些理解。

具体说来，我在观念上首先倾向于将文学形式与所表达的思想、情感内容分开来研究。不用说，这两者当然是互为倚赖、互相关联的，但根本上两者又各自构成自己的历史，那就是文学史和精神史。2003年我与刘扬忠先生共同主持的中国社会科学院重大课题"古典文学与华夏民族精神的建构"，正是基于这一信念。华夏民族精神和古贤的思想感情的确是文学表现的重要内容，但从精神史的角度说，文学只是它的一种依托形式；反过来说，文学虽始终在表现这些内容，但文学并不以此为全部目标、全部功能，文学也有着自身的目标和演进的历史，这就是文体学和修辞学关注的内容。近年以吴承学教授为代表的文体学研究的长足发展，正是对长久以来文学史研究重视思想内容而轻忽艺术表现的有力反拨。

在研究方法上，我首先重视文学史过程的研究。长期以来，我们的文学史研究仿佛是一张以重要作家和文学群体、流派为站点的列车时刻表，只有到达地点和时间，不清楚经过的具体路程。我最初阅读唐诗研究文献，得到的就是这种印象，初唐四杰、李杜、王孟、韩孟、元白、小李杜，都是一个一个车站，文学史论著告诉我们，他们各自有什么特点，代表着什么样的创作倾向，但期间的变化是怎么发生的，如何走到这一步的,却语焉不详。尤其是从盛唐到叶燮称之为"百代之中"的中唐,期间发生了什么重要转变、过程如何,都没有被深究,几十年的诗歌史在文学史中一笔带过。如果说在研究大历诗之前,我更多的是困惑,那么在完成《大历诗风》和《大历诗人研究》之后,我就坚定了文学史研究必须深入过程的信念。在《王渔洋与康熙诗坛》的绪论中,我正式提出"进入过程的文学史研究",作为自己的方法论主张。文章发表后,颇为学界同道引述赞同。我自己倒不觉得是什么创见,觉得只是文学史研究的题中应有之义,也即吴相洲兄在一次会议上说的"提高像素"的意思。在古代文论研究中,我又将此意表述为"理论问题的历史化",并在一系列古典诗学概念和命题的研究中付诸实践。在我看来,古代文论的理论内涵和价值只有放到特定的历史语境中,理清历史演进的过程,才能较清楚地认识;古代文论的概念和命题也只有明了其历史源流,才能较全面地把握其丰富的内涵,较恰当地评价其理论价值和贡献。这方面的论文都已收入《古典诗学的现代诠释》及将要出版的续编中,本集不曾收录。

在学术视野上,我虽然很赞同陶文鹏先生"文学研究者别为其他学科打工"的说法,但还是认为文学研究具备文化视野是非常必要的。上世纪 90 年代,当文化研究的热潮席卷学界时,我曾对当时盛行的文化研究方法不以为然,觉得许多论著使文学沦为文化研究的素材,丧失了文学研究的本位。但没多久,我就觉察到自己的论著其实也总是在为文学问题寻求文化诠释。因为我越来越深切地认识到,文学研究只能说明文学本身的状态和因革、变化,而无法提供相应的因果诠释。换言之,在学术研究的三个 W 中,文学研究只能说明"是什么"和"怎么样",而不能解决"为什么"的问题。好比大历诗,文学研究可以说明它与盛唐诗有什么不同,这些变化好不好,但无法阐明为什么会出现这些变化,变化的动因必须到社会的变化、作家观念的变化中去寻找。说到底,文学是文化的一个子系统,它的变化取决于文化系统的制约作用。所以文学的问题,最后都需要到文化中去寻求解释。基于这一理念,我越来越清楚地认识到,文学史分期与文化史演进的阶段性密切相关。为此我撰写了《基于文化类型的文学史分期论》一文,提出上述假说并据以尝试新的文学史分期,希望以后我能有机会将这种分期法付诸实践,编一套新型的中国文学通史。

从事古典文学研究近四十年,我对文学史的探索大体立足于这样三个基本点。鹧鹈饮河,冷暖自知。但在实际研究中,我其实一直将视角与方法等同于理论,以为任何视角和方法都出于理论的导向,比如有了原型理论,才有对神话角色原型意义的研究;有了后现代史学"历史即是叙述"的理论,才有对陶渊明传记和形象的重新理解;有了接受美学,才有对大历诗人接受谢朓、钱谦益接受陆游的考察;有了经典化理论,才会留意历代杜诗评论中的负面意见;有了现代性理论,才有韩愈评价中超出诗学层面的美学省思;有了比较文学理论,才有中日诗坛对李攀龙《唐诗选》态度的比较;有了互文性理论,才有对王渔洋藏书的关注。所有这些异于传统研究模式的研究都建立在一种新的理论平台上。这就是我认定方法即理论的理由。每逢有年轻学人向我咨询研究方法,我都答以理论即是方法,有理论即有方法。至于如何运用理论,则如古语所云"神而明之,存乎其人"。而更为前提的问题是发现问题,有了问题才谈得上理论和方法。如何发现问题,没有什么验方和捷径,唯有多读原典,多读文献。有了真正的问题,思过半矣。

2016年夏,蒙老友戴伟华学长引荐,我受聘到华南师范大学文学院任教。乐数晨夕之余,伟华兄勉励我将历年未结集的论文编个集子,遂有本书的选编。这里所收的多为相对独立、最初并不是为研究课题而撰写的一些论文,内容涉及四个方面:一是有关中国文学史基本理论、基本观念的探讨,二是对具体文学史问题的分析,三是对个别作家文学史意义的揭示,四是关于文学影响和接受的研究。由于内容比较庞杂,涉及文学史研究的诸多方面,姑冠以文学史探索之名。事实上,这些论文无论探讨的是否为文学史问题,我选题的出发点和讨论旨趣都是着眼于文学史的,希望阐述文学史的某些具体事项或理论问题。比如《被批评史忽略的批评》一篇,虽以论述严羽的诗歌批评为主旨,但其中探讨的主要是严羽作为文学史家的眼光和理论贡献。类似的论文还有《叶燮的文学史观》,也是从叶燮的诗学理论来看他的文学史观念。

本集所收的论文,最早的是《从目录学看古代小说观念的演变》,是从胡光舟受业的目录学课程作业,多年后经修改增订而发表;其次是《〈左传〉和〈战国策〉说辞的比较研究》和《关于中国古代文章学理论体系》,是在南京大学读博士时《战国策》《文心雕龙》两门课的作业,分别为程千帆先生和周勋初先生指导,读书期间就发表了。《关于中国古代文章学理论体系》在《文学遗产》发表时,因技术原因删去了我花费很多精力绘制的附表,而且未保存原稿,以至于现在只能根据幸存的草稿重新整理,比原本可能少了两三种书,只记得其中有朱荃载的《文通》。之所以将这些少作收入本集,是因为其中提出的问题和结论至今还有点参考价值,新刊的文学史著作和论文时有征引,敝帚自珍只是部分理由。其余的论文都是进文学所后所撰,无非是在读书和研究中发现问题,遂在电脑里立项,然后不断积累资料,最终因某些机缘比如参加学术会议而一气写成。业师程千帆、周勋初两夫子都很强调写论文,因为论文从问题提出到思考路径往往有非常个人化的特点,较专著更多新义。而我一向是习惯于在论文的基础上形成专著的,本集所收的论文只有一部分融入专著,为此我很乐意编这个集子,以就正于学界同道。2009年蒙同门于景祥兄厚爱,我曾在辽海出版社出版《金陵生文学史论集》,印数无多,今已脱销,借这个机会将其中论文修订收入,也是让我非常愉快的事。最后,感谢戴伟华教授提出如此有价值的建议,感谢徐丹丽博士再度为拙著的出版付出努力!他们的建议和努力使我在还历之年获得一个回顾自己的学术历程、检阅自己的粗浅成果的机会,激励自己在有涯之生继续探索古典文学的无穷奥秘。

一　古典文学的精神史意义及其研究

1. 历史学中的精神史研究

历史是过去所发生的事件的遗留和记录，在很长时间内，人们对历史的观念就是如此，着眼于事实的记录，即《剑桥近代史》主编阿克顿勋爵所谓"经验所揭示的记录或事实"①，而且集中于政治史的范畴。这种情形直到20世纪中叶才发生根本的改变。英国历史学家杰弗里·巴勒克拉夫认为，1955年以后历史学研究进入了迅速转变和反思的时期。因为第二次世界大战使人们的历史认知发生了四个方面的变化：

  首先，现在世界上某个地区发生的事件不再可能像过去那样对其他地区不发生影响，20世纪的历史名副其实是全世界的历史。其次，科学和技术不可遏制地进展，在所有地区都形成了新型的社会和知识模式。再其次，欧洲的重要地位已经下降。欧洲从海外收缩，美国和苏联的优势上升，亚洲和非洲正在崛起。最后是自由主义体系的解体。一种在19世纪还闻所未闻的与自由主义

---

① 杰弗里·巴勒克拉夫《当代史学主要趋势》，杨豫译，上海译文出版社1987年版，第9页。

体系全然不同的社会和政治制度兴起了。20世纪初,自由民主秩序似乎正在顺利地发展,然而,共产主义制度——1939年以前仅限于苏联——到1960年,已经扩大到占世界人口三分之一居住的地区。①

战争罪行、专制暴政、种族对立和世界范围内的资源掠夺,同时也伴随着非殖民化过程的迅速推进,所有这一切都使稍有良知和理性的人不能再以旧的满足心理去看待历史进程。以赛亚·伯林写道:

> 当有人对我们说,去判断查理曼大帝或拿破仑,成吉思汗或希特勒——在这份名单上,他还应当公正地添上克伦威尔的名字——的屠杀是愚蠢的;当有人对我们说,我们历史学家使用的范畴是中性的,我们的任务仅仅是叙述,对此,我们作出的回答只能是:赞同这些说法便意味着背叛我们的基本道德观念,而且错误地表达了我们对过去的认识。②

这种对道德和正义的关注,亦即对价值观的强调成为新的社会心理背景,引发人文科学对自身性质的深刻反思,也明显地改变了历史学的趋向,使历史学紧密地融入当代人文科学的新思潮,即"把有关人类的各个方面的研究与扩大人类经验范围和带有我们生活在其中的这个世界的烙印的文化生活新领域联系起来"③。马克思主义史学在1950年代的迅速发展,有力地冲击了传统的政治中心的史学观,年鉴学派"全体部分构成的历史"的新史学得到张扬并逐渐压倒以政治事件为中心的传统史学。历史学家所关心的中心问题转移到"最容易影响到家庭生活、物质生活条件以及基本信念这样一些制约人类的因素所发生的物

---

① 杰弗里·巴勒克拉夫《当代史学主要趋势》,第1—2页。
② 同上书,第3页。
③ 同上书,第4页。

质变化和心理变化"①,也就是回归人们的日常生活和心理经验。这可以说是20世纪历史学发生的最根本的转变。

其实,回顾史学本身的历史,对个性心理学和社会心理学的关注绝不是什么新的现象。修昔底德早就认为,历史解释的最终关键在于人的本性。作为修昔底德的传人,历史学家长期以来已习惯于以心理学家自居。但直到18世纪,还没有人像法国哲学家伏尔泰那样,就他的世界史研究宣称:"我研究的只是人类精神的历史。"②而在他之后的很长时间内,也没有人将精神作为历史研究的对象。变化肇始于20世纪初,自弗洛伊德《梦的解析》发表,尤其是1930年代社会心理学领域开始非常活跃的实验研究以来,心理学的长足发展为历史学提供了比过去更加严谨和成熟的心理学概念。历史学家也用更严肃的态度来研究人类社会活动和思想意识的关系,以至于出现柯林伍德"一切历史都是思想史"的著名论断,他说"此处是用的思想最宽泛的意义,它包括人类精神的所有意识行为"③。对精神领域的关注,是史学古老航道上新点亮的灯塔,照亮了历史长河上最幽暗的航道和最神秘的角落。

历史学对人类精神的关注,在由个人心理转向社会心理的同时,它对待心理学知识的立场也发生了转变,不再将心理视为解释人类行为的永恒不变的基础,而是视为社会环境的一个侧面,必须同该历史背景下其他所有的侧面一样予以解释。个性心理学、发展心理学、性别心理学、变态心理学、环境心理学、宗教心理学等现代心理学分支的繁衍,日益引起历史学家的兴趣。从心理学的角度研究历史人物,成为1970年代"心理历史学"复兴的主潮,埃里克森对马丁·路德和甘地的研究被

---

① 科克伦语,转引自杰弗里·巴勒克拉夫《当代史学主要趋势》,第87页。
② 伏尔泰《风俗论》,梁守锵译,商务印书馆1995年版,上册,第87页。
③ 柯林伍德《一切历史都是思想史》,《思想史研究——思想史元问题》,陈新译,广西师范大学出版社2005年版。

公认为是这股思潮的前驱。而与此同时,以雅克·勒高夫和皮埃尔·诺拉等为代表的年鉴学派第三代史学家倡导的"新史学",则尝试用含义较广的"心态"概念,来考察包括社会意识形态、道德风俗、生活态度、政治观念、宗教信仰等社会文化、社会心理乃至行为方式方面的问题。以观念、视角、对象"三新"为指归的"新史学",在观念上明确历史研究基于史家的主观意志和认识水平,曾经发生的历史和记叙建构的历史有截然的不同;在视角上强调研究方法要借鉴于社会科学,最重要的是定量分析;在对象上则将传统史学忽视的民俗、神话、气候、饮食、身体、心态等内容收入研究视野。前两代年鉴学派学者率先突破政治史的藩篱,而致力于社会史、地域史的研究,第三代学者则从文化和心态层面拓宽了历史学的疆域。1969年勒高夫与勒鲁瓦拉迪里接替布罗代尔主编《年鉴》杂志后,鼓励史学与人类学联姻,进一步向历史人类学和心态史学的方向转型。到1980年代以后更与民族主义研究的思潮合流,出现约翰·A.阿姆斯特朗《民族主义以前的民族》(1982)这样的著作,深入探讨人类历史以发现导致民族特性形成和延续之"因素"。在第三代年鉴学派学者之后,心态史在法国不仅成为文化史研究的主流,而且与历史人类学相融合,成为史学研究的时尚。

  不可否认,人类学和民族学在20世纪的长足发展,确实从另一个方向为历史学深入精神领域打开了一条通道。以研究人类不同地域和族群的精神、物质生活异同而达成相互理解与沟通为目的人类学和民族学,因更加关注边缘化的族群而日益揭示人类文化的多样性差异和发展的不平衡性,一方面为实现不同文明和民族文化之间的相互了解和融合提供了可能,同时也在某种程度上强化了不同民族和文化的自我认同。在1970年代末的民族主义思潮及随之而起的研究热中,"民族"概念被付以前所未有的深刻反思。学者们发现,"民族"这一使用频繁的普通概念,要给它下个定义竟然有很大的分歧。休·赛顿-华生

《民族与国家》一书甚至说我们根本无法为民族下一个"科学的"定义,而《民族主义》一书的作者则说"民族一词已被民族主义赋予某种直到18世纪末还远未具备的内涵和共鸣"①。现在我们使用的"民族"概念是19世纪初欧洲民族主义思潮兴起后形成的,当时意大利的民族主义者马志尼给民族下的定义是:"一个民族是一个或大或小的人类集合体,这些人被某些一致的真实特性紧密地结合成一个有机整体,这些真实特性包括种族、外貌、历史传统、文化特点、活跃的性格倾向等。"②上世纪60年代以后,伴随民族解放运动再度兴起民族主义研究的热潮,由此诞生的本尼迪克特·安德森《想象的共同体》一书,为民族下了一个颇为经典的定义:"它是一种想象的政治共同体——并且,它是被想象为本质上有限的(limited),同时也享有主权的共同体。"③"想象的共同体"从而成为学界普遍接受的界说。当然,这么说绝不意味着民族概念所指称的共同体仅仅是一个虚拟的观念,它基于种族、文化方面的多重要素而确立其实体性。比如它首先就是一个由特定语言联结成的语言共同体,"因为每一种语言均为一种独特的思维方式,用一种语言思考的事物绝不能在另一种语言中以相同的方式被重复……因此,如同教会或国家一样,语言是一种独特生活的表达,这种独特生活将一种语言共同体包括其内,并使这种语言共同体通过它得以发展"④。所以民族主义研究者肯定,"从一开始,民族就是用语言——而非血缘——构想出来的,而且人们可以被'请进'想象的共同体之中"⑤。通过一种

---

① 埃里·凯杜里《民族主义》,张明明译,中央编译出版社2002年版,第1页。
② 同上书,第101页。
③ 本尼迪克特·安德森《想象的共同体》,吴叡人译,上海人民出版社2003年版,第5页。
④ 施莱尔马赫语,转引自埃里·凯杜里《民族主义》,第57—58页。
⑤ 本尼迪克特·安德森《想象的共同体》,第172页。

语言记录的历史、创作的文学,以及日常语言行为的交流,人们逐渐完成"我是什么人"的认同,并形成对民族文化的意识和体认。

由于文化是个复杂的广义的概念,包含人类生活的各个方面,人们谈论文化的特征及价值时往往集中于精神层面,对民族文化的认识和判断也多半围绕着民族精神展开。然而"民族精神"一词,其定义之模糊也如同"民族"一样。19世纪政论家瓦尔特·柏格霍特(Walter Bagehot)在被问"民族是什么"时回答:"你要是不问,我们都知道它是什么;但要马上对它作出解释或定义,却做不到。"对于民族精神这个概念,柏格霍特的话也完全适用。民族精神这一概念和许多重要的概念都联系在一起。当代人类学家阿兰·巴纳德曾说,"对于人类学的地位至关重要的观念出自露丝·本尼迪克特"①,或许在精神史研究的领域也可以这么说。露丝·本尼迪克特《文化模式》中提出的文化心理问题,便是和民族精神相邻的概念。此外还有如国民性、民族性、民族性格、民族心理、集体人格等等。大体上说,"民族精神"较接近国民性的概念,属于集团个性和集体人格的一种。国民性(national character)研究本来是差异心理学的一个部门,"二战"以后在特定的对民族、国家和战争的反思中,以国家为单位的国民性研究得到快速发展。但学者们使用的概念很不一样,卡迪纳(Abram Kardiner)的"基本人格结构"(basic personality structure)、弗洛姆(E. Fromm)的"社会性格"(social character)与之大同小异,因克莱斯(Alex Inkeles)与列文森(D. J. Levinson)使用的是"众趋人格"(modal personality)这一名称,卡特尔(R. B. Cattell)则视将"国民性"为某一集体中各分子所共有的"集体人

---

① 阿兰·巴纳德《人类学历史与理论》,王建民等译,华夏出版社2006年版,第112页。

格"(group personality)①。这些不同概念所指称的大体是相同的对象,即在一定范围内由个体体现出的群体特征,而这些个体足以构成统计学上的多数。若用于国家的范围就是国民性,指各个国家为大多数国民所共有的人格特征。斯大林在论述民族性格问题时,称之为"结合成一个民族的人们在精神形态上的特点",或者说"表现在民族文化特点上的精神形态"②。而国内讨论民族问题时,也常用"民族心理素质""共同心理状态""民族性格"等不同的说法③。我们所以用"民族精神"而不是国民性等概念,是因为国民性较多地与一种空间和行政区划的意识联系在一起,而民族精神则更与种族和文化传统相联系。当代学者将民族精神定义为"一个民族的文化精华的综合反映和集中体现,是一个民族在其特定的生存空间的社会生活环境基础上,于长期的共同生活和共同的社会实践中历史地形成和发展的,为民族大多数成员所认同和景仰的精神内核,表现为一个民族独特的精神风貌"④,我认为是较周密的。民族精神对于民族自身的生存和发展具有极其重要的价值和意义。它是一个民族最根本的价值指向,是民族的精神支柱和精神动力,它能激发民族文化的智慧和创造力,对于整个民族有强大的凝聚和整合作用。从这个意义上说,对于民族精神的探究,也可以说是历史学中比较触及民族文化核心的研究。

回顾历史学在20世纪的演进,我们看到,心理、心态、思想、精神、民族性这一系列涉及人类意识内容的范畴逐渐成为史学关注的焦点,使史学的重心愈益向精神层面的历史倾斜。那么在中国历史的研究中

---

① 项退结《中国国民性研究及若干方法问题》,《中国民族性研究》,台湾商务印书馆1993年第二次修订版,第137—138页。
② 斯大林《马克思主义和民族问题》,《斯大林全集》第2卷,第294页。
③ 熊锡元《民族心理与民族意识》,云南大学出版社1994年版,第2—3页。
④ 吴灿新《民族精神的涵义和价值》,《学术研究》2003年第11期。

是否也存在着这种倾向呢?

中国近代自孙中山提倡民族主义,"民族"一词运用日广。梁启超在 1922 年发表的《中国历史上民族之研究》中即曾论及"民族意识"①。1936 年潘光旦出版《中国人的特性》,对中华民族的性格特点作了初步的概括。但最早对华夏民族的民族性加以研究的,一定是外国人专门描写中国人性格的书。明恩溥将中国人的性格特点概括为以下几个方面:过分爱面子,轻信,不守时,不正确,轻视外人,好逸恶劳,反应迟钝,缺乏集体意识,没有同情心,不诚实,缺乏自我牺牲精神,互相不信任,过分保守。其他书中偶然提到的中国人的特性还有:锐利的智力,高度的审美感;极度的现实意识,因此缺乏理想与宗教性;从属于宗族,因此缺乏个性;诚实,节俭,持久,乐天知命,知道享受现成的事物;对于属于一个大国和具有悠久历史感到骄傲,对于痛苦麻木不仁;不爱清洁,喜欢吵闹,始终带着不变的笑容;天分高,爱好秩序,具有组织天才,持久的体力,充沛的活力;贪得无厌,残忍,狡猾,伪善,爱虚荣,傲慢,爱冥想,图方便,懒惰,懦怯;以悠闲为理想,视女人为祸水,停留在"口欲"时期②。这一系列表面化、简单化甚至互相矛盾的判断无疑都触及了华夏民族特性中的某个方面,但肯定难以获得中国人的认同。辜鸿铭就认为外国人都不能理解中国人,因为他们不能同时拥有中国人性格

---

① 《梁任公近著》(第一辑下卷),商务印书馆 1924 年版,第 44—45 页。收入《饮冰室合集》第 8 册,中华书局 1936 年版。

② Arthur H. Smith, *Chinese Characteristics*, Shanghai, 1880. E. von Eickstedt, Rassendynamik in ostasien, Berlin, 1944, S. 182-185. R. Porak, L'ame chinoise, Paris, 1950, S. 180, 194. H. K. Heim, Panorama de la Chine, Paris, 1951, S. 182, 185. G. Wegener, China, eine Landers-und Volkskunde, Leipzig und Berlin, 1930, S. 144. L. Abegg, Ostasien denkt anders, Zürich, 1949, S. 358-360. O. Franke, Geschichte des chinesischen Reiches, Bd. I. Berlin, 1930, S. 59. O. Fischer, Wanderfahrten eines Kunstfreundes in China und Japan, Stuttgart und Berlin, 1939, S. 503-504. 以上德文、法文文献为项退结《中国民族性研究》所举,第 57 页。

中所具备的三个特点,即深刻、广阔和单纯。美国人广阔、单纯,但不深刻;英国人深刻、单纯,但不广阔;德国人深刻、广阔,但不单纯。此外中国人还有特有的细腻,这只有法国人可以媲美。但法国人既没有德国人情感的深刻,也没有美国人那总括一切的思想态度和英国人的单纯。中国人不太为冷冰冰的理智所左右,而有浓厚的人情味,多礼节,善于尊重别人,他认为中国人同时具有成人的头脑和儿童的心灵。

诚如费孝通先生所说,一个民族"总是要强调一些有别于其他民族的风俗习惯、生活方式上的特点,赋予强烈的感情,把它升华为代表这个民族的标志"①。因此本国学者对民族精神的具体概括,总是倾向于强调正面的内容,如顾大局、识大体;讲团结、重和睦;讲仁义、重情操;讲节制,重勤俭;讲和平、重自强等。但负面的内容也是不可回避的,像抹杀个性、轻视权利、重义轻利、等级主义、禁欲主义等②。有时这两方面的素质会并存甚至相对立。比如有学者将华夏民族精神概括为坚韧不拔、兼收并蓄、中庸之道、小康思想、内向含蓄、封闭自守③。表面上看,兼收并蓄和封闭保守让人觉得有点矛盾,善于兼收并蓄的人怎么又会保守,而保守的人怎么又能兼收并蓄呢?其实这正反映了民族精神的复杂性和历史性。应该说,中国人当然有兼收并蓄的倾向,这表现在唐代的中国人身上;同时中国人也不是没有封闭保守的倾向,这表现在清代的中国人身上。唐代人和清代人都是中国人,又显然是不同的中国人。看来对民族精神或者说国民性的言说,离不开具体的时间和空间规定。任何抛开特定的时间和空间,抽象谈论民族精神的论断和评价,都是很可疑的。

---

① 费孝通《关于民族识别问题》,《中国社会科学》1980年第1期。
② 吴灿新《民族精神的涵义和价值》,《学术研究》2003年第11期。
③ 熊锡元《试论汉民族共同心理素质》,云南大学出版社1994年版,第23—30页。

我想，民族精神应该像"现代性"概念一样被理解为一个处于建构中的未完成的过程，在任何时候谈论这一概念都应该视之为动态的、处于特定历史情境中的内容。这么说来，关于民族精神的内涵就只能通过历时性的研究，在考察其演变和形成过程中加以说明。这是不难理解的，问题是我们如何选择研究角度及进入的途径。

时至今日，围绕民族精神言说的种种具体判断的主观性及时间性，早已是学界周知的常识，于是如何找出概括各种具体特点的一般倾向，即克律格尔(Krueger)所说的"心理结构"，就成为吸引学者深入思考的问题。华裔学者项退结曾尝试将中华民族的民族性概括为两点：知的方面倾向于具体与全体性的看法，情的方面则倾向于保持距离的间接而冲淡的表达情感的方式。这一判断无疑是有见地的，符合中华民族在认知和情感两方面的一般特征。但问题是任何事物的特征，一旦过于概括就说明不了什么问题。比如，荣格说中国人是用生命的体验理解一切，话虽不错，但又能说明什么问题呢？

潘光旦先生曾指出，民族性格的形成，一部分可以推源到民族所由组合而成的各个种族的原先有的特质，一部分则是历史自然淘汰与文化选择的产果①。"各个种族的原先有的特质"其实依然是"历史期内自然淘汰与文化选择的产果"，只不过在更大的范围内，为了不使问题过于复杂化而暂不讨论罢了。那么自然淘汰和文化选择又给我们设定了哪些研究民族性格即我们说的民族精神形成的角度和范围呢？我想首先是以下这四个方面：

（一）由遗传基因决定的人种特征；

（二）由地理环境形成的生存方式；

（三）由文化的历史积淀形成的传统观念；

---

① 潘光旦《中国人的特性》，海南出版社1998年版，第34页。

（四）由政治和社会形态塑造的主流意识和行为模式。

按今天的学术分支，（一）属于生物学研究的问题，（二）（三）（四）是人类学、历史学和社会学研究的问题。虽然第一方面对民族精神形成可能有很本质的作用，但后三者肯定在每个时代产生了更直接的影响，而且时代越往后影响越大。随着人类社会的进步和物质文明的发展，人种特征甚至生存方式对人性的影响一定不如社会制度和精神文化两方面大，因此考察民族精神的历史形成也主要是从后两方面入手，质言之，即把握传统观念、时代思潮及两者的互动。从思想的源头开始，观念一旦形成，就无时无刻不处在与时代的冲撞、对话、交融和重构中。传统观念对时代思潮的束缚、限制或刺激、支持，时代思潮对传统观念的冲击、削弱或强化、充实，都一次又一次地刷新、改造、模塑着民族精神的内涵及其象征形态。

在传统观念与时代思潮的互动中，政治、法律、科学、宗教、习俗、艺术、时尚都以各自的方式参与了民族精神的建构，其作用、影响的范围和深度各不相同。如果说政治和法律是以政令规定人们的行为准则，科学、宗教和习俗是以知识、信仰和禁忌塑造人们的是非观念，那么艺术和时尚则以美感和享乐丰富人们的感性，培养人们的生活情趣。前两者对人的作用是直接的和显性的，后者是间接的和隐性的；前两者诉诸人的知性，后者诉诸人的情感。表面看来，艺术反映人们即时的情感世界，时尚左右人们的生活趣味，都是短暂而多变的东西，不如政治制度、法律条文、宗教信仰、科学知识和传统习俗更稳定而持久地塑造着人们的观念。但艺术寓教于乐的感发作用，通过具体可感的艺术形象，更直接打动人的心灵；而时尚则无时无刻不在地刷新日常生活，改变人们的观念。不只当代政治家和商人越来越精明地将两者结合起来，借其有魅力的形式宣传他们的政治、道德、美学理念，潜移默化地实现其政治和商业目的；古代的统治者和文人也早就懂得艺术的教化作用，认为"正得失,动天地,感鬼神,莫近于诗,先王以是经夫妇,成孝敬,厚人伦,美教化,易风俗"(《毛诗序》),将诗歌的道德教化作用强调到无以复加。时至今日,艺术对世道人心的影响力已没有人会否认(政治家对此的过于重视甚至令人不安),但它究竟通过什么样的途径,以什么样的方式参与民族精神的形成,却还有待研究。具体到文学,虽然我们都清楚地意识到以唐诗宋词为代表的古典文学对自己价值观、生活态度和审美趣味的陶冶,但对此的理论概括和历史研究仍是摆在我们面前的复杂课题。

2. 文学的精神史意义

文学作为一种意识形态,历来是人类精神的反映和表现。它以语言的形式凝聚了人类思想的成果,贮藏了人类情感的样本,是人类理想、意志的寄托,欲望和痛苦的宣泄,也是快乐、幸福和所有美好体验的歌唱。无论从记录历史的意义上说,还是从影响、改变历史的意义上说,文学都是影响人类精神世界最深的一种意识形态。古往今来,无论文学的概念如何定义,无论文学的观念如何变迁,有一个事实是无法改变的:文学是同我们的日常生活和生命体验关系最紧密的意识形态。在人类的童年,当政治、法律、宗教等等还混沌未开时,文学已记录了人们的情感和想象,人类最初的历史也是由文学书写的。广义的文学,比所有其他的意识形态更贴近我们的日常生活,笼罩着我们全部的人生。最平凡的日记,最家常的书信,脱口而出的谐谑,无不是时刻同我们的生活相连的文学。当我们逐渐习惯于现代社会生活的程式化和有距离的审美,文学越来越成为孤高的感性智力,远离我们的日常审美需求时,文学的朴素本质几乎被淡忘,忘记了它在神话的时代,在"诗三百"的时代,甚至在唐诗宋词元曲的时代曾那么亲切地包围着我们的生活。

而当我们意识到这一点时,文学对于精神史的意义就豁然浮现出来。

依我所见,文学对于精神史的意义起码有以下四个方面。

其一,文学对精神史的感性记录和生动再现,有助于我们认识和把握民族精神的丰富内涵。这一点无论是作家或批评家都认识一致,早有许多经典议论。如巴尔扎克称他的《人间喜剧》是一部"人类心灵的历史",胡适说"文学乃人类生活状态的一种记载。人类生活随时代变迁,则文学也随时代变迁;故一代有一代的文学"①。丹麦文学史家勃兰兑斯在《十九世纪文学主潮》中更肯定:"文学史,就其最深刻的意义来说,是一种心理学,研究人的灵魂,是灵魂的历史。一个国家的文学作品,不管是小说、戏剧还是历史作品,都是许多人物的描绘,表现了种种感情和思想。"②法国著名的马克思主义文学理论家马舍雷也说:"文学展示了一个时代的自我意识。"③文学之于人生,就像是河蚌孕育的珍珠,作为人类精神成长过程的结晶,自然而然地成为精神史的记录。从文学反映社会、人生的抽象意义上说,文学史的确就是人类精神的历史。

其二,文学对文化核心价值生成的深刻参与,使它在很大程度上成为精神史的直接依托。在人类精神的生长过程中,文学始终是最基本、最核心、最经常的参与者。哲学、科学、伦理和宗教这些意识形态都生产着价值,指引着社会前进的方向,而文学和艺术则是价值的一个优雅的承载形式。在很多时候,上述意识形态都是借助于文学形式来实现其对价值的发现和揭示的。文学在历史上始终是一个最平易而亲和的形式,使许多深刻影响人们生活态度的观念由朦胧变得清晰,由单纯发

---

① 《胡适文存》第1卷,上海亚东图书馆1924年版,第144页。
② 勃兰兑斯《十九世纪文学主潮》第1卷,人民出版社1997年版,第1页。
③ 参看李应志《马舍雷对文学批评对象的重新确立》,《社会科学报》2005年1月13日。

展为丰富。比如隐逸,固然在先秦经典中已确立其崇高的价值,但士大夫阶层的"吏隐"观念却是由王康琚《反招隐》、谢朓《之宣城郡出新林浦向板桥》到姚合《武功县中作》等一系列作家作品确立和传播开来的。我们应该记得,以《今天》诗人群为代表的朦胧诗派也表达了年轻一代对自由、爱和个人尊严的渴望,而遇罗锦的两个《童话》,舒婷的《致橡树》《神女峰》则成为呼唤女性尊严的先声。在任何时代任何一个国度,精英文学都代表着价值追寻的最高点,那些探索性的、实验性的先锋文学留下的脚印,往往成为新的价值生长点。而俗文学则体现了精神的世俗化、价值的普遍化,承担着普遍价值的传播和强化作用。文学就这样在精英化和世俗化的轮回中发挥着社会价值生成和人类精神生长的催化作用,在很多时候,它简直就是人类精神成长的摇篮。

其三,文学对传统的高度整合作用,加速了民族精神的发育及自我意识的形成。照《论传统》作者 E. 希尔斯的看法,传统"是人们在过去创造、践行或信仰的某种事物,或者说,人们相信它曾经存在,曾经被实行或被人们所信仰"①。因而"传统依靠自身是不能自我再生或自我完善的。只有活着的、求知的和有欲求的人类才能制定、重新制定和更改传统"②。文学就是人类最常使用的制定和更改传统的手段之一,一个地域的人们基于某种文化认同——种姓、方言、风土、产业及在此基础上形成的价值观和荣誉感,出于对地域文化共同体的历史的求知欲,总会有意识地运用一些手段来描写和建构传统,包括叙述自身由来的史诗、歌颂历史英雄的小说、戏剧及咏唱自然环境的诗歌等等。文学在这方面的卓越功能很早就被认识到。宋代著名的杜诗注家赵次公曾说:"六经皆主乎教化,而《诗》尤关六经之用,是故《易》以尽性,而情性寓

---

① E. 希尔斯《论传统》,傅铿、吕乐译,上海人民出版社 1991 年版,第 15—17 页。
② 同上书,第 19 页。

之咏,则《诗》通乎《易》;《书》以导事,而事变达之词,则《诗》通乎《书》;《诗》兴而礼立乐成,无《诗》则《礼》《乐》无以发挥。《诗》亡而后有《春秋》,有《诗》则《春秋》无复勤圣人之笔削,然则《诗》之旨不其大乎!故孔子删诗之后,而为二百四十二年之褒贬,孟子尤长于《诗》,而有七篇之书,其与风雅明教化无异也。"①这段议论强调的是《诗》贯穿着其他五经的精神,能发挥其他五经的内涵,增强其效用,使其价值更好地得到实现。在文学这个无限包容的宇宙中,岂止儒家的五经,举凡历史上所有的思想传统都无不涵容。分别在汉、晋、南朝主导社会潮流的儒学经义、道家玄学、佛教经论,在唐代包容开放的时代风气中融汇合流。而最鲜明地体现了这种三教合流趋势的不是别的,正是文学。相比朝廷的政、教活动,文学反映了更丰富的思想交融,陈子昂的亦儒亦墨,李白的亦儒亦道亦纵横,韦应物、白居易的亦儒亦佛,李商隐诗中的亦儒亦道……到苏东坡的诗文中,儒释道三教水乳交融,成为中国古代文人世界观复杂性的典型代表。在这个意义上,文学可以说是调和不同思想的溶剂,它比后来理学家有意识地吸收佛教论理精义要更早更自然。正是在文学的渲染和融合中,民族精神逐渐积淀下它深厚的内涵和丰富的色调。

　　研究"传统"问题的学者已指出,传统的形成与文献编纂有着密切的关系。在不同的范围内,文献编纂通过遴选和淘汰,用若干人物和文本勾勒出被认定的事实,就可以建构起所谓传统。这传统又分为民族、国家全民公认的大传统与一时一地所认同的小传统②。《诗·小雅·小弁》云:"维桑与梓,必恭敬止。"中国农耕社会的乡土观念历来重视

---

① 赵次公《杜工部草堂记》,《成都文类》卷六十二,影印文渊阁《四库全书》本。
② 大传统(great tradition)和小传统(little tradition)的概念为美国人类学家罗伯特·瑞菲尔德(Robert Readfield)在 *Peasant Society Culture* (University of Chicago Press,1956)一书中所提出。

地方贤达、耆旧资料和诗文作品的搜集,它们构成了方志的主要内容。至于按地域编集文学作品,源头可追溯到《诗经》①。到唐代有殷璠的《丹阳集》,宋代有孔延之《会稽掇英总集》、郑虎臣《吴都文粹》、程遇孙等《成都文类》、董弅《严陵集》等,明清以后各类地域诗文总集难以计数。此外,诗话写作也是地域传统建构的重要形式,往往比诗文集更清楚地勾勒出一地文学乃至人文传统的源流和特征②。这种"地方性知识"历来是体认大传统进而把握民族精神的重要参照。

其四,文学以自己的形式直接参与了民族精神的塑造,它的效果和影响力是其他意识形态无法比拟的。古希腊人早就认识到文学影响精神生活,用他们的话来说也即"心理性的"(psychagogic)能力③。而古罗马诗人贺拉斯在《诗艺》中更在此基础上论述了剧诗"寓教于乐"的特质。中国古贤也很早就发现了诗歌"惊天地,动鬼神"的魔力,有意识地利用它来"美教化,易风俗"(《毛诗序》)。自古迄今,文学以其特有的亲和性在社会生活中发挥了极大的教化作用。通过审美的形式让人感知高尚的伦理品质和优雅的审美情感,启迪人类普遍性的价值追求,几乎成了文学永恒的使命。清人钱沃臣《杜诗集评序》云:"夫三百五篇之诗,其正言义理者盖无几,而讽咏之间悠然得其性情之正,即所谓义理也。后世之作虽未可同日而语,然其间寄兴高远,读之使人子君亲臣子之大义勃然而发,其为性情心术之助,反有过于他文者。"④这确

---

① 袁景辂《国朝松陵诗征》自序:"诗之以地著者,十五国风是也,始于二南,终于曹桧。"乾隆三十二年爱吟斋刊本。

② 关于这个问题,可参看蒋寅《清代诗学与地域文学传统的建构》,《中国社会科学》2003年第5期。

③ 参看符·塔达基维奇《西方美学概念史》,褚朔维译,学苑出版社1990年版,第113页。

④ 刘濬辑《杜诗集评》卷首,海宁蘩照堂刊本。

实是很有见地的看法,不过还限于传统文学。诗文词曲小说无不兼擅的李渔,不甘以文人自居,辑有《资政新书》以示其经济之才。方孝标序其《四六初征》提到:"盖某(按指李渔)之才无所不可,向曾为传奇小说行世,而不知者遂以传奇小说目某。某不甘其目,故尝扩而为《资治要略》,为《闲情偶寄》,为《四六初征》,若曰吾之才固不止此。呜呼,世之以传奇小说目某者,固不知某,而某之不甘其目者,亦究未知传奇小说。小说者,读法之遗耶? 传奇者,乐府之象耶?《周礼》:'季春月吉,大宗伯读法于社。'不知听之者止学士大夫耶,抑不止于学士大夫耶? 使其止于学士大夫,则如《大诰》《洛诰》《多士》《多方》《王制》《月令》诸篇之奥衍可也。使其不止于学士大夫,而必愚夫愚妇之皆知,则何以耶? 恐必若后世之所谓通俗演义者,读之而后能喻也。王姚江有言曰:'近日传奇诸书,使去其淫僻之言,存其忠孝节义之事,未必不足以感人心。'余又尝见稗纪有樵观社剧正欢,而忽持梃奋怒击杀一优,众怪之,盖其优正扮秦桧,樵不忿其奸诡之状故也。然则充其志,使生与桧遇,其必为赵忠定、胡澹庵,而不为龙大渊、万俟卨可知也。然使非观剧而观宋史,未必感乎樵也。由此观之,传奇小说岂无补于世道人心哉? 故知为传奇小说而有补于世道人心,则传奇小说无异于大文章。"①这里对戏曲小说的社会意义也给予了高度肯定。后来梁启超《论小说与群治之关系》,将文学的感发作用作了进一步的发挥,号召文坛积极运用小说体裁开启民智,他自己更身体力行,以积极的创作、批评和出版活动有力地推动了中国社会的近代化进程。

由此看来,文学在民族精神建构过程中发挥的作用是绝不可轻视的。那么,具体到中国古典文学,它对民族精神建构又有什么特殊意义呢? 这也可以从几个方面来看。

---

① 方孝标《四六初征序》,《方孝标文集》,黄山书社2007年版,第177—178页。

首先，我们知道，任何一个人、一个民族要自我认识都是很困难的事。鲁迅毕生都在思索国民性的问题，在谈到《阿Q正传》时，他曾说："要画出这样沉默的国民的魂灵来，在中国实在算一件难事，因为，已经说过，我们究竟是未经革新的古国的人民，所以也还是各不相通，并且连自己的手也几乎不懂自己的足。"①生活在幅员广大的国土上、拥有庞大人口的华夏民族，因长期处于极端的专制下，其内心压抑之深重以及宣泄的缺乏，使得对这"沉默的国民的魂灵"的透视愈加困难重重。在这样的情况下，文学成为考察民族心理和精神成长过程的一个重要渠道。对此学界似乎还未有清晰的认识，比如有的学者就认为："中国近代以前的文学史和思想史基本上没有什么大的瓜葛，也难有大的瓜葛。除却晚明出现了具有'性灵'的小品文以及具有前现代之兆的思想碎片（譬如李贽等）外，如果说其中有什么'文学'和'思想'贯通之大家的出现，笔者实在不敢苟同。看看屈原那些写出《离骚》等千古绝唱的赋体大师，除却一心一意的抒'忠君'之怀、发'块垒'之骚，其思想史意义上的人生境界还是难与现代性产生瓜葛的。"②但在我看来，屈原《离骚》表达的恰恰不是什么忠君的情怀，而是个体意识的觉醒，是由集体意识独立出来的个体无法挣脱宗法体制束缚的痛苦。如果我们不否认现代性起源于个人意识，那么屈原《离骚》正是古典文献中最早表达这种意识的作品，这只有专门作精神史的历史考察，而且不带任何偏见才会发现。所以依我看来，恐怕情况正好相反，中国历史上根本就鲜有什么"文学"和"思想"不贯通的大家，就看你对"思想"如何定义。从孟子、庄子、扬雄、司马迁直到龚自珍、梁启超，几乎没有哪

---

① 鲁迅《俄文译本〈阿Q正传〉序及著者自叙传略》，《集外集》，《鲁迅全集》第7卷，人民文学出版社2005年版，第84页。

② 张宝明《人文学：文学史与思想史关系的再诠释》，《文学评论》2008年第2期。

位大作家不在思想史占有一定的地位,这些名家对中国古代思想建设的贡献绝不亚于董仲舒、陆九渊、王阳明、李二曲这些文学史不提的思想家。

漫长的封建专制体制不仅禁锢人们的思想,也限制了思想的表达和传播,造成中国古代文化发展中明显可见的思想建设的匮乏。独创性的哲学、政治、科学观念难免遭"异端"的抨击,导致很少有人选择原创性的题目来写作,而宁愿述而不作,通过注疏、阐释前代文献曲折地表达自己的想法。在这种历史语境中,文学反而经常充当思想解放的先锋,吹响观念变革的号角。今天要考察特定时代的思想意识,当时的文学往往成为最可信赖的依据。的确,就像一位外国学者说的,"在中国历代专制统治下,文学往往是惟一可以迂回地表达自由思想的形式"①。因此近代学者张尔田才有这样的感慨:"少年治考据,亦尝持一种议论,以为一命文人,便不足观。今老矣,始知文学之可贵,在各种学术中,实当为第一。"②即便到了言路渐开、大众传媒兴起的宪政时代,我们发现还是以胡适、鲁迅、茅盾、老舍、郭沫若等为代表的一批文学家,承担了思想建设的历史重任,这就是研究晚近的思想史离不开近现代文学,而治现代文学的专家最后常走向思想史研究的道理。要说近代以来思想史的主流反映在文学中,或者说文学充当了近代以来思想建设的主角,我想即不中也不会相差太远的。

中国古代思想建设在形式和内容上的匮乏,不仅使文学在某种意义上充当了思想建设的主体,也使文学在很大程度上成了民族文化精神和文化意识的集中表达。葛兆光认为中国文化的独特性可归结为五

---

① 莫尼卡《管锥编:一座中国式的魔镜》,《钱锺书研究》第 2 辑,文化艺术出版社 1990 年版,第 102 页。

② 钱仲联《张尔田评传》,《梦苕庵论集》,中华书局 1993 年版,第 448 页。

点:(1)使用汉字思维和表达;(2)汉族中国的家庭、宗族和以家族伦理为基础生长起来的儒家思想,以及将它放大到社会、国家的政治意识形态;(3)三教合一的信仰世界;(4)以阴阳五行为基础的知识和技术;(5)以自我为中心的"天下观",以及在政治上的朝贡体系与观念上的华夷之分①。其中(1)是华夏民族乃至汉字文化圈共同的符号体系,当然不用说;(2)主要表现于传统经典、政治体制和家族制度;(4)主要表现于日常生活观念、一般知识及其思维模式,这都可以从经史典籍、政治行为和日常生活中体认;而(3)除了某些朝代的官方行为(如唐朝的三教辩论)及民间祭祀方式外,主要体现于对士大夫意识结构(深层)和民间信仰(浅层)的渗透,只有透过文学作品才能深入地考察,这后面还要谈到;(5)虽源于"夷夏之辨"的古老观念,但先秦以后直到鸦片战争之前,这方面的意识一般表现于高层政治决策和外交礼仪的场合,至于士大夫阶层和普通民众的意识就只有在文学中才能看到了。从古典诗文中"夷狄""胡虏"等蔑称异族的词语到唐传奇里的"昆仑奴""沙吒利"之类的异族形象,集中了国人的夷夏偏见。而中国古代文人出使异国的饯别、纪行或与友邦人士交游唱和之作,则是了解古代中国人华夏中心论与"天朝心态"的最好教材,较之史书和外交文献的记载更为直观,更为细腻深刻,也更有说服力。这些内容与我们说的民族精神虽不直接是一回事,但民族精神与这些文化意识是紧密相连的。比如今人所谓爱国主义,在特定时代就与夷夏之辨相关;而传统的忠孝节义观念在北朝、元代、清代等少数民族政权入主中原时也和其他改朝换代之际的涵义不一样,包含着更复杂的文化认同问题。历代史论中固然不乏对此的理性探讨和辨析,但它们更经常是作为心态史积淀在文学中,不只是文学的书写,甚至也体现于文学批评和文学作品的编纂、

---

① 《葛兆光谈学术、经典和传统》,《东方早报·上海书评》2008年8月3日第2版。

整理中,清初的诗文总集中有很多这样的例子。

最后我还想强调一点,在中国历史上,文学相对其他意识形态来说,是与各阶层人士的日常生活关系最密切,对人的思想意识和日常行为准则影响最深的。18世纪的博学家伏尔泰曾根据他的世界史知识断言:"似乎所有民族都有迷信,只有中国的文人学士例外。"①这促使我思考,没有宗教迷信的文学艺术家,将以什么作为人生核心价值和日常生活的常态呢?一个最现成的答案就是文学艺术。由于中国古代没有强大的宗教势力左右人们的生活,没有来世观念引诱人们克制欲望而追求超越的境界,甚至也没有体育之类的大众竞技形式以耗泄人们的体力和智力,这就使得文学和艺术成为文人士大夫消耗过剩精力的主要形式,文学、艺术对他们来说不只是寄托理想、发摅性情、寻求自由的精神家园,同时也是消磨时光、打发闲暇的娱乐天地。"千秋万岁名"和"又得浮生半日闲",最终在"游于艺"中达成了完美的统一。事实上,从魏晋之际的文献中就可以看到,文学已是士大夫日常生活中最主要的娱乐和消遣形式。因为他们毕生颠沛于是、造次于是,文学因而也成为生命活动价值攸关的一个象征,所谓"有文死更香,无文生亦腥"(孟郊《吊卢殷十首》其十)。而当诗人发出"吾辈一生精神,成此一部集,已与日月争光,更何所求"的自豪宣言时②,他们对自己的人生分明已获得一种最高需要的肯定和满足。"诗之所存,即精神所存也。"③这精神是作者的精神,也是所有文学家们的精神。在这由生命陶铸的文学中,不只包含了我们华夏民族精神的丰富内容,甚至这种以文学为性

---

① 伏尔泰《风俗论》,梁守锵译,商务印书馆1995年版,上册第31页。
② 林之蕃《与周减斋》,周亮工辑《赖古堂名贤尺牍新钞》卷九,宣统三年国学扶轮社石印本。
③ 王宝仁《心斋诗存序》,《旧香居文稿》卷三,道光二十一年六安学舍刊本。关于这一问题,可参看蒋寅《以诗为性命》,《古典诗学的现代诠释》,中华书局2009年增订本。

命的生命样态本身也折射了我们民族精神的一个侧面。思考中国古典文学对于民族精神建构的特殊意义,这一点是尤其不能忽视的。

3. 文学研究中的精神史取向

因为文学史与民族精神的建构有着上述诸多方面的关系,着眼点各不相同的学者都可以在文学中寻找到他们想要了解的东西。正像施皮策(Leo Spitzer)说的:"由于一个民族的灵魂和最佳文献是它的文学,也因为后者不是别的而只不过是它的语言(由集团的说话人写下来),难道我们不可以希望通过一个民族的文学杰作语言而把握其灵魂么?"① 20世纪后半叶以来,不仅思想史家、后现代的历史学家给予文学以更多的关注,文学史研究也自觉地注意到文学所负荷的思想建设意义。

自安德森《想象的共同体》发表以来,"想象的共同体"成为学界普遍接受的民族定义,而民族和民族国家如何被想象的过程及方式自然也就集中了学人的关注。在文学史研究中,现代文学的发生问题特别凸显出与民族国家想象的关联。杰姆逊《处于跨国资本主义时代的第三世界文学》②一文,最早从"民族寓言"的角度论述了第三世界文学与民族国家之间的关联。近年在国内颇引人注目的柄谷行人《日本现代文学的起源》,也是较早涉及这个问题的著作。其实,中国近代的学人早就意识到新文学与民族国家建构的关系,从梁启超的新小说运动到胡适的"国语的文学和文学的国语"都是有意识地要运用文学手段来推动民族国家建构的主张。到20世纪末,在全球化进程加速的语境

---

① 转引自陶东风《文体演变及其文化意味》,云南人民出版社1994年第1版,第98页。
② 弗雷德里克·杰姆逊《处于跨国资本主义时代的第三世界文学》,张京媛译,《当代电影》1989年第6期。

下,民族国家与全球化的关系问题更加醒目地凸显出来,"民族国家文学"的概念也愈益为知识界所关注。刘禾曾指出:"五四以来被称为'现代文学'的东西其实是一种民族国家文学。这一文学的产生有其复杂的历史原因。主要是由于现代文学的发展与中国进入现代民族国家的过程刚好同步,二者之间有着密切的互动关系。"①其他学者进一步揭示了现代文学所反映的现代性与民族国家建构的关系:"西方的入侵不仅给中国最初带来民族危机,而且同时也带来了有关国家的知识与想象。它要求着民族国家主体的建构。然而,在对西方现代性本质的追溯性理解的过程中,在现代民族国家主体结构之下发现了与之同构的现代个人主体。因此,现代性意味着国家主体和个人主体的双重建构,从而产生民族解放和个人解放的双重的现代主题。"②进入新世纪以后,现代文学史和思想史的关系成了学界引人注目的话题。以2001年底温儒敏《思想史能否取替文学史》、赵宪章《也谈思想史与文学史》二文为发端③,不少学者发表论文展开讨论。《天津社会科学》2006年第1期特辟专栏,发表张宝明、张光芒、罗钢、姚新勇四位学者的文章。迨张宝明《问题意识:在思想史与文学史的交叉点上》、张光芒《思想史是文学史的风骨》二文被《新华文摘》2006年9月号转载后,学界的关注更加升温。温儒敏再发表《谈谈困扰现代文学的几个问题》(《文学评论》2007年第2期),就文学研究中的"思想史热"问题加以阐说。《文艺报》2007年6月21日又以专栏形式发表栾梅健《让文学感觉贯穿始终》和吴兴宇《思想史不能取代文学史》等文章继续争

---

① 刘禾《文本、批评与民族国家文学》,王晓明主编《批评空间的开创》,东方出版社1998年版,第295页。

② 韩毓海主编《二十世纪的中国学术与社会·文学卷》,山东人民出版社2000年版,第60页。

③ 二文分别刊于《中华读书报》2001年10月31日、11月28日。

鸣。直到《文学评论》2008年第2期发表张宝明《人文学:文学史与思想史关系的再诠释》一文,对这一问题作了总结性的论述。虽然看起来学者们更多地倾向于坚守文学研究的领地,强调文学史研究应"回归本身",但现代文学研究中文化史、思想史倾向的日益显著是不可否认的。这固然反映了文学研究视野和方法论的拓展,同时却也不能不说是现代文学本身固有的思想建设意义提供了这种探索的必要性和可能性。这一问题在古代文学研究领域也是同样存在的,我称之为文学史研究中的精神史取向。

一般认为,文学史研究中的精神史(Geistesgeschichte)概念始于德国哲学家狄尔泰,他的《体验与诗》开辟了一种精神史取向的文学史模式。周宪在分析了以翁格尔、桑塔亚那、斯托尔克奈特、荣格、考夫卡等人建构的文学史模式后,将其特征概括为:"强调文学史有别于自然科学,主张对文学或者说包括文学的文化现象作整体的综合研究,并努力挖掘隐含在纷然杂陈的各种文学现象之后的深层精神因素,进而揭示文学与哲学、宗教、政治等其他现象的历史联系,最终归纳出不同时代的精神形态"。他认为这种精神史取向的研究模式都有两个共同的特征:"其一,它并不把文学视为一种特殊的历史现象,而是把它看成是一般精神史的表征,这就意味着消解了文学与其他精神现象之间的区别。其二,这种模式是一种类型学,其基本方法是先设定一个参照系或分类标准,尔后将不同的作家、作品、流派乃至时代分门别类地归入。在这样的文学史类型学中,作家的风格、个性,乃至史学本身的特征是不存在的,至少是不予重视的。这实际上就变成了匿名的文学类型学。"[①]这样的研究确实潜伏着"把文学仅仅作为一种研究思想史的记

[①] 周宪《超越文学——文学的文化哲学思考》,上海三联书店1997年版,第225、223页。

录和图解"的危险①,但在经历 20 世纪文学研究的"向内转",文学研究沉溺于"新批评派"那种繁琐的语言和形式批评中而不能自拔的情形下,这种研究就不仅具有拓展文学批评视野、丰富文学研究内容的意义,而更有着与提升人类自我认识的水平这更高的合目的性的要求联系起来的理由了。

不过,在当下新的语境中,我们所需要的精神史研究还是有着不同于传统精神史研究的目标。传统的精神史研究,单纯是为了认识国民性,因此其研究方式主要以静态的描写为主,当然后来又由描写走向了实验。社会学家和心理学家通过各种实验方法,对中国人的智力与气质、需要与态度、兴趣与理想生活方式,作了不同的研究,他们的结论对认识中国人的国民性无疑有着不同程度的参考价值。但在古代文学研究领域,精神史研究的成果还不是太多,张伯伟、曹虹《李义山诗的心态》(《唐代文学论丛》第 6 辑,陕西人民出版社,1985)、刘毓庆《汉赋作家的心态研究》(《山西大学学报》1988 年第 2 期)、蒋寅《论〈诗经〉的忧患意识》(《文学评论丛刊》第 31 辑,文化艺术出版社,1989)、王兆鹏《英雄的苦闷:宋南渡词人心态试析》(《江海学刊》1991 年第 3 期)等论文是较早的探索者;幺书仪《元代文人心态》(文化艺术出版社,1993)、尚永亮《元和五大诗人与贬谪文学考论》(文津出版社,1993)、钱志熙《唐前生命观和文学生命主题》(东方出版社,1997)、宁稼雨《魏晋士人人格精神———〈世说新语〉的士人精神史研究》(南开大学出版社,2003)则是有代表性的专题研究成果。詹福瑞主编的"中国古代文人心灵史丛书"以人物为中心,融文学与思想、文化、历史为一体,对历代文学作品中表现的心态史内容作了初步的梳理,使中国文人心态和情感发展的历程得到一次集中的展示。罗宗强《玄学与魏晋士人心

---

① 韦勒克、沃伦《文学理论》,生活·读书·新知三联书店 1985 年版,第 115 页。

态》(浙江人民出版社,1991)、《明代后期士人心态研究》(南开大学出版社,2006),左东岭《王学与中晚明士人心态》(人民文学出版社,2000)等著作,讨论的范围虽不限于文学,但文学也是相当重要的观察视角,可以说是对文学史和思想史进行跨学科研究的重要著作①。

关于古典文学的精神史研究,有两个问题我认为值得提出:一是由文学探究精神史的局限,这关系到研究的定位及方法论基础;二是对文学与精神史关系的全面把握。

文学是意识的一种特殊形态,它触及和参与精神史之深度广度,固然为其他意识形态所不及,但也不可避免地存在着盲点。想要通过文学了解一个民族精神世界的全部,是绝无可能的,抱这样的想法也是很幼稚的,因为文学触及的精神层面毕竟有限。由文学史展开精神史的研究,首先便要意识到这一研究角度固有的局限,清楚我们在从事的仅仅是人类精神世界某个层面的探索,我们所依据的素材和视野都受到一定的限制,故而认识和结论都很可能是片面的,不能说明什么根本问题。其实人文学科领域普遍都存在这个问题。比如思想史研究也绝不可能弄清精神史的全部问题,甚至思想史本身的问题,也不一定能由哲学史、经学史或宗教史来解决。美国学者包弼德的《斯文:唐宋思想的转型》就是一个很有趣的例子。对于其他学者(比如海外新儒家)来说,根据那些为道学提供了哲学基础的学者的思想来叙述宋代思想已足够了,但包弼德却认为这种叙述是因新儒学的重要性而"后设"的,遮蔽了历史的复杂性,使哲学史的叙述变得很狭窄,于是他一改传统的哲学史和思想史的叙述方法,以文学史为主要线索来讨论唐宋思想的转变。涉及唐代古文运动时,他说:"古文运动是一场思想运动,它将

---

① 有关研究情况可参看黄鸣、乐云《新时期中国古典文学心态研究述略》,《学术论坛》2005年第8期。

文学的转变视作是对公共价值观至关重要的转变,它的主要'思想家'是文人(literary men)。在我看来,唐代的思想文化仍然是一种'文学'文化(literary culture),在这种文化中,学术是以在文学广阔领域中的著作的形式出现……文学写作是把学、价值观和社会实践联系在一起的最常见方式,改变人们的写作方式是影响思想价值观最一般的方法。"①谈到宋代的思想变化,他也是以欧阳修、苏轼等作家为讨论对象。他承认,这一研究视角改变的前提是"哲学史并不总是代表思想文化的历史,或者能充分地描述和解释我们借以建立共同价值观(shared values)的那些方式"②。不过,正像葛兆光指出的,文学家能否与思想史上以思想性表达见长的作者完全重迭,并充分表现那个时代的思想和文化变迁,同样值得怀疑。哲学史固然不是全部的思想史,那么文学史就是全部的思想史吗?答案是不言而喻的。包弼德刚跳出旧的窠臼,似乎又陷落在新的窠臼中。既然文学史对于精神史是不周延的,不能负荷精神史的全部问题,那么对文学史的精神史研究,就必须确立起不同的方法论基础,即放弃一般史学的整体性、实证性原则,而代之以文学的抽象性和典型性原则。通过分析历史上有典型意义的时代、作家、作品来查考某些影响深远的思想、观念、行为方式的形成过程

---

① 包弼德《斯文:唐宋思想的转型》,刘宁译,江苏人民出版社 2001 年版,第 29—30 页。
② 葛兆光《文学史:作为思想史,还是作为思想史的背景——读包弼德〈斯文:唐宋思想的转型〉》云:"文学史上以文辞表达情感即文学性表达见长的作者,是否可能与思想史上以思想性表达见长的作者完全重迭,并充分表现那一个时代的思想和文化变迁呢?文学史的线索作为主线,又怎么能够说明在社会全部领域中的士的意义和思想文化变迁?观念提出者可能超越时代,天才的想法往往通过文字表现,特别有赖于敏感的文学家的先知先觉。但是,整体社会的转型,常常需要观念的世俗化和制度化才能实现。很多被'文学史'看来是'边缘'的或者是'无关'的思想现象,就不大容易被当作思想史的'背景'而考虑进到思想史复杂的历史中去,一些与文学或文学家无关的数据与文献,也不能进入思想史视野,毕竟文学史不是思想史。"参看《古代中国的历史、思想与宗教》,北京师范大学出版社 2006 年版,第 246—250 页。

及产生影响的方式,从而对古典文学反映、表现和参与华夏民族精神建构的方式和途径加以充分揭示。

说到文学对民族精神的反映、表现和参与建构,就引出第二个如何全面把握文学和精神史的关系的问题。以往的研究多着眼于精神内容在文学中的反映和表现,只是单向度地考察精神对文学的影响,而于文学对精神的建构作用重视不够。很显然,文学和精神的关系,历来就是一个动态的并且是双向互动的过程。文学在被精神所填充和影响,从而反映和表现着精神的同时,也在影响、改变和建构着精神本身。研究古典文学和民族精神的关系,不仅要看到精神对文学的影响,还要考察文学对精神的建构,只有这样才能全面地把握两者的关系,也才能真正实现文学的精神史研究的目的。

基于以上两点认识,我们的研究有必要采用一种不同于前人的模式,将历时性与共时性相交融,历史综合与典型抽象相结合,不仅关注文学对精神的反映和表现,更重视文学对精神的参与和建构,以全面展现华夏民族历史上文学与精神交相作用的动态过程。

众所周知,不同文学体裁在社会生活中的意义是不一样的,因而对精神活动的参与程度也各不相同。王永宽认为,古代文学对于中华民族精神的形成,曾在载道、教化、救世、哀民、崇义、养性、言情、尚美八个方面具体发挥过至关重要的作用①。这一概括无疑是相当周全的,但历史地看,这八方面的作用绝不可能在同一个时代由一种文体承担,其间显然隐藏着层积性的演化过程。最粗略地说,神话反映了原始社会的集体无意识,种植下民族精神的萌芽;诗歌表现了文明时代初期的丰富情感,决定了民族精神的感性倾向;散文反映了文明成熟时代的伦理、道德,塑造了民族精神的理性内涵;而戏曲和小说则反映了近代庶

---

① 王永宽《中国古代文学传统的宏观考察》,《中州学刊》2003年第4期。

民社会、商业社会的观念变革及价值冲突。但这些绝不是全部的精神史,也不是民族精神建构的全过程,既然我们清楚文学对民族精神的表现和建构是有限度的,那我们就只能抓住最本质的部分,以揭示文学的独特作用。

观念史研究的奠基人洛夫乔伊在谈到观念在文学史中的研究时,曾说:"文学史,按其一般描述的,即一个特定国家的文学史或一种特定语言的文学史——而对文学史家来说,他们感兴趣的却是他们皓首穷经而成就平平的文学的思想内容。"①此言无论是讽刺也好,事实也罢,最终都说明:对文学的精神史研究,如果不从文学的本质特征出发,而徒比附于一般思想史研究,就会落得个入宝山而空回的结果。那么,又如何紧扣文学的本质特征来研究精神史,研究古典文学与华夏民族精神建构的问题呢?

首先我们要考虑到,中国古典文学以丰富的诗歌作品及浓郁的抒情性为其体裁与美学的基本特征,这决定了古典文学与心态史有着最密切的关系。作为文学中最直接、最强烈的情感、观念表现形式,诗更集中地展现了各个时代人们的思想、情感活动,尤其是心灵状态。因此,诗史从广义上说就是华夏民族的心态史,是民族心灵颤动、变化、表现的历史。对诗歌作品中所表现的心态的研究,能让我们不仅了解各个时代诗人的精神状态和思想倾向,为精神史研究提供一个参照系,还能了解不同时代的诗人所关注的焦点问题,从而洞见他们自我体验及对人性开掘的深度。从心态史的角度研究诗歌,与从前的主题研究很不一样。主题原则上说是作者通过作品要说明的东西,而心态却常是无意间流露在作品中的一种生存体验。虽然有时它也是作者刻意表现的内容,但一般不能成为作品表现的终极内容。心态作为心理经验之

---

① A.O.洛夫乔伊《观念史论文集》,吴相译,江苏教育出版社2005年版,第1页。

和,包容了感觉、知觉、情绪、情感、意志等各种心理事实,既有复杂多变的瞬间性特征,又有稳定持久的结构性特征,既有个人一时一地的心态,又有群体的时代的共同心态,因此心态史研究是个包含复杂内容的课题。自上世纪20年代心态史学在法国兴起以来,它就明确地将自己与思想史区别开来:思想史关注个体精神的有意识的构造,而心态史则侧重于无意识地支配着人们的表现和判断的共同心理。当然,这种集体无意识的共同心理总是以个人的形式表现出来的。相对于思想史的清晰和逻辑性来说,心态史显得更感性和不确定,更多地涉及人类心灵深处的欲望、焦虑和情感冲突,因此心态史研究也更能在感性层面显示出民族精神积淀、成型和变异的轨迹。

相比诗歌代表的抒情文学而言,散文、戏曲和小说则更多地反映了华夏民族在伦理道德、宗教信仰、一般知识和风俗习惯的形成过程。用散文写作的历史文献和儒、释、道诸家经典提供给社会最基本的伦理纲常和行为准则,以及对人生和社会的一般理解;戏曲、小说则在对社会生活的直观叙述中,寄托了人生的美好愿望和浪漫理想。同时,宗教宣扬的某些观念也借助于叙事文学得到具象的表现,以奇异的想象和精妙的叙述深入人们的精神活动和日常经验中。比如秦汉到六朝时期,人们对幽冥世界的观念与想象就是在历史文献与志怪小说中逐渐形成的;而到明清时期,庶民社会的"江湖义气"又是同演义小说传播的游民意识及其价值观分不开的。这就要求我们在文学的精神史研究中采取不同的研究类型和学术思路;通过士大夫阶层的精英文学来探讨社会上层的主流意识,即前述的心态史研究;通过庶民社会的通俗文学来探讨社会下层的一般知识及世俗观念。

总之,古典文学与民族精神的关系是个复杂而有待于深入研究的问题。近年学界已意识到文学史与心态史的关系,而加强了这方面的思考和探讨①。但对文学与整个精神史的关系,迄今为止的研究还很薄弱。事实上,文学创作在任何时代都处在与个人、社会和文化的三重关系之中,与时代精神或融合,或背离,呈现出复杂的多样性。历史上曾对后世产生重要影响的那些典型人物与典型心态,像"古今隐逸诗人之宗"陶渊明的归隐之思,像"暮年诗赋动江关"的庾信的望乡之情,像"不成小隐聊中隐"的苏东坡的吏隐态度,与时代精神的关系虽有对立、游离或顺适的不同,但从后设历史的角度看,都是参与民族精神形成的重要内容。这么看来,研究古典文学的精神建构作用,与一般思想史研究的不同,就在于它完全是后设的,这使我们的论题具有很强的主观选择性和当下色彩,不仅与当前的精神文明建设,就是与未来华夏民族的精神建构都有着密切的关系。

---

① 许建平、曾庆雨《文学史是鲜活的心态史:关于建立心态文学史的思考》,《学术探索》1999 年第 1 期。

二　基于文化类型的文学史分期论

1. 为什么要再尝试文学史分期

一切长时段的历史研究都无法回避时代分期问题。时代分期不仅提供了一个历史书写的单位，它同时也是历史研究的基础。因为时期概念是历史认识的主要工具之一，没有时期概念，尤其是没有划分时期的标准，我们就很难有效地实现对历史的把握和建构。自人类有史学以来，历史分期就总是时代观念的产物，既然历史认识和解释是无限的，历史分期也就不可能一成不变。

在以往的历史学里，曾经出现过多种模式的历史分期尝试。希腊人希阿德将历史分为黄金时代、白银时代、青铜时代和铁时代，维柯又分为神祇时代、英雄时代、凡人时代。马克思、恩格斯从生产资料所有制入手，将历史划分为原始社会、奴隶社会、封建社会、资本主义社会、社会主义和共产主义社会。20 世纪初，丹麦考古学家汤姆逊从考古学的角度将人类历史划分为石器时代、铜器时代、铁器时代三阶段。德国历史学家兰普雷希特将德国历史划分为渔猎时代、集体所有制土地经济时代、私有土地经济时代和货币经济时代，与之相对应的文化精神分别是象征主义、类型主义、传统主义和个人主义(主观主义)①。随着社会的现代化进程,西方学者又用渔猎时代、农业时代、工业时代、后工业时代来划分人类社会的进程,这是按产业方式来划分的。安东尼·吉登斯《历史唯物主义的当代批判》一书将人类历史分为部落社会、阶级分化社会和阶级社会三种类型,则是按社会形态来划分的。施宾格勒、汤因比又提出文化形态的史观,最为当代学者所注意。

时代分期的必要性,对于文学、艺术史研究也不例外,问题只在于文学、艺术史的分期模式和划分标准不同于一般历史。在艺术史研究中,通常使用的分期模式有三种类型,一是政治的,如加洛林王朝的或都铎王朝的;二是文化的,如中世纪的或文艺复兴的;三是美学的,如罗马式的、古典的或巴洛克的②。而对文学史研究来说,时代分期既是其起点,同时也是学术深度的标志。向来的文学史研究,存在着基于自律论观念的风格史、形式史模式与基于他律论观念的广义的社会学模式之分。前者在历史上曾有以不同标准作出的文学史分期,如历史循环论的、进化论的、生物社会学的(丹纳)、形式主义的、接受美学的;后者则可以概括为着眼点不同的经济形态型、政治形态型和社会文化形态型三种,以政治形态型最为通行,如英国文学有伊丽莎白时代、王权复兴时代、维多利亚时代,美国文学史有殖民地时期、内战时期等。英国批评家贝特森划分英国诗歌史的六个时期,也是以政治形态为依据的:

(1)英法诗派——律师封建主义时期(亨利二世—爱德华三世)

(2)乔叟诗派——自由民地方民主时期(爱德华三世—亨利七世)

---

① 汤普森《历史著作史》下卷,商务印书馆1991年版,第4分册第584页。
② 迈耶尔·夏皮罗、H. W. 詹森《关于欧洲艺术史的分期标准》,常宁生编译《艺术史的终结?》,中国人民大学出版社2004年版,第48页。

(3)文艺复兴诗派——王子臣仆的中央集权时期(亨利七世—克伦威尔)

(4)古典主义诗派——地主寡头政治时期(查理二世—乔治三世)

(5)浪漫主义诗派——商业财阀政治时期(乔治二世—乔治五世)

(6)现代诗派——国家管理时期(乔治五世—?)①

有一种不是从单一的视角,而是从社会特定阶段的总体特征来把握文学历史变迁的社会—文化模式,以解释力强大而更引人注目。如美国学者拉姆齐将希腊以来的西方社会区分为统一的社会、分化的社会、威胁的社会、破碎的社会,以此来论定西方文学史的四个阶段。这种以综合的文化分析来把握文学史阶段性的模式,在阿多诺、本雅明、哈贝马斯、杰姆逊等人的著作中达到相当深刻和完善的程度。

中国传统的文学史分期以王朝和政治史为依据,属于政治形态型。近代自历史唯物主义学说传入后,经济形态型开始占主导地位。早期的中国文学史写作,历史分期一般参照当时流行的历史分期,如曾毅和谢无量的文学史都分为上古(秦以前)、中古(两汉至隋)、近古(唐至明)、近世(清)四段。迄上世纪末,随着新一轮文学史撰著热潮的兴起,文学史分期问题重新被提出来讨论,并且向自律论的模式倾斜②。论争产生的根源,除了学者对历史事实认定的差异外,依据标准的不同

---

① 参看周宪《超越文学》第三章"文学的历史哲学",上海三联书店1997年版。

② 较有代表性的论文,古代文学有刘毓庆《中国文学史分期刍议——兼论文学史的编写》,《中州学刊》1987年第5期;叶桂桐《中国文学史分期之我见》,《徐州师范大学学报》1988年第1期;郑利华《中国近世文学与"近代文学"》,《复旦学报》2001年第5期。近现代文学中有严家炎《文学史分期之我见》,《复旦学报》2001年第3期;范伯群《在十九世纪二十世纪之交,建立中国现代文学的界碑》,《复旦学报》2001年第4期。

也是很重要的一点。以新时期以来最有影响的两部古代文学通史为例,章培恒、骆玉明主编的《中国文学史》认为文学的进步与人性的发展相联系,因而以此为叙述文学史的基本线索。在《关于中国文学史的宏观与微观研究》一文中,章培恒将中国文学史分为四段,先秦两汉为第一段;建安到天宝时期为第二段,可称为拓展期,文学进入对美的自觉追求时期;中唐到南宋末为第三段,可称为分化期,总体上存在着两种较有影响的倾向——使文学归附于政治、道德和使文学进一步个人化,结果是朝着更为个人化的方面发展,文学具有了更为丰富而细腻地写人物内心和活动的能力;从元代到清代为第四段,文学由此进入近世,其主流是以争取世俗的幸福和发挥个体生命力为中心,较大规模地、多方面地展开个人与环境的冲突,并较为细腻地写出个人在这过程中的追求、欢乐和痛苦①。而袁行霈主编的《中国文学史》则"主要着眼于文学本身的发展变化,体现文学本身的发展变化所呈现的阶段性",而文学本身的发展变化,又被分解为创作主体、作品思想内容、文学体裁、文学语言、艺术表现、文学流派、文学思潮、文学传媒、接受对象九个方面②。现代文学以前的中国文学史因而可分为三期七段,上古期(3世纪以前)先秦、秦汉;中古期(3世纪到16世纪)魏晋至唐天宝末,唐至德至南宋末,元至明正德末;近古期(16世纪至20世纪初)明嘉靖至鸦片战争,鸦片战争至五四运动。

应当承认,现有的每一种文学史分期都有其理由。这是因为,不光观照文学的视角会使文学史呈现不同的运动轨迹,可以说在对象、视角、单位等构成文学史的所有要素中,以任何一个为基准都能建构一种独特的文学史模式,同时也能得出一种有说服力的文学史分期。比如

---

① 章培恒《关于中国文学史的宏观与微观研究》,《复旦学报》1999年第1期。
② 袁行霈主编《中国文学史》,高等教育出版社1999年版,第12页。

徐子方《思想解放与文学变迁》一文曾提出一种三段六期的分法：上古先秦两汉；中古六朝唐宋；近古元明清，以乾隆五十七年（1792）为前后两段的分界，其标志是龚自珍生，四大徽班进京，蒋士铨、杨潮观卒[①]。这明显是基于文章标题所揭橥的独特视角，当然也有它的道理。但承认文学史分期的多元性质，绝不意味着肯定各种分期在文学史编纂中具有同等的价值和普适性。就文学通史的要求而言，合适的分期应该具有以下的功能：一是最清晰地呈现文学史发展的阶段性，二是最大限度地凸显不同文体发展的节律，并能揭示其孕生、蜕变、消长过程的同步性，三是能有效地展现并解释不同时期文学在作家类型、写作范式、作品风格上呈现的统一性。以此为原则来衡量既有的分期模式，它们的概括力和有效性就明显存在各种局限，不能适应文学通史的要求，我们需要寻找一种更有效、更有概括力的模式，来划分文学史的阶段。我考虑这一问题始于1989年在中央美术学院美术史系讲授中国文学史课，当时，为了使课的内容不局限于文学内部，以便使美术史专业的学生也能从中获得对中国文化史演进历程的基本印象，我尝试了一种基于文化类型的分期方式，即将20世纪以前的中国文学史分为三段，以贵族文学、士族文学和庶民文学三种类型来概括中国古代文学的发展历程及其阶段性特征。经过多年的读书、研究，我愈益感觉这种分期法更能说明文学史演进的内在逻辑及其不同阶段的内在统一性，而文化史本身的复调式演进又能印证文学史演进的动态结构及实际过程，遂正式提出这一设想。当然，我的这个分期，各段起讫或许会不期然地与旧有分期相重合，但这绝不意味着蹈袭某种思路，或落入某种分期的窠臼，相反倒说明，前人那种分期所具有的直觉的准确性已在新的理论层面上得到证实。

---

① 徐子方《思想解放与文学变迁》，《江海学刊》1999年第3期。

2. 基于文化类型作文学史分期的可行性

在着手进行具体的分期之前,我想先借助于史学的成果来说明一下基于文化类型进行文学史分期的依据和可行性。

史学界对中国历史的分期,大致有三种分法。一是中国历史学家和日本的守屋美都雄《亚细亚史概说》(1940)中世篇,着眼于由所有制决定的社会性质,将中国史分为古代(上古至战国)、中世(秦汉至明)、近世(清至现代)。这种分期的缺陷是封建社会的时间太长,不易于说明长时段中社会发生的变化。二是以日本前田真典《东亚古代的终结》(1948)一文为代表的以奴隶制的存在为标志,将上古下推到唐代的分法。三是日本内藤湖南提出的三代至东汉为古代,三国至五代为中世,北宋至清为近世的三分法。三种分期中尤以内藤湖南的三分法影响深远。内藤对中世时限的这种界定,已见于桑原骘藏、那珂通世的著作,但他们是在亚洲史的视野下,从西北民族国家的独立着眼的,而内藤湖南则着眼于中国内部社会文化的变迁,即皇权强化、贵族没落、庶民势力抬头,以庶民为背景的新文化发生的过程。他认为唐、宋两代的社会文化有巨大的断层,因而提出著名的唐宋转型说[①]。钱穆《中国社会史的时代区分》根据政治主体的性质,分中国史为五期:封建社会(西周至春秋)、游士社会(战国时代)、郡吏社会(汉)、门阀社会(魏晋南北朝)、科举社会(唐至清)。科举社会又分为前后两期,唐至元为前

[①] 内藤湖南的观点倡于《支那上古史》《中国中古文化》《中国近世史》等京大讲义和论文《近代支那的文化生活》(均收入《内藤湖南全集》),弟子稻叶君山《支那政治史纲领》加以发挥,播于学界。参看宫崎市定《中国史》"总论",日本岩波书店1977年版。

期,明以后为后期①。这些分期,除了个别因论据有待确认(如唐代究竟存在不存在奴隶制,或奴隶制在唐代社会占有什么样的位置)会影响其结论,应该说都是有其理由的,但它们仍不足以成为文学史分期的依据。比如郡吏社会和门阀社会的划分便于从政治上说明两者的阶段性差异,但却无法解释文学的发展变化。真正能够解释文学史的嬗变及其动因的,我想是从文化性质的角度对中国文化史所作的划分,即原始文化、贵族文化、士族文化、庶民文化。这四种文化不仅概括了中国古代文化的基本类型,而且以深刻的内在逻辑性贯穿于整个中国历史并体现出一定的阶段性和主导性特征。就文学史而言,前文字时代的原始文化可暂不考虑,后三个文化类型都与文学史有着互为表里、相生相成的关系。

我们知道,1950年代苏联的历史分期讨论,就已得出"按照严格的一致性和普遍可靠性的标准来划分历史时期的做法不可能取得积极的成果"的结论②。如果我们同意说,文学史分期的前提基于对一个时期文学文体统一性的假设③,那么就必须意识到,所谓"文体统一性"是全部文学要素的综合体。向来文学史分期的种种分歧,其实都是以不同的文学要素为分期依据所产生的结果。就当代对文学的基本认识而言,文学是作者→作品→读者的诗意授受过程,在作者和作品之间存在着创作方式的不同,在作品和读者之间存在着传播方式的差异,因此文学的诸多要素可以归并为作者、创作方式、作品、传播方式和读者五类。放到中国文学史中去看,这五类要素与历史时期的对应大致是这样的:

作者——按身份可分为贵族包括御用文人(商至清)、士族

---

① 有关中国历史分期的论争,可参看闵斗基编《中国史时代区分论》,韩国创作与批评社1984年版。

② 杰弗里·巴勒克拉夫《当代史学主要趋势》,杨豫译,上海译文出版社1987年版,第39页。

③ 参看陶东风《文学史哲学》第六章"文学史的时期建构",河南人民出版社1994年版。

(周至清)、庶民(南朝至清)三类。

创作方式——按著作权可分为集体著作或无名作者(商至南北朝)、个人著作(战国至清)、个人创作和集体加工相结合(南宋至清)三类。

文学作品——可以从以下几个层次来划分：

外在形式：可分为抒情诗(周至清)、散文辞赋(商至清)、戏曲(南宋至清)、小说(汉至清)四类。

文学语言：可分为上古汉语、中古汉语、近代汉语三个阶段——这是胡适《白话文学史》采用的分期依据。只不过他以白话文学为古代文学史的主潮，因而将中古汉语、近代汉语时期称为第一期白话文学、第二期白话文学。

内在形式：可分为未受外来影响的本土文学(西晋以前)、印度文学影响下的本土文学(东晋至明正德)、创造了活的文学样式从而构成新文学的前驱(明嘉靖至五四前)三个阶段——这是郑振铎《插图本中国文学史》的分期依据。

文学精神：可分为民族文学的形成(先秦文学)、民族传统的演进(汉至唐)、传统文学的蜕变(宋至五四)三个阶段——这是陈伯海《中国文学史之宏观》所采用的分期依据。

传播方式——可根据文学记录和传播的物质载体，划分为简牍时代(商至东汉)、卷轴时代(三国至五代)、版本时代(北宋至清)，这是尚无人采用而实际上可以考虑的一种文学史分期依据。

读者——这是目前尚无研究同时也很难有精确结论的问题，我姑按身份和性别粗分为贵族男子(商至清)、士(周至清)、士女·庶民(汉至清)、民妇(唐至清)四个线索。

通过这样列表，若干文学要素的对应和同步就使文学史时段的某种统一性浮现出来。从作品的创作方式上说，贵族文学时代是集体著作时代,无名氏和讲述者是第一作者即原创者,而整理编辑者为第二作者即定型者,其记录形式是青铜器铸造和甲骨、简牍镌刻,传播范围为贵族垄断。士族文学时代为个人著作时代,其记录方式主要是帛纸书写,传播范围限于文化阶层。庶民文学时代是个人创作和集体加工结合的时代,文学传播手段主要是印刷和搬演,传播范围遍及普通民众。这就是文学史演进的主流,其他例外要么是新时段的萌芽,要么是旧时段的余波,要么是被排除在历史视线之外的暗流,要之都是非主流的现象。参照中国历史上出现的贵族、士族、庶民三个文化类型,我们就可以将20世纪以前的古代文学划分为三个发展阶段。(1)上古时期:商周至西汉,这是贵族文学占绝对地位的贵族文学时代;(2)中古时期:东汉至北宋,这是士族文学逐渐取代贵族文学成为主流的士族文学时代;(3)近古时期:南宋至清末,这是庶民文学逐渐上升,最终压过士族文学,占据主流地位的庶民文学时代。在前两个时代中分别又包含战国—东汉、中唐—北宋两个或缓慢或急剧的转变、过渡时期,所以我的分期也可以说是三段五期。通过以下图示,不仅能直观地呈现文学史的运动方式和方向,而且清楚地凸显出运动的节律和复杂结构:

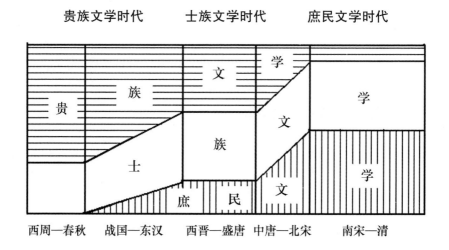

二　基于文化类型的文学史分期论

布罗代尔曾说过,"在长时段运动的框架内,日期的确定一般都不能十分精确。"①而要在中国文学史这样一个多重文学要素交织的历史演进过程中,找到所有要素起讫的一致、同步,更几乎是不可能的,同时也没有必要,因为各要素在不同时代内还存在着强弱、消长的变化。这幅进程图所显示的意义只有一点,那就是文学史是个复调的运动过程,在历史上任何一个时期都存在着不同文学要素的共生和互动。这种复调的文学史运动观,在我们的文学史认知乃至历史研究中似乎尚未得到清晰的认识,有必要在此略加申说。

自启蒙运动以来,一种线性的进步观就主宰着人们的历史观念。在史学不断发展的认知框架下,历史被理解为新旧更替的单线进程,就像以王朝为单位的历史年表所象征的,一个时代的结束是另一个时代的开始,一段一段地延续,像农田长庄稼似地一茬接一茬。这种历史划分的最大误区是将历史时段都看作一个类似生命周期的过程,由弱小走向强盛,又由强盛走向衰亡,于是历史的发展就成了不同王朝兴亡的重复,到近代发展成资本主义必将腐朽死亡而由社会主义取代的决定论史观。当代的中国文学史正是比附这种史观建构的,其中所贯穿的"一代有一代之文学"的信念,正像苏雪林说的,文学也像人的一生一样,有青年、壮年、中年和老年之分②,因而文学史就被以一个个文学时代由兴盛到衰亡、一种种文体由发生到没落的顺序叙述出来。

事实证明,资本主义的高度发展带来社会主义因素的增长,这种发展一方面是资本主义的社会性质导向衰弱和死亡的过程,另一方面又是社会主义的社会性质生长和壮大的过程,这是一个复调的运动,而不

---

① 布罗代尔《法兰西的特性》第 2 卷,顾良、张泽乾译,商务印书馆 1995 年版,第 112 页。
② 苏雪林《生活反应与存在文学》,《苏雪林文集》卷三,安徽文艺出版社 1996 年版。

是一个线性的衔接过程。文学史也是如此。早期文学史分期的线性模式,在当代已被扬弃,而代之以环链模式或蔓状模式①。不同的历史阶段之间不是简单的衔接,而是含有自身升降、消长,同时又过渡、延续的双重运动,给时段命名的只是占主导地位的性质。在它发展的同时,其他的性质也在发生、成长或衰弱、死亡。不同要素的消长构成了文学史运动的复调轨迹。所以,当我们根据文体的统一性假设来进行文学史分期时,需要说明的问题实际包括两个方面:一是在特定时代占主导地位的要素是什么,二是它和其他要素是如何代生或共存的。文学史分期就是要最大限度地概括某些文学要素占主导地位及其消长的同步性,以呈现文学史的阶段性特征。

这么一看,根据文化性质进行文学史分期的优点就明显地凸显出来。由这一视角来观察,中国文学文体的更替,首先清楚地反映了贵族、士族、庶民三个层次文化的消长。由抒情诗发展到小说,可以说是个由雅而俗的进程,符合郑振铎说的"俗文学不仅成了中国文学史主要的成分,且也成了中国文学史的中心"的基本走向②。其次,文学史的阶段划分与学界对中国社会历史进程的认识相吻合。吉川幸次郎认为中国文学史由三大转折点——汉武帝至东汉末年,唐玄宗到宋仁宗,清末到现代——切分为四个时段,基本上是一千年一大变。而且,这种阶段性不只是文学史的分期,也是文化史的分期。他进一步发挥内藤湖南之说,认为从政治史、社会史、经济史、思想史、学术史各方面来看,中国历史都可以这样划分③。上面我们对文学史分期提出的具体结

---

① 林继中《文学史新视野》,北京大学出版社2000年版,第157—177页;林继中《文化建构的文学史纲》,北京大学出版社2005年版,第3—21页。
② 郑振铎《中国俗文学史》,商务印书馆1938年版,第2页。
③ 吉川幸次郎《中国文学史序说》,《吉川幸次郎遗稿集》第2卷,日本筑摩书房1995年版,第7—9页。

论,适可与这宏观认识相印证,并作有力的补充。在经历了20世纪形式主义思潮下文学研究的"向内转"后,我们发觉,虽然只有进入文学内部才能说明文学的变化,但要解释那些变化何以发生,却不得不回归于孕育文学的母体——文化,只有文化的转型才能更有说服力地解释文学史演变的动力及其运动特征。这是个很大的问题,非一篇论文的篇幅所能展开,下面仅联系我对古代文化类型演进的认识来对文学史各阶段的更替和特征略作勾勒。

3. 上古:贵族文化阶段的文学

关于中国的上古史,学术界虽一致认为中国在夏商周三代已进入国家阶段,但很长时期内地区组织并未出现,社会组织仍滞留在以血缘关系为基础的形式上①。这一历史阶段的总趋向是长期处于分散状态的古人逐渐走向集中和统一,在充分的基础上形成都邑国家(宫崎市定称为都市国家,中国古代是农业都市国家),经过武力的霸权争夺而产生领土国家,经历战国七雄的角逐,最终统一为秦汉帝国。至此为止,社会的基础是以血缘关系为基础的分封制,即以血缘关系的亲疏划分社会阶层,分配财富和文化资源。这种文化资源的高度垄断正是贵族文化最显著的特征,也是其赖以确立的基础。它一直持续到汉末,与家族制度研究者认为魏晋之前属于宗法式家族制度的结论正相吻合②。

商、周时代掌握文化者除贵族本身之外,只有巫、史两种人,到秦、汉之际演变为掌史的史官和通《诗》《书》百家之言的博士,我们

---

① 沈长云《关于中国早期国家制度的几个问题》,《史学月刊》2001年第1期。
② 参看徐扬杰《宋明家族制度史论》,中华书局1995年版。

知道秦有博士七十人。李斯请焚书，要求"史官非秦记皆烧之；非博士官所职，天下敢有藏《诗》《书》、百家语者，悉诣守、尉杂烧之"，客观上说是维护贵族文化垄断特权的一个措施。春秋时私学的兴起原会带来文化的普及，但秦始皇的焚书坑儒阻止了私学的蔓延。汉朝立学官，将秦火后赖私学传授的经学纳入官府，重新强化了文化的垄断。《汉书·王莽传上》载刘歆等奏曰："摄皇帝遂开秘府，会群儒，制礼作乐，卒定庶官，茂成天功。圣心周悉，卓尔独见，发得《周礼》，以明因监，则天稽古，而损益焉。"①沈曾植据以断言《周礼》一直藏之秘府，"前世盖无见者，云发得之，几于得《逸周书》于孔壁矣"②。这表明直到西汉仍是朝廷掌握着古代文献，文化资源为贵族阶层高度垄断。

但文化由贵族阶层向士族阶层下移的趋势是不可避免的。正像公元529年查士丁尼封闭雅典学园，研究希腊科学的人们逃往波斯（下一世纪波斯被阿拉伯人征服），促成了中世纪阿拉伯科学的发展。在东周也有这么一个文化下移的契机。那就是《左传·昭公六年》记载的"召伯盈逐王子朝，王子朝及召氏之族、毛伯得、尹氏固、南宫嚚奉周之典籍以奔楚"。随着周天子权威的丧失，"王失其官，学在四夷"成为不可避免的结局，王官之学于是分化为诸子百家，"道术将为天下裂"。李斯所谓"非博士官所职"而藏《诗》《书》、百家语者，大概都是流落民间的六国博士，而秦博士到汉初又流落于民间，如叔孙通、辕固生之类。诸子百家就是在这一文化下移和普及的背景下出现的，以"士"阶层为其承担者。

"士"准确地说是一个文化阶层，而不是一个经济阶层。虽然最初

---

① 《汉书·王莽传上》中华书局校点本，第12册第4091页。
② 沈曾植《海日楼札丛》卷一，中华书局上海编辑所1962年版，第42页。

食禄,后渐失禄而食田①,或与子弟躬耕②,在经济上同庶民没什么区别。诚如叶时所说,"周人待农无异于待士,故'跻彼公堂',即前日获稻之子;'烝我髦士',即平日耘耔之夫。以此见井田之行,不惟兵农不分,而士农亦不分也"③。但躬耕终非士之所长,所谓"耕也,馁在其中矣;学也,禄在其中矣"(《论语·卫灵公》),于是文化就成了他们唯一可以依凭的社会交换资本。《吕氏春秋》卷四记述当时以学改变命运的例子,说:"子张,鲁之鄙家也;颜涿聚,梁父之大盗也;学于孔子。段干木,晋国之大驵也,学于子夏。高何、县子石,齐国之暴者也,指于乡曲,学于子墨子。索卢参,东方之钜狡也,学于禽滑黎。此六人者,刑戮死辱之人也,今非徒免于刑戮死辱也,由此为天下名士显人,以终其寿,王公大人从而礼之,此得之于学也。"④《韩非子·外储说左上》说"故中章、胥已仕,而中牟之民弃田圃而随文学者邑之半"⑤。这都是发生在春秋、战国之交的事,士凭借文化由贵族的最低阶层转移为"四民社会"的最高阶层,形成"学而优则仕"的游士群体。顾颉刚《武士与文士之蜕化》一文曾考论春秋战国之际士弃武习文的风气,说"讲内心之修养者不能以其修养解决生计,故大部分人皆趋重于知识、能力之获得。盖战国时有才之平民皆得自呈其能于列国君、相,知识既丰,更加以无碍之辩才,则白衣可以立取公卿。公卿纵难得,显者之门客则必可期也……宁越不务农,苏秦不务工商,而惟以读书为专业,揣摩为手腕,取尊荣为目

---

① 《国语·晋语四》:"公食贡,大夫食邑,士食田,庶人食力,工商食官,皂隶食职,官宰食加,政平民阜,财用不匮。"上海古籍出版社1978年版,第371页。
② 《礼记·少仪》:"问士之子长幼,长则曰能耕矣,幼则曰能负薪。"孙希旦《礼记集解》,中华书局1989年版,第935页。
③ 葛尚钧《养晦斋读书记》卷中引,上海文明书局排印本。
④ 张双棣等《吕氏春秋译注》,吉林文史出版社1987年版,第103页。
⑤ 《韩非子校注》,江苏人民出版社1982年版,第389页。

标,有此等人出,其名曰'士',与昔人同,其事在口舌,与昔人异,于是武士乃蜕化而为文士"①。从先秦典籍所载诸子与当时诸侯贵族的对话,可以看出这些人是当时主要掌握历史和政治知识的人,承担着传述、解释历史与文化传统的任务,因而成为一个拥有文化权力的阶层。

余英时说"士民"的出现是中国知识阶层兴起的一个最清楚的标帜②,这是不错的。但他解释说"历史进入秦汉之后,中国知识阶层发生了一个最基本的变化,即从战国的无根的'游士'转变为具有深厚的社会经济基础的'士大夫'。这个巨大的社会变化特别表现在两个方面:一是士和宗族有了紧密的结合,我们可以称之为'士族化';二是士和田产开始结下了不解之缘,我们可以称之为'地主化'或'恒产化'"③,这就恰好说反了。在士还属于贵族群体的上古时代,他是借血缘关系、分封制度而与宗族、田产结为一体的,士族化恰恰是脱离宗族而以社会身份形成群体的结果;同样,地主化也恰恰是士丧失"食田",从有恒产到无恒产的过程。所以说孟子说"无恒产而有恒心者,惟士为能"(《孟子·梁惠王上》)。后来士所以能成为稳定的经济阶层,端赖社会给予他们靠知识致身通显,通过仕宦取得俸禄乃至田产的文官体制。这种经济地位与分封制下与生俱来的采邑爵禄是不可同日而语的,绝非所谓传统意义上的"恒产"。

从战国游士到官僚体制下的士大夫,经历了一个漫长的历史过程。先是从战国到汉代在养士制度下依附私门,以介乎师友之间的客卿身份参与政治;然后是从汉代选举到隋唐之际的科举考试,逐渐获得制度化的仕宦途径。这本质上是贵族垄断的文化被士阶层分割、占有并失

---

① 顾颉刚《史林杂识初编》,中华书局1963年版,第88页。

② 余英时《士与中国文化》第一章"古代知识阶层的兴起与发展",上海人民出版社1987年版,第21页。

③ 余英时《士与中国文化》第一章"古代知识阶层的兴起与发展",第77页。

去其主流地位的过程。历史学家认为,迟至东汉,士大夫阶层已经形成,士族在社会上占了主导地位①。而从观念上说,汉代也是士阶层的个体意识自觉的时代,反映在学术上,就是在西汉完成了儒家转变为经生的过程。如蒙文通先生说的,伏胜《尚书大传》、韩婴《诗外传》、董仲舒《春秋繁露》还是儒家,而刘向、匡衡辈则是经生了②。由诸子之学变为经生,在身份上是知识人凭学问获得官爵的制度化伊始。

贵族社会对文化的垄断决定了文学的单一性质,不仅作者均隶属于贵族阶层,而且没有个人著作。西周、春秋时的政治、历史文献固然都出于世袭的史官之手,其他文辞也是由博士撰作的。而《诗经》中的诗歌则主要出自贵族阶层③,即使有少量民间作品,也依赖于太师的改编才保存下来,因此属于集体创作。就像雅科布·格林说的:"民间诗产生于全体的心智,我所指的艺术诗则产生于个人的心智。古诗无法叫出诗人姓名,原因就在于此:它不是某人或某几个人所作,而是全体之总和。"④这里的"民间"不应该仅理解为庶民,而应该理解为某个社会阶层,在上古时代主要集中在有文化的贵族阶层。要之,罗根泽先生《战国前无私家著作说》一文的论断,至今仍是可以接受的⑤。到战国时期,私家著述开始出现,文学文体也开始繁衍。这就是章学诚说的,"至战国而文章之变尽,至战国而著述之事专,至战国而后世之文体备"⑥。春秋、战国之交乃是上古文化的一个分水岭,顾炎武《日知录》

---

① 参看余英时《士与中国文化》第五章"东汉政权之建立与士族大姓之关系",上海人民出版社1987年版。
② 蒙文通《治学杂语》,《蒙文通学记》,生活·读书·新知三联书店1993年版,第34页。
③ 详朱东润《国风出于民间论质疑》,《诗三百篇探故》,上海古籍出版社1981年版,第1—46页。
④ 韦勒克《近代文学批评史》第二卷,上海译文出版社1989年版,第344页。
⑤ 罗根泽《诸子考索》,人民出版社1958年版。
⑥ 仓修良编《文史通义新编·诗教上》,上海古籍出版社1993年版,第21页。

有一段著名的议论,从一些突出的现象来说明其间发生的社会变革:"春秋时犹尊礼重信,而七国则绝不言礼与信矣;春秋时犹宗周王,而七国则绝不言王矣;春秋时犹严祭祀,重聘享,而七国则无其事矣;春秋时犹论宗姓氏族,而七国则无一言及之矣;春秋时犹宴会赋诗,而七国则不闻矣;春秋时犹有赴告策书,而七国则无有矣。邦无定交,士无定主,此皆变于一百三十年之间。"①贵族时代的文学也由此分为前后两段,春秋以前以礼乐的象征——《诗》为主,战国以后则以楚辞作品和诸子散文为主。楚辞作者如屈原、宋玉、唐勒、景差等都贵为大夫,当然非贵族莫属,因此青木正儿《中国文学思想史》用"贵游文学"来指称宋玉以降的宫廷文士与侯门清客的创作,大致相当于班固《两都赋序》所谓的"言语侍从之臣"。实际上汉代的辞赋作家也应包括在内,他们虽不全是贵族出身,却属于以文学才能侍奉贵族的才人,其创作明显具有贵族文学的性质,代表着当时文学的主流。不过很快,随着士阶层的崛起,士的文学开始在文学史中占有一定的份额。如果说《诗经》还主要是贵族文学,"士"的角色只是若隐若现地游弋其中,那么到战国以后,以《战国策》为代表的游士说辞和诸子散文就与《楚辞》代表的贵族文学平分秋色了。清代毛先舒曾说:"三代之天下入战国,此古今运会一巨变也,而文亦因之。夫子之文变为孟轲,老子之文变为庄周,左氏之文变为《战国策》,《三百篇》之文变而为楚骚,皆一抉去其左绳右矩之方而独抒胸臆,以己意为曲折浮宕,激发于笔墨之奇。文章之观,于是焉极。"②战国文学意味着文学史上个人写作的开始,个人写作不仅带来更多的个性化表达方式,也大大地提高了文学的主体性和抒情性。降至汉代,诸子书与文人赋、五言诗更昂然地入主文学的殿堂,预示士

---

① 参看《日知录集释》卷十三"周末风俗"条,花山文艺出版社1990年版。
② 毛先舒《孙宇台集序》,《思古堂文集》卷三,康熙刊思古堂十四种书本。

阶层主导文学的时代正在到来。

由于贵族文学和士族文学并存,从《诗经》到汉代诗赋留存下来的作品,就清楚地显示出两种文学特征的共存。贵族文学倾向于集体理性,士族文学倾向于个体感性。前者强调教化的功能、温柔敦厚的风格,后者追求精神自由,冲破理性规制;前者的源头是《诗经》和《楚辞》,后者的源头是诸子散文。代表贵族文学的文体是四言诗、大赋和历史散文,代表士族文学的文体是五言诗、小赋和诸子散文。文学走向第二时段的大趋势,是贵族文学的衰弱和士族文学的兴盛,在文体上表现为四言诗、大赋、历史散文的式微和五言诗、抒情小赋、诸子散文的繁荣,而诸子散文的再度兴盛也只有从士族文学的上扬势头才可以获得最好的解释。

4. 中古:士族文化阶段的文学

中古时期最大的社会变革是士大夫阶层日益成为文化的承担者,凭借文化资本进入仕途,制导着社会的文化主流。近人瞿益锴曾指出:"汉以后人君之好恶已不能转移世风,曹魏置校事刺奸,杀孔融、崔琰,欲以禁断横议,威制士夫,而士夫横议如故。司马氏用王祥、石苞、郑冲等,武帝亲行三年丧,欲以孝谨矫时弊,而蔑弃礼法之风亦如故。盖化民成俗之权不在帝王,而在士大夫。"[①]士族地位的上升同样也是与文化继续下移的趋势相应的,如果我们姑且忽略外来宗教在文化生成和传播中所起的若干作用的话。汉武帝时代的官学教育,使由贵族沦落而形成的士阶层有了新的发展途径。武帝先依公孙弘的建议为博士设弟子,后来又从董仲舒的建议,"天下郡国皆立学校官",乡里则以"三

---

① 瞿益锴《修斋记学》,国学补修社 1943 年排印本。

老"为"众民之师",州郡举茂材孝廉,官吏的任用日益与经学教育关系密切。到东汉中后期,太学生人数达到三万多人,他们的就业需求最终使得各级官吏尽由经生出任。这样,在贵族文学发展到顶峰的西汉,同时也完成了士人身份由"客卿"向官吏的过渡。两晋以后,"公立学校之沦废,学术之中心移于家庭,太学博士之传授变为家人父子之世业,所谓南北朝之家学者是也"①。虽然六朝门阀世族占据着政治权力和社会生活的中心位置,但寒素之士还是能依靠自己的学术和文化资本谋取进身之途,只不过无望显达而已。无论如何,从汉魏荐举、两晋南朝策试到隋唐科举,士大夫阶层在中古时期的急剧壮大,确实是社会发展最明显的趋势。

中古时期是土地开发的时代,坞堡组织和庄园经济是中古经济的代表,其对应的家族制度是魏晋至唐代的世家大族制。世族以世袭财产的势力干预政治,形成世族垄断政治权力的时代。尽管历史学家认为"严格意义的门阀政治只存在于江左的东晋时期"②,但直到南朝,魏晋确立的"九品中正制"始终是铨官的主要形式,所谓"品藻人伦,简其才能,寻其门胄,逐其大小,量其官爵"③,没给寒素留下多少进身的空间。赵翼《廿二史札记》卷十二"江左世族无功臣"条云:"其时有所谓旧门、次门、后门、勋门、役门之类,以士庶之别,为贵贱之分,积习相沿,遂成定制。……而所谓高门大族者,不过雍容令仆,裙屐相高,求如王导、谢安柱石国家者,不一二数也。次则如王宏、王昙首、褚渊、王俭等,与时推迁,为兴朝佐命,以自保其家世。虽市朝革易,而我之门第如故。以是为世家大族,迥异于庶姓而已。"④在这种情况下,世族不仅垄断了

---

① 陈寅恪《隋唐制度渊源略论稿》,上海古籍出版社1982年版,第18页。
② 田余庆《东晋门阀政治》自序,北京大学出版社1991年版,第2页。
③ 《陈书·徐陵传》,中华书局校点本,第2册第332页。
④ 王树民《廿二史札记校证》,中华书局2001年版,第253—254页。

政治权力,也在很大程度上占据了文化的优势。道理很简单,皇帝都是军阀出身,往往缺乏教养,即便他们有培养和提升自身文化品质的意识,短命王朝也难以养成贵族的风雅和文化积累[①]。而世家乃是历史形成的,官职和声望的承袭,使他们对文化的掌握和影响力远胜于君主和宫廷。宫廷向世家求婚而遭拒绝的例子,典型地反映了世族拥有中古时代最高社会地位的事实,也部分地表明当时社会基本上仍为贵族所掌控的特征,尤其是在宫廷和世族互为因果、交相更替的形势下,贵族文化仍为最强势的文化,是毋庸置疑的。

进入唐代以后,世家大族仍占据科举、仕宦的主流,唐初的名臣要宦"非勋即旧",多属六朝至隋代的世族。博陵崔氏、清河张氏、陇西李氏、琅琊王氏这些世族,中进士、位居宰辅的人数占有绝对的优势。但从武后时期开始,科举取士的日见倚重,激发了庶族寒士的仕进热情。到显庆、龙朔中,一大批关陇集团之外的破落士族和庶族寒士,通过科举逐渐进入政权高层核心[②],中国古代的"文人政治"开始形成[③]。从此以后,庶族寒士就成为唐朝政治领域、文化领域(尤其是文学领域)十分引人注目的群体,掌握着文化生活的主流,而宫廷和世族代表的贵族文化则退缩于有限的宫禁范围内。随着科举逐步笼罩仕进之途,官僚的文人化成为不可逆转的趋势,中唐以后文人的政治化和政治家的文人化往往统一于一个主体中,一个时期的著名

[①] 在这一点上,齐高帝萧道成的努力最终归于失败,可以说是一个很好的例子。王永平《南齐高帝萧道成之"家教"及其门风之变化》(《江苏行政学院学报》2007年第5期)一文曾有分析,可参看。

[②] 杜晓勤《初盛唐诗歌的文化阐释》曾通过统计,对唐初、武后时各地域人士社会政治、文化地位加以对比,可参看。东方出版社1997年版,第45—51、249—250页。

[③] 参看陈寅恪《唐代政治史述论稿》(上海古籍出版社,1982)"统治阶级之氏族升降"和牟润孙《注史斋丛稿》(中华书局,1987)所收《从唐代初期的政治制度论中国文人政治之形成》一文。

文学家越来越与主要政治矛盾和政治斗争联系在一起,成为中国古代政治最显著的特点之一。

班固说:"春秋之后,周道浸坏,聘问歌咏不行于列国,学诗之士逸在布衣,而贤人失志之赋作矣。"(《汉书·艺文志》)这一句简短的叙述概括了从《诗经》时代到东汉之间文学演进的大势,同时也暗示了文化下移的一个象征性标志。从西汉开始,以文才作为进身资本的文士登上了政治舞台。清儒管世铭很有眼光地指出:"三代之取士无所为文词也,有躬行焉而已;无所为决科对策也,有乡举里选而已。自汉贾、董、公孙之徒以对策显,邹、枚、司马之属以词赋名,而文章之用始重于世。"①但这时文学才能还只是作为实用性技能被接受,个人性的抒情文学相对于庙堂文字尚处在萌芽状态。铃木虎雄所谓建安时代"文学的自觉",是在个人抒情文学急剧膨胀的意义上提出的,命题涉及对"文学"和"自觉"两个概念的定义,容有辨析和商榷的余地②。如果以抒情性和自主地表达目的为文学的自觉,则《诗》《骚》已具备这种特征。但若就士阶层对个人情感和观念的表达及美学意识的明确而言,那么东汉确实是一个划时代的转折点,五言诗是与之相应的文体形式。同时,这种自觉也不光是抒情性的自觉,还有文体学的自觉,这都清楚地表现在理论、批评和选本中,总体上反映出文学写作越来越专门化的趋势。

与抒情文学长足发展相伴的是东汉子书的再兴,这可以说是士族文学大幅度发展的一个醒目标志。王国维曾精辟地指出,"学术变迁之在上者,莫剧于三国之际"③。子书原就是士阶层赖以谋生的综合性文体,随着东汉以还巨大的社会变革的到来,儒家经学丧失了它在思想

---

① 管世铭《文体科目士习》,《韫山堂文集》卷七,光绪二十年吴炳重刊本。

② 自上世纪80年代以来论者不绝,近年赵敏俐《"魏晋文学自觉说"反思》(《中国社会科学》2005年第2期)一文又对这一问题作了深入的反思,可参看。

③ 王国维《汉魏博士考》,《观堂集林》,中华书局1959年版,第191页。

领域的主宰地位,东汉末年再度出现议论蜂起、思想解放的高潮,子书和论辩之文也出现复兴的局面,这就是前辈学者注意到的"魏晋以降,则论辩之作,勃尔复兴,追配前修,斯为两大"①。清代学者茅星来曾论及:"诗与文之日就衰且薄也,盖自有专攻为诗与文者始矣。古之时无有以诗文为教与学者也,汉时如下帷讲诵,设绛帐为诸生说经,要不过读书是务。读书之功既至,则随其材质之高下浅深而皆必有所独得,得之于心,斯应之于手。于是乎信口吟咏而自然合节焉,率臆抒写而自然成章焉。……盖自幼以诗文为教与学者,未尝有也。此在魏晋后学者犹然。故其时凡所著述留传至今者,犹往往以质实胜,而非后世所可及也。自唐以来,国家以诗文取士,而学者始专务记览,为词章以售有司,父兄以是为教,子弟以是为学,凡其所以口不绝吟,手不停披而矻矻以穷年者,无非欲以供吾赋诗作文之用而已。"②这段话虽揭示了中古时期文学人才由经生向文士过渡的历史趋势,但没有注意到其间的结构性变化。实际上,六朝时代的文学创作,主要是在世族阶层而不是在士族阶层中延伸的。在崇尚清虚玄远之风的两晋南朝,世族不屑于修习政事,"嗤笑徇务之志,崇盛忘机之谈"(《文心雕龙·明诗》)。包括由豪强累世而演变为书香门第的阀阅望族③,都热衷于文学。如钟嵘所说的,"膏腴子弟,耻文不逮,终朝点缀,分夜呻吟"(《诗品序》)。只有寒士阶层才从事经济之事,齐武帝所以感叹:"学士辈不堪经国,唯大读书耳。经国,一刘系宗足矣。沈约、王融数百人,于事何用!"④这种情形直到隋唐之际才有所改变,科举制度使文士成为官人的主体,无论

---

① 程千帆《子之余波与论之杰思》,《闲堂文薮》,齐鲁书社1984年版,第168页。
② 瞿益锴《修斋记学》引,国学补修社1943年排印本。
③ 刘跃进《从武力强宗到文化士族——吴兴沈氏的衰微与沈约的振起》,收入《门阀士族与永明文学》附录,生活·读书·新知三联书店1996年版。
④ 《南史》卷七十七《刘系宗传》,中华书局校点本,第3册第1927页。

最终有无科名,从事科举的经历将士—官和非士—吏,即唐世所谓清流与浊品区分开来。这一"由魏晋南北朝封建贵族社会向宋代封建官僚社会过渡时期的必然现象"①,最终使士族文化趋于定型并成为社会的主流文化。

随着士族文化趋于定型,士族文学也以长足的发展,逐步占据文学的主流地位。事实上,一种文化价值的力量、地位及其对社会的实际影响,很大程度上取决于其制度化的程度。唐代的科举取士制度就曾极大地影响到文学创作。冯沅君先生《唐传奇作者身份的估计》一文通过分析唐传奇作者的社会地位,指出科举制度造成了一个新的社会阶层——进士集团,正是它的出现决定了唐传奇的内容和作品的浪漫氛围②。不止传奇,众所周知,近体诗格律的定型和普及肯定也与科举试诗有关,而近体诗格律的成熟和固定又使意象化的特征得到重视和强化,在中唐以后逐渐形成情景交融的意象化倾向,成为中国抒情文学在美学特征上的代表。尽管后来中国文学又发展出众多的叙事体裁,但抒情诗始终居于正统文学的中心,从这个意义上说,士大夫文学被视为传统文学的主流是符合文学史事实的。在完成诗歌的抒情美学的同时,士族文学也推出了最为丰富的代表性文体,包括五七言古近体诗、散文、抒情小赋、曲子词以及传奇。其中散文是上古时期诸子散文的继续发展,抒情小赋是对汉大赋的改造,五七言诗、曲子词和传奇小说则是士族文人在文体上的独创性贡献。近体诗以复杂的结构、高难度的技巧和完备的声律形式,成为中国古代最具代表性的文学样式③;曲子词以其句式的复杂变化和与音乐的密切关系,也被视为比诗有过之而

---

① 张广达《论唐代的吏》,《北京大学学报》1989年第2期。
② 冯沅君《冯沅君古典文学论文集》,山东人民出版社1980年版。
③ 参看唐钺《中国文体的分析》,收入《国故新探》,台湾商务印书馆1966年影印本。

无不及的高难度体裁;而传奇在唐人眼中更属于能同时展示诗笔、史才、议论的特殊文体。它们都是士族文学的代表性文体,与士族阶层的生活有着深刻的社会关联。

从各方面看,中古时期的文学格局都较上古更为复杂。从建安到六朝,大多数诗人都聚集于宫廷,以君主为核心的游宴唱和始终是文学的主流。宫廷和世族的趣味主宰着文坛,迨梁、陈之际的宫体诗风达到顶峰,下开唐初宫廷文学的彬彬盛况。闻一多先生曾独到地将建安迄盛唐的文学划为一个相对独立的发展段落:"回顾这段时期(建安至天宝十四载)的诗,从作者的身份来说,几乎全属于门阀贵族,他们的诗具有一种特殊风格,被人们常称道的中国诗歌的黄金时代的所谓'盛唐之音',就是他们的最高成就。""到了盛唐,这一时期诗的理想与风格乃完全成就,我们可以拿王维和他的同辈诗人做代表。当时殷璠编写了一部《河岳英灵集》,算是采集了这一派作品的大成,他们的风格跟六朝是一脉相承的。在这段时期内,便是六朝第二流作家如颜延之之流,他们的作品内容也十足反映出当时贵族的华贵生活。就在那种生活里,诗律、骈文、文艺批评、书、画等等,才有可能相继或并时产生出来,要没有那养尊处优的贵族生活条件谁有那么多时间精力创造出这些丰富多彩的文艺成绩。"[①]闻先生将宫廷诗风的下限延长到盛唐,恐怕不太能说服人。相比之下,宇文所安说5世纪后期至6—7世纪的宫廷是诗歌活动的中心,要更为贴切一点。"在这一时期里,不但写于各种宫廷场合的诗在现存集子中占了很大比例,就是那些写于宫廷外部的诗,鲜明的'宫廷风格'也占了上风"[②],直到"玄宗于722年发布的诏令给予旧的诗歌社会秩序以最后的致命打击。这一诏令禁止诸王的大

---

① 郑临川辑录《闻一多论古典文学》,重庆出版社1984年版。
② 斯蒂芬·欧文《初唐诗·导言》,贾晋华译,广西人民出版社1987年版,第1页。

量宾客,从而结束了宫廷诗的一个重要支持根源"①。从总体上看,终有唐一代,虽然帝王的文学爱好始终维持着宫廷风雅,权贵重臣的台阁唱和也时时助长着浮华的文学风气,但他们已不能像南朝宫廷那样主宰文坛的趣味了,甚或反被流行时尚所吸引,屈尊游戏于市井传唱的歌诗曲词——毕竟连皇帝也很欣羡进士的荣耀啊②!

无论从中国还是外国的文学史来看,贵族文学都有着鲜明的游戏特征。王梦鸥先生曾引孙德谦《六朝丽指》所举的例子,说明六朝作家"以写作为游戏,正属贵游文学的本领"③,十分中肯。相比士族文学的注重现实性和内容充实,贵族文学更注重风格的绮丽和形式的华美,具有唯美和形式主义倾向。当然,这只是问题的一个方面,文学史的复杂性在于一个时代的文学活动往往表现为多重倾向的交织。文化的不断下移,在士族文学之外又孕育出市井庶民文学,其代表性体裁首先是乐府诗。正如研究者指出的,"乐府由朝廷的娱乐艺术弥漫为市井的娱乐艺术,而东汉时代的乐府,正是以市井为最重要的发展基地,具有市井艺术的特点。不仅乐府诗是这样,东汉的文人诗如张衡《同声歌》、蔡邕《青青河畔草》乃至无名氏的古诗十九首,也都是在市井新声的氛围中产生的。《宋书·乐志》云:'凡乐章古词,今之存者,并汉世街陌谣讴。'所指示的正是上述这样一种事实。所谓街陌歌讴并非自发的,原始性的歌讴,而是一种成熟的乐府娱乐艺术的产物"④。乐府诗这种

---

① 斯蒂芬·欧文《盛唐诗》,贾晋华译,黑龙江人民出版社1992年版,第8—9页。
② 王定保《唐摭言》卷十五:"大中中,都尉郑尚书放榜,上以红笺笔札一名纸云'乡贡进士李忱',以赐镐。"孙光宪《北梦琐言》卷一亦载唐宣宗"颇留心贡举,尝于殿柱上自题曰'乡贡进士李忱'"。
③ 王梦鸥《贵游文学与六朝文体的演变》,《古典文学论探索》,台北正中书局1984年版。
④ 钱志熙《乐府古辞的经典价值——魏晋至唐代文人乐府诗的发展》,《文学评论》1998年第2期。

生动的娱乐性,反过来又吸引了宫廷。我们知道,市井流行的完全异于汉乐府的吴歌和西曲,从东晋开始为贵族社会所接受并流行起来,由宋齐而梁陈,遂成为宫廷文学趣味的主流。本来,"宫廷与市井分别代表着文化发展的两个极端,一个是社会最上层的贵族文化,一个则是社会下层的市俗的文化,然而,它们竟然在南朝走到一起来了","市井文学第一次在文学史上集中地出现,自然带来了新的内容和情调;宫廷文学因为受到市民文学的影响而脱离了传统的轨道"①。

中唐以后的文学创作,在士大夫习用的各种文体之外,又滋生了一些新的文体,如流行歌曲的歌词、佛教俗讲和世俗"说话"的脚本,它们分别成为后来填词、戏曲、曲艺和长篇小说的雏形。这些新兴文体显然是应社会生活的变化而生的,满足了悄然出现的市井文学消费的特定需求②。比如唐代庄园经济虽发达,但急剧发展的城市已明显占据了文化生活的中心。空前频繁的中外文化交流,带来丰富的音乐资源,不仅丰富了宫廷的雅乐体系,也满足了市井娱乐的需求。流行音乐更激发文士群体的填词兴趣,中唐以后诗人填词的尝试,既是士族文学的延伸,同时又是与庶民文学兴起相应的文学世俗化的趋向之一。

5. 近古:庶民文化阶段的文学

陈寅恪先生说:"华夏民族之文化,历数千载之演进,造极于赵宋之世。"③如果以士族文化为中国文化精神之代表的话,这一论断是不

---

① 商伟《宫廷文学与市井文学——从一个侧面看南朝诗歌的发展趋势》,《文史哲》1986年第6期。

② 关于中唐市民文学消费的出现,可参看李从军《唐代文学演变史》第八章第三节的"都市文学的兴起"一段,人民文学出版社1993年版,第527—540页。

③ 陈寅恪《宋职官志考证序》,《金明馆丛稿二编》,上海古籍出版社1980年版,第245页。

错的,宋代确实是士族文化的顶峰。但应该补充一点,它同时也是庶民文化的肇兴,文化上的承前启后或曰转型时期才是宋代最恰当的定位,而其清楚的转折点正是南北宋之交,南宋以后庶民文化逐渐成为文化的主流。

赵匡胤的"杯酒释兵权"永远结束了藩镇拥兵的历史,皇权得到强化,封建社会后期高度的中央集权专制从此开始,而中国也由武力国家转向财政国家。自唐"天宝末年,国有丧乱,至于土地分裂,衣冠沦坠,虽甲族大姓,未知厥所"①,再经历唐末的社会动荡,"氏族之乱,莫甚于五代之时",尤其是"唐、梁之际,仕宦遭乱奔亡,而吏部铨文书不完,因缘以为奸利,至有私鬻告敕,乱易昭穆,而季父、母舅反拜侄甥者"②,这种情形导致氏族体系最终瓦解,宋代以后士大夫随宦为乡,家族制度也演变为近世祠堂族长的族权式家族制度,社会形态由此向乡绅社会过渡。学术界对"乡绅"的定义,历来有不同意见,寺田隆信说明清时代的乡绅指"具有生员、监生、举人、进士等身份乃至资格、居住在乡里的人的总称"③,大致是不错的。因为拥有这些身份的人都享有准官僚的待遇,举人、进士即使不出仕,也保有终身资格,地位更高。而科举竞争的激烈,又产生大量官僚外的公民,加上赐假、休致的官员及回乡的监生,形成一个庞大的乡绅社会。14世纪以后的中国,朝廷逐渐放弃对乡村事务的直接控制,农业共同体中集镇商业运转的许多重要功能和业务都为乡绅掌握,实际的政治权力也由地方行政官员转移到地方士

---

① 周绍良主编《唐代墓志汇编》大和〇二三《唐故郑府君墓志铭并序》,上海古籍出版社1992年版,下册第2113页。分裂原作"分烈"。

② 参看《日知录集释》卷二十二"通谱"条,花山文艺出版社1990年版。按:乱易昭穆原注见《旧五代史·豆卢革传》。

③ 寺田隆信《关于"乡绅"》,《明清史国际学术讨论会论文集》,天津人民出版社1982年版,第114页。

绅手中①。捐纳制度使得仕宦也可成为商业投资的对象,士—商—宦的角色愈益模糊不清。在地方经济和政治权力中心乡绅化的同时,乡绅的生活却在城市化,越来越多的乡绅离开本乡,移居市镇。伴随着日益增长的物质需求,地方贸易持续发展,市镇的经济功能也不断扩大。在 16 至 19 世纪之间,中国市镇的数量增加了两倍,城市规模也大为扩展。乡绅的加入不仅对城市经济的繁荣是个刺激,对城市文化品位的提升也大有贡献。与此同时,另一个拥有文化消费能力的阶层——商人也在城市中扮演了越来越重要的角色,他们虽不做官,却在地方文化活动中有着举足轻重的影响力。清代的商人成为仅次于官僚的学术资助人,比如扬州的盐商就是最著名的例子。像马曰琯、曰璐兄弟,不仅是藏书名家,也是著名的文人,其玲珑山馆是招邀天下名士的风雅之所。这些有文化的商人同时也是戏曲文化繁荣的重要支柱,在清代戏曲的发展中可以清楚地看到徽商和扬州盐商的作用②。

如果考察城市和市民文化的发展,那么宋代正好是一个划时代的王朝。据斯波义信对宋代 139 个城市的考察,北宋首都开封城周回 50.4 里,南宋首都临安周回 70 里。一般路治所 20—30 里,州府军治所 10 里,县治所 4 里③,较唐代城市的规模大为扩展。布罗代尔认为,城市发展进程的三个突出特征是,"城市对当地多数工场实行兼并;手工工匠开始在城市开设店铺,推动城市市场的发展、行业的分工和专业化;最后是城市商人的存在,他们迅速对远程贸易发生兴趣"④。这些

---

① 方行《中国封建社会的经济结构和资本主义萌芽》,《中国社会科学》1981 年第 4 期。
② 郑志良《论乾隆时期扬州盐商与昆曲的发展》,《北京大学学报》2003 年第 6 期。
③ 斯波义信《宋代的城郭都市》,《中岛敏先生古稀纪念论集》下卷,日本汲古书院 1981 年版。
④ 布罗代尔《法兰西的特性》,顾良、张泽乾译,商务印书馆 1994 年版,第 2 卷第 124 页。

特点都在宋代的城市中出现,间接地改变了城市生活的面貌。经过唐末、五代的战乱,唐代的城市禁令如宵禁、禁开朝向大街的直接通路、居民出入由坊门、商业限于东西两市等都被取消。正如研究者已指出的,"坊市制度的崩溃,使人的流动有了更广阔的和不受约束的空间"①,这种流动不仅指地域性的空间流动,还意味着社会意义上的阶层流动。照孟元老《东京梦华录》、耐得翁《都城纪胜》、吴自牧《梦粱录》和周密《武林旧事》等书的记载,北宋汴京的行业有百六十行,商业行户多达六千四百余户,足见当时商业的发达和城市的繁荣。所谓市民阶层,在唐代以前仅指城市工商业者,随着门阀制度的消亡,地主阶级的政治职能和经济身份相分离,大批没落的城市贵族和士族学子加入市民阶层。从《东京梦华录》中可以看到,当时京师的居民主要成分是皇室、勋戚、官僚地主、禁军将校、亡国君臣、宫女宦官、富商大贾、学校生员、举人贡士、避役富户、羽冠缁流、手工业者、商贩、娼妓、民间艺人、船工力夫,市民已不再是一个经济概念,而是相对农村而言的城市人口的概念,文化史学者称之为市民社群,是比较贴切的②。这一社群的多数分子文化层次不高,通俗文艺是其主要的娱乐形式,因此流行音乐、戏曲、说书这些大众娱乐形式就占据了城市文化消费的主要市场。在这里,我们恰好看到雕版印刷的发明与市民文化的关系。雕版印刷加速了文化的传播和下移,刊本的普及使文化的积累和传播更为便利,无论是经史、诗文集都比以往拥有更多的读者,词曲、曲艺和小说则成为读者最多的读物,在士大夫之外还包括粗通文墨的市民、商贾、妇女。雕版印刷的发明及由此带来的图书业的繁荣,适时地满足了城市人口对通俗文艺消

---

① 宁欣《由唐入宋都市人口结构及外来、流动人口数量变化浅论》,《中国文化研究》2002年夏季号。

② 段玉明《中国市井文化与传统曲艺》,吉林教育出版社1992年版,第142页。

费的需求。

学术界通常根据北宋天禧三年(1019)重定户籍制度,将城市居民称为"坊郭户"与乡村居民区别开来,而认为宋代已形成市民社会,将宋元以后的城市文化称为市民文化,通俗文学称为市民文学①,这是值得斟酌的。第一,市民(citizens)是个外来的政治学概念,它绝非意味着居住在城市的人,而是指有选举权的公民,因此近年讨论"市民社会"时,有的学者就认为"市民社会"(civil society,也称公民社会、民间社会)的概念和经验都是欧洲的产物,中国历史上从来就没有西方意义的市民阶级②。既然市民和市民社会都不存在,又何来市民文化呢?第二,即便我们姑认为元代以后的城市生活是市民社会,那么文化的主要承担者是否就是市民阶层呢,文化的生产和消费是否即以这部分人口为主呢?显然不是。我想大家都会同意,宋代以后无论精英文艺还是通俗文艺,其生产者和消费者仍然是以士大夫阶层(包括其眷属)为主,与唐代以前几乎没什么变化。但是文艺的重心明显发生了偏移,通俗文艺在文化生产尤其是日常消费中占了越来越重要的位置和分量。在文化的承担者没有发生变化的情况下,这种文化生产和消费重心的转移是如何形成的呢?或者说该如何理解这种发生在同一社会阶层中的文化转移呢?我想这是无法用趣味的转移来解释的,它确确实实是文化本身的转移。这里也许用得着布尔迪厄的"场域(field)"概念了,宋代以后文化重心的转移实际就是文化"场域"的变化,即由六朝以前的宫廷、唐代的庄园转移到了宋代以后的市井。

因此,宋代以后的所谓市民文化实际上就是市井文化,有的研究者

---

① 参看谢桃坊《中国市民文学史》第一章"中国的市民社会与市民文学",四川人民出版社1997年版,第1—36页。

② 参看徐友渔《市民社会理论研究》,《社会科学论坛》2005年第2期。

将它定义为"以市民社群作为文化族群的一种通俗性的综合文化"①。考虑到"市民"概念容易引起歧义,还不如用"庶民"。作为正式的文化学概念也可称庶民文化,日本学者正是这么用的②。庶民文化或市井文化作为一种独特的文化类型,应该说形成于宋代③,更具体地说是形成于南宋,它标志着中国历史"近世"阶段的开始④。历史学者认为,"日益增长的个人化便是近代先进社会的必然产物",那么反过来说,近代社会的一个标志就是个人化的发展,对欲望和"私"给予公开的肯定⑤。宋代作为庶民文化肇始的一个鲜明标志,正是庶民阶层表现出的要求平等的意识。王安石《风俗》一文论京师风气之变,说京师风尚"衣冠车马之奇,器物服玩之具,且更奇制,夕染诸夏。……富者竞以自胜,贫者耻其不若,且曰:'彼人也,我人也,彼为奉养若此之丽,而我反不及!'由是转相慕效,务尽鲜明"⑥。这种对欲望的赤裸裸追求,显示出与传统生活观念绝异的时代气息。明代以后,以袁宏道"真快乐",张岱《自为墓志铭》的十二"好"为代表的大胆告白,显示了以欲望的解放为正当诉求的明代士风的主流⑦。有关研究成果已阐明,庶民文化崛起的标志是娱乐的大众化、普及化⑧,大众文艺的典型形式——

---

① 段玉明《中国市井文化与传统曲艺》,吉林教育出版社1992年版,第2页。

② 参看大木康《庶民文化》,收入《明清时代的基本问题》,汲古书院1997年版。

③ 段玉明《中国市井文化与传统曲艺》,吉林教育出版社1992年版,第52页。

④ 近年韩国学者金学主在《中国文学史上的"古代"与"近代"》(章培恒、梅新林主编《中国文学古今演变研究论集》,上海古籍出版社2002年版,第84—96页)一文中也提出并论证了中国文学古代、近代之交在南宋的观点,笔者深表赞同。

⑤ 最近也有学者对这一理论预设提出质疑,见伊东贵之《"秩序"化的诸相——清初思想的地平线》,沟口雄三、小岛毅主编《中国的思维世界》,江苏人民出版社2006年版。

⑥ 王安石《王文公文集》卷三十二,上海人民出版社1974年版,上册第380页。

⑦ 参看黄霖《关于明中叶文学"走向近代化变革"的问题》,《文学遗产》2002年第6期。

⑧ 参看段玉明《中国市井文化与传统曲艺》第三章"传统曲艺——市井文化的体现",吉林教育出版社1992年版。

戏剧正是在北宋都市的勾栏瓦肆中成形,并繁荣起来的。不但有说唱杂剧,还出现了公认为中国戏剧成熟形式的南戏"永嘉杂剧"。靖康之难中汴京被掳往北方的上万名教坊乐人、京瓦艺人,又将音乐、戏曲文化传播到北方①,催生了在金朝院本和诸宫调基础上形成的元杂剧。

这种大众娱乐样式一旦形成,便迅速占领文化市场,不仅深入庶民的日常生活,也不断向士大夫的家庭生活渗透,以至于理学家郑晓在遗训中专列不许倡优入门一条,违者以不孝论。但士大夫阶层普遍表现出对戏曲的热衷,杨维桢首开蓄家乐之风,每出游必以家乐自随。明代以后,士大夫家蓄优伶已是常事,理学家陈龙正甚至说:"士夫最忌蓄养优伶,每见不好学问者,居家无乐事,搜买歌儿,延优师教习讴歌,称为家乐,酝酿淫乱,十室而九。"②其中较为著名的有何良俊,他本人精于词谱,家有女乐一部③;屠隆、阮大铖、李渔、尤侗、查伊璜等人也有家庭戏班④。李调元"晚年致仕家居,蓄优伶百余人,课歌教曲,颇遭物议"⑤。关中理学家康乃心曾痛心疾首地提道:"韩城人人皆善昆腔,田夫市儿悉然,可恨之极之事也。"又说:"士大夫家妇女亦至有精于唱小曲者,习以为风,岂不令人恨死?"⑥这种风气很典型地反映出,庶民文化的兴起是个两极的运动,一方面是士族阶层的日益庶民化、市俗化,另一方面则是庶民阶层的士族化、文雅化。

---

① 徐梦莘《三朝北盟会编》卷七十七,上海古籍出版社1987年版。
② 陈龙正《几亭外书》卷二"家矩",详刘水云《家乐腾踊——明清戏剧兴盛的隐性背景》,《文艺研究》2003年第1期。
③ 陈继儒《太平清话》卷下,王文濡辑《说库》,1915年上海文明书局石印本。
④ 参看王国维《东山杂记》卷二"士人家蓄声伎",赵利栋辑校《王国维学术随笔》,社会科学文献出版社2000年版,第89页。
⑤ 谢显价《芸窗笔记》卷一,咸丰四年刊本。
⑥ 康乃心《莘野先生遗书》所收《莘野论定大全集·子墨子》,中国社会科学院文学所藏清乾隆间稿抄本。

从宋代开始,士大夫日常的文化生活,虽仍是文社雅集,诗酒风流,但已掺入了世俗娱乐的内容。顾曲填词无疑是宋、元文士最热衷的雅好,明清以后则观戏听曲成为士大夫最日常的娱乐。不少人还喜欢自己粉墨登场,如清代的山东巡抚国泰、漕运总督潘锡恩、大学士张之万等,都以酷嗜演戏著闻①。读明清文人诗集,其中观剧及题咏戏曲诗作之多,足见作者的日常娱乐与戏曲密切相关。职是之故,戏文曲词也普遍为士大夫所熟悉。《谐丛》载,某次公会,严世蕃后至,客问何故迟到,曰:"偶伤风耳。"王世贞随口就唱《琵琶记》一句:"爹居相位,怎说得伤风?"②清代徐野君独好观俳优戏,"以为骚人逸士兴会所至,非此类不足称知己"③;许善长自称"余最爱孔季重《桃花扇》,读五六过矣"④;梁绍壬《两般秋雨庵随笔》卷二"戏名对"条,举戏曲中折、出之名作对,涉及六十多种戏曲,其对戏曲的喜好和谙熟可以想见。小说也是士大夫热心阅读的文字,清初古文家魏禧《答门人林东孙》论"不患无才患无志",有云:"仆尝谓《水浒传》朱富只是办厨,亦与大豪杰同在天罡地煞之数;天罡地煞中人只是办厨,亦不耻不怨,盖能自量才力。……王文成公拔本塞源论不过发挥得此意而已。"⑤能从《水浒传》联想到王阳明心学的道理,也可见他读小说之熟。乾隆间一代古文名家朱仕琇曾自述"所阅市廛小说、填词不下千余种,正业隳废"⑥;晚清胡林翼说:"本朝官场中,文官全以《红楼梦》一书为秘本,故一入仕途,即攒营挤轧,无所不至;武官全以《水浒》一书为师资,故满口英雄好

---

① 见孙静庵《栖霞阁野乘》卷上,重庆出版社1998年版。
② 王利器辑《历代笑话集》,上海古籍出版社1981年版,第274页。
③ 王晫《今世说》卷八"惑溺",清刊巾箱本。
④ 许善长《谈麈》卷四,光绪四年碧声吟馆刊本。
⑤ 魏禧《魏叔子文集》卷七,《宁都三魏文集》,道光二十五年谢若庭绶园书塾重刊本。
⑥ 朱仕琇《又答雷副宪书》,《梅崖居士文集》卷二十二,乾隆刊本。

汉,所谓奇谋秘策,无不粗卤可笑。"①这都是通俗小说深入士大夫知识结构的证明。

如果说士大夫阶层观赏戏曲小说属于俯就世俗趣味的话,那么市井庶众之接触通俗文艺则属于获得文化教养。由于通俗小说读者众多,在清初出现了经营通俗小说租赁业的"税书铺"。康熙二十六年(1687)给事中刘楷奏曾见书肆开列租赁小说书目多至一百五十余种,乾隆三年(1738)广韶学政王丕烈奏当时书铺收购小说,"叠架盈箱,列诸市肆,租赁与人观看",以至于嘉庆十八年(1813)申谕禁止②。联想到上世纪80年代武侠小说风行,图书租赁店武侠小说充斥的景象,以今衡古,不难设想通俗小说在当时的流行情况。王夫之评李白《登高丘而望远海》说:"后人称杜陵为诗史,乃不知此九十一字中有一部开元、天宝本纪在内。俗子非出像则不省,几欲卖陈寿《三国志》以雇说书人打匾鼓说赤壁鏖兵,可悲可笑,大都如此。"③正统文人的讥讽适足道出了市井百姓通过绣像小说获取历史知识的事实。通俗文艺在社会上的普及,最醒目的标志是古代最大的非文化群体——妇女的普遍接受。明清戏曲小说的大量序跋、评点乃至故事情节本身,都告诉我们,深闺妇女是通俗文艺一个很大的读者群④。盖女子因礼教所限,娱乐尤为贫乏,堂会观剧和阅读基本就是她们所有的文化生活。虽然从明代以来,士大夫群体已普遍意识到女子的教育与阅读是一个重要问题,但适合女子阅读的书籍却非常少。正像张潮《闺训十三篇序》所说:"女子读书,其聪明颖悟往往高出男子十倍,盖其精神专一,故口一成

---

① 朴庵编《趣史》,胡寄尘辑《滑稽丛书》,1912年上海广益书局排印本,上册第4页。
② 参看潘建国《古代小说租赁业漫话》,《文史知识》2001年第6期。
③ 王夫之《唐诗评选》卷一,文化艺术出版社1997年版,第21页。
④ 这一点大木康《关于明末白话小说的作者与读者》有专门论述,载《明代史研究》第十二号,明代史研究会1984年3月版。

诵,即能历久不忘。惜乎可读之编十无一二,即以四子论,微者为性命之旨,显者为治平之略,均于女子无裨也。世俗所传《女论语》一书,其所论皆蚕桑井臼之务为多。予谓贫女多不能读书,凡读书者大抵皆富家大族。夫以富者而诲之以贫者之事,是犹夫处三代之后而欲责之以茅茨土阶,无论势所难从,亦且理所不必,徒使读之者致疑于书之迂而无当,不几启巾帼以废书之渐乎?"① 在这种情况下,戏曲、小说、弹词、唱本就成了冯小卿、林黛玉们公开地或悄悄地阅读的对象,从她们中还涌现出吴藻、汪端、陈长生这样的戏曲、历史小说、长篇弹词作者。

庶民阶层及其文化的壮大,其价值观和审美趣味的确立,都离不开通俗文艺的熏陶和模塑。宋元之际"贵族化、宗教化的文艺告终,平民文艺抬头"的倾向②,是与庶民文化急剧增长的大趋势相呼应的。正是在通俗文艺中,庶民文化获得了最畅快淋漓的表现。可以说,通俗文艺既是庶民文化制造的结果,同时也是直接参与其中的建设者,它在参与建构庶民文化的同时建构了自身。而具体到文学,庶民文学的代表性文体当然就是戏曲、小说,闻一多先生说"中国文学史的路线南宋起便转向了,从此以后是小说戏剧的时代"③,这就文学史的主流而言大体是成立的。梁启超的文学进化论,主张宋以后是俗语文学的大进化,也可以从这个角度去理解。但这绝不意味着贵族文学、士族文学的代表性文体就趋于死亡,走向没落。历史不是单线性的,而是复调的,或者如其他学者说的是蔓状展开或板块式地连接的。

虽然根据前文的论述,我们不难认定庶民文化阶段的文学主流是庶民文学,但这一概念需要加以界定才能使用。现在,研究者一般都将

---

① 张潮《心斋聊复集》,康熙刊本。
② 浦江清《中国文学史讲义》(宋元部分),天津古籍出版社2007年版,第6页。
③ 参看闻一多《文学的历史动向》,《神话与诗》甲集,中华书局1956年版。

戏曲小说视为庶(市)民文学,其实这些作品一旦成为案头文学——相对于"说话""搬演"而言,它们就和士大夫阶层联系起来。宋代科举取士,中式者最多达四百人,高于唐代十几倍,彻底的文官体制终于在此基础上完成。明代以后,仕途局限于科举,生员人数激增,这意味着消费文字出版物的人口比例较前代将有大幅度的提高。白话小说到嘉靖以后出版规模急剧扩大,通常认为与此有关。因为无论从文化程度还是从经济能力来说,通俗文学的主要消费者都是贵族、官吏、闺秀、文人乃至富商等有闲有钱且有文化的人群。据谢国桢先生考察,当时书坊迎合社会需要,主要出版的是制艺、时务、小说三类书籍①,分别对应于今天的教育、新闻和娱乐,其相应的读者群则是举子、士大夫和闲人(商人、闺秀等):举人读前两类,士大夫读后两类,闲人只读最后一类。明代李时勉说:"近俗儒有假托怪异之事,以饰无根之言,如《剪灯新话》之类,非惟市井轻浮之徒争相诵习,至经生、儒士多舍正学不讲,日夜记忆,以资谈论。若不严禁,邪说异端,日新月盛,恐惑乱人心。"②这说明至迟到明代前期,正统文人已深切感受到通俗小说的强劲冲击力及对世道人心产生的影响。

庶民文学无论戏曲小说还是说唱曲艺都带有一切通俗文艺的基本特征,如宣扬传统的道德诚信,要求法律平等;崇尚婚姻自由,但维护家庭稳定,谴责通奸;歌颂友谊,抨击忘恩负义等等。值得注意的是,在讲史和英雄故事中,已寄托了市民阶层的价值观。如《三国志平话》讲司马仲相梦入阴司,主阴曹审狱,断韩信、彭越、英布三人为汉高祖枉杀,报呈玉皇,使三人转世为曹操、刘备、孙权,三分汉家天下。这便是庶民阶层历史评价的体现,突破了正史对三人的定格。《大宋宣和遗事》指

---

① 谢国桢《明清之际党社运动考》,辽宁教育出版社1998年版,第102页。
② 《明实录》正统七年二月辛未,"中研院"历史语言研究所1961年影印本。

斥宋徽宗"一个无道君王,信用小人,荒淫无度,把那祖宗混沌的世界坏了",也绝不是士大夫辈所敢道的。而在惩恶扬善主题中加入因果报应的思想,同样是庶民文化的思想特征。佛、道二教为唐代士人所重视的原理性内容,到明清以后基本被轮回报应的民间信仰所取代。

由于通俗文学的受众很大一部分属于庶民阶层,其内容也相应地涉及庶民阶层的生活。戏曲小说作品的主人公由唐传奇集中描写的进士集团转向市民阶层,仅存的三种南戏之一《小孙屠》即以屠夫为主人公。而通俗小说中,除"传奇"类少数作品如《张生彩鸾灯传》《宿香亭记》还沿袭唐代的才子佳人故事,大多是商贩、僧道、军卒、医卜、工匠、仆役、盗贼充当了故事的主角。明代戏曲小说里,神鬼怪异、朴刀杆棒类作品更少,为日益丰富的市井生活题材所代替,所表达的也是庶民阶层的价值观。比如《醒世恒言》卷十七《张孝基陈留认舅》,开场诗即云:"士子攻书农种田,工商勤苦挣家园。世人切莫闲游荡,游荡从来误少年。"接着又发挥道:"多有富贵子弟,担了个读书的虚名,不去务本营生,戴顶角巾,穿领长衣,自以为上等之人,习成一身轻薄,稼穑艰难,全然不知。到知识渐开,恋酒迷花,无所不至,甚者破家荡产,有上稍时没下稍。所以古人云,五谷不熟,不如荑稗。贪却赊钱,失却见在。这叫做受用须从勤苦得,淫奢必定祸灾生。"较之士大夫的理学观念,庶民阶层更肯定人的自然欲望,且不说那些讽一劝百的色欲小说,就是主题严肃的小说,也反映了百姓对人的自然欲望的朴素看法。《喻世明言》卷四《闲云庵阮三偿冤债》有云:"常言道男大须婚,女大须嫁,不婚不嫁,弄出丑吒。多少有女儿的人家,只管要拣门择户,扳高嫌低,担误了婚姻日子,情窦开了,谁熬得住?男子便去偷情嫖院,女儿家拿不定定盘星,也要走差了道儿,那时悔之何及?"这样的议论,且不说士大夫不能认同,即便心里赞同,也不敢明确表达和主张。所以,要说代表着宋代以后社会发展趋势和主流的,当然非庶民文学莫属。士族虽然还掌握着文学的领导权,处于传统的优势地位,但他们的观念和审美需求却在向庶民阶层靠拢,并或多或少地融入了庶民阶层的文化色彩,使整个文学格局呈现庶民文学持续发展、士族文学和贵族文学在保守中变异的趋势。

当然,尽管庶民文学的市场十分膨胀,但它左右文学领域的范围还是有限的。说庶民文学是庶民文化阶段的文学主流,更多是着眼于庶民阶层的趣味主导着文学的发展,宫廷贵族和士族社会尽管仍拥有自己的文学活动方式和写作标准,但它们已不能限制通俗文学发展的趋势,并且自身也难免为通俗文学所吸引和渗透的命运。

中国古代社会的漫长历史表明,不同的文化族群各自拥有一个文学的"场域(field)",历史的转变很难在短时期内反映于各族群的文化。宫廷和贵族作为一个阶层始终存在着,它的文学血统也一直绵延不止,在文学史上清晰地呈现为一个从屈原到《红楼梦》的传统,最近学术界开始注意到这个问题[①]。但是到庶民文化阶段,宫廷和贵族文化较中古时期对社会的影响更小,从某种程度上说甚至已无自己的独立品位,而向市井文化靠拢。这在宋代即已显露端倪,宫廷不仅没有市井所无的独擅技艺,反而常常要以"和雇"的形式征召民间艺人入宫表演[②]。南宋高宗喜欢听说书,晚年退位后专以听书为娱,孝宗便令善滑稽者近侍供奉,日进一本。凌濛初《拍案惊奇》序说"宋元时有小说家一种,多采闾巷新事,为宫闱承应谈资。语多近俚,意存劝讽,虽非博雅之派,要亦小道可观"[③],确是有案可稽的实情。清初画家王烟客子揆中进士,及胪传唱名,揆与魁音近,顺治帝问:"是负心王魁耶?"[④]皇帝

[①] 杨春时《从楚辞到红楼梦:中国的贵族文学传统》,《东方文化》1999 年第 6 期。
[②] 见周密《武林旧事》卷四,知不足斋丛书本。
[③] 凌濛初《初刻拍案惊奇》,上海古籍出版社 1985 年影印本。
[④] 王应奎《柳南随笔》卷五,中华书局 1983 年版,第 86 页。

对小说熟悉到如此程度，可见宫廷的趣味和文化消费在某些方面岂非已邻近市井？上古文学史的两条线索——贵族化的大赋消亡和乐府民歌兴起，亦即胡适《中古文学概论序》中提出的"民间文学升作正统文学"的趋势①，到近世的宫廷是表现为诗文的边缘化和戏曲、小说的流行。近年对清代宫廷演戏的深入研究，愈益揭示了清宫演戏对当代戏曲发展的重大影响②。

随着通俗文艺日益渗透到士大夫的日常生活中，他们虽然照常写作传统体裁的文学作品，但观念已发生了很大的变化。尽管官修史书和文人书目仍不著录戏曲小说，严守着传统的雅文学的疆域，但一个富有叛逆色彩的颠覆运动已将传统的经典序列推翻并重组。金圣叹称《庄子》《屈骚》《史记》《杜诗》《水浒传》《西厢记》为六才子书，以取代六经，对文学经典重新作了确认，持正统观念的文人斥其"以小说、传奇跻之于经史子集，固已失伦"③，不知这正是明清时代对新的文学伦序的确认，是戏曲小说终于能与正史、诗文相提并论，在理论上得到较高价值的肯定的标志。士大夫中，有人说"今之真诗在南曲"④，有人说"凡古今善恶之报，笔之于书事以训人，反不若演之于剧以感人为较易也"⑤，也有人说："予生平所最心痒而未能者，惟词曲一道，谓夫词曲一道与文事相通者也。彼其嘘已死之人而肖其声音笑貌，既与文家铭赞纪传同一键枢；而其谐音叶律，又复胎自诗歌骚赋；其首尾起伏、眼目照

---

① 《胡适文存》二集卷四，上海亚东图书馆1931年版。
② 参看幺书仪《晚清戏曲的变革》，人民文学出版社2007年版；丁汝芹《康乾年间的万寿庆典与三庆徽班进京》，《燕京学报》新八期，北京大学出版社2000年版；李玫《汤显祖的传奇折子戏在清代宫廷里的演出》，《文艺研究》2002年第1期。
③ 归庄《诛邪鬼》，《归庄集》卷十，上海古籍出版社1963年版，下册第499页。
④ 毛先舒《潠书》卷一《丽农词序》引陆景宣之说，《四库全书存目丛书》集部第210册第622页。
⑤ 金埴《巾箱说》，中华书局1980年版，第140页。

应,则又类于大序小跋。且冷话佳谑,可入《志林》;拍板扪槌,时参禅悦。一剧而文事之工备者,惟词曲独焉。今人有得意诗文,垂诸后世,不过博人叹息一番,快读数过而止。词曲者比竹合丝,能使千百年后娈童倩女,咀宫嚼征,字敲而句推之,醉月坐花,渴以之醒,愁以之醳者也。王昌龄诸君'寒雨连江'诸绝句,使今人读之,不过二十八字,一气而可通诵耳。乃谱入乐府,则旗亭风雨时,遂为双鬟妙伎拊节而歌,信乎一字字更长漏永,一声声衣宽带松,销魂哉,词曲之痒人特甚也。"①很少有人再诋斥戏曲小说为卑贱体裁,不能者顶多缄口藏拙,不至于公然批评;能之者则兴会所至,撰为笔记杂说、唱词曲本,闲情偶寄,以逞其兼能之才。

宋元时代只是下层文人参与通俗文学创作,如《武林旧事》《录鬼簿》所载的李霜涯、李大官人、叶庚、周竹窗、平江周二郎、贾廿二郎、李时中、马致远、王伯成、沈和甫、施君承、萧德祥、赵文宝、红字李二之类,主要是"书会先生",也有部曹、行省低级官吏,或教坊子弟、卜算行医者流。明清以后,许多著名文士厕身于通俗文学创作。不仅有冯梦龙、丁耀亢、蒲松龄、洪昇等下层文士编著戏曲、小说,像凌濛初、黄周星、吴伟业、尤侗、孔尚任、袁枚、蒋士铨、纪晓岚这样有盛名的作家也涉足于戏曲、小说创作。民歌、说唱同样受到更多文士的赏爱,杨慎仿《历代史略十段锦词话》作《廿一史弹词》,冯梦龙编《挂枝儿》《山歌》,徐大椿、郑板桥拟俗曲作《道情》等,在士大夫文人创作中开了新境界。梁绍壬《两般秋雨庵随笔》曾记载各地民歌,说"山歌船唱有极有意义者",甚至"苗人跳月之歌,当亦有可观,惜无人译之者"②。康有为《闻菽园居士欲为政变说部以诗速之》则写道:"我游上海考书肆,群书何

---

① 许友《题张伯展诸剧》,《米友堂文集》,明末刊本。
② 梁绍壬《两般秋雨庵随笔》卷四、卷六,上海古籍出版社1982年版。

者销流多。经史不如八股盛,八股无如小说何。"这便是清末图书市场的一般情况。士大夫洞悉大众阅读的趣味,有时不免技痒操觚。著名的例子是学者俞樾将道咸间说书家石玉昆的《龙图公案》改编为小说《七侠五义》。士族文人跨界创作通俗文艺,固然是文学才能向通俗文学领域的扩张①,究其实质也是士族文化下移的结果。

  当通俗文艺成为文人士大夫日常阅读和娱乐消费的重要内容后,不可避免地会影响到他们的趣味和写作,这甚至在传统诗文创作方面也看得到。明代李梦阳教人作诗文以俗曲《锁南枝》为楷模,唐顺之、王慎中等名士推许"《水浒传》委曲详尽,血脉贯通,《史记》而下,便是此书"。李开先说《水浒传》"倘以奸盗诈伪病之,不知序事之法、史学之妙者也";《锁南枝》若以为"鄙俚淫亵,不知作词之法、诗学之妙者也"②。古文名家归有光自称文章学《史记》,但评《史记》却说:"太史公但至热闹处就露出精神来了,如今人说平话者然,一拍手又说起,只管任意说去。"又说:"《史记》如二人说话堂上,忽撞出一人来,即挽入在内。"可见他虽学《史记》,却是从小说、评话的表现手法中悟出《史记》的笔法和写作技巧的③。阳湖派古文家恽敬也撰有《红楼梦论文》一书,用黄朱墨绿四色笔,仿归有光评点《史记》之法论《红楼梦》文法④。士大夫文学不仅在技法上借鉴于通俗文艺,有时还直接取材于戏曲小说故事,致使明清诗文素材和语料的来源之丰富,范围之广泛,

---

  ① 沈金浩《论清代诗歌戏曲小说间的联系渗透与互补》,《中国文学与中国文化》,江苏文艺出版社1997年版。

  ② 李开先《词谑》,《中国古典戏曲论著集成》,中国戏剧出版社1959年版,第3册第286页。

  ③ 参看吴孟复《桐城文派述论》,安徽教育出版社1992年版,第5页。

  ④ 鬼道人辑《旧学盦笔记》"恽子居《红楼梦论文》"条,台湾广文书局1970年影印笔记三编本,第25页。

远过此前的任何时代。追原士大夫文学取材于通俗文艺的例子,早在宋代陈与义《夜赋》诗中即已出现,其中"泊舟华容县,湖水终夜明;阿瞒狼狈地,山泽空峥嵘"两联,后人指出是用传说素材①。王渔洋《落凤坡吊庞士元》,后人皆谓庞士元不见于《三国志》,乃是小说虚构人物。无独有偶,其弟子康乃心也有《真定赵云故里》(《莘野诗续集》卷二)诗,性质相近。关帝庙侍立的周仓,史传并无明文,而《山西通志》载其事迹,全同于《三国演义》;甚至桃园三结义,也被士大夫用作故实②。这都是因为《三国演义》传播人口,"流俗耳目渐染",遂将乌有之事坐实为信史。小说素材用于诗文,虽不至有损于雅文学的品格,但终究给士大夫文学的书卷气上涂抹一点滑稽色调,变得风格不纯粹。这种杂糅即风格的粗鄙化,从艺术史的角度看正是近代化的征兆之一。

6. 由文化视角看到的文学演变轨迹

正如前文已肯定的,每一种文学史分期都有它的理由,因而任何一种有说服力的文学史分期都必然提供一种独特的文学史观照及相应的理论阐释。当我尝试基于文化类型来进行文学史分期并尽可能地给出自己的理论阐释时,最终获得一些什么样的结论呢?我觉得如下几点是值得提出来并作进一步思考的。

1. 上文图示的文学史演进轨迹,印证了当代文学史研究的一个假说:文学史的延续,可以看作是一个主因群(处于特定作品或特定阶段的前景中的某一因素或因素组)被另一个主因群不断取代的过程。被

---

① 袁嘉谷《卧雪诗话》卷二,《袁嘉谷文集》,云南人民出版社2001年版,第2册第602页。按诗见《陈与义集》卷二十二,中华书局1982年版。

② 章学诚《丙辰札记》,中华书局1986年版,第89—90页。

取代了的主因群并不从系统中全然消失,他们退入背景中,日后以一种新的方式重新出现①。

2. 文化族群和文学传统在任何时代都呈现为多元共存的格局,构成文学史运动的复调性:上古贵族文学主流与士族文学的萌生,中古贵族文学、士族文学的消长及庶民文学的萌生,近古士族文学与庶民文学的并峙、贵族文学与庶民文学的合流,都体现了这种复调性。

3. 文学传统演变的趋势呈现为文化下移的过程:贵族同化于士族,士族同化于庶民。文化的下移形成审美趋同,最终整合、融汇成华夏民族的文学精神和审美趣味。

4. 文体演变的趋势所显现的范式意义:士族文学的抒情传统向庶民文学的叙事性倾斜,而叙事性因被士族化也吸收了其抒情性,形成中国叙事文学浓厚的抒情色彩。

正如历史学家爱德华·霍列特·卡尔所理解的那样,将历史分为若干时期并不是一种实际情况,而只是一种必要的假设,或者说思想工具。这种假设或工具,只要能说明问题便能发生效力,而且是靠解释发生效力②。根据文化类型来划分文学史阶段,我认为更能统摄作者→创作方式→作品→传播方式→读者等诸多文学史要素,概括更多文学要素之间的同步性,从而说明文学的实际承担者及文学时段在文学演进不同层面上的内在统一性,完整地呈现文学史的阶段性和结构模式。这并不是我的独创性思路,从伏尔泰、斯宾格勒到汤因比,被称为文化形态史学的大历史研究早已显示出这种趋势。如今在种种不同视角的历史分期模式中,文化史视角的分期更是脱颖而出,在当

---

① 周宁、金元浦编《接受美学与接受理论》,辽宁人民出版社1987年版,第344—345页。

② 参看爱德华·霍列特·卡尔《历史是什么?》,吴柱存译,商务印书馆1981年版。

代史学中独树一帜。

列维·斯特劳斯曾说,"一切历史事件在很大程度上都是历史学家对历史进行切分的产物"①。历史的阶段性同样也是历史学家切分历史的结果,这种切分无不基于一种自觉或不自觉的目的论史观。我们总会以自己所处的时点为终点,历史的所有运动很自然地被理解为朝向这一终点的趋势。不同时代对终点的命名是不同的,在今天,最强劲的历史话语是现代性。在这已然成形但尚未完成的现代性生成过程中,历史常被理解和描述为现代性发生、发展和社会向现代过渡的历程。我的分期不是为了印证这种史观,而只是发现文学在内容和形式上的所有因革都是顺应文化的转型而发生的,所以它要阐明的是文学背后的更大背景。更主要的是,我的分期在结构上,将每个时期都看作是不同文化性质共生和消长的复调运动,而不是单调的线性接续,这将改变我们以往对文学史的过于简单的看法,稍微还原一点历史过程的复杂性。

---

① 列维·斯特劳斯《野性的思维》,李幼蒸译,商务印书馆1987年版,第276页。

三 20世纪文学史学反思

1. "重写文学史"口号的提出

如果说文学史是人类心灵活动的语言表达的历史,那么文学史研究就是人们对自己文学史的认识和反思。这种认识和反思随着时代的推移,因人类认识手段和认识方法的改变而改变,于是就产生不同时代的重写文学史的欲求。日本在1950年代出现以"追寻日本民族的悲欢哀乐的表现"(中野重治《日本文学的诸问题》)和恢复民族的创造性(竹内好《国民文学论》)为目标的重写文学史的要求[①]。中国台湾学术界也在1980年代中期发出了重写文学史的呼声,据说是受大陆的影响。而中国大陆对文学写作的反思是在1980年代初期,1980年代后期在新方法讨论的学术背景下明确提出"重写文学史"的口号,其明确标志是1988年《上海文论》杂志开辟的"重写文学史"专栏。这一口号的提出,无疑与1980年代中国大陆人文、社会科学的思想解放、学术转型和知识增长密切相关。思想解放直接引发文学观念的变革,并带来文学理论的重构。而学术转型则导致了文学史研究中的三个新趋向:(1)学术观念由逻辑回归历史;(2)学术视野由文学扩展到文化;(3)

---

① 参看鹰津义彦《日本文学史的方法论》前言,日本樱枫社1972年9月版。

学术史思潮蓬勃兴起。学术观念的变化带来对文学史知识和文学史框架的新认识,学术视野的扩展带来对文学史内容的新阐释和新估价,学术史的回顾带来对文学史写作的历史反思和学术规范的重构。1980年代文学研究领域急速的知识积累和更新,迫切要求文学理论加以概括和提炼,同时也要求文学史加以整理、综合和容纳,于是在1980年代后期,重写文学概论和文学史的热潮达到顶峰。据我粗略统计:1988年出版文学概论十七种,文学史三十五种;1989年出版文学概论十四种,文学史三十八种。进入1990年代后,文学史的写作和出版达到高潮,1990年出版文学史三十一种,1991年三十七种,1992年三十五种。最近出版的章培恒、骆玉明主编《中国文学史》也是这股热潮的成果之一,而中国社科院文学所主编的十四卷本文学史将是其光荣的尾声。从第一部《中国文学史》诞生至今已逾百年,文学史写作的历史及其成果本身已成了需要研究的问题,于是以研究文学史的写作为目标的文学史学应运而生,从1990年代以来成为学术界关注的热点。近十年过去,"文学史学"已进入实际的建设阶段,相当一部分学者投入其中,付出了巨大的热情和努力。作为一个关心"文学史学"并参与建设的学者,回顾这门学科十年来走过的历程,欣慰之余,也有一些想法。

2. 走向文学史学的步履

回溯文学史学的发生,自可以文学史著作产生之日为其原点。但从学科的自觉意识来说,其象征性的起点似乎是1983年7月至10月《光明日报》开展的文学史编写讨论。这次讨论,占主导地位的问题是关于文学史的目的、宗旨,主要意见还是我们熟悉的内容,认为"中国文学史作为一门相对独立的文学史学科,它是研究中国文学的特殊的发展规律和特殊的发展途径的科学"(张碧波《文学史研究端断想》,8

月2日),"通过对作家及作品的描述,显示一定民族、一定时代的文学的规律"(禹克坤《文学史与文学规律》),"它的最高任务是探索、发现和总结文学的发展规律"(宁宗一《文学史要探索文学史的发展规律》,7月19日)。比较值得注意的是林岗的意见,他将文学史分成两种类型,一种是叙述性的,"将文学发展历程当作实体性的知识来思考历史";一种是解释性的,"对文学发展历程进行'理性重组',对其演变进行理论上的解释和说明,历史的叙述在这里已包含了第二级的评说"(《谈两种不同的文学史》,9月27日)。这种分别其实只能在理论上成立,实际操作中一定倒向后者。但在当时,林岗的这种分别却的确代表着学术界对文学史性质的对立看法,也就是困扰着学术界的文学史是客观的还是主观的问题。若干年后,人们终于在这个问题上拉开了文学史理论研究的序幕。在《光明日报》的这场讨论中,只有胡小伟提出的文学史应该"成为具有多层次多结构的,能够反映学术界各种成果的综合性著作"(《文学史要有多层次结构》,7月26日),触及文学史朴素的本质,遗憾的是他的意见并没有为人们采纳。所以尽管文学史研究已有长足的进步,尽管文学史著作出版得很多,但摆在人们面前的文学史著作并没有什么令人瞩目的新面貌。

1980年代末雨后春笋般层出不穷的,同时也很少让人许可的文学史著作,引起人们更热切的思考——因为人们希望重写的文学史似乎并没有写出来。问题出在哪里?看来文学史的写作实在不只是高唱发现规律就能得其所哉的,更不是1980年代关于史、论关系的老调重弹可以奏效的。在这种形势下,1990年《文学遗产》开辟"文学史与文学史观"专栏,并在同年10月与广西师范大学共同举办"文学史观与文学史"讨论会就成了一个具有历史意义的转折点。这次会议的中心议题是文学史原理的一些基本问题,包括文学史研究中的哲学问题、价值观与方法论问题、历史意识与当代意识问题、中国文学史的总体特征、发展演变的形式和内在规律,而争论的焦点问题是主观与客观、主体与客体等一些基本概念的问题。不同年龄带的学者由于学术观念和知识结构的差异,形成了尖锐的理论冲突和思想交锋,会议活泼自由的形式使不同的观念和意见在碰撞中达成沟通和理解。许多撰写过各种类型文学史的代表从切身经验出发,深感在实际操作中存在许多理论的盲点和误区,提出了带有普遍性的困惑和问题。但富有建设性的意见并不多见,熊黎辉对文学史的时序,胡大雷、陈飞之对文学史时间、单位、视角等基本概念的提出和初步讨论,可以说是空谷足音①。

在1990、1991两年内,"文学史与文学史观"专栏发表了一批老中青三代学者的专题论文,其中文学史研究如何处理历史与逻辑的关系问题成为众所关注的焦点,王钟陵《历史存在与逻辑学思路》(1991年第1期)代表了相当一部分学者的看法,而陈一舟《非逻辑:文学史景观中的另一面》(1991年第3期)一文则从另一立场提出对文学史发展观的根本看法,各自显示出思考的深度。这些论文的陆续发表,再度引发学术界对文学史学的关注。1991年7月,《文学遗产》又与辽宁师范大学联合召开小型讨论会,继续就上一年桂林会议遗留的问题进行讨论,话题涉及文学史研究的当代意识、与文化史的关系、少数民族文学等内容。在文学史理论建构与历史原貌的关系问题的讨论中,文学史"原生态"和"遗留态"的概念得到澄清,最后大家在"发轫于文学史实,归结于历史逻辑",即历史与逻辑的辩证统一上形成一致看法②。稍后,中国社会科学院文学所在年底也召开了"文学史学研讨会",以所内学者为主,就不同领域的文学史撰写中所遇到的实际问题交换了意

---

① 详细内容参看胡大雷《"文学史观与文学史"学术讨论会述要》,《文学遗产》1991年第1期。

② 详见《文学遗产》1991年第3期的《全国文学史理论问题研讨会述要》。

见。现当代文学史编写中的作家评价问题,在会上引起热烈的讨论。事实上,像柳青这样的作家,如何给予适当的评价的确是件很麻烦的事:学者们以前认为他的创作方法有问题,评价时持否定态度;现在文学观念改变了,觉得他的创作方法没有问题,值得肯定,可是他歌颂的合作化运动本身有了问题,不再是值得歌颂的对象,那么该如何看待他的文学成就呢?[①] 两年后,《文学遗产》再次召集主要由文学所学者参加的座谈会,讨论文学史学的基本问题和构想,包括性质、范围、内容、结构。比起以前的会议来,这次的讨论相当深入。与会者都能从学理的高度思考问题,因此整个讨论贯注着理性的冷静而不只是热情。首先,对"文学史学"作为学科的可能性问题,陈燕谷就谨慎地认为在目前条件下恐怕还难以付诸实现,因为"对于这样一门学科来说,文学史知识和理论知识是同样不可缺少的。但这两个领域的长期隔绝状况,不仅使任何一个领域的学者无法单独胜任这一工作,而且在短时间里也无法进行有效的合作"。但大多数学者还是认为,迄今拥有的丰富的文学史实践和深入的文学史观的探讨为建构文学史学打下了初步的基础,他们并就建构文学史学的基本理论问题发表了看法。董乃斌提出他对文学史学基本内容的看法,主要包含如下方面:(1)关于文学史本身,研究的对象、目的、方法及一些必要的范畴;(2)关于文学史的性质,文学史的学科界定,文学史与人文科学其他学科的关系;(3)文学史研究的主、客体关系问题;(4)史料学与文学史研究的关系;(5)文学史发展的动力问题、规律问题;(6)文学史编写的基本原则和多样性问题;(7)文学史研究的方法论问题;(8)文学史的类型及各自的特征等问题;等等。他认为文学史的形态学可以作为优先考虑的选题,并对由不同视角区分的各种文学史形态作了大概的说明。他的思考隐然为文

---

① 报道见《文学评论》1992 年第 2 期。

学史学拟构了一个基本框架,文学史学的雏形已呼之欲出。这次会议的纪要刊登于《文学遗产》1993年第4期,即使今天来看也是富有成果,值得重视的。另外还有一次历史性的会议必须提到,那就是1996年底由中国社会科学院文学所理论室发起的在京学者座谈会,不同专业领域的研究者聚集在大觉寺,围绕文学史、文学理论史的研究和撰写进行了多层次、多角度的对话。在座都是熟悉现代学术思潮的中青年学者,尽管各自提出的问题属于不同的研究领域,但都能从学理上进行思考和分析,论题涉及现代学术思想的各个层面。盛宁从《哥伦比亚美国文学史》和《剑桥美国文学史》的编纂分析了英美文学史撰写的新动向,特别是文学史基本理念从"实在论"到"激进的相对主义"的变迁,开阔了大家的眼界。与此相对,葛兆光则敏锐地指出,在近年颇为热门的文学与宗教关系的研究中普遍存在一个问题,即"没有问题"。这是个值得警觉的倾向。事实上,不光是文学史研究,整个人文科学似乎都存在着这个问题。一些属于文学史学的论文,也可以看作是"没有问题"的研究,尤其是与这次会议的发言相比更是如此。

但问题毕竟在讨论中不断得到深化和明晰,文学史学的整体建构终于正式起步。1996年由董乃斌主持的"文学史学"课题被列为国家社科基金项目,进入实际操作的阶段。1997年12月由中国社会科学院文学所发起,在莆田召开了"文学史学研讨会"。与会代表的讨论,涉及文学史观的统率作用、文学史著述的模式、客观描述和主观统摄的关系、文学史的教学时间和方法、文学史和作品选两门课程的关系等问题,明确提出"文学史学"大致由三个部分构成:一是文学史学史,其任务是对已有的一切文学史著作和研究活动进行史的梳理;二是文学史学原理,可以从史观、史料、和编纂(即技术操作)等方面来对文学史研究实践作理论的剖析和概括;三是文学史批评,即依据一定的理论对进行文学史研究的学者和他们的论著进行批评。会上还介绍了中国社会科学院和上海社会科学院两个文学所合作进行的"中国文学史学史"课题,对如何撰写这部旨在回顾和总结20世纪文学史研究历史的著作,学者们提出了不少建设性的意见①。看得出,经过若干年的思考和摸索,我们对文学史学的认识确实已具体和深入了许多,一部达到相当水平的中国文学史学史是可以期待的。

3. 文学史学的成果检阅

一般来说,通史著作的撰写有赖于具体问题和局部研究成果的积累。在企望《中国文学史学史》的同时,我们必须同时着手进行具体内容和局部问题的研究。实际上,在我们对文学史学进行初步构想的同时,已有不少学者将自己的思考付诸实行,做出有建设性的成果来,正所谓"桃李不言,下自成蹊"。检阅现有的文学史学成果,可以从三方面来介绍,首先是学科基础建设,其次是理论探讨,最后是历史回顾。

学科建设工作是一门学科发展的基础。在文学史学的学科建设中,首先应该提到的有意义的工作是先后问世的两种工具书:陈玉堂《中国文学史书目提要》(黄山书社,1986)和吉平平、黄晓静《中国文学史著版本概览》(辽宁大学出版社,1992)。它们告诉学者,我们的文学史学现有多少家底,为文学史编纂史的研究划定了基本的材料范围。此外应该提到的是陈平原、陈国球主编的《文学史》(北京大学出版社),这是以文学史研究及其理论、历史为对象的不定期论丛,其栏目和内容主要是文学史研究、文学史理论译介、旧籍新探。已出版的三辑,刊出了一些内容相当专门的论文和译文,在集中表达当代学者的文学史观念的同时,也介绍了国外文学史理论的动向。

---

① 详细内容参看《文学遗产》1998年第3期李玫的综述。

专门的理论探讨,我看到的有五部著作:王钟陵《文学史新方法论》(苏州大学出版社,1993)、陶东风《文学史哲学》(河南人民出版社,1994)、邓敏文《中国多民族文学史论》(社会科学文献出版社,1995)、陈伯海《中国文学史之宏观》(中国社会科学出版社,1995)、钟优民主编《文学史方法论》(时代文艺出版社,1996)。

王钟陵在 1980 年代出版了《中国中古诗歌史》和《中国前期文化—心理研究》两部著作,尽管已有若干篇书评给予好评,但他似乎还是觉得两部大著的价值未被充分理解,于是又写了《文学史新方法论》来阐述上述两书的奥旨。《文学史新方法论》一书的内容,从目录就略知其大概:第一章"更新文学史研究的四项原则",第二章"运用新逻辑学思路的例案:中古诗歌的流程",第三章"文学史研究中的原生态式的把握方式",第四章"对黑格尔发展观的批判",第五章"建立历时性的历史与逻辑之统一",第六章"中国文学史的原生态生长情状",第七章"文学史运动的内在机制与外在形式",第八章"纷纭浑沦的文坛沉浮",第九章"文学史运动的中介和动力结构"。他认为文学史的重构应以文学史方法论即文学史哲学的沉思为前提,而方法意识是对内容本质的自觉,只有同时从研究方法和文学史复杂的巨系统运动之情状与规律这相辅相成的两个方面入手,文学史学才能建立起来。所以他在此书中就尝试将方法探讨与规律研究结合起来,即通过说明自己的写作思路来阐释研究方法。他提出的四项基本原则(史的研究就是理论构造、整体性把握、建立科学的逻辑结构、从民族文化—心理动态的建构上把握文学史的进程),表明他的史观植根于历史逻辑主义的信念,在今天只能说是一家之言。他对历史的基本理解原本有一定的现代性,但被纳入陈旧的思维方式中,就产生了历史真实既存在于过去的时空中,又存在于人的理解中的两重存在的奇怪提法。历史既然存在于过去的时空中,过去的时空消失,那么它就不存在了,怎么还能说是另一重存在呢？我们说李白是诗史上的一个存在,那是基于《李太白集》的遗留。存在的只是遗迹和文本,它们与消失的历史共同构成历史的两种型态——原生态和遗留态,而不是两种存在。至于所谓人理解的历史,只是遗留态的转述,也就是历史写作,它与遗留态是属于同一个类型的,就像岑仲勉《隋唐史》和新旧《唐书》的关系一样。明白这一点,就可知所谓历史双重存在及建立在这之上的主客观辩证统一和真实性概念是多么的无意义了。历史的建构根本就是主观的,王钟陵宣称《中古诗歌史》为比较重要的诗人都确定了一个不可换易的具体的历史位置,这只能说是按照目的论史观进行的历史编织,与真实性没有丝毫关系。一部诗史写了五十位诗人,另一部写了一百位,谁更真实？不过是两者采取的原则不同罢了。真实性的概念我认为是应该被合理性取代的,只有合理性才是个可供讨论的概念。由于王钟陵在史观的基本问题上就迷失了路向,以后的理论展开结果就不难预期了。通观后几章的内容,除了一些文学史写作的基本知识外,就是大量征引两部著作中的哲学思想,似有自我经典化之嫌。而标题所提出的真正属于文学史学的问题,论述中反而不见踪迹,让人觉得像是把一部"中国古代文学概论"之类的讲稿编了个文学史理论的小标题。

真正从哲学高度对文学史进行整体思考并卓有成绩的,应该说是陶东风的《文学史哲学》。他首先提出了文学史研究的元理论问题,强调在文学史研究中首先对重构、评价过去的文学事实的框架、模式、依据、标准进行反思的必要性。全书的内容主要分三大部分,第一部分根据当代历史观念,对文学史本体和文学史认识的关系作了明确的阐述,在肯定文学史本体与认识的不可分离性、文学史研究的建构性、主体性、当代性的前提下,确立了文学史对文学史哲学的依赖关系。作为反证,他回顾1950年代以来的文学史研究,指出其间存在的机械的他律论、传统治史模式、自律性的失落与形式研究的贫乏、系统观念的失落与流变研究的贫乏、体例的僵化与研究主体性的失落诸方面的问题。第二部分评述国外自律论和他律论两种模式的文学史观及其代表性理论,指出其各自的适用性和局限性,提出综合、汇通二者的超越性的见解。第三部分将基本理论具体化,以文学史分期、文类演变及其规律、文学史的主题建构及文学史研究的主题学方法三个问题为中心,将讨论深入到操作层次。作为读者,我个人从这部著作获得很多启发,它促使我深入考虑文学史学的许多基本问题。书中第二部分对各家学说的介绍、评说相当细致,对学说发展的内在逻辑梳理得也很清晰,可以说是一部扼要的文学史哲学史,为学术界进一步的思考提供了极有参考价值的资料。相比之下,真正发表作者自己意见的第五章"超越自律与他律:文学史新模式"则略显苍白,而具体讨论文学史理论问题的第三部分三章也显得较为一般。作者自己在"后记"中说,他发现自己陷入一个悖论之中,他想要解决文学史的自律性与他律性问题,并以自律与他律的转化、融通作为自己的目标,而实际上文学史既是自律的,又是他律的,既是独立的,又不能不受"外因"的干扰。他试图在两者之间找到一个中介,以便使势不两立的双方调和起来,而他的中介就是文学形式。虽然他在辨析概念的基础上对"形式"作了新的阐释,将形式分为"内在形式"和"外在形式",但最后文学史的动因被概括为社会文化环境与文学形式的互动,个体作家和形式惯例的互动,就又将问题还原为阿布拉姆斯的世界—作家—作品三要素的关系。更主要的是,一讲到"互动",就似乎等于什么都没说,因为在系统论已成为常识的今天,人们已很难想象系统整体中各部分之间的单向制约关系。导致这样的结果,原因不在作者,而在问题本身:文学史的发展乃由文学内外诸多因素的合力所推动,想要在这彼消此长的复杂关系中找到一个模式显然是徒劳的,即使找到也必然是主观化和简单化的。陶东风最后说:"我国的文学史研究现状确实太不能令人满意了,而落后的关键依敝人之见又是因为理论太陈旧、太落后,因此理论的更新应在实际的重写之前。现在看来,理论的更新与实际的重写比起来,是一个更为艰难的任务。"我的看法有点不一样,如果说1950到1970年代文学史研究的缺陷(不完全是落后)确与理论的偏颇、僵化有关的话,那么1980年代以来文学史著作(不是研究水平)之不能令人满意,主要是编撰者文学史知识准备的不足。依我看,以目前的文学史知识积累,除先秦到六朝一段,其他是难以产生完整、充实、深刻的文学通史著作的。至于理论的更新,也依赖于文学史知识的积累,姚斯称文学史研究是对文学理论的挑战,意义就在这里。无论是《历史哲学》的作者黑格尔,还是《艺术史哲学》的作者豪泽尔,他们本人都是历史、艺术史知识渊博深厚的学者。我们现在集体撰写文学史的学者,水平参差不齐,很难保证全书达到较高水准。而个人独立著书,除了处理材料规模较小的文学史外,一般都缺乏应有的厚度。许多专体文学史前繁后简,前详后略,给人虎头蛇尾的感觉。在这样的知识水平下,不要说文学史理论的丰富和深化,就是文学史编撰也难期望产生翔实丰厚的成果。

《中国多民族文学史论》的作者是长年从事少数民族文学史研究的学者,这部著作首次从多民族文学史建设的角度,论述中国各民族文学史研究和编撰的历史、现状、实践经验和理论难题。中国是个多民族的国家,民族问题一直是个比较复杂的课题。综合性的文学通史如何处理文学史中的民族文学问题,一直停留在口头讨论上。作者根据自己编写少数民族文学史的经验,提出"化合理论",讨论了多民族文学史中的族际关系问题。同时还对民族文学产生、发展和演变的历史过程,民间文学作品及作者生存年代的判定,少数民族文学史的体例等问题提出了自己的看法,可以说体现了1980年代的文学史观念及思考的深度。书中将中国文学史的建设分成文史混杂的筹建阶段、汉语文学史编写阶段、各民族文学史编写阶段、各民族文学关系史研究阶段、

《中华民族文学通史》编写阶段五个阶段,又将少数民族文学史的建设分为五个时期,记录了中华人民共和国成立后少数民族文学研究的历程。附录《中国少数民族文学史文学概况总目提要》《中国各民族文学史著作编年总目》,有些实用价值。

陈伯海的《中国文学史之宏观》是在总体文学史的广阔视野中思考中国文学史的发展过程及其规律的尝试,其思路和问题与王钟陵有部分重复,但作为论文发表实际上在王钟陵之前。他首先将宏观研究和微观研究的范围作了区分,"将超越个体作家研究作品课题范围的综合性研究归入宏观范畴",它由三个层次组成:有关个别作家群、社团、流派、思潮乃至文学"范式"的考察,属最低层,是宏观文学中的个体研究;就两个以上的上述单位间的联系、比较、承递、转换等论述,属中间层,是宏观文学中的群体研究;而对于一时代、一民族甚至更大范围的文学现象做出概括,则属于高级层,是宏观文学中的总体研究。他认为,宏观研究不仅是对象范围的扩大,更是研究意识的转变,它的研究方法建立在"有机整体"的基本观念上。基于这一结论,陈著从本体论和方法论两方面论述了中国文学史及文学史学的基本问题。上编本体论,分"传统的中国社会与文化""民族文学的特质""文学史之鸟瞰""汉语及其文学功能""中国文学与世界"五章,将中国古典文学的基本特征作了全面的分析和论述,其中以三个周期、三种力量、三次高潮来概括中国文学史的走势,我以为是值得聆听的见解。下编方法论,分"传统文学史观之演进""近世文学史观之变迁""文学动因与三对矛盾""文学动向与一串'圆圈'""文学史上的进化"五章,旨在"从系统回顾本民族文学史观的建构和演变入手,在总结历史经验教训的基础上,努力揭示文学发展的客观规律性,为建设科学的文学史方法论开辟道路"。通观五章的论述,可知他所说的"文学史观"实际上只是文学史的发展观,离文学史观的全部内容还有一定距离。不过在发展观上,他对古代、近代的各种理论及其演进梳理得比较清楚,对 1949 年以来文学史研究的庸俗社会学和形而上学倾向也作了批判性的反思。在文学史发展的动力问题上,他将文学史进程中经常起支配作用的因素概括为文学与生活、思维与形象、文学现象与文学现象三对矛盾,认为由三者的交感共振可大致测断一个时期文学的基本风貌和演变轨迹。我觉得陈先生对问题的三个方面及其关系的把握应该说是触及实质的,但举例分析似乎有点落在"矛盾论"的理窠中,不仅所谓"矛盾"有些牵强,各组"对立统一"也稍显得生硬,好像只是"斗争"论的翻版,或许是思维模式和工具(术语)的陈旧妨碍了思想表达的细密和深刻。同样的,他把文学潮流演进的周期性归结为一个螺旋式上升的圆圈,似乎也过多地沿袭了辩证法的基本原理。文学史与哲学史的基本性质毕竟是很不同的,将文学史的发展比附于哲学史,首先就牺牲了文学史的开放性。另外,对文学潮流的趋势(螺旋上升或螺旋下降)及周期的时间跨度的确定(肯定或否定的具体时点),由于缺少相应的单位规定,也给人"此亦一是非,彼亦一是非"的感觉。就拿骈文来说,它一向与古文在不同的领域并行发展,凡才大的作家如李商隐、尤侗、陈维崧、袁枚、吴锡麒等都兼擅其美。这在骈文正常发展的时代不成为问题,只有到骈文式微的时候,才会有阮元、李兆洛等出来为其张目,形成表面上的对立。可是用圆圈的模式一解释,骈文的历史就变成与古文对立的肯定、否定交替的螺旋过程,这我想是骈文学者很难同意的。文学史的进化观,我认为是陈著有价值的理论启示之一,将进化区别为特殊进化和一般进化,将进化定义为"美学结构的有序化程度逐渐提高,表现人生的社会功能愈益扩大",都是可取的。总的说来,陈著对中国文学史的整体把握显然有目的论和决定论的倾向,文学发展的规律完全与唯物辩证法的基本原理对应起来。尽管作者良好的文学史素养,使文学史的发展在上述理论模式的解释中呈现出完美的逻辑轨迹,但历史现象的非目的性、非规律性、非逻辑性的一面毕竟被遮蔽了。虽然他也指出了非进化性、随机性倾向的存在,可是当文学史的解释由规律占主导地位时,其过程还是不可避免地呈现为一个简单清晰的圆圈或曲线。这即使从现有的文学史知识来看也是难以令人信服的,更何况现有文学史知识的积累还很肤浅呢?归根结底,无论陈著提出了什么命题或这些命题能否成立,它的理论意义都不在这里,它启发我们的是对文学史现象作更深一层的思考,努力揭示文学现象背后的文学史的深层运动,并思考其连续性和逻辑性。以上几部著作,虽各有商榷的余地,但都能从不同方面给人启示,有可供解释和发展、深化的活力,相比之下,钟优民主编的《文学史方法论》,看上去虽折衷平正,但殊无新意,也不具有理性的深度和启示性,兹从略。

第三个方面是对文学写作历史的回顾和经验总结。1990年代以来,以《文学史》《学人》为中心,刊出了一系列检讨文学史旧籍的论文,包括夏晓虹评林传甲《中国文学史》与梁启超《中国之美文及其历史》、周月亮评刘师培《中国中古文学史》、葛兆光评谢无量《大文学史》、朱晓进评周作人《中国新文学的源流》、吴方评陈子展《最近三十年中国文学史》及陈平原评述胡适、鲁迅的文学史研究的文章,对今人的文学史著作,如柳存仁《中国文学史》、司马长风《中国新文学史》、夏晓虹《晚清文学改良运动》,陈国球、王宏志和季镇淮、钱理群也从文学史写作的角度进行了分析。这些文章后来大多收入陈国球等编的《书写文学的过去》(台湾麦田出版,1997)一书。1995年章培恒主编三卷本《中国文学史》的出版并获得商业成功,使文学史再度成为古典文学界的焦点话题,由此引发的评论和笔谈(如《复旦学报》发表的博士生笔谈)所包含的理论思考已远远超出了评论这部文学史本身。陈平原在1995年香港科技大学人文学部主办"中国文学史再思"讨论会上提交的论文,从"文学史"的起源来阐明文学史写作的动机和功能,通过分析清末民初传统书院与西式学堂在文学课程设置上的差异,追溯中西文学教育及史书体例的不同特征,说明诗文评和文苑传的传统写作——阅读方式在近代受到西方教育体制及学术思想的极大冲击,终于以作为京师大学堂课本的林传甲《中国文学史》为契机,完成了"文章源流"到"文学史"的转变。他的研究为近代文学史的诞生提供了令人信服的解释。更系统地回顾近代以来中国文学史的编撰历史的研究,是戴燕关于民国初期文学史写作的两篇论文《文学·文学史·中国文学史》(《文学遗产》1996年第6期)、《怎样写中国文学史——本世纪初文学史学的一个回顾》(《文学遗产》1997年第1期)。前文细致地论述了中国文学史在西学东渐的背景下萌生,由教育制度变革而催化的历程,对文学史草创过程中文学观念的由乱到清,文学史的近代框架与古典学术传统的结合等一系列问题,都作了深入、周到的分析,为我们勾勒出近代文学史学的初期图景。不过,她对文学史著作者对目录学、史学传统及古代诗文评资料过分依赖的问题,似乎过于强调了学术传统与传统文学批评的影响力,而未意识到以传统的文学教养,即出于创作目的,以学习、借鉴为主的研究,加上学科草创阶段的知识准备,是拿不出自己的见解来编写文学史的。在教案、讲义基础上匆忙编成的文学史,只能是新框架和旧材料的混合体。且不说只写了三个月的林传甲的文学通史,就是文体史也不能避免这种结果,1928年出版的李维《诗史》便是一例[1]。1931年,胡云翼在《中国文学史·自序》里说得再明白不过:"中国到现在还没有一部理想的完善的文学史,其原因并不在这些文学史家没有天才和努力,实因中国文学史的时期太长,作者太多,作品太繁,遂使编著中国文学史成为一件极困难的工作。"知道难,

---

[1] 参看蒋寅《现代学术背景中的中国诗史尝试——重读李维〈诗史〉札记》,收入《学术的年轮》,凤凰出版社2010年增订版。

应该耐心作些积累,别草率上马,但就是批别人头头是道的胡氏本人,写一部文学史也不到半年,这怎么能让我们对他们的著作抱有太高的期望呢?

4. 对文学史学的两点思考

在回顾近年文学史学的发展时,我逐渐形成两点看法,一是关于文学史学的基本构成,二是对文学史的态度。

文学史学经过十年的思考和讨论,学科的内涵和外延已越来越清晰。关于它的定义,似乎可以表述为:文学史学是文学学科中以文学史理论及各种类型的文学史著作的编撰为研究对象的一个分支学科。但关于学科内容的基本构成,似还有进一步讨论的必要。1997年莆田会议的结论是将文学史学分为文学史原理、文学史学史、文学史批评三部分。我的看法略有不同,认为可分为文学史原理、文学史理论史、文学史编撰史三部分,各自包含的具体内容是:

  文学史原理——关于文学史的本质、对象、单位、视角、范畴、内容、范围、结构、形式、类型、功能等基本问题的研究。
  文学史的理论史——关于历来不同的文学史学说、理论命题、基本概念的历史研究。
  文学史的编撰史——关于历来编撰文学史的方法、形式、经验、成果的研究。

文学史原理、文学史学史、文学史批评的三分法显然是对应于"文学"学科的文学理论、文学批评和文学史三分结构的,但文学史学的对象——文学史编撰不像文学创作那样无论在内容上在形式上都具有极大的丰富性和独创性,批评在文学史学中占有的分量显然是不能和文学批评相提并论的。相反,文学史理论却是从文学史发生以来就在同步发展的知识系统,其内容之丰富尚未引起足够的重视,对这部分内容的认真探讨将构成文学史学的重要组成部分。因此,我觉得文学史批评可以包括在文学史编撰史中,而文学史理论史则需要独立出来。如果说文学史批评具有面向现时的性质,与编撰史的指向有些抵触、冲突,那么就想想我们的当代文学批评和当代文学史研究吧:"现在"是发生的,每个发生的"现在"当它被意识到时已成为"过去",现象永远属于历史的范畴。当代的文学史编撰仍然可以是历史研究的对象,也只有在历史的参照系中,我们才能进行成功的批评。所以说,文学史批评本身也可以说是一种历史研究。

尽管我一直都从事文学史研究,也不停地在思考文学史学的问题,但对文学史写作于古典文学研究的意义,我的看法是有所保留的。不用说,对文学史的关注意味着对文学事实之逻辑性的通盘思考,意味着古典文学学科自我意识的增强和学科整体认识水平的提高,但这并不决定也不需要带来对文学史写作的迷恋。众所周知,中国是个历史的国度,自古以来中国读书人的最高著作理想就是修史。司马迁以刑余之人,身残处秽,所以能忍辱苟活者,就因为《史记》寄托着他"究天人之际,通古今之变,成一家之言"的理想。在中国的历史上,修史一直是话语权力的象征,对当今王朝的存在合法性(正统)的论证,对正统思想的独断阐释,以及由此决定的对社会理想的描述,无不是通过修史实现的,所以从孔子、韩愈、朱熹到黄宗羲都要以修史奠定自己的事业,修史于是被赋予神圣的色彩。尽管在中国当代的现实状况下,修史未必能构成一种话语权力而只能成为权力话语的影子,但受传统观念的无形影响,学者们还是对编撰文学史投入了过分的热情。事实上,许多学者毕生的目标不就是要写出一部厚厚的文学通史或专史吗?而出版一部文学史也常被视为学业成就的标志。这真是一个常识问题上的迷误。我们应该认真想一想,编撰文学史对于古典文学研究来说就真的那么重要吗?

回顾近代以来文学史的编撰,热衷于编撰文学史者不外两类人,一为年轻学者,一为教师。年轻学者读书未广,一管窥天,恒以为有独得之秘,总想推陈出新,成一家之言;教师讲授需编教案,积有年所,自然成书。这两种人以外的学者,则日见己所欲言早已为前人所道,即便偶有独到发现,没有教书的需要,也不屑于重复他人,更不乐于重复自己——有这个炒冷饭的功夫,研究新问题,撰写新论文,岂不更有趣?实际情况正是,最优秀的文学史研究者都不是以通史或专史著作奠定其学术成就和地位的,虽然也有《十九世纪文学主潮》《英国文学史》这样的名著与勃兰兑斯、泰纳的大名相连,但那毕竟只是他们毕生业绩的一部分,更不是他们声名攸关的全部成就所在。从学术价值的角度说,通史著作永远落后于专题研究的水平。通常只有专题研究的成果积累达到一定程度,才形成编撰以综合和总结现有成果为目的的文学通史的要求,即使是表达个人见解的文学史著作也只能是在这个基础上产生。照这么看,文学史著作实在远没有通常认为的那么重要,根本不需要那么多的人写那么多的书。遗憾的是,在大量的人力投入和出版社的盲目上马中,没有人思考文学史的读者对象:它们究竟写给谁看?从严格意义上说,读者是不能凭文学史著作来了解文学史的,正如瑙曼说的,"大多数读者对于文学史持相对冷漠的态度,可能很大程度上是由于文学史有一条不可逾越的界限。作品的现时性是形成它的审美经验的前提,而作品一旦具有了现时性它就脱离了文学史所要重构的历史性的那一面。所以,文学史所提供的知识不能代替在阅读中实现的作品的审美经验"①。这难道不值得热衷于写文学史的我们深思吗?当

---

① 瑙曼《作品与文学史》,《作品、文学史与读者》,文化艺术出版社1997年版,第188页。

然,这和文学史学研究是两回事,或许也可以是说文学史学的一个理论问题。总之,当我们准备进入文学史写作时,确实应该先认真想一想,已经有那么多文学史了,为什么还要写文学史?真有那么多新内容值得写新的文学史吗?我真能写得比现有的文学史更好吗?我想写给谁看?谁会对我写的文学史感兴趣?把这些问题一一斟酌后,也许我们就不再有写文学史的兴趣和冲动了?有工夫何不干点别的呢?

四 关于中国古代文章学理论体系
——从《文心雕龙》谈起

中国古代有系统的文学理论吗？或者说有一个文学理论体系吗？这在以前也许会被看做是个幼稚得可笑的问题，但当今理论研究的日渐深入却要求我们作出回答。我的回答是否定的，理由是中国古代没有产生一部真正成体系的文学理论著作。"文学理论体系"指将文学作为一个系统来把握的、概括各门类文学作品的特征、揭示文学创作基本规律的理论体系。因此，《诗品》《诗式》《沧浪诗话》《曲律》《闲情偶寄》这些研究具体某文学门类的理论著作当然便不在此列。那么《文心雕龙》算不算呢？我认为也不算。《文心雕龙》虽然历来公认是我国古代文论的代表著作，"论文之书，莫古于是编，亦莫精于是编矣"（《四库全书简明目录》），而且自成体系，但它没有形成文学理论的体系，而只有文章学理论体系。所谓文章学，顾名思义，就是研究文章的学问，它比文学的范围更广，包括一切有关写作的理论和各种文字形式（体裁）的知识。《文心雕龙》正是中国古代文章学理论的代表作，现在先让我们来解析一下《文心雕龙》的体系结构。

1.《文心雕龙》的体系结构

作为一部结构严密的理论著作，《文心雕龙》可以看作是一个系统——相互作用的诸要素的复合体，不同方面的理论内容是构成系统的要素。全书五十篇,最初的《原道》等五篇提挈全书,表明了作者的基本观点,"盖《文心》之作也,本乎道,师乎圣,体乎经,酌乎纬,变乎骚,文之枢纽,亦云极矣"(《序志》)①。第六篇《明诗》到第二十五篇《书记》,分别论述了各种文章体式,就是通常所谓的"文体论"。《神思》到《程器》共二十四篇,《四库提要》说是"论文章工拙",稍嫌笼统,可以将它们分为创作论(包括《神思》《情采》《附会》《熔裁》《养气》《总术》《物色》《程器》);修辞论(包括《声律》《章句》《丽辞》《比兴》《夸饰》《事类》《练字》《指瑕》);批评论(包括《知音》《通变》《时序》《才略》);风格论(包括《定势》《体性》《隐秀》《风骨》)四部分。从组成上看,"文体论"的部分显然占了最大比重②。

　　刘勰用了二十篇的篇幅来详细论述各类文章的特点,说明他对文章分类是很重视的。这体现了他的理论系统的性质,也反映了中国文章内部的必然要求。相对来说,近代西方文学的领域将应用文排除在外,可以说是纯文艺性的,很少有具体的实用目的,分类时根据语言文字构成的表现形态的不同便能很清楚地划分为叙事诗(发展为小说)、抒情诗、剧诗(发展为戏剧)和随笔(发展为散文)四类。而中国的传统中,实用文字占了很大比重,这从各家文集中可以看出。"文学"在历史上是广义的关于"文"的学问,而所谓"文"就是《文心雕龙》中所列的那些名目,除了诗、赋、乐府、杂文、谐隐几类距日常的实用性较远外,

---

① 本文所引《文心雕龙》均据王利器《文心雕龙校证》,上海古籍出版社 1980 年版,不一一注明。

② "文体"一词今指各种文章体式,台湾东海大学教授徐复观《〈文心雕龙〉的文体论》一文举出众多的例证说明:"自曹丕以迄六朝,一谈到'文体',所指的都是文学中的艺术的形相性,它和文章中由题材不同而来的种类,完全是两回事。"(《中国文学论集》,台湾学生书局 1982 年版,第 8 页。着重号为原书所有)笔者同意此说,本文不使用"文体"或"文体论"的概念来表示文章类别。

其他各类都是赖于生活中的具体需要而存在的。这一现实正如徐复观所指出的,导致了三个后果:第一,中国传统文学中的类别远较西方为复杂和重要;第二,文章的分类主要根据题材在实用上的性质,语言文字构成的物质形态只居次要地位;第三,因为实用性的文学客观上必然要达到一定目的,于是重大的要求便伴着目的而生,成为艺术上的重要因素①。《文心雕龙》体现了这些特征:它注重文章类别的划分;划分的根据主要是文章的用途;对文章写作的要求也是从各自不同的用途出发。因此,那论述各类文章体制的二十篇,从内容上说大致包括探溯起源流变,说明规模体格,提出声律、风格、修辞的要求,附带评论历来作家的成就和著名作品的得失等方面。且以《史传》为例。它首先指出历史的产生是出于认识过去生活的需要:"开辟草昧,岁纪绵邈,居今识古,其载籍乎?"又追溯史传的滥觞,谓"轩辕之世,史有仓颉,主文之职,其来久矣"。继而划分两种性质的史传,"古者左史记言,右史书事,言经则《尚书》,事经则《春秋》也"。再介绍自古迄今史传的发展和大致情况,对历代史书一一评核其得失。这些都是关于史传的历史发展。自"原夫载籍之作也"以下,则是关于史传写作的理论。总结历代修史的经验教训,指出修史中主观上"述远则诬矫如彼,记近则回邪如此"和客观上"岁远则同异难密,事积则起讫易疏"的障碍,教人"立义选言,宜依经以树则;劝戒与夺,必附圣以居宗",并示人以孔子"尊贤隐讳""奸慝惩戒"的"万代一准"及其他具体要求,具体贯彻了原道、征圣、宗经的主张。"上篇以上,纲领明矣","下篇以下,毛目显矣"(《序志》)。从刘勰的主观意图来说,上篇二十篇是全书的骨干,下篇有关创作批评的理论乃是附丽于上篇的,也就是说全书的核心是在上篇,上篇决定了下篇。我们知道,系统的性质不仅取决于复合体中的各种要

---

① 徐复观《中国文学论集》,第17页。

素,更主要的是取决于诸要素之间的特定关系,即结构方式。《文心雕龙》上下篇两大部分的关系,更具体地说就是理论上五个部分的关系,决定了它所建立的中国传统文学的理论体系不同于我们今天所谓的文学。这可以从两个方面来看。

先看上篇的分类。刘勰把文章划分为诗、赋、乐府、颂、赞、祝、盟、铭、箴、诔、碑、哀、吊、杂文(包括对问、连珠、七)、谐隐、史传、诸子、论、说、诏、策、檄、移、封禅、章表、奏、启、议、对、书记三十三类。这个"论文叙笔"的次序是有意味的,照他的说法:"今之常言,有文有笔,以为无韵者笔也,有韵者文也。"(《总术》)刘师培指出由第六篇《明诗》到第十五篇《谐隐》皆有韵之文,自第十六篇《史传》到第二十五篇《书记》皆无韵之笔,"此非《雕龙》隐区文笔二体之验乎?"①刘勰列诗赋所代表的"文"在前,似乎较重文。重文标志着对文学特性的认识进一步深化,可是他并未因此而轻笔。他所论述的三十三类中,以今天的标准来衡量,铭、箴、封禅、祝、盟、哀、吊、诸子、诏、策、檄、移、章、表、奏、启、议、对等,不管从体还是从用来说都不能算是文学,尽管它们可以具有一定的文学色彩;史传、诔、碑、书记的一部分也不一定能成为文学作品。而刘勰却兼收并蓄,显然他使用的不是与我们相同的文学分类标准,而是一种宽泛得多的按实际用途分类的标准,构成的是一个可以包容文学的更大更庞杂的体系。

再看下篇讨论的理论问题。刘勰揭示的规律性的问题中,有些并不是文学甚至也不是各类文章的共同规律,而只是由具体某种文类引申出的经验和要求,有一定的针对性和适用范围。比如他论述文章的效用,就不像曹丕笼统地说文章是"经国之大业,不朽之盛事"。他说诗有"顺美匡恶"的功能,赋有"风轨""劝戒"的作用,乐府能"情感七

---

① 刘师培《中国中古文学史》,人民文学出版社1959年版,第102页。

始,化动八风",谐隐可"抑止昏暴","振危释惫",而檄乃至于"重于九鼎之宝","强于百万之师",都是从文类的具体特点来衡量其社会作用的①。关于风格,刘勰在《体性》《才略》里虽也谈到作家的气质与创作的关系,但他更强调体式的决定作用,所谓"宫商朱紫,随势各配",如"章表奏议,则准的乎典雅;赋颂歌诗,则羽仪乎清丽;符檄书移,则楷式于明断;史论序注,则师范乎核要;箴铭碑诔,则体制于弘深;连珠七辞,则从事于巧艳"(《定势》)。上篇在论述各类文章的写作时,总要就此加以说明,这不外乎要人明"体",只有明体,写作才能得体。正因此徐复观先生称《文心雕龙》为中国的"文体论"。的确,体,即各类文章的艺术性的要求,实在就是《文心雕龙》论述的中心所在。刘勰旨在通过对各类文章的历史的、分析的研究,为人们提供一个写作的规范。这一规范——"体"的不同要求是和文章的实用性目的密切相关的,这就决定了其理论系统的功能质是实用性,不同于以审美性为功能质的文学理论。按照古代将一切创作文字统称为文章的习惯,我以为可以称它为文章学理论。《文心雕龙》完成和代表了中国古代的文章学理论体系。

2. 中国古代的文章学理论体系

沿着传统文学理论的足迹追寻它的童年,我们知道,最早在先秦诸子那儿,哲学、宗教、科学和艺术的观念是浑融一体的。他们既是作家,又是理论家和学者,诸子散文包罗万象的形式决定了"文"的概念虽也关乎情志,但更多还是与理性胶着在一起。由秦而汉,以辞赋为首的文学创作结出了丰硕果实,汉人对文学的认识也随之大大发展,文人和学者被区分开来,文学创作和博通学问被区别开来,劈开了诸子"文"

---

① 关于这个问题,可参看吴圣昔《评刘勰的文体论》,《江海学刊》1985年第4期。

"学"一体的混沌。王充对各种儒者的区别清楚地表明了这点①。日益丰富的社会生活的需求,使各类文章急剧地产生。《后汉书·冯衍传》载"所著赋、诔、铭、说、《问交》《德诰》《慎情》、书记说、自序、官录说、策五十篇"②。《崔骃传》谓"所著诗、赋、铭、颂、书、记、表、《七依》《婚礼结言》《达旨》《酒警》合二十一篇"③。《蔡邕传》在叙述他著作史传的情况后,又载"所著诗、赋、碑、诔、铭、赞、连珠、箴、吊、论议、《独断》《劝学》《释诲》《叙乐》《女训》《篆势》、祝文、章表、书记,凡四百篇"④。这些名目繁多的体式都属于文章,其共同的特点是创制,不同于经学的祖述。三国时人则更是清楚地以"文章"与"文学""儒学"对举,分别表示创作和学问。刘劭《人物志·流业》云:"能属文著述,是谓文章,司马迁、班固是也;能传圣人之业,而不能干事施政,是谓儒学,毛公、贯公是也。"这一区别具有历史性的意义。"属文著述,是谓文章"的定义,对于中国始终未形成文学体系而成就文章学体系来说,简直就是个预兆。这以后曹丕说"文章经国之大业",挚虞说"文章者,所以宣上下之象,明人伦之序,穷理尽性,以究万物之宜者也"⑤,萧子显说"文章者,盖情性之风标,神明之律吕也"⑥,杜甫说"文章千古事,得失寸心知",韩愈说"李杜文章在,光焰万丈长",黄宗羲说"夫文章,天地之元气也","古今自有一种文章不可磨灭"⑦,莫不以"文章"一词涵盖一切

---

① 参看《论衡·超奇》及拙作《〈典论·论文〉再探索》(载沧州教育学院学报《教学通讯》1985年第1期)。

② 《后汉书》,中华书局标点本,第4册第1003页。

③ 同上书,第6册第1727页。

④ 同上书,第7册第2007页。

⑤ 挚虞《文章流别论》,引自《艺文类聚》卷五十六,上海古籍出版社1982年版,第1018页。

⑥ 《南齐书·文学传论》,中华书局标点本,第3册第907页。

⑦ 黄宗羲《谢皋羽年谱游录注序》《论文管见》。

创制文字;而论文之书则曰《文章流别论》、曰《文章缘起》、曰《文章正宗》;程颐将天下学问一分为三,"一曰文章之学,二曰训诂之学,三曰儒者之学"①。我们看到,文章最终成为总括一切创作文字的大共名为历来所公认,一直沿用到今天,"属文著述"也成了中国古代文章学体系包容一切创制文学的内涵和外延。

前面说过,文章学的骨干是文类的区分,文章学体系的发展进步首先是以此为前导的。东汉尤其是三国时代,文章创作十分繁荣。在这样的形势下,刊落经说,独立创作的文章学理论应运而生,那首先就是曹丕的《典论·论文》,它奠定了文章学理论的基础。不过,在文类研究上,如果追溯更早的源头,以现存稍完整的文献来看,还可以举出蔡邕的《独断》。它因叙述典章仪礼顺带论及诗、表、奏、章、驳、议、露布、制书、诏书、策书、戒书、命、令十三种文章的体制。到了曹丕,又提出:"夫文本同而末异,盖奏议宜雅,书论宜理,铭诔尚实,诗赋欲丽。"文章被分为四科八类,"体"(雅、理、实、丽)也有了规定,文章学理论体系的构架初步树立起来。前修未密,后学转精。随着文章写作的日益成熟,积累了不少经验,到晋代,文章学的两驾马车——文章理论和文章选集开始并驾齐驱。陆机《文赋》作为第一部较系统的文章理论著作,对文章创作冲动的产生、创作过程中的心理活动、内容上的继承和创新、形式上的谋篇布局、形式与内容的关系、各种文章的风格特点等重要问题都进行了探讨。同时又在曹丕的基础上将文章区分为诗、赋、碑、诔、铭、箴、颂、论、奏、说十类,与陆机同时的挚虞"撰《文章志》四卷,注解《三辅决录》,又撰古文章,类聚区分为三十卷,名曰《流别集》,各为之论,辞理惬当,为世所重"②。《隋书·经籍志》有挚虞《文章流别集》四

---

① 程颐《近思录》卷二,《丛书集成初编》本。
② 《晋书》本传,中华书局标点本,第5册第1427页。

十一卷,《文章流别志、论》二卷,今均已亡佚。刘师培说"志"是以人为纲,"流别"是以文类为纲,大致是可信的①。就现存严可均所辑《文章流别论》零星佚文来看,已含有颂、赋、诗、七、箴、铭、诔、哀辞、哀策、对问、碑、图谶十二类,原书的区分估计相当详密。它"溯其起源、考其正变,以明古今各体之异同,于诸家撰作之得失,亦多评品"②,大体界定了古代文章学的范围,合之陆机《文赋》的创作理论,文章学和文章学理论的内容基本具备。刘勰正是在这样一个基础上,构撰了他的体系性的巨著《文心雕龙》。《文心雕龙》的出现,宣告了中国古代文章学理论体系的完成——其"体大而虑周"竟使得后人只能惊叹"观止"而难以续貂③。明代朱荃宰撰《文通》,结构不可谓不周备宏大,但基本内容仍不出《文心雕龙》的范围,创作理论更几乎全是节录刘勰的话;古文的殿军林琴南的《春觉斋论文》也每每取刘勰的说法,再加以发挥。《文心雕龙》可以说是独领风骚一千多年。

《文心雕龙》问世以来,系统的文章学理论几乎绝响,但文章学体系却在选本中一脉绵延着。现存最早的文章选集是梁昭明太子萧统编的《文选》三十卷,将它与《文心雕龙》作个对比,就会发现两者的精神大体相同:刘勰重文却不排斥笔,萧统将诸子、史传关在门外,却仍收了些日用杂文。刘勰曾任昭明东宫通事舍人,他的理论当然是会影响萧统的。但从根本上说,两书的性格都是为时代精神决定的,更是为中国古代文章学体系所决定的。

沿着集部总集类作一个巡礼,我们会看到,自《文章流别论》界定的文章体系确立后,它就一成不变,像整个封建社会一样,呈现出相对

---

① 参看刘师培《搜集文章志材料方法》,收在《中国近代文论选》下册。
② 刘师培《中国中古文学史》,第69页。
③ 刘开《孟涂骈体文》卷二《与王子卿太守论骈体书》:"至于宏文雅裁,精理密意,美包众有,华耀九光,则刘彦和之《文心雕龙》殆观止矣。"

稳定的状态。从后面列出的十七种较有影响、较有代表性的文章学理论著作和文章选集的分类表（为检视方便我打乱了原书的次序），可以清楚地看出中国文章学体系古今一贯的精神和实用性的特点。

从仅零余几条就已包容了后世大部分重要文类（只有奏议、书启、诏策、论说四大类缺如，但原书有无尚难断定）的《文章流别论》，直到姚鼐的《古文辞类纂》，虽然各书分类多寡不一，归并有异，但根本精神却未变，始终排斥着足以动摇和瓦解其整个体系结构的新因素。每个时代适应新的需要产生的文类，被吸收到文章体系中去的只有实用的种类，如《文苑英华》的"判"，《宋文鉴》的"御札""批答""题跋"，《成都文类》的"笏记"，《明文衡》的"字说"等。而日新月异的纯文学创作，如唐传奇、五代曲词、宋话本小说、元散曲杂剧、明章回小说、清民谣、弹词宝卷等却始终被拒之门外。《唐文粹》不收传奇，《宋文鉴》不收词和话本，《元文类》不收散曲……尽管时代变迁，这一体系就是未渗入一点新鲜血液；尽管文选家常将诗赋放在首位，以示尊崇，但我们却要怀疑那是不是出自《诗经》《楚辞》以来尊崇诗赋（含有伦理色彩）的传统的惯性，而并非出于对文学特性的重视。因为无论在外延上还是在内涵上，纯文学自始至终都未能冲破文章学的藩篱，甚至到近代受资产阶级思想影响很深的章太炎先生作《文学总略》，名为文学，实际上还是在论"文章"。且看他对"文学"的界定："文学者，以有文字著于竹帛，故谓之文；论其法式，谓之文学。"正如程千帆先生在《文论十笺》中所阐明的："其封域夐于先秦，而侈于近世抒情美文乃为文学之说。"不难发现，太炎先生"文学"的定义与一千六百年前刘勰"文章"的定义是何等相似！事实上，经过唐宋元明清历朝的创作实践，当时在诗词音乐文学、话本宫调说唱文学乃至杂剧传奇综合艺术，各方面都已积累了足够的艺术经验，完全具备了产生综合概括各种文学体裁的特点、总结文学共同规律的理论著作的条件，可这样的著作却迟迟没有诞生。我国第一部真正系统的文学概论式的著作是刘永济先生的《文学论》(1922年),其内容建立在中国文学的经验上,然而基本结构和理论框架却无疑是搬了西方的。稍后有些著作更只能说是"稗贩西说,罔知根柢"了[①]。在我看来,中国民族文学的经验上从未孕生一个文学理论体系或代表着这种体系的系统的理论著作,纵贯古今的传统文学理论实质上是个文章学理论体系,一个在《文心雕龙》中一旦完成就一成不变的稳态系统。任何封闭系统都有熵自发增大的趋势,最终会很快解体,分裂为孤立的部分。文章学理论系统能久久维持其稳态,正因为它是包容性极大的开放系统。它以实用性的原则吸收了诗、赋、乐府这些部分含有实用功能(如科举)的种类,削弱了纯文学部类的独立地位和冲击力量,同时坚决拒绝词、曲、小说等完全不具有实用功能的种类,使文学的因素始终控制在临界点内,避免了因它的涌入而改变系统的要素和结构、改变系统性质的后果。这实际上是从环境中输入了负熵流,使之与熵形成动态平衡,从而抵消了熵增大的趋势。这就是文章学理论系统的自控制、自调节的能力。但如果放到更高级次的人类社会大系统中看,它又是受社会系统的一种自控制、自调节能力——社会需要支配的。社会需要才是形成文章学理论体系的更深刻的原因。

3. 深刻的历史原因

我们说,历史是偶然性与必然性的统一。在必然的规律下会出现偶然现象,在偶然的现象中又潜藏着必然的要求。就思想的历史而言,理论形态的产生和形成都是条件和需要的统一,必须有足够的实践活动为它奠定基础,同时还要有迫切的社会需要催化,在这两方面的作用

[①] 参看程千帆先生《文学发凡》序,1943年金陵大学文学院铅印本。

下,它才能结晶。夏志厚、陈静漪两位学者在《中国古代为何鲜有系统的文艺理论著述》一文中提出,系统的文艺理论著作的诞生有三个条件:(1)文艺本身必须发达到一定程度;(2)社会科学尤其是哲学研究达到相当水平;(3)比较松动的政治局面和比较自由活跃的社会科学研究风气①。这三点无疑都是正确的。不过,将六朝以后始终未再出现系统的文艺理论著作归结为不能同时具备三个条件,还值得商榷。因为实际上中国封建社会后期文艺本身已相当发达,而且经过宋代的理学与佛学的交融,思辨哲学也得到极大的发展,即使在文网密致的清代也出现了像诗歌理论领域里叶燮的《原诗》、戏剧理论领域里李渔的《闲情偶寄》那样系统的著作,更不要说较早的皎然《诗式》、严羽《沧浪诗话》之类的专著了。有关各种文学门类的专门理论的研究,到清代可以说都已相当深入,各种具体的艺术规律已得到充分揭示,问题是始终没有人将这些具体规律加以比较和分析,从中抽象出能概括一切文学现象的共同规律;也就是说,从来没有人尝试将这些有着共同特征的文学门类放到一起,当做一个有别于其他意识形态的系统来思考。这起码表明人们对这个问题不感兴趣,认为它对人们毫无意义,人们也不需要它。

需要总是与目的联系在一起的。在中国古代这样一个以文官政治为基础的封建社会里,写作的目的首先就是实用。实用的目的决定了文章学理论是需要的,而文学理论则是不需要的。我们可以从两个方面来讨论这个问题。先从社会方面看,秦汉以来的中国是极端的封建专制社会,以士大夫为主体的官僚体制是其支柱。皇帝要独裁天下,当然需要一批绝对服从他个人意志的行政代理人。然而在这个要求上,还有着延续国祚、保持统治地位的前提,所以官吏的选择就成了国运攸

---

① 载《文艺理论研究》1984 年第 1 期。

关的重要问题。王亚南先生指出:"大凡一种政治制度如其对于环绕着它的其他社会体制不能适应,不能协调,它就会立即显出孤立无助的狭窄性来,反之,如能适应,能运用同时并存的其他社会文化事象,并且在各方面造出与它相配合的社会体制来,它的作用和影响就将视其包容性而相应增大。"①中国古代官僚政治所造出的与之配合的是科举制度。"到隋唐开其端绪的科举制,鉴别(人才)的有效方法亦被发现了。在这种制造并选用官吏方式的演变过程中,中国官僚制度才逐渐达到完密境地。"②由于封建君主除了歌功颂德、揄扬鸿业的需要外,下命令要有人掌制诰,告祭山川要有人作祝颂之文,哀策祀谥也须有人代笔,御用文人是不可少的。中央到地方的各级行政机构,一切事务不离文字:向上呈报要作章表奏疏、地方上公事往来要用公移牒文,处理政事要用批答判辞,军队征伐要作檄文露布;达官贵人养尊处优,边镇武将不通文墨,都需要掌书记捉刀代笔。会做文章成为官吏起码的要求,士人有志于仕者也必借文章为进身之阶。孔融荐祢衡,萧瑶光荐王暕、王僧儒(任昉代笔),都大称其文才,就是这个道理。隋文帝正式开科举取士,唐代分秀才、明经、进士三科遴选文学才士。秀才(高宗时废)、明经只试帖经与时务策,内容机械,为士人所鄙。唯独进士科尚文辞,尤为当世所趋竞③。此外各种由皇帝特诏举行的制科,如"文艺优长""博学宏词""文章俊拔超越流辈"等均与文章才艺相关④,也是士人热衷的。宋以后考试制度益臻详密,但大要不出经学与文学两端。漫长的封建社会,独特的科举制度,造成了士人习文的传统,无论杂文还是

---

① 王亚南:《中国官僚政治研究》,中国社会科学出版社 1981 年版,第 41 页。
② 同上书,第 66 页。
③ 唐代进士试杂文、诗赋的情况,参看程千帆先生《唐代进士行卷与文学》,上海古籍出版社 1980 年版。
④ 唐代制科名目,可参看赵彦卫《云麓漫钞》卷六、徐松《登科记考》。

八股,文章总是必须精通的。除了应科举外,民间的各种红白丧喜之事,饯送酬贺之会,也要用名目繁多的各类文章,越到封建社会晚期这种应酬越是普遍(明人文集中日用杂文种类激增正反映了这一趋势)。这两方面汇成了社会需要——一个可以包容各种文类的文章系统。同时这种需要又必然成为反馈,刺激文章学理论的发达。

再从个人方面来看。士人受到社会需要的刺激,必然重视文章研习。换句话说,士人之所以潜心于文章之学,也正是出于与社会需要相适应的自身需要。人本主义心理学家马斯洛将人的需要分为七级:生理需要,安全需要,归属和爱的需要,尊重需要,认知需要,审美需要,实现自我的需要。他认为,在这个由低到高的需要级次上,人总是追求较高层次需要的满足,因为它对人来说更有价值①。在中国古代封建社会,需要的最高层次——实现自我,在于道德完善和建立功业两方面,即孟子所谓"穷则独善其身,达则兼济天下"。前者可以通过内省和修行完成,而后者却非得通过科举考试博取功名才能实现。科举成功的概率是极低的,《文献通考·选举考》载:"(唐)开元以后,四海晏清,士耻不以文章达。其应诏而举者,多至二千人,少不减千人,所收百才有一。"在如此激烈的竞争下,文章于是沦为士人手中的敲门砖,做文章成了一种职业技艺。为了实现自我的需要,不仅许多较低层次的需要被"十年寒窗"剥夺,就连高层次的审美需要也被压抑了。于是在道德努力上就发扬了"行有余力则以学文"的主张,在事功追求上就有了八股之类科举文的机械摹习。在以做官取功名为最高层需要的现实情况下,纯文学的诗赋的学习也丧失了文学自身的目的和独立性。

社会需要造成了对文章的重视,同时也形成了轻视纯文学的传统观念,将纯文学创作视为小道、余事、末技。在经学盛行的汉代,辞赋为

---

① 参看林方《评西方人本主义心理学》,载《中国社会科学》1985年第2期。

人轻鄙是不用说了,到曹魏时期,诗和抒情小赋已蔚为文学主流,曹植却还说"辞赋小道,固未足以揄扬大义,彰示来世也"(《与杨德祖书》)。曹丕虽宣称文章是"经国之大业,不朽之盛事",但他所谓不朽的"文章"只是徐幹《中论》那样的"一家言"而已,与乃弟"采庶官之实录,辩时俗之得失,定仁义之衷,成一家之言"本质上并无多大差异①。唐代王勃则说"君子所役心劳神,宜于大者远者。缘情体物,雕虫小技而已"②。到了宋元以后,戏曲、小说蓬勃发展,而官私书目却一概不予著录,不予承认。实用性这根深蒂固的封建文化的正统观念严重阻碍了文学理论的发展。

另一个值得注意的社会原因是,中国封建社会长期延滞,一直未进入资本主义阶段,文学创作也始终未能转化为商品生产,未成为一门独立的职业。西方从古希腊奴隶社会起就是商业社会,诗人、剧作家都是职业作家,吟游诗人以讲唱史诗、神话、英雄传说为生,剧作家写出剧本供演出获取酬劳。以后,像莎士比亚、莫里哀这样的剧作家都是靠为剧团编写剧本为业,近代资本主义社会以来,文学创作也商业化了,作家或向报刊投稿,或与出版商签订合同,用作品换取报酬,以此作为主要收入,乃至于有巴尔扎克这样的半生写书还债的作家。西方社会可以说很早就形成了作家这一职业阶层,他们进行精神生产,向社会出售文学商品,可以只供社会消费而不附带其他目的(当然也有不为经济目的创作的)。这样,文学的研究必然着眼于使它和读者发生关系的审美特性方面,从美学的角度去把握文学的本质和现象、内容和形式、手段和目的,从而建立起文学的本论(Theories of Literature)和分论(Liter-

---

① 汉魏人对文学价值的认识,拙作《〈典论·论文〉再探索》有详细论述,可参看。但笔者在该文中强调了曹氏兄弟文论的差异,现在看来是不妥的。

② 王勃:《平台秘略论》,《全唐文》卷一八二。

ary Theories），于是系统地探讨文学基本规律和基本问题的文学理论就自然地产生了。早在古希腊时代，亚里士多德就写成了《诗学》一书，用一定的科学观，在当时史诗戏剧的创作上总结了文艺的一些基本规律，成为"欧洲第一部体系较为完整、具有强大生命力、影响深远的文论著作"①。到文艺复兴时，英国锡德尼的《为诗辩护》论述了文学的社会功用、表现方式、文学的本质、作家思维的特点等问题，可以说是欧洲第一部较全面的文学理论著作。此后像布瓦洛、黑格尔、柯勒律治、斯泰尔夫人等人的著作，都各有侧重，但不失系统全面地探讨了文学的理论问题，逐步形成西方文学理论的体系和传统。而中国却不一样，从第一个留下姓名的大诗人屈原起，文学家就没有以文学创作为职业的。屈原尽管写诗，但却担任着左徒之职，曹子建也自有他的王侯爵禄；李白、杜甫虽不靠官俸糊口，却也不靠作诗文卖钱度日；白居易诗当时有人"缮写模勒，炫卖于世"，但我们的诗人是得不到分文稿费和版税的。明代改编小说最出名的冯梦龙、凌濛初也不是像巴尔扎克那样靠出版小说来维持生活。在这一点上，中国与西方大不相同，中国的文学创作在士大夫看来只不过是仕宦以外聊以消闲游戏的风雅余事罢了。像李贺、汤显祖、金圣叹、曹雪芹这样的作家太少了！

由于这些原因，中国古代终未出现文学理论体系，而造就了一个独特的文章学理论体系。说它独特，因为它从实用性出发，密切结合日常生活中的实际需要，注重总结经验而不太穷究形而上学问题②。理论中论述得较多的是写作的一般原则和优秀范例，诸如文章的本质、概念的内涵等命题是没人去留意的。古人编选文章总集或选集也总是强调

---

① 伍蠡甫：《欧洲文论简史》，人民文学出版社1985年版，第17页。
② 美国学者刘若愚《中国文学理论》将"形上理论"放在首章，作为中国古代文论的独特贡献来讨论。但实际上我们的古人对形上问题并不太感兴趣，即便标举称述，大多也是出于尊古的惯性罢了。

其实用的而不是审美的目的：首先是政治目的。周乔年《宋文鉴序》引朱熹语云："其所载奏议，皆系一代政治之大节，祖宗二百年规模与后来中变之意思，尽在其间，读者着眼便见。"其次是模仿目的。李善《上文选注表》云："（昭明太子）撰斯一集，名曰文选，后进英髦，咸资准的。"李兆洛《骈体文钞》云："少读《文选》，颇知步趋齐梁，后蒙恩入庶常，台阁之制，例用骈体，而不能致工，因益搜辑古人遗篇，用资时习。"实质上模仿只是手段，根本目的还是政治上的"干事施政"或日常应用。彭时为吴讷《文章辨体》作序便兼及了这两个方面，说："学者得（此书）而诵之，具见诸家之体而力追古作，于以黼黻皇猷，恢弘治理，使斯文超两汉而追三代之盛，端自此始，岂不尤为世道幸哉？"一语道出了中国文章学与文章学理论的性质和效用。

到这里，我们可以暂做个结论了：由于中国古代封建社会的独特需要，中国建立了自己的文章学理论体系。它研究一切创制文字的写作技巧和各种基本问题，是包含了文学理论的更广泛的理论系统。《文心雕龙》的出现标志着文章学理论系统的成熟，但同时它也就趋向于凝固，拒绝接受新因素，最终阻碍了文学理论体系的发生和发展。

书名＼文体属性	文							
独断(东汉)	诗							
典论·论文(三国)	诗			赋				
文赋(晋)	诗			赋		颂		
文章流别志(晋)	诗			赋		颂		
文心雕龙(齐)	诗	乐府	骚	赋		颂	赞	
文选(梁)	诗		骚	赋	辞	颂	赞	史述赞
文章缘起(?)	诗	乐府	歌	离骚、反骚	赋	颂	赞	传赞
古文苑(?)	诗		歌曲	赋		颂	赞	
文苑英华(北宋)	诗		歌行	赋		颂	赞	
唐文粹(北宋)	诗	乐府辞	古今乐章	古赋		颂	赞	

续 表

书名＼文体属性	文									
皇朝文鉴(南宋)	诗	琴操	乐府	歌行	骚	赋		律赋	颂	赞
文章正宗(南宋)	诗 赋									
国朝文类(元)	诗		乐府	歌行	乐章	辞	赋		颂	赞
皇明文衡(明)	诗		乐府			骚	赋		颂	赞
文章辨体(明)	诗		乐府	古歌谣辞	近代词曲		赋		颂	赞
文体明辨(明)	诗		乐府	古歌谣辞	诗余	楚辞	赋		颂	赞
古文辞类纂(清)					辞赋				颂赞	

书名＼文体属性	文									
独断(东汉)										
典论·论文(三国)	铭			诔						
文赋(晋)	铭	箴		诔						
文章流别志(晋)	铭	箴		诔	哀策					
文心雕龙(齐)	铭	箴		诔		吊		祭文		
文选(梁)	铭	箴		诔		吊文				
文章缘起(?)	铭	箴	诫	诔	悲文、哀词、哀颂、挽词	哀策		祭文		
古文苑(?)	铭	箴		诔						
文苑英华(北宋)	铭	箴		诔	哀册		谥	祭文		
唐文粹(北宋)	铭	箴	诫		诔文					
皇朝文鉴(南宋)	铭	箴		诔	哀辞			祭文		
文章正宗(南宋)	诗 赋									
国朝文类(元)	铭	箴		诔				祭文		
皇明文衡(明)	铭	箴		哀诔				祭文	遣祭文	
文章辨体(明)	铭	箴		诔辞	哀辞			祭文		
文体明辨(明)	铭	箴	戒	规	诔	哀辞		吊文	祭文	谕祭文
古文辞类纂(清)		箴 铭				哀 祭				

文体属性＼书名	笔									
独断(东汉)	奏	表	章	议	驳					
典论·论文(三国)	奏			议						
文赋(晋)	奏									
文章流别志(晋)										
文心雕龙(齐)	奏	表	章	议		对				
文选(梁)		表			上书	弹事				
文章缘起(?)	奏、奏记	表、让表、谢恩	上章	议	驳 上书	对贤良策	弹文	上疏	封事	
古文苑(?)	劝进					状				
文苑英华(北宋)		表		议	谥议		弹文	状	上疏	
唐文粹(北宋)	书奏、奏	表		议		书			上疏	
皇朝文鉴(南宋)	奏疏	表		议	谥议					
文章正宗(南宋)	议 论									
国朝文类(元)	奏议	表			谥议					
皇明文衡(明)	奏议	表笺								
文章辨体(明)	奏疏	表		议	谥议论谏		弹文			
文体明辨(明)	奏疏	表	章	议	谥议	上书	弹事	状	上疏	笏记 封事
古文辞类纂(清)	奏 议									

文体属性＼书名	笔									
独断(东汉)					露布					
典论·论文(三国)			书		论					
文赋(晋)					论	说				
文章流别志(晋)								七	对问	
文心雕龙(齐)	书	启	笺	檄 移	论	说	诸子	七	对问	连珠
文选(梁)	书	启	笺	檄	论、史论			七	对问 设论	连珠

续 表

文体属性\书名	笔											
文章缘起(?)	书	启	笺	檄	移书	荐	白事	露布			七发	对问、喻旨、解嘲	连珠
古文苑(?)	书	启											
文苑英华(北宋)	书	启	笺	檄	移文			露布	论	判		喻对	连珠
唐文粹(北宋)	书	启	笺	檄				露布	论		故		
皇朝文鉴(南宋)	书	启	笺		移文			露布	论	说	书判	杂著	对问	连珠
文章正宗(南宋)	议 论												
国朝文类(元)	书	启	笺						论	杂说		杂著		
皇明文衡(明)	书			檄					论	说		杂著	字说	解释、辨、原	七	问对	
文章辨体(明)	书			檄				露布	论	说	义	杂著	解、辨、原	七体	问对	连珠
文体明辨(明)	书	启	笺	檄	公移		简	露布	论	说	判	杂著	字说	解释、辨、原、评	七	问对	连珠
古文辞类纂(清)	书说								论辩					

文体属性＼书名	笔														
独断(东汉)	制书	策书	诏书	戒书	命	令									
典论·论文(三国)															
文赋(晋)															
文章流别志(晋)															
文心雕龙(齐)	策	诏			令	教					封禅				
文选(梁)	册	诏			令	教					符命				
文章缘起(?)	策文	诏	遗命		令	教	诰				封禅	告训			
古文苑(?)					敕										
文苑英华(北宋)	翰林制诏				中书制诰	策问									
唐文粹(北宋)					制策										
皇朝文鉴(南宋)	制	册	诏		敕	诰	策问	制策	御札	批答	赦文				
文章正宗(南宋)	辞 命														
国朝文类(元)	制	册文	诏			策问				赦文					
皇明文衡(明)	制	册	诏			诰	策问								
文章辨体(明)	制	册	诏		诰	制策	批答	谕告	玺书						
文体明辨(明)	制	册	诏	命	令	教	敕 敕榜	诰	策问	策	御札	批答	铁券文	赦文、德音	谕告	玺书	国书
古文辞类纂(清)	诏 令														

四　关于中国古代文章学理论体系

文体属性 书名\文体	笔									
独断(东汉)										
典论·论文(三国)										
文赋(晋)	碑									
文章流别志(晋)	碑铭									
文心雕龙(齐)	碑	史传				记			祝、盟、谐、引	
文选(梁)	碑		墓志		行状		序			
文章缘起(?)	碑	传	墓志		行状	录	志	记	序	引	祈文、祝文、辞、图、势、篇、约、明文、誓
古文苑(?)	碑	传						记			杂文
文苑英华(北宋)	碑	传	墓志	墓表		行状			记	序	杂文
唐文粹(北宋)	碑	传	墓志	墓表			录、述	表、纪事	记	序	籍、记
皇朝文鉴(南宋)	碑文	传	墓志	墓表	神道碑铭	行状			记	序	题跋	说书、经义、义、上梁文、乐语
文章正宗(南宋)				叙　事							
国朝文类(元)	古今圣哲碑	传	墓志	墓表	神道碑、碣	墓碑	行状		记	序	题跋	上梁文、祝文
皇明文衡(明)	古今圣哲碑	传	墓志	墓表	神道碑	墓碑	行状		记	序	题跋	
文章辨体(明)	古今圣哲碑	传	墓志记	墓表		墓碑、碣	行状		记	序	题跋	谥法
文体明辨(明)	碑文、碑阴文	传	墓志铭	墓表	墓碑、碣文	行状	述	志	纪事	记	序、小序	题跋	引	说书、符、题名、祝文、盟、约、誓、嘏辞、玉牒文、贴子词、上梁文、乐语、右语、道场榜、道场疏、青词、募缘疏、法堂疏
古文辞类纂(清)	碑　志	传　状	杂记	序跋	赠序						

五　从目录学看古代小说观念的演变
——兼谈目录学与文学的关系

1. 目录学与文学研究

中国古代的目录学,从刘向校书"条其篇目,撮其旨意"[①]开创体例,至纪晓岚总纂《四库全书总目提要》可以说已臻完密。历代记载各种书籍的编辑纂著及存亡残疑的书目,已成为我们"辨章学术,考镜源流",探寻既往历史上的各门学问的舆图。余嘉锡曾将目录的用途具体分为(1)以目录著录之有无,断书之真伪;(2)用目录书考古书篇目之分合;(3)以目录著录之部次,定古书之性质;(4)因目录访求阙佚;(5)以目录考亡佚之书;(6)以目录所载姓名卷数,考古书之真伪[②]。这六点可以说是目录对一部书籍作微观研究的用途和方法。如果就一门学科或一个时代的学问的宏观考察来说,目录至少还可以为我们提供以下几点帮助:

(1)从历代的著录看一部书的传授和研究,一门学问的继承和研究。

(2)从一个时代的著录看该时代对一部书或一门学问的研究。

---

① 班固《汉书·艺文志》,中华书局1962年版,第1701页。
② 余嘉锡《目录学发微》,巴蜀书社1991年版,第12—14页。

(3) 从历代对书籍著录部次的不同看不同时代对一部书或一门学问的认识的变迁。

在古典文学研究中,从(1)的角度来看,《新唐书·艺文志》著录汉到隋七百多年间的别集是 750 部[1],而著录唐代三百年间的别集则是 562 部。虽说唐以前的书籍亡于兵燹不少,但上述数量的对比仍然显示出唐代文化的繁荣和著述的丰富。从(2)的角度来看,《新唐书·艺文志》著录诗集(不包括文集中的诗)达 142 家,可见有唐一代诗歌创作的兴盛和毕生以诗歌创作为主的文士之多。而从(3)的角度看,《搜神记》一书,《旧唐书·经籍志》入史部传记类[2],《新唐书·艺文志》则入子部小说家类[3],显出两书编者对史部的传记与子部的小说内涵、外延认识的不同,从一个侧面反映出唐宋两代小说观念的差异。(1)(2)属于文学史的范畴,而(3)则是文艺学的范畴。由此可见,目录学与文学研究的关系有两个方面,一是目录保存的材料反映了文学创作的状况;二是目录的某些分类体现了一定的文学观念。纵览我国传统的目录分类,七略嫌窄,四部恨宽,都没有准确地界定文学的范畴,划出一个适当的类。这当然是由中国文学的特殊情况决定的。就中国古代传统观念而言,别集和笔记是属于个人创作的两种主要形式。作为个人创作成果出版、流通的基本单位——别集,本身就是一种综合形式,不可按内容性质来分类,而其数量又汗牛充栋,只能独立成部。笔记若依文笔——有韵为文、无韵为笔的标准划分,它应算散文集,与诗集相对应。但诗集以它在传统文化中的尊贵地位,可以昂然地与别集并立于集部,而笔记却没能与文集并肩而被分列于子部和史部。

---

[1] 欧阳修、宋祁《新唐书·艺文志》,中华书局 1975 年版,第 1618 页。
[2] 刘昫等《旧唐书·经籍志》,中华书局 1975 年版,第 2005 页。
[3] 欧阳修、宋祁《新唐书·艺文志》,第 1540 页。

中国古代的笔记，文体形式最为复杂。按文笔之分的观念固然可以同韵文分开，但若就内容来看则五花八门。《裴子语林》《搜神记》《陶庵梦忆》《十驾斋养新录》文字形式差异不大，却决不可等同视之，归于一类。要说这几种书，还可以按内容来区分，像《朝野佥载》《杜阳杂编》这样的书就是按内容也不好分类。许多笔记中既有史实，也有故事、志怪，有时是杂文、游记小品，间杂一两段抒情、议论文字甚或寓言，实在难以归类。于是前人只能将它们大致分配入史部杂史类、传记类、子部小说类，就其内容性质而言大多可视为文学。而我国古代的公私目录中又没有严格意义上的文学一类，这使得我们在考究图书源流时，只能根据一种书一部作品的内容来具体确定其性质，而绝不能按图索骥，根据目录所入部次来判定其内容和性质。这对于判断亡佚书籍的内容无疑是不利的，然而这种不利反过来也为我们提供了由书籍的类属探讨目录家乃至一个时代对文学体裁的认识的可能。本文就想从夙为人忽视的目录学的角度来考察一下先秦到唐宋之际小说概念的演变。小说这种体式在目录里的著录是比较成问题的，《汉书·艺文志》诸子略小说家著录的不全是现代意义上的小说，而真正的小说如明清之际的白话小说一直被排除在正统目录之外，直到《四库全书总目》依然不收。程毅中先生《古小说简目》[①]所收的作品大多数也分属《汉书·艺文志》（下简称《汉志》）术数略、诸子略道家类，《隋书·经籍志》史部起居注类、地理类、旧事类、子部杂家类，《新唐书·艺文志》（下简称《新志》）史部杂史类，《宋史·艺文志》史部地理类等，由此可见古代小说在目录分类中的混乱程度（当然，程书所收，为研究方便起见，范围是较宽的，不同于今天的小说概念）。这种混乱的产生，主要有两个原因：一是《汉志》小说家的概念，内涵外延本身就很模糊，教人

---

① 程毅中《古小说简目》，中华书局1981年版。

难以把握；二是笔记的形式、内容原很驳杂，的确难以归类。尽管如此，随着社会的进步，人们对文学本质的认识日益深化，关于小说内涵外延的界定也愈来愈清晰起来。从《汉志》到《四库全书总目》对小说的著录反映了这一趋势。而其中《新唐书·艺文志》的可贵贡献尤其值得我们重视。

2. 目录中的小说

两相对照，《汉志》与《四库全书总目》的小说家所收的书籍，性质是不同的，所体现的小说观念更是大相径庭。这意味着中国古代的"小说"首先是个历史的概念，近两千年来其内涵和外延是在不断演变的。按当今文学理论对小说的定义，它是具备完整的故事情节、有鲜明的人物形象的叙事文本。以此衡量古代小说的观念，就会发现，中国古代的小说，无论名称还是内容大致都是沿袭《汉志》。《汉志》诸子略序小说家云：

> 小说家者流，盖出于稗官，街谈巷语，道听涂说者之所造也。孔子曰："虽小道，必有可观者焉，致远恐泥，是以君子弗为也。"然亦弗灭也。闾里小知者之所及，亦使缀而不忘。如或一言可采，此亦刍荛狂夫之议也。①

于此可见，班固心目中的小说，内容不外是"街谈巷语"，作者则是"道听涂说者"。这样，小说的范围当然就涵盖很广了，可以是奇闻琐语，也可以是嘲谑怪异，很难厘定一个严格的界限。故如淳注"稗官"曰："《九章》'细米为稗'。街谈巷说，其细碎之言也；王者欲知闾巷风俗，

---

① 班固《汉书·艺文志》，中华书局 1962 年版，第 1745 页。

故立稗官使称说之。"颜师古注稗官为小官①,余嘉锡以令人信服的论证,考定稗官实即士阶层人的职掌,所谓"士传言"是也②。《国语·晋语》云:"吾闻古之言王者政德既成,又听于民,于是乎使工诵谏于朝,在列者献诗使勿兜,风听胪言于世,辨袄祥于谣,考百事于朝,问谤誉于路,有邪而正之,尽戒之术也。"③所谓"在列者","公卿至于列士也"。列士从世说谣言中取其"一言可采者"以讽政事,乃其职责。然则所谓小说家者流,也就是士所采集的这类言语的汇编。让我们来核验一下《汉志》小说家所收的十五种书籍是否属于这种情况。

1. 伊尹说二十七篇
2. 鬻子说十九篇
3. 周考七十六篇
4. 青史子五十七篇
5. 师旷六篇
6. 务成子十一篇
7. 宋子十八篇
8. 天乙说三篇
9. 黄帝说四十篇
10. 封禅方说十八篇
11. 待诏臣饶心术二十五篇
12. 待诏臣安成未央术一篇
13. 臣寿周纪七篇
14. 虞初周说九百四十三篇
15. 百家百三十九卷

十五家之中,《伊尹说》至《黄帝说》九家号称是先秦古书,以下六家则为武帝以后之书。但前九家,班固已指出多伪托,非古语;时至今日,诸书并后六家均已亡佚,即伪托之状亦不复可见。照班固的说法,十五家中只有《青史子》《宋子》《周考》为可信。《周考》今不存,《宋子》亦亡佚殆尽,《青史子》有丁晏、马国翰、鲁迅三家辑本,寥寥数则,班固说是

---

① 班固《汉书·艺文志》,第1764页。
② 余嘉锡《小说家出于稗官说》,《余嘉锡论学杂著》,中华书局1963年版,第265—279页。
③ 《国语·晋语》,上海古籍出版社2015年版,第271页。

"古史官记事也"。今以残存的"胎教""鸡祭"诸条来看,诚如余嘉锡所说,作者当为掌礼法的小官,所记为典章故事,属于史部仪注类。《周考》班固云"考周事也",恐怕也是史部杂史类之属。《待诏臣饶心术》《待诏臣安成未央术》《臣寿周纪》三书,书名冠以撰臣名,像是汉代作品。前两种内容难测,《周纪》内容或近《周考》,《封禅方说》则余嘉锡认为"皆方士之言,所谓封禅致怪物与神通,故其书名曰方说。方者方术也"①,与未央术大概都是道家神仙之说。虞初也是方士,其书薛综注《西京赋》谓系"小说医巫厌祝之术"。而《百家》则像是杂取周秦诸子传记之不登大雅者纂成,《风俗通》所引的佚文颇有怪异倾向。《宋子》据《庄子·天下》《荀子·非十二子》的评论来看,思想特点应是前期道家,可是为什么《汉志》不把它归入道家反而归入小说家呢?由此更作进一步的追问,为什么小说家要作为诸子的一类呢?这不可回避的问题促使我们思考小说家与诸子的关系,而且发现这正是弄清小说概念之内涵的关键。

应该说,小说家与诸子并列为诸子略中的一家,是不太合逻辑的,在分类上已经出现了两个标准:诸子略是按内容的特点区分类聚,而小说家却是根据形式的特点来区分类聚的,否则《宋子》入小说家就无法解释。那么小说是有什么样的形式特点的文体呢?我们还必须由《汉志》往上溯,去寻找它的源头。现知《庄子·外物》篇已有"饰小说以干县令"之语,可见"小说"一名由来已久。但上古典籍中并无关于小说形式的任何记载,况且《庄子》所谓小说也未必就是专有名词,未必就是《汉志》小说家里的文本,或许就是"小言詹詹"的意思也说不定②。所以我认为考察"小说"之始,宜从"说"着眼而先撇开"小"字不管。

---

① 余嘉锡《小说家出于稗官说》,《余嘉锡论学杂著》,第276页。
② 曹础基《庄子浅注》,中华书局1982年版,第18页。

《文心雕龙·论说》①云："说者，悦也；兑为口舌，故言咨悦择。""说"就是一种用委婉的、对方能愉快地接受的方式说服人的文体。它与论不同。"论也者，弥纶群言，而研精一理者也"，乃是用抽象的道理进行逻辑论证，而说则是"转丸骋其巧辞，飞钳伏其精术"，是一种用形象的隐喻或间接的暗示来表达观点的方法，自战国以来到西汉初，辩士游说之风炽盛，凌厉辩给、耸人听闻的说辞代替了春秋卿大夫那温文尔雅的外交辞令。我曾在《〈左传〉与〈战国策〉说辞的比较研究》一文中通过两书的比较，指出战国策士与春秋卿大夫说辞在陈说方式上的不同在于前者以声势夺人，后者以道理服人。以道理服人，主要用逻辑推理陈述是非，晓以向善之道；而以声势夺人，则主要以类比推理取寓言、譬喻夸张利害，示人取利之途②。由《战国策》中可以看到，策士们的说的方式有夸张，有故事，有设喻，有寓言，许多片断已有后代笔记小说的味道。如果说《战国策》所载众策士游说列国的故事可以看做是小说作者列传的话，那么《韩非子》的《说林》、内外《储说》就不啻是最初的个人小说的专集了。这两部分的内容都是讲故事，同时用故事说明道理。这种方式不只《韩非子》有，《孟子》《墨子》《庄子》书中也都存在。《韩非子》将这类作品单独编列，显示出当时人们对这种形式的特殊意识。韩非子的时代正是"说"趋于成熟的时代，《说林》、内外《储说》完全可以视为后来《语林》《世说》的滥觞，中国古代小说的概念就是以此为张本的。

当然，韩非子所论说的是经国大业，故事常取材于历史，人不得不以大言目之。而其他各书则或不然，杂取各类琐语异事，遂形成说的另一种倾向，即志怪异谭。这类常为倡优方士所言或稗官采自街谈巷议

---

① 刘勰《文心雕龙·论说》，人民文学出版社1958年版，第326—329页。
② 蒋寅《〈左传〉与〈战国策〉说辞的比较研究》，《南京大学学报》1987年第1期。

的东西,相对于韩非子的"说"是不登大雅之堂的,当然只好称为"小说"了。小说的"小"我看并非指体制的小,而是指家数的小,即班固理解的"小道"。班固的学术师承刘向,刘向既编有类似韩非子之说的《说苑》,又编了《百家》。《百家》或许就是从诸子中精选出《说苑》以后所剩的材料,属于桓谭所谓"小说家合丛残小语,近取譬论,以作短书,治身理家,有可观之辞"的货色①。桓谭最佩服刘向,他或许读过刘向的《百家》,而班固与桓谭友善,二人见解相近,渊源均出于刘向,体现了汉人的小说观。如此看来,刘向的《百家》应是汉人小说的典型,在诸子书中是"短"书。先秦的著作形式——子书,本来就是一种包罗作者哲学、政治、社会、伦理、逻辑、经济、文艺各方面思想的综合性论著,所以按其思想特征可划分为不同学派。战国时代,群雄分立,尖锐的利害冲突形成代表不同阶层不同国家利益的学说,论者在济世与致身两方面都希望说服在位者以推行己说,于是就产生了一大批与春秋时代风气不同的、以说为主的著作。《汉志》小说家著录的《伊尹说》《鬻子说》《师旷》《务成子》《天乙》《黄帝说》等著作都应该是战国到汉初之间赝造的。这些文本虽仍号子书,但均非长篇大论,且文辞浅俚,正适应了当时传统文化衰落、统治阶层教养粗鄙化的现实。由于它们采用"说"的形式,并用里巷杂谈的语言,在崇古风盛的汉代自然没有资格与诸子相提并论,《汉志》也只能把它们打入另册——小说家一流中。我想《宋子》之书不管是否伪托,其形式必定是说,只有这样才能解释它入小说家的原因。《伊尹说》《鬻子说》也是同样道理。道家类有《伊尹》五十一篇、《鬻子》二十篇,顾实说:"道家名伊尹,此名伊尹说,必非一书,礼家之《明堂阴阳》与《明堂阴阳说》为二书,可比证。然

---

① 桓谭撰,朱谦之校辑《新辑本桓谭新论》,中华书局2009年版,第1页。

亦可明道家小说家一本矣。"①说它们是不同的书是对的,但说道家小说家一本则未必然。这种情形只能解释为一是论,一是说,因形式不同而分别被归入两家。《师旷》与《黄帝说》也有类似情形。同名之书列于别家,殆有论、说之分。不过也有可能是一书分列,《汉志》有此体例。无论如何,小说家就是子书,不仅《汉志》可据,王应麟考证《吕氏春秋·本味》出于《伊尹说》也是一个旁证。但由于小说家不同于诸子那种纲纪森严的论著,故班固颇轻之,谓"诸子十家,其可观者,九家而已",又称"九家之术,蜂出并作"。显然,九流是就学术而论的,小说固不得厕身其间列为一派,非常清楚。它只能与汉世的方术巫祝之书为伍,成为薛综所谓"小说医巫厌祝之术"并列的流外杂品。余嘉锡说"汉之小说,封禅、养生、医巫、厌祝之术皆入焉。盖至是其途始杂,与古之小说家如《青史子》《宋子》者异矣"②,这是很有见地的。古小说之名由单纯的"说"堕落到目录中的医巫术数杂艺之薮,实在是由班固那种学者的正统观念产生的混乱。《汉志》小说家的著录及序言的失当,对后世产生深远的影响。

3.《新唐书·艺文志》的小说家

自从班固将小说家说成是细碎之言、道听途说之辞,而《汉志》小说家诸书又已亡佚,后人不知就里,每将一切不好归类的书都塞入小说家,于是小说家便成了一个杂凑的门类。

《隋书·经籍志》显然是沿袭《汉志》来的,其序小说亦云:"小说

---

① 顾实《汉书艺文志讲疏》,上海古籍出版社1987年版,第168页。
② 余嘉锡《小说家出于稗官说》,《余嘉锡论学杂著》,第278页。

者,街谈巷语之说也。"①其中所收的二十五种书中还有《杂对语》《要用语对》《古今艺术》《鲁史欹器图》《器准图》之类的书籍,比《汉志》更为混乱。《旧唐书·经籍志》小说家只录十三种书,基本都是小说,但细按其去取,也很难说严格。陈代的《酒孝经》《释俗语》《座右方》三书,今虽亡佚,难知其面目,但据书名推测像是谐戏文字和俗语典,与小说有一定差距。不过《旧唐书·经籍志》毕竟纠正了《隋书·经籍志》的一些失当之处。除《杂对语》《要用语对》《文对》《语林》《琐语》《迩说》《辩林》《器准图》《笑林》《解颐》《琼林》《笑苑》《杂书抄》《水饰》已佚不复著录外,它将《鲁史欹器图》归入儒家,将《古今艺术》归入杂艺术类,这就比《隋书·经籍志》要严密一些;另外又将《隋书·经籍志》列入杂家的《博物志》改入小说家,这也是很合理的。它在小说家里还收入了《隋书·经籍志》未著录的《鬻子》,这应该是鲁迅说的有《鬻子》佚文与今本《鬻子》不同者,我以为或即是《汉志》的《鬻子说》,而《新志》与《宋史·艺文志》所著录的则是属于道家的论。由此看来,《旧唐书·经籍志》基本上是宗《汉志》的。对小说的界定,形式上是子书一家言,内容上则是不同于诗文辞赋的杂说谣传,即所谓道听途说,排除了《隋书·经籍志》的杂驳,大体限于人物的佚闻佚事类。《博物志》虽稍涉怪异,但却属于补诸书"不载者,作略说"②,仍是说的形式。《旧唐书·经籍志》对小说的这种取舍,外延是很小的,与《汉志》差别不大。如果说这体现了唐人的小说观念,那么就意味着从东汉到编纂《旧唐书》的五代,数百年间关于小说的观念几乎没什么变化。

可是令人惊讶的是,从刘昫到欧阳修才百余年,人们对小说家的认识却出现了质的转变。在《新唐书·艺文志》中,这一变化突出地表现

---

① 魏徵等《隋书·经籍志》,中华书局1973年版,第1012页。
② 张华撰,范宁校正《博物志校正》,中华书局1980年版,第7页。

在原来属于史部传记类的一批志怪书被归入小说家。如：

戴祚《甄异传》三卷	荀氏《灵鬼志》三卷
袁王寿《古异传》三卷	谢氏《鬼神列传》二卷
祖冲之《述异记》十卷	刘义庆《幽明录》三十卷
刘质《近异录》二卷	东阳无疑《齐谐记》七卷
干宝《搜神记》三十卷	吴筠《续齐谐记》一卷
刘之遴《神录》五卷	王延秀《感应传》八卷
梁元帝《妍神记》十卷	陆果《系应验记》一卷
祖台之《志怪》四卷	王琰《冥祥记》十卷
孔氏《志怪》四卷	王曼颖《续冥祥记》十一卷

《旧唐书》沿《隋书》入杂传类之例，将这批书一概归于传记类，显然是不妥当的。其内容述怪异，记神鬼，均属子虚乌有之事，较之《语林》一系的人物佚事尤为荒诞不经，怎么能列于史部传记类呢？《旧唐书》的史部传记类略分为以下几门：先贤、孝友忠良、逸人高士、历代名人、神仙道术、怪异灵鬼、列女及杂色人传。除了神仙道术、怪异灵鬼外，其他几类都实有其人其事，姑不论其可靠与否，原则上是真人真事。而神仙鬼怪则不然，虽然作者编撰时可能煞有介事地表示深信不疑（如干宝《搜神记》序），但内容终属无稽，难以征信。唐人好谈鬼怪，故刘昫将志怪等同于史传。实则志怪的体例是不符合传记要求的，它记载的往往是事件，常不交代人物的生平甚至连姓名地望也没有，只写某人与鬼神有关的事件，可以说是最典型的道听途说、捕风捉影。尤其是在传奇盛行的唐代，人们在观念上早已把它当作一种自觉的文艺创作，以耸动世听（鲁迅说唐人始有意为小说即此意）[①]。刘昫认识不到这一点，仍

---

① 参见鲁迅《中国小说史略》第八篇《唐之传奇文（上）》"……是时则始有意为小说"，上海古籍出版社1998年版，第44页。

视小说为史,除了说明他缺乏对文艺的敏感外,只能解释为他的《经籍志》基本上是抄袭《隋书》与唐代官史,而未加以整理和分析。《新志》的史部传记类保留先贤、孝友忠良、逸人高士、历代名人、列女诸类,又增添了纪行、谈录故事、家传家训三类,这些都是偏重于传记与史料的;又将《神仙传》等二十九部仙道方术及佛教书籍归入道家,这也与当时道家与道教合而为一的趋势相适应。将这些书区分出去,就保证了史部的纯洁。

综而观之,欧阳修将志怪鬼神划归小说,一则与他否定鬼神迷信、概斥之为"俚言俗说"①的无神论观念有关,再则也是与他鄙薄小说、以为灵异志怪不足为信史的史家观念分不开的。有宋一代的正统观念,以道德理学为经国大业,余事作诗人,小说当然就更不入流了。范仲淹名高一时的《岳阳楼记》居然因为语涉俳俪、近于传奇体而遭人轻视,当时对小说的看法可想而知。欧阳修是否出于这种意识而将灵异鬼怪尽隶于小说家,现在难以断言,但这一结果客观上表明,经过唐代传奇的繁荣之后,人们的小说观念越来越清晰,逐渐认识到它内容的虚构性、创作的自觉性,绝不同于史传的忠实记录,从而划清了纪实性的历史与虚构性的传奇之间的界线。《新志》小说家所收的大多是趣味性强、可资谈助的作品,比如《桂苑丛谈》,同样是随笔,旨趣与《国朝传记》(一般认为即《隋唐嘉话》)便大不相同。《新志》收入小说类的笔记,史料价值及可信程度要低得多,但读来趣味性强,引人入胜,这正体现文学与历史的区别。欧阳修根据这一原则收录了大量唐人此类著作,比《旧唐书》多出了八十三部、三百三十卷。这是个很能说明问题的数字,其中还包括《隋书》著录而《旧唐书》遗漏的《杂语》五卷,以及连《隋书》也未著录的裴子野《类林》,为两书的流传提供了线索。这都

---

① 欧阳修、宋祁《新唐书·艺文志》,第1422页。

是《新志》值得瞩目的贡献。从前述目录与文学的关系(2)说,是保存了唐小说资料,让我们略窥唐代传奇繁荣与笔记著作丰富之一斑。而更重要的是在(3)的意义上,反映了北宋人对小说的认识。

将神怪灵异之书纳入小说,等于是将小说限制在虚构的或传奇的总之是艺术化地写人写事的范围之内。这样一种观念已很接近我们当今对小说的理解,就是从世界文学的视野中看也是很超前的。这种意识没有在专门的文论领域里树立起来,而仅表现于目录,这再一次提醒我们,中国古代目录学对于文学研究具有多么重要的意义。这无声的宣示,对于研究小说观念在文学史上的发展具有不可低估的价值,它对后世的影响一直延续到《四库全书总目》。《总目》接着又将一批原属于杂史类(如《大唐新语》《国史补》《大唐传载》《明皇杂录》)与原属于道家类(如《神异经》《海内十洲记》《汉武内传》《汉武帝洞冥记》)的书籍归入了小说家。这从文体角度说固然是不错的,但落实到具体书籍还容有斟酌。杂史类有些书如《拾遗记》《明皇杂录》之类,无论从内容或形式上看都是小说,但《国史补》《大唐新语》这样的书入小说却不合适,仍应隶于杂史部。《四库全书总目》粗粗地一划,史部的严密性是加强了,可小说类却又流于淆乱杂驳。因此《四库全书总目》小说家的取舍,总体上看是得失参半,反不如《新志》更为合理。由此可见,《新志》是中国古代目录学史和文学史上标志着文学观念进步的重要的里程碑,它的意义和贡献还需要我们重新认识。

当然,《新志》小说著录也不是没有缺点。程毅中先生《古小说简目》曾指出它忽视传奇的著录,仅著录了一篇《补江总白猿传》[①],对此我的看法有点不同。《新志》收入薛用弱《集异记》、谷神子《博异志》、陈翰《异闻集》、袁郊《甘泽谣》、裴铏《传奇》等著名的传奇集,著录传

---

① 程毅中《古小说简目》,中华书局1981年版,前言第6页。

奇已足够多。若说未收《莺莺传》《李娃传》这样的单篇,那是因为唐人习惯都将其编入文集。集部收有《沈亚之集》九卷、《元氏长庆集》一百卷,上述传奇诸集里唐传奇名篇也大体包罗。《补江总白猿传》这样的单行篇章本来不多,因此《新志》不列单篇传奇这一点,似未可轻非。我认为,《新志》的缺陷主要在于:一是将上述杂史类书不适当地归于小说,如《开元升平源》《因话录》《刘公嘉话》等本是杂史笔记,归入小说就抹煞了小说的虚构特点,从而使小说家与史部相混杂(这正是《四库全书》再次将杂史退入小说的滥觞);再则是小说类收入陆羽《茶经》、张又新《煎茶水记》、封演《续钱谱》,它们本应入杂艺术类,收入小说类不伦不类,自坏体例。这是承《隋书·经籍志》之弊,又启《宋史·艺文志》之乱。《宋史·艺文志》小说家是各志中最芜杂的,蔡襄《荔枝谱》、史道硕《八骏图》,甚至胡仔《苕溪渔隐丛话》都参差羼入,分类极不严谨。

不管怎么说,《新志》小说家是反映古代小说观念演进的重要标志,其中保存的大量资料呈现了唐代传奇产生后人们小说观念的更新。由于中国文学史上的"小说"概念始终没有定型,到《四库全书总目》仍显得混乱,所以我们只能就具体的时期来谈论小说概念的内涵和外延。在这一点上,《新志》给我们提供了一份颇为丰富的参考资料。本文还只是个初步的探讨,深入地研究目录与小说乃至与文学观念的关系,还有待于学界的共同努力。

六 一种更真实的人地关系与文学生态
—— 中国古代流寓文学引论

1. 人与地

近十年来,文学的地域性研究逐渐成为学界关注的热点问题,将文学视为发生在一定空间场域中的现象,成为考察文学问题的新视角。但在不同场合,无论是从学者的论辩还是学生的提问中,我都感觉到,在越来越热的地域文学研究中隐伏着一个问题,即如何定义人与地域的关系。这无疑是经常令研究者感到困惑的一个问题:作家的籍贯与出生地不符,他们童年成长的经历也与籍贯无关,而成年后的生活场域又与籍贯相疏离——官人任职必须回避桑梓,游幕课馆又往往远走他乡,行商贸易则处在更经常性的流动中,与任何地域都没有稳定的关系。这就带来一个问题:我们究竟是根据一个人的籍贯来谈论其地域性呢,还是根据他的生活经历来谈论地域性呢?周亮工籍贯河南祥符,但生于金陵殁于金陵;余怀是福建莆田人,可他也同样生长在金陵,久居于此,晚年终老于苏州。这两位先贤与金陵的关系,远比我这样的籍贯为南京而实际只在此负笈三年的人更为真实和长久。

但这么说绝不意味着籍贯对人没有意义。籍贯和郡望从来就不只是一个单纯的符号,它们联系着一种文化认同,一种文化血统上的归属感。一个地方与我们没有关系,在我们的意识中就只是一个地理名词,当我们知道它是本籍所出、祖先所居,就会格外关注它,并自觉地追索自己与它的关系。长久以来,桐城对于我只是一个与古文有关的地名,但自从听父亲讲述家世渊源,知道祖上原是桐城人,在太平天国战乱时避地来安,最后定居金陵,桐城在我心中的意义不觉就发生了变化,车经桐城时内心涌起异样的亲切感。从此桐城的文化也更为我关注,感觉到自己与它有一种联系。类似的体验,会激发相应的对地域文化或文学传统的认同,不知不觉中影响我们对文学史的接受和判断。人与籍贯的这种文化联系,很大程度上决定了我们对"小传统"的态度和取舍,这是不言而喻的问题。

但尽管如此,人与籍贯的关系仍不如与实际生活环境的关系更为密切。当人们因战争、仕宦或经商等各种原因迁徙异乡,而并不变更籍贯时,人与异乡的实际关系当然就会远深于本籍。历来习惯将这种离开本籍的生活经历称作"流寓"。相对于籍贯而言,流寓意味着人与地域的一种更为真实的关系,它是人与地域的实际接触,绝不存在有名无实的状况。不过,在安土重迁的传统农耕社会,故里作为父母之邦,祖茔所在,还是牵连着人们的心理归属感,"旧国旧都,望之畅然"。这就使流寓的经历往往带来复杂的感受。在中国古代文学中,流寓的意识起码结出两种不同的文学果实:一种表现人与地域的隔阂感,一种好奇地咏歌异地的风物民情。

2. 隔阂与疏离

人离开乡土流寓异地,难免会有不能融入当地生活的隔阂感。尤其是当这流寓出于迫不得已的原因时,这种感觉会愈加强烈。清代诗人张问陶《流寓一首寄亥白兄寿门弟》典型地表现了这一主题。诗写道:"流寓真无奈,思乡昼掩关。秋花有红泪,邻树即青山。道险家难并,诗悲字屡删。雄心中夜冷,身世忍萧闲。"①因为无可奈何的原因流寓异乡,诗人格外地感觉孤独。"昼掩关"的自我封闭状态,强烈地暗示出难以融入客乡生活的疏离状态。美好的自然景物成为惹愁引恨的对象,同时成为乡情的寄托。而诗歌写作和用世之志,也都因这流寓生活的不适体验而产生一些微妙的变化。这并不是一个新起的文学现象,但迄今的古典文学研究很少触及它。

在古典文学中,流寓主题的最初表现似乎是王粲著名的《登楼赋》。虽然《文选》卷十一将此赋收入"游览"类,但其中主要表现的正是流寓的不适感:

> 登兹楼以四望兮,聊暇日以销忧。览斯宇之所处兮,实显敞而寡仇。挟清漳之通浦兮,倚曲沮之长洲。背坟衍之广陆兮,临皋隰之沃流。北弥陶牧,西接昭丘。华实蔽野,黍稷盈畴。虽信美而非吾土兮,曾何足以少留!

王粲(177—217)是山阳郡高平人,挟不世之才,投在刘表幕下,却不被重用,流寓荆州十五年。建安九年(205)秋,他登上麦城(在今湖北当阳东南)城楼,感慨系之,写下这篇脍炙人口的小赋。全文清楚地分为三段。上引第一段文字,在略铺陈荆州风土之美后,笔调一转,发出"虽信美而非吾土"的感喟。后面的两段,先引用历史人物的故事,以见怀土之情乃古今人心所同,无论穷通皆所不免,反衬自己因战乱不得归去的悲哀。本来,如果在此能施展抱负、获得友谊,荆州倒也并非不可居处。但第三段马上就点明,在这里根本看不到前途,所以内心满是"惧匏瓜之徒悬兮,畏井渫之莫食"的忧虑,唯恐蹉跎岁月;更兼凭栏四顾,无可与语,这无法诉说的孤独使他在荆州的岁月成为充满焦虑和绝

---

① 张问陶《船山诗草》卷十四,中华书局1986年版,下册第385页。

六 一种更真实的人地关系与文学生态

望的经历。后来谢灵运《拟魏太子邺中集》,王粲一首序曰:"家本秦川,贵公子孙,遭乱流寓,自伤情多。"将这种情绪与流寓一词联系起来,再经《文选》广泛传播,最终使王粲登楼作为流寓的特定典故被后世诗家沿用。南朝诗中已出现的一例是阴铿的《和侯司空登楼望乡诗》:

> 怀土临霞观,思归想石门。瞻云望鸟道,对柳忆家园。寒田获里静,野日烧中昏。信美今何益,伤心自有源。

这是作者在陈朝和侯安都之作,诗开篇"怀土"二字即用王粲《登楼赋》"人情同于怀土兮,岂穷达而异心",暗示了两者的互文关系。末联"信美今何益,伤心自有源"直接点明"信美而非吾土"之意,吐露了由梁入陈后心理上无根的漂泊感。这正是人与地域相隔阂的典型表现。

到唐代,杜甫《桥陵诗三十韵因呈县内诸官》在感念桥陵诸官照拂的"主人念老马,廨署容秋萤"两句之后重复了流寓的漂泊之感:"流寓理岂惬,穷愁醉不醒。"这也是"流寓"一词较早见于诗的例子。注家指出其所本正是谢灵运拟王粲诗。杜甫另一首《春日江村》其五在王粲登楼的典故之外,又引入贾谊故事,用交替分写的笔法,抒发自己对怀乡和宫禁的眷怀:

> 群盗哀王粲,中年召贾生。登楼初有作,前席竟为荣。宅入先贤传,才高处士名。异时怀二子,春日复含情。

方回《瀛奎律髓》卷十选此诗,评曰:"此五诗成都草堂作,依严武为工部参谋时也。末篇引王粲登楼、贾谊前席事,盖谓信美而非吾土,如依刘表而非其心,犹有意贾生之召也。故他日诗曰:'白头趋幕府,深觉负平生。'"①所说相当中肯。此外,脍炙人口的李商隐《安定城楼》也是一个典型的例证:

---

① 李庆甲辑《瀛奎律髓汇评》卷十,上海古籍出版社1986年版,上册第324页。

> 迢递高城百尺楼,绿杨枝外尽汀洲。贾生年少虚垂涕,王粲春来更远游。永忆江湖归白发,欲回天地入扁舟。不知腐鼠成滋味,猜意鹓雏竟未休。

开成三年(838),二十六岁的李商隐应博学宏辞科试落第重回泾州,登上安定(今甘肃泾川)城楼,在怀才不遇的苦闷和忧讥畏谗的愤慨中写下此诗。因为诗题已点明城楼,诗中没再用"登楼"而用了"远游"二字,但意思还是很清楚的,"虚""更"二字愈益强调了怀才不遇和无可奈何之感,赢得后世无数才人的深深共鸣。

千载之后,一心追慕义山的黄景仁同样遭际怀才不遇的命运,累试不售,寄迹幕府。同样的经历和体验,让他对王粲登楼的典故及其在后来诗歌中积淀的丰富蕴涵深有体会,一再用以比拟自身的遭际。《夜坐怀维衍桐巢》一诗写道:

> 剑白灯青夕馆幽,深杯细倒月孤流。看花如雾非关夜,听树当风只欲秋。吴下酒徒犹骂座,秦川公子尚登楼。天涯几辈同飘泊,起看晨星黯未收。

这里的登楼与《寄王东田丈》的"忧来更上仲宣楼,一剑期将知己酬"一样,纯粹是用典,不具有写实的意义。《合肥城楼》的"登楼此日容清啸,词客淮南鬓已斑",虽然是写实,也并未铺陈登楼所见,而着力抒写的是未老先衰的失意心态。最典型的是《春日楼望》一首:

> 一碧招魂水涨津,远山浓抹雾如尘。忽风忽雨春愁客,乍暖乍寒天病人。芳草远黏孤骑没,绿杨低罩几家贫。天涯飞絮归何处?不到登楼也怆神。

这虽是一首纪实之作,但登楼已与典故融而为一,而且是反其意出之,说不必登楼即已怆神。这说明登楼的典故,在他完全是用来表现人与地域不相融的隔阂之感,即便是很好的地方也不值得逗留,更何况一般的所在?因此,当人对地域没有亲和感时,地域的个性和风物之美实际上都是被忽略的,或者像黄仲则这首《春日登楼》的处理方式,仅予以负面的描绘。唯独"登楼"成为诗意的焦点,至于登的是什么楼、何处的楼,诗中非但不作说明,甚至故意忽略它们。在这类诗作中,登楼已纯粹是心态的象征,诗的类型也从王粲《登楼赋》的游览转变为言情。无论是杜甫的"应接非本性,登临未销忧"(《发秦州》),还是张问陶的"流寓悲王粲"①、"赋到登楼亦可哀"②,都不难品味出,相比"信美而非吾土"的慨叹,其意指更侧重于寄托怀才不遇的抑郁感伤。

为了回避这种日渐流于俗套的象征用法,后世作者有时不得不选择直用典故的笔法。如元好问《邓州城楼》写道:"自古江山感游子,今人谁解赋《登楼》?"③张问陶十八岁所作《汉上暮春》写道:"鱼苗初出水,十里浪花圆。客有《登楼赋》,家无负郭田。雨来迎社日,春到浴蚕天。信美非吾土,岷峨落照边。"④在这两首诗中,"今人谁解赋《登楼》""客有《登楼赋》"直用典故,明显出于回避已在流寓诗歌中被主题化了的陈熟意象的意识。闺秀孙云凤《登高示兰友及诸弟妹》结联"山川信美非吾土,欲赋《登楼》愧少才"⑤也是同样的例子,只不过上句直用王粲赋语,略不讲求含蓄之意而已。至于传统的流贬心态及其文学表现,如柳宗元之于柳州、白居易之于江州、韩愈之于潮州,已有尚

---

① 张问陶《送周伊人归豫章》,《船山诗草》补遗卷一,中华书局1986年版,下册第589页。
② 张问陶《汉阳经历李濂溪时时相招痛饮因为长句》,《船山诗草》补遗卷一,下册第572页。
③ 施国祁《元遗山诗集笺注》卷三,人民文学出版社1958年版,第180页。
④ 张问陶《船山诗草》卷二,上册第12页。
⑤ 袁枚辑《随园女弟子诗选》卷一,王英志主编《袁枚全集》,江苏古籍出版社1993年版,第7册第25页。

永亮等研究流贬文学的专家做了很好的研究,兹不赘述。

3. 怡情与融入

失意的处境固然很难让人对地域产生认同,但春风得意之时,兼置身于山水名区、繁华都会,情况就大不相同了。即便处于失意状态中,只要心理能够调适,用超脱的态度应物,同样也能与地域相融,如谢朓之于宣城、白居易之于杭州、苏东坡之于黄州,都是历史上人们熟知的例子。"初来犹自念乡邑,岁久此地还成家"(韩愈《桃源图》),"他年谁作地舆志,海南万里真吾乡"(苏轼《吾谪海南子由雷州被命即行了不相知至梧乃闻其尚在藤也旦夕当追及作此诗示之》),两诗道出了其间情感转变的常态。而从文学的角度说,这种流寓的经历往往会产生歌咏风土民情的名作。

在唐诗中,歌咏扬州最著名的篇章,除了李白的"烟花三月下扬州"(《送孟浩然之广陵》)和徐凝的"天下三分明月夜,二分无赖是扬州"(《忆扬州》)之外,就数杜牧的一系列诗篇。《赠别二首》其一写道:

> 娉娉袅袅十三余,豆蔻梢头二月初。春风十里扬州路,卷上珠帘总不如。

又《遣怀》写道:

> 落魄江南载酒行,楚腰纤细掌中轻。十年一觉扬州梦,赢得青楼薄幸名。

这是杜牧在牛僧孺淮南节度使幕中掌书记时作,他笔下的扬州绝对是个春风得意的地方,没有任何不适感。虽然他在牛僧孺幕中也未被重用,发挥他的文韬武略,但得到牛僧孺庇护的狎邪经历部分补偿了他在政治上的失望,风光旖旎的扬州终究没有让他产生格格不入的感觉,倒

给他一种类似《闲题》所述的心情:

> 男儿所在即为家,百镒黄金一朵花。借问春风何处好?绿杨深巷马头斜。

在他离开多年后,扬州仍是梦魂萦绕的风月之都。寄旧日同僚的《寄扬州韩绰判官》少不了"二十四桥明月夜,玉人何处教吹箫"的调侃。或许扬州太宜居,任谁也很难有"虽信美而非吾土"的感觉,暂寓此地的人,不仅会像徐凝那样长怀美好的回忆,甚至还会像张祜那样抱有"人生只合扬州死,禅智山光好墓田"(《纵游淮南》)的遐想。

"人生只合扬州死"后来传为名句,屡被模仿,演成习套。元代蒋正子《山房随笔》载:

> 金国南迁后,国浸弱不支,又迁睢阳。某后不肯播迁,宁死于汴。元遗山曰:"桃李深宫二十年,更将颜色向谁怜。人生只合梁园死,金水河边好墓田。"①

明初戴表元《湖州二首》则云"行遍江南清丽地,人生只合住湖州",翻死为生,但意思还是一样。清代画家黄慎原是福建宁化人,长年侨寓扬州,有《维扬竹枝词》云:"人生只爱扬州住,夹岸垂杨春气薰。自摘园花闲打扮,池边绿映水红裙。"这类诗句传诵人口,变成一个地方的铭牌,人们还没到过那些地方,却早已耳熟能详。王士禛《池北偶谈》卷十五"诗地相肖"一则云:

> 范仲闇文光在金陵,尝云:"钟声独宜著苏州",用唐人"姑苏城外寒山寺,夜半钟声到客船";如云"聚宝门外报恩寺",岂非笑柄?予与陈伯玑允衡论此,因举古今人诗句,如"流将春梦过杭州""满天梅雨是苏州""二分无赖是扬州""白日澹幽州""黄云画

---

① 何文焕辑《历代诗话》,中华书局 1981 年版,下册第 718 页。

角见并州""澹烟乔木隔绵州""旷野见秦州""风声壮岳州",风味各肖其地,使易地即不宜。若云"白日澹苏州",或云"流将春梦过幽州",不堪绝倒耶?①

这些诗句远比城市更为人们熟悉,城市或许很多人没到过,但这些诗句无人不知,并且在很大程度上引导着人们对城市风貌的想象。考究各句的由来,"流将春梦过杭州"出自元倪瓒《吴中》诗,"满天梅雨是苏州"出自宋王仲甫《留京师思归》诗,"二分无赖是扬州"出自唐徐凝《忆扬州》诗,"黄云画角见并州"出自唐司空曙《送卢彻之太原谒马尚书》诗,"澹烟乔木隔绵州"出自清王士禛《晚渡涪江》诗,只有三联五言一时未详所出。这些颇能传达一个城市风貌特征的名句,作者都不是当地人,或游览途径,或侨寓久客,惟其不是当地人,独能以强烈的新鲜感,捕捉到一个地方的风神,本地人反而写不出这种带有瞬间印象之美的妙句。新鲜感实质上就是一种好奇心,而好奇心又意味着人与环境的融洽。外界环境对人有吸引力,人就会对它抱有好奇心。人愈喜爱一个地方,就愈会投入情感,产生探求、玩味的兴趣。流寓者的这种好奇心与发自喜爱的赞美,很大程度上就是歌咏地方风物之诗如《竹枝词》之类繁盛的内在动力。它同时还基于一种比较的眼光,即便是本土作家歌咏地方风物,也必以流寓的经历为基础,否则他很难捕捉到本地的特点。

4. 流寓作为文化记忆

一首歌咏地方风物的诗最终能够成为名作,也同任何作品的经典化一样,必须具备几个要素。作品本身的生动传神当然是最重要的,但仅

---

① 王士禛《池北偶谈》,中华书局1982年版,下册第358页。

此尚不足以保证它广为传诵、脍炙人口。作者身份所具有的影响力与当地人的接受,相比之下是更关键的因素。黄景仁《颍州西湖》写道:

> 我来颍尾已良月,痛饮不及西湖秋。荒蒲萎蔓风断续,烟曳白水差差浮。醉翁髯翁去相踵,断碑零翰荒难求。昔时赋诗传盛事,文献相续夸雄州。逢人只道此湖好,簿书琴酒侪鱼鸥。竹西歌吹爱莫夺,六桥横绝难争优。人疑古人嗜好僻,此论迂矣同刻舟。达人醯鸡视身世,兴会偶寄思归休。终年娱老得地足,丘壑何必常盈眸。坡公况是老龙象,大千起灭同浮沤。此间讵肯较铢细,亦如阳羡堪终留。聚星堂客久星散,此湖半亦更田畴。秋来往往积淫潦,高处得得驱耕牛。若教麻姑海上见,即此亦是沧桑流。柳亭葵社共阒灭,令人一一悲山丘。吾曹沦落偶流寓,姓名寂寞谁相收?一杯公等起今日,更放何人出一头?

颍州西湖是欧阳修、苏东坡任颍州刺史时流连歌咏的胜境,虽然景致远不如扬州和杭州出名,但两人诗文中所流露的赏爱之情甚至超出对扬、杭二州的感情。黄景仁认为这绝不是后人所谓的古人嗜好之僻,而是两位先贤都有着达生适世、随遇而安的乐观天性,故能适性娱情,留下许多令后人仰慕、传诵的事迹和诗文。最后话题一转,"吾曹沦落偶流寓,姓名寂寞谁相收?"这是恨不能起二公于九泉,使自己这样怀才不遇的寒士都能扬眉吐气,有个出头之日。同样是流寓,欧、苏二公的声名和诗文绝不会随同聚星堂毁圮、西湖沧桑而湮没,而自己的名字和诗文又有谁会记载和传诵呢?这不能不让他感叹伤怀。事实上,无论诗文内容、水准如何,黄仲则都不可能拥有欧、苏二公那样的文化势能,他的那些颍州诗篇至今也无人注意。这是大多数寒士诗人不可避免的命运。

当然,假如换一种情况,结果可能就不同了。比如说,黄景仁身居高位,或名望高到如袁枚晚年,那么他流寓颍州就会受到当地名流的关注,奉为上宾,诗酒唱酬。他的姓名和诗作会出现在当地名流的诗集中,他的作品会在当地士人中流传,若干歌咏地方风物的佳句更会广泛传播,被记载于笔记或诗话。而到修地方志时,他的流寓会成为被记载的事件,他有关颍州的诗文也会被收入方志的"艺文志"中。总之,每个地方都乐于接纳这样的人物,一个可以给地方带来荣耀感的名重一时的名臣或诗人。这就是说,流寓者的诗文被地方作为自身文化的一部分来接纳,是有个很势利的前提的。寒士的名作经历岁月的磨砺,或许也有机会焕发神采,成为一个地方引以自豪的金字招牌,像徐凝的"天下三分明月夜,二分无赖是扬州";但在短时间内,则只有拥有较高文化资本的人物才能享有这种荣遇。清初名诗人王士禛正是一个很典型的例子。

顺治十七年(1660)春,二十七岁的王士禛以年轻进士兼诗坛新秀,莅任扬州府推官,不久便以家世声望、天赋才华和谦抑姿态被当时拥有话语权的江南遗民群体接纳①。《渔洋山人自撰年谱》卷上云:"山人官扬州,比号繁剧。公事毕,则召宾客泛舟红桥、平山堂。酒酣赋诗,断纨零素,墨渖狼藉。吴梅村先生伟业云:'贻上在广陵,昼了公事,夜接词人。'盖实录也。"②他在扬州期间邀集的游览唱和活动,最盛大的有两次:一是康熙元年(1662)六月十五日,与袁于令、杜濬、丘象随、蒋阶、朱克生、张养重、刘梁嵩、陈允衡、陈维崧等泛舟红桥,自填《浣溪沙》三阕,诸公俱和,编为《红桥唱和词》一卷。《香祖笔记》卷十二载其事云:"昔袁荆州箨庵于令自金陵过予广陵,与诸名士泛舟红桥,予首

---

① 关于王士禛与江南遗民集团的关系,详蒋寅《王渔洋与江南遗民诗人群》(《北京大学学报》2005 年第 5 期)一文。

② 王士禛《渔洋山人自撰年谱》,中华书局 1992 年版。

赋三阕,所谓'绿杨城郭是扬州'者,诸君皆和,袁独制套曲,时年八十矣。"后来余怀、曹贞吉、邹祗谟、纳兰性德、丁炜、周在浚、阮士悦乃至后任扬州知府金镇都有追和之作,足见影响之深广。另一次是康熙三年(1664)三月九日清明,招林古度、杜濬、张纲孙、孙枝蔚、程邃、孙默、许承宣、许承家诸名士修禊红桥,即席赋《冶春诗》二十四首,诸君皆和。渔洋有句云"好记甲辰布衣饮,竹西亭子是兰亭",将这次修禊活动与著名的兰亭集会联系起来,让参与者都感觉到一种不同寻常的历史意义。宗元鼎诗云:"休从白傅歌杨柳,莫向刘郎演竹枝。五日东风十日雨,江楼齐唱《冶春词》。"①可见这次唱和的作品当时在扬州市井曾广为流传。

这两次游览唱和活动,王士禛都选择在红桥。当时这并不是一个出名的场所,据梅尔清考察,它在此前甚至未曾出现在诗文中②。但经过这两次唱酬后,红桥俨然成为一处名胜。据王士禛自撰年谱记载,诸人唱和之作流播于世,"或有绘有图画者,于是过扬州者多过问红桥矣"。康熙四十八年(1709),即渔洋下世前两年,有答门人程鸣所作《程友声画余绿杨城郭是扬州旧句相寄答二首》云:

於菟昨日雪中归,把卷开炉拥衲衣。五十年了宾客尽,绿杨城郭尚依稀。

雨窗漱墨写邗沟,绕郭依然碧玉流。寄语红桥诸士女,老夫虽在雪盈头。③

---

① 有关这两次唱和的详细情况,可参看蒋寅《王渔洋事迹征略》,人民文学出版社2001年版。

② 梅尔清《"绿杨城郭是扬州"——清初扬州红桥成名散论》,董建中译,《清史研究》2001年第4期。

③ 袁世硕主编《王士禛全集》,齐鲁书社2007年版,第1册第1443页。

如果说前者抒发了个人相对历史的有限和渺小之感,那么后者则寄予了一种被记忆的希望。《渔洋诗话》在记述这两次游览赋诗的情形后,说:"予既去扬州,过红桥多见忆者,遂为广陵故事。"事实上,不仅红桥,冶春至今仍是茶社和公园名,而"绿杨城郭"自乾隆三十年(1765)就被用来命名一区观赏湖。至于"绿杨城郭是扬州"一句,也成为三百年来歌咏扬州最为人熟知的名句,后人过扬州遂有"绿杨城郭王司理,尚有红桥指点中"之句①,将王士禛的名字与扬州永远联系在一起。王士禛九泉有知,固然会为此欣慰,为此感到荣耀,但更觉得荣耀的恐怕还是扬州人,一代诗宗由衷的热爱和赞美,毕竟意味着城市不同寻常的品位。仅凭这一点,同为联合国人居奖城市,扬州人就会比唐山、包头、威海人更觉得荣耀。当流寓成为一种文化记忆时,它就变成地方的无形财富。

5. 地域文学研究的新视角

重新回到本文开头提出的问题,既然流寓相比籍贯是人与地域一种更真实的关系,它在文学中留下的地域痕迹甚至比籍贯要更深,不仅反映了人与地域之间的隔阂,也表现了两者的融洽,当流寓者怀着好奇和欣赏的态度审视他乡异地的风俗民情时,无论他感受如何,这种新鲜感表现于文学,都会带有生动的印迹,让当地人感到惊奇,产生重新认识本土文化的冲动。流寓文学对地域文化的反思和推广是如此重要,以至于历史上人们处理人和地域的关系时,早就本着一种很实际的态度:籍贯固然是基本依据,但流寓也是重要的参照系。

那么,在地方文化、历史的研究中,究竟是何时开始注意流寓的问

---

① 吴敏树《扬州绝句五首》其五,《东游草》,同治七年朝宗书室活字印本。

题呢？这无疑是一个涉及范围很广的问题，一时很难作出结论。我们只知道，先秦文献中已有"寓公"的称呼，指失去领地而寄居他国的贵族。见《礼记·郊特牲》："诸侯不臣寓公，故古者寓公不继世。"后来凡流亡寄居他乡或别国的官僚、士绅等都称"寓公"。宋范成大《东山渡湖》诗云："吾生盖头乏片瓦，到处漂摇称寓公。"即其例。至于用作动词的"流寓"概念，则见于《后汉书·廉范传》："范父遭丧乱，客死于蜀汉，范遂流寓西州。"《周书·庾信传》也有"南北流寓之士，各许还其旧国"的说法。到唐代，杜甫《桥陵诗三十韵因呈县内诸官》诗有："流寓理岂惬，穷愁醉不醒。"权德舆《金紫光禄大夫司农卿邵州长史李公墓志铭》有："时刘展阻命，东方愁扰，闾里制于萑蒲，守臣化为寓公。"但注意到流寓现象，与意识到流寓与地域文化的关系问题是两码事。关于流寓与地域文化的关系，在有专门的深入考察之前，只能姑取一个较便捷的途径，从地方志的编纂入手聊着管窥。

就现有地方文献来考察，南宋《咸淳毗陵志》人物卷已列有"贤寓"一门。乾道间赵不悔修、罗愿纂的《新安志》人物四卷中也包含了流寓一类。此书被朱彝尊许为"简而有要"，"地志之最善者"①，影响深远。这起码说明，最晚到宋代，修地方志的学者已意识到流寓的问题。明代景泰间陈循等纂《寰宇通志》人物门之前特设"留寓"一类，弘治间李德恢等纂《严州府志》人物卷有"流寓"一门，正德间张钦纂《大同府志》于人物卷之外另设"宦迹、寓贤"一卷，足见到明代，流寓已是社会普遍意识到的现象。嘉靖中湖广布政司左参政丁明颁布的《修志凡例》，对明代修志影响很大，其中有关人物的八类中列有"侨寓"一类②。清代方志体例的范本——顺治十八年（1661）贾汉复修《河南通志》，也列有

---

① 朱彝尊《书新安志后》，《曝书亭集》卷四十四，康熙刊本。
② 黄苇等著《方志学》，复旦大学出版社1993年版，第181页。

"流寓"一目,为本朝修志所沿袭。雍正《江西通志》卷九十五、九十六用两卷的篇幅来记载"寓贤"①。包世臣序《扬州府志艺文类》也说:"夫扬州居东南之会,文物为盛,故首列历朝土著,而次以游宦流寓。"②降至道光间,方志又开始记载外徙名人,如李固纂《胶州志》人物门类除"侨寓"外,还有"外徙"专篇。这其实是从另一个角度记载的流寓。考察明清两代的方志,普遍都收录流寓人物,其名目则有寓贤、流寓、侨寓、游寓③、寓公(董斯张《吴兴备志》)等不同的说法,大略可见古代社会有关流寓现象的意识嬗变之迹。到清代,地域性的文学总集中常设流寓一门,如袁景辂《松陵诗征》、卢见曾《山左诗钞》、袁文揆《滇南诗略》均列有流寓专卷;地域性的诗话通常也将流寓诗人单列卷帙,如戴璐《吴兴诗话》,末四卷为宦守及寓贤,至于随文附及者更难以列举。

但随着方志编纂的盛行,滥收流寓人物为本地壮门面的弊端日益滋生。一如傅振伦所说:"郡县志流寓,所以别土著,重名贤也;惟其先世入籍及其人无足短长者,兼载则滥。而自来志乘,通多此失,甚且贤哲信宿,则亦援以为夸,虽沾膏丐馥,谈柄宜资,而目以寓公,斯爽其失矣。"④于是,该如何掌握流寓的标准,方志中该不该收寓贤,遂成为有争议的问题。清代学者对方志设流寓一目有不同看法,章学诚认为"流寓止可用于府州县志,通志不宜用也。夫规方千里有余,古人辙迹往来,何可胜数?故凡通志所收流寓,如悉数核之,皆是挂一漏百,其势有必然也。今人物尚取详今略古,纪载已恐其繁,流

---

① 参看黄苇等著《方志学》,第663页。
② 包世臣《艺舟双楫》卷一,台湾商务印书馆1973年版,第9页。
③ 王崇炳《金华征献略》卷二十游寓传,详冯勤《潘景郑盦钞稿本书跋》,《四库文丛》第1卷,上海交通大学出版社2013年版,第200页。
④ 傅振伦《中国方志学通论》,台湾商务印书馆1966年版,第50页。

六 一种更真实的人地关系与文学生态

寓不当赘入也"①。他修《湖北通志》便不设侨寓一门,凡例说:"志家例有流寓,亦本地理纂类名目,事与名宦略同,盖皆非本地人也。然纂类自可备用,撰志则须剪裁。"②也有人认为寓贤不宜为传,只可为录。如高澍然《光泽县志序录》寓贤录云:"寓贤亦传,缪于传官。传官有爱,传寓投闲。名贤戾止,山川改观。光我井里,主我敦盘。系之以录,冥契古欢。史有载记,可一例看。"③但到近代,甘鹏云颇不以为然,其《河北通志凡例》云:"章实斋志湖北,无流寓,其例曰:'流寓止可用于府、州、县志,通志不宜用。古人辙迹往来,何可胜数,如悉数核之,皆是挂一漏百。'此说似不尽然。通志有流寓,谓寓居最久者耳,非但辙迹往来而已,且必系传人。非是,不容滥入也,岂可以挂漏论。今志文献不遗流寓者,此也。"④这应该说是很通达的见解。直到今天修方志,收录人物的依据仍然是"凡籍属本地,或虽籍属外地而在本地工作过的……"⑤

毫无疑问,相对籍贯而言,流寓乃是人与地域一种更真实的关系。而从文学的角度看,这种关系就愈是文学史研究应予关注的问题,也是地域文学史不可或缺的内容。怎么能想象,我们读一部绍兴文学史有陆游、鲁迅而没有王羲之和兰亭集会;或者读一部扬州文学史,有张若虚而没有王士禛。那样的文学史将会给人什么样的感觉?一个地域的招牌下,发生在这个地域的文学却不在场! 依我看来,地域文学史区别于文学通史的特性,不在于只论述出生于某个地域的作家,而在于说明

---

① 章学诚《湖北通志凡例》,《章学诚遗书》卷二十四,文物出版社 1985 年版,第 245 页。
② 章学诚《湖北通志凡例》,《章学诚遗书》卷二十四,第 245 页。
③ 高澍然《抑快轩文集》,广陵古籍刻印社 1998 年版,第 1 册第 245—246 页。
④ 甘鹏云《方志商》,《方志学两种》,岳麓书社 1984 年版,第 193 页。
⑤ 来新夏主编《方志学概论》,福建人民出版社 1983 年版,第 187 页。

文学在某个地域的发生和发展，说明历代文学活动与这个地域的关系，以此呈现文学史生态的多样性和区域特色。在这个意义上，流寓文学对于地域文学史的意义，可能远比长年在外的本地作家的创作为重要，更不要说郑虔之于台州、柳宗元之于柳州、苏东坡之于儋州所具有的人文始祖的意义了。

七 作为文学原型的精卫神话

1. 精卫神话在唐前的流传

在 BBC 制作的介绍地球演化的节目中,地球的年龄被分成 24 小时,人类是在最后一分钟出现的。如果将人类的历史再分成 24 小时,那么最早有记录的文学是在最后 3 分钟出现的,而文字记载的最古老的文学——神话可能在一小时之前就形成了。因而学者称"神话是民族的梦,是古代人迷惑于有意识与无意识——梦与现实——之间的产物"[①]。这些人类幼年的梦境,幻想的装饰,保留了集体无意识时代的社会、自然认知和信念。可以想象,史前时代的口传文学一定也是很丰富的,可惜都没有被记录下来,现存的一些神话传说都是寄生于各种非文学文本中而得以幸存的片断。神话的层累性质使我们难以确定它们诞生的时代及本事,甚至也无法理解其基本内容和象征意旨,但这不妨碍它们在古籍记载和口头传述中不断繁衍和变形,获得意义的增值。有时,相对本身的文学价值而言,神话更值得重视的文学史意义是作为原型为后代的文学作品所传承和重塑,在漫长的文学史中积淀为某种

---

① 王孝廉《神话与诗》,《中国的神话与传说》,台湾联经出版事业公司 1977 年版,第 1 页。

精神内涵的象征符号。中国早期神话中具有这种潜力的作品其实并不多,女娲补天、夸父追日、共工怒触不周山、后羿射日、嫦娥奔月、刑天舞干戚、精卫填海等是仅有的几例。尽管中国上古神话的主角多为有创造力和超凡能力的英雄,但事实上只有极少数表现了人格力量的神话形象才成为原型。夸父故事本具备了成为原型的条件,但终因结局意义的不明确,很少被使用①,只有精卫和女娲成了始终活跃在后代文学中的神话原型。有关女娲,神话学和民俗学的研究已经比较多,精卫只见到刘占召《精卫原型新探》一文,从精卫与赤松子、帝女桑、高唐神女、女娲、蚩尤、鲧等一系列神话的关系,论定精卫的原型是以自焚方式祈雨的女巫②。这里讨论的"原型",实际上应称原形(original shape),与文学批评中专用名词"原型"(archetype)是不同的。由于资料的匮乏和产生时代的不同,精卫的原形恐怕已很难弄清,但这不影响它作为原型的文学史意义。本文试图就精卫神话作为原型在后代文学中的承传和衍变作初步的研究。

精卫的故事最早见于《山海经·北山经》:

> 发鸠之山,其上多柘木。有鸟焉,其状如乌,文首、白喙、赤足,名曰精卫,其鸣自詨。是炎帝之少女,名曰女娃。女娃游于东海,溺而不返,故为精卫,常衔西山之木石,以堙于东海。③

发鸠山在今山西长子县④,附近的羊头山至今还留有炎帝神农氏的祠庙,发鸠山的西侧则有精卫湖。如果历史上实有其人,那么精卫就应该

---

① 关于夸父神话的研究,可参看王孝廉《夸父的神话》,《中国的神话与传说》,第103—163页;董芬芬《夸父逐日的原始蕴涵及后世的演变》,《甘肃社会科学》2006年第6期。
② 刘占召《精卫原型新探》,《东方丛刊》2003年第4辑,广西师范大学出版社2003年版。
③ 袁珂《山海经校注》,上海古籍出版社1980年版,第92页。
④ 见《太平寰宇记》卷四十五河东道潞州长子县,发鸠山在县西南六十五里。

是七八千年前的少女了。故事的叙述非常简略,但读来一波三折,意味深长。因为是风物地志之书,叙述从鸟开始,头上有花纹,长着白色的嘴、红色的足,身型很像鸟(太阳中的神鸟),叫声像是自呼其名。正当你想象它的美丽姿态时,作者突然说,这是炎帝的小公主,名叫女娃。鸟怎么可能是人呢?原来女娃在东海边玩,不幸溺水而死,变成了精卫鸟。如果故事只写到这里,不过是个凄美的浪漫传说,让人感伤年轻生命的早夭而已。但故事又叙述了一个奇异的结局,女娃成为不死的精灵,常衔西山的树枝和石头去填东海,似乎不填平这吞噬她生命的东海,就永难消释内心的怨恨!这一结局印证了神话学者的看法,"神话是关于神的故事,其人物性格具有最大可能的行动力量"①。精卫的形象因填海这不可能的痴举而变得充满英雄气概,成为蕴含巨大精神内涵和多种解释可能的悲壮角色。

《山海经》记载的这个精卫故事在晋代以前未见人转述或引用,直到张华《博物志》,精卫的故事才再度出现:

> 有鸟如乌,文首白喙赤足,名曰精卫。昔赤帝之女名女娃,往游于东海,溺死而不返。其神化为精卫,故精卫常取西山之木石,以填东海。②

除了精卫的名字叫女娃略有不同外(不排除传述之误的可能),这段记载明显与《山海经》同源,仍停留在神话的传述上。迄今为止,我们所能看到的精卫故事的变化,从传为梁代任昉所撰的《述异记》开始,也到它结束:

---

① 弗莱《原型批评:神话理论》,叶舒宪编《神话—原型批评》,陕西师范大学出版社1987年版,第172页。

② 李昉等编《太平广记》卷四六三《精卫》,注"出《博物志》",中华书局1961年版,第10册第3803页。

昔炎帝女溺死东海中,化为精卫,其名自呼。每衔西山木石填东海。偶海燕而生子,生雌状如精卫,生雄如海燕。今东海精卫誓水处,曾溺于此川,誓不饮其水,一名鸟誓,一名冤禽,又名志鸟。俗呼帝女雀。①

新的叙述给精卫一个偶燕生雏的和美结局,使那孤魂无归的凄惨故事有了温暖的色调,但没有改变的是精卫的志节,她没有忘记自己的冤屈,没有消释对东海的仇恨。

　　据神话学者研究,古代神话中的帝女神话如女娃、湘妃、女尸、瑶姬(巫山神女)、女桑(织女)、嫦娥、宓妃(洛神)等,无不是凄凉的悲剧,而且帝女之死又都与水有关,死后又一定是化为冤鸟、或竹或草或蟾蜍,然后在无尽的时空里呈现一种化石性的永恒存在②。但众多的帝女角色中没有哪个像精卫这样带有强烈的精神品格——鸟誓、冤禽、志鸟,这些名字预示了她具有成为多重人格内涵之象征的可能。精卫故事后来之所以没有发展成像牛郎织女、白蛇传、宝莲灯那样情节复杂的传说,本身情节的单薄固然是一个原因,但强烈的精神品格和象征倾向无疑也是个决定性的因素。这个简单的故事,被研究者从生物学、地理学、民族学到人类学、民俗学作了各种各样的解读,与华夏民族不畏强暴、敢于抗争、疾恶如仇、知耻明志、矢志不移、百折不挠的精神和人定胜天的信念联系起来。然而它直接表现的不过是一种不会有结果的努力或者说无谓的徒劳,唯其如此,才更显出精卫意志的决绝。这渺小的、绝望的努力与意志的决绝、恒久所产生的巨大反差,不仅表现出复

---

① 任昉《述异记》,影印文渊阁《四库全书》本。郑樵《通志》卷一云:"今东海畔有卫誓水,以精卫溺于此川,故誓不饮其水。"文义为长。
② 王孝廉《神话与诗》,《中国的神话与传说》,台湾联经出版事业公司1977年版,第26页。

仇的决心,更传达了一种普济众生的悲悯情怀,像王国维说李后主"俨
有释迦、基督担荷人类罪恶之意"①。这就使精卫弱小的形象成了勇于
同命运抗争、百折不挠的人格力量的象征,同时也不可避免地折射出不
惜为信念牺牲的殉道者的悲壮色彩②。这种品质,在以明哲保身的人生
态度为主流的中国社会向来是最缺乏的,因此精卫就成为一个闪耀着特
殊光彩的原型,隐现在后代的文学中,并经常成为精神理想的化身。

原型(archetype)或称为原始意象(primodial images),原指那些后
来在历史上反复出现的神话形象③。因弗莱用以指称"把一首诗同其
他诗联系起来并因此而有助于整合统一我们的文学经验的象征"④,使
它拥有了很广泛的适用性,但只有在原始意象的意义上,这一概念才最
有穿越时空的批评效力并提供相应的解释学依据。因为"这些原始意
象给我们的祖先的无数典型经验赋以形式,可以说,它们是无数同类经
验的心理凝结物","每一个意象中都凝聚着一些人类心理和人类命运
的因素,渗透着我们祖先历史中大致按照同样的方式无数次重复产生
的欢乐与悲伤的残留物"⑤。这些凝聚着古老记忆的历史碎片,散落在
时间的长河中,任岁月无情地淘汰,但只要遇到与神话情境相似的历史
语境,其中包含的生命基因便会被激活,焕发出生命力。"艺术家把握

---

① 王国维《人间词话》,人民文学出版社1982年版,第198页。
② 阮艳萍《从精卫、庄子到屈原:楚文化中的悲剧母题》,《云南师范大学学报》2003年第1期。
③ 荣格《论分析心理学与诗的关系》:"原始意象或原型是一种形象,或为妖魔,或为人,或为某种活动,它们在历史过程中不断重现,凡是创造性幻想得以自由表达的地方,就有它们的踪影,因而它们基本是一种神话的形象。"见叶舒宪编《神话—原型批评》,陕西师范大学出版社1986年版,第100页。
④ 弗莱《作为原型的象征》,叶舒宪编《神话—原型批评》,陕西师范大学出版社1986年版,第151页。
⑤ 荣格《论分析心理学与诗的关系》,叶舒宪编《神话—原型批评》,陕西师范大学出版社1986年版,第100页。

住这些意象,把它们从无意识的深渊中发掘出来,赋以意识的价值,并经过转化使之能为他的同时代人的心灵所理解和接受。"①中国早期神话形成的原始意象,后来分合为若干群落,流入祖先传说、图腾崇拜、民俗禁忌、宗教信仰等不同文化层次,而精卫则是少数仅存活于士大夫精英文学中的原始意象之一。

  精卫故事诞生后,以什么方式流传,我们并不清楚,它出现在文学作品中已是公元 3 世纪。就现存文献看,最早引用精卫故事的文学作品大概是阮籍《清思赋》,其中提到:"女娃耀荣于东海之滨,而翩翩于西山之旁,林石之陨从,而瑶台不照其光。"因为赋只是作为故事来引用的,看不出作者的感触。晋代郭璞作《南山经图赞》,其中有精卫一篇,可以说是用韵语形式复述了《山海经》的记载:"炎帝之女,化为精卫。沉形东海,灵爽西迈。乃衔木石,以填攸害。"②虽还不是真正意义上的题咏,但末句"攸害"一词赋予了精卫填海一种道义色彩,表明精卫故事中包含的某种意义开始被激发和点燃。左思《魏都赋》也写到了精卫:"猤猤精卫,衔木偿怨。"《吴都赋》又有:"精卫衔石而遇缴,文鳐夜飞而触纶。"这似乎是精卫被视为怨禽的滥觞。到梁代,范云《望织女》诗云:"盈盈一水边,夜夜空自怜。不辞精卫苦,河流未可填。寸情百重结,一心万处悬。愿作双青鸟,共舒明镜前。"③庾信《拟连珠》其三十七云:"盖闻北邙之高,魏君不能削;谷、洛之斗,周王不能改。是以愚公何德,遂荷锸而移山;精卫何禽,欲衔石而塞海?"两者都以意志的顽强和结局的无奈传达了精卫形象同时给人的崇高、悲壮而又绝望、

---

  ① 荣格《论分析心理学与诗的关系》,叶舒宪编《神话—原型批评》,陕西师范大学出版社 1986 年版,第 102 页。
  ② 严可均辑《全晋文》卷一二二,《全上古三代秦汉三国六朝文》,中华书局 1958 年影印本,第 2 册 2163 页。
  ③ 欧阳询辑《艺文类聚》卷四,上海古籍出版社 1982 年版,第 78 页。

凄怆的感觉。精卫身形的弱小甚至使填海之举显得不自量力而愚顽可笑,以至于当时释子撰《弘明集目录序》举以为排佛者徒劳的象征——"夫鹖鴠鸣夜,不翻白日之光;精卫衔石,无损沧海之势"①。而在江淹《拟古诗·阮步兵咏怀》一诗中,"精卫衔木石,谁能测幽微"两句,成为精卫用作典故的第一例,以喻阮籍那怀抱志节而无人理解的内心世界。何义门许之为"阮公知己"②,应该是感受到阮籍精神中某种精卫式的孤高和绝望。后人拟阮籍《咏怀》,竟由此发挥,将精卫视为阮籍的化身③。

由以上的作品可以看出,在魏晋、南朝的文学作品中,精卫已被赋予多样的情感色彩,成为道义、怨恨、决绝、顽强、无奈和不自量力的化身,完成了它作为蕴含无限精神内涵的文学原型的塑造。不过,上述作品无论知名度或对后世的影响都无法同陶渊明的《读山海经》诗相比,精卫作为古老的文学原型首先是被陶诗所唤醒,在陶渊明笔下闪耀出动人光彩的。

伟大作家即便在一些细节上也常显示出他们的不凡。如果忽略张华《博物志》和左思《南山经图赞》的转述,我们就发现,最早以精卫为主题的文学作品竟出自大诗人陶渊明之手。陶渊明读《山海经》,写下了一组记录读后感的五言诗《读山海经》,共十三首,其第十首写的就是精卫:

> 精卫衔微木,将以填沧海。形夭无千岁,猛志固常在。同物既无虑,化去不复悔。徒设在昔心,良辰讵可待!

这首诗自宋代以来就因为第三句有人认为应作"刑天舞干戚"而产生

---

① 见《出三藏记集》卷十二,《大正藏》第55册。按:此文《弘明集》不载。
② 何焯《何义门读书记》卷四十七《文选》,中华书局1987年版,下册第938页。
③ 薛蕙《考功集》卷二《效阮公咏怀三十首》其十七:"西山有精卫,举翼方远征。志意岂不伟,惜哉焉所成?"

解释的分歧①,虽然今人多取"刑天舞干戚",但我觉得还是不如"形夭无千岁"好。理由倒不是像周必大说的《读山海经》十三首"大概篇指一事",而是刑天丧元不同于精卫变鸟,他身体并未变化,说"同物"颇似不通。不管怎么说,诗的主题与此关系不大,因为全诗的主旨落在末联,在浓墨重彩地赞美了精卫(刑天)的意志和勇气后,诗人吐露了难以抑制的理想幻灭和时不我待的绝望。宋代王应麟对此体会极深,说:"陶靖节之读《山海经》,犹屈子之赋《远游》也。'精卫衔微木,将以填沧海;刑天舞干戚,猛志故常在。'悲痛之深,可为流涕!"②而元人同恕《渊明小像》诗云:"精卫虚劳塞海平,人间何事更关情。东篱不着黄花友,浊酒逢谁可一倾?"则道出了渊明超越绝望之后恬淡自适的襟怀。不过一般是很难将两者联系到一起的,所谓"浑身静穆"和"金刚怒目"于是成为陶公示人的两种面目③。而后者往往与《读山海经》咏精卫这首诗密切相关。此诗的脍炙人口,无形中改变了人们对精卫的印象,使

---

① 周必大《二老堂诗话》卷上"陶渊明山海经诗"条:"江州《陶靖节集》末载。宣和六年,临汉曾纮谓靖节《读山海经诗》,其一篇云:'形夭无千岁,猛志固常在。'疑上下文义不贯,遂按《山海经》有云:'刑天,兽名,口衔干戚而舞。'以此句为:'刑天舞干戚。'因笔画相近,五字皆讹。岑穰、晁咏之抚掌称善。予谓纮说固善,然靖节此题十三篇,大概篇指一事。如前篇终始记夸父,则此篇恐专说精卫衔木填海,无千岁之寿,而猛志常在,化去不悔。若并指刑天,似不相续。又况末句云:'徒设在昔心,良晨讵可待。'何预干戚之猛耶? 后见周紫芝《竹坡诗话》第一卷,复袭纮意以为已说,皆误矣。"何文焕辑《历代诗话》,中华书局1981年版,下册第656页。又见周必大《文忠集》卷十八《跋向氏邵康节手写陶靖节诗》,不如此文之详。方回《桐江续集》卷十二《辨渊明诗》小序亦云:"渊明《读山海经诗》'精卫衔微木,将以填沧海。形夭无千岁,猛志故常在。'此四句皆以指精卫也,谓此禽之寿焉有千年,而报冤之意未尝泯耳。若所谓形天兽名,口中好衔干戚而舞者,《山海经》信有之,曾纮偶见此,即改'形夭无千岁'为'刑天舞干戚',然辞意不相谐合。盖近世读书校雠者好奇之过也。予谓'形夭无千岁'为是不当轻改。"影印文渊阁《四库全书》本。
② 王应麟《困学纪闻》卷十八,道光五年翁氏守福堂刊翁元圻辑注本。
③ 鲁迅《题未定草(六)》,《且介亭杂文二集》,《鲁迅全集》第6卷,人民文学出版社2005年版,第436页。

一个凄婉的故事在后人的接受视野中主要呈现为回天乏力的悲壮色彩。用荣格的话来说,陶渊明此诗"包含着对某一原型意象的无意识的激活,以及将该意象精雕细琢地铸造到整个作品中去"①。

2. 唐代文学中的精卫形象

到了唐代,精卫开始频繁地出现在文学作品中。有时在一些超现实题材作品中充当角色②,有时在诗文中用为典故。真正以精卫为主题的诗歌只留下三篇。首先是李白的《精卫》:

> 负剑出北门,乘桴适东溟。一鸟海上飞,云是帝女灵。玉颜溺水死,精卫空为名。怨积徒有志,力微竟不成。西山木石尽,巨壑何时平。

太白此诗,题是咏史的题,但写法却不是一般咏史的家数,而是像他大多数作品一样,要将自己放进去。所以诗从虚拟的自我形象写起,接着四句演绎历史传说,末四句同样归结于无奈,但无奈最终不在于精卫的主观能力,而在于西山木石尽的客观限制。这其实是强调和肯定了精卫的力量,只不过这力量对于大海来说,终究是太渺小了,即便能衔尽西山木石,又能奈大海何?李白一向怀有英雄主义的气概,坚信"天生我才必有用",可是现实很快打破了他的幻想。诗中主人公看到的精卫,也就是诗人不肯相信却不得不接受的现实:凭个人才能即使能获得一定的成功,也改变不了最终的无奈结局。诗仙大起大落的遭际印证了这首诗,也为精卫故事填充了现实的内涵。太白还有一组《寓言三

---

① 荣格《论分析心理学与诗的关系》,叶舒宪编《神话—原型批评》,陕西师范大学出版社1987年版,第101—102页。

② 如《全唐诗》卷二六五顾况《龙宫操》:"龙宫月明光参差,精卫衔石东飞时,鲛人织绡采藕丝。翻江倒海倾吴蜀,汉女江妃杳相续,龙王宫中水不足。"

首》,其二写道:

> 遥裔双彩凤,婉娈三青禽。往还瑶台里,鸣舞玉山岑。以欢秦娥意,复得王母心。区区精卫鸟,衔木空哀吟。

萧士赟注:"此篇比兴之诗,于时盖有所讽刺焉。彩凤、青禽以比佞幸之人,瑶台、玉山以比宫掖,秦娥以比公主,王母以比后妃。盖以讽刺当时出入宫掖,取媚后妃、公主以求爵位者。精卫衔木石,以比小臣怀区区报国之心、尽忠竭力而不见知者,其意微而显矣。"①这两首诗无疑都是深刻体验的集中表达,精卫作为自喻意象寄托了强烈的悲愤和自伤之情。而悲愤达到极点近乎绝望时,精卫作为信念的化身就成了自嘲的对象。如《江夏寄汉阳辅录事》:"报国有壮心,龙颜不回眷。西飞精卫鸟,东海何由填。"《大鹏赋》:"精卫勤苦于衔木,鶢鶋悲愁乎荐觞。天鸡警曙于蟠桃,踆乌晰耀于太阳。"

这种略带嘲讽的"可怜无补费精神"的自哂,决非李白所独有,它后来甚至成为人们对精卫的一般态度。元稹《有酒十章》其五云:"精卫衔芦塞海溢,枯鱼喷沫救池燔。"秦观《浮山堰赋》云:"螳蜋怒臂以当车兮,精卫衔石而填海。"②《春日杂兴十首》其十云:"螳蜋拒飞辙,精卫填溟涨。咄咄徒尔为,东海固无恙。"③陈棣《清昼》云:"可怜精卫志,欲障海波深。"④王迈《和竹轩张史君来字韵二首》其二云:"填波精卫功良苦,享乐鶢鶋心自猜。"⑤熊禾《与徐同知》云:"蚊虻负山力漫苦,精卫填海志未休。"⑥郝经《幽思六首》其二云:"精卫苦填海,冤愤

---

① 萧士赟《分类补注李太白诗》卷二十四,《四部丛刊初编》影印本。
② 秦观《淮海集》卷一,《四部丛刊初编》影印本。
③ 秦观《淮海集》卷三,《四部丛刊初编》影印本。
④ 陈棣《蒙隐集》卷一,影印文渊阁《四库全书》本。
⑤ 王迈《臞轩集》卷十六,影印文渊阁《四库全书》本。
⑥ 熊禾《勿轩集》卷八,影印文渊阁《四库全书》本。

一何愚？"①滕斌《寓感七首》其五云："哀哀精卫石,填海竟何益？"②戴表元《山中玩物杂言十首》其七云："精卫勇填海,鹎旦苦求明。明尚可得求,填海何时成。"③刘基《登高丘而望远海》云："精卫衔石空有心,口角流血天不知。"④在彻悟理想的虚幻和个人能力的不足道之后,信念的执着便转而成为可笑的对象,每一个理想破灭的志士似乎都在精卫身上看到自己的影子,他们对精卫的哂笑实在都是无奈的自嘲。

精卫的志大而不遂,劳久而无功,还让人在钦佩之余又添几许怜悯。于是它在唐代文学中也常以冤禽的形象出现。现存最早的作品应是杨炯《浑天赋》的"女何冤兮化精卫,帝何耻兮为杜鹃？"⑤此后又有崔融《嵩山启母庙碑》："精卫衔木而偿冤,女尸化草而成殡。"⑥宋胡宿《咏蝉》："莫道齐姬无伴侣,海边精卫亦冤禽。"⑦直到现代作家郁达夫《离乱杂诗十一首》,仍有"凤凰浪迹成凡鸟,精卫临渊是怨禽"的说法⑧。值得注意的是,杨炯赋以精卫与望帝作对,开了将这两个怨禽并举的先例。由于二者都是由怨而变鸟,同时也是这类物化故事中仅有的两个鸟类⑨,因此杜鹃、精卫作对便格外工稳,以至于后来陈陈相因,

---

① 郝经《陵川集》卷五,影印文渊阁《四库全书》本。
② 偶桓辑《乾坤清气集》卷一,影印文渊阁《四库全书》本。
③ 戴表元《剡源先生文集》卷二十七,《四部丛刊初编》影印本。
④ 刘基《诚意伯文集》卷二,《四部丛刊初编》影印本。
⑤ 《全唐文》卷一九〇,中华书局影印本。
⑥ 姚铉《唐文粹》卷五十二,《全唐文》卷二二〇"殡"下注："一作媚。"
⑦ 胡宿《文恭集》卷三,影印文渊阁《四库全书》本。
⑧ 郁达夫《乱离杂诗》其七,詹亚园《郁达夫诗词笺注》,上海古籍出版社2006年版,第571页。
⑨ 顾况《戴氏广异记序》："梼杌为黄熊,彭生为大豕,苌弘为碧,舒女为泉,牛哀为虎,黄母为鼋,君子为猿鹤,小人为沙虫,武都妇人化为男,成都男子化为女。周娥殉墓,十载却活;嬴谍暴市,六日而苏。蜀帝之魂曰杜鹃,炎帝之女曰精卫,洪荒窈窕,莫可纪极。"《全唐文》卷五二八,中华书局影印本。

演为俗套。如刘弇《伤友人潘镇之失意七十韵》云："写恨凭精卫,声冤付子规。"①吕大器句云："精卫悲衔土,鹧鸪啼满山。"②元人似乎很喜欢以精卫、杜鹃作对仗,我所见有杨弘道《汴京元夕》："杜鹃啼血花空老,精卫偿冤海未平。"③刘因《海南鸟》："精卫有情衔太华,杜鹃无血到天津。"④谢应芳《悼熊元修征士》："衔冤塞海笑精卫,抱怨思家怜杜鹃。"⑤后来效尤者不绝如缕,如明末徐熥《后感怀》其三："蜀魂未化啼尤切,精卫空填恨岂平。"⑥吴兆骞《戊戌三月九日自礼部被逮赴刑部口占二律》其一："冤如精卫悲难尽,哀比啼鹃血未干。"⑦彭孙贻《始皇美人庙》："空劳鞭石填精卫,极望沙丘怨子规。"⑧洪亮吉《金秀才学莲三李斋诗序》："精卫有未填之海,蜀鹃无可望之乡。"⑨黄遵宪《赠梁任父同年》："杜鹃再拜忧天泪,精卫无穷填海心。"

唐代第二首以精卫为主题的诗作是王建的《精卫词》,这也是现存第一首完整将精卫描写成冤禽的作品:

> 精卫谁教尔填海,海边石子青磊磊。但得海水作枯池,海中鱼龙何所为?口穿岂为空衔石,山中草木无全枝。朝在树头暮海里,飞多羽折时堕水。高山未尽海未平,愿我身死子还生。

诗在叙写了精卫填海的劳瘁后,结句以《诗·秦风·黄鸟》"如可赎兮,

---

① 刘弇《龙云集》卷七,影印文渊阁《四库全书》本。
② 朱彝尊撰,姚祖恩编《静志居诗话》卷十九,人民文学出版社1990年版,下册第572页。
③ 杨弘道《小亨集》卷四,影印文渊阁《四库全书》本。
④ 刘因《静修先生文集》卷四十,《四部丛刊初编》影印本。
⑤ 谢应芳《龟巢集》卷十七,影印文渊阁《四库全书》本。
⑥ 徐熥《幔亭集》卷七,影印文渊阁《四库全书》本。
⑦ 吴兆骞《秋笳集》卷四,上海古籍出版社1993年版,第130页。
⑧ 彭孙贻《茗斋集·七言律诗》,《四部丛刊三编》影印清稿本。
⑨ 洪亮吉《更生斋文乙集》卷三,《洪亮吉集》,中华书局2001年版,第3册第1091页。

人百其身"式的想法,表达了自己对精卫的怜悯,同时也开了后人歌咏精卫故事的一个主题倾向。宋黎廷瑞《精卫行》继踵王建之作,而取意略有变化:

> 微禽负大耻,劲气横紫冥。口衔海山石,意欲无沧溟。沧溟茫茫云正黑,涛山峨峨护龙国。假令借尔秦皇鞭,驱令石头填不得。布囊盛土塞江流,孙郎览表笑不休。劳形区区仇浩渺,志虽可尚难乎酬。蓬莱有人怜尔苦,劝尔休休早归去。精卫精卫我亦劝汝归,沧海自有变作桑田时。①

后来这类主题的咏精卫之作相当多,如元胡奎《斗南老人集》卷二《精卫词》《精卫操》,明刘炳《刘彦昺集》卷一《精卫操》,孙继皋《宗伯集》卷十《精卫》,胡俨《颐庵文集》卷上《调笑令》,洪亮吉《洪北江诗文集》卷一《精卫》等等,不一而足。值得注意的是,元代杨维桢有《精卫操》一篇,小序引《述异记》精卫故事,称"余悲其志,为作《精卫词》入《琴操》云"。其词曰:"水在海,石在山,海水不缩石不刊。衔石向海安,口血离离海同干。"②他又有一篇《石妇操》,小序云:"石妇即望夫石也,在处有之。诗人悲其志与精卫同,不必问其主名也。"单纯悲精卫之志的作品,在元代以前并不多见,奇怪的是元代一下子涌现许多。像顾瑛《草堂雅集》所收郭翼、卢昭、陆仁《精卫辞》,郭翼《精卫操》(《林外野言》卷上),许恕《精卫词》(《北郭集》卷一),王达《精卫操》(曹学佺《石仓历代诗选》卷三二九),苏平《精卫操》(前书卷三六三)等等,这些作品看上去都是因袭乐府题,单纯是悲精卫之志,但无论是他们笔下的精卫形象之惨烈(如郭翼《精卫辞》),还是情调之悲怆(如卢昭《精卫辞》),都让人感觉别有怀抱,寄托着一种歌哭无端的孤怀。而元代

---

① 黎廷瑞《芳洲集》卷三,史简编《鄱阳五家集》本。
② 杨维桢《铁崖古乐府》卷一,影印文渊阁《四库全书》本。

诗人将精卫用作典故时,也不同于前代的悲壮,而更有沉重的凄怆情调。这些作品背后必有特定的本事和心境,虽然我们一时还不清楚其具体内容,但我想同改朝换代的沧桑陵谷之感是分不开的,这一点后文还要谈到。

唐代另一篇以精卫为主题的作品,是韩愈的《学诸进士作精卫衔石填海》:

> 鸟有偿冤者,终年抱寸诚。口衔山石细,心望海波平。渺渺功能见,区区命已轻。人皆讥造次,我独赏专精。岂计休无日,惟应尽此生。何惭《刺客传》,不著报仇名。

此诗由题目看显然是试帖诗,注家认为是韩愈任河南令主燕礼时效贡士所作省试之题①。试帖诗这类"赋得"题,基本都是演绎题义,歌咏本事。诗题既是"精卫衔石填海",韩愈就没有像李白那样完整地复述故事,而是直接从偿冤衔石写起。寸诚之微、山石之细,相对沧海之浩瀚,其功能何其渺渺;而持毕生之志,轻区区之命,其志节又何其专精?针对世人的哂笑,韩愈立场鲜明地表达了对精卫的热烈赞赏,称她是未入《史记·刺客列传》的复仇者!尽管韩愈持论不高,为后人所非笑②,但他笔下的精卫毕竟是志鸟的形象,只不过突出了复仇主题而已。晚唐王叡的《公无渡河》正是因袭了这一点:

> 浊波洋洋兮凝晓雾,公无渡河兮公苦渡。风号水激兮呼不闻,提壶看入兮中流去。浪摆衣裳兮随步没,沉尸深入兮蛟螭窟。蛟螭尽醉兮君血干,推出黄沙兮泛君骨。当时君死妾何适,遂就波涛

---

① 钱仲联《韩昌黎诗系年集释》,上海古籍出版社1984年版,下册第771页。
② 清纪在谱诗云:"西山木石何时尽,千载空悲帝女魂。不识神令拯溺意,仅同刺客报仇论。"

合魂魄。愿持精卫衔石心,穷取河源塞泉脉。①

《公无渡河》本为乐府旧题,主旨并不是歌咏精卫,但此诗结尾引精卫作比,在矢志复仇之余更吐露了誓死从夫的决心,预示了精卫形象在日后的另一个引申方向,即比拟节女烈妇坚贞不渝的节操。像郝经《巴陵女子赴江诗》:"借此清江水,葬我全首领。皇天如有知,定许血面请。愿魂化精卫,填海使成岭。"②高启《温陵节妇行》:"十载空闺守寸心,沧溟水浅恨情深。愿身不化山头石,化作孤飞精卫禽。"③《题陈节妇》:"精卫冤深水更深,身小天高向谁诉。"④郑真《节妇诗》:"孤灯夜长耿不寐,皓月当空霜满地。矫首沧溟愁奈何,化身安得如精卫!"⑤陆深《二节妇歌》:"征衣一寄不曾归,东海深深精卫苦。九疑泪尽山成围,折钗分镜甘独守。"⑥胡天游《烈女李三行》:"大海何漫漫,千年不能移。泰山自言高,精卫衔石飞。朝见精卫飞,暮见精卫飞。吐血填作堘,一旦成路蹊。岂惟成路蹊,崔嵬复崔嵬。"⑦在这些歌咏节妇的诗中,精卫形象实现了"志鸟"与"誓鸟"的统一。

3. 精卫形象的特定精神内涵

从现存唐代文献来看,精卫基本是作为悲剧角色出现的,凡用精卫典故或取以类比的作品都呈现悲观的情调,只有晚唐聂夷中《客有追

---

① 郭茂倩编《乐府诗集》卷二十六,中华书局1979年版,第2册第379—380页。
② 郝经《陵川集》卷十,影印文渊阁《四库全书》本。
③ 高启《高青丘集》卷八,上海古籍出版社1985年版,第342页。
④ 高启《高青丘集》卷十,上海古籍出版社1985年版,第403页。
⑤ 郑真《荥阳外史集》卷九十六,影印文渊阁《四库全书》本。
⑥ 陆深《俨山集》卷三,影印文渊阁《四库全书》本。
⑦ 胡天游《石笥山房诗集》卷二,咸丰二年重刊本。

叹后时者作诗勉之》"精卫一微物，犹恐填海平"一联，出之以乐观笔调，是个例外。这在唐代只不过是偶然出现的别调，可是到宋代却被一再引申、发展为一种积极的意识，使精卫的志鸟形象得到突出。王安石《精卫》诗写道："帝子衔冤久未平，区区微意欲何成？情知木石无云补，待见桑田几变更。"①诗虽先肯定了精卫填海之于事无补，但末句坚持等待沧桑变局的惘惘不甘，流露出不屈的信念和斗志。此外，贺铸《江夏八咏·赵佗石》云："南津赵陀石，云是昔人舟。长怀精卫志，不拟长江流。"②邓肃《南归醉题家圃》云："填海我如精卫，当车人笑螳螂。六合群黎有补，一身万段何妨。"③刘过《呈陈总领五首》其四："商渠驰河河可凭，精卫填海海可平。物情大忌不量力，立志亦复加专精。"④陆游《后寓叹》："千年精卫心平海，三日於菟气食牛。"⑤都在不同问题上作了同样倾向的发挥。其中比较有趣的是吕本中《精卫诗》，首先将精卫故事作了改造："帝子女娃，往游不还。精卫求之，不敢有安。海流不改，汝堙不迁。"这样，女娃和精卫就变成两个人，精卫成了寻找女娃的不倦使者。然后以自己志道求学的好高骛远与精卫的笃志不迁相比较："予学日远，子道日疏。有愧精卫，其谁与居。精卫之飞，不必戾天。子之不如，宁有智焉。"⑥尽管诗的百般譬说终不免给人牵强的感觉，但由此也可见精卫故事日益深入人心，成为一种精神力量的象征，人们不管遇到什么事都会想到精卫，以精卫为理想的楷模。后来

---

① 王安石《王文公文集》卷七十六，上海人民出版社1974年版，下册第810页。"几"一作"我"。
② 贺铸《庆湖遗老诗集》卷八，《四部丛刊初编》影印本。
③ 邓肃《栟榈集》卷一，影印文渊阁《四库全书》本。
④ 刘过《龙洲集》卷二，乾隆刊本。
⑤ 陆游《剑南诗稿》卷五十三，《陆放翁全集》，中国书店1986年版，中册第764页。
⑥ 吕本中《东莱诗集》卷八，影印文渊阁《四库全书》本。

曾国藩《次韵何廉昉太守感怀述事十六首》其十一有云："巨海茫茫终得岸,谁言精卫憾难填。"也表现了风雨飘摇的世局中那种镇定自若的气度。

精卫衔木填海的持志以恒,历史上唯有愚公移山的故事可以俦比,更兼填海恰与移山天然作对,因而精卫常作为志鸟形象与愚公对举,就像作为冤鸟形象与杜鹃对举一样:

愚公移山宁不智,精卫填海未必痴。(张耒《山海》)

愚公欲移山,精卫欲填海。嗟乎智力穷,山海元不改。(于石《感兴》)①

愚公将移山,自谓计已熟;精卫欲填海,可奈力不足。(谢应芳《过邹道卿先生墓有感》)②

愚公志移山,精卫思填海。山高海茫茫,心事金石在。(刘基《杂诗四十一首》其九)③

精卫填海水,世人笑其痴。十载变桑田,成功良在斯。愚公欲移山,意气亦如之。但恐人力短,不及鸟衔时。当时幸自坚,后人以为期。(周应辰《矫志诗》其三)④

填海衔木石,移山开路衢。既怜精卫苦,复笑愚公愚。(刘崧《赠萧自愚炼师》)⑤

填海有精卫,移山有愚公。决策自今始,有善吾其从。(顾清《经始方洲田舍有忧其难成者赋此答之》)⑥

---

① 于石《紫岩诗选》卷一,影印文渊阁《四库全书》本。
② 谢应芳《龟巢稿》卷二,影印文渊阁《四库全书》本。
③ 刘基《诚意伯文集》卷二,影印文渊阁《四库全书》本。
④ 胡文学辑《甬上耆旧诗》卷二十四,康熙四十九年刊本。
⑤ 刘崧《槎翁诗集》卷二,影印文渊阁《四库全书》本。
⑥ 顾清《东江家藏集》卷十一,影印文渊阁《四库全书》本。

>　　填海应无力,移山更有心。愚公真号谷,精卫此何禽?(胡天游《填海》)①

文章中则有陈瑾《进四明尊尧集表》中脍炙人口的名句:"愚公老矣,益坚平险之心;精卫眇然,未舍填波之愿。殁而后已,志不可渝。"②谢枋得《与李养吾》也曾说:"子房不能存韩而归汉,孔明不能兴汉而保蜀,君子怜之。今日之事,视二子尤难。愚公移山,精卫填海,取诎笑于腐儒俗吏、鄙夫庸人固宜。"③叶应骢《北园祠堂记》又有:"愚公移山,精卫填海,徒取其有志耳,焉求其必得哉?"④历代诗文中尚多,不遑枚举。

到南宋,因政治上的偏安局面时刻激励着士大夫图谋恢复的志气,精卫故事又与这特定的心境联系起来,形成精卫形象中一层特定的心态史内涵。刘克庄《精卫衔石填海》写道:

>　　精卫衔冤切,轻生志可怜。只愁石易尽,不道海难填。幻化存遗魄,飞鸣累一拳。终朝纳芥子,何日变桑田。鹃怨啼成血,鸱沉怒拍天。君看尝胆者,终有沼吴年。⑤

尽管诗末用勾践卧薪尝胆的典故表达对最后胜利的信念,但不可否认的是,精卫故事本身的悲剧性及前八句浓墨重彩的渲染,已使末两句的决心显得有气无力。这也很自然地预示了后来精卫成为亡国遗民的精

---

① 胡天游《石笥山房诗集》续补遗下,咸丰二年重刊本。
② 吕祖谦编《皇朝文鉴》卷七十一,《四部丛刊初编》影印本。费衮《梁溪漫志》卷三载:"大观间,陈了翁在通州,编修政典局取《尊尧集》。了翁以表缴进,其语有云:'愚公老矣,益坚平险之心;精卫眇然,未舍填波之愿。'后竟再坐贬。此二表(另一篇为刘元城谢表),于用事下字,亦皆精切,而气节凛凛如严霜烈日,与退之所谓登'泰山之封,镂白玉之牒'者似不侔矣。"上海古籍出版社1985年版,第33页。
③ 谢枋得《谢叠山集》卷一,《丛书集成初编》本,第10页。
④ 黄宗羲辑《明文海》卷三百六十七,影印文渊阁《四库全书》本。
⑤ 刘克庄《后村先生大全集》卷二十七,《四部丛刊初编》影印本。

神象征的趋势。林景熙《杂咏十首酬汪镇卿》其九云:"垂垂大厦颠,一木支无力。精卫悲沧溟,铜驼化荆棘。英风傲几砧,濒死犹铁脊。血染沙场秋,寒日亦为碧。惟留《吟啸》编,千载光奕奕。"①诗人还有一首《精卫》,写道:"形微意良苦,前身葬长鲸。天高不可诉,宿愤何时平?欲填东海深,能使西山倾。山倾海仍深,日夜空悲鸣。情知力不任,誓将毕此生。"诗末联融王安石"情知木石无云补"和韩愈"惟应尽此生"两句之意,宣示了绝望而又誓死不渝的志节。故章祖程评:"力微意坚,用心良苦;兴复之志,毕生不懈。读来笔笔可哀。"②

相比遗民林景熙来,文天祥更以自己的心血和生命谱写了尽忠报国、宁死不屈的民族气节,而他的《自述》诗恰恰是以精卫来比拟自己永不低头的英魂:

> 赤乌登黄道,朱旗上紫垣。有心扶日月,无力报乾坤。往事飞鸿渺,新愁落照昏。千年沧海上,精卫是吾魂。③

这绝不是偶然的巧合,面对无可挽救的局势,知其不可为而为之,义无反顾地抵抗,以弱搏强,直到生命的最后一息。这是与精卫精神最为吻合的英雄形象,简直就是精卫的人间化身。从此精卫就有了一种特定的寓义,与亡国臣民的哀歌联系在一起。

首先是俞德邻挽宋亡时抱幼帝蹈海的陆秀夫,开了用精卫比喻亡国臣民的先声:"杞国天将压,苍梧云正愁。龙胡垂可挽,鱼腹葬何忧。万死丹心在,千龄王气收。悬知精卫忿,今古不能休。"④末二句仿佛是个预言,后代无数歌咏精卫的作品都验证了它的先见之明。生当亡国

---

① 陈增杰《林景熙诗集校注》卷二,浙江古籍出版社1995年版,第105页。
② 转引自陈增杰《林景熙诗集校注》卷二,浙江古籍出版社1995年版,第193页。
③ 文天祥《文山先生集》卷十五,《四部丛刊初编》影印本。
④ 俞德邻《故枢密使陆公挽词三首》其一,《佩韦斋集》卷六,影印文渊阁《四库全书》本。

的孤臣孽子,元好问《壬辰十二月车驾东狩后即事五首》其二写道:"精卫有冤填瀚海,包胥无泪哭秦庭。"①同样借精卫表达了国变之际回天乏力的悲哀。李东阳《崖山大忠祠诗》四首歌咏宋元在崖山的最后决战,其三文字未涉及战事的惨烈,却用了精卫与杜鹃一对典故来咏叹宋朝的覆亡:

> 北风吹浪覆龙舟,溺尽江南二百州。东海未填精卫死,西川无路杜鹃愁。君臣宠辱三朝共,运数兴亡万古仇。若遣素王生此后,也须重纪宋春秋。②

精卫在这里成为壮志未酬、饮恨就戮的张世杰的化身,而杜鹃则是杜甫《杜鹃行》的杜鹃,暗喻帝子蹈海不归的幽魂,两个意象饱含亡国之际孤臣孽子的绝望和怆痛,说不出的沉重感伤。由此推而广之,凡与世运国难相关的英烈人物,如怀才不遇的辛弃疾,出师未捷身先死的岳飞,顽强抵抗、至死不屈的文天祥,乃至保守台湾的郑成功等,自然就与精卫的形象联系起来。明初张以宁过郁孤台怀辛弃疾云:"风云有恨古人老,天地无情流水东。精卫飞沉沧海上,鹧鸪啼断晚山中。"③王象春《谒岳武穆庙》云:"衰草寒烟日暮时,伤心瞻拜岳王祠。君王自得偷安计,臣子应班痛哭师。东海未填精卫死,南风不竞杜鹃知。由来和议非长策,千古英雄恨莫追!"④顾璘《岳坟》末云:"崖山海色连天尽,精卫

---

① 元好问《遗山先生文集》卷八,商务印书馆1937年版,第1册第106页。
② 李东阳《李东阳集》,岳麓书社1984年版,第1卷第357页。
③ 张以宁《予少年磊瑰负气诵稼轩辛先生郁孤台旧赋菩萨蛮尝慨然流涕岁庚辰过铅山先生神道前有诗云云见南归纪行稿后会赣州黄教授请赋郁孤台诗复作近体八句亡其旧稿因念功名制于数定材杰例与时乖自昔不遇若先生者盖亦多矣然犹惜其未能知时审己恬于静退几以斜阳烟柳之词陷于种豆南山之祸今二十九年矣舟过是台细雨闭蓬静坐忽忆旧诗因录于此见百念灰冷衰老甚矣云》,《翠屏集》卷二,影印文渊阁《四库全书》本。
④ 朱彝尊辑《明诗综》卷六十五,影印文渊阁《四库全书》本。

空衔万古悲。"《拜岳武穆庙》末云:"海波东去崖山远,精卫千年恨未平。"①李炜《彭仲谋出其太仆公遗像并虔州殉难诸札感赠》云:"精卫难填空怨魄,刑天终舞作强魂";"应与庐陵文信国,同留碧血在乾坤"②。边贡《谒文山祠》云:"花外子规燕市月,水边精卫浙江潮。祠堂亦有西湖树,不遣南枝向北朝。"蔡国琳《秋日谒延平郡王祠》云:"杜鹃血染王孙草,精卫冤含帝子花";"零丁洋里叹零丁,吮毫欲续文山句。"③在这些诗句中,精卫都以它负荷的多重寓意强化了诗歌主题的悲慨、悲壮和悲剧色彩,寄托了"长使英雄泪满襟"的无尽憾恨。

明清之交,社会的复杂矛盾和多重冲突,给士人心灵带来前所未有的深刻体验,传统的伦常情感在残酷的现实面前受到严峻的考验。随着对光复的绝望之情在诗文中得到更为深刻的表达,精卫形象也获得更完美的塑造。少年就义的才子夏完淳,有一首《精卫》诗,写道:

> 北风荡天地,有鸟鸣空林。志长羽翼短,衔石随浮沉。崇山日以高,沧海日以深。愧非补天匹,延颈振哀音。辛苦徒自力,慷慨谁为心。滔滔东逝波,劳劳成古今。④

《明诗综》所收此诗,文字略有异同,且多出两句。无论就哪个版本而言,"辛苦徒自力"一联都不能说很工稳,还带有少年未臻浑成境地的稚拙。不过,这却是我所见到的第一首通篇以精卫自比的作品:志长而力微,才大而难用,空有补天之心,却无时运相济!作者似乎已洞悉自

---

① 顾璘《顾华玉集·息园存稿》诗卷十二、十三,上海书店出版社1994年影印本。
② 沈季友辑《槜李诗系》卷二十七,康熙四十九年刊本。
③ 连横辑《台湾诗乘》卷五,编者按:"唐钲之《台阳诗集》亦有此诗。钲之任台南府,玉屏(蔡国琳)适为蓬壶山长。顾以诗格论之,当为玉屏之作,及门诸士传抄殆遍,不知钲之何以收入集中,岂编者之误耶?"
④ 《明诗综》卷七十三《精卫》,首句作"惠风荡芳树","志长"作"尾长","愧非补天匹"作"既无凌风姿","慷慨谁为心"下多"惜哉志不申,道远固难任"两句。

己的悲剧结局,最终不能不在慷慨有余哀的悲凉声情中低徊不已。顺治四年(1647),随着不世之才夏完淳的英勇就义,清朝开科举征士,正式以中原之主的身份坐起了江山。志士顾炎武恪守母训,非但绝不出仕,还坚持以明遗民的身份,每年朝拜明陵。三十六岁那年,他写下杂言体诗《精卫》:

> 万事有不平,尔何空自苦,长将一寸身,衔木到终古。我愿平东海,身沉心不改。大海无平期,我心无绝时。呜呼!君不见西山衔木众鸟多,鹊来燕去自成窠。

诗先设为问答,借精卫的答词剖明心迹,再以同样的衔木行为揭示当时趋附新朝者的苟求贵达。顾炎武的志节并不只限于每年的朝拜明陵,更令人钦敬的是他从二十七岁起就开始编纂《天下郡国利病书》和《肇域志》,以待王者兴。一直到晚年,他都在不停地修订这两部巨著,用自己毕生的学术表达了"大海无平期,我心无绝时"的信念,让人觉得他就是茫茫利禄海上孤独的精卫。缪荃孙《题顾亭林画像》诗,这么描写他眼中的顾炎武:"厄运遭阳九,雄才冠大千。天开新世界,人是古英贤。精卫思填海,离骚欲问天。须眉真栩栩,曳杖总凄然。"[1]即便是如此雄才大略的顾炎武,仍不能摆脱"曳杖总凄然"的悲凉色彩,这也正是精卫形象固有的性格。朱鹤龄《精卫词》云:"移山驱石未足奇,精卫乃欲填天池。朝发发鸠暮沧海,口衔木石云中飞。飞来咯咯作人语,只为当年死水渚。大造何为产不平,海水万里摇空青。鞭挞日月无出没,蹴翻蓬岛如瓶瓴。精诚自能开浩劫,仡仡力与天吴争。西山草木会有穷,怨气往来终不歇。天地沉冥沧海枯,帝女之灵乃可绝。"[2]此诗的构思虽不同于顾炎武,但所表达的决心和信念是相同的,这也许就是

---

[1] 缪荃孙《艺风堂文漫存·癸甲稿》卷一,民国间刊本。
[2] 朱鹤龄《愚庵小集》卷三,上海古籍出版社1979年影印本,上册第96页。

当时士大夫集体意识的具象化吧？

　　无论从原型批评或互文性理论来看，精卫神话在后世文学中的运用都是一个值得探讨的现象。但对它的理解和阐释，却很难在文学自身范围内完成，而必须推广到精神史的视野中。精卫神话自诞生以来，在不同语境中一再被赋予不同的意义。填海的痴举使它的形象充满英雄气概，成为蕴含巨大精神内涵同时也存在多种解释可能的悲壮角色。虽然它直接表现的不过是一种不会有结果的努力或者说无谓的徒劳，以至于常不免有"可怜无补费精神"的感觉而引发不自量力的嘲讽或自哂。可是这渺小的、绝望的努力与意志的决绝、恒久所产生的巨大反差，同时也表现出强烈的复仇决心，而且传达一种普济众生的悲悯情怀。这就使精卫弱小的形象成了勇于同命运抗争、百折不挠的人格力量的象征，也不可避免地折射出不惜为信念牺牲的殉道者的悲壮色彩。当改朝换代的陵谷沧桑之际，精卫的形象就自然地成为不屈而无奈的遗民心态的象征，满含悲壮绝望的色彩和沉重凄怆的情调。这多重的精神内涵使精卫成为一个闪耀着特殊光彩的神话原型，隐现在后代的文学中，并经常成为精神理想的化身，与华夏民族不畏强暴、敢于抗争、疾恶如仇、知耻明志、矢志不移、百折不挠的精神和人定胜天的信念联系起来，给后人以长久的激励。

八 《左传》和《战国策》说辞的比较研究
——兼论春秋、战国的不同文化性格

自公元前8世纪到公元前3世纪的五百年间,是中国古代社会发生剧烈变革的时期,史称春秋战国。两个时段划分的依据是产生于当时的两部史书《春秋》和《战国策》。但事实上两书的记载并不连贯完整,尽管相传为左丘明作的《春秋左氏传》又补了十一年的史事,其间还是有二十多年的历史无记载。而且,若以所载史料来说,更是远不止此。所以顾炎武《日知录》卷十三说:

> 《春秋》终于敬王三十九年庚申之岁,西狩获麟。又十四年为贞定王元年癸酉之岁,鲁公出奔,二年卒于有山氏。《左传》以是终焉。又六十五年威烈王二十三年戊寅之岁,初命晋大夫魏斯、赵籍、韩虔为诸侯。又一十七年安王十六年乙未之岁,初命齐大夫田和为诸侯。又五十二年显王三十五年丁亥之岁,六国以次称王,苏秦为纵长。自此之后,事乃可得而纪。自《左传》之终以至此,凡一百三十三年,史文阙佚,考古者为之茫昧。[①]

历史的这片空白竟成了古代文化史上的一个断裂带,以至于各种历史著作对两个时代文化的更替只能作粗略的、片断的描述,显示不出有机联系和内在逻辑。这道沟堑分隔了孔子和孟子,他们分别成了两个时

---

① 黄汝成《日知录集释》,上海古籍出版社1985年版,上册第1005页。

代两种文化精神的化身,可是孔子的那辆马车是怎么跃过百年深堑而由孟子接着驱驰的呢？这至今还不是很清楚的。本文拟通过对《左传》和《战国策》说辞的比较,分析一下春秋、战国两个时代各自的文化特点,并尽可能地对其背景略作描述。

1. 两种风格的说辞

《左传》《战国策》两书文采斐然,各有千秋,古人有很多议论。我比较欣赏刘熙载的说法:"《左传》善用密,《国策》善用疏。《国策》之章法笔法奇矣,若论字句之精严,则左公允推独步。"① 要说两书可作比较的方面,那是很多的,这里只想讨论说辞的异同。所谓说辞,我指的是书中所载的人物的对话,包括讽谏、辩难、说理、陈事等。《左传》《战国策》两书中的说辞,从内容到形式都显示出截然不同的甚至对立的性质特点,这可以从方式、内容、态度、辞令四个方面来考量。

第一,从陈说方式看,《左传》以情理服人,《战国策》则以声势夺人。以情理服人,必须动之以情,晓之以理,所以《左传》在讽谏或陈事的场合,总是用逻辑推理的手段直截了当地论证自己的观点。其步骤是先确立论据,然后由这个逻辑起点导出结论和判断。这几乎是没有例外的,今姑举《闵公二年》一例:晋侯令太子申生帅师伐东山皋落氏,里克谏道:

> 太子奉冢祀社稷之粢盛,以朝夕视君膳者也,故曰冢子。君行则守,有守则从,从曰抚军,守曰监国,古之制也。夫帅师,专行谋,誓军旅,君与国政之所图也,非太子之事也。师在制命而已,禀命则不威,专命则不孝。故君之嗣适(嫡),不可以帅师。君失其官,

---

① 刘熙载《艺概·文概》,上海古籍出版社1978年版,第3页。

> 帅师不威,将焉用之?且臣闻皋落氏将战,君其舍之!①

可以看出,里克这里完全是用三段论的逻辑推理来说服晋侯的:先据古制确定太子的职责,得出太子不宜帅军的结论;又假设太子帅师的情形,结果将不利于战;再由皋落氏预备迎战的姿态推测他们必已有充分准备;综合几方面的不利因素,最后导出"君其舍之"的结论,理由充分,逻辑严密。同时,告诫晋侯太子是"以朝夕视君膳"的人,担心他在皋落氏有备的情况下帅兵出征有危险,则又是动之以父子之情;最后"君其舍之"的委婉劝说更为献公保全了面子,给他一个就坡下驴的铺垫。入情入理,又十分入耳,这就是《左传》说辞的特点。

《战国策》则异于是,说者欲以声势夺人,常常要先造成一股压力,以便使对方顺从他的意志。所以战国的辩士常常要许多花招,不是直截地表明自己的意思,或旁敲侧击,或欲擒故纵,最终让对方不知不觉地落入自己彀中。《齐策》三载孟尝君在薛遭楚人攻逼,托使楚还齐的淳于髡请援。我们来看淳于髡是如何用敲山震虎的策略使孟尝君如愿的:

> (髡)至于齐,毕报。王曰:"何见于荆?"对曰:"荆甚固,而薛亦不量其力。"王曰:"何谓也?"对曰:"薛不量其力,而为先王立清庙。荆固而攻之,清庙必危,故曰薛不量力,而楚亦甚固。"齐王和其颜色曰:"嘻!先君之庙在焉!"疾兴兵救之。②

《战国策》的编者就此议论道:"颠蹶之请,望拜之赐,虽得则薄;善说者,陈其势,言其方,人之急也,若自在隘窘之中,岂用强力哉?"③这是说要造成一种势,使听者感到自己处于不利中,不用强迫,他自己就会

---

① 《春秋左传集解》,上海人民出版社 1977 年版,第 225—226 页。
② 《战国策》,上海古籍出版社 1978 年版,第 376—377 页。
③ 同上书,第 377 页。

顺着你的心思做了。要达到这一步必须准确抓对方心理上的薄弱环节,使说辞富有威慑性、诱惑性、刺激性和煽动性。战国策士很懂得这个道理,张仪说秦连横、苏秦说秦治武备,蔡泽说范雎归印,无不攻其所患,示所必行,词气纵横,有排山倒海之势。而最出色的,莫过于苏秦为赵说齐宣王合纵的一番话。苏秦一开口就投其所好,大大夸张了一番齐的殷富和强盛:"南有太山,东有琅琊,西有清河,北有渤海……临淄之途,车毂击,人肩摩,连衽成帷,举袂成幕,挥汗成雨,家敦而富,志高而扬。"接着一句"夫以大王之贤与齐之强,天下不能当——"直听得齐宣王意气横生,踌躇满志,真个是天下霸主,非寡人谁属? 然而正当他陶醉在自己的国家富强中得意忘形时,苏秦话锋一转:"今乃西面事秦,窃为大王羞之!"①当头棒喝,像让那不穿衣服的国王在镜子里照见了自己的形容,宣王简直要羞得无地自容。没容他缓过神来,苏秦又是一激,刚才已从齐的绝对势力来说不该事秦,现在再从相对势力来看,事秦就更可耻了。齐宣王脸上挂不住,终于发狠说:"寡人不敏,今主君以赵王之教诏之,敬奉社稷以从!"②苏秦通过夸饰铺张造就了他的势,两次反激的遏止更增加了它的强度,足以使听者震惊、顺服。《左传》以情理服人,叫人心悦诚服,因为它示人客观的道理,使人理解事情确实是那样的,从而明白该怎样应付。而《战国策》以声势夺人,则使人惊悚不安,它给人的是一个主观感觉,感到事情确实如对方所说的那样,需要照对方的意见去应付。

与《左传》的逻辑推理方式不同,《战国策》多用类比推理,这也可以说是造势的一种手段。如张仪对秦惠王谗陈轸贰楚,说"轸驰楚秦

---

① 《战国策》,第337页。
② 《战国策·齐策一》,第342页。

之间,今楚不加善秦而善轸,然则是轸自为而不为国也"①。陈轸辩道:"孝己爱其亲,天下欲以为子,子胥忠乎其君,天下欲以为臣。卖仆妾售乎闾巷者,良仆妾也;出妇嫁乡曲者,良妇也。吾不忠于君,楚亦何以轸为忠乎?"②他不直接辩白自己是否背秦,而以孝己、子胥为例说明只有忠臣、孝子才为天下所爱重;再反过来举日常生活中的例子,说卖给邻里的奴仆、嫁给乡党的女儿必是好的,以此类推,如果我不忠,楚国还会看重我吗?一番话说得秦王疑虑尽释。类比推理在前面引譬时已为听者的意念作了定向,到主题出现时,由于省略了通常逻辑的推论程序,前提和结论之间形成落差,故两者的相似能发生强烈的撞击,产生震撼人的力量。又如庄辛说秦襄王"专淫逸侈靡,不顾国政"③,先列述蜻蛉、黄雀、黄鹄、蔡圣侯的下场,最后讲到襄王日与嬖臣游乐,"不知夫穰侯方受命乎秦王,填黾塞之内,而投己乎黾塞之外"④时,襄王顿时"颜色变作,身体颤慄"⑤,亟行其计。此外如《东周策》"周文君免士工师籍"章、《西周策》"宫他谓周君"章、《秦策》一"田莘之为陈轸说秦惠王"章、《齐策》一"秦假道韩赵以攻齐"章、《赵策》三"郑同北见赵王"章、《齐策》一"邹忌修八尺有余"章,都是成功地运用类比推理的例子。不过话又说回来,在类比推理的场合,相比较的两件事之间是没有直接的因果联系的,天下爱重孝子忠臣,并不能保证楚国必不欢迎背秦通楚的人,也不能说明陈轸必是忠臣。若按陈轸的类推,天下就不会有招亡纳叛的国家,也不会有叛徒贰臣了。这种推理当然是不够严谨的,妙就妙在昏庸的统治者还没回过味来,便已被游说者的气势所慑服。一把

---

① 《战国策·秦策一》,第 127 页
② 同上书,第 131 页
③ 《战国策·楚策四》,第 555 页。
④ 同上书,第 560 页。
⑤ 同上书,第 561 页。

钥匙开一把锁,对战国时代的君主贵族,以气势征服他们往往比讲道理更有效。

第二,在陈说内容上,《左传》多引古书旧闻,持之有故,信而可征,显得严谨而郑重。《战国策》则未必,每每信口杜撰,或撷拾一些里巷俚谈,有着新鲜生动的气息。用逻辑方式以理服人,首先须有正确可靠的前提。春秋时代是崇古的,《左传》所载说辞每以古语古事为据,出言必有所本,罕见后世"臣以为"的那种口气。《左传》引书的体例,古人已有总结①,这里只从内容方面来考察一下《左传》说辞的征古,概括起来可分为如下几种情形:(一)引书举出书名。如《宣公六年》:"秋,赤狄伐晋。围怀,及邢丘。晋侯欲伐之,中行桓子曰:'使疾其民,以盈其贯,将可殄也。《周书》曰殪戎殷,此类之谓也。'"②又云:"郑公子曼、满与王子伯廖语,欲为卿。伯廖告人曰:'无德而贪,其在《周易》丰之离,弗过之矣。'间一岁,郑人杀之。"③(二)引书不称书名。如《文公六年》载臾骈言曰:"吾闻前志有之曰:'敌惠敌怨,不在后嗣',忠之道也。夫子礼于贾季,我以其宠报私怨,无乃不可乎?"④所谓"前志",大概是前代的史志一类。(三)引古语或前人言。如《文公十七年》载郑子家致赵宣子书曰:"古人有言曰:'畏首畏尾,身其余几。'又曰:'鹿死不择音。'小国之事大国也,德则其人也,不德则其鹿也,铤而走险,急何能择?"⑤这里只举古人之言,而未说明出于何人何书,《襄公十四年》则加以说明:晋侯问卫故于中行献子,对曰:"不如因而定之,卫有君矣。伐

---

① 参看陈骙《文则》,《文则·文章精义》,人民文学出版社1960年版;罗根泽《战国前无私家著作说》,罗根泽编著《古史辨》第四册,上海古籍出版社1982年版。
② 《春秋左传集解》,第559页。
③ 同上书,第560页。
④ 同上书,第451页。
⑤ 同上书,第515页。

之,未可以得志而勤诸侯。史佚有言曰:'因重而抚之。'仲虺有言曰:'亡者侮之,乱者取之,推亡固存,国之道也。'"①(四)引谚语。如《僖公七年》载,齐人伐郑,孔叔言于郑伯曰:"谚曰:'心则不竞,何惮于病。'既不能强,又不能弱,所以毙也。"②《宣公十五年》伯宗阻止晋侯救宋,既引古人语又引谚:"古人有言曰:'虽鞭之长,不及马腹。'天方授楚,未可与争。虽晋之强,能违天乎?谚曰:'高下在心,川泽纳污,山薮藏疾,瑾瑜匿瑕。'国君含垢,天之道也。君其待之。"③(五)用"臣闻之"的说法表示言之有据。如《文公七年》叔仲惠伯谏鲁文公许襄仲攻穆伯曰:"臣闻之,兵作于内为乱,于外为寇,寇犹及人,乱自及也。今臣作乱而君不禁,以启寇仇,若之何?"④"臣闻之"表明自己的说法是历来相传的道理,或是古书所载,或是闻之官师,并非信口雌黄,所以能成为立论的根据。《左传》说辞许多方面体现了尊重传统、言必征古的鲜明特点,而征引内容最常见的是《诗》,据劳孝舆《春秋诗话》统计,共"赋诗"三十二次,"解诗"三十四则,"引诗"七十五则。所谓"赋诗"是用以代言,"解诗""引诗"才是征引《诗》句以为据,或以证立言,或以断行事,成为《左传》说辞的一个重要特色。

  陈说方式的不同决定了立论根据和所使用材料的差异。《战国策》运用类比推理,重在事件与事件性质的相似,所以极少引用古书古语。有时讲些历史故事,用以对照时事的善恶是非。如苏厉用养由基之射说白起勿攻梁、司寇布用齐太公买剑事说周君善视周最(均见《西周策》)。有时又通过日常生活中的琐事来阐明自己的看法,如杜赫想要使周重用景翠,便用张罗捕雀的道理劝周用穷而无位者(《东周

---

① 《春秋左传集解》,第919页。
② 同上书,第261页。
③ 同上书,第615页。
④ 同上书,第459页。

策》);邹忌从朝服衣冠时妻妾的私谈来推论"王之蔽甚"(《齐策》一)。甚至连宫姬嬖臣也会用得大鱼弃小鱼的心理讽魏侯希求固宠(《魏策》)。在这方面《战国策》中最具特色的乃是寓言故事,与《左传》的引诗一样惹人注目。众所熟知的"画蛇添足"(《齐策》二)、"土偶桃梗"(《齐策》三)、"狐假虎威"(《楚策》一)、"惊弓之鸟"(《楚策》四)、"鹬蚌相争"(《燕策》二)为代表的这些寄意深刻的寓言已成为《战国策》文学的神光所聚之处。在前引的陈轸与秦惠王的对话之后,轸因惠王听信张仪而疑自己贰楚,便欲离秦,他对惠王说:

> 臣出,必故之楚,以顺王与仪之策,而明臣之楚与不也。楚人有两妻者,人誂其长者,詈之;誂其少者,少者许之。居无几何,有两妻者死。客谓誂者曰:"汝取长者乎?""少者乎?""取长者。"客曰:"长者詈汝,少者和汝,汝何为取长者?"曰:"居彼人之所,则欲其许我也。今为我妻,则欲其为我詈人也。"今楚王明主也,而昭阳贤相也。轸为人臣,而常以国输楚王,王必不留臣,昭阳将不与臣从事矣。以此明臣之楚与不。①

这位陈轸是很会说寓言的,后来齐楚绝交时,他又对秦说了两虎相争必有一伤的故事。同样的意思到了淳于髡的口中就成了韩子卢与东郭逡的故事,这说明当时的策士都善于用通俗的具有比喻性质的寓言表达抽象的意图,使之明白易懂。在纷繁复杂的交攻争战中,一场战争或一场外交斗争的利害得失有时会使人迷惑,无从判断,但寓言化了的日常生活片断和自然界的景象却是一目了然的。战国寓言可以说就是当时策士将复杂的国际斗争、人际斗争加以梳理和净化,使之通俗地再现出来的一种艺术形式。因其易于接受和判断,说服力格外强大。黑格尔

---

① 《战国策·秦策一》,第129页。

说"各民族各时代都用过寓言这个古老的创作方式"①,中国似乎是在战国开始的,《孟子》《韩非子》《吕氏春秋》等书或多或少都有一些例子,而《战国策》是运用得最为成功的。

第三,在陈说态度上,《左传》极尽谦恭,彬彬有礼,任何时候都不失安详典雅的风度;而《战国策》或巧言令色,阿谀谄媚,或则威逼利诱,恫吓要挟,无所不至。试先举《左传》的事例。《左传》在同人之间,说者的态度总显得诚恳朴实,这从《襄公十五年》所载的一件小事即可看出:宋向戍聘鲁,见孟献子,觉得他的居室太豪侈,说,"子有令闻,而美其室,非所望也!"孟献子并未就美室作辩解,只是说明:"我在晋,吾兄为之,毁之重劳,且不敢间。"②责者没有盛气凌人地教训,也没有兜圈子讽刺挖苦,只是委婉地表示了失望;被责者也不强词夺理,老实说明美室的来由和毁之重劳的无谓,双方都是以诚相见。在君臣之间,说者也是直切地用道理说动对方,虽然语气甚为平善,但内容相当坚实,自然就有很强的说服力。如隐公五年臧僖伯谏观鱼、僖公三十三年臼季说晋文公用冀缺,宣公十五年伯宗说晋景公讨酆舒、襄公四年魏绛论和戎之利弊,襄公十一年论安其乐而思其终、襄公十四年师旷对晋侯议论卫人出君事,莫不据理陈情,既无危言耸听,也不虚辞矫饰。陈骙称《左传》的谏"和而直",这是非常中肯的③。在敌国之际,说者同样也谦恭有礼,不卑不亢,保持一种高贵的气度。成公三年,晋人用公子縠臣与连尹襄老之尸交换被楚俘获的知罃,楚共王在放还知罃前问他是怨恨自己还是感激自己,尽管知罃明知自己的命运还掌握在楚共王手中,但他并未低声下气地讨好共王,而是磊落地表明仍将与楚抗争,说

---

① 黑格尔《美学》第二卷,商务印书馆1979年版,第108页。
② 《春秋左传集解》,第921页。
③ 陈骙《文则》辛,《文则·文章精义》,第37页。

自己若再能任职"而帅偏师以修封疆,虽遇执事,其弗敢违。其竭力致死,无有二心,以尽臣礼,所以报也"①。话说得委婉客气,但骨子里却很顽强,透着不屈和不甘。共王感到了晋人这种"未可与争"的力量,只得"重为之礼而归之"。如果说知罃是表现了本身的人格力量和国家强有力的自信,那么僖公二十六年展僖犒齐师,责之以先王之命,则是以道义的力量迫使齐羞愧而退兵。面对那由坦诚和信任而生的从容,又被戴上一顶高帽子,任何人都会羞于背信弃义的。

《战国策》在这点上截然相反,战国辩士是全不讲道德的,也缺乏诚恳和谦恭。同人之间纯粹以利害相见,有时甚至到鲜廉寡耻的地步。《东周策》载周最对吕礼说:"子何不以秦攻齐,臣请令齐相子,子以齐事秦,必无处矣。子因令周最居魏以共之,是天下制于子也。子东重于齐,西贵于秦,秦、齐合,则子常重矣。"②为了自己的利益,他们就是这样挑动战争,玩天下于股掌之中,毫不顾忌战争对社会的祸害。这个例子是以利相诱,而甘罗为文信侯说张唐相燕则是逼之以威。在死的威胁面前,张唐只能乖乖就范于一个毛孩子。这里绝没有春秋时的仁义忠信可言,为了个人目的而不择手段,都是天经地义的。在讽谏的场合,《左传》开言直陈,没什么忌讳,到《战国策》便不那么爽快了:张仪说秦惠王,上来先是一通表白:"臣闻之,弗知而言为不智,知而不言为不忠。为人臣不忠当死,言不审亦当死。虽然,臣愿悉言所闻,大王裁其罪。"③范雎初抵秦国颇怨昭王不重视自己,可是当昭王亲自迎入后宫乃至长跪而请教时,他却只是"唯唯"地又大谈一番生死之节,其实都是故弄玄虚。至于敌国之间,策士们更是巧言令色,强词夺理,尽玩

---

① 《春秋左传集解》,第 667 页。
② 《战国策》,第 13 页。
③ 《战国策·秦策一》,第 95 页。

些尔虞我诈的勾当。《东周策》载：

> 严氏为贼，而阳坚与焉。道周，周君留之十四日，载以乘车驷马而遣之。韩使人让周，周君患之。客谓周君曰："正语之曰：寡人知严氏之为贼，而阳坚与之，故留之十四日以待命也。小国不足亦以容贼，君之使又不至，是以遣之也。"①

这不是狡辩是什么？张仪以商於之地六百里贿楚怀王，使楚与齐绝交。事成后楚索地，张仪却说："仪固以小人，安得六百里？"②公然摆出一副小人无赖的嘴脸！读过《战国策》的人，都不会忘记《魏策》四唐且对秦始皇那惊心动魄的一幕。当唐且说安陵君决不会交出先人所封的采邑时，

> 秦王佛然怒，谓唐且曰："公亦尝闻天子之怒乎？"唐且对曰："臣未尝闻也。"秦王曰："天子之怒，伏尸百万，流血千里。"唐且曰："大王尝闻布衣之怒乎？"秦王曰："布衣之怒，亦免冠徒跣，以头抢地尔。"唐且曰："此庸夫之怒也，非士之怒也。夫专诸之刺王僚也，彗星袭月；聂政之刺韩傀也，白虹贯日；要离之刺庆忌也，仓鹰击于殿上。此三子者，皆布衣之士也，怀怒未发，休祲降于天，与臣而将四矣。若士必怒，伏尸二人，流血五步，天下缟素，今日是也！"挺剑而起，秦王色挠，长跪而谢之曰："先生坐，何至于此，寡人谕矣。"③

君子不光动口，也要动手了，这在《左传》的报聘中是难以想象的。当然，这里并不是指陈唐且的不是，而只是要说明两个时代的人物在陈说

---

① 《战国策》，第40页。
② 《战国策·秦策二》，第137页。
③ 《战国策》，第922—923页。

态度上的差异。这种差异也决定了辞令的风格。

第四,在辞令风格上,《左传》平实典重,委婉蕴藉,《战国策》则通俗明晰,铺张扬厉。《左传·襄公十五年》载有这样一件事:

> 宋人或得玉,献诸子罕。子罕弗受。献玉者曰:"以示玉人,玉人以为宝也,故敢献之。"子罕曰:"我以不贪为宝,尔以玉为宝,若以与我,皆丧宝也。不若人有其宝。"①

子罕没有一本正经地作道德教训,在人家的难堪上显示自己的清高,而是采用了一种富有幽默感的说法,既表明了自己的意思,又不伤人感情,实在是巧妙得很。《左传》这种聪明的陈说技巧和雅驯的辞令,无疑反映了说者对古代文化和典籍的修养,代表着当时的辞令风格。但《左传》给人印象最深的恐怕莫过于那些外交辞令了。在极尽谦恭文雅之中,往往内藏锋芒,显示着决心和力量。这种"美而敏"的应对②,春秋以后就永远成了绝响,只留下"寡人""不穀""执事""敝邑""敝国"这样一些谦词为后人所沿用。从书中在不同场合反复出现那种外交辞令来看,它绝不是一两个人所特有的修养,而是为整个社会共同遵用的、像赋诗那样使于四方可以专对的技巧。它们被运用得那么娴熟、自然、轻松,真可谓是炉火纯青!且看《僖公四年》所载齐侯与屈完的一段对话:齐桓公帅大军压楚境,对楚使者屈完说:"岂不穀是为,先君之好是继。与不穀同好如何?"屈完对:"君惠徼福于敝邑之社稷,辱收寡君,寡君之愿也。"③一个是"不穀",一个是"寡君",说得多谦恭。明明是大军压境,逼人订城下之盟,偏说继先君之好;明明面对来犯之敌,却偏说对方赐福于自己看得起自己。其实言外之意彼此心领神会,齐

---

① 《春秋左传集解》,第 925 页。
② 陈骙《文则》辛,《文则文章精义》,第 37 页。
③ 《春秋左传集解》,第 244 页。

桓公气势汹汹:你还敢不就范吗?屈完也不示弱:你倒试试看,我等着呢!骨子里针锋相对,文辞却温情脉脉。与此相媲美的例子可举出《成公二年》鞌之战齐侯与晋人的对话:

> 齐侯使请战,曰:"子以君师,辱于敝邑,不腆敝赋,诘朝请见。"对曰:"晋与鲁、卫,兄弟也。来告曰:'大国朝夕释憾于敝邑之地。'寡君不忍,使群臣请于大国,无令舆师淹于君地。能进不能退,君无所辱命。"齐侯曰:"大夫之许,寡人之愿也;若其不许,亦将见也。"①

最强硬的态度用最委婉的语言表达出来,对耸着的戈矛上披了一层温文尔雅的面纱,就是这样一种表现方式形成了《左传》外交辞令的独特风格。

《战国策》的辞令异于《左传》的首先是夸饰,如前面引过的苏秦对齐殷富的形容,状临淄人口之众说"车毂击,人肩摩,连衽成帷,举袂成幕,挥汗成雨",极尽夸张渲染之能事。这种夸张的形容法与《诗·卫风·硕人》那种比喻的形容法截然不同,倒是和《登徒子好色赋》有相通之处,由此可见艺术表现的时代特点和描写手法的发展。其次,战国策士的说辞节奏感强,气势充沛。苏秦、张仪、范雎、蔡泽等人的长篇说辞均多用排比句和四言短句,节奏紧凑,跌宕起伏。苏秦说秦惠王治武备一段共三百二十九字七十三句,其中四字句就达四十六句,三句字(不算逗字)有十二句,语短气促,如叠浪连山,气势磅礴,与《左传》温厚和平的自然节奏迥然异趣。另外,《战国策》的说辞语言较为浅显,有时还很俚俗。秦惠王对苏秦"欲以一人之智,反覆东山之君,纵以欺秦",颇有点忿然,又觉得可笑,于是哂道:"诸侯不可一,犹连鸡之不能

---

① 《春秋左传集解》,第641页。

俱止于栖,亦明矣。"①这样的比喻从一国之君的口中说出,虽无伤大雅,毕竟不够典重。至于秦宣太后答靳尚求援时用的那个比喻简直就是下流了,难以想象春秋时会有一国太后在朝堂上当群臣面对外国使节说出这样的话来!秦宣太后也许胸无文墨,不足以代表当时她所属阶层的文化水平,那么我们就来看看苏秦吧。这位辩士抵楚两天即告辞,怀王询其故,答道:"楚国之食贵于玉,薪贵于桂,谒者难得见如鬼,王难得见如天帝。今令臣食玉炊桂,因鬼见帝!"②这一讽刺真够辛辣的,同时也够俚俗。由于年代久远,我们很难断定《战国策》的说辞是否近于通行的口语,但像"危于累卵""轻于鸿毛""重于丘山""譬犹抱薪而救火也""无异于驱群羊而攻猛虎也""九九八十一万人""三七二十一万人"这样的语句,想来大概是很通俗浅白的了,与满是书卷气的春秋士大夫的说辞明显有雅俗之分。这一明显的风格差异促使我思考其背后的文化差异。

2. 两种文化的更迭

通过以上分析,《左传》与《战国策》说辞的主要差异已豁然呈现在我们面前,现在要进一步追问,这种针锋相对的差异难道是偶然的吗?通过考察春秋与战国两个时代的历史、文化,我相信《左传》《战国策》两书说辞的不同风格代表着两种文化精神,体现了两种不同的美学趣向和文化追求。

春秋战国之交,社会结构发生了质的巨变,尽管史书上缺失若干年的记载,没有留下充分的史实,但通过考证和研究,历史裂变的过程大

---

① 《战国策·秦策一》,第92页。
② 《战国策·楚策三》,第538页。

致还是被历史学者勾勒出来。总的来说,经济上是土地占有权层层下移,家族制替代了宗族制,农奴制的生产关系转化为封建生产关系。士与商人乘贵族腐化取得经济优势,提高了社会地位,甚至掌握政治权力。政治上,以郡县制为基础的中央集权和分封制开始并驾齐驱,世卿世禄日渐废除,按"食有劳而禄有功"的原则,"有功者不得不赏,有能者不得不官,劳大者其禄厚,功多者其爵尊"①,建立起非世袭的官僚制度②。应该说,这一历史转折时期在经济政治方面的变化大体已清楚,与此相应的文化精神有什么变化则还值得探讨。

中国从西周以来就是宗法制的封建大一统帝国,国民因血缘结成严格的人身隶属关系。有共同的祖先崇拜、共同的宗教祭祀,奉行共同的典礼,使用共同的雅言和音乐,因此文化具有整一性的特点,在不同的领域和场合贯穿着同一的精神。当社会结构发生变化时,文化精神也随之变异。

文化精神是一定的思想文化结构的体现,主要通过思维方式、情感方式、价值尺度、风俗习惯等方面表现出来。一定的思想文化结构存在于一定的社会主体中,因此文化精神的变化实际上也就是文化的承担者——社会主体的变化。我们知道,作为意识形态的总体文化,有着不同的层次,每个层次都由相应的社会阶层承担。承担核心的、主导层次的是社会上占主导地位的人们,在中国古代就是士大夫知识阶层。马克思说:"在宗法制度、种姓制度、封建制度和行会制度下,整个社会的分工都是按照一定的规则进行的。"③西周到春秋,知识阶层是贵族和

---

① 《战国策·秦策三》,第181页。

② 参看周谷城《中国通史》(上海人民出版社1981年版)、范文澜《中国通史》(人民出版社1978年版)、杨宽《战国史》(上海人民出版社1980年版)有关论述。

③ 《马克思恩格斯选集》第四卷,人民出版社1958年版,第165页。

巫史卜祝。贵族不用说是世袭的,而巫史卜祝则是子就父学,世为"畴官"①,所谓"学在官府"正显示了这样一种文化垄断状况。

春秋以前,贵族是文化的承担者,主导文化也可以说是贵族文化。到战国时代,情形发生了变化。周景王二十五年(前520)王子朝叛乱,四年后晋助周平乱,"王子朝及召氏之族、毛伯得、尹氏固、南宫嚣奉周之典籍以奔楚"②。周王的大批文物典籍流散各地,打破了文化积累高度集中的局面;像孔子这样的学者得以删订典籍,教授生徒,更大大促进了文化在民间的传播。列国的兼并战争,使大批贵族失去封地沦为平民;而宗法制本身的性质也决定了"小宗"贵族在数世之后不得不降为士的命运。这样,士阶层在战国时期便迅速地发展起来。他们没有爵禄,但有部分土地可作经济依靠(《国语·晋语》"士食田"),一般不事生产,以学为务(《左传·襄公九年》"士竞以教"),具有较高的文化素养,贵族阶层的腐朽使他们自然地成为主导文化的承担者和保存者。章太炎说:"自老聃写书征藏,以诒孔氏,然后竹帛下庶人。六籍既定,诸书复稍稍出金匮石室间,民以昭苏,不为徒役。九流自此作,世卿自此堕,朝命不擅威于肉食,国史不聚歼于故府。"③这段话精辟揭示了文化下移和士势力上升的契机。王亚南也指出:"封建的混战,使各种专门人才成为急切的需要,并且直接动摇了整个社会制度,削弱了和抹杀了旧有的阶级划分并在新的调子上来重新划分阶级。"④在新的划分中,以士为主体的地主阶级逐渐形成,占据了社会的主导地位,而成就他们的正是适合时代需要的智能和知识。"苏秦特穷巷掘门、桑户棬枢之士耳",而能"伏轼撙衔,横历天下,廷说诸侯之王,杜左右之口,天

---

① 周谷城《中国通史》上册,上海人民出版社1981年版,第203页。
② 《春秋左传集解·昭公二十六年》,第1541页。
③ 章太炎《检论·订孔上》,《章氏丛书》,民国间上海右文社排印本。
④ 王亚南《中国官僚政治研究》,中国社会科学出版社1981年版,第40页。

下莫之能伉"①,不就因为他刺股苦学,满腹经纶么?于是我们在《韩非子·外储说左上》中就看到了这样的情形:"王登为中牟令,上言于襄王曰:'中牟有士中章、胥己者,其身甚修,其学甚博,君何不举之?'……王登一日而见二中大夫,予之田宅。中牟之人弃其田耘,卖宅圃而随文学者邑之半。"②就这样,士成了战国文化的承担者,反过来说,战国文化也就由春秋的贵族文化转型为士族文化。

春秋、战国时代文化精神的转变影响了社会的各个方面各个层次,大到礼仪制度、价值观念,小到生活方式、日常习俗,说辞的差异只不过是一个侧面而已。可是,这个侧面与两种文化精神有着什么样的关系呢?要全面地回答这个问题是困难的,在此只能试作初步的解释。

贵族文化和士族文化的特点和区别可能有许多,但最基本的我以为有三点:(一)前者是道德的,后者是功利的;(二)前者是传统的,后者是现实的;(三)前者是典雅的,后者是通俗的。有了前面的对比分析,现在来论证这三点就比较容易了。春秋是世卿世禄的贵族社会,规定"刑不上大夫",社会系统不是靠法律而是靠道德来调节它的稳态,因此仁义礼智信这些调节人们日常行为的道德规范就被视为维护社会的纲常,作为永恒的准则来强调。人的一切言行都必须用道德来衡量,做一件事先问是否合理,再论是否有利,所谓"德义,利之本也"③。襄公十九年,晋士匄率军攻齐,行至毂,闻齐值灵公丧,便引兵却还,《左传》称之"礼也"。趁人逢难而攻之是不义的,也就必然不合理。为了合理,士匄不惜放弃一个获胜立功的良机,显然他是将道德置于第一位

---

① 《战国策·秦策一》,第 88 页。
② 王先慎《韩非子集解》,中华书局 1998 年版,第 280 页。
③ 《春秋左传集解·僖公二十七年》,第 365 页。

的,换言之,利取决于义。而战国则不然,在动荡的时代,生存的竞争促使人将考虑问题的着眼点由道德转到功利上来,如清人郑鄤所说:"时至战国,人几不可理语矣。然其为策也,必审时势,切事情,较刻利害,析若须眉,而后能有当于缓急,故其书绝无诗书仁义之言。"①不但国与国之间纯粹是利害关系,就是君臣之间也绝不是什么道义上的结合,而是"主卖官爵,臣卖智力"②的相互利用,利已吞没了义。苏秦为自己的利益可以朝秦暮楚地合纵连横,没有任何道德可言。《齐策》三苏秦说薛公一段也是个有趣的例子:

> 楚王死,太子在齐质。苏秦谓薛公曰:"君何不留楚太子,以市其下东国?"薛公曰:"不可。我留太子,郢中立王。然则是我抱空质而行不义于天下也。"苏秦曰:"不然。郢中立王,君因谓其新王曰:'与我下东国,吾为王杀太子。不然,吾将与三国共立之。'然则下东国必可得也。"③

对这件事《战国策》的编者列出了十种不同的结果和处理方式:"苏秦之事,可以请行;可以令楚王亟入下东国;可以益割于楚;可以忠太子而使楚益入地;可以为楚王走太子;可以忠太子使之亟去;可以恶苏秦于薛公;可以为苏秦请封于楚;可以使人说薛公以善苏子;可以使苏子自解于薛公。"④书中一一加以演绎,于是读者看到了十种结果的变化图。道德是有一定之规的,以道德处事只能有一种结果。而以功利处事,出于不同的利益诉求,却会产生出多种结果。这正是因为前者的标准是

---

① 郑鄤《战国策钞序》,《峚阳草堂文集》卷四,1931 年刊本。
② 《韩非子·外储说右下》,参看周勋初《韩非子札记》(江苏人民出版社 1980 年版)中《韩非子论君臣关系》一篇。
③ 《战国策》,第 365 页。
④ 同上书,第 366 页。

客观的,后者则是主观的。

春秋战国时人都一样面对着现实问题,但理解和判断问题的方式大不相同。春秋时人们处于大一统的宗法社会的封闭系统中,思维具有封闭性和单线性的特点,遇到问题首先是回溯往古,习惯于从既有经验中筛取有价值的知识来指导现实,乐于接受传统而懒于作新的思考。只要合于传统,心理上便获得一种平稳感,因此古人古书当然地就成了立论的根据。《左传》是法先王的,动辄搬出祖宗典故来衡量时事,言必称诗书,事必援古例,不免有失于拘泥。战国时期,分裂割据兼并打破了社会生活的稳定性和封闭性,纷纭复杂的天下形势要求人们从广阔的视野多角度地把握现实,所以战国策士都有丰富的社会知识,熟悉天下的人情物貌,洞察国际关系和人际矛盾,有深刻的战略思想和战略眼光。刘熙载说得好:"战国说士之言,其用意类能先立地步,故得如善攻者使人不能守,善守者使人不能攻也。"①所谓先立地步,实际上就是能高瞻远瞩,有成竹在胸。《战国策》的说辞从内容到形式全都是现实的,尽管也引用些历史故事做类比,但决不削足适履,一切从现实条件出发,着眼点始终是在现时。吴师道序《战国策》云:"当是之时,本仁祖义,称述唐虞三代,卓然不为世俗之说者,孟子一人而已,求之是书无有也。"②这正说明《战国策》有着不同于重传统的儒家经典《左传》的纵横家精神。

陈骙《文则》卷下指出:"春秋之时,王道虽微,文风未殄,森罗辞翰,备括规摹。"他"考诸左氏,摘其精华,别为八体":一曰命,婉而当;二曰誓,谨而严;三曰盟,约而信;四曰祷,切而书;五曰谏,和而直;六曰让,辩而正;七曰书,达而法;八曰对,美而敏。可以说,整个《左传》的

---

① 刘熙载《艺概·文概》,上海古籍出版社1978年版,第5页。
② 《战国策》,第1212页。

文辞和风度都是温文尔雅的，显出良好的文化修养。而在《战国策》中，我们却常看到要挟恫吓、花言巧语等各种缺少君子风范的花招。这不仅是个人素养，也是整个社会风尚的问题。说辞是对别人的陈说，效果的实现取决于说服力和理解力即主客两方面的因素。春秋时士大夫"不学诗，无以言"，尤其在外交场合，赋诗作为一种隐喻式的文雅表达，如果赋得不当即所谓"不类"，轻则为人耻笑，重则甚至引起战争①，所以他们都必须精通诗书。晋公子重耳出之秦国，宴享之际，赋《河水》"义取河水朝宗于海"，秦穆公答以《六月》，赵衰马上呼"重耳拜赐"，因为穆公借诗表示愿助重耳还晋（《左传·僖公二十四年》）。襄公十六年，齐侵鲁，穆叔赴晋求援，见中行献子，赋《圻父》。献子曰："偃知罪矣，敢不从执事以同恤社稷，而使鲁及此。"见范宣子，赋《鸿雁》之卒章，宣子曰："匄在此，敢使鲁无鸠乎？"看得出无论是说者还是听者对《诗》都是很熟悉的，互相默契，一点即通。而这放在礼崩乐坏的战国就行不通了，魏文侯一听古乐便昏昏欲睡，贵族早已丢掉了传统文化，缺乏古典的修养，对他们只能用些通俗的比喻来劝诱，不是使之明白客观真理，而是使之产生一种主观意愿，这通常是在通俗的寓言故事和历史传说中得到认同的。《战国策》的说辞基本上做到了这点，因此大都能获得成功。不仅《战国策》，就是儒家的《孟子》、法家的《韩非子》，乃至于《晏子春秋》《吕氏春秋》这样的杂家，或多或少都有类似倾向，机智加通俗成了战国文化的基本精神。机智成就了主体，通俗适应了对象，春秋时代那华美而典雅的高贵风度终于为世俗的机智泼辣的姿态所取代。

---

① 《襄公十六年》："晋侯与诸侯宴于温，使诸大夫舞，曰：'歌诗必类。'齐高厚之诗不类。荀偃怒，曰：'诸侯有异志矣。'使诸大夫盟高厚，高厚逃归。于是，叔孙豹、晋荀偃、宋向戌、卫宁殖、郑公孙虿、小邾之大夫盟曰：'同讨不庭。'"《春秋左传集解》，第929页。

3. 两种理想的追求

《左传》《战国策》两书作为文化现象,是两种不同文化背景的客观反映,而作为两个时代的精神生产的创造,同时又是当时人对各自不同的审美理想的主观追求。

稍加留心,即会发现《左传》和《战国策》两书中衡量人才的价值尺度是不同的,《左传》突出一个"文"字,《战国策》则着眼于一个"辩"字。孔子曾说过"虞、夏之质,殷、周之文,至矣"[1],又说"周监于二代,郁郁乎文哉"[2]。周人是尚文的,也是尚礼的,虽然孟子说《诗》亡而后《春秋》作,但春秋时代实际上大体还保存着周人文质彬彬的余风。《左传》"文辞以行礼也"[3]一句正可以借来标志它自身的性格。刘熙载说"左氏尚礼故文"[4],一语中的。《左传》在许多方面明显表现出对"文"的兴趣。从大处说,"文"是整个社会的价值取向:《僖公二十七年》称晋国"出毂戍,释宗围,一战而霸,文之教也"[5];从小处说,"文"是重要的个人素质和外交手段,主要表现为有文辞:《襄公二十五年》赵文子执政,"令薄诸侯之币而重其礼",认为"若敬行其礼,道之以文辞,以靖诸侯,兵可以弭"[6]。两年后宋向戌召诸侯开弭兵大会,孔子使人记录前后经过,"以为多文辞"。所谓"文辞"就是文雅而得体的说辞。子产克陈献捷,与晋人辩对。赵文子觉得"其辞顺,犯顺不祥",乃

---

[1] 孙希旦《礼记集解·表记》,中华书局 1989 年版,第 1311 页。
[2] 《论语集注》,朱熹《四书章句集注》,中华书局 1983 年版,第 65 页。
[3] 《春秋左传集解·昭公二十六年》,第 1542 页。
[4] 刘熙载:《艺概·文概》,上海古籍出版社 1978 年版,第 4 页。
[5] 《春秋左传集解》,第 367 页。
[6] 同上书,第 1033 页。

优容受之。孔子就此发表评论说："《志》有之，'言以足志，文以足言'。不言，谁知其志。言之无文，行而不远。晋为伯，郑入陈，非文辞不为功。慎辞哉！"①这里所引称的《志》不知是什么时候的书，但在孔子之前说辞已有"文"的要求则是毫无疑问的。春秋时期，人的能文是格外被重视的。《僖公二十年》称晋文公"文而有礼"，《襄公三十一年》赞郑子大叔"秀美而文"，甚至僖公二十七年晋国选择引兵解宋国的元帅时，赵衰保举郤縠的理由也是"说礼乐而敦诗书"——能文。赵衰本人也是个有文者；《僖公二十三年》载众卿随重耳出奔，秦伯享之，在确定谁陪重耳赴宴时，地位较高的狐偃却说："吾不如衰之文也。请使衰从。"②杜预注："有文辞也。"③"有文辞"或又称"有辞"（《襄公三十一年》），相反相成的一个例子是宣公十二年楚少宰如晋师说的"寡君少遭闵凶，不能文"。凡此诸例，足以说明《左传》反映了春秋时人对"文"的欣赏和追求。后人于此也有会心，唐萧颖士在《赠韦司业书》里论学《春秋》三传时便说"于左氏取其文"④，敏锐地抓住了《左传》的特点。

与《左传》重文相类似，《战国策》对"辩"字的强调同样也是显而易见的。春秋时人认定"辩而不德，必加于戮"（《左传·襄公二十九年》），但战国时人却不管什么德不德，一味以"辩士"称人：前周相工师籍称吕仓介绍的客是"辩士"（《东周策》），秦惠王称陈轸为"天下之辩士"（《秦策》一），范雎荐蔡泽于秦昭王说："客新有从山东来者蔡泽，其人辩士"（《秦策》三），申不害说赵卓、韩晁"皆国之辩士"（《韩策》一），又《齐策》三云"今苏秦天下之辩士也"，《秦策》三云"燕客蔡泽，天下骏雄弘辩之士也"，《赵策》三赵武灵王称赞周绍"为辩足以道人"，

---

① 《春秋左传集解·襄公二十五年》，第 1036 页。
② 《春秋左传集解》，第 334 页。
③ 同上书，第 338 页。
④ 董诰等编《全唐文》卷 323，中华书局 1983 年版，第 3278 页。

实际是也等于是称他为"辩士"。"辩"是与博学、才智分不开的,所以《战国策》中又常将"辩"与"智""博"对举。李兑舍人谓李兑曰:"臣窃观君与苏公谈也,其辩过君,其博过君"(《赵策》一),赵王称郑同为"博士"(《赵策》三),《齐策》四"辩知并进,莫不来语"的说法,都是例子。由此我们可以看出,辩才和辩士在当时是多么受人尊崇,有时这种尊崇甚至到了可笑的地步:"石行秦谓大梁造曰:'欲决霸王之名,不如备两周辩知之士。'谓周君曰:'君不如令辩知之士,为君争于秦。'"①在他看来,辩知之士的一条三寸不烂之舌似乎在任何场合都能当诸侯的坚甲利兵而制胜!

尽管人们对所谓"曲学多辩""甘言好辩"有所不满,孟子甚至还针锋相对地提出了"诐辞知其所蔽,淫辞知其所陷,邪辞知其所离,遁辞知其所穷"②的辩术,但"孟子七篇之书,叙战国诸侯之事与夫梁齐君臣之语,其辞极于辩博,若无以异乎战国之文也"③。这实在是时世使然。孟子自己不也说么,"予岂好辩哉?予不得已也"④。《荀子·非相》也说"君子必辩",又指出"有小人之辩者,有士君子之辩者,有圣人之辩者"。再联系到重视逻辑的墨家"慧者心辩而不繁说"(《墨子·修身》)、绝圣去智的道家"善者不辩,辩者不善"(《老子》第八十章)、"辩者若默"(《庄子·知北游》)的宗旨,以及韩非对"今人主之于言也,说其辩而不求其当焉""谈言者务为辩而不周其用"(《韩非子·五蠹》)的现实的批判,甚至他本人也被桓宽斥为"不通大道而小辩"来看⑤,

---

① 《战国策·东周一》,第20页。
② 《孟子集注·公孙丑上》,朱熹《四书章句集注》,第232—233页。
③ 王正德《余师录》卷三引汪藻语,《历代文话》,复旦大学出版社2007年版,第1册第383页。
④ 《孟子集注》,朱熹《四书章句集注》,第271页。
⑤ 王利器《盐铁论校注》卷十《刑德》,天津古籍出版社1983年版,第580页。

"辩"确实是战国时代人们普遍关注的一个中心问题,也是文人士君子的说辞所刻意追求的目标,它与春秋时人重文的审美观表现出不同的趣向。此风一直延续到汉代,东汉荀悦《前汉纪》提到:"世有三游,德之贼也。一曰游侠,二曰游说,三曰游行。立气势,作威福,结私交以立强于世者,谓之游侠。饰辨辞,设诈谋,驰逐于天下以要时势者,谓之游说。色取仁以合时好,连党类,立虚誉以为权利者,谓之游行。"这三游中,游侠尚恩义,游说尚智辩,游行尚道义,第二类游说显然就是指战国以来的辩士。荀悦追溯此辈的由来,说"凡此三游之作,生于季世,周秦之末尤甚焉",而其中"游说之本生于使乎四方,不辱君命,出境有可以安社稷,利国家则专对解结,辞之绎矣,民之慕矣。以正行之者,谓之辨智;其失之甚者,主于为诈绐徒众矣"①。足见到东汉年间,人们对周秦之际亦即战国时代社会阶层出现的变动——主要是游士的活跃,已有很清楚的认识。本文要进一步发明的是,这种以游士为代表的文化类型与春秋时代的贵族文化形成鲜明的对立,它们各自表现出的不同趣向恰好演示了《左传》与《战国策》两书不同的文化背景。这是我通过以上的分析研究得出的一个基本观点。

---

① 荀悦《两汉纪》卷十,中华书局2002年版,第158—159页。

九　理想的冲突与悲剧的超越
　　——心态史上的屈原

春秋与战国,史虽连称,却是两个完全不同的时代。春秋、战国之交也可以说是上古文化的一个分水岭,中国由一个崇尚礼乐文雅的王道社会过渡到一个崇尚武功势利的霸道社会。顾炎武《日知录》曾以一些醒目的现象来说明其间发生的社会变革:

> 春秋时犹尊礼重信,而七国则绝不言礼与信矣;春秋时犹宗周王,而七国则绝不言王矣;春秋时犹严祭祀,重聘享,而七国则无其事矣。春秋时犹论宗姓氏族,而七国则无一言及之矣;春秋时犹宴会赋诗,而七国则不闻矣;春秋时犹有赴告策书,而七国则无有矣。邦无定交,士无定主,此皆变于一百三十三年之间。[①]

而文学的变化则如章学诚说的,"至战国而文章之变尽,至战国而著述之事专,至战国而后世之文体备"[②]。贵族时代的文学由此分为前后两段,春秋以前以礼乐的象征——《诗》为主,战国以后则以楚辞作品和诸子散文为主。"至战国而著述之事专",意味着这时出现了第一批对若干作品享有明确的著作权的作家。在这一批作家中,屈原是第一位最富有创造性的伟大诗人,同时也是思想史上影响最深远的精神先驱。

[①] 参看黄汝成《日知录集释》卷一三"周末风俗"条,花山文艺出版社1990年版,第585页。
[②] 章学诚《文史通义·诗教上》,仓修良《文史通义新编》,上海古籍出版社1993年版,第21页。

九 理想的冲突与悲剧的超越

尽管因史无明文,学者对历史上是否实有其人一直有争议,但这不影响我们将屈原作为精神史的对象来讨论。以《离骚》为首的一系列传为屈原所作的楚辞作品,用自画像的方式为我们塑造了一位诗人形象,这位诗人进入精神史迄今已两千余年。

屈原在中国文学史上的地位之独特,不只在于他是华夏民族第一位伟大的诗人,还在于他是第一位以自杀方式结束生命的诗人。那在汨罗江上决然赴水的形容憔悴的身影,给后人无法忘怀的悲壮感觉,他的作品也由此而充满悲剧意味。正像有些学者指出的,死亡构成了屈原作品和思想最为"惊采绝艳"的头号主题①。每次读《离骚》,或看到屈原的画像,都让我感触万端:不被理解的孤独,遭遗弃冷落的悲凉,生于浊世却不肯同流合污的耿介,这是每个正直而又曾遭不幸的人都会咀嚼过的感受,而《离骚》之所以震撼人心,就在于它把这些感情推到极致,达到理性的顶端——对存在意义之叩审、对生存与死亡之选择的高度。"决定是否值得活着,是首要问题"。早于哈姆雷特一千多年,早于加缪两千多年,屈原就已思索这一问题。由理想的冲突到心灵搏斗,由心灵搏斗进而到死亡的宣示,《离骚》的心路历程向我们展示了一个高贵灵魂的庄严的毁灭,这莫大的悲剧意味永远启示人们去作生与死的沉思,尤其是当面临着同样生存境遇的时候。

1. 不可调和的心灵冲突

屈原作出死亡的选择,最终自沉汨罗,绝不是一时的想不开,相反是长久沉思、心灵上不断矛盾斗争的必然结果。理想与现实、情感与理智、观念与行为之间,一系列矛盾冲突尖锐到不可调和的地步,以至于

---

① 李泽厚《古典文学札记一则》,《文学评论》1986 年第 4 期。

生存在人格分裂的痛苦面前已变得毫不足道,于是诗人就决然选择了死亡。尽管有学者认为《离骚》最后的"吾将从彭咸之所居"并非暗示了自沉而是意味着隐遁①,但我认为《离骚》仍完整地展现了屈原从生走向死的心理历程。这一段心理经验构成了作品的内在结构。迄今为止的研究大多着力于阐明《离骚》的叙述结构即外部结构,而相对忽视了由不同矛盾冲突构成的心理过程的内在结构,而这却是揭示屈原自杀动机及其悲剧意义的契机所在。这里我们有必要再次解读这部宏伟的作品,沿着古老的文字隧道进入屈原的精神世界。

《离骚》以屈子的自叙传发端,首先是辉煌的世系,接着是吉祥的诞辰,再继之以命名的因由,所有这一切都显示了诗人对自己的血缘、家世的骄傲。这笼罩着一层神秘色彩的自传,不仅是在夸耀自己与生俱来的禀赋之优秀和高贵,它同时还暗示了一种强烈的氏族观念,并由此注定他与楚王室的关系。在氏族社会,贵族的物质生活和相应的社会地位是由血缘决定的,屈原天生可以拥有与他地位相称的一切,而无须借助于任何后天的努力。所有的贵族都是如此,只要不违背王室,本份地食其爵禄,就可以安享荣华。但屈原不同,他虽拥有王族的荣耀和先天禀赋,却还是不满足。"纷吾既有此内美兮,又重之以修能",先天禀赋再加后天修养,自然是"天生丽质难自弃",必要有一番作为。这一点非常重要,因为对个人才能的强调和骄傲,意味着个体意识的苏醒。所谓个体意识,首先在于觉察到自己与他人的不同。出身高贵是与生俱来的,由贵族集体的所有成员共有,没什么特别之处;屈原骄傲的是通过修习所获得的才能,这是不同于其他贵族之处。在集体意识时代,一切都是共同的,亦即被决定的,个人无所谓人生目标可言。现在,屈原的才能和见识使他怀有自己的政治理想,而他的自信又驱使他

---

① 姚大业《〈离骚〉的创作时间及其他》,《河北师范学院学报》1991年第1期。

去实现这一理想,于是他就拥有了自己的人生目标。这是个体意识觉醒和独立的一个重要标志,只有在个体意识形成后,才会产生人生目标。这一点在今天算不了什么,可是对于思想史却异常重要,它意味着游离于集体意识之外的一种个体意识的诞生。屈原一生的辉煌肇始于此,最终的悲惨结局也肇始于此。清醒的个体意识,明确的人生目标,永远是所有心灵痛苦的根源。《离骚》开头一段华丽的自述实在已埋下了不幸的伏笔。

凭借血缘和才智,屈原二十多岁便担任了左徒——一个并不显贵却很重要的职位,掌执起草政令。怀王的知遇使他雄心勃勃,希望通过"举贤而授能"实现"国富强而法立"(《惜往日》),使楚国成为一个强大的法治国家立于战国之林。然而,诗人的满心热望不久就在现实面前碰了壁,怀王听信司马子椒、公子子兰、上官大夫等佞人,根本无心改革政治,并且还不耐屈原的直谏开始疏远他。门人弟子辈和他培养的人才见势不妙,也纷纷离去。他开始感觉到理想与现实的冲突,意识到自己与竞进贪婪、驰骛追逐之"众"的对立。矛盾事实上已在诗人禀赋、理想与现实的冲突中形成,并从此在他与怀王、佞臣的对立中展开。诗人发现自己处在个体与群体、主观愿望与客观现实的尖锐冲突之中。这虽说是个人与外部世界的冲突,但消解它的根源却全然在于内心。

现实粉碎了屈原实现自己主张的希望和可能,使他的信念受到很大的打击,迟暮之感顿时涌上心来:"老冉冉其将至兮,恐修名之不立。"这看似很普通的对衰老的悲叹和对时光流逝的焦虑,从精神史的角度看竟也是新鲜的内容。时光流逝的哀伤往往与虚度年华的感觉相连,而虚度年华的感觉又与明确的人生目标及难以实现的挫折感相伴。所以说时间意识也是个体意识的一个重要内容。这时的屈原需要在坚持与放弃理想之间作出选择。他可以放弃理想,从此随波逐流,但他不愿这样,于是只有选择独善之道,这就使问题归结于生活态度。不幸的是独善的选择并不能消弭冲突，反而使它变得愈加尖锐，因为独善从主客观两方面说都是不可能的。客观方面是它不见容于人，孤独中他只得将目光投向前贤："謇吾法夫前修兮，非世俗之所服；虽不周于今之人兮，愿依彭咸之遗则。"不管效法彭咸是自杀之意还是隐遁之意，事实上屈原已萌生了从这个世界退出的意识。独善而不见容于人，这客观情况是远不足以导致自杀的。如果他能像阮籍那样逃避，像陶渊明那样隐退，或者像苏东坡那样超脱，都能在浊世的缝隙中生存下去。悲剧的根本在于他主观方面的原因，他的性格无法容忍这样的生活，正像他面对党人的驰骛趋竞而自誓："宁溘死以流亡兮，余不忍为此态也。"对他来说，理想比生命价值更高贵，放弃理想就意味着抽空了生活的意义，而没有意义的生活比死更难受。这样，心灵的冲突就由理想与现实的冲突上升为生活态度的选择，最后发展为性格的悲剧。屈原自己清楚地知道这一点，于是也就预感到自己的命运。在否定放弃理想、同流合污的同时，他肯定了历史上殉道者的选择："屈心而抑志兮，忍尤而攘诟。伏清白以死直兮，固前圣之所厚。"这实质上已是关于死亡的宣示，虽然还较朦胧而遥远。

如果仅此一试而馁则效死，那么屈原的故事就不会显得多么悲壮，如此脆弱的灵魂也不会引起后人的景仰与崇敬。《离骚》的悲剧力量在于展示了作者与命运抗争、和灵魂搏斗的尖锐过程，并最终以主人公的失败证明历史的必然要求与这种要求不可实现所产生的悲剧性。屈原看透了怀王之不足与谋，曾决计退避、全身远害。这就是"悔相道之不察兮，延伫乎吾将反。回朕车以复路兮，及行迷之未远"一节所流露出的心态。但这暂时的犹豫终未走向隐退，反而在冷静的反省中获得自信。对自我价值再度作了肯定之后，屈原重新开始探索自我实现的途径。

这时，女嬃作为世俗观念的化身对他提出了忠告，她用历史上"直以亡身"的事例来警告屈原独善会是什么结局。但是诗人不愿意接受这一事实,他还抱有幻想,为此他要求证于历史,向历史寻求价值的肯定。向重华陈词正是这种试图以历史的价值参照系来判断现实情境之合理性的尝试。大量历史事实表明,"皇天无私阿兮,览民德焉错辅","夫孰非义而可用兮,孰非善而可服?"历史提供的参照对诗人是有利的,然而社会发展的复杂性就在于它是必然和偶然、有序和无序的奇妙组合,善与合目的性并不是在任何时候都能驾驭历史进程的。在屈原的时代,"时"的概念早已深入人心。他虽"览余初其犹未悔",却也能清醒地看到"不量凿而正枘兮,固前修以菹醢"的历史悲剧,从而不得不正视自己的命运,发出"哀朕时之不当"的悲叹!"揽茹蕙以掩涕兮,沾余襟之浪浪",他为自己生不逢时,无法实现理想而痛苦,更为洞悉自己的命运而不能不感到绝望。当然,诗人还没有沉溺于绝望,他挣扎着反抗绝望,明知时运不济,还是要强擎理想大旗,孤独地走下去。朝发苍梧,暮宿悬圃,济白水,登阆风,叩帝居。这充满浪漫色彩的漫长征行,都象征着他为寻找同志、寻求理解与支持的努力:"路漫漫其修远兮,吾将上下而求索。"这激励过无数后人的名句为诗人的形象勾勒出一个悲壮的剪影。宓妃、有娀氏之女、有虞之二姚,这一个个诗人曾希望"求达吾忱"的对象,给他带来的只是一次次的幻想破灭。这实在是无比痛苦的事,因为他的用世之志始终未泯:"世溷浊而嫉贤兮,好蔽美而称恶。闺中既以邃远兮,哲王又不寤。怀朕情而不发兮,余焉能忍与此终古!"这印证了我们前面说的,诗人把理想看得高于一切,他生存的意义也寄托于此。如果不能实现理想,他是决不甘心怀才不用而终其一生的。由此我们看到屈原性格中的一种绝对理想主义带来的悲剧因素。且不说浊世容不得他独守清白,即使能隐退避世,他也不能忍受内心冲突产生的巨大痛苦,因此他只能义无反顾地向前,即使现实已彻底粉碎他实现理想的希望。

上古时代国家大事决于巫史,巫代表神鬼的预言,史代表着先王之道。如果说向重华陈词已从先王之道确证了理想的合理性,那么问卜于灵氛、巫咸就是要向神巫寻求理想的可行性。灵氛断言他的理想是可行的,而且必有实现的机会,只不过不是在楚国而是在他国;而巫咸送来的吉卜,启示他继续等待,寻求两美相合也即君臣道合的机会,并举历史上伊尹、咎繇、傅说、吕望、宁戚遇明君而致用的故事加以勉励。然而诗人对此实在失去了信心,只怕在这举世屏香逐臭的时代,不及有为便遭党人嫉害摧折,况且子兰、子椒一干人的嘴脸他早已看透。"固时俗之流从兮,又孰能无变化。"鉴于此,他否定了巫咸之说,有些倾向于灵氛的意见,离开楚国去另寻出路。

但一旦离开国土,理想就更成了悬浮在空中的极淡薄的幻影,连诗人自己都不复拥有实在的感觉。从"何离心之可同兮,吾将远逝以自疏"两句看,绝望于理想之后,他似乎尝试过全身远害和及时行乐,起码脑子里曾闪现过苟且偷生的念头。遵道昆仑,朝发天津,夕至西极,涉流沙,行赤水,过不周而指西海,这崎岖跋涉的描述与其说意味着地理上的历程,还不如视为心理上"神高驰之邈邈"的游骛放适。"奏《九歌》而舞《韶》兮,聊假日以媮乐",更是摆脱痛苦的一种方式,后世无数不见容于世的豪杰之士大多用这种沉溺放荡于笙歌酒色,只愿长醉不愿醒的方式寻求解脱。屈原如果真走到这一步,历史上就不会有那么一个悲剧形象。耿介的性格让他在最后关头又一次拒绝了苟且的生存方式,这样的生活正是屈原秉性所不能容忍的最大痛苦。因此命运注定他终不能挣脱理念的束缚:"陟升皇之赫戏兮,忽临睨夫旧乡。仆夫悲余马怀兮,蜷局顾而不行。"他还是丢不下他的国家,他的君主,他的理想,虽然这理想是那么虚幻。连他自己也清楚自己的孤绝境地,不仅没有可用武之地,甚至都没有理解自己的人。他实际上成了被抛弃的人,国家对他来说已是异己的对立存在。在这种情形下,当生存都成为问题,最低的人生需要都难以满足时,还抱定最高的目标、抱定一个崇高的理想,岂非迂阔而可笑?

　　问题最终就在这里,在以血缘关系为基础形成的宗法国家中,数千年的传统使人们将家族视为最高价值①。屈原更因与楚君同姓同宗,"国家"对他来说就正体现了这两个字最原始的含义,是他宗族血缘之本,是他祖茔宗庙所在,是他作为宗子履行祭祀义务——这是宗族身份认同的重要前提——的唯一场所。《礼记·曲礼下》不是说么,"大夫士去国,祭器不逾竟"。一旦去国,他连祭祀这宗族社会最重要的责任和权利都将丧失,他的人生还有什么可凭附依托的呢?说到底,屈原与国家的一体化关系决不同于苏秦、张仪之辈,所以他也决不可能像苏、张那样挂别国相印。这一点甚至连司马迁都难以理解:"屈原以彼其材游诸侯,何国不容,而自令若是?"(《史记·屈原列传》)但屈原自己是很清楚的,于是最终的结局也就不言而喻了。《离骚》最后总结了自己的境遇,也可以说是认定了自己的命运:"已矣哉,国无人莫我知兮,又何怀乎故都。既莫足与为美政兮,吾将从彭咸之所居。"这是真正无可奈何的绝望的悲叹。托身其上的理想既化作泡影,生存的支柱便倏然消失,自杀成为必然的宿命。由此我们可以断言,最终导致屈原自绝于斯世的,其实并不是他的性格,而是他与国家不可分割、不愿分割却终究被断然斩绝的一体化关系。这一点在清代龚景瀚的《离骚笺》中曾有极透辟的剖析:

　　　　国无人莫我知,为一身言之也,故曰又何怀乎故都,似乎可以去矣。然一身其小者也,使宗社无恙,去留何所不可?而今哲王不寤,求女不得,既莫足与为美政,而宗社将墟矣。此为宗社言之也,

---

① HSU. F. L. K., *Under the Ancestor's Shadow: Chinese Culture and Personality*, New York, 1949.

> 是岂可以去乎？留矣，其尚忍见之乎？从彭咸之所居，舍死而别无他术矣。身为同姓世臣，与国同其休戚，苟己身有万一之望，则爱身正所以爱国，可以不死也。不然，其国有万一之望，国不亡，身亦可以不死也。至于莫足与为美政，而望始绝矣。既不可去，又不可留，计无复之，而后出于死，其心良苦矣。

作品并没有在死亡的宣示中结束，正像姜亮夫先生所说的，彭咸是一位通上天的人物，是人间与上天联系的神人形象，不一定是水居。屈原从彭咸之所居，目的只是希求上达天庭，求得思想上的解脱罢了①。然而这一直梦魇般闪烁的前贤的幽灵突然变得清晰确定起来，适足表明屈原对在现实中解决灵魂冲突的绝望，表明灵魂冲突在反抗的失败和绝望的胜利中最终达到寂灭的平息，在一切都已决定而无可挽回的空漠的平静中获得了最终的解脱。这时，死亡对于屈原本人来说已经毫无意义，不管他最后是否赴水都无关紧要，因为他在精神上早已是个自杀者。理想主义者绝望到心如死灰，便已在精神上死去。"宁赴湘流，葬于江鱼之腹中"，只不过是顺理成章的尾声而已②。

从根本上说，为那么个一厢情愿的虚幻理想而死去，实在没有任何意义。他甚至都称不上是殉道者，因为他根本不是为实现理想的斗争而献身的战士，只是个失败的脆弱的反抗者。他的死无论对理想还是对现实世界、现存秩序都没有任何影响，所以自古迄今关于屈原人格之伟大及品行之高洁的种种评价其实是经不起推敲和分析的。尤其是植根于封建意识上的对其基于君国一体观念的忠君爱国之心的肯定，在

---

① 姜亮夫《楚辞今绎讲录》，北京出版社1981年版，第46页。
② 杨乃乔《理性的觉醒和悲剧的诞生》(《文学评论》1989年第4期)一文认为屈原自杀动机源于其理性心理偏失人格，其冲突在于外扬法治理性、内崇宗法理性这二重理性人格悖论之间的悲剧性选择的一无所获，可参看。

今天已变得毫无价值。刘小枫在《拯救与逍遥》里曾肯定"屈原的伟大恰恰就在于他始终以社会的命运和历史的命运为自己的命运,就在于他的价值自居的人格精神",但同时也指出,"至为关键的问题在于,究竟什么才是绝对的、真实的价值,究竟什么才是确实可靠的终极意义,这必得是事先要询问的,否则会出现可怕的意义颠倒。把自身的感性个体生命奉献给绝对真实的价值与奉献给恶魔往往只有一步之差"。儒家信念的危险之处,不在于强调个体人格与超个体的王道、纲常的统一,而在于它从来就没向人们提供追询什么是真实可靠价值的种种可能条件,从来不追问历史的王道、现实的纲常伦理和君主义务的正当性,不去追问历史、社会价值的超验的根据①。我们姑且同意刘小枫的看法,屈原的"天问"是"对一切道德—历史价值根据的质问",但这质问只是"要超越自己自我意识的困境,重新建立自己的确信",所以决不会动摇他对"美政"理想的信念。每一个冲突和选择都使他重新回到原来的信念,他既不能洞彻信念的虚假而放弃它,又不能因其绝对真实而实现它,最终必然导致错误地奉献生命。然而这奉献本身,客观上却体现了作为个体的主体性的觉醒。他用死亡的选择对生存的意义作了最后一次叩问,从而提醒人们,与生俱来的生命并不是天赋合理的,它的诞生可以没有理由,但存续却是需要理由的。他用庄严的决绝和毁灭映照了苟生的可悲和可耻,用自我否定震撼每一个活着的人的心灵,使他们对自己生存的意义作冷静而无情的反省。他启示人们,连接生与死两端的并不只是自然规律和时间,还有人的主体抉择。当人确认生存的无意义和无价值时,他可以使用自己对生的否决权:既然我们不能选择生的环境,那么我们还可以选择死的归宿;既然不能快乐地生,就寻求苦难的解脱。从这个意义上说,自杀象征着屈原对生命价值

---

① 刘小枫《拯救与逍遥》,上海人民出版社1988年版,第143—144页。

的最严肃认真的估量。借屠格涅夫的话来说,"正是这种结束生命的幻想表现了对生命的热爱"①。时至今日,"理性和科学告诉人们:每一个人之所以出现在这个世界上,不是由于上帝的安排,而是由于偶然的机遇。然而理性和科学却没有告诉人们:作为这个大千世界的匆匆过客,每个人应该怎样对待自己偶然获得的生命,应该如何超越自己有限的存在"②。在这种情况下,屈原自杀的意义便在历史中凸现出来,激发我们对自己的存在作冷峻而深沉的反省。

2. 自杀作为生命的一种选择

屈原的价值自居说穿了不免虚幻荒谬,然而生命就其本质而言体现于个体,因此任何正常的个体生命的毁灭都会令人惊悚,更何况是一位才华出众的诗豪人杰的自我毁灭!只有在这种抽象的意义上,屈原的自杀才有某种悲剧性的崇高感,而《离骚》也正因为"是屈原以舍弃个体生存为代价的呼号抒发","独一无二不可重复的存在的本身的显露",才"给了那(礼乐传统陶冶出的)情感的普遍性形式以重要的突破和扩展","使这种情感形式在显露和参与人生深度上获得了空前的悲剧性的沉积和巨大的冲击力量"③。这样来看,《离骚》塑造的屈原的自我形象,就有了一种不同寻常的典型意义,当他进入后人文学、历史评论的视野时,就不再被单纯作为一个文学话题来谈论。人们往往通过屈原的死来讨论抽象意义上的生存与处世的态度问题、人的命运问题、

---

① 屠格涅夫《哈姆雷特与堂·吉诃德》,《外国文学评论选》,湖南人民出版社1982年版,上册第86页。

② 陈炎《宗教与准宗教》,《孔子精神与基督精神》,河北人民出版社1989年版,第90页。

③ 李泽厚《古典文学札记一则》,《文学评论》1986年第4期。

君臣关系问题,于是屈原的自杀作为事件具有了某种超越时空的意义。尤其是当我们从心态史的角度去看时,它已不仅是观照的直接对象,而更成了具有中介性质的能指,或者说像一面棱镜,折射出不同时代读者特定的意识与心态。

上文的分析表明,两种人格,两种生活态度的对立、冲突、不可调和,最终导致了屈原的自杀。从理论上说,人是有自由意志的动物,不同理想的对立和自由意志两种因素的结合,构成了人类生活中永恒的意志冲突。其结果正如汤因比所说的,"除非人经历一下改信的奇迹经验,否则这种冲突就会扩大成为自我毁灭的极端手段"。屈原走上自我毁灭之路是冲突扩大的结果,而冲突的扩大正是因为他不能改变信仰。当他面对不断扩大的冲突,被迫加以选择时,他一次又一次地肯定理想而拒绝妥协。"理智上的'不值得活'在这里明显地展现为'决不能活'。"①"决不能活"就是屈原的悲剧性人格的核心,也是后代高山仰止的焦点。明代李贽就说:"予读《渔父》之词,而知屈大夫非能言之而不能行也,盖自不肯行也。人固有怨气横膺、如醉如梦、寻死不已者,此等是也。宗国颠覆,姑且勿论。彼见其主,日夕愚弄于贼臣之手,安忍坐视乎? 势之所不能活者,情之所不忍活也。其与顾名义而死者异矣。虽同在节义之列,初非有见于节义之重,而欲博一死以成名也。"②这种"情之所不忍活"的态度,是一种经过个体的道德责任感反省的情感态度,它一方面合乎理性、合乎道德,同时又超越了二者。因此屈原的自杀就超出了道德的范畴,成为一个关于生存意义的问题为后人谈论。

汤因比曾指出:"在人的心理上,历史的印象所产生的真正力量因

---

① 李泽厚《古典文学札记一则》,《文学评论》1986年第4期。
② 李贽《屈原传赞》,引自蒋之翘《七十二家评楚辞》,明天启刊本。

感受者的历史环境不同而有所差异。"①那么当屈原的自杀经由太史公的笔变成历史时,它给人留下的印象、产生的感觉是怎样的呢?通观历代的评论,可以说,后人对屈原大体上是像对菩提达摩一样保持着一种远远的景仰,因为二者同样是不可效法的。这并非后人缺乏勇气——在绝望的时候坚持生有时比选择死需要更大的勇气——而是时代变了,个人与国家的关系变了。战国以后,建立在血缘系统上的氏族国家既然解体,在"大夫"的基础上形成的知识阶层与国家的一体结构随之瓦解。在代之而起的士族社会,"士"与国家的关系不再是氏族内部基于血缘的分封贡赋关系,而成了臣民和国家之间基于需要的雇佣交易关系。尽管儒家的道德实践精神还强有力地主宰着人们的观念行为,培养出无计其数的岳飞式的臣子和杜甫式的文学家,但毕竟人与国家的关系已经松懈。王安石《明妃曲》"汉恩自浅胡恩深,人生乐在相知心"两句,曲折地透露出此中消息。对一姓一国的兴亡,即使是顾亭林这样的道义之士,也将国家和民族、朝代与文化的界限划得一清二楚:

> 有亡国,有亡天下,亡国与亡天下奚辨?曰:易姓改号,谓之亡国;仁义充塞,而至于率兽食人,人将相食,谓之亡天下。……保国者,其君其臣,肉食者谋之;保天下者,匹夫之贱与有责焉耳矣。②

这就是说,国家和王朝只是一家一姓的,民族和文化才是全民的。国家兴亡,只需食其俸禄的人效忠尽力就可以了;只有民族存亡、文化兴废,才是每个人都有责任尽义务、出智力的。这种观念反映了封建王朝个体与民族的一体化关系,它取代氏族社会的个体与国家实质上就是个体与宗族的一体化关系,是知识阶层自身觉醒的标志,也是社会发展的必然趋势。这么来看,后人对屈原的自杀只保持一种远远的尊敬甚至

---

① 汤因比《历史研究》,曹未风译,上海人民出版社1964年版,下册第424页。
② 顾炎武《日知录》卷一三"正始"条,《日知录集释》,上册第590页。

连一点尊敬也没有,就是很自然的事了①。

　　从现存文献来看,后世对屈原自杀的基本态度是由汉代扬雄奠定的。史称扬雄平生仰慕屈原,"悲其文,读之未尝不流涕也。以为君子得时则大行,不得时则龙蛇,遇不遇命也,何必湛身哉!"(《汉书·扬雄传》)班彪基于孔子中庸的处世态度发挥此意道:"夫华植之有零茂,故阴阳之度也;圣哲之有穷达,亦命之故也。唯达人进止得时,行以遂伸,否则拙而诉蜓,体龙蛇以幽潜。"②魏李康《运命论》更说:"治乱,运也;穷达,命也;贵贱,时也。而后之君子,区区一主,叹息于一朝,屈原以之沉湘,贾谊以之发愤,不亦过乎?"③在这里,君为臣纲的准则并未变,只是在对待命运的态度上他们对屈原有点感到遗憾而已。蔡邕《吊屈原文》说:"皇车奔而失辖,执辔忽而不顾;卒坏覆而不振,顾抱石其何补?"④这是较早从现实意义来评判屈原自杀的议论,在后人看来未免过于苛刻,一般都难以接受,所以后人在钦敬屈原峻洁人格之余,也不无扬雄式的悲悯。明代蒋之华的精彩论断是很有代表性的看法:

> 彼原袍备破,资鸿术,以事怀襄,图议国政,使王举国听之,将不为伊周乎?管姜之业,不足语类。何王信逸见疏,渐至逼逐,原毛素志,竟不知发泄何地。书据忠一诀,得剖心殿陛,不失为比干,而君颜不可望;将去此故郡,完身草莽,不失为微子,而宗国其永怀;书伴狂朝市,悲歌浩叹,不失为箕子,则虑指为厦人,而卒不见用。忧心孔棘,若之何而后可耶?不得已,而一腔热血洒之为腐

---

① 元代散曲作家对屈原的嘲笑,田守真有专文论述,载《四川师范大学学报》1989年第5期。
② 班彪《悼离骚》,严可均辑《全上古三代秦汉三国六朝文》卷二十三,中华书局影印本。
③ 严可均辑《全上古三代秦汉三国六朝文》卷四十三,中华书局影印本。
④ 欧阳询《艺文类聚》卷四十礼部下"吊",上海古籍出版社1982年版,上册第729页。

数行。故今之读其词者,但当悲其志,哀其遇,教再四泣下可也。①

不过个体与国家的一体化结构既已打破,人们的观念随之变化,对屈原的自杀就必定很难认同。张舜民《画墁集》卷三《送辛著作罢荣河》诗云:"常笑三闾老大夫,枉将憔悴付江鱼。为儒须较声名重,入仕先将喜愠除。"显然他是将屈原的自杀看得很无聊的。苏东坡对屈原的自杀也持保留态度,在《屈原庙赋》里说:"君子之道,岂必全兮;全身远害,亦或然兮。嗟子区区,独为其难兮;虽不适中,要以为贤兮。"②而南宋费衮则嫌"屈原沉渊,盖非圣人之中道"③。他们认为屈原的选择虽为贤者之举,但还"不适中",这种看法典型地代表了后人对屈原的态度:哀其不幸,悯其孤忠,而不认同效死的选择。即便是许屈原为"千古独绝之忠"(《楚辞通释·离骚》)的王夫之,在明亡后也仅做遗民,不食清禄而已,忠贞固不必以身殉的。而且他更认为,臣之事君"既存乎其时,抑存乎其位矣。古之诸侯,非后世之卿士也,有社稷则有宗庙,有宗庙则有族姓,有族姓则有臣民,神于我而兴废,家于我而全毁,举国之人于我而生死。抱其孤清,以与狂愚者争,一不胜而血涂于野,屋加于社,祖祢馁于荒茔,世胄之子孙夷于皂隶,只以斤斤争一日之明,弗忍于所疏而忍于所亲"④,这岂不本末倒置了吗?王心敬《与友人论出处书》说:"大抵吾辈出处,如人饮水,冷暖自知。用之则行,舍之则藏者,上也;其次则见可而进,知难而退者,尚不至于失身亏节,负朝廷而羞当世之士耳。"⑤本着这种观念,他作《书屈原传后》便对屈原略有微词:"逊

---

① 蒋之翘《七十二家评楚辞》引,明天启刊本。
② 苏轼《苏轼文集》,岳麓书社 2000 年版,下册第 862 页。
③ 费衮《梁溪漫志》卷五,上海古籍出版社 1985 年版,第 57 页。
④ 王夫之《诗广传》卷四,中华书局 1981 年版,第 139 页。
⑤ 王心敬《丰川全集》续编卷十六,康熙五十五年额伦特刊本。

吾言所以济事,留吾身所以有待也。况原本宗戚,与国相休戚存亡者乎?"①这样,士大夫群体对待穷通出处的问题,观念上便表现为顾亭林的"保国者,其君其臣,肉食者谋之",而行为上则犹如尤侗所论:

> 古之负才不遇者莫如屈原,至于自沉汨罗。而扬雄论之曰:"士君子得时则大行,不得时则龙蛇,遇不遇命也,何必湛身哉?"故其上者,穷愁孤愤,著一家之书。而其次,或寄之醉酒妇人,吹箫击筑,濡墨舞剑,游仙学佛,稗渔乞丐之类,以发泄其块垒不平之怀,萧索无聊之说。然则古之所谓狂者,大抵出于才人不得志之所为也。②

生命是值得珍惜的,尽管我们一代代人都那么压抑、委琐地苟活着。后人终究调和了屈原式的内心矛盾冲突,像司马迁、苏东坡、唐伯虎那样在创造中升华或以其他方式宣泄,更多的人则是忍耐、等待,最后在意气萧索中走向生命的尽头。这是中国文人生存的勇气和生命力顽强之所在,同时更是他们命运卑微与人格委琐的根源。悲剧虽然有过,但它的诞生同时也就是泯灭,而且终于被超越了。在这个意义上,《离骚》展现的屈子心态,是文学史上一个真正的精神标本,它仿佛要证明,真正辉煌的东西是不能重复的。

3. 个人与宗族一体化关系的解除

随着屈原形象的被道德抽象化,他那惊心动魄的心灵冲突和不可调和的矛盾在岁月中逐渐淡化而被人遗忘,只留下一道走向自我毁灭的生命轨迹供后人陨涕,另外就是被抽象化了的忠贞和峻洁被世世膜

---

① 王心敬《丰川全集》卷十九。
② 尤侗《题唐子畏传后》,《西堂杂俎三集》卷五,康熙间刊西堂全集本。

拜,口口传诵,生生不息地孳乳着一代又一代诗人。王原《屈子节解序》云:"三代而下,臣子之事其君父,若屈子者,斯可谓忠矣孝矣,抑亦可谓仁矣。《离骚》之词,其真怨诽而不怒者乎!此固学者之所宜肄业及之服膺而三复者也。"①越到后来,这种从道德角度将屈原及其《离骚》经典化的议论就越成为屈原评价的主流。道光间王棻《读国策》一文,将屈原与孟子、庄子并推为战国时代的三位伟人:"以举世皆趋利慕势之徒,而有被服仁义,守先待后,尊王贱霸,如孟子其人者焉;举世皆朝秦暮楚之辈,而有志笃忠贞,謇直不挠,沉身不去,如屈子其人者焉;举世皆同流合污之人,而有高瞻远瞩,特立独行,一国非之不顾,天下非之不顾,如庄子其人者焉。"②至此屈原的评价可以说达到了古典时代的顶峰。近代以来,随着国运的衰弱,领土的沦亡,救亡图存的民族主义思潮成为时代的最强音,屈原的家国宗社之恋逐渐被解读为现代民族国家语境中的所谓爱国主义精神,而屈原同时也被推为古代文学表现民族精神的最光辉的典范。

  1949年以来,社会意识和思想观念虽有了许多变化,但对屈原的道德评价主要还是集中在爱国主义和人格峻洁这两个方面,认为屈原身上两种最主要的精神品质,"就是对于恶势力所施加的压迫、摧残所表现的无畏抗争精神,和即使蒙受多大冤屈、遭受多大摧残,也决不背弃祖国、民族的忠贞精神"。同时屈原的伟大也被从这个角度加以肯定:"他无所畏惧地抗争黑暗,但这种对黑暗世道的不屈抗争,并没有导致他对祖国母亲的任何抱怨,更没有想过欲借他国之力来伤害自己深爱的祖国。倒是可以这样说:正因为他深深爱着自己的祖国,才有那样的勇气向祸国殃民的黑暗王朝抗争,才有那样不折不挠的韧性,支持

---

① 王原《西亭文钞》卷三,光绪十七年不远复斋刊本。
② 王棻《柔桥文钞》卷九,上海国光书局1914年版。

了十数年孤苦绝望的放逐生涯。他的死,既是不妥协抗争精神的最后迸发,也是对祖国忠贞不渝的精神的灿烂升华。"①这种看法是很有代表性的,也常为科教书和主流意识形态所采纳,但从学理上细究,却是有问题的。

正如前文所说,顾炎武已将民族、天下和王朝、国家作了区分。这里提到的民族、祖国和王朝或者说国家,也是不同的概念。在我看来,"祖国"一词是不太适合用来讨论问题的名词,尤其是在谈民族问题的时候。因为它根本不是一个政治学或社会学概念,缺乏内涵和外延两方面的具体规定。日常语言里的"祖国"大体上指国土与生息其上的民族和文化,故可以比喻为母亲。在这个意义上,人和祖国的关系是不可选择的,而且如同亲子关系那样,原则上是互爱的。可是我们知道,对于生活在具体社会现实中的人来说,祖国的意义通常是由现行政权及其规制的自然、文化生态来体现的。当郁达夫《沉沦》的主人公发出"祖国呀祖国,我的死是你害我的!你快富起来,强起来罢"的悲鸣时,"祖国"指的是北洋军阀统治下的中国;美国影片《第一滴血》续集的结尾,主人公悲愤地嘶喊:"美国,我们是爱你的,可是你爱我们吗?"(大意)美国指的是约翰逊政府主宰下的美国。祖国的意义就是这样通过国家,更具体地说是现政权、政体及由此决定的经济基础、上层建筑和意识形态的总和体现出来。既然如此,就不存在什么抽象的爱国主义了。所谓爱国首先是指爱现行国体和社会生活,在封建社会就表现为爱现政权也就是世袭的某姓王朝。这种情感与乡土人情意义上的爱国其实是不同的,但人们常混为一谈,而统治阶层更是竭力用各种手段来制造强化这种爱国就是爱现政权的错觉。于是屈原的个人悲剧在不同时代也总是被付以各种意识形态的美化。

---

① 潘啸龙《屈原评价的历史审视》,《文学评论》1990年第3期。

然而屈原自己是很清楚的,他爱他的国土他的人民,但并不太爱楚怀王。怀王父子抛弃了他,他一腔热诚换来的是谗毁、冷落,终至流放。《离骚》里的楚怀王是很不成器的形象,公子子兰及其周围一帮佞臣更是他深恶痛绝的龌龊小人。到衔悲去国之际,他对王室已彻底绝望,毫无留恋。然而痛苦的是,他生在那个宗族国家的时代,身为王族一员,被王室抛弃就意味着失去了生存的依据。楚国是他的先茔、宗庙所在,是他宗祀、裔亲传衍的根本,楚国对于他的意义绝不是现代人的一点乡土之情可以比拟的。去是肯定去不得的,活又能活得下去吗?从他诞生起,对血缘、才华的骄傲就注定了他未来的悲剧命运。理想与现实、独善与兼济、洁身自好与同流合污、生存与毁灭一对对矛盾的尖锐冲突,迫使他在不断退却的选择中逐步否定生存的理由,最后走到自杀的终点。这种结局在特定的历史语境中,有时被理解为一种反抗。像闻一多先生说的:"他的时代不允许他除了个人搏斗的形式外任何斗争的形式,而在这种斗争形式的最后阶段中,除了怀石自沉,他也不可能有更凶猛的武器。"①后来又有人以浅薄的乐观态度否定这种反抗方式,说"在社会主义历史条件下,因为人民群众享受着广泛的民主权利,不需要也不应该采取屈原那种'孤高激烈'的'反抗'方式,因此(它)在实际生活中失去了意义"。这都是将屈原的自杀视为积极的反抗,我不这么看。屈原的自杀绝不是积极的反抗,充其量只不过是消极的逃避,属于彻底的个人行为,和爱国主义根本不沾边,也没什么值得赞美的崇高色彩。在同命运抗争失败的绝望中,选择生存有时比赴死需要更大的勇气和毅力,也更需要信念与责任感。对于处在个人与宗国一体化关系中的屈原,我们当然不能以此来要求他,但也不需要盲目地拔高,将这种个人行为比附于现代民族国家语境中诞生的爱国主义精神。

---

① 闻一多《屈原问题——敬质孙次舟先生》,《中原》第二卷第二期,1945 年 6 月出版。

据历史学者和民族主义研究者考察,爱国主义观念是18世纪末在法国大革命中兴起,并随着三色旗、马赛曲、仪式、誓言、集会、游行等传播开来的,纯粹是与现代民族国家伴生的观念,也是基于个人和国家的一体化关系消解以后的自由意识和民主观念之上的。波兰当代诗人赫贝特(1924—1998)说:

> 我的爱国主义概念是,如果德国人或法国人在他们的国家里像傻瓜一样行事,我不会太在意;而波兰人在波兰犯下的同一愚行或恶行却会令我愤怒。我的民族当然不是我所选择的民族,但由于和我最切身,我想象它应当追求完美。这就是为什么我对它的过失或社会不公正行为的感受要强烈得多的缘故。我或你的社会吁求的有效性是受到限制的。一个人应该充分地认清这一点。与此同时,当一个人介入社会事务,他会被疑心为对现实持有异议,变成一个天生的反叛者甚至敌人。我认为,一个理性的人的任务是在任何条件下都不接纳现实,无论是什么样的现实,因为不存在完美的社会,既睿智又公正的社会。我们惟一的职责在于,反抗每一个具体的针对个人的不公正行为。[1]

相比之下,屈原的所有观念与行为都不出宗族意识的范围,就连黄宗羲所说的"小儒规规焉以君臣之义无所逃于天地之间,至桀、纣之暴,犹谓汤、武不当诛之,而妄传伯夷、叔齐无稽之事,使兆人万姓崩溃之血肉,曾不异夫腐鼠。岂天地之大,于兆人万姓之中,独私其一人一姓乎?"[2]这种对君臣关系、个人与国家关系的清醒认识,屈原也不可能拥

---

[1] 兹比格涅夫·赫贝特《一个确切意义上的诗人——与马克莱·奥拉默斯的谈话》,唐晓渡译,《当代国际诗坛》第3辑,作家出版社2009年版,第46页。

[2] 黄宗羲《明夷待访录·原君》,《黄宗羲全集》,浙江古籍出版社1985年版,第1册第3页。

有。将屈原的自杀解释为对黑暗势力的反抗,将战国时代氏族国家贵族文人对宗族的眷恋和绝望解释为爱国主义、民族气节及对祖国忠贞不渝的感情,都属于赋予古人以现代的情感和观念,同时也等于将爱国主义、民族气节这些概念偷换了内容,使忠于王朝、爱君主、爱现政权这类封建时代对臣民的实质性要求罩上了美丽的现代光晕。不清醒地认识到这一点,非但会妨碍我们正确理解历史上文人士大夫的命运与选择,对他们的观念和行为作出错误的评价,同时也会混淆我们对个人、国家、民族及其关系的认识,丧失一个现代公民应有的个人意识和价值自居。

无论后人基于什么观念,怎么理解和评价屈原,他的自杀都是氏族社会处于个人和国家一体化关系中的贵族的悲剧,其根源在于宗族意识和个体意识的冲突。作为宗族的一员,他被宗族意识要求认同王室,服从王室;可是屈原又是个体意识觉醒的有独立人格的人,有自己的政治主张和价值理念,两者的冲突无法调和,最终个体意识不能战胜和超越宗族意识,只有走向自我毁灭的结局。类似的悲剧当然不会是绝无仅有的,但只有屈原的悲剧具有心态史的意义。这就在于屈原用文学展现了悲剧背后的心理历程和文化内涵,由是赋予了它不可替代的精神史意义。就像弃官归隐并不从陶渊明开始,但陶渊明用诗文使归隐行为诗意化,从而成为高士的象征性代表,为后人膜拜。在这两个例子中,文学很大程度上已不是自杀和归隐行为的记录和装饰,而简直就是它本身;文学使这两桩纯粹个人的行为成为对思想史有意义的事件,并引起广泛关注,反过来又影响士大夫的观念和行为。古典文学与华夏民族精神建构的关系在这两个问题上表现得非常充分,非常典型。

十　超越之场:山水对于谢灵运的意义
——谢灵运与山水诗的关系再检讨

1. 从感事到感物

前辈研究者已指出,中国古代的自然观有个从象征型到写实型、审美型的演化过程。就现有的文学史知识而言,与象征型自然观对应的文学样式是《诗经》《楚辞》和汉赋。象征型自然观在文学中的反映,是自然不是作为描写、赞美的对象,而是作为其媒介或喻体而存在。在先秦文学中,自然象征的内容由神、王权向道德过渡,而汉赋的自然描写则处于象征到写实的转变阶段①。与此相应,诗歌中写作动机的产生、诗歌表现的对象也集中于社会事项,唐代古文家柳冕精辟地概括为"古之作者,因治乱而感哀乐,因哀乐而为咏歌,因咏歌而成比兴"②,这代表着上古诗歌"感事"的传统。迨汉末魏晋之际,自然开始作为普遍的情感体验对象登场,它在各种场合都成为触发人们情感反应的媒介,并为人们所自觉,形成一种普遍的心理定势——"感物"。传统的"感物"概念因此被改造,"物"的内涵由人事转移到自然方面,即柳冕说的

---

① 参看小尾郊一《中国文学中所表现的自然与自然观》,上海古籍出版社1989年版;宋红《论象征型自然观》,《古籍研究》1998年第3期。

② 柳冕《谢杜相公论房杜二相书》,《全唐文》卷五二七。参看蒋寅《大历诗风》第六章"感受与对象",上海古籍出版社1992年版,第138—141页。

"礼义之情,变为物色,诗之六义尽矣"。从赋比兴到物色,中国古代诗歌完成了第一个重大转变,自然景物急剧地涌入诗歌中,成为古典诗歌刻意表现的对象和实现抒情功能的结构要素。

明代诗论家许学夷曾指出:"汉魏诗兴寄深远,渊明诗真率自然,至于山林丘壑、烟云泉石之趣,实自灵运发之。"①清代诗人王士禛更具体地展开论述道:

> 《诗》三百五篇,于兴、观、群、怨之旨,下逮鸟兽草木之名,无弗备矣,独无刻画山水者。间亦有之,亦不过数篇,篇不过数语。如"汉之广矣""终南何有"之类而止。汉魏间诗人之作,亦与山水了不相及。迨元嘉间谢康乐出,始创为刻画山水之词,务穷幽极渺,抉山谷水泉之情状,昔人所云"庄老告退,而山水方滋"者也。②

他敏锐地指出,山水是诗歌中出现的较晚的主题,而对山水的细致刻画要到谢灵运诗歌中才出现。这不仅与南朝批评家的看法相一致,也得到后人的普遍认同,"有灵运然后有山水"③,至今仍是学界定论。时贤撰写的诗歌史著作,都视谢灵运为中国古代山水诗派的开创者④,同时也是南朝山水诗的代表作家。他游览浙东山水的作品被奉为南朝山水诗的典范,中国古代山水诗的完成⑤。

---

① 许学夷《诗源辩体》卷七,人民文学出版社 1987 年版,第 110 页。

② 王士禛《双江唱和诗序》,《渔洋文集》卷二,《王士禛全集》,齐鲁书社 2007 年版,第 3 册第 1542 页。

③ 方薰《静居绪言》,郭绍虞辑《清诗话续编》第 3 册第 1632 页。原阙作者名,张寅彭考证为方薰著,甚是。中国社会科学院文学所藏咸丰末年陆杏苏抄本《山静居诗论》,即此书。

④ 陶文鹏、韦凤娟《灵境诗心——中国古代山水诗史》,凤凰出版社 2004 年版,第 93—112 页。

⑤ 傅刚《魏晋南北朝诗歌史论》第七章第四节"山水诗传统建立者谢灵运",第 293—307 页。

但问题是,王士禛所引述的刘勰"庄老告退,而山水方滋"(《文心雕龙·明诗》)之说,是古人对山水作为表现对象进入诗歌这一诗史动向的最早概括,它只是说明诗歌中玄言诗的淡出和山水诗的兴起,而不是玄学和山水诗的代兴,更不意味着士人谈玄之风的消歇和玄学思维的转变。晋宋之际仍是玄学主导人们思维和意识的时代。陶渊明和谢灵运的诗歌,学界一般都认为其间仍贯穿着玄学思维[1]。这样,在学理上就出现一个问题:以"得意忘言""得意忘象"为认知方法的玄学思维,与山水诗流连物色的感性经验究竟是如何沟通的?或者更直接地说,对南朝山水诗自然审美属性的确定,究竟是出于我们的误会,还是其中包含着我们尚未理解的更复杂的思想史问题?

2. 玄言诗:山水的哲学意味

山水诗的兴起一向是六朝诗歌史的重要议题之一,当代学者已从不同角度做了深入的研究,代表性的看法主要有四种:朱光潜、林文月主张是继承游仙诗,王瑶认为是由玄言诗衍变而来,洪顺隆以为山水诗是以自然为游乐对象的结果,曹道衡、袁行霈、小尾郊一、韦凤娟都认为导源于隐逸思想和隐逸生活[2]。如果按传统看法,将谢灵运的作品视为山水诗的完成,那么自然由令人敬畏变得令人亲近,应该是融合了魏晋间以楼台城池为场景的游览诗、以名山洞府为场景的游仙诗和嘉遁山林的隐逸诗三股诗歌潮流的结果。从3世纪后半叶开始,自然山水在道家思想的浸润之下,经过求仙、隐逸和游览风气的推波助澜,逐渐

---

[1] 詹福瑞《南朝诗歌思潮》(河北大学出版社,2005)强调"苞玄理于山水"是晋宋之际山水、田园诗的普遍倾向。

[2] 有关综述,可参看王国璎《中国山水诗研究》绪言的综述,联经出版事业公司1986年版,第3—4页。

脱离它在诗歌本文中的陪衬和从属地位,成为诗人观赏和吟咏的主要对象①。这一结论在学理上看似已很周密,但我觉得仍存在一些可深究的问题。

首先,"感物"虽然将自然景观引入诗歌,开辟了诗歌史通往山水诗的道路。但以感物为动机的诗歌创作,距离真正的山水诗显然还有一段距离。按照学界通行的理解,"所谓'山水诗',是指描写山水风景的诗。虽然诗中不一定纯写山水,亦可有其他的辅助母题,但是呈现耳目所及的山水之美,则必须为诗人创作的主要目的。在一首山水诗中,并非山和水都得同时出现,有的只写山景,有的却以水景为主。但不论水光和山色,必定都是未曾经过诗人知性介入或情绪干扰的山水,也就是山水必须保持其本来面目"②。这就是说,作为诗歌类型的山水诗有两个鲜明的特征:一是以表现自然景观的感性之美为主要目的,二是自然山水保持其直观本色,不带有主观的感情色彩。以这两点来衡量南朝的山水诗尤其是谢灵运的作品,就让人觉得不尽吻合。问题的关键在于如何理解当时人观察山水的方式及山水在诗中的意义,这不能不涉及玄学思维对诗歌感受—表达方式的影响及其结果。

自魏晋之际玄学风行,士大夫无不尚清谈,讲玄理,追慕虚无出世成为主导魏晋南朝社会生活的时尚。玄学从根本上说是代经学而起的,东汉以降经学的瓦解,使儒家思想丧失其作为价值依据的地位,《易》《老》《庄》即所谓"三玄"所讲的自然之道成为新时代的思想基础,何晏等倡言的"名教即自然"正是向自然寻求社会伦理之价值依据的尝试。虽然表现为政治态度和生活作风各有不同,但将价值探寻的

---

① 李丰楙《山水诗传统与中国诗学》,《中国诗歌研究》,中央文物供应社1985年版,第89页;王国璎《中国山水诗研究》,第151页。

② 王国璎《中国山水诗研究》,第1页。

目光投向自然却是当时普遍的意识。彼时文人士大夫间耽于思索形而上学命题、竞作清言、校练名理的风气,至今还能由《世说新语》言语、文学篇的记载窥见一斑。

玄言清谈习以"三玄"为话头,而"三玄"的核心观念如道、玄、无等都是难以名言的抽象概念,铺陈辞藻,玩弄语言游戏的长篇大论,即便能博得一时的称赞,实际论说效果也不一定好,"得意忘言""得意忘象"的认知模式正是为避免玄谈堕入语言的陷阱而提出的。这种"得鱼忘筌"的原则原本是要人们注重结果而忽略过程和手段,但由于结果本身的不可名言,却使得谈玄的意义反而只能落实于过程本身。也就是说,当玄学作为一种言说存在时,其意义与其说是追求理的辨明和认识的表达,还不如说是玩味和体悟义理的过程本身。质言之,玄学所追求的实际是过程,而不是结果。这就是支道林与许询论辩时,听者"但共嗟咏二家之美,不辩其理之所在"的道理①。《世说新语·文学》载殷仲堪问慧远:"《易》以何为体?"答曰:"《易》以感为体。"殷曰:"铜山西崩,灵钟东应,便是《易》耶?"远公笑而不答。这个故事非常典型地暗示了玄言的本质。本来讨论的是本体问题,结果双方的对话却停止在"感"这一动词上,感正是通往"体"的过程。不知道要去的终点是哪里,或者说知道也无法说明,只好回答哪条路通往那里。"感"也是魏晋之际人与外部世界接触的通道,无论"感物"也好"感时"也好,当时人们的心理活动都围绕着一个"感"字②。

以感为本,人将自己体验为情感主体,感物之悲与格物之理相融,就产生魏晋之际特有的悲怆的生命情调和相应的情感美学。联系建安

---

① 李天华《世说新语新校》,岳麓书社 2004 年版,第 115 页。
② 关于魏晋之际的"感物",详蒋寅《古典诗学的现代诠释》第十二章"言志·感物·缘情",中华书局 2009 年增订版。

文学浓郁的抒情意味来看,我们很容易从魏晋之际对"情"的重视来思考文学写作范式的演进。近年确实有学者认为,魏晋时期伴随着理性世界的转变,人们的感性世界也发生了极大的变化,出现以知识分子为情感主体的"深情"。正是这种"深情",将中国诗学引向强调"神与物游"和"情景相生"的抒情道路,并深深地刻上了宇宙情怀的烙印①。这么说在大方向上是不错的,但就魏晋之际的思想潮流而言,与当时的主流意识还隔了一层。就人的精神和情感世界而言,当时人们崇尚的理想境界是《庄子》的"安时而处顺,哀乐不能入也""平易恬淡,则忧患不能入,邪气不能袭,故其德全而神不亏"。正如前辈学者所指出的,"圣人无情乃汉魏间流行学说应有之结论,而为当时名士之通说"②。尽管诗文创作弥漫着"感物"的悲情,理论也不乏对"感物"的强调,但人们始终在反省情与性的关系。在"圣人无情有性"的观念主导下,情感被视为理性衰弱的负面结果、纯然负价值的东西③。我们从《世说新语》中的许多故事也能感觉到,那个时代人们品评人物,最欣赏的就是胸次清旷、超然物表、不为外物所动的那种定力。更极端化就变成对无情的追求,对无用的满足。热情与冷漠,激动与平静,投入与逃离,在他们身上往往形成巨大的反差。所有冲突和对立,最终都表现为以定力克胜的漠然超脱。实际创作中对情感的尊崇与理论上的贬抑这种矛盾情形,正是社会观念转变时期特有的现象。谢灵运尚未摆脱这一情结,观念上对情的全面肯定,要到齐梁时代才完成。

---

① 李涛《情之所钟,正在我辈——试论魏晋"深情"及其诗学意义》,《西华大学学报》2006年第6期。
② 又见《三国志·王弼传》裴注引何劭《王弼传》。参看汤用彤《魏晋玄学论稿·王弼圣人有情义释》,《汤用彤学术论文集》,中华书局1983年版,第254页。
③ 详蒋寅《古典诗学的现代诠释》第十二章"言志·感物·缘情",中华书局2009年增订版。

十　超越之场：山水对于谢灵运的意义

晋室南渡，长期生活在北方的中原士人一旦置身于"江南佳丽地"，空灵秀丽的东南风光不仅让他们"藉山水以化其郁结"①，也自然地激发起丰富的审美感知。自然景物和人之间形成的主客体交流，常使玄学纯粹的抽象思辨转化为一种特殊的个人体验，形成当时士人生活与诗歌创作中同步的"玄风的生活化"趋势②。但物我之间的交相感应，无论对外物的印象还是内心的感触都是瞬间性的整体性的浑沦经验，原本难以诉诸明晰的逻辑语言，只能表达为简约隽永的感叹，因而是最具诗性的："简文入华林园，顾谓左右曰：'会心处不必在远，翳然林水，便自有濠、濮间想也，觉鸟兽禽鱼自来亲人。'"（《世说新语·言语》）这是很典型的玄言，简约而意味深长，大概玄学的所谓名理都是用这种省净如格言的诗性语言来表达和交流的，其具体意蕴无法揭示，也无法传达，只能以庄子与惠施濠上观鱼(《庄子·秋水》)的典故提示别人去自己体会；而接受者也很难表达自己的感受，最终只能是"此中有真意，欲辩已忘言"，归于只可意会，不可言传的玄妙境界。

其实我们可以推想，在当时的人们之间，"三玄"就像后代"四书"一样，都是烂熟于胸的东西，除了少数观念之争，人们需要交流的大概只是具体场合的某种体会。这种具体的体会微妙而难言，其中蕴含的名理却又人所共知，不须繁言。这种具体所蕴含的一般，与美的感知在原理上是相通的，因此这种不可言说的言说也最接近诗性话语。如果仔细考察当时的文学，它们所刻意表现的也常常是类似的趣味。《世说新语·文学》篇记载了一个有趣的例子：

> 郭景纯诗云："林无静树，川无停流。"阮孚云："泓峥萧瑟，实

---

① 孙绰《三月三日兰亭诗序》，《晋诗》卷十三，逯钦立辑《先秦汉魏晋南北朝诗》，中华书局1983年版，中册第911页。

② 这一命题为詹福瑞《南朝诗歌思潮》提出，河北大学出版社2005年版，第36页。

不可言。每读此文,辄觉神超形越。"

郭璞原诗已佚,其通篇如何表达那泓峥萧瑟的趣味不得而知,但"林无静树"这一联仅改写《论语》"逝者如斯"、《韩诗外传》"树欲静而风不止"两句,不解阮孚何以每读都觉得神超形越?我想他们通过自然景物所传达和接受与其说是什么名理,还不如说就是超越的趣味本身。成功的玄学言说应该是在具体环境、场景下现实或表达出的超越趣味,这乃是深得玄理的反映。职是之故,我们浏览现存的玄言诗,直陈玄理之作寥寥无几,更多还是表现玄境。因为玄理本难名言,更何况反复陈说不也很乏味,难免"淡乎寡味"之讥?所以玄言诗往往依托自然景色而寄其趣,成为表现玄境之作①。如《秋日诗》云:

> 萧瑟仲秋月,飂戾风云高。山居感时变,远客兴长谣。疏林积凉风,虚岫结凝霄。湛露洒庭林,密叶辞荣条。抚菌悲先落,攀松羡后凋。垂纶在林野,交情远市朝。澹然古怀心,濠上岂伊遥②。

全诗的主旨就是第三句的"感时变",感作为自性经验是抽象而无法直陈的,只能通过描写感的对象来间接地表现,于是八句景物描写就成了诗的主干,诗的结尾同样用庄子濠上观鱼的典故来喻示自己的恬淡襟抱。这种老生常谈经陈陈相因的重复,实际上已不具有阐发名理的意义和作用,它所传达的信息只能是超越的趣味本身。确实,超越本身是最重要的,无论是清谈还是游览都只是手段,一种达到超越境界的手段。玄言诗人如此,晚于他们的谢灵运依然如此,只不过方式有点不同而已。

---

① 李秀花《孙绰的玄言诗及其历史地位》,《复旦学报》2001年第3期。
② 《晋诗》卷十三,逯钦立辑《先秦汉魏晋南北朝诗》,中册第901—902页。

3. 游览诗:精神超越之场

　　按王国璎先生的理解,山水诗中未受诗人知性介入或情绪干扰,呈现其本来面目的山水描写,与道家思想有密切的关系。诗人"在'虚静''忘我'的心理状态之下待物,则能物我两忘、主客合一,使物我之间不再有任何隔阂。由此可以直接循耳目所及去感应自然的万物万象,从而把握自然物象的本质。这种以虚静、忘我之心境去直接感应物象的活动,即是一种审美性的观照,是一种美感经验的精神状态"①。如此解释,足以说明自然山水以非主观色彩呈现的原因,但其间玄学观照方式如何转化为审美观照方式,质言之即以虚静的心境直接感应物象是否就一定是审美观照,似乎还值得讨论。具体到谢灵运,他对山水的观照是否出以虚静的心境,也还有待斟酌。我觉得谢灵运的诗歌并没有显示出他写山水是出于对自然美的赏爱,他反复提到的"心赏"不过是"神超理得"的另一种表达。表面上看,他笔下的山水和前辈玄言诗中的山水没有多大区别,就像葛晓音先生说的"他的山水诗与玄言诗旨趣相同",虽"已从玄言中脱胎而出,但还保留了大量的玄言成分"②,或詹福瑞先生说的,谢灵运"摆脱了纯玄言诗抽象演绎玄理的创作模式,发展了从山水这些感性入手体悟玄道的创作路子"③,胡明先生曾用大量例证细致分析这类"披了山水外衣的玄言诗,即用山水岩泉、林濑云溪彩绘涂抹的玄言诗"④的基本特征。我想进一步指出,谢灵运诗歌中的玄理从表达到意义实质上已不同于玄言诗。这关系到我

---

① 王国璎《中国山水诗研究》,第2页。
② 葛晓音《八代诗史》,陕西人民出版社1989年版,第191—195页。
③ 詹福瑞《南朝诗歌思潮》,第39页。
④ 胡明《谢灵运山水诗辨议》,《古典文学纵论》,辽海出版社2003年版,第368页。

们对谢灵运诗歌结构与成因的理解,当然也涉及山水对于谢灵运的意义及在诗歌中负荷的结构功能。

要理解谢灵运的自然观首先必须理解他的家世背景和生活处境。谢灵运出生在世崇道教的世族,自"弱龄而涉道"(《山居赋》),终生都沉浸于道家和道教思想中,向往神仙世界,修炼长生之术。道家抱朴处顺、守道适性的生活宗旨和率意自然的生活作风始终贯穿于他平生行事和诗文创作中。据卢盛江先生研究,玄学从魏正始时期开始,通过士人心态、审美意识和思维方式三个途径对文学思想产生影响①。如果说这种影响在魏晋之际更多地是发生在士人心态和审美意识的层面,到晋宋之际就主要集中在士人心态和思维方式的层面,直到齐梁之际才逐渐淡化,只在士人心态层面还有一点残余。谢灵运的诗歌创作也显示出他主要是在心态和思维两方面受到玄学的影响。

刘裕篡晋之后,虽颇优待世族,但鉴于晋室掣肘于世族的教训,不任世族子弟以实权②。谢灵运虽出身名门,"朝廷唯以文义处之,不以应实相许。自谓才能宜参权要,既不见知,常怀愤愤",结果是大肆游衍,纵情山水。他出任永嘉太守时,常废弃公务,"肆意游遨,遍历诸县,动逾旬朔。民间听讼,不复关怀。所至辄为诗咏,以致其意焉"。期年辞去,归始宁故宅营别墅,"傍山带江,尽幽居之美,与隐士王弘之、孔淳之等纵放为娱"。中间一任侍中,也"多称疾不朝。直穿池植援,种竹树堇,驱课公役,无复期度。出郭游行,或一日百六七十里,经旬不归"。免官回乡后,更是"凿山浚湖,功役无已。寻山陟岭,必造幽峻,岩嶂千重,莫不备尽登蹑"。甚至"自始宁南山伐木开径,直至临

---

① 参看卢盛江《正始时期玄学影响文学思想的三个主要途径》,《南开学报》1989 年第 3 期。

② 毛汉光《两晋南北朝士族政治之研究》,"中国学术著作奖励委员会"1966 年版,第 169—175 页。

海,从者数百人。临海太守王琇惊骇,谓为山贼"。后任临川内史,"在郡游放不异永嘉"①。他人游览山林,都为躲避世间的喧闹,取其幽深宁静,而谢灵运的这些游览活动却放纵无度,惊扰乡邻,一副暴发户大摆排场的铺张劲头,仿佛有意用一种桀骜放肆的姿态向朝廷,向官府,向乡里发泄内心的不满。而他的放浪行为也确实不止一次地招致有司的纠劾、地方官府的不满。想象一下他那种游览的情形,我们眼前就会出现一个狂躁的、骄逸放纵的、祸害乡里的贵族形象,无法与他诗歌留给我们的清雅的美感联系起来。我们不禁要追问:他的游览山水,究竟是要从山水中体悟道理,还是要到山水中去发泄烦闷?

其实,我们只要不带先入为主的偏见,平心静气地去看谢灵运诗,就会理解,谢灵运遁迹山林的游览只不过是排遣世俗功名的焦虑、获得内心平衡的一种调节手段。正像《游名山志》所自陈的,"夫衣食人生之所资,山水性分之所适。今滞所资之累,拥其所适之性耳"。游览既以适性为目的,则所有行为都以一种心理满足为归宿,而诗歌就成了达成这一境界后平静而愉悦的记录。《从斤竹涧越岭溪行》写道:

> 猿鸣诚知曙,谷幽光未显。岩下云方合,花上露犹泫。逶迤傍隈隩,迢递陟陉岘。过涧既厉急,登栈亦陵缅。川渚屡径复,乘流玩回转。苹萍泛深沉,菰蒲冒清浅。企石挹飞泉,攀林摘叶卷。想见山阿人,薜萝若在眼。握兰勤徒结,折麻心莫展。情用赏为美,事昧竟谁辨。观此遗物虑,一悟得所遣。

诗在自然风光和游历路途的交叉铺叙后引入山鬼形象,再以神话恍惚、莫可究诘的结果隐喻世间一切追求都不可执着期待,由此达到消解世俗执念的彻悟境界。表面上看,物虑是由观而悟而遣,实则山鬼的情节

---

① 本节引文俱为《宋书》本传中记载,中华书局校点本。

本身不就是一种"安排徒空言"(《晚出西射堂》)么？精通释道二教之理的谢灵运，岂待因此才明白这简单的道理？我想玄理他是早就明白的，诗的表达不妨看作是重新确认。为什么要重新确认？因为这是内心从烦躁达到平和的情理交战的结果。诗作为战果的记录，已省略了交战的过程，仿佛诗人自始就是在欣然忘机的平和心境中进入山水胜境的，然而一部分作品还是留下了作者以理克胜的痕迹。《郡东山望溟海》写道：

>开春献初岁，白日出悠悠。荡志将愉乐，瞰海庶忘忧。策马步兰皋，绁控息椒丘。采蕙遵大薄，搴若履长洲。白花皓阳林，紫蘲晔春流。非徒不弭忘，览物情弥遒。萱苏始无慰，寂寞终可求。

诗作于永嘉，第二联点明出游动机是眺海以消忧，结果非但原先的忧愁未曾忘却，览物反而使情绪更加强烈，连传说使人忘忧的萱草也无法化解。由于"萱苏"一句继续强化了情的力量，结句的自解不免苍白无力。在这里，"情"不仅明显是负面的因素，而且有着难以克制的顽强力量，玄理显得定力不足。类似的例子还有《登上戍石鼓山》，开篇云"旅人心长久，忧忧自相接"，落句云"佳期缅无像，骋望谁云惬？"这也是理不胜情的例子。当然，更多的作品还是"理来情无存"(《石门新营所住四面高山回溪石濑茂林修竹》)的完胜记录，如《过白岸亭》的"荣悴迭去来，穷通成休戚。未若长疏散，万事恒抱朴"，《游赤石进帆海》的"矜名道不足，适己物可忽"，《游南亭》的"乐饵情所止，衰疾忽在兹。逝将候秋水，息景偃旧崖"等，不一而足。在这些诗中，忧愁、烦闷、倦怠乃至享乐的欲望，总之属于"情"的精神郁积，都被理所化解、涤荡。诗人就这样在游赏观览中，重复、玩味、验证、肯定来自"三玄"的理趣，获得"虑澹物自轻，意惬理无违"(《石壁精舍还湖中作》)的恬适心境，从而消释人世间的烦恼。

十　超越之场：山水对于谢灵运的意义

在一般情况下，这种心理满足是可以从自然的感性之美中获得的。《石壁精舍还湖中作》"清晖能娱人，游子憺忘归"两句似乎也证明了这一点。但问题是我们既已知道谢灵运游览的动机主要是为化解自己的精神焦虑，而这种化解又是通过以理克情的方式实现时，那么玄学的观照方式是"得意忘象"这一点就不能忽视了。谢灵运的自然观正属于典型的玄学方式，就像《山居赋》开篇所说的："夫道可重，故物为轻；理宜存，故事斯忘。"按他自己的解释就是："夫能重道则轻物，存理则忘事。"事物和道理既然是外和内、表和里的表现关系，两者的价值轻重和取舍也就不言而喻。因此不妨说，在谢灵运的山水游览中，自然景观其实是应该被理性超越的对象，完全是无关紧要的、可以忽略的东西。事实上，他的大多数作品都表明，他游览时关注的根本不是作为客观现象的山水，而主要是自我行为和自我意识，它们都和他满脑子的玄理随时产生互动。

《世说新语·文学》记载的一则轶事或许有助于我们理解山水对于谢灵运的意义，进而理解其诗中山水的存在属性：

> 殷、谢诸人共集，谢因问殷："眼往属万形，万形来入眼不？"

谢安这个问题可以理解为对视觉形成原理的科学追问，也可以看作是对意识产生方式的哲学探讨。如果从主客体关系着眼，他不就是在问：我们的眼睛在看着风景，可是风景有没有被我们看到即进入我们意识中呢？正像英国作家王尔德所说："我们看见什么，我们如何看见它，这是依影响我们的艺术而决定的。"①德国艺术史家沃尔夫林也说过："人们看见的总是他们所寻找的东西，而且这要求有一个长期的教育（这在一个艺术多产的时代也许是不可能的）来克服天真的知觉，因为

---

① 王尔德《谎言的衰朽》，赵澧、徐京安主编《唯美主义》，中国人民大学出版社1988年版，第133页。

它与客体在视网膜上的反映毫无关系。"①

从谢灵运诗的写法来看,要说他没有看到山水之美可能太绝对,也许应该说他诗中存在着"玄思与审美的二元山水观"②,但山水肯定不是他关注的中心,却是毫无疑问的。他的笔墨之所以触及山水景观,是因为不由表象无法企及内蕴,也就是《登江中孤屿》所说的"表灵物莫赏,蕴真谁为传?"在很多情况下,他根本无需什么体悟,只消默诵"三玄"那些名言,吟味那些理趣,就足以为他直观山水景物的某些朦胧感觉命名,或引发若干相应的感喟了。这一方面是因为当时正流行山水"以形媚道,而仁者乐"(宗炳《画山水序》)的观念,一方面也是源于他自幼习染道家学说养成的兴趣。

正如前文所说,玄学的抽象名理只可意会不可言说,而游览和观赏的瞬间直觉和自性经验更是难以明言,于是诗歌所能表现的,只能是被传统经典概念化了的老生常谈。黄节先生曾指出:"康乐之诗,合《诗》《易》、聃、周、《骚》《辩》、仙、释以成之。其所寄怀,每寓本事;说山水则苞名理。"③确实,谢灵运的山水游览之作大多是发挥"三玄"的旨趣。王国璎先生曾举出以下这些例句:

《富春渚》:怀抱即昭旷(庄),外物徒龙蠖(易)。

《晚出西射堂》:安排徒空言,幽独赖鸣琴(庄)。

《登池上楼》:持操岂独古(庄),无闷征在今(易)。

《游南亭》:逝将候秋水,息景偃旧崖(庄)。

《过白岸亭》:未若长疏散(庄),万事恒抱朴(老)。

---

① 沃尔夫林《古典艺术》,转引自常宁生编译《艺术史的终结?》,中国人民大学出版社2004年版,第133页。

② 王力坚《由山水到宫体——南朝的唯美诗风》,台湾商务印书馆1997年版,第32—34页。

③ 黄节《谢康乐诗注》自序,台湾艺文印书馆1987年版。

十 超越之场:山水对于谢灵运的意义

《登江中孤屿》:如信安期术,得尽养生年(庄)。

《登永嘉绿嶂山》:颐阿竟何端,寂寂寄抱一(老)。恬知既已交,缮性自此出(庄)。

《石壁精舍还湖中作》:虑澹物自轻,意惬理无违(淮)。寄言摄生客,试用此道推(老)。

《于南山往北山经湖中瞻眺》:抚化心无厌,览物眷弥重(庄)。

《入华子岗是麻源第三谷》:且申独往意,乘月弄潺湲。恒充俄顷用,岂为古今然(庄)。

《七里濑》:谁谓古今殊,异世可同调(庄)。①

类似的例子其实还有不少,如《登永嘉绿嶂山》"蛊上贵不事,履二美贞吉。幽人常坦步,高尚邈难匹"四句用《易》,《赠从弟弘元》"视听易狎,冲用难本"用《老》,《初往新安至桐庐口》"既及泠风善,又即秋水驶",《斋中读书》"万事难并欢,达生幸可托",《游岭门山》"早莅建德乡,民怀虞芮意"用《庄》,不一而足;而辞赋中发挥《庄》义之处亦复不少②,诚如前人所说,"读《庄子》熟,则知康乐所发,全是《庄》理"③。但谢灵运相比前代玄言诗人还有一个最大的不同,就是诗中引入了佛教名理。《过瞿溪山饭僧》云:"望岭眷灵鹫,延心念净土。若乘四等观,永拔三界苦。"《石壁立招提精舍》云:"四城有顿踬,三世无极已。浮欢昧眼前,沉照贯终始。"如此频繁出现的玄言和佛教名理,只能说明谢

---

① 王国璎《中国山水诗研究》,第162—163页。
② 如《山居赋》"畏绝迹之不远,惧行地之多艰"用《庄子·人间世》"绝迹易,无行地难";"磻弋靡用,蹄筌谁施"用《庄子·外物》"筌者所以在鱼,得鱼而忘筌;蹄者所以在兔,得兔而忘蹄"。《感时赋》"相物类以迨及,闵交臂之匪赊"用《庄子·田子方》"吾终身与汝交臂而失之,可不忘与",《罗浮山赋》"数非亿度,道单悒懦"用《庄子·齐物论》"恢恑谲怪,道通为一"。
③ 方东树《昭昧詹言》卷五,人民文学出版社1961年版,第138页。

灵运的游览活动有一个固执的心理指向,同时也暗示了山水并不是他关注的中心或山水作为审美客体缺席的可能性吧?

我们在前文已看到,由于名理的抽象玄远、不可言说,玄言的清谈都表现为简约隽永的感叹。诗歌也是如此,只宜片言只语,点到为止,若剌剌铺陈势必南辕北辙,背离本旨。这就决定了基于玄学观照方式的山水游赏之作,只能停留在展示超越的过程,而不是陈说其结果上。谢灵运诗歌的研究者很早就注意到谢诗结构雷同的问题,如黄节先生曾指出:

> 大抵康乐之诗,首多叙事,继言景物,而结之以情理,故末语多感伤。然亦时有例外,如《登池上楼》首四句"潜虬媚幽姿,飞鸿响远音。薄霄愧云浮,栖川怍渊沉",则以理语起矣;至如《南楼中望所迟客》之"杳杳日西颓,漫漫长路迫";《游赤石进帆海》之"首夏犹清和,芳草亦未歇";《游南亭》之"时竟夕澄霁,云归日西驰",则又以景语起矣。然于写景说理之后,必紧接以叙事,则几成康乐诗之惯例矣。①

谢灵运诗结构上的这种模式化不少研究者都注意到,并作出自己的解释②,主要是归结于钟嵘所谓"寓目辄书"(《诗品》卷上)的表现方式的局限,或"抚化心无厌,览物眷弥重"(《于南山往北山经湖中瞻眺》)的对自然观照的浓厚兴趣③,但这并不能很好地解释谢灵运诗歌的结构特点。因为从根本说,这并不是艺术思维模式的问题,而是一个精神活动模式的问题。

---

① 萧涤非《读诗三札记》,作家出版社1957年版,第26页。
② 参看王国璎《中国山水诗研究》引林文月、廖蔚卿之说,第155页注⑩。
③ 葛晓音《八代诗史》,第198页。

4. 山水:自由的象征性占有

当我们先入为主地以"山水诗"之名来指称谢灵运的大部分作品时,就无意中忽略了一个诗歌类型学的问题。应该肯定,谢灵运那些被视为山水诗的作品,从类型学的角度说应归于游览或行旅。它们在《昭明文选》中正是分收在"行旅"和"游览"两类中的,"行旅"所收 34 首中谢灵运占 10 首,"游览"所收 23 首中谢灵运占 9 首,可见都被视为有代表性的作品。今天讨论谢灵运的诗作,首先应该从游览或行旅诗的范式来加以评估,并注意其间主动的"游"与被动的"行"所遇山水风物的差别①。而它们一旦被视为游览或行旅诗,其叙述便明显凸现出模式化的雷同:

> 宵济渔浦潭,旦及富春郭。(《富春渚》)
> 践夕奄昏曙,蔽翳皆周悉。(《登永嘉绿嶂山》)
> 协以上冬月,晨游肆所喜。(《游岭门山》)
> 清旦索幽异,放舟越坰郊。(《石室山》)
> 水宿淹晨暮,阴霞屡兴灭。(《游赤石进帆海》)
> 时竟夕澄霁,云归日西驰。(《游南亭》)
> 出谷日尚早,入舟阳已微。(《石壁精舍还湖中作》)
> 朝旦发阳崖,景落憩阴峰。(《于南山往北山经湖中瞻眺》)
> 早闻夕飙急,晚见朝日暾。(《石门新营所住四面高山回溪石濑茂林修竹》)

---

① 赵昌平《谢灵运与山水诗起源》,《中国社会科学》1990 年第 4 期;收入《赵昌平自选集》,广西师范大学出版社 1997 年版,第 304—305 页;王文进《谢灵运诗中"游览"与"行旅"之区分》,《南朝山水与长城想像》,台湾里仁书局 2008 年版,第 1—18 页。

> 晨策寻绝壁,夕息在山栖。(《登石门最高顶》)
>
> 我行乘日垂,放舟候月圆。(《发归濑三瀑布望两溪》)
>
> 朝搴苑中兰,畏彼霜下歇。暝还云际宿,弄此石上月。(《石门岩上宿》)
>
> 出宿薄京畿,晨装抟曾飔。(《初发石首城》)
>
> 但欲淹昏旦,遂复经盈缺。(《登庐山绝顶望诸峤》)

这些作品都有一个共同的特征,即以晨出暮止或暮宿晨发的时间框架来安排和叙述旅行经历,其间更以主人公的行止如"俯视乔木杪,仰聆大壑淙"(《于南山往北山经湖中瞻眺》)、"川渚屡径复,乘流玩回转"(《从斤竹涧越岭溪行》)之类,连缀不同的空间以支撑整个游历过程,这样,专门写景的部分就受到很大程度的压缩,基本上局限在两联之内:

> 岩峭岭稠叠,洲萦渚连绵。白云抱幽石,绿筱媚清涟。(《过始宁墅》)
>
> 石浅水潺湲,日落山照曜。荒林纷沃若,哀禽相叫啸。(《七里濑》)
>
> 连障叠巘崿,青翠杳深沉。晓霜枫叶丹,夕曛岚气阴。(《晚出西射堂》)
>
> 澹潋结寒姿,团栾润霜质。涧委水屡迷,林迥岩逾密。(《登永嘉绿嶂山》)
>
> 千圻邈不同,万岭状皆异。威摧三山峭,澉汩两江驶。(《游岭门山》)
>
> 日没涧增波,云生岭逾叠。白芷竞新苕,绿苹齐初叶。(《登上戍石鼓山》)
>
> 莓莓兰渚急,藐藐苔岭高。石室冠林陬,飞泉发山椒。(《石室山》)

> 拂鯈故出没，振鹭更澄鲜。遥岚疑鹫岭，近浪异鲸川。(《舟向仙岩寻三皇井仙迹》)
>
> 乱流趋正绝，孤屿媚中川。云日相辉映，空水共澄鲜。(《登江中孤屿》)
>
> 远岩映兰薄，白日丽江皋。原隰荑绿柳，墟囿散红桃。(《从游京口北固应诏》)
>
> 陵隰繁绿杞，墟囿粲红桃。鹥鹥翚方鸲，纤纤麦垂苗。(《入东道路》)

即便是这些写景句，也很少细致的描写和刻画，而主要是整体性的陈述，它们与记叙游踪的句子相配，构成了诗的主体——旅行或游览过程，发挥玄理的感慨和议论则镶嵌于其间，形成一种夹叙夹议的章法结构，诗的末尾更是很少例外地归结于对玄理的体会。它们叙述的过程和感触可能都是真实的，但诗人坚持原原本本地陈述这种过程，却不能不说是出于一种记录和展示其日常生活状态的动机，借此表明自己的生活态度及为此不懈追求的姿态，这就是前面提到的超越。《入华子冈》诗"恒充俄顷用，岂为古今然"一联，黄节先生认为可据以知悉谢灵运的人生观："其意盖谓不为古，亦不为今，只充我个人俄顷之受用而已。实则康乐之为此言，亦只是俄顷间事耳，并未能做到也"①。为何这么说呢？"良以康乐于性理之根本功夫，缺乏修养，故不免逐物推迁，无终始靡他之志，昧穷达兼独之义，于功名富贵，犹不能忘怀。是故山水不足以娱其情，名理不足以解其忧。学足以知之，才足以言之，而力终不足以行之也"②。正因为谢灵运根本上未能解决情理的交战，最终不能以理克情，所以他的游览诗愈是刻意要展现超越的过程，其中的

---

① 萧涤非《读诗三札记》，第37页。
② 同上书，第40页。

山水描写与其说是记录观赏的对象,还不如说是营构一个超越的环境,使之成为蕴含着玄学名理、让诗人展示其超越趣味及其心理成果的背景性存在。

我们知道,游览诗起源于建安时代的公䜩诗。诗人们描写饗宴游乐的笔触拂过宫禁场景,偶然会落在楼台池沼和一些植物上,日常生活中的风景就这样进入了诗歌,开始充当抒情角色活动的背景和环境素材。动荡的社会现实在改变人们对外部世界的感知方式的同时,也就确立了人们赖以判断自我感觉和经验的新的形式。其中很重要的一个变化,就是自然摆脱了神性和皇权的象征属性,成为让人身心亲和的生活环境,进而被赋予远离社会的精神超越之场的意义。至迟在阮籍诗中,自然已成为精神自由之场的象征,被视为可逃遁的乐土,只不过对他来说这个场仍可望而不可即,仅具虚拟意义而已;只有像陶渊明那样归隐田园,自然作为安顿精神的场所才有了真实的意义。真实的也就是最朴素自然的,因此陶公无需夸耀他对自然的喜爱和亲近,而那种真实的亲和之感与喜悦之情却无处不在。

介于阮籍和陶渊明之间的谢灵运,恰好是最需要象征精神自由的自然以舒解心灵的压抑、同时也有足够的能力占有和消费这种象征意义的人。他因为同时意识到这种占有的暂时性和不真实性,不免过于刻意地夸耀和铺张着他的消费。此刻,玄学的名理实际已内化为精神自由的体验,而山水景物则成为帮助他酝酿这种体验的超越之场。通常视为谢灵运山水诗代表作的《石壁精舍还湖中作》这样写道:

> 昏旦变气候,山水含清晖。清晖能娱人,游子憺忘归。出谷日尚早,入舟阳已微。林壑敛暝色,云霞收夕霏。芰荷叠映蔚,蒲稗相因依。披拂趋南径,愉悦偃东扉。虑澹物自轻,意惬理无违。寄言摄生客,试用此道推。

诗人在此着重描写的并不是山水,而只是他徜徉于其间的感觉。他告诉我们,一早就出门,及暮都舍不得归去,中间还插入散步于南径、偃仰于东扉的适意细节,最后还不忘与同道分享此行的精神收获。"清晖"一联实在点透了他与山水景物的关系的本质:自然对于他完全是个逃避官场和世俗、寻求精神安宁的场,他行藏其中,与其说是观赏和玩味风景,还不如说是涤除心灵的烦闷,获取精神的自由平和。《郡东山望溟海》诗所说的"荡志将愉乐,瞰海庶忘忧",其实与王羲之《兰亭集序》"仰观宇宙之大,俯察品类之盛,所以游目骋怀,足以极视听之乐",是同样的心态,仍不出东晋人"屡借山水,化其郁结"(孙绰《三月三日兰亭集诗序》)的故蹊。山水风景虽也"娱人",但效果主要是消解心灵郁闷(虑澹),达到精神超越的境界(意惬),物色之赏只是附带的收获,并不是着意追求的东西。著名的《登池上楼》所叙写的物我关系,同样也不出这一模式。诗自始至终都在叙述,即便是脍炙人口的"池塘"一联,也只是陈述物色的变易,引出迟暮之感。它备受后人称道的"一语天然万古新"(元好问句)的魅力,只有体会到诗人自陈久病初起、触目惊心之情的贴切,我们才能认同。至于"薄霄"一联,应是脱化陶公"望云惭高鸟,临水愧游鱼"一联之意,属于比况句法。它告诉我们的只是谢灵运也思考过陶公的问题,有过同样的心理经验。或许可以说他就是一个未辞官归隐的陶渊明吧?不能回到真正的自然状态中去,于是只能在风景中寻求暂时的精神解脱,以诗歌象征性地占有作为自由之场的山水。

明白这一点,再读《游赤石进帆海》《游南亭》《于南山往北山经湖中瞻眺》《从斤竹涧越岭西行》《石门新营所住四面高山回溪石濑茂林修竹》《登石门最高顶》《发归濑三瀑布望两溪》《入彭蠡湖口》等游览诗,就能看出这些作品始终是在叙述,通过叙述自己移步换形之所见,以展现自己的时间是在一个什么样的环境中度过。由此我不禁联想到,汉魏以来不断高涨的生命意识,使自然的运化总是呈现为很夸张的急遽感。谢灵运笔下的景物也莫能例外,曾有"盛往速露坠,衰来疾风飞"(《君子有所思行》)这样惊心动魄的句子。这种时间感觉一旦形成心理定势就难以摆脱:"短生旅长世,恒觉白日欹。览镜睨颓容,华颜岂久期。苟无回戈术,坐观落崦嵫。"(《豫章行》)在这种情况下,游览诗按部就班的叙述倒成了让时间回复平静、保持自然状态的一个很好的方式。当然,我们也不妨说,正是在游览中获得的平和心态恢复了正常的时间感觉,才有在这样的时间框架内展开的游览诗。总之,当山水这意味着精神自由的空间填满了他生命的时间时,他失意的人生就得到了意义的装饰和价值的提升,这是不难理解的。

由此看来,谢灵运的游览诗既不以描写山水之美为目的,诗中的山水也未避免知性的介入而葆全其本来面目。前人根据刘勰"宋初文咏,体有因革,庄老告退,而山水方滋"的说法,以为到谢灵运的创作中,诗歌开始描写真实的自然,看来并不符合实际。李泽厚先生曾指出,"谢灵运尽管刻画得如何繁复细腻,自然景物却并未能活起来,他的山水诗如同顾恺之的某些画一样,都只是一种概念性的描述,缺乏个性和情感"[1]。刻画细腻常被视为谢灵运描写山水的特点[2],然而在我看来,谢灵运笔下的山水,严格地说连刻画和描述都说不上,因为它们都是作为游览行为的背景存在、充当人物活动的叙事素材而被叙述出来的,甚至与写实也有一定的距离,更不要说自觉的审美描写了。

自然景观作为审美对象,无论在哪个民族的文学史上都是一定历

---

[1] 李泽厚《美的历程》,广西师范大学出版社2000年版,第176页。
[2] 邝龑子《自然:魏晋文人在世变中追求的超越》认为谢灵运"对大自然的态度,主要并非幻想游仙或者阐释抽象的道,而是把所目睹的自然景物作一种系统化的细腻刻画"。衣若芬、刘宛如主编《世变与创化——汉唐、唐宋转换期之文艺现象》,"中研院"文哲所筹备处2000年版,第105页。

史阶段的产物。齐美尔《风景的哲学》在论及风景的历史性时说,"虽然它的物质基础或者各个部分也完全可以认为是自然,但作为风景来理解,则要求光学的、美学的、或许是情调的自我存在,需要从自然的不可分割的统一中独特地脱离出来","自然界就其深刻的本质和意义来说是没有个性的,但是,通过人把它这样那样地分成特殊的单位以后,看起来就变成了各具个性,即'风景'"。这实际上就是"从杂乱的无止境的现实世界中截取一块,把它作为统一体来理解和塑造,这个统一体可以从自身中找到它的意义,它截断连接世界的线,回接到自己的中点"①。这段话听起来虽有点拗口,但意思还是很清楚的。风景成为审美对象的前提,是必须从社会环境中独立出来,切断与现实生活的联系,也就是成为一个审美观照的场。因此,当主体不是以审美的方式,而是以哲学的方式进入,期望以由表及里的体悟,获得"得意忘象"的性理愉悦,尤其是这种栖居更出于逃避和置换自己日常生活的要求时,它就丧失审美品格而变成纯智性或另一种意义的世俗性解决方式。打个不恰当的比方,进剧院听音乐,剧院对我们而言是个与日常生活隔绝的场,观剧因而成为一种审美活动;如果将家搬进剧院,在里面过起日子,剧院就失去了审美之场的属性。谢灵运式的游览,正属于试图将日常生活移入山水的努力,结果他的诗歌不是成为对自然美的发现,反而成了对自然美的漠视。这也正是当今风景区因开发导致风景丧失的症结所在。

---

① 齐美尔《桥与门——齐美尔随笔集》,涯鸿、宇平译,上海三联书店1991年版,第164页。

十一　吏隐:大历诗人对谢朓的接受

影响和接受是文学史研究中的一对重要概念,自上世纪70年代以来,影响和接受研究成为文学史研究的重要内容。如果说它在过去只是作为对作家作品进行价值评估的一种参照系依附于作家作品论而存在的话,那么当接受美学兴起之后,它就成了文学史研究中具有独立意义的一个视角。根据一个作家或一部作品对后代产生影响的深浅大小,固然可以确定作家作品在文学史上的意义及地位,但后世接受前人影响的内容、方式、过程及原因同样也是理解作家作品的重要途径。这一问题使作家作品研究超越自身而进入文学史的流程。

影响和接受就其本质而言是一个作用和反应的过程,从信息论的角度说意味着一个发射和接受的信息过程。在这个过程中,施予影响者(信源)和接受影响者(信宿)是同样重要的,没有影响者,或没有接受者,这一问题根本就不成立。所以影响不是像一束光线的照射,而是像一次通话。以往的影响研究仅侧重于施予影响者方面,只说明他在哪些方面给人哪些影响,而不考虑接受者之所以受影响的理由和原因,从而也就未能真正揭示影响的意义与内容。接受美学启发我们,文学活动的最后实现是作品的被阅读、被解释。同理,影响过程的最后完成也只能是作品或风格的被接纳、被模仿。

当然,根据接受者的身份,影响又分为两类:对普通读者的社会影响,对作家的文学影响。事实上,即使文学影响经常也不只是文学问题,而是会涉及文化传统、社会思潮和个体生存体验等诸多内容。在中国古代这种以伦理本位为核心的传统社会,文学影响尤其是个性质复杂的问题。可以这么说,历史上没有哪位作家是纯粹靠文学的因素对后世产生深远影响的。为此,我们在研究影响问题时必须仔细分析在作家、作品间形成影响—接受关系的主客观因素及在这一过程中发挥作用的要素。这里有一个例子——谢朓与大历诗人之间的影响与接受,很适合用来验证我们对影响和接受研究的理论思考。

1. 大历诗中的谢朓形象

在文学史上,有许多诗人,不仅在当世声华藉甚,身后也影响深远,被尊奉为模仿的偶像,中国的屈原、李白、杜甫、白居易、苏轼、黄庭坚、陆游,外国的维吉尔、但丁、弥尔顿、拜伦、松尾芭蕉、泰戈尔,都是这样的人物。本文要谈的,是一位虽不能和这些伟大诗人相提并论,却也曾被奉为顶礼崇拜的偶像,并对中国古代诗歌产生深远影响的诗人——谢朓。

谢朓这位诗人,无论生前死后都是声名煊赫的。但到了初唐,由于六朝诗风受到贬抑,致使他的地位也受到影响。王勃《上吏部裴侍郎启》云:"虽沈谢争骛,适足兆齐梁之危。"①卢照邻《南阳公集序》云:"疏散风流,谢宣城缓步于向刘之上。"②这是初唐仅见的两则关于谢朓的评论,卢说未见特别尊崇,王说尚含贬义。由此可见谢朓在当时已不如生前那样受到重视。这种情形直到盛唐李白作为他的最大知音登

---

① 《全唐文》,中华书局影印本 1983 年版,第 2 册第 1829 页。
② 《卢照邻集》,中华书局 1980 年版,第 71 页。按"向"疑为"何"之误。

场,才有所改变。李白"一生低首谢宣城"①,对谢朓的清词丽句推崇备至;杜甫也曾用"谢朓每篇堪讽诵"(《寄岑嘉州》)来称赞岑参的诗。但这并非诗坛的共同趣向,而只是个别诗人的特殊好尚。只有到了大历,谢朓才真正成为诗人普遍崇拜的偶像,风光一时。日本学者盐见邦彦注意到了这一事实,他在《大历十才子与谢朓》一文中列举了十才子诗中涉及谢朓的诗句,肯定他们对谢朓"新奇"诗风有着共同的兴趣和认识;认为他们作为晚唐唯美诗风的先驱,"在大历时代重新光大了六朝诗人尤其是谢朓的精神——着眼于努力将细致微妙地变化着的自然、衰亡下去的瞬间的事物,对逝去的美好而又可惜的时光之眷恋等,总之将纤细的精神具象化"。这样,谢朓就自然地成为他们奉为楷模的具体的代表诗人②。这一结论是很有见解的,但将大历十才子与谢朓的共鸣限定在对自然的感伤意识及其表现的唯美倾向上,未免失之表面,将复杂问题简单化了。十才子对谢朓的倾倒,难道仅仅是出于同样的感伤意识和唯美诗风吗?他们之间何以会产生这样的共鸣呢?

文学史的经验告诉我们,任何时代任何作家都有自己特定的审美趣味和价值标准,它们取决于由特定社会思潮和个性特征熔铸成的文化心理结构。每个时代不同阶层的人们接受什么排斥什么,虽然也受传统的约束,但更大程度上是由当时的政治、伦理观念、生活态度和心理状态以及审美趣味等因素决定的。大历诗人对谢朓的接受同样如此,自然感伤意识和唯美诗风当然能引起他们的共鸣,引发他们模仿的兴趣,但那只属于心理状态和审美趣味的范畴。而在中国封建社会,没

---

① 王士禛《戏仿元遗山论诗绝句三十二首》之三,《渔洋山人精华录》卷五,康熙刊本。
② 日本弘前大学教养部《文化纪要》第十三号,1979年3月版。按:文中所举例句有误,如钱起《春谷幽居》"春来此幽兴,宛是谢公心"、《奉和王相公秋日戏赠元校书》"芙蓉洗清露,愿比谢公诗",二诗"谢公"均指谢灵运,而作者误以为指谢朓。

有相同的政治、伦理观念,相同的生活态度,一位诗人的作品要想引起同时或异代的普遍共鸣并被奉为顶礼膜拜的偶像,是不太可能的。李杜在后世的不同遭遇便是个极好的例证。历史的经验要求我们将大历诗人与谢朓的关系放到更广阔的社会文化背景下去思考。

先让我们来看一下大历诗中涉及谢朓的诗句吧,它们的作者并不限于十才子。

钱起:

(1) 宣城传逸韵,千载谁此响。(《奉和张荆州巡农晚望》)

(2) 望舒三五夜,思尽谢玄晖。(《寄郢州郎士元使君》)

(3) 始信宣城守,乘流畏曝腮。(《穷秋对雨》)

(4) 江山飞丽藻,谢朓让前名。(《奉和宣城张太守南亭秋夕怀友》)

(5) 舞退燕姬曲,歌征谢朓诗。(《陪南省诸公宴中李监宅》)

(6) 能清谢朓思,暂下承明庐。(《晚出青门望终南别业》)

韩翃:

(7) 更喜宣城印,朝廷与谢公。(《褚主簿宅会毕庶子钱员外郎使君》)①

(8) 从骑尽幽并,同人皆沈谢。(《祭岳回重赠孟都督》)

(9) 风流好继谢宣城。(《送夏侯侍御》)②

(10) 诗家行辈如君少,极目苦心怀谢朓。(《送崔秀才赴上兼省叔父》)

---

① 此诗一作张继诗,今据周义敢《张继诗考辨》作韩翃。周文载《中国古典文学论丛》第三辑,人民文学出版社 1985 年版。题中"钱员外"明铜活字本作"钱员外"。

② 题中侍御原作侍郎,据小注"自大理兼侍御史"改。

(11)官齐魏公子,身逐谢玄晖。(《送李侍御归宜州使幕》)

(12)几日孙弘阁,当年谢朓诗。(《送韦秀才》)

(13)载笔已齐周右史,论诗更事谢中书。(《访王起居不遇留赠》)

(14)君到新林江口泊,吟诗应赏谢玄晖。(《送客还江东》)

耿湋:

(15)春亭及策上,郎吏谢玄晖。(《春日题苗发竹亭》)

(16)为郎日赋诗,小谢少年时。(《赠苗员外》)

(17)若出敬亭山下作,何人敢和谢玄晖。(《贺李观察祷河神降雨》)

李端:

(18)闻君随谢朓,春夜宿前川。(《早春雪夜寄卢纶兼吴秘书元丞》)

(19)谢朓中书直,王祥别乘归。(《送别驾赴晋陵》)①

(20)小谢常携手,因之醉路尘。(《送郭参军赴绛州》)

(21)板桥寻谢客,古邑事陶公。(《送夏侯丞赴宁国任》)②

(22)诗人识何谢,居士别宗雷。(《得山中道友书寄苗钱二员外》)

(23)几人同去谢宣城,未及酬恩隔死生。(《送刘侍郎》)

---

① 诗题原作《送别驾赴晋陵即舍人叔之兄》,按"即舍人叔之兄"应为题下自注,后人误窜入题中,今据明铜活字本删。

② 题夏侯丞原作夏中丞,按诗言"古邑事陶公"则应为县丞,即夏侯审,时赴宁国县丞任,韩翃、卢纶、司空曙均有诗送行。谢客为谢灵运小字(见《诗品》),但此处板桥用谢朓《之宣城郡出新林浦向板桥》诗意,宁国正属宣城郡,故此谢客仍以指谢朓为妥。

司空曙:

(24) 因知谢文学,晓望比尘埃。(《雨夜见投之作》)

(25) 如接玄晖集,江丞独见亲。(《送夏侯审赴宁国》)

(26) 更当斋夜忆玄晖。(《早夏寄元校书》)

(27) 谢朓羁怀方一听。(《残莺百啭歌同王员外耿拾遗吉中孚李端游慈恩各赋一物》)

(28) 谢朓怀西府,单车触火云。(《送史泽之长沙》)

(29) 知有玄晖会,斋心受八关。(《送况上人还荆州因寄卫侍御象》)

崔峒:

(30) 郡楼多逸兴,良牧谢玄晖。(《登润州芙蓉楼》)

卢纶:

(31) 谢朓曾为掾,希君一比邻。(《送陕府王司法》)

(32) 谢守通诗宴,陶公许醉过。(《送宁国夏侯丞》)

张南史:

(33) 始能崇结构,独有谢宣城。(《独孤常州北亭》)

秦系:

(34) 诗兴到来无一事,郡中今有谢玄晖。(《即事奉呈郎中韦使君》)

李嘉祐:

(35) 萧条人吏散,小谢有新诗。(《和都官苗员外秋夜省直对

雨简诸知己》)

(36) 何幸新诗赠,真输小谢名。(《奉酬路五郎中院长新徐工部员外见简》)

刘长卿:

(37) 玄晖翻佐理,闻到郡斋频。(《奉和赵给事使君留赠李婺州舍人兼谢舍人别驾之什》)

(38) 惟有郡斋窗里岫,朝朝相对谢玄晖。(《送柳使君赴袁州》)

韦应物:

(39) 独往宣城郡,高斋谒谢公。(《送五经赵随登科授广德尉》)

以上都是诸家诗中直接提到谢朓的,除此之外,诗意脱胎于谢朓的例子也很多。且以韩翃为例,如《送李司直赴江西使幕》的结句:"高视领八州,相期同一鹗。行当报知己,从此飞寥廓",是脱化于谢朓《暂使下都夜发新林至京邑赠西府同僚》:"常恐鹰隼击,时菊委严霜。寄言罻罗者,寥廓已高翔。"①《送客游江南》"赏称佳丽地,君去莫应知"则是指谢朓《入朝曲》对"江南佳丽地"的赞美;《送冷朝阳还上元》颔联"落日澄江乌榜外,秋风疏柳白门前",是暗取谢朓"余霞散成绮,澄江静如练"(《晚登三山还望京邑》)之意,末句"共君携手在东田",则袭谢朓"携手共行乐"(《游东田》)之句;《送南少府归寿春》尾联"若上八公山,题诗一相报",虽未涉及谢朓诗意,但显然与谢诗有关,或者说诗人写诗时曾受到谢朓诗的触发,谢朓有《和王著作融八公山诗》,韩翃在这里是将南少府比为王融,而隐然自比为谢朓了。这类例子在大历

---

① 逯钦立《先秦汉魏晋南北朝诗》,中华书局1983年版,中册第1426页。后引先唐古诗均据此本。

诗中是较多的,如李端《送周长史》"青枫树里宣城郡,独佐诸侯上板桥",很难说诗人在作诗时没想到谢朓《之宣城郡出新林浦向板桥》一诗。至于大历诗中袭用谢朓诗语如"赏心""沧州""上客"之类更是举不胜举。可以说,无论在构思取意还是在用字造语上,大历诗人对谢朓的模仿、沿袭都是显而易见的,他们确实有意识地将谢朓奉为自己的艺术楷模。

在文学活动的信息过程中,接受者与接受对象的关系是多层次多角度的。一个对象对于同一个接受者来说,也可以从不同的层面、不同的角度去接受,众多的接受者当然就更会出现多元的交叉。以上39个例句表明,大历诗人对谢朓的接受起码有六个层面:(一)作为地方官宣城太守;(二)作为台阁郎吏;(三)作为幕僚;(四)作为一种生活态度与性格类型;(五)作为一位优秀诗人;(六)作为一种诗风的代表。不难看出,谢朓首先是作为一个文采风流的地方官或朝官、幕僚被接受的。而大历诗人在历代众多的文采风流的官僚诗人中独喜爱他,则无疑是欣赏他的"逸韵""丽藻"。这些并非谢朓所独有,倒毋宁说是六朝诗共同的特点,而六朝诗风在大历时的解冻,已为诗坛提供了多种选择的可能。在这种情况下,为什么大历诗人还独注目于谢朓呢?看来除了"文章清丽"(《南齐书·谢朓传》)①之外,我们还应该从作为一种生活态度和性格类型的谢朓形象上去探索。

当我仔细研究了谢朓以及大历时代主要诗人的生平与诗歌创作后,我深感吃惊并异常激动起来,我觉得我找到了在他们之间产生共振的那个频率,并且发现了谢朓那被人忽视了的在文学史上的特殊意义:前者在于谢朓诗中主要表现的正是后来贯穿在大历诗中的几种基本情绪,而后者则在于他最早在诗中表现了中国士大夫的典型性格——双

---

① 萧子显《南齐书·谢朓传》,中华书局1972年版,第825页。

重人格和"吏隐"的生活方式。

2. 谢朓诗中的吏隐主题

谢朓不幸的一生是令人叹惋的,这位富有才情的诗人只活了三十六岁(464—499)。置身于权力斗争的旋涡中,他一直心怀忧惧,可最终仍旧未能免于池鱼之殃。诗人一生中大都活动在建康一带,虽"东乱三江,西浮七泽",也没超出江南到荆南的长江流域。明山秀水,玉树莺花,洗炼出他纤秀清丽、精工而又圆活流转的诗风。他写了不少山水诗,刻意描绘江南秀丽的风光,可是旖旎的山水风物并不能使他忧惧的内心得到平静和安宁。读他的诗,隐约可见一个柔弱而不安的灵魂在天光水色中徘徊低唱。

谢朓诗中表现的思想感情,研究者已有很好的概括[①]。诸如渴望祖国统一,渴望济世报国,愿为驱逐强敌收复失地而慷慨赴难;爱护百姓,体恤民生疾苦,表明自己廉洁奉职、克己爱民的心迹,等等,都是谢朓诗歌的重要内容,但真正构成谢朓诗的主导倾向同时也是表现得最深刻动人的却是友情、乡情和仕隐矛盾之情。

谢朓是一位富于感情、珍视友谊的诗人。早岁在竟陵王子良西邸中时,他就广交一时文士;出京外任地方官,也与僚佐从事极为相得。集中所存诗如《酬王晋安德元》"怅望一途阻,参差百虑依。春草秋更绿,公子未西归",《临溪送别》"沫泣岂徒然,君子行多露",都洋溢着对友人的深切思念和关怀。对那些被凶险的政治风波吞噬的相知,他在身居高位、志满意得时依然念念在怀,每为"零落悲友朋"(《始出尚书省》)而一恸!

[①] 参看曹融南《谢朓诗歌创作简论》,《上海师范大学学报》1986年第2期。

思乡念归之情是谢朓诗中经常吟咏的一个主题。他以建康(今江苏南京)为自己的乡邑,每当离去,恋恋不舍。《京路夜发》诗云:"故乡邈已夐,山川修且广","行矣倦路长,无由税归鞅"! 著名的《晚登三山还望京邑》诗在满怀眷恋之情地赞美了京邑风光后,也以"佳期怅何许,泪下如流霰。有情知望乡,谁能鬒不变"的凄恻诗句结束。居外任时的诗里,更是乡愁缭绕,不绝如缕:"巩洛常睠然,摇心如悬旌"(《后斋回望》),"已伤慕归客,复思离居者"《落日怅望》),"已惕慕归心,复伤千里目"(《冬日晚郡事隙》)。这使得诗人的心境非常抑郁,哪怕在欢愉的时刻也难以排遣,因此就有了"乐极思故乡,登山骋归望"(《赛敬亭山庙喜雨》)这样的句子,缱绻之情,悱恻动人。

谢朓较后期的诗中深刻地表现了内心深处留恋禄位与寄想栖隐剧烈冲突的矛盾心情。宋齐之际,朝廷、藩邸、官僚之间的权力斗争异常激烈,政治风云变幻莫测。作为一介文士,谢朓历任朝官、郡守、幕僚,沉浮于各种政治势力之间,就像《蒲生行》一诗所描绘的:"蒲生广湖边,托身洪波侧","根叶从风浪,常恐不永植"。他很清楚自己的处境,内心常怀着"安根不可知,萦心终不测"(《咏兔丝》)的忧惧。《南齐书》本传载:

> 子隆在荆州,好辞赋,数集僚友,朓以文才,尤被赏爱,流连晤对,不舍日夕。长史王秀之以朓年少相动,密以启闻。世祖敕曰:"侍读虞云自宜恒应侍接。朓可还都。"朓道中为诗寄西府曰:"常恐鹰隼击,秋菊委严霜。寄言罻罗者,寥廓已高翔。"[1]

这种处在猜忌和中伤之中的生活是危险而令人忧郁的,他抱着全身远害的宗旨,暗萌隐退之思。还在任中书郎的时候,他就曾有句曰:"兹

---

[1] 萧子显《南齐书》,第825页。李延寿《南史》略同,中华书局1975年版,第532页。

言翔凤池,鸣珮多清响。信美非吾室,中园思偃仰。"(《直中书省》)可是他又割不断对禄位的留恋,不能下决心像陶渊明那样"乃逃禄而归耕"。这种充满矛盾、夷犹不定的心态在《观朝雨》诗中清楚地呈现出来:"戢翼希骧首,乘流畏曝鳃。动息无兼遂,歧路多徘徊!"然而,直到经历皇室内乱、出守宣城时,他也没想到要放弃官位,倒是感到一种似船儿穿过激流漂到平静的水面后的轻松悠然,故而能满意地吟出"既欢怀禄情,复协沧洲趣"(《之宣城郡出新林浦向板桥》)的句子来。守郡时他不时有"方弃汝南诺,言税辽东田"(《宣城郡内登望》)、"既乏琅琊政,方憩洛阳社"(《落日怅望》)这样的喟叹,却终未能激流勇退,竟至于成为齐室帝位之争的牺牲品,使后人三复其诗而为之一慨!

既畏惧宦海风波,希望全身远害,复留恋爵禄,下不了隐退的决心,这样一种矛盾心态在中国封建社会的士大夫阶层是一种较为普遍的存在,其外化形态就是一种双重人格;在观念上志尚清虚,追慕淡泊宁静的隐士生活,而在实际生活中却耽于口体之奉,离不开感官享乐。这两种截然相反的价值取向不仅没有尖锐冲突,导致精神的分裂,反而自然地统一在他们身上,多么奇妙呀!事情很清楚,他们为自己找到了可以泯灭矛盾冲突、使观念和行为达成和谐的最佳生活方式——吏隐,即居官如隐,半官半隐,既官又隐。好实惠的清高洒脱!

吏隐的发明者为谁已难考证,最早的传播者则恐怕是晋代的王康琚,他曾作《反招隐诗》道:

> 小隐隐陵薮,大隐隐朝市。伯夷窜首阳,老聃伏柱史。昔在太平时,亦有巢居子。今虽盛明世,能无中林士?放神青云外,绝迹穷山里。鹍鸡先晨鸣,哀风迎夜起。凝霜凋朱颜,寒泉伤玉趾。周才信众人,偏智任诸己。推分得天和,矫性失至理。归来安所期,

十一 吏隐:大历诗人对谢朓的接受

与物齐终始。①

诗中宣扬的是一种随遇而安、任其自然的生活态度,在众多实际上是鼓吹隐逸遁世的"招隐"诗中,它独树一帜,提出"小隐隐陵薮,大隐隐朝市"的口号,反对"矫性"而主张"推分得天和",肯定了一种因任自然的生活方式。而首先将这种思想付之实践,尤其是在诗中最深刻地加以艺术表现的就是谢朓。

隐逸是中国文人的传统,《易》《诗》中就有它最初的回声,连孔子也有"吾与点"的时候。汉魏以降,它在诗中的流传络绎不绝,郭璞《游仙诗》、陶渊明《归园田居》都是突出的例子。但是没有哪位诗人因此产生内心的矛盾和冲突。郭璞一心向往着仙境,幻想着"永偕帝乡侣,千龄共逍遥"(《游仙诗》),陶渊明则时刻想挣脱官场的"樊笼""尘网",为"一朝返自然"而欢欣;而谢灵运根本就没想过要归隐,因为他自觉"退耕力不任"(《登池上楼》),况且他做官丝毫没有拘束,不得志可以"肆意游遨,遍历诸县,动逾旬朔。理人听讼,不复关怀"(《南史·谢灵运传》)。总之在他们诗中,心理倾向、价值取向都是单向度的,不构成理想的冲突和人格的分裂,在他们面前没有两难的选择。即使有理想得不到实现的痛苦,那也是暂时的,最终可以化解。比如当陶渊明得遂归耕之愿时,他那风尘三十年的痛苦也就在鸡鸣狗吠声中一朝化解。

但谢朓不同,他虽也想偃仰于中园,过安宁自由的生活,但又不能忘情爵禄,不能在鱼和熊掌中选择其一,于是恋世和避世就成了无法克服的矛盾。最后诗人在"所贵能卷舒"(《咏兔丝》)的传统处世态度中找到了归宿,他希望由此调和那不可克服的矛盾,在矛盾的两端取其"中",于是吏+隐=吏隐的公式就成立了。他想在吏隐中忘却、逃避

---

① 萧统辑《文选》,中华书局1977年影印本,中册第310页。

(不是化解)内心的隐忧和痛苦,所以当他由中书郎出为宣城太守时,不禁欣然朗咏:

> 既欢怀禄情,复协沧洲趣。嚣尘自兹隔,赏心于此遇。(《之宣城郡出新林浦向板桥》)

既享受了仕宦生活的富足舒适,又得到避世的自在,不仅远离污浊险恶的官场,而且亲近自然,得以饱览山水之美。这正是诗人理想的生活,无怪他欣快之情溢于言表。抵郡后作的《始之宣城郡》,在表明自己的施政设想后写道:"江海虽未从,山林于此始。"再次肯定了既不远离廊庙又能亲近山林的这种吏隐生活。在任职期间,他写下了许多描绘自己闲放的郡守生涯的诗篇,其中无不流露着一派悠然自得的情调:

> 幸莅山水都,复值清冬缅。凌涯必千仞,寻谿将万转。……触赏聊自观,即趣咸已展。经目惜所遇,前路欣方践。(《游山诗》)
>
> 结构何迢递,旷望极高深。窗中列远岫,庭际俯乔林。日出众鸟散,山暝孤猿吟。已有池上酌,复此风中琴。(《郡内高斋闲望答吕法曹》)
>
> 国小暇日多,民淳纷务屏。辟牖期清旷,开帘候风景。泱泱日照溪,团团云去岭。岧峣兰橑峻,骈阗石路整。池北树如浮,竹外山犹影。(《新治北窗和何从事》)

还有《还涂临渚》《纪功曹中园》《闲坐》《侍宴西堂》《落日望乡》《往敬亭路中》诸多联句,全都记述了他的郡守生活"求志能两忘,即赏谢丘壑"(《纪功曹中园》)的一个侧面。

现在我们终于看清,谢朓在诗中给自己留下了一幅什么样的自画像:一个忧谗畏祸、厌倦官场生活、渴望归隐故园却又不忍放弃爵禄、内心充满矛盾的诗人形象。活在大历诗人心目中的,就是这样一个谢朓!我们从大历诗中那些俯拾皆是的"赏心""沧洲"二词的袭用,不难体会大历诗人与谢朓共鸣最强烈的正在吏隐这一点上。因为有相似的思想感情、生活态度及由此决定的主题取向,使得几百年后的大历诗人对谢朓其人其诗产生格外深刻的共鸣和无限的景仰。

3. 大历诗人接受谢朓的心理氛围

大历前后是唐开国以来战乱最频繁、经济最萧条的时期。君主无能,政治昏暗,宦官执政和朋党之争由此开始。当此之际,阉寺与台阁之间、官僚相互之间的政权、财权之争十分激烈,士人置身其间,对仕途凶险不免感到心寒。同时,流离转徙的游宦生活,又使他们长期处于离别和孤独之中,饱经羁愁旅思之苦。这一切都使生活在那个年代的诗人对现实产生强烈的不满、厌倦和失望情绪。他们也是血肉之躯的人,而且心灵的敏感多情更甚于常人,他们更强烈地渴求爱和友谊,希冀和平安宁的生活,而这些在眼前的仕宦生活中恰恰是不易获得的,于是自然地对仕宦生活产生厌倦和反感。"无事共干世,多时废隐沦。相看恋簪组,不觉老风尘"(钱起《送郎四补阙东归》)。落寞无聊常使他们怀念起入仕前的自由生活,并由此而萌动归隐的念头。

读大历诗,我们可以清楚地聆听到那回旋在诗人心头的隐逸的旋律。它的引子在诗人开始踏上仕途时的作品中就奏起了。他们根本没有经国济世的抱负,所以将出仕看作是十分勉强的"偶被功名涴我闲"(钱起《暇日览旧诗因以题咏》)。戴叔伦赴京求仕时作的《酬赠张众甫》写道:"野人无本意,散木任天材。分向空山老,何言上苑来。迢遥千里道,依倚九层台。出处宁知命,轮辕岂自媒。更惭张处士,相与别蒿莱。"当进京求仕之时与处士作别,周颙式的难堪是免不了的。更何况诗人觉得自己并非轮辕之才;按自己的本心,也只想放情山野,自适其适,而今却千里上京,汲汲求进,惭愧之余,不能不感到勉强。这种情绪比起盛唐诗人来是多么不同啊！试看李白《南陵别儿童入京》是何等得意忘形："仰天大笑出门去，我辈岂是蓬蒿人！"相形之下，大历诗人就太萎靡不振了。在他们看来，入仕就是踏上了一条充满忧患的道路，故而初得官就感叹"从官竟何事，忧患已相催"（卢纶《将赴阌乡灞上留别钱起员外》）；入仕不久便存"无心羡荣禄，唯待却垂纶"（刘长卿《西庭夜燕喜评事兄拜会》）①的念头。出于这样一种消极的苟且态度，他们对仕宦的态度往往就是"官小志已足，时清免负薪。卑栖且得地，荣耀不关身"，不但不抱晋升的野心，反倒是"却愁丹凤诏，来访漆园人"（钱起《县中池竹言怀》）了②。

当然，仕宦生活并不是那么随心、自由的，当诗人们历尽前文所述各种辛苦和烦恼之后，归隐的念头便油然而生。这意愿是如此强烈，以致大历诗中处处都震颤着它的回声。在登高之际他们会发出这样的感慨：

不得采苓去，空思乘月归。（钱起《登秦岭半岩遇雨》）

终年不得意，空觉负东溪。（耿湋《登鹳雀楼》）

经过昔日隐居之地则会引起这样的感触：

兴与时髦背，年将野老齐。才微甘引退，应得遂霞期。（钱起《晚归蓝田旧居》）

丈夫随世波，岂料百年身。今日负鄙愿，多惭故山春。（孤独

---

① 刘诗云："犹是南州吏，江城又一春。"又云："梅仙已误身。"应作于长洲尉任上。据傅璇琮《刘长卿事迹考辨》（《唐代诗人丛考》），刘长卿于天宝中及第，天宝十四载正在长洲任上，则长洲尉似应是释褐初授之职。《唐代诗人丛考》，中华书局2003年版，第255页；据王达津《卢纶生平系诗》（《南开大学学报》1979年第4期）考，卢纶于大历四年因元载荐，授阌乡尉。

② 据傅璇琮《钱起考》（《唐代诗人丛考》），此诗当作于乾元、宝应间蓝田尉任上。《唐代诗人丛考》，第445—468页。

及《壬辰岁过旧居》)

与亲故聚会时则互相劝告叮咛:

> 莫负归山契,君看陌上蓬。(李端《早春会王达主人得蓬字》)
>
> 惠爱原上情,殷勤丘中诺,何当遂良愿,归卧青山郭。(刘长卿《雨中登沛县楼赠表兄郭少府》)

而思念友人时也会互相召唤:

> 旧山暂别老将至,芳草欲阑归去来……知君素有栖禅意,岁晏蓬门迟尔开。(李端《忆故山赠司空曙》)
>
> 日夕思自退,出门望故山。君心倘如此,携手相与还。(韦应物《高陵书情寄三原卢少府》)
>
> 羁游复牵役,皆去重湖水。早晚泛归舟,吾从数君子。(戴叔伦《同辛兖州巢父卢副端岳相思献酬之作因抒归怀兼呈辛魏二院长杨长宁》)
>
> 早晚休此官,随君永栖托。(刘长卿《题王少府尧山隐处简陆鄱阳》)

见友人辞官归隐则满是欣羡:

> 一去蓬蒿径,羡君闲有余。(郎士元《赠张五諲归濠洲别业》)
>
> 吾当挂朝服,同尔缉荷衣。(钱起《酬陶六辞秩归旧居见柬》)
>
> 东征随子去,皆隐薜萝间。(刘长卿《送张栩扶侍之睦州》)

过友人隐居处则既欣羡又感慨:

> 酒酣出谷口,世网何羁束。始愿今不从,区区折腰禄。(钱起《过沈氏山居》)
>
> 见君能浪迹,予亦厌微官。(刘长卿《过邬三湖上书斋》)
>
> 暮山逢鸟入,寒水见鱼沉。与物皆无累,终年惬本心。(戴叔

伦《襄州遇房评事由》①)

与隐逸思想相关的是诗歌与佛教尤其是禅宗的关系密切起来。《新唐书·五行志》载:"天宝后,诗人多为忧苦流寓之思,及寄兴于江湖僧寺。"②因战乱带来的避地迁徙,诗人们或暂栖于寺院,或借读于僧舍,或游历参谒招提兰若,诗中涉及僧侣寺院的内容遽然增加,主要是送僧人、题佛寺之类。这在《中兴间气集》中已有所反映,《文苑英华》卷二一九"释门"374首中大历占102首,"寺院"403首中大历占109首,也从一个侧面说明了这一点。对佛教题材的兴趣与隐逸思想在出世一点上是有着共同的心理指向的,它们都与社会的变革密切相关。葛兆光对此曾有出色的分析,他指出,在盛唐时代的心理氛围下,"佛教的彼岸世界诱惑力只能限于下层辛劳人民,而上层文化社会不是把它当成酒醉饭饱之余的消食剂,就是当做点缀风雅的玩物;不是把它当做祈来世幸福的入场券,便是当做炫耀功德与财富、大兴土木的借口。而现世成佛,走向彼岸世界,或坐禅苦行,求得解脱,当时士大夫并不是十分感兴趣的"。可是,当安史之乱撕碎了现实美丽的衣装,士大夫阶层在经受了理想破灭的痛苦,对前途感到失望之后,便毫不犹豫地投身于释迦牟尼的怀抱了。"因为人的生活信念是一个固定的常数,往往是需要保持平衡的,此轻彼重,此重彼轻。盛唐之后的士大夫,除了德、顺、宪时代一度回光返照时少数像韩愈那样意志坚定的人仍在恪守传统人生观之外,大多数都在寻求填补心灵空白的填充剂。现实世界既然住不得了,那么还是住彼岸世界好了。现实世界既然令人烦恼和失望,那么还是在彼岸世界里寻找一下宁静与乐趣吧,哪怕暂时的也罢,'终日昏

---

① 题原作《汉南遇方评事》,据《唐百家诗选》卷七改。《王荆公唐百家诗选》,中华书局1987年影印本。

② 欧阳修《新唐书》,中华书局校点本,第3册第921页。

昏醉梦间,忽闻春尽强登山。因过竹院逢僧话,又得浮生半日闲'。那里是极乐之地,莲花万朵,无生无死,优哉游哉。因此,佛教获得了渗入士大夫阶层的最佳心理基础"①。这一论断是令人信服的,与盛唐相比,大历诗人与佛教的关系明显地密切起来。诗中时时流露的禅意,显出他们浸染佛教之深,超过了以前任何一个时代的诗人。

当然,相对观念义理而言,大历诗人对佛学的接受,更多地是在生活方式方面。佛地在他们眼中不太像个充满神秘意味的信仰境界,倒更像是人间一个避世肥遁的隐逸佳处:

空门寂寂澹吾身,溪雨微微洗客尘。卧向白云情未尽,任他黄鸟醉芳春。(戴叔纶《精舍对雨》)

诗人在疲劳的奔波后,投宿佛寺,只觉得身心恬如,尘烦顿清,连寺外美好的春景也失去了吸引力。寺院本来多建于名山胜地,竹树泉石,点缀其间,相比扰扰板荡的人世间自然清净异常。身临其境,返顾世事,难免有"苦海波涛何日平"(卢纶《宿石瓮寺》)的慨叹。张谓《同诸公游云公禅寺》云:"地与喧闻隔,人将物我齐。不知樵客意,何事武陵谿?"在他们眼中,寺院就是个世内桃源,到此足以避世求闲,甚至可以实现庄子的齐物理想。出于这种良好的感觉,每当宿寺游寺,他们便会表示"永愿容依止,僧中老此身"(卢纶《题兴善寺后池》),或"一愿持如意,长来事远公"(司空曙《同苗员外宿荐福常师房》)。大历诗人题咏寺院或纪游纪行的作品多不胜数,这种愿望就一次次地振荡在其中。读一下韦应物《经少林精舍寄都邑亲友》,钱起《题精舍寺》,耿湋《题藏公院》《春日游慈恩寺寄畅当》《寻觉公因寄李二端司空十四曙》,李端《慈恩寺陈上人房招耿拾遗》,刘长卿《惠福寺与陈留诸官茶会》等诗,

---

① 葛兆光《禅宗与中国文化》,上海人民出版社 1986 年版,第 26—27 页。

我们都能听到同样的回声。在这种情形下,道家与佛教在隐逸生活方式上也达成了同一。对钱起这样归思极浓的诗人,道院仙观同样也是很有吸引力的地方,他的《过桐柏山》《登覆釜山遇道人二首》都是企慕出尘遁世、抒发归隐之怀的。但就大历诗人的总体情况来看,其观念中占优势的还是佛教,尤其是方兴未艾的禅宗。李端《书志赠畅当》序云:"余少尚神仙,且未能去,友人畅当以禅门见道,余心知必是,未得其门,因寄诗以咨焉。"畅当是否精于禅学,未及致详,他现存诗中只有《宿报恩寺精舍》一首涉及佛教,不过言山寺之清凉宜人,"杳杳空寂舍,濛濛莲桂香",也许他重视的仍然在于禅宗的生活情趣,图个闲适罢了。

大历诗人对佛教的兴趣确实只停留在生活方式上,能悟到"浮世今何事,空门此谛真。死生俱是梦,哀乐讵关身"(耿湋《春日游慈恩寺寄畅当》)的已很难得,大多数人亲近僧徒,喜游佛寺,不外乎图个清净适意,图个好景致。请看王武陵《宿慧山寺》诗的序是怎么说的:

> 戊辰秋八月,吴郡朱遐景自秦还吴,南次无锡,命余及故人窦丹列会于惠山之精舍。是时山林始秋,高兴在木;凉风白云,起于座隅;逍遥于长松之下,偃息于磐石之上。仰视云岭,俯瞰寒泉,夕阳西归,皓月东出,群动皆息,视身如空,立(按疑应作玄)言妙论,以极穷奥,丹列有遁世之志,遐景有尘外之心。余亦乐天知命,怡然契合,视富贵如浮云,一歌一咏,以抒情性。夫良辰嘉会,古人所惜,序述不作,是阙文也。山林之下,景物秀茂,赋诗道意,以纪方外之游。①

不是么,有了这样的良辰美景,他们才能"旷然出尘境,忧虑澹已忘"

---

① 《全唐诗》卷275,《全唐诗》(增订本),中华书局1999年版,第5册第3117页。

(王武陵《宿慧山寺》),于是"视身如空",于是"视富贵如浮云"。足见他们的"遁世之志""尘外之心",只不过是要觅得一个清静所在,借以逍遥忘忧,逃避世间的苦难和烦恼罢了。这一点,刘长卿《泛曲阿后湖简同游诸公》说得再坦白再清楚不过了:"且习子陵隐,能忘生事忧。此中深有意,非为钓鱼钩。"既抱这样的目的,只要有佳山胜水,只要有舒适闲放的生活便足矣,并不在乎行藏进退。所以尽管他们口口声声说要归隐,其实又有多少人真的挂冠归去了呢?正像诗僧灵澈尖刻地讥诮的,"相逢尽道休官好,林下何曾见一人?"(《东林寺酬韦丹刺史》)他们不仅没有放弃仕宦生活,偶尔还会有"剖竹老人迟"(李嘉祐《赠王八衢》)的不满。隐逸的调门叫得最高的钱起,休沐中归山居,对来访的知音说:"应念潜郎守贫病,常悲休沐对蓬蒿。"(《重赠赵给事》)闲适是想要的,但必须过得富足舒适。因此一旦罢官受穷,马上就有牢骚:"忘机贫负米,忆戴出无车。"非但要像子路那样为双亲负米,连乘车去看看朋友也不可能了,难怪他要悲悼"宦名随落叶,生事感枯鱼"(《罢官后酬元校书见赠》)。这不是很留恋官禄么?虽然平时喊着要归隐,似乎多做一天官也不乐意,此刻又何尝因为罢归而欣然了呢?当然,这种言行的矛盾,是可以理解的。没办法!不做官,诗人们的生活就太贫困了。看看皇甫冉送陆邃出山时所述自己的生活景况吧:

> 顷者江淮征镇,屡有抡材之举,子不列焉,有司之过。予方耕山钓湖,避人如逃寇,徒欲罗高鸿,捕深鱼,穷年竭日,其可得也?今齿发向暮,执劳无力,众雏嗷嗷,开口待哺。如有知者,子其行乎,无为自苦。(《赋长道一绝送陆邃潜夫》序)

钱起罢官回家虽不至于"持家但有四立壁"(借黄庭坚《寄黄几复》句)的境地,但"穷巷闻砧冷","家人愁斗储",景况也够黯淡的了。皇甫冉躬自耕钓难以维持家计,所以告诫友人有官且做,免得贫窭仓促。大历、贞元时期是唐帝国财政极度窘迫的时候,吏员官俸不仅被减削,还常常拖欠,以至于清廉的士大夫为官不能养家①,甚至悲惨到受饿而死的地步②。为官者尚且叫穷不迭,布衣的日子当然就更艰难了。在这种状况下,谋生便常成为诗人出仕的主要动机之一。他们在诗中并不回避这一点,常常坦白地表示自己耽滞宦途是为了生计而迫不得已:

  只为乏生计,尔来成远游,一身不家食,万事从人求。(刘长卿《睢阳赠李司仓》)

  暂屈文为吏,聊将禄代耕。(郎士元《送王司马赴润州》)

  家贫求禄早。(李端《下第上薛侍郎》)

  全家望此身。(耿湋《过三郊驿却寄杨评事时此子郭令公欲有表荐》)

  年少奉亲皆愿达,敢将心事问玄成。(李端《卧病闻吉中孚拜官寄元秘书昆季》)

一边这么说,一边还不满地嘟囔:"徒云资薄禄,未必胜闲居。"(皇甫冉《酬李司兵直夜见寄》)不管怎么说,生计是他们流连仕途、未践归隐之愿的一个重要理由。此外,他们还强调国难未已,君恩难违,故不能退隐:

  荣宠无心易,艰危抗节难。(王烈《酬崔峒》)

  江湖难自退,明主托元元。(刘长卿《奉和杜相公新移长兴宅呈元相公》)

---

① 赵璘《因话录》卷三云:"新野庾倬,贞元初,为河南府兵曹,有寡姊在家。时洛中物价翔贵,难致口腹,庾常于公堂辍己馔以饷其姊。始言所爱小男,以饷之。同官初甚鄙笑,后知之,咸嘉叹。"《唐国史补 因话录》,上海古籍出版社1957年版,第85页。

② 钱易《南部新书》甲集云:"建中末,姚况有功于国,为太子中舍人,旱蝗之岁,以俸薄不自给而以馁终。"《南部新书》,中华书局出版社2002年版,第6页。

十一 吏隐：大历诗人对谢朓的接受

圣朝难税驾，惆怅白云深。（刘长卿《寄会稽公徐侍郎》）

上怀犬马恋，下有骨肉情。何当四海晏，甘与齐民耕。（韦应物《京师叛乱寄诸弟》）

这两方面的理由未必不是实情，国步艰难，生计窘迫，都不允许他们告退于非常之时。但我们若是真相信他们如有经济保证，可过安逸生活，就会挂冠归去，那未免也太天真了。他们确实很羡慕隐逸生活的惬意，也希望自己能过上那样的日子，但从根本上说那只能作为仕宦生活的补充，而不能替代它。非此即彼的选择，他们是不愿做的。"聊将禄代耕"，"艰危抗节难"，对当时大多数诗人来说，不过是留恋宦途的一个堂而皇之的借口。仕宦，作为封建社会士人满足人生最高层次需要——实现自我的必要前提[①]，他们是不会也不愿轻易丢掉的。在这方面，他们同样有着思想矛盾，一方面大唱隐逸的赞歌，一方面却又希望官做得平安些、顺利些。就像李端，老是在高唱"岁晏不我弃，期君在故山"（《卧病别郑锡》），"愿与神仙客，同来事本师"（《慈恩寺暕上人房招耿拾遗》），吉中孚由道士拜官还俗他还不无讥讽地赠诗道："闻有华阳客，儒裳谒紫微。旧山连药卖，孤鹤带云归。柳市名犹在，桃源梦已稀。还乡见鸥鸟，应愧背船飞。"（《闻吉道士还俗因而有赠》）但在《题郑少府林园》一诗中他却自伤不达"独有宗雷贱，过君着敝袍。"《宿荐福寺东池有怀故园因寄元校书》又言"抚枕愁华鬓，凭栏想故乡"，心情颇为不怿。但他并不想归去，反而向元校书陈情："末路还思借，前恩讵敢忘。"如果我们知道这个元校书是元载之子伯和，那么他何以要"惭将多误曲，今日献周郎"的用心也就一目了然了。在《晚游东田寄司空曙》一诗里他甚至告诫司空曙："莫作隳官意，陶潜未必贤。"而他

[①] 这个问题可参看蒋寅《关于中国古代文学理论体系》（《文学遗产》1986年第6期）一文，收入本书。

这位朋友也同样对别人说:"莫爱浔阳隐,嫌官计亦非。"(《送菊潭王明府》)在后代谁敢这么说,不怕被人斥为俗客? 只有他们,有着谢朓一样深刻的思想矛盾和双重人格的大历诗人,才会满不在乎地对陶公表示不屑。

  归隐与恋官的矛盾表现了中国士大夫典型的双重人格。陶渊明之所以能成为高风亮节的象征,被认为不可企及,就在于超越了仕隐的矛盾,宁可受穷,毅然归耕。然而,陶潜真正成为隐逸诗人的不祧之宗被普遍崇拜,还要到宋代经过苏东坡的大力吹捧之后①。大历诗人崇拜的是谢朓。谢朓使仕隐的矛盾在吏隐中得到了巧妙的化解,大历诗人深得其心,亦步亦趋,同样试图在吏隐中消融仕隐的对立和冲突。

4. 吏隐作为生活方式及其文化背景

  吏隐既然涉及生存的物质基础,那么就不纯粹是个社会心理问题,而必与当时文人的生活方式及生存状况密切相关,同时与特定的文化背景发生关系。大历诗人官多不达,仕履主要集中于台阁郎官、州县牧守和幕府僚佐三个群落,政治和经济地位决定了他们只能依靠仕宦立身,在仕宦中谋取超越世俗的趣味和享乐。

  唐代达官贵人多在京城建置园林别业,退食自公,便悠游于山水泉石间,招邀文人,诗征酒逐,古人所谓"大隐隐朝市",不外乎如是。因此钱起《题秘书王迪城北池亭》云:"还追大隐迹,寄此凤城阴。"《过王舍人宅》又云:"大隐心何远,高风物自疏。"这种生活教地位不高、还不能免于饥寒的诗人欣羡不已。钱起游赏裴仆射的东亭,体会城市山林的境界,终于领略大隐隐朝市的奥妙:"则知真隐逸,未必谢区寰!"

---

① 参看钱锺书《谈艺录》二十四"陶渊明诗显晦"条,中华书局1984年版,第88页。

(《裴仆射东亭》)包佶《秋日过徐氏园林》也颇有感触地喟叹:"屡入忘归地,长嗟俗事牵。"如果说游宴是逃世的一种方式,那么园林就为它提供了最佳的场所。无怪他们称之为"信上智之高居,人间之方外者也"①。

一般诗人无力购置园林,便在近郊建造别业,常日悠游其中,却也自得其乐。这样,他们虽寄名吏籍,实际很少过问事务,遂与隐居相去无几。故而戴叔伦《赠韦评事赟》说:"由来居物外,无事可抽簪。"像独孤及的东山茅茨②,刘长卿的碧涧别墅,戴叔伦的清风亭③,钱起的蓝上别业,无不是"拙宦不忘隐,归休常在兹"(钱起《酬元秘书晚出蓝溪见寄》)的遁迹之地。如果是地方官,他们往往还会同文士隐者饮宴游乐,如戴叔伦《张评事涉秦居士系见访郡斋即同赋中字》诗云:

> 轺车忽枉辙,郡府自生风。遣吏山禽在,开樽野客同。古墙抽腊笋,乔木飐春鸿。能赋传幽思,清言尽至公。城欹残照入,池曲大江通。此地人来少,相欢一醉中。

这首诗作于贞元初作者任抚州刺史时,同时还有《奉酬秦征君系春日抚州西亭野望兼寄徐少府》一诗④,有句曰:"终日愧无政,与君聊散襟。""无政"未必是实,诗人自谦罢了⑤,但"散襟"却是实实在在的。大历诗人居官无不倦于案牍、懒于簿书而勤于游乐,在他们身上显出"腰悬竹使符,心如庐山缁"(韦应物《郡内闲居》)的奇妙统一。对他

---

① 梁肃《晚春崔中丞林亭会集诗序》,《全唐文》,第 6 册第 5262 页。
② 韦夏卿《东山记》,《全唐文》,第 5 册第 4473 页。
③ 权德舆《暮春陪诸公游龙沙熊氏清风亭诗序》,《文苑英华》卷七一六,中华书局 1966 年版,第 5 册第 3704 页。
④ 《文苑英华》卷二三○误作韦应物诗,说详蒋寅《戴叔伦的传记碑文及诗文辑佚》,《镇江师专学报》1985 年第 2 期。
⑤ 戴叔伦在抚州刺史任上政绩卓著,曾受德宗诏书褒美(《新唐本·戴叔伦传》),去任后当地立有遗爱碑,见王象之《舆地碑记目》卷二抚州碑记。

们来说,"公堂日为倦",只有游乐才能"幽襟自兹旷"(韦应物《扈亭西陂燕赏》),于是便日耽山林之乐,"意欲脱人世之羁鞅,穷山林之遐奥"①。在这一点上,韦应物表现得最为突出。他的诗,无论是任洛阳尉、高陵令时所作,还是任滁州、江洲、苏州刺史时所作,都记载了他登山临水,"昏旭穷陟降,幽显尽披阅"(《同元锡题琅琊寺》)、"屡访尘外迹,未穷幽赏情"(《秋景诣琅琊精舍》)的闲放生活。有时"兹焉赏未极",便"清景期杪秋"(《游灵严寺》)。像《简寂观西涧瀑布下作》一诗所述的"窥萝玩猿鸟,解组傲云林。茶果邀真侣,觞酌洽同心",就是他居官时日常生活的典型写照。这一类作品不妨称之为"郡斋诗"。而韦应物的名作《郡斋雨中与诸文士燕集》便是郡斋诗的代表。诗中写道:

> 兵卫森画戟,宴寝凝清香。海上风雨至,逍遥池阁凉。烦疴近消散,嘉宾复满堂。自惭居处崇,未睹斯民康。理会是非遣,性达形迹忘。

诗中不仅对官衙气氛的描写生动逼真,就是所流露的情调也很典型,反映出大历诗人思想上的矛盾:他们有体恤百姓之心,愿尽忠职守为民谋福,但同时又厌烦俗务,希求过一种逍遥闲适的生活。在这类郡斋诗中,我们时常可以看到谢朓的影子在徘徊。

韩翃是大历诗人中惟一不甚鼓吹隐逸、未在诗中流露出归欤之叹的诗人。他不但自励"青琐应须早去,白云何用相亲"(《宿甑山》),对在别业住久了的友人也"相劝早移丹凤阙,不须常恋白鸥群"(《送田明府归终南别业》),然而正是这位诗人却对吏隐最为热衷。集中《寄武陵李少府》称李少府做官是"小县春山口,公孙吏隐时";《送中兄典邵

---

① 梁肃《游云门寺诗序》,《全唐文》,第6册第5264页。

州》则设想中兄:"百事无留到官后,重门寂寂垂高柳。零陵过赠石香溪,洞口人来饮醇酒。"《送夏侯侍御》也悬拟友生的仕宦生活是:"使君下马爱瀛洲,简贵将求物外游。听讼不闻乌布帐,通宾暂着紫绨裘。公庭日夕罗山翠,功遂心闲无一事。"《赠别成明府赴剑南》云:"县道橘花里,驿流江水滨。公门辄无事,赏地能相亲。解衣初醉绿芳夕,应采蹲鸱荐佳客。霁水远映西川时,闲望碧鸡飞古祠。"《送山阴姚丞携妓之任兼寄山阴苏少府》一诗更是对姚氏的风流倜傥大肆描绘,有如目睹:"山阴政简甚从容,到罢唯求物外踪。落日花边剡溪水,晴烟竹里会稽峰。才子风流苏伯玉,同官晓暮应相逐。加餐共爱鲈鱼肥,醒酒仍怜甘蔗熟……"这种铺叙与姚系《送陆浑主簿赵宗儒之任》的"故人吏为隐,怀此若蓬瀛"一样,与其视之为想象的描绘,不如视之为现实的再现。李阳冰《忘归台铭》这样写道:"叠嶂回抱,中心翠微,隔山凶川,沟塍如棋。环溪石林,春迷四时。曲成吏隐,可以忘归。"大历诗人就这样在吏隐中找到了他们悠游逸乐的天地,从而忘却了乡愁,泯灭了归思。他们自觉地去开拓这片天地,使它成为栖息那惊惧不安的苦难灵魂的乐土。如果说谢朓诗中最早表现了仕隐之间的深刻矛盾,并力求在吏隐中达成它们的统一;那么大历诗人则可以说在吏隐中消解了这一对矛盾,并使吏隐的方式定格为中国古代文人基本的生活态度和生活方式。在这点上,我们看到了他们之间最根本的共通点。

当然,大历诗人的吏隐绝不只是受谢朓诗的影响,虽然像钱起在《穷秋对雨》"始信宣城守,乘流畏曝腮"这类诗句中所显示出的,他们对谢朓诗中展示的那种心态的确深有契会,但那也是共同的境遇使他们在前辈诗中发现了同步的心律而已,只能说是他们尊崇谢朓的原因而不是其结果。

大历诗人的吏隐,动因很多。社会方面的,经济穷困,政治昏暗,使诗人对政治生活失去信心,丧失了进取精神;个人方面的,由于当时政治局势动荡不安,文士常受到权力斗争的波及。如包佶、卢纶等因元载被诛而遭贬,戴叔伦因刘晏被贬而出为东阳令,司空曙曾被贬为长林丞,崔峒被贬为潞州功曹,李嘉祐被贬为鄱阳令,顾况被贬为饶州参军,皇甫曾被贬为舒州司马,刘长卿"刚而犯上,两遭迁谪"①,先贬南巴尉,后因吴仲孺诬奏再贬睦州长史……险恶莫测的仕途风浪促使他们远离尘嚣之地,放情山水;而严酷的政治迫害,更使他们心灵蒙上"谪宦犹多惧,清宵不得终"②、"心惊比栖鸟"③的惶惧,只能"迁人到处唯求醉"④,在昏沉浑噩中逃避痛苦和忧伤。这是吏隐所涉及当时政治生活和社会心理两方面的原因。此外,老庄道家的隐逸传统也不可忽视,但最需要在此讨论的还是禅家修行思想及方式的影响。

就本质来看,吏隐与禅宗的修行方式是相通的,它们都强调了方式和过程的自然性、适意性。我以为吏隐的盛行和自觉,与惠能对禅学的变革有着密切的关系。说到底,全部佛教都与禅密不可分,由禅入定是佛教超验证悟方式的基础。从小乘教和四谛十二因缘观到天台宗的一心三观、华严宗的法界观,无不由禅肇基,惟具体内容稍有差异。坐禅的形式也是佛教的通则,是实践上首要的修行方法,所以宗密说"三乘学人欲求圣道,必须修禅,离此无门,离此无路"⑤。坐禅之法始于天竺,由达摩传来中国,直到惠能之前,中国早期禅宗莫不坐禅。惠能南

---

① 高仲武辑《中兴间气集》卷下刘长卿诗评语,《唐人选唐诗(十种)》,上海古籍出版社1978年版,第290页。

② 司空曙《酬郑十四望驿不得同宿见赠因寄张参军》,时作者贬长林县丞。

③ 戴叔伦《赴抚州对酬崔法曹晓灯离暗室五首》之一,题据《万首唐人绝句》卷四改,时诗人遭谤陷被牒传executors询问。《万首唐人绝句》,书目文献出版社1983年版,第58页。

④ 司空曙《过长林湖西酒家》,诗作于贬长林丞时。

⑤ 宗密《禅源诸诠集都序》卷上之一,《大藏经》,中华佛教文化馆影印本,第48册第399页。

宗,虽以禅立名,却并不坐禅。惠能说:"道由心悟,岂在坐也?"[①]而《坛经》里提到的坐禅也完全是另一回事,如"坐禅一切无碍","外无一切境界不起为坐,见本性为禅……外离相曰禅,内不乱曰定"[②]。此所谓"坐禅"已不是合掌闭目打坐,而是"无念"的别称了。对"东山法门"严格的修行实践——"一行三昧",惠能也摒弃旧义,主张"于一切时中,行、住、坐、卧常行真心"即是"一行三昧"[③]。基于这种自然主义的态度,惠能对禅定提出了一种大胆的变革思想:"若欲修行,在家亦得,不由在寺……但愿自家修清净,即是西方。"又称"法元在世间,于世出世间,勿离世间上,外求出世间"。这种中国化的禅学不仅吸取了老庄哲学自然主义的精髓,也与古代"小隐隐陵薮,大隐隐朝市"的遁世思想一脉相通,遥相呼应。它泯灭了世间与出世间的界限,使此岸世界与彼岸世界从此融通为一。由于与传统思想合流,尤其是大开了简易功夫的方便法门,南宗禅学一兴起便对当时士大夫的生活态度和生活方式产生极大影响,被他们普遍接受。张谓《同诸公游云公禅寺》云:"地与喧闻隔,人将物我齐。不知樵客意,何事武陵谿?"张南史《江北春望赠皇甫补阙》云:"闻道金门堪避世,何须身与海鸥同?"都体现了这种即境而乐,随遇而安,"于世出世间"的精神。戴叔伦笔下的韦赞也是如此:"与道共浮沉,人间岁月深。是非园吏梦,得失塞翁心。细草谁开径,芳条自结荫。由来居物外,无事可抽簪。"(《赠韦评事赞》)这里虽有着浓厚的道家色彩,但"由来居物外,无事可抽簪"的吏隐也是与那种在家修行相通的:虽在人间而与道浮沉,从而达到精神上的超脱与清净。既然能由此超出"物外",当然也就没有必要抽簪辞官了。果

---

① 普济《五灯会元》卷一"六祖惠能大鉴禅师",中华书局1984年版,第55页。
② 郭朋《坛经校释》,中华书局1983年版,第37页。
③ 郭朋《坛经校释》,第27、71页。

然,韦儇也确实没那么做,否则此时小小的评事就不会做到后来的睦州刺史了①。相同的例子是房由,戴叔伦说他"移家住汉阴,不复问华簪","与物皆无累,终年惬本心"(《襄州遇房评事由》),但这也不妨碍他官做到度支郎中。这正是吏隐的妙处。

  隐逸作为中国古代人文精神的一个传统,在观念上崇尚独善其身、高蹈出世的自由人格,在实践上则表现为与社会生活尤其是官场俗务相对立的闲适生活方式。从《诗经》"衡门之下,可以栖迟"、《周易》"不事王侯,高尚其事"就预示了它在后代发展的两个基本方向:一是取其闲适,作为对纷繁嘈杂的朝市生活的调节与逃避;一是否定现行政权与政治生活,采取不合作的态度。谢朓可以说是前者的代表,而后者的代表当然非陶渊明莫属。大历诗人的吏隐属于前者,这就是他们何以宗谢而不宗陶的缘故。封建士大夫赖以为思想支柱的儒家学说,本身就有兼济和独善两个相反却又相通的价值取向,因此历代文人就像走钢丝一样在两者之间寻求平衡,找到一个合适的行为尺度。从谢朓到大历诗人,吏隐这个最佳生活方式被发现了,并且在诗中得到广泛的宣扬和热情的歌咏,从此它日益深入人心,日渐融入文人的灵魂和血液中。

---

① 见《新唐书》卷七十四上《宰相世系表》四上。《新唐书》,中华书局1975年版,第3079页。《严州图经》卷一,唐刺史题名有"韦儇,贞元四年正月十六日自驾部郎中拜",应即其人。《淳熙严州图经》,《宋元方志丛刊》第5册,中华书局1990年版,第4299页。

十二 古典诗歌中的"吏隐"
——一个传统观念及诗歌话语的形成

昔年我在撰写博士论文《大历诗风》时,曾用"吏隐"一词指称谢朓"既怀欢禄情,复协沧洲趣"(《之宣城郡出新林浦向板桥》)两句所表现出的仕隐矛盾得到调和的满足心态及其对大历诗人的影响。当时因见识肤浅,对"吏隐"一词的由来及其中包含的问题并未深究,便率尔提出了自己的意见。日本学者赤井益久先生在书评中充分肯定了这一问题提出的意义,同时也指出我的论述因缺乏历史感而流于表面化的不足。随后他又发表《关于中唐的吏隐》一文,细致地分析了"吏隐"在唐诗中含义的微妙变化[①]。他的研究促使我进一步思考吏隐的问题,留心搜集有关资料。近年来唐代诗人在仕隐关系上的态度问题逐渐受到重视,出现一些专题论文,就具体作家的心态与诗歌创作提出了有意义的结论[②],我想在此基础上对"吏隐"问题作一番综合性的阐述。

[①] 赤井益久《(书评)蒋寅著〈大历诗风〉》,京都大学《中国文学报》第47册,1993年;《关于中唐的吏隐》,《国学院中国学会报》第39号,1993年。

[②] 如杨墨秋《既怀欢禄情 复协沧洲趣——从宋之问的隐逸诗谈其性格的两重性》,《古典文学知识》1994年第4期;李树志《心隐与身仕——浅析王昌龄的矛盾心态》,《云南师范大学学报》1994年第2期;西村富美子《中唐诗人的隐逸思想——白居易的吏隐、真隐》,《平野显照教授退休纪念特集中国文学论丛》,大谷大学文艺学会1994年版;汤浅阳子《苏轼的吏隐——以密州知事时代为中心》,《中国文学报》第48辑,京都大学文学部中国文学会1994年版。

1. 有关"隐"之种种名目

"隐"在中国是个很古老的话题，《周易》"不事王侯，高尚其事"被认为是"隐"的观念的最早表达。《诗·卫风·考槃》一直被解释为对"贤者隐处涧谷之间"的赞美，而"衡门之下，可以栖迟"（《陈风·衡门》）则被视为"隐居自乐"的写照。到晋代皇甫谧撰《高士传》，高士成为仅亚于圣贤一流的人物而备受景仰，"隐"或"隐逸"几乎成了操行高洁的代名词。这种根深蒂固的观念，直到清代才受到质疑。以《孟子正义》著名的学者焦循撰有《非隐》一文，专论"隐"的悖谬。他说："人不可隐，不能隐，亦无所为隐。有周公、孔子之学而不仕，乃可以隐称。然有周公、孔子之学，则必不隐。"在他看来，隐者如被褐怀玉，是怀其才学而不用的意思，不学无识者就像樗散之木，人本弃之，何有于隐？而抱才负学如周公、孔子那样的圣人，则肯定起而济世，不甘于隐。所以他对巢父、许由以降的高尚其事，都认定是"自知其智不能益人家国，故托迹山林以藏其拙。其独行矫世则有余，出而操天下之柄则不足。故耕而食，凿而饮，分也；出则为殷浩、房绾，贻笑天下"。他断言："宜于朝则朝，宜于野则野。圣人之藏所以待用也，无可用之具而自托于隐，悖也。"① 为此，他自己虽不出仕，却也不以隐士为标榜，乡居课徒，优游著述，以学者终老。焦循是清代少见的思想敏锐的学者，他的见解固不同于流俗，当然也不是一种普遍观念。实际上"隐"在中国古代，不但一直是人们津津乐道的话题，而且名目繁多，不胜枚举。

陆方涛《赠菊隐翁序》云："古之以隐名者，隐于吏，隐于市，隐于渔

---

① 焦循《雕菰楼文集》卷七，道光四年阮福刊本。

樵、黄冠缁衣之间。"①于是相应有吏隐、市隐、渔隐、樵隐、禅隐之名。但最早出现的也许是"坐隐",这是晋代王坦之对围棋的称呼,见《世说新语·巧艺》。秦东陵侯邵平以布衣种瓜于长安,后又有汉施延种瓜自给,姚俊常种瓜灌园,后人称之为瓜隐②。与瓜隐接近的是农隐,李柏《槲叶集》卷四《樵南花》序中有此一名。渔隐、樵隐最为常见,而且往往与一种在野舆论的印象联系在一起。所以讲史、诗评每冠以渔隐、樵隐之名,诗话中即有胡仔《苕溪渔隐丛话》和林钧《樵隐诗话》。清代李魁春喜种竹画竹,名其斋曰竹隐③,乐元淑爱莲而居于莲湖,因称莲隐④。宋末陶氏隐于王江泾,艺菊千本,自号菊隐⑤;唐伯虎《菊隐记》称友人医生朱大泾隐于菊,己隐于酒,则明朱大泾亦有菊隐之名。大泾之孙汝圭精于茶事,自号茶隐⑥。唐伯虎则自命为酒隐。无独有偶,清代田霢晚年亦号菊隐,见其自撰墓志。吴玉映"隐于市而以菊自娱",号菊隐翁⑦。清代还有何璧堂,嗜酒,数石不醉,遂目为酒隐,见何曰愈《退庵诗话》。市隐指隐于商贾,强望泰《白鹤堂诗文稿序》:"迪庵弃诸生,托迹市隐。"吴县商人亢树滋也将自己的诗文集命名为《市隐书屋诗文稿》。这只是一种美言,实则如毕淑慧所说"市隐钱刀俗"。其他如隐于医称韩隐,黄瑞莲《韩隐庐诗钞》自序称贫无立锥,效韩伯休卖药街头,因以榜其庐⑧。隐于木工称艺隐,清初萧诗以攻木为业,暇则

---

① 陆方涛《赠菊隐翁序》,《陆氏传家集》,同治十一年刊本。
② 见田雯《广种瓜说》,《古欢堂集·杂文》卷一,康熙刊本。
③ 沈德潜《李逸民墓志铭》,《归愚文续》卷十,乾隆刊本。
④ 见吴照《题乐元淑莲隐图》,《听雨斋诗集》卷十二,嘉庆刊本。
⑤ 郭麐《灵芬馆诗话》卷八,嘉庆刊本。
⑥ 钱谦益《茶供说赠朱汝圭》,《牧斋有学集》卷五十,下册第1650页。
⑦ 陆方涛《赠菊隐翁序》,《陆氏传家集》,同治十一年刊本。
⑧ 袁祖光《绿天香雪簃诗话》卷四,晨风阁丛书本。

吟咏,钮琇目为艺隐(《国朝诗话》卷一)。躬耕力田称农隐①,僧人出家称梵隐或禅隐②,爱茶者如阮元曰茶隐,喜弈者如方濬颐又曰弈隐③,梨园弟子则称伶隐④,善琴者称琴隐⑤。善谱词曲者则称词隐,明代著名曲家吴江沈璟,乡里即称词隐先生⑥。简直什么职业和爱好都可以和"隐"挂钩。连闺秀也要凑热闹,清代诗人王昙妻金云门工画,自称画隐⑦。临川蔡世韶女有《闲居》诗云:"圣朝征辟无遗士,且让蛾眉作隐居。"⑧这可以说是闺隐。毕沅女淑慧作《桃花渔隐曲》云:"吏隐案牍烦,市隐钱刀俗。农隐苦勤劳,禅隐憎寂寞。争似烟波作钓徒,花外千山万山绿。"⑨她对前人的各种隐都不满意,所以独赏烟波钓徒,拟之前文似应称钓隐。最可笑的是陈继儒,虽不做官,宾客交游,车骑阗溢门巷,自号通隐,倒也名副其实。俞兴瑞《翏莫子集》有《杨抡亭色隐图序》,所谓色隐,不过是狎斜的文雅说法,流连烟花场而硬要和"隐"联系起来,不正说明人们对隐的热衷吗?

  以上种种隐,正如清代陈用光所说,"其曰隐者,廋词也,犹曰吾乐乎是云尔"⑩,在很大程度上是一种生活乐趣,与我们要讨论的吏隐有

---

  ① 李柏《樵南花》序,《槲叶集》卷四,光绪刊本。

  ② 唐孟郊《赠道月上人》:"欲知禅隐高,缉薜为袈裟。"清释祖观有《梵隐堂诗存》十卷,素中有《禅隐诗》一卷(见《贩书偶记续编》)。

  ③ 方濬颐《与兰甫书》,《二知轩文存》,《方忍斋所著书》,台湾联经文化事业公司影印稿本。

  ④ 周梣《赠伶隐汪笑侬》诗,《雁来山馆诗钞》,《著作林》第六期。

  ⑤ 李柏《寄岐阳琴侠李显吾》,《槲叶集》卷三,光绪刊本。

  ⑥ 朱彝尊撰,姚祖恩编《静志居诗话》卷十六,人民文学出版社1990年版,下册第466页。

  ⑦ 汪端《题王仲瞿烟霞万古楼诗集后》自注,《自然好学斋诗钞》卷七,道光刊本。

  ⑧ 棣华园主人《闺秀诗评》卷二,咸丰元年刊本。

  ⑨ 王蕴章《然脂余韵》卷二,1918年商务印书馆铅印本。

  ⑩ 陈用光《菊隐图记》,《太乙舟文集》卷四,道光二十三年重刊本。

些差别,也不像吏隐那样成为人们兴趣的焦点和热衷的话题。"吏隐"是官人特有的话题,当然也只与士大夫阶层发生关系。

"吏隐"一词究竟起于何时,已不能确考。从现有文献看,它在唐初已开始被使用。宋之问《蓝田山庄》有"宦游非吏隐,心事好幽偏"之句。大诗人杜甫也热心于使用"吏隐"一词,《院中晚晴怀西郭茅舍》云:"浣花溪里花饶笑,肯信吾兼吏隐名。"《东津送韦讽录摄阆州从事》云:"闻说江山好,怜君吏隐兼。"《白水县崔少府十九翁高斋三十韵》云:"吏隐适性情,兹焉其窟宅。"之后韩翃有《寄武陵李少府》云:"小县春山口,公孙吏隐时。"姚合有《寄永乐长官殷尧藩》云:"故人为吏隐,高卧簿书间。"刘禹锡有《吏隐亭述》,称"元和十年,再牧于连州,作吏隐亭海阳湖壖"。宋代以后,吏隐一词便成常语,为官人所津津乐道。文籍浩繁,翻检不易,这里仅就寓目所及略举数例:

(宋)僧希昼《寄题武当郡守吏隐亭》:"郡亭传吏隐,闲自使君心。"(《瀛奎律髓》卷三十五)

王禹偁《游虎丘》:"我今方吏隐,心在云水间。"(《小畜集》卷六)

姜特立《夏日奉天台祠禄》:"便是赤城真吏隐,不须刘阮更相将。"(《瀛奎律髓》卷六)

(明)李东阳《西山十首》之二:"十年几度登临约,不尽平生吏隐情。"(《李东阳集·诗前稿》卷十五)

黄经宪句:"吏隐湘江乐未涯,绝胜冠盖走京华。"①

熊文举《移官》:"心期吏隐并郎潜,却喜移官事不兼。"(《雪堂先生集选》卷四)

(清)何云《观棋示张聚生》:"君从吏隐我逃禅。"(《吾炙集》)

---

① 秦纮《秦襄毅公年谱》引,北京图书馆藏明刊本。

康乃心《帆前白水明府钮玉樵》："念我名山老,思君吏隐余。"(《莘野诗续集》卷二)

黄承吉《署后篱垣布满忍冬花时芬馥怡人》："脱簪堪吏隐,幽绝兴难忘。"(《梦陔堂诗集》卷十二)

林寿图《赠董砚樵观察三十韵》："相期兼吏隐,岂谓傲王侯。"(《黄鹄山人诗初钞》卷十五)

孙雄句："脩然吏隐闭门居,呼牛呼马付太虚。"(《绿天香雪簃诗话》卷二)

清代李敬《退庵诗集》卷四《吏隐》云："吏隐浮名字,身闲道亦闲。伴书斜置枕,容月暂开关。梅柳思今雪,渔樵待昔山。余生同老衲,杖锡几时还?"程鸿诏《有恒心斋诗》卷一亦有《吏隐》云："自公有暇日,退食无弦簧。闷室苏眠惬,燕寝韦杯长。盈晖引昼景,明炉熏夜光。至乐非少暇,妙理通羲皇。缅彼吏隐心,德音胡能忘。"诗的取意和遣词都庸熟不堪,但大致写出了吏隐生活的基本内容,如酣眠、畅饮、学道、炼药等等。

确实,吏隐不纯粹是诗歌的话头,它首先是一种真实生活经验的反映和表达。李阳冰任括州缙云(今属浙江)县令,隐居于樽窐山。作《忘归台铭》云："叠嶂回抱,中心翠微。隔山见川,沟塍如棋。环溪石林,春迷四时。曲成吏隐,可以忘归。"后人因称此山为吏隐山①。白居易《江州司马厅记》也流露了吏隐的意愿："江州左匡庐,右江湖,土高气清,富有佳境……苟有志于吏隐者,舍此官何求焉?"当吏隐成了官人的自觉意识,成了他们刻意追求的生活理想,它就会日益渗透到日常生活中去,使仕宦生活中的一切——风景、官署、斋室等都与吏隐之名

---

① 宋代叶廷珪《海录碎事·地上》："吏隐山,在缙云,县令李阳冰退居于此山,创亭室以宴居,因名。"

联系起来。刘禹锡贬连州刺史期间,在海阳湖"每疏凿构置,必揣称以标之",其中便有吏隐亭。《海阳十咏》"吏隐亭"一首云:

> 结构得奇势,朱门交碧浔。外来始一望,写尽平生心。日轩漾波影,月砌镂松阴。几度欲归去,回眸情更深。(《全唐诗》卷三五五)

这是现知最早的以"吏隐"标名的例子。陈乃乾《室名别号索引》和陈德芸《古今人物别名索引》所收有明代李正吏隐公、陈懿典吏隐斋、清文辂吏隐居士、吴玉搢吏隐庵、咎葵吏隐轩诸名。我知道的还有,宋代赵抃任崇安令,官署遍植梅花,花时香闻远近,又尝啸咏武夷山中,结吏隐亭于金鸡洞下①。叶仪凤有吏隐堂,撰有《吏隐堂铭》②。清代任昌运同年莳塘有吏隐斋,见任著《香杜草》;龚静庵有龙山吏隐庵,见张廷骧《不远复斋见闻杂志》卷七。章启勋官新乡尉,以吏隐名室③,晚清张鸣珂家有吏隐堂……不仅如此,他们还要绘成图画,属人赋诗,标榜自己超脱于宦劳俗累的心迹,如刘绎《存吾春斋诗钞》卷三《题子良大令吏隐图》所谓"亦吏亦隐处乎中,随身所在两无与"。张鸣珂《寒松阁诗钞》卷二、薛时雨《藤香馆诗删存》卷四也有《题金子久庆恒云闲吏隐图》《题范月槎观察志熙吏隐图》。不能诗的官人还须请人绘图赋诗,而能诗的官人更直接将诗文集冠以吏隐之名,如明陈懿典集即名《吏隐斋集》(《禁毁书目》),沈聿有《吏隐录》二卷,明季陈尔善有《吏隐堂稿》(王浔《药坡诗话》),清代蒋韶年有《吏隐诗钞》,朱在勤有《吏隐草》一卷,咎葵有《吏隐轩诗存》,赵湘皋有《吏隐小草》,不一而足。这引出了后文将论及的吏隐与诗歌的关系问题。

---

① 廖景文《罨画楼诗话》卷八,乾隆三十六年刊本。
② 《全宋文》,第 210 册,第 345 页。
③ 戴文选《吟林缀语》,光绪初朱观楼校刊本。

2. 吏隐的含义

"吏隐"一词,罗竹风主编《汉语大词典》解释为:"不以利禄萦心,虽居官而犹如隐者。"意思大体不错,但就唐代以后人们使用的实际情况来看,"吏隐"的"吏"还有着特定的含义。

从思想渊源说,吏隐的意识植根于中国传统思想中的隐逸观念。众所周知,隐遁和逃世一直是中国古代人生观的重要内容,且不说"不事王侯,高尚其事",就是仕于王侯的人,也像郭象所说的"夫圣人虽在庙堂之上,然其心无异于山林之中"①。所以晋代王康琚《反招隐》诗曰:"小隐隐陵薮,大隐隐朝市。"不过这隐于朝市的"大隐"却还不能说是吏隐。且看钱起《题秘书王迪城北池亭》诗是怎么说的:"还追大隐迹,寄此凤城阴。"《过王舍人宅》诗又说:"大隐心何远,高风物自疏。"这里被称为"大隐"的人物,是秘书郎和舍人,在唐代都是清要官职,这些能隐于"居大不易"的朝市的人物,自然不是"吏"了。要弄清唐人所谓"吏隐"的含义,首先要对"吏"作点考究。

在先秦时代,"官"与"吏"本来没什么区别,吏也可指高官。《左传·成公二年》"王使委于三吏",杜预注:"三吏,三公也。"《国语·周语上》"王乃使司徒咸戒公卿、百吏、庶民",韦昭注:"百吏,百官。"自两汉以后,"吏"的含义正如《汉书》常见的,一般指二千石即诸侯王相、郡守以下的掾曹令史等。而在南北朝时期,据程应镠先生考证,"吏"的地位仅比兵卒略高,而与仆隶为伍。到唐代,虽然研究者一般认为,

---

① 《庄子·逍遥游》郭象注,郭庆藩《庄子集释》卷一上引,中华书局1961年版,第10页。

"吏"应指流外官和杂任①,但吏的卑贱地位仍深刻地留在人们印象中。所以品级低而事务冗杂的州府僚佐,即使属于流内九品,人们也常目为吏,所谓"风尘吏"是也②。白居易释褐授盩厔尉,自称"府县走吏"(《初授拾遗献书》),两年后除左拾遗,即喜云:"何言初命卑,且脱风尘吏。"(《初授拾遗》)另外,那些具有专门知识,如从"四门学"出来的下层官员,通常也被视为吏。这种习惯一直延续到后代。《明三十家诗选》二集卷四下程本立《赠吏隐》诗云:"我志本伊傅,我学非申韩。胡为官簿书,得非负衣冠?"可见作者印象中的"吏"就是习法令的簿书之吏,与衣冠缙绅不可相提并论。在唐代,像校书郎、正字、拾遗、补阙之类,虽品级不高,但位居清要,绝不被视为吏。盖唐人重朝官,轻外官,同样的品级,郎官远比刺史荣耀,谏官远比州郡僚属荣耀。这种区分在唐、宋时代还是泾渭分明的,故而《水浒传》第22回有云:"原来故宋时,为官容易,做吏最难。"将官、吏分得很清楚。到元代两者的界限已不严格,于是有"今之官即昔之吏,今之吏即后之官"的说法③。明确这一点,就容易理解,"吏隐"不光是"虽居官而犹如隐者",它特指地位不高的小官僚诗人居官如隐的一种处世态度。比如姚合《武功县作三十首》就是吏隐的典型表现,在吏隐主题的开拓上具有重要意义④。而像王维、王士禛那样历官郎署、位居八座的诗人,虽一直抱着居官如隐的

---

① 程应镠《释吏》,收入《流金集》,上海古籍出版社1995年版。赵世瑜《吏与中国文化》也说:"两汉时期官、吏、役三者在称谓上是难以区分的,吏的工作性质是被指挥性的,近于职役,所以很容易滑落到低贱者流中去。魏晋南北朝时期,官员入品,与吏、役两者差距拉大,但'吏'这个字依然是个非常概括性的、适用性很大、适用范围很宽的概念。"浙江人民出版社1994年版,第41—54页。参看张广达《论唐代的吏》,《北京大学学报》1989年第2期。

② 刘长卿《刘随州文集》卷七《送薛据宰涉县》:"顷因岁月满,方谢风尘吏。"《畿辅丛书》本。

③ 吴澄《赠何仲德序》,《吴文正公集》卷十四,乾隆五十一年刊本。

④ 参看蒋寅《"武功体"与吏隐主题的拓展》,《扬州大学学报》2000年第5期。

态度,萧然远世,也终与"吏隐"无缘。李贽称五代时滑头宰相冯道为吏隐,纯是历史的误会。当一些诗人抱着吏隐的宗旨行事,而其身份称吏隐又不太合适时,往往换成别的通融的说法。

我们首先来看白居易的例子。白乐天一向将自己的人生位置设定为"中人"[1],他后半生的生活理想满足于"中隐",曾作《中隐》诗云:"大隐住朝市,小隐入丘樊。丘樊太冷落,朝市太嚣喧。不如作中隐,隐在留司官。"以太子宾客分司东都,官居正三品,要说吏隐那是不合适的,所以他套王康琚诗,独创了一个俏皮的说法——中隐。但他在长期的贬谪生活中已用诗为自己描绘了一幅吏隐的自画像,他的双重人格和生活作风更以"独善兼善两能全"而成为心态史上的一个范型[2],因此后世仍将他视为吏隐的代表,一些热衷于吏隐的人也往往借为口实。如范之熙《秋日遣兴》诗云:"匡时愧乏青囊术,吏隐权从白傅居。"[3]苏东坡后半生行事一直仿效白居易,因有"东坡似乐天"之说。官杭州刺史时建中隐堂,《六月二十七日望湖楼醉书五绝》其五云:"未成小隐聊中隐,可得长闲胜暂闲。"将白居易的偶然戏言正式固定为一个有意味的定名,后来耶律楚材遂有"中隐冷官闲况味,归心无日不山林"(《和抟霄韵代水陆疏文因其韵为十诗》)之句。大约除了别人恭维,无人敢自称大隐,而小隐又做不到,于是官人尤其是相当有地位的官人便多自称中隐,聊别于吏隐。如果干脆丢开隐字,则还有更自由的说法。清初王泽弘序赵吉士《庚辰匝岁杂感诗》,解释赵氏"寄园"的取意说:"寄者,明乎其以吏为隐也。"赵吉士《三秋杂感》第九首也有"我

---

[1] 参看谢思炜《白居易集综论》下编《中唐社会变动与白居易的人生思想》,中国社会科学出版社1997年版。

[2] 何刚德《说诗史》,《平斋诗存续编》卷二,民国间刊本。

[3] 陈作霖《可园诗话》卷四引,民国间铅印本。

退萧然称隐吏"之句①,寄是吏隐的又一种说法。古人一向视生命为宇宙之寄,所谓"人生寄一世""人生忽如寄"(《古诗十九首》),吏隐当然是寄中之寄,职是之故,赵吉士的笔记就取名《寄园寄所寄》,意谓对生命的偶然状态的偶然一瞥。

吏隐一名既然包含着吏和隐两种截然不同的生活内容,其结构中就必然存在对立和均衡的张力。法国作家蒙田曾说:"与隐逸最相反的脾气就是野心。光荣和无为是两种不能同睡一床的东西。"②在他看来,隐逸与进取绝对是水火不相容的东西,无法相提并论。这或许是西方传统中的情形,中国的情况绝非如此。中国的仕和隐存在着奇妙的两面性和相互转换的可能,诚如李攀龙《咏古》诗所云:"因知沮溺流,用即社稷臣。"(《沧溟先生集》卷三)具体说就是仕不像仕,隐不像隐,或者说仕的理想不是仕,隐的理想也不是隐,而是仕中有隐,隐中有仕。仕中有隐就是吏隐,隐中有仕则如李二曲《四书反身录》卷六所说:

> 隐居求志,斯隐不徒隐;行义达道,斯出不徒出。若隐居志不在道,则出必无道可达。纵有建树,不过诡遇,君子不贵也。③

隐居的目的乃是求志,具体说就是:"脱迹纷嚣,潜心道德经济;万物一体,念切世道生民。此方是隐居求志。苟志不出此,徒工文翰以自负,悠游林壑以遣日,无体无用,于世道无所关系,以此为隐,隐可知矣。"这种隐居求志,求的不是自适或自足的志,而是有朝一日要"行义达道"、见诸实事的志,也就是诸葛亮式的志——"当其隐居之日,志未尝不在天下国家,经世事宜,咸体究有素,故一出而拨乱返治,如运诸掌"。李二曲自己本是隐居讲学的高士,可这段话却表明他隐居的志

---

① 赵吉士《庚辰匝岁杂感诗》,康熙刊本。
② 蒙田《蒙田随笔》,湖南人民出版社1987年版,第136、126页。
③ 李颙《四书反身录》,蒋氏小嫏嬛山馆重刊本。

向绝非在隐本身,相反倒是反对"徒隐"的。如此说来,"隐居求志"与居官如隐就正好构成了士人生活理想的两极。历史上的谢灵运和陶渊明,作为野心与无为(无能为)的代表,都为自己的理想选择了人生道路,因而不存在仕隐的矛盾冲突。但他们的经历和选择却不能代表中国古代官人的生活理想,只有谢朓,对功名爵禄的留恋和对闲适生活的向往构成尖锐的心灵冲突,并最终借吏隐而得以调和,从而实现"既怀欢禄情,复协沧洲趣"的生活理想。这两句诗所以成为影响深远的名句,我想就因为它包含了一种对官人生活的诗意化的肯定。

3. 吏隐的动机

可正如一切美都只有在超越利害关系的基础上才能实现一样,诗意也是在超功利的前提下呈现的。吏隐所以成为诗意的主题,就在于它是在一种超越功利或者说实现功利目的的状态中实现的。

自古以来,隐逸的动机在人们的议论中曾被无限地拔高。清末林钧《樵隐诗话》中的一段话,我认为相当有代表性。他说:"古之隐士虽高尚其志,不事王侯,而推原其心,未必生而甘隐,无心于世者也。大都因道之不能行,名之不能立,遂别由一途焉,韩子所谓有所托而逃者也。"这是生于乱世而不得已的一般情形,还有像巢父、许由、严子陵那样躬逢盛世而自隐林薮的,他道是:"唐虞之际,君圣臣贤,东汉中兴,君明臣良,固已勋业烂然,化行德溥,蔑以复加。此数贤者即慨然受任,自问不能超出其上,故独开生面,以节义自高,使天下万世之人亦知有不必奔竞富贵之一途,而可与帝王齐名者。"[①]此论不但过于理想化,且仅适用于物质生活水平较低的远古。因为起码到春秋时代,孔子已认

---

① 林钧《樵隐诗话》卷一,光绪间广州刊本。

为:"天下有道则见,无道则隐。邦有道,贫且贱焉,耻也;邦无道,富且贵焉,耻也。"(《论语·泰伯》)这不仅是观念的问题,也是个实际的生存问题。汉代仲长统曾这样描绘他心目中的隐逸生活:

> 使居有良田广宅,背山临流,沟池环匝,竹木周布,场圃筑前,果园树后。舟车足以代步涉之艰,使令足以息四体之役。养亲有兼珍之膳,妻孥无苦生之劳。良朋萃止,则陈酒肴以娱之;嘉时吉日,则烹羔豚以奉之。踌躇畦苑,游戏平林,濯清水,追凉风,钓游鲤,弋高鸿。讽于舞雩之下,咏归高堂之上。安神闺房,思老氏之玄虚;呼吸精和,求至人之仿佛。与达者数子,论道讲书,俯仰二仪,错综人物。弹《南风》之雅操,发清商之妙曲。消摇一世之上,睥睨天地之间。不受当时之责,永保性命之期。①

这无疑是很多文人乐于享受的自在生活,但它同时也是需要经济基础支持的。自春秋末期宗法制度开始解体,士就逐渐丧失经济基础,"仕"成为这一群体在士农工商四民社会中的主要生存方式,所谓"士之仕也,犹农夫之耕也"(《孟子·滕文公下》),更简洁的表述是东方朔《诫子诗》的"以仕代农"。这种谋生方式决定了其经济地位的不稳定性,正像叶燮说的:"民之业有四,曰士农工商。农工商各守其业,虽有逢年之丰啬与夫奇赢操作之不同,然守其业皆可泽其家,糊其口,大约不甚相远也。若夫士则不然,有遇与不遇、得志与不得志之殊;其遇而得志,则万钟之富、公卿之贵,韩子所谓丈夫得志于时者之所为;否则有藜藿不饱、鹑衣不完,甚有一饱之无时,坎壈困苦,无所不至。"②所以,士一旦放弃仕,就失去了经济基础。饭牛磨镜、负薪灌园,毕竟都不是他们所甘心,更不是他们所能胜任的。这在清初名士应㧑谦的《答沈

---

① 范晔《后汉书·仲长统传》,中华书局标点本,第6册第1644页。
② 叶燮《百愁集序》,《己畦文集》卷八,1918年梦篆楼刊本。

大珩书》中曾条而论之：

> 农之可为者，唯己有田，所谓素封是也。然收租或甚于聚敛矣。若为人佃户，田主之家仆上坐而责偿，同里之坊长科差而拨役，可易为乎？工之可为者，日得数十钱归以度日可也。寄食于梓人，贾有除陌，官府营伍执朴而监号，可易为乎？商贾履丝曳缟，交通王侯，似可为也，而不可为也。友人有子，为贾经年，倏有债累，父母为之发白，其可为乎？①

他甚至还说课徒讲学和游食作幕也不可为，但那在后代已是别无选择的出路了。唐宋以前，这还不是士人普通的职业，所以士人对仕宦的依赖程度就更高。钱起诗写道："无事共干世，多时废隐沦。相看恋簪组，不觉老风尘。"②郎士元诗写道："暂屈文为吏，聊将禄代耕。"③在那个令人沮丧的时代，诗人们所以作这无奈的感叹，而不觉决然归去，实在因为他们除了仕宦，真不知道还有什么别的办法谋生。后人对此都看得很透，故而汪琬说："古之君子欲进则进，欲退则退，未有不浩然自得者也。今之君子侧身迟回于进退之际，恒皇皇焉不能自主者，何也？非其人为之，其时为之也。古之君子力耕以为食，力蚕以为衣，俯仰身世，无求而皆给，故当其不得志而退也，毕其生可以无闷。今之君子仰无以养其亲，俯无以蓄其妻子，饥寒之患迫于肌肤。此其时与古异矣。虽不得志，其能遁世长往，浩然于寂寞无人之地哉？吾以是知其难也。"④这段话，陆陇其《三鱼堂剩言》、金武祥《粟香二笔》都曾引述，可见它道出了作者那个阶层的无奈境遇，而引起后人共鸣。直到近代，林

---

① 应㧑谦《应潜斋先生集》卷六，咸丰四年刊本。
② 钱起《送郎四补阙东归》，《全唐诗》卷二三七。
③ 郎士元《送王司马赴润州》，《全唐诗》卷二四八。
④ 汪琬《灌园诗后序》，《钝翁前后类稿》卷二十八，康熙刊本。

庚白仍然是这么看的:"中国士大夫阶级,有'恒言','为贫而仕',盖'封建社会'时代高于'农业经济'之生活,所谓'智识者'之出路,自不得不群趋于仕之一途也。此风至今未替,且变本加厉,亦可哀已。曩山谷诗,有'食贫自以官为业'之句,余旧作则有'国贫竟以官为业'之句,似较山谷尤深刻,盖生世不同耳。"①

正因为如此,"治生"一直就是人们留恋仕宦的一个基本理由,"口常说隐沦,身复恋温饱。蹉跎两不遂,此意各能了"②。清人陈仪《题送别江冠群诗后》曾以自己的经历现身说法,阐明"士必有以治生,而后出处进退乃可绰然自得"的道理。他说,世人求一第往往不可得,自己幸而得之,又幸而入翰林,不可谓不遇。只因治生无术,穷愁困悴,进退遂无一可。为何这么说呢?"曩予教读天津,馆谷足以供食口,虽羁客十年而形神日王。既举进士,官京师,不三载而貌已悴,志虑渐耗。忽忽十余年来,日月不知从何去,头须为白。典衣晨炊,乞米晚饭,平生意气,销铄尽矣。尚安能修职业,效尺寸于当世耶?坐縻廪禄,欲谢去则无所于归,长安士大夫如予者亦多矣"③。当然,也有相反方向的解释,道是"官久恋栈,人人以归田为口头禅,而实不决于归者,欲不足也"④。这可以说是很世故地道出了中国古代士大夫的生活态度——放情物外须以满足世间的物欲为前提。清代丁耀亢《归山不易诗仿元白体十九首》有"归山良不易,吾爱葛稚川;采砂因作令,吏隐以求仙"之句,但十九首中真正说到点子上的只有两联:"不得寰中乐,安知物外真?""归山良不易,真隐古人稀。"丁野鹤曾官惠安知县,后半生放浪而终,在当时也算个逸人,他的话应是深有体会的。

---

① 林庚白《丽白楼遗集》,中国人民大学出版社1996年版,下卷第905页。
② 李流芳《南归》,《明三十家诗选》二集卷六上,道光二年自然好学斋刊本。
③ 陈仪《陈学士文集》卷十五,乾隆十八年兰雪斋刊本。
④ 见袁祖光《绿天香雪簃诗话》卷七,《晨风阁丛书》本。

由于有着现实的经济利益的考虑,中国古代士人在面临出处的抉择时,决不像孔子说的"邦有道则仕,邦无道则可卷而怀之"(《论语·卫灵公》)那么不可妥协。在这种时候,吏隐作为一种软性的选择,往往成为士人乐于接受的生活策略。也许只有元代那种特殊的时代,不可调和的民族矛盾才能迫使士人采取"邦有道则仕,邦无道则废"(周文质《自悟》)的坚决态度,以至造成一个吏隐的真空时代。

4. 吏隐实现之前提

隐逸是对现实世界的逃遁,这种逃遁与其说是形体的退避,不如说是心灵的超越。蒙田说:"我们要把灵魂带在身边,隐居在自己的躯体里面。这才是真正的隐逸。在城市和宫廷里,他可以享受,而离开则更如意。"①后一句倒有点适用于李白,但李白不是隐者。真正的隐者隐于自己的内心,就像马可·奥勒留说的:"人们寻求隐退自身,他们隐居于乡村茅屋,山村海滨,你也倾向于渴望这些事情。但这完全是凡夫俗子的一个标记。因为无论什么时候,你要退入自身,你都可以这样做。因为一个人退到任何一个地方都不如退入自己的心灵更为宁静和更少苦恼。"②这个道理中国古人早就明白了。晋代庾亮"雅好所托,常在尘垢之外。虽柔心应世,蠖屈其迹,而方寸湛然,固以玄对山水"③。清代韩菼作储苍书《随年诗草序》,称储苍书"进不求达,退亦不期隐。墙东庑下,便若沧洲"④。这不就是一种心灵的隐遁吗?而更多的人则如禅宗所谓"于世出世间"(《六祖坛经》),在日常生活中寻求超越的

---

① 蒙田《蒙田随笔》,湖南人民出版社1987年版,第136、126页。
② 马可·奥勒留《沉思录》,何怀宏译,中国社会科学出版社1989年版,第12页。
③ 刘义庆《世说新语·容止》注引孙绰《庾亮碑文》。
④ 韩菼《有怀堂诗文集·文稿》卷三,康熙刊本。

境界。唐代诗人刘商《题道济上人房》诗云:"何处营求出世间,心中无事即身闲。"心中无事是真正的心灵超越,道理看似简单,但要真正做到决非容易。

在通常情况下,超越是需要借助于一定手段的。李渔有《诫隐诗》云:

> 曼倩休嗟粟一囊,居官姓字易流芳。但将欢鼓斯民腹,莫遣愁归刺史肠。

> 彭泽衙斋原有菊,洛中蕈菜岂无香。何须撇却神仙吏,混入吾曹学酒狂。①

诗前小序写道:"屈原作词招隐,予独反之者,因人吴兴于司马署中,归安何令君席上,见其赋诗饮酒,选乐征歌,尽多逸致,何必去簿书而后称闲人,拂衣冠而后可行乐事哉?"在这里,"赋诗饮酒,选乐征歌"的逸致就是超越的手段,尽管"士大夫以留心案牍为俗吏,诗酒为风雅"有时也会遭到批评②,但这的确就是吏隐的前提,这一点连处士李渔都很清楚,他甚至将此意概括为一副对联:

> 能与山水为缘,俗吏便成仙吏;不受簿书束缚,忙人即是闲人。

如此说来,雅俗、忙闲全在一念之间,以什么样的态度应物,就有什么样的仕宦生活。能与山水亲近,心胸自必不俗。明代江盈科为长洲令,在官署后筑小漆园,作《小漆园记》曰:"庄周生季世,为漆园小吏,在嚣繁冗琐中,而见解超脱,不胶于事,为能极夫逍遥之趣。世儒求其说而不得,乃欲逃无何有之乡,以求所为逍遥也者,溺其旨矣。……要之尽吾

---

① 李渔《笠翁诗集》卷六,《笠翁一家言》,上海会文堂石印本。
② 王崇简《谈助》引金坛王麓语:"士大夫以留心案牍为俗吏,诗酒为风雅。夫饱吃官饭,受成吏胥,而从事风雅,可乎?"王文濡辑《说库》,1915年上海文明书局石印本。

之心,行吾之事,毁誉譬诸聚蚊,得失比于梦鹿,内无所营,外无所冀,退食之顷,兀坐此斋,扫地焚香,消遣尘虑,悠然忘其身之楚人也,所居之吴苑也,而乌知令之为我耶,我之为令耶? 又乌知长洲之能苦令,而令之能苦我耶? 则亦何往而不逍遥也!"①又有《小漆园即事》诗云:"小园官署里,物色颇相宜。学舞怜铜嘴,能言爱画眉。笋于行处短,花以摘来稀。就此堪栖隐,但容曼倩知。"袁宏道为吏务所苦,寄诗艳羡云:"端居持简体,吏隐见仙才。"②清代包光炜任黄山巡检,梅咏春赠诗曰:"管领黄山亦有年,羡君吏隐即神仙。"③不过话虽这么说,若无诗书发扬,光是亲近山水也不足以发其清秀之气。黄宗羲弟子郑梁说得好:"余尝谓簿书钱谷之间要必有一种诗书之气,始与晚近俗吏不同。"④像徐熊飞《送春帆一麟之官广东》这样的笔调:"才脱征衫狎酒人,又携妻子向风尘。身能吏隐宁辞远,家本穷居不厌贫。"(《白鹄山房诗选》卷三)虽有得便宜卖乖之嫌,但事情就是这样的,吏隐作为仕宦生活的一种诗意化的肯定,看上去虽是一种自足的人生态度和生活方式,但却是要由诗文来发明,来印证,来呈现的。"千古隐逸诗人之宗"陶渊明虽然以"不赖固穷节,百世当谁传"(《饮酒》)自勖,但最终成就他地位的,不是隐德,而是诗文。乔亿对此看得最透:"渊明人品不以诗文重,实以诗文显。试观两汉逸民若二龚、薛方、逢萌、台佟、矫慎、法真诸人,志洁行芳,类不出渊明下,而后世名在隐见间。渊明则妇孺亦解道其姓字,由爱其文词,用为故实,散见于诗歌曲调之中者众也。"⑤这就是吏隐从一开始便与诗歌发生关系,并且一直以诗歌为徽志的原因。如果

---

① 江盈科《雪涛阁集》卷一,《江盈科集》,岳麓书社1997年版,上册第47页。
② 江盈科《雪涛阁集》卷七,《江盈科集》,下册第346—347页。
③ 张修府《新安诗萃》,光绪十四年刊本。
④ 郑梁《赠别海宁许邑侯诗序》,《寒村全集·五丁集》卷二,康熙刊本。
⑤ 乔亿《剑溪说诗》卷下,郭绍虞辑《清诗话续编》,第2册第1100页。

不是《武功县作三十首》等一系列诗作为自己描绘的吏隐形象,后人谁还知道曾有这么一个吏隐诗人呢?事实上正如姚合诗中所显示的,作诗本身就是"吏隐"生活中的一个重要内容,也是提升风尘吏的品位而赋予其诗意的核心要素。邓云霄继江盈科为长洲令,也有《小漆园八咏》,序云:"梧柏交阴,竹石竞爽,虚亭一楹,清风四面。退食其中,琴歌觞咏,可以畅幽情而淘吏俗。前令江公盈科颜以嘉名而为之记,盖效庄生之逍遥而慕辋川之逸调,意寄深矣。"由此可见,诗歌不仅是使吏隐生活得以呈现和被指认的符号,它本身也是"吏隐"概念本身的重要内容。魏元旷《感怀》诗云:"诗隐才华吏隐名,风流更隐不平鸣。"[①]以诗才表达居官如隐的胸襟,博吏隐之雅名;更以平衡和满足的心态享受富足的生活,得吏隐之实惠。这就是吏隐的基本内涵。

---

① 魏元旷《魏氏全书·潜园诗集·丙午集》,光绪刊本。

十三　一个历史定论的检验与翻案
——张正见诗歌平议

1. 被诗史遗忘的诗人

作品多而不引人注意的作者，历代都有，不足为奇。但南朝诗人张正见是个特殊的例子，因为在南北朝诗人中，存诗过百首的并不多见，张正见存诗九十五首①，不见人涉笔讨论，就显得不寻常了。我想这应该和严羽的评价有关，《沧浪诗话·考证》对张正见诗曾有一个斩钉截铁的结论，给他打了个最低分：

> 南北朝人，唯张正见诗最多，而最无足省发，所谓虽多亦奚以为。

明人《松石轩诗评》则说："张正见之作，如春旛彩胜，金翠熠燿，联以珠玑，纬繡纤丽，剪裁铺缀，似非大丈夫所为。"虽然杨慎《升庵诗话》对严羽的结论持保留意见②，并在《五言律祖》选其诗 16 首，给予仅次于庾

---

① 逯钦立辑《先秦汉魏晋南北朝诗·陈诗》卷二、卷三收张正见诗九十六首，卷三据《岁华纪丽》辑得《雪诗》"九冬飘雪远"四句，即同卷《咏雪应衡阳王教》之前四句，当删。

② 杨慎《升庵诗话》卷十"张正见咏鸡"条云："张正见《咏鸡》诗曰：'蜀郡随金马，天津应玉衡。'上句用金马碧鸡事，下句用《纬书》玉衡星精散为鸡事也。以无为有，以虚为实，影略之句，伐材之语，非深于诗者，孰能为之？严沧浪乃云张正见之诗，虽多亦奚以为，岂知言哉？"丁福保辑《历代诗话续编》，中华书局 1983 年版，中册第 826—827 页。

信(24首)的重视,直接影响到后来罗彝序《近体始音》的评价。但清代的批评家成书将张正见与张华、陆云、潘岳、潘尼、王融、王僧儒、刘孝绰并列于"诗有卷帙浩繁而可取无多者"之列,认为他"传诗甚多,而佳构绝少。沧浪讥其虽多亦奚为,非过分也"①;而近代以来并无人论及其诗,适足证明张正见诗的确难以引发研究者的兴趣。我所见给予张正见的好评,只有陆时雍《诗境总论》。陆氏说:"庾肩吾、张正见,其诗觉声色臭味俱备。诗之佳者,在声色臭味之俱备,庾张是也;诗之妙者,在声色臭味之俱无,陶渊明是也。"这样一个评价,放在绘画中,应该是能品,也不能说低了。他接着又列举出张正见诗的独到造诣,与同时代的诗家相比较:

> 张正见《赋得秋河曙耿耿》"天路横秋水,星桥转夜流",唐人无此境界。《赋得白云临浦》"疏叶临稽竹,轻鳞入郑船",唐人无此想象。《泛舟后湖》"残虹收度雨,缺岸上新流",唐人无此景色。《关山月》"晕逐连城璧,轮随出塞车",唐人无此映带。《奉和太子纳凉》"避日交长扇,迎风列短箫",唐人无此致趣。庾肩吾《经陈思王墓》"雁与云俱阵,沙将蓬共惊",唐人无此追琢。《春夜应令》"烧香知夜漏,刻烛验更筹",唐人无此景趣。梁简文《往虎窟山寺》"分花出黄鸟,挂石下新泉",唐人无此写作。《望同泰寺浮图》"飞旛杂晚虹,画鸟狎晨凫",唐人无此点染。《纳凉》"游鱼吹水沫,神蔡上荷心",唐人无此物态。梁元《折杨柳》"杨柳非花树,依楼自觉春",唐人无此神情。邵陵王《见姬人》"却扇承枝影,舒衫受落花。狂夫不妒妾,随意晚还家",唐人无此风骚。江总《赠袁洗马》"露浸山扉月,霜开石路烟",唐人无此洗发。此皆得意象

---

① 成书《多岁堂古诗存》例言、卷七,道光十一年家刊本。

先,神行语外,非区区模仿推敲之可得者。①

单就陆氏所举数联看,张正见诗诚不无俊逸之风,有着不亚于时辈的艺术功力。但问题是他创作的总体情况如何呢？两派意见究竟哪方更有说服力？这不仅是南朝诗歌史研究的一个新课题,同时也是对严羽作为批评家的判断力的验证②。为此,本文尝试对张正见诗作些初步的评析,并对上述问题提出自己的看法。

2. 张正见诗的时代特征

张正见(527？—575？),字见颐,清河东武城人。出生于仕宦之家,祖盖之,魏散骑常侍,勃海、长乐二郡守；父修礼,魏散骑侍郎,归梁仍拜原职,迁怀方太守。正见自幼好学,有清才,十三岁献颂于尚为太子的梁简文帝萧纲,深受赞赏,遂出入东宫经筵,为时瞩目。太清初(549),射策高第,授邵陵王国左常侍。梁元帝立,拜通直散骑侍郎,迁彭泽令。梁末乱中避地匡俗山。陈武帝受禅,诏正见还都,除镇东鄱阳王府墨曹行参军,兼衡阳王府长史。历宜都王限外记室、撰史著士,带寻阳郡丞。累迁尚书度支郎、通直散骑侍郎。宣帝太建中卒,享年四十九。有集十四卷,著录于《隋书·经籍志》。姚思廉《陈书·文学传》、李延寿《南史·文学传》均为立传,姚思廉称"其五言诗尤善,大行于世",李延寿因之。姚、李二人都生于南北朝末年,由隋入唐,他们对张正见五言诗盛传于世的记载应该是可信的。由今存诗作来看,张正见显然是个专心写作五言诗的诗人,其他诗体的作品只留下两首

---

① 陆时雍《诗境总论》,丁福保辑《历代诗话续编》,下册第 1409 页。

② 关于严羽的批评家素质的讨论,可参看蒋寅《作为批评家的严羽》,载《文艺理论研究》1998 年第 3 期,日译载《文艺论丛》52(大谷大学文艺学会,1999 年 3 月)。

七言和一首杂言。

　　总体看来,张正见的诗歌创作,和梁、陈间的庾信、徐陵等名诗人有着共同的倾向,主要表现在:第一,体式上乐府和五言诗并重,集中于乐府(占44首)。第二,题材上除乐府之外,主要是侍从游宴应令应教之作,还有相当一部分是赋得题,除却这几类作品,抒情动机自主的作品只有14首,这决定了他的写作基本不出侍从文人的范围,在题材选择上有着很大的局限,他的成就也由此受到限制。这一点已为清代批评家陈祚明所肯定①,但决不能简单化地加以理解,在后文的论述中我要说明,这种限制是如何迫使他在有限的范围内努力拓展表现的空间,并对后世产生影响。第三,声律上律化程度非常之高,典型地体现了"有平仄而乏粘联"的时代特征②。胡应麟曾说:"(杨)用修集六朝诗为《五言律祖》,然当时体制尚未尽谐,规以隐侯三尺,失粘、上尾等格,篇篇有之。全章吻合,惟张正见《关山月》及崔鸿《宝剑》、邢巨《游春》,又庾信《舟中夜月诗》四首,真唐律也。"③又说:"六朝五言合律者,杨所集四首外,徐摛《咏笔》、徐陵《斗鸡》、沈氏《彩毫》,虽间有拗字,体亦近之。若陈后主'春砌落芳梅',江总'百花疑吐夜',陈昭《昭君词》,祖孙登《莲调》,沈炯《天中寺》,张正见《对酒当歌》《衡阳秋夜》,何处士《春日别才法师》,王由礼《招隐》十余篇,皆唐律,而杨不收。"④其实张正见诗合律之作远非胡氏所举的这几首,乐府中有《洛阳道》:

　　　　曾城启旦扉,上路落春晖。柳影缘沟合,槐花夹岸飞。苏合弹

---

① 陈祚明《采菽堂古诗选》卷二十九张正见小传:"修词至张见颐,可为工且富矣。然所以不大佳者,多无为而作,中少性情也。"上海古籍出版社2008年版,下册第970页。
② "有平仄而乏粘联"是李锳《诗法易简录》(嘉庆十九年李兆元十二笔舫斋刊本)卷二对"齐梁体"声律特征的概括,这一结论已为当代学者的研究所证实。
③ 胡应麟《诗薮》内编卷四,上海古籍出版社1979年版,第61页。
④ 同上书,第62页。

珠罢,黄间负翳归。红尘暮不息,相看连骑稀。

○●●○ ●●○○　●○○● ○○●○　○●○

○● ○○●○　○○●● ○○●○

此诗各句平仄皆合,惟"苏合"一联失粘;尾联出句"暮"字当平用仄,对句"连"字补一平声,符合近体诗的拗救法。五言诗则有《赋得题新云》《赋得日中市朝满》等,声律也可谓近体雏形。最典型的当然还是胡应麟提到的《和衡阳王秋夜》:

睢苑凉风举,章台云气收。萤光连烛动,月影带河流。绿绮朱弦泛,黄花素蚁浮。高轩扬丽藻,即是赋新秋。

○●○● ○○●○　○○●● ●○○○　●●

○● ○○●○　○○●● ○○●○

全诗只有次句"云"字不合律,但它不在声眼上,无关紧要,加之上下句对仗很严格,就是放在唐诗中也可以说是标准的五律。无怪明代王世贞甚至说:"张正见诗律法已严于四杰,特作一二拗语为六朝耳。"①令人惊异的是,张正见的七言诗也有严格的平仄,如《赋得佳期竟不归》:

良人万里向河源,娼妇三秋思柳园。路远寄诗空织锦,宵长梦返欲惊魂。

○○●●●○○ ○●○●●○○　●●○○○○●

●●○○

飞蛾屡绕帷前烛,衰草还侵阶上玉。衔啼拂镜不成妆,促柱繁弦还乱曲。

○○●●● ●○○●●　○○●○● ●○

○●●

---

① 王世贞《艺苑卮言》卷三,丁福保辑《历代诗话续编》,中册第999页。

时分年移竟不归,偏憎寒急夜缝衣。流萤映月明空帐,疏叶从风入断机。自对孤鸾向影绝,终无一雁带书回。

○●○●○●○ ○○○●●○○　○○○●●○● ○●●
○●●○　●○●○●●○●○

这是一首转韵的七言歌行,除"向影绝"的"向"字外,通篇合律,即便是中间转仄韵的四句也合律,简直就是一首仄韵绝句,足见张正见在声律方面是紧跟当时律化潮流,有自觉的声律意识指导写作的。通观其全部作品,无论平仄、对仗都有暗合近体诗格律的倾向,不合律的句子相当少,甚至一联中平仄之"对"也颇严格,惟联与联之间还不能尽粘而已。这种迹象似乎可以从宫廷诗写作的角度来把握,有助于我们理解宫廷包括王府唱和在近体诗格律演进中所起的作用。

第四,在艺术表现方面,张正见诗总体上没什么突出特点,尤其是构思和语言没什么新意,要从风格上辨认其个性特征是比较困难的。不过其诗作有一点值得注意,那就是"赋得"的强化。"赋得"的本义是在分题赋诗的场合写作被指定的题目,这种命题作文的方式对作者的虚拟才能提出很高的要求。不难理解,在宫廷或王府有限的生活圈子内,诗歌的题材和素材(诗料)都是非常有限的。当现实题材贫乏,而传统的乐府旧题也被尝试殆遍时,诗人们还能靠什么来逞才斗艳呢?只能像后世做试帖诗一般驰骋于虚拟的题目罢?而获得这种题目的最简便的方法,就是截取前人作品的片断,尤其是名诗的片断,它们自有天然的诗意可供发挥和演绎。《先秦汉魏晋南北朝诗·陈诗》卷二所收的张正见乐府诗,有三篇取前人诗句为题,即《晨鸡高树鸣》《置酒高堂上》《泛舟横大江》。冯维讷《古诗纪》已指出第一首出自阮籍《咏怀诗》的"晨鸡鸣高树,命驾其旋归",第二首出自曹植《箜篌引》的"置酒高殿上,亲友从我游",第三首出自曹丕《饮马长城窟行》的"泛舟横大江,讨彼犯荆虏",因而它们都不是乐府题。卷三所收的五言诗,冯维讷也指出,《赋得落落穷巷士》是取自左思《咏史》的"落落穷巷士,抱影守空庐",《赋得日中市朝满》是取自鲍照《结客少年场行》的"日中市朝满,车马若川流",《薄帷鉴明月》是取自阮籍《咏怀》的"薄帷鉴明月,清风吹我襟",《秋河曙耿耿》是取自谢朓《暂使下都夜发新林至京邑赠西府同僚》的"秋河曙耿耿,寒渚夜苍苍",《浦狭村烟度》是取自梁简文帝《龙丘引》的"浦狭村烟度,洲长归鸟息",《赋得岸花临水发》是取自何逊《赠诸游旧》的"岸花临水发,江燕绕樯飞",《赋得佳期竟不归》是取自庾肩吾《有所思》的"佳期竟不归,春物坐芳菲"。参照同时著名诗人的作品来看,这也是侍从文人共同的情形。在那些集体分赋的风雅场合,需要的是标准化的写作而不是个人抒情,这不仅因为标准化的写作更易于判断作家才能的发挥,还因为个人化的抒情在那种场合根本就不合时宜——能进入那个圈子的人都有着相似的背景、相近的身份和相同的趣味,身份的印迹既不重要,同时也早已淡化了。这就是南朝诗歌给陈子昂留下"彩丽竞繁,而兴寄都绝"(《与东方左史虬修竹篇书》)印象的缘故。"兴寄"正是个人化抒情的内核,没有个人化抒情,自然也就谈不上"兴寄"。张正见留下的诗作大多是长期辗转于宫廷、王府所作,应景的要求排斥了个人化的抒情,而即时的要求又衍生出铺缀塞责的本领。在咏物诗通常出以"兴寄"的结尾,他往往是用毫无意趣的典故来搪塞。如《赋得鱼跃水花生》结云:"方游莲叶外,讵入武王舟?"《赋得秋蝉咽柳应衡阳王教》结云:"长杨流喝尽,讵识蔡邕弦。"对这样的结尾,传统注释者固然也可以做一点讽喻或言志意义上的发挥,但实际上起首并无那样的考虑,只不过结尾没有很好的方式,不得不临时抱佛脚,抓个典故来斡旋,其实乏味得很。陈祚明说,"张见颐诗才气络绎奔赴,使事搴花,应手成来,惜少流逸之致,如馆驿庖人,肴羞兰桂,咄嗟立办,乍可适可,不名珍错"①,很精辟地抓住了张正见诗致命的弱点。

但我们也不得不承认,这种非个人化的写作促成了一种新的掌握诗体的方式,即处理虚拟题材时不是将表现的中心引向角色化的抒情即比兴的方向,而是引向体物的铺叙即赋的方向。这在乐府诗写作中表现为对传统范式的改造,即脱离古辞本事,改叙事为赋法而铺陈之。如《白头吟》写道:

> 平生怀直道,松桂比真风。语默妍媸际,沉浮毁誉中。逸新恩易尽,情去宠难终。弹珠金市侧,抵玉春山东。含香老颜驷,执戟异扬雄。惆怅崔亭伯,幽忧冯敬通。王嫱没胡塞,班女弃深宫。春苔封履迹,秋叶夺妆红。颜如花落槿,鬓似雪飘蓬②。此时积长叹,伤年谁复同?

《白头吟》古词传为卓文君所作,《西京杂记》说是"相如将聘茂陵人女为妾,卓文君作《白头吟》以自绝"③。历来作此题者,如鲍照、李白、张籍都紧扣卓文君的情态,以代言体作文君怨愤之辞,而张正见诗却博举故实,引入颜驷、扬雄、崔骃、冯衍、王昭君、班昭六人故事,将皓首不遇之感推广到历史上的众多贤士才女,使它成了带有赋咏之意的名符其实的"白头吟"④。声律之完美曾为胡应麟所赞赏的《关山月》则这样写道:

---

① 陈祚明《采菽堂古诗选》卷二十九张正见小传,下册第970页。
② 蓬,逯钦立辑《先秦汉魏晋南北朝诗·陈诗》卷二作"逢",今据《乐府诗集》卷四十一改。
③ 葛洪《西京杂记》卷三,中华书局1985年版,第21页。
④ 赵翼《瓯北诗话》卷十二"诗病"条谓此诗"六句中引用六古人,王世懋、都穆、田艺蘅皆以为今人诗若此,必厌其重复,在古人正不若是拘也。"《赵翼全集》,凤凰出版社2009年版,第5册第159页。

岩间度月华，流彩映山斜。晕逐连城璧，轮随出塞车。唐蓂遥合影，秦桂远分花。欲验盈虚理，方知道路赊。

《关山月》系汉横吹曲辞，《乐府解题》曰："《关山月》，伤离别也。"[1]《乐府诗集》所收最早的作品是梁元帝之作，抒写边塞征人月夜的情怀[2]。此后陆琼、徐陵、贺力牧、阮卓、江总、王褒等所作，或侧重于言情，如徐陵抒写客子思妇离别相思之情；或倾向于体物，如陈后主描绘边塞月色[3]。而张正见此诗却很特别，它更接近赋体的铺叙，中两联织入四个历史故事，用来表现边塞的辽远和对战争的联想，"晕逐连城璧，轮随出塞车"一联用典故来借物指点，化虚为实，绝妙地传写了"关山月"的丰富蕴涵。"唐蓂遥合影，秦桂远分花"一联，陈祚明也赞许它"影切关山，有致"[4]。这既不是虚拟题材常见的角色化抒情，也不是追求形似之工的体物之作，换句话说既非写人也非赋物，那是什么呢？它是赋题。质言之就是将具体的本事或角色推广为一般的人生情境。如果要在古典诗歌中寻找类似之作，其苗裔应该是李商隐的《泪》及《西昆酬唱集》中的模拟之作。李商隐《泪》一篇是结构很特殊的作品：

永巷长年怨绮罗，离情终日思风波。湘江竹上痕无限，岘首碑前洒几多。人去紫台秋入塞，兵残楚帐夜闻歌。朝来灞水桥边问，未抵青袍送玉珂。

冯班评此诗说"句句是泪不是哭"[5]，真是一语中的。如果用体物之法

---

① 郭茂倩《乐府诗集》卷二十三引，中华书局1979年版，第2册第334页。

② 郭茂倩《乐府诗集》卷二十三梁元帝《关山月》："朝望清波道，夜上白登台。月中含桂树，流影自徘徊。寒沙逐风起，春花犯雪开。夜长无与晤，衣单谁为裁？"

③ 郭茂倩《乐府诗集》卷二十三陈后主《关山月》："秋月上中天，迥照关城前。晕缺随灰减，光满应珠圆。带树还添桂，衔峰乍似弦。复教征戍客，长怨久连翩。"

④ 陈祚明《采菽堂古诗选》卷二十九，下册第975页。

⑤ 冯浩《玉溪生诗集笺注》卷二引，上海古籍出版社1979年版，上册第330页。

摹写泪,那就成了哭;写某类角色流泪,也还是哭。而李商隐是写人生各种情境中的泪水,所以是泪不是哭。这既不同于咏物也不同于拟代的赋题法,是对人生经验的有意识开掘和积极想象,是深化诗歌对人生的艺术表现的重要方式。

由此反观张正见五言诗中的"赋得"之作,就很容易理解其中蕴涵的诗学意义。例如《秋河曙耿耿》一首写道:

> 耿耿长河曙,滥滥宿云浮。天路横秋水,星衡转夜流。月下姮娥落,风惊织女秋。德星犹可见,仙槎不复留。

谢朓诗的一句在这里成了赋咏的主题,于是一个由传说编织的银河世界在诗中展现开来。这样的写作,对于作者的知识、想象力和语言表现能力都是高难度的挑战,从培养艺术功力的角度说绝非毫无意义。没有这些应制应令应教的命题强作,就不能有意识地培养起凭空虚构的能力。下列精彩的诗句当然得力于无数次的历练:

> 霜雁排空断,寒花映日鲜。(《重阳殿成金石会竟上诗》)
> 城花飞照水,江月上明楼。(《溢城诗》)
> 野藤侵藻井,山雨湿苔碑。(《行经季子庙诗》)①
> 萤光连烛动,月影带河流。(《和衡阳王秋夜诗》)

以这些诗句来衡量张正见的创作,就决不至于像严羽那样说得一无是处了。显而易见,张正见的诗歌语言是明快而有表现力的。他不仅能刻画景物,而且捕捉事物的特征、动态把握对象的能力还相当强,这在追求形似之工的南朝诗坛甚至显得颇不寻常。

还有一点应该提到,张正见的《从籍田应衡阳王教作五章》明显可见连章组诗的结构意识。明代陈沂曾说:"《从藉田》五首华而雅,其视

---

① "藻"《艺文类聚》卷三十八引作"沸",今据《文苑英华》卷三二〇。

初唐应制者自殊,终是前辈也。"①如果从连章组诗的结构意识而言,张正见这组诗的确可以说是唐代连章诗的前驱。钱谦益论杜甫《秋兴八首》,曾感慨:"此诗一事叠为八章,章虽有八,重重钩摄,有无量楼阁门在,今人都理会不到。"②连章组诗有别于阮籍《咏怀》、左思《咏史》、庾信《拟咏怀》等组诗之处,在于它各章之间有着有机的关联,每一章都承接前章的意思,整体贯穿着统一的构思。这种意识已见于曹植《赠白马王彪》七首,但后来尠有继者。从这个意义上说,张正见《从籍田》五章是重新接续了五言诗的传统。它仿效曹植诗,用首尾勾连之法,赋予了五章以连续性和整体感,这是值得我们注意的。

3. 张正见诗的缺陷

根据以上列举的优点,我们可以肯定,严羽对张正见的否定性评价有点过甚其辞。但这么说并不意味着张正见诗取得了较高的成就,事实上就现存作品来看,张正见写作的缺陷还是很明显的。

首先,张正见诗在艺术表现上有雷同之处。如五言《赋得风生翠竹里应教》和《赋得山中翠竹》两诗,因题目接近,某些片断显得雷同。前诗是这样的:

> 金风起燕观,翠竹夹梁池。翻花疑凤下,飐水似龙移。带露依深叶,飘寒入劲枝。聊因万籁响,讵待伶伦吹。

后诗写道:

> 修竹映岩垂,来风异夹池。复涧藏高节,重林隐劲枝。云生龙

---

① 陈沂《拘虚诗谈》,周维德辑《全明诗话》,齐鲁书社2005年版,第1册第675页。"蕅田"与"籍田"通用。

② 《钱注杜诗》卷十五,上海古籍出版社1979年版,下册第504页。

未上,花落凤将移。莫言栖嶰谷,伶伦不复吹。

在梁陈之际,应教的场合似乎还没有拈韵一说,《赋得山中翠竹》一诗更未说明是奉命之作,则其选韵应该是自由的,可是两诗用了同样的韵部乃至同样的韵字,而且四十字中竟有"夹池""花""凤""龙""劲枝""伶伦"六处词语重合。无论孰先孰后,这种重合起码说明有一首是套旧作而成,张正见之懒于运思、不惮蹈袭由此可见。又如《赋得岸花临水发》第二、三联写道:"影间莲花石,光涵濯锦流。漾色随桃水,飘香入桂舟。"而《赋得鱼跃水花生》起首即云:"漾色桃花水,相望濯锦流。"两者的构思和语言如此接近,看来也应该是懒于思索、随手挪用的结果。我们知道,艺术上的懒惰经常不是性格问题,而是才能问题。对富于才华的诗人来说,不重复别人和自己,寻找新异的艺术表现,并不是什么太困难的事。只有腹俭才薄的作者才视创新为畏途,不惜蹈袭从易。张正见作品的雷同我认为就属于这种情形。

其次,有些作品意脉不清。《从永阳王游虎丘山》《陪衡阳王游耆阇寺》两诗出自《艺文类聚》,显然是节录,没有结尾,姑且不论。像《度关山》这样完整的作品,仍旧存在意脉不清的毛病。诗曰:

关山度晓月,剑客远从征。云中出迥阵,天外落奇兵。轮摧偃去节,树倒碍悬旌。沙扬折坂暗,云积榆溪明。马倦时衔草,人疲屡看城。寒陇胡笳涩,空林汉鼓鸣。还听呜咽水,并切断肠声。

首联既以剑客为叙述的中心,应取与剑客同一的全知视角,而颔联"云中出迥阵,天外落奇兵"却从敌方着眼,视角发生了转移。这一联上句肃穆,下句飞动,本来很有气势,但接下去的叙述反差太大,一派衰飒气象,情调很不一致,导致通篇意脉支离,主旨不清,其根源在于作者控制思路的能力有所欠缺。

最后,张正见诗中偶或有措辞失当之处。这出现在《山家闺怨》一诗中:"王孙春好游,云鬟不胜愁。离鸿暂罢曲,别路已经秋。山中桂花晚,勿为俗人留。"诗写的是山家,应该指隐士,首句却用了"王孙"一词。"王孙"从语源说一般指贵公子,张正见因其早见于《楚辞》,便借用来指隐士,终觉有点别扭。次句用云鬟代指思妇,本已嫌生硬,更何况第三人称视角的叙述,与末句第二人称的叮咛出现差互。"勿为俗人留"的刻意分别雅俗,虽意在叮嘱良人勿流连市井烟花之地,但也不肖山家妇女的口吻。至于其他作品中的修辞细疵,如《钓竿篇》第二联"竹竿横翡翠,桂髓掷黄金",虽是模仿乐府常见的装饰性修辞,但暗喻的运用还是稍显拙劣;《游龙首城诗》第三联"四面观长薄,千里眺平丘","观""眺"二字同义,也有合掌之嫌。这些细节的欠完美虽不是什么大毛病,但会影响读者的感觉,就像一二粗针浮线就足以让我们对一件衣服产生质量低劣的感觉一样。张正见细节上的缺陷由于太明显,也很容易给人缺乏才气和功力的印象。严羽对他的全盘否定,很难说与此无关。

经过这番剖析,我对张正见诗有了基本的判断:他的创作大体不出侍从文士的范围,但在日常的奉命写作中磨练了技巧,加强了虚拟写作的能力并由此开拓人生经验表达的深度。其实张正见有着相当不错的艺术表现力,也有一定的写作技巧,善于构造明快洗练的诗句。只不过作品留有明显的细节缺陷,从而影响到后代读者的评价。今天我们固然不必像严羽那样将其价值一笔抹杀,但也毋须故意拔高,还是应该抓住他创作中的独到之处加以研究,从而辨识他在诗歌史上的意义。

十四　反抗·委顺·淡忘
——李白、杜甫、苏轼的时间意识及其思想渊源

　　时间之为物,古今中外曾有各种各样的说明。《管子·乘马》云:"春秋冬夏,阴阳之推移也;时之短长,阴阳之利用也;日夜之易,阴阳之化也。"[①]中国古代贤哲以早熟的睿智洞悉了时间的本质:它不是别的,就是阴阳这天地间两种基本动因摩荡、推移、衍变的过程。这种观念接近现代哲学对时间的理解:时间是物质客体的运动过程或者说在其自身存在中的持续性,是以某一物体对其他物体的关系和在该物体中发生的过程的性质为转移的持续性。就实质而言,它是客观的东西,然而就其表征、计量和人们对它的认识来说,则完全是个人的主观感觉,有如莱布尼兹说的:"时间是一种齐一和单纯的连续体,就像一条直线一样。知觉的变化给了我们机会来想到时间。"知觉过程中得到的不同时间间隔的比较,让我们对时间产生长度、速度方面的意识。这些意识不仅是主观的,而且是纯属个人的,不仅每个人对时间的意识不一样,就是同一个人在不同的时候对时间的意识也不尽相同。比如就像昆德拉所说的,一个人的一生就像人类的历史,最初是静止般的缓慢状态,然后才渐渐加快速度。因此,时间从本质上说就是人生存的体验,它与其他类型的生存体验一样。如果说集体意识意味着对群体的归属感,与一种对空间和距离的感知相关;那么个人意识就绝对源于对存在的体认,与对生命活动的形式——时间的感受相连。正由于意识

[①] 黎翔凤《管子校注》,中华书局2004年版,上册第85页。

到时间,我们肯定生命的存在;因为意识到时间流逝,我们才感觉到生命的消耗。时不我待、时不我与的无奈及其痛苦乃是人类最深刻的心灵悲剧之一。墨西哥作家马里亚诺·阿苏埃拉在谈到时间给人的压迫感时,曾说:"为了能平静地生活——为了能够活下去——,必须忘记时时刻刻、无所不在地折磨我们的巨大痛苦。"①

当然,因为时间是个体生命存在的形式,对它的意识也就有着不同程度的主观差异。我们的祖先很早就发现了时间的主观性和相对性,章学诚《丙辰札记》有一段有趣的议论:

> 唐人诗云:"山中方七日,世上已千年。"神仙家言,多记烂柯一局,人世千年;刘阮归来,子孙易世等事,大抵多出小说。《西游》演义遂有天上一日、人间一年之说,世人多以神仙恍惚、小说寓言置之,不足深究。夫顷刻千年,乃阅世久者由后溯前,虽千万年,理当无异于顷刻耳。烂柯一局,刘阮归来之事,皆当因顷刻千年之语傅会出之,非事实也。如果有其事,则仙家长生之说不足贵矣。彼纵长生得数千年,亦只如人世生数十年无异,何足取乎?惟《西游》演义所云天上一日、人间一年之说,虽属寓言,却有至理,非顷刻千年及烂柯、刘阮诸说所等例也。盖天上无世界可以为人所驻耳,假令天上果有帝庭仙界,则天上一日必是人间一年,无差错也。盖天体转运于上,列宿依之,一岁一周,而日月右旋附天,左退一日才过一度,人世所谓一日,但见日周三百十六五度而复其原次也。若由天上观之,则天日俱迟,而一日十二时间,日仅行天一度,则必周三百六十五日而始复其原次,岂非天上一日、人世之一年乎?不得因小说寓言而置不论也。②

---

① 朱景冬编选《我承认,我历经沧桑》,中国社会科学出版社1993年版,第17页。
② 章学诚《丙辰札记》,中华书局,1986年版,第58页。

十四 反抗·委顺·淡忘

既然人们对时间的意识基于主观感受,文学中表现的时间感觉便存在很大的差异。这使得有关时间意识的考察在文学研究中成为作家研究的一个有意思的问题。

如果做一番精神史的回溯,我们可以看到,对时间这掌握着人类命运的冷酷无情的主宰,各个时代人们对待它的态度是一样的。从战国时代起,时间意识伴着个体的生命意识开始在文学中萌动。东汉末年的灾难和动乱给人带来的沉重的生命危机感,对人生易老、生命有限的时间恐惧感,在《古诗十九首》和建安诗歌中振荡起悲怆激越的回声,从此时间意识就成了古代文学作品中一个郁积的情结,一个反复吟唱的主题。当代学者早就注意到古典诗歌中的时间意识,如龚鹏程《四季·物色·感情》一文曾指出:"中国诗人在描写自然之美及表现对自然的惊诧或喜悦时,通常都含存着敏锐的时间意识。当然西洋诗人对时间也很敏感,但他们似乎不像我国诗人普遍地对时间耿耿于怀。且中国诗常比西洋诗更明确地指明季节和早晚的时间,哀悼春去秋来或忧惧老之将至的诗篇不可胜数。"[①]但纵观现有的研究,基本上都限于说明时间意识的普遍性及其文化性格或时间意识的表现方式,而未就中国古人时间意识的类型加以分析。很显然,正因为人的时间感觉各异,其时间意识也具有不同的类型。在我看来,最能代表中国人时间意识的诗人,都是到唐以后才出现的,那就是李白、杜甫和苏轼。他们分别代表着中国人的时间的意识及其表达的三种基本模式。

1. 三首诗中的时间感觉

在讨论三大诗人的时间意识之前,我们首先该知道他们对时间的

---

① 龚鹏程《读诗隅记》,台湾华正书局1987年版,第9页。

感觉。时间感是全部时间意识内容的基点。请看下面三首诗:

李白《古风其二十八》

容颜若飞电,时景如飘风。草绿霜已白,日西月复东。华鬓不耐秋,飒然成衰蓬。古来贤圣人,一一谁成功?君子变猿鹤,小人为沙虫。不及广成子,乘云驾轻鸿。

杜甫《登高》

风急天高猿啸哀,渚清沙白鸟飞回。无边落木萧萧下,不尽长江滚滚来。万里悲秋长作客,百年多病独登台。艰难苦恨繁霜鬓,潦倒新停浊酒杯。

苏轼《正月二十日与潘郭二生》

出郊寻春,忽记去年是日同至女王城作诗,乃和前韵。

东风未肯入东门,走马来寻去岁村。人似秋鸿来有信,事如春梦了无痕。江城白酒三杯酽,野老苍颜一笑温。已约年年为此会,故人不用赋招魂。①

李白诗里的时间具有被极度夸张的急遽飞逝感:容貌的鲜艳就像闪电般短促,时光则像风一样倏地飘逝。起首两句极写时光飞逝之迅疾。"草绿"二句以具体的季节、日夜更替之急促来充实次句的内涵,而"华鬓"两句也以青春难驻、人生易老的具体描写来发挥首句的意蕴,一如杜甫"孔丘盗跖俱尘埃"之意。人生在世的日子是那么有限,而青春更是那么短暂,至于一切古人,无论贤愚一概化为虫鸟,没有任何东西能长存于世!全诗不仅以极度的夸张表现出一种强烈的时间飞逝的感觉以及随之而来的历史虚无感,最后也暗示了作者消解这种精神困扰的方式——游仙。

---

① 本文所引三家诗分别据朱金城、瞿蜕园《李白集校注》、仇兆鳌《杜诗详注》和王文诰《苏文忠公诗编注集成》。

杜甫诗没有这种感觉,萧萧落木和滚滚长江是两个运动的持续过程,"无边""不尽"这意味着空间、时间上都无间隔的定语修饰赋予两个意象以漫长乃至永恒的持续感,而诗人自身的"长作客"同样表现出生涯的持续性,这都是很概括却也很平实的叙述,说明诗人意识中的时间是一种正常的流逝感。此外,古人视"百年"为常人寿命的限度,杜甫爱用"百年"两字表示毕生,又从某种意义上显示出他对生命限度的冷静而客观的理解。因此我们可以说,杜甫的时间感是比较正常的、比较现实的。

苏东坡诗则又不同,时间感在某种程度上被淡化了。诗人虽说"走马来寻去岁村",但诗中并没有表现出"去岁村"的今昔差异,也就是说没有表现出知觉的差异,因此时间过程就没有被一年的间隔突出,反而被"春梦"的比喻淡化了。在这里突出的是人的重来,而往事则被淡化到"无痕"的地步,仿佛一场恍似有又恍似无的春梦。这一比喻并不是偶然闪现的诗意表现,下文我们将看到,它与东坡对人生、对时间的一种根深蒂固的意识联系在一起。三首诗体现了三位诗人不同的时间感,这不同的时间感基于他们各自对生活的感受,分别代表着反抗时间、顺从时间和超越时间三种透过时间观念表现出的人生姿态。

2. 李白与杜甫的时间意识

天才诗人李白的作品中一直充满了惊遽飘逝的时间感:"黄河走东溟,白日落西海。逝川与流光,飘忽不相待。"(《古风》十一)在这种背景下,人生显得极为仓促,如电似风,转瞬即逝:"浮生速流电,倏忽变光彩。"(《对酒行》)"在世复几日,倏如飘风度。"(《古风》二十)"昨日朱颜子,今日白发催。"(《对酒歌》)这对时间速度极尽夸张的感受,让我们看到诗人那充满恐惧和焦虑的痛苦心灵。他慨叹:"功业莫从就,岁光屡奔迫。"(《淮南卧病书怀寄蜀中赵征君蕤》)"世路多艰难,白日欺红颜。"(《古风》二十)这来自蹉跎岁月的焦躁与建安诗中那"人生几何"的悲歌慷慨是一脉相承的。他也像建安诗人一样渴望立功扬名,永垂青史(《拟古》七),但他的梦幻很快便随着被谗流放而破灭。更何况天才的灵悟让他更深刻地洞达了生命的悲剧性,就像《古风》十八所写的:"天津三月时,千门桃与李。朝为断肠花,暮逐东流水。前水复后水,古今相续流。新人非旧人,年年桥上游。"秾丽的桃李在朝荣时就已注定了暮逐东流水的结局,因而生命似乎本身就是悲剧。于是那灿烂的花惟有让人断肠而已,新人旧人一批批地来而复去,不也如这花一样么?"生者为过客,死者为归人。天地一逆旅,同悲万古尘。"(《拟古》九)别说这芸芸众生,即便是老子、孔子那样的圣贤,不也一样"共沦没"?(《古风》二十九)"昔人豪贵信陵君,今人耕种信陵坟!"(《梁园吟》)楚襄王、平原君、梁孝王、孔北海,这些风云人物的遗址每让他在"今安在""安在哉"的浩叹中兴发空漠的历史虚无感。

"今人不见古时月,今月曾经照古人。"人生是有限的,只有自然,只有江天风月万古永恒。当他洞彻了"功名事业如流水"(《金陵歌》)的虚幻后,终于"朗悟前后际,始知金仙妙"(《与元丹丘方城寺谈玄作》),意欲追寻仙道而求长生。他的许多诗中都强烈地表达了这一渴望,如《古风》七、十一、十七、十八、三十一、《短歌行》《西岳云台歌送丹丘子》《避地司空原言怀》《杂诗》《飞龙引》《酬殷明佐见赠五云裘歌》《草创大还赠柳官迪》《庐山谣寄卢侍御虚舟》等均为其例。从这些作品中明显可以看出,李白的时间观念受道教影响极深。

道教作为一种宗教,尽管与老庄道家已不是一回事,但它的思想根源还是从道家那里来的。老子生当社会变革、旧秩序崩溃之际,深感于现实存在的变动无常,极力要在不稳定的无常的现象界背后找到恒定不变的本体。最后他认定有个化生万物而又主宰着万物的"道"存在。这作为万物之本原的道,一方面始终在周流运动,同时它自身又是恒定不变的。这相对运动和绝对静止的双重性使它对人生具有一种绝对的意义;人只要能体得道,把握住道,与之合为一体,就能达到"至人不变于我"的境地,超越世间生命的有限性而获得永恒。这种思维方式到后代被道教全盘接受,只不过将道换成了仙境,得道成了求仙。"洞中才一日,世上已千年。"仙境随着自然运化,但它本身却是近乎静止的,所以才成为人们求长生的目标。李白早年从道士吴筠学道,后又与胡紫阳及其弟子元丹丘游,"饱餐素论,十得其九"(《汉东紫阳先生碑铭》),对道教修炼长生的思想浸染很深,并身体力行,亲受符箓。因而诗里一再表示"愿餐金光草,寿与天齐倾"(《古风》七),"吾当乘云螭,吸景驻光彩"(《古风》十一),希望升入无穷的仙乡,做长生不老的仙客。然而这说到底只是幻想而已,《对酒行》云:"天地无凋换,颜容有迁改。对酒不肯饮,含情欲谁待?"萧士赟说:"此诗其太白知非之作乎?"《唐宋诗醇》更是一针见血地指出:"白固非不达于理者,岂复以冲举为可待耶?蓬莱烟雾,聊以寄兴。"寄兴就是寄托他对时间流逝和人生有限的无可奈何的悲伤。这是无时不在折磨着他,让他无法摆脱的最大烦恼。

  李白是个具有英雄主义性格的人。他毕生都在反抗命运,反抗现实,力图挣脱现存社会秩序的束缚。他不甘忍受时间对他的销蚀,却又无力抗拒这冥冥的主宰,因此只能在浪漫的幻想中用游仙来超越它。然而这种精神胜利法毕竟是虚幻的,李白终究不是唐·吉诃德。"长绳难系日,自古共悲辛"(《拟古》三),他也不能不感到绝望和悲哀,最终发出"仙人殊恍惚,未若醉中真"(《拟古风》)的慨叹。于是他的诗中就充满了重重矛盾和惶惑:一方面要游仙,直到晚年经永王璘事变遭贬后,还希望有朝一日"倾家事金鼎,年貌可长新。所愿得此道,终然保清真。弄景奔日御,攀星戏河津。一随王乔去,长年玉天宾"(《避地司空原言怀》),同时否定弦歌声色的欢乐(《古风》五十五);而另一方面,又认为只有及时行乐才是人生第一要义:"光景不待人,须臾发成丝。当年失行乐,老去徒伤悲。"(《相逢行》)"我辈不作乐,但为后代悲。"(《邯郸南亭观妓》)从太白现存诗作来看,他晚年是更倾向于及时行乐尤其是饮酒的。正像《月下独酌》之三所说:"穷通与修短,造化夙所禀。一樽齐死生,万事固难审。醉后失天地,兀然就孤枕。不知有吾生,此乐最为甚。"想象中的游仙毕竟只是心理上一时的适意与解脱,幻觉消失后会更引起无穷的惆怅和空虚感。相比之下,酒精却能给神志以长久的麻痹,让人忘却一切,所谓"穷愁千万端,美酒三百杯。愁多酒虽少,酒倾愁不来"(《月下独酌》四)。晚年李白的确只能借酒来麻痹自己痛苦的灵魂:"酒酣益爽气,为乐不知秋"(《过汪氏别业》一),"过此一壶外,悠悠非我心"(《独酌》)。这毋宁说是他反抗时间的失败,正如他反抗命运的失败。如果说幻想游仙是积极的反抗,那么借酒浇愁就只能说是失败后消极的逃遁了,尽管它以旷达的姿态表现出来。

　　与李白相比,杜甫的时间显得理智、现实或者说比较接近常人。在他的笔下没有那夸张的惊遽的时间飞逝的意象,而只有像"无边落木萧萧下,不尽长江滚滚来"这样对时间持续性的朴实表现。尽管他也有因蹉跎不遇而产生的青春虚度的焦虑,如"志士惜白日,久客藉黄金"(《上后园山脚》),"我衰太平时,身病戎马后。蹭蹬多拙为,安得不皓首"(《上水遣怀》),但他的时间感还是平静而未发生变形的。"逆行少吉日,时节空复度"(《咏怀》二),"往还时屡改,川水日悠哉"(《龙门》)。时光在他的感觉中是如水流一样不停息地平静逝去的,这让我们想到孔子"逝者如斯"的感慨。"奉守儒官,未坠世业"(《进雕赋表》)的杜甫显然是接受了儒家的时间观念。对历史,他继承了儒家的历史主义精神,写怀古咏史题材总是着眼于从历史兴亡中总结经验教训,而不像李白那样一片空茫的虚无感;对人生,他虽也满怀用世之志,但不像李白那样始终抱着一展宏图的渴望和汲汲的功名心,在每个机会出现时都跃跃欲试。杜甫的大志随着他儒家性格中的惰性因素与年岁俱增而日渐消磨,早年的狂傲疏放到中年遭到仕途失意的打击后便消失殆尽。虽然还常吟出类似"时危思报主,衰谢不能休"(《江上》)这样执着的诗句,但实际上他早清楚此生已与功名无缘,能否回到中原去也不一定。"社稷缠妖气,干戈送老儒。百年同弃物,万国尽穷途"(《舟出江陵南浦奉寄郑少尹》)。在这毫无希望的穷途末路中,他只能"浮生看物变,为恨与年深"(《又示两儿》),无可奈何地捱他的日子。他清醒地意识到生命的有限性,古人表示人寿极限的"百年"作为一生的同义词在他的诗中反复出现,表明他对人生的思考始终限定在这一现实的可能性中。他不想超越现实的人生去追求缥缈的仙境。既然"人生七十古来稀",那么就该珍惜这有限时间的每一刻;既然时间不能停止也不可逆转,"出门转眄已陈迹"(《晓发公安》),那么在无法延展生命长度的前提下就只能刻意追求生命的质量与密度,设法使自己的每一时刻都快乐起来。有两句诗可以说是这种心态的一个象征:"水流心不竞,云在意俱迟。"(《江亭》)多少人欣赏这一联,也许就是能解悟那种知其不可为而安之若素的境界并产生共鸣吧?

　　逝去的让它逝去好了,我与存在者流连。这就是《曲江》诗里说的:"传语风光共流转,暂时相赏莫相违。"当我们读到"莫思身外无穷事,且尽生前有限杯"(《绝句漫兴》四)、"自知白发非春事,且尽芳樽恋物华"(《曲江陪郑八丈南史饮》)这样的诗句时,应该注意到,他的态度与李白对时间的反抗是相对立的。这是对时间的苟且顺从,正像他消极地顺从于命运的播弄。虽然两人殊途同归,最终都借酒来消解时间的折磨,但他们饮酒的动机和目标并不一样。李白是借酒抵御时间的压迫,而杜甫则向酒寻求生命的欢悦。也许可以这么说,李白反抗时间的态度是积极的,相对这种积极态度来说,饮酒具有了消极的性质;相反,杜甫顺从时间的态度虽是消极的,但相对这消极态度来说,饮酒却具有了积极的意义。正像《九日蓝田崔氏庄》一诗所写的:

> 老去悲秋强自宽,兴来今日尽君欢。羞将短发还吹帽,笑倩旁人为正冠。蓝水远从千涧落,玉山高并两峰寒。明年此会知谁健,醉把茱萸子细看。

明知老去是无可奈何的事,令人悲伤,诗人却还要强打起精神,拼得一欢;尽管在山川的永恒面前人生显得那么短暂和渺小,他还是流连、珍重一个个日子。在那半睁着玩索茱萸的朦胧醉眼中,有多少对生命的眷恋、绝望与悲哀!坚强的理性在这里紧紧抓住了时间,向我们展示着一种最认真执着却不免卑微的人生姿态。

3. 苏东坡诗中时间意识的变化

以上论述了李白、杜甫这两位唐代大诗人的时间观念,现在当我们把目光投向苏东坡时,发现时间的问题变得复杂了。东坡诗文中表现出的对时间的感受,清楚地显示出阶段性的变化。

从现存作品来看,苏东坡早年的时间意识具有李白、杜甫两方面的内容。恰如"人生如朝露,要作百年客"(《九日湖上寻周李二君不见……》)一联所示,既有李白那种夸张的时间飞逝感,又有杜甫那对生命限度的理性认识。一方面因仕途坎坷而产生急速的时间飞逝感,如二十六岁时作的《辛丑十一月十九日既与子由别于郑州西门之外马上赋诗一篇寄之》:"亦知人生要有别,但恐岁月去飘忽";到三十八岁任杭州通判时作的诗中还有"盛衰哀乐两须臾"(《游灵隐寺得来诗复用前韵》),"过眼荣枯电与风"(《吉祥寺僧求阁名》)的感觉,但另一方面,他更多的是清醒意识到时间的不可逆性与生命的限度。历览陈迹:"都城日荒废,往事不可还"(《次韵和刘京兆……》);反观人生:"荣华坐销歇,阅世如驿传"(《自净土步至功臣寺》),从而兴起"不悲去国悲流年"(《和子由蚕市》)的对时间逝去的感伤。总的来说,后一方面的倾向更强烈些。他二十七岁那年作的《别岁》《守岁》就是体现他理性的时间意识的作品,而《守岁》简直就是杜甫《蓝田九日崔氏庄》的翻版:

> 明年岂无年,心事恐蹉跎。努力尽今夕,少年犹可夸。

这种理智的清醒的时间意识贯穿在东坡中年以前的诗歌中。

到四十岁前后,东坡的时间观念开始明显地发生变化,最突出的就是时间感淡化了。《和莘老次韵》有一句很值得玩味:"去国光阴春雪消。"他感到自离乡以来,过去的时光都像春雪消融似的没在心上留下什么痕迹。从这个时期起,无论叙述日常生活还是抒发情怀的诗中,时间感都成了很少表现的对象。而当他要表现时间及对时间的感觉时,那便是如梦一样的缥缈,不可计量:

> 岁月不可思,驶若船放溜。繁华真一梦,寂寞两荣朽。惟有当时月,依然照杯酒。应怜船上人,坐稳不知漏。(《和鲜于子骏郓州新堂月夜》一)

过去的日子就像一个梦,感觉不到它的长度和速度。似乎像顺水船一般急速,可是眼前一切依旧,又似乎只是未发生变化的一瞬。而人就像坐在船上顺水漂去,浑浑噩噩地不知所以。这种感受是很难表达的,似乎也只有一个梦境差似,无怪乎到这时"梦"空前频繁地出现在诗中。不是做梦,而是"繁华真一梦"式的世事如梦的感觉。

这种感觉最早见于诗中,是在熙宁四年(1071)诗人三十六岁时作的《送蔡冠卿知饶州》:"世事徐观如梦寐。"不久又有《姚屯田挽词》的"七年一别真如梦"。当时他因议科举及奏罢买灯,初遭诬陷外放,仕途失意给他的打击促使他到佛教中去寻求慰藉。他开始研习佛经,对人生的观念由此发生变化。所谓"中年忝闻道,梦幻讲已详"(《去岁九月二十七日……》)。释法藏《华严经旨归》释经义第八云:"明一切法皆如梦故,谓彼梦法,长短无碍。是故论云,处梦谓经百年,觉乃须臾。故时虽无量,摄在一刹那等。"既然将人生视为梦幻,时间自也像梦那样空洞了。到熙宁八年任密州知州后,往事如梦的感觉在诗中骤然多了起来:

> 梦里青春可得追,欲将诗句绊余晖。(《送春》)
> 回首西湖真一梦,灰心霜鬓更休伦。(《寄吕穆仲寺丞》)
> 觉来身世都是梦。(《和子由送将官梁左藏仲通》)
> 明朝人事随日出,恍然一梦瑶台客。(《和子由中秋见月寄子瞻兄》)
> 殿庐直宿真如梦,犹记忧时策万言。(《次韵答顿起》一)
> 青春还一梦,余年如过鸟。(《八月猎城南……》)
> 旧事真成一梦过,高谈为洗五年忙。(《余去金山五年而复……》)

这都是将一段经历的恍惚记忆在时间长度上夸张地缩短了。梦有多长,况且是无知无觉的?一次旧游,一任官职,一段经历的时间长度在记忆中或者说要表现得在记忆中像梦境一样模糊不清,这只能说是主体对时间感觉的淡化。至于"二十三年真如梦"(《送陈睦知潭州》)、"五年一梦谁相对"(《龟山辩才师》)、"一年如一梦,百岁真过客"(《歧亭》二)、"梦里五年过"(《游惠山》一)、"一梦惜惜四十秋"(《柏家渡》)、"四十七年真一梦"(《天竺寺》),虽年月班班可考,长度具体可数,但其中的时间早已失去量的内涵,成了空洞而抽象的概念。因为不管多少年都是像梦一样,乃至于"一梦等千岁"(《正月二十四日……》)。这实际上已抹杀了一年、四十年或一千年的长短差别。从这个意义上说,上述长度清楚的时间,其时间值根本就是模糊的,非但不能说明作者时间感的强烈,反而适足表明他时间感的淡化。由此我们看到了苏东坡与李白时间感的不同:李白的时间感是速度上的变形,而东坡的时间感则是长度上的变形,因为没有既定的坐标可参照,他感觉中的时间长度就成了极为任意的言说,可以是"千载真旦暮"(《次韵赵令铄惠酒》)般的短,也可以是"寓世身如梦,安闲日似年"(《过广爱寺……》)般漫长。而且在方向上还可以"一弹指顷去来今"(《过永乐文长老已卒》),这是典型的佛教三世说。《摩诃僧祇律》十七云:"二十念名为一瞬顷,二十瞬名为一弹指,二十弹指名为一罗豫,二十罗豫名为一须臾,日极长时有十八须臾,夜极短时有十二须臾。"而一念又有九十刹那①。将时间划分到如此细微、不可计量的地步,最终使时间失去长度意义。佛教的创始国印度恰是个历史感与时间推移感极度欠缺的国度。从"梦"的表现,我们看到了苏东坡时间观中的佛教色彩。

尽管他已看透"人间何者非梦幻"(《四月十一日初食荔枝》),但还没有真正超越时间。即以他一再絮叨人生如梦这一命题,也可见他对时间与生命终未能释然于怀。就像《冷斋夜话》所载尹师鲁谪官过大梁,与一老衲语。师鲁曰:"以退静为乐。"师曰:"孰若退静两忘。"②虽然《庄子·齐物论》固言:"方其梦也,不知其梦也;梦之中又占其梦焉,觉而后知其梦也。且有大觉而后知此其大梦也。"③但正如王夫之所勘破的:"言无我者,亦于我而言无我尔。如非有我,更孰从而无我乎?于我而言无我,其为淫遁之辞可知。"④这是说,能认识到无我的人,必须借助于我的悟性完成对自身虚无本质的体认,在说无我的时候"我"恰恰在这里。同理,苏东坡说人生如梦的时候,也正是一个更清醒的"觉"的主体在言说,适足表明他的时间意识还是强烈的,对时间还是执着的。正像赵翼《偶书》所说:"香山与放翁,晚岁澹容与。语语

---

① 此据《仁王般若经》,照《往生论注》则为六十刹那。
② 惠洪《冷斋夜话》卷八,张伯伟编校《稀见本宋人诗话四种》,江苏古籍出版社2002年版,第78页。
③ 郭象注,成玄英疏《庄子注疏》,中华书局2011年版,第56页。
④ 王夫之《思问录内篇》,《思问录·俟解》,中华书局1983年版,第19页。

不畏死,正是畏死语。"①东坡真正超越这一命题,要到元丰三年(1080)贬去黄州后。这一年他为蜀僧宝月作《胜相院经藏记》,偈曰:

> 我游多宝山,见山不见宝。岩谷及草木,虎豹诸龙蛇,虽知宝所在,欲取不可得。复有求宝者,自言已得宝,见宝不见山,亦未得宝故。譬如梦中人,未尝知是梦,既知是梦已,所梦即变灭。见我不见梦,因以我为觉,不知真觉者,觉梦两无有。

至此他才是彻底悟透了。人在梦中固然不知是梦,而既已觉,则梦已化灭,又何必斤斤于觉梦呢?当他了悟这一点时,就倏然超越了人生如梦的命题,达到一个大自在的境地,诗中不再有对时间的感觉。他在《胜相院经藏记》中发愿要"尽未来世,永断诸业,客尘妄想,及诸理障。一切世间,无取无舍,无憎无爱,无可无不可。"这似乎是他后半生的人生宣言。元丰二年的谢表谤案,下狱百日,贬斥黄州,给予他极大的精神打击,使他的生活态度从此发生根本转变。他真正学禅并有所得,正是在这个时候。《与章子厚参政书》说自己贬黄州后,"初到,一见太守,自余杜门不出,闲居未免看书,惟佛经以遣日"②。《答毕仲举书》说"佛书旧亦尝看,但暗塞不能通其妙,独时取其粗浅假说以自洗濯,若农夫之去草,旋去旋生",而此刻却悟彻了"处世得安稳无病,粗衣饱饭,便不造冤业,乃为至足"这"平常心是道"的禅理③。《与王庆源书》则云:"人生悲乐,过眼如梦幻,不足追,惟以时自娱为上策也。"④钱谦益晚年钻研内典,很能体会东坡黄州前后的思想变化,说:"晚读《华严经》,称性而谈,浩如烟海,无所不有,无所不尽,乃喟然而叹曰:'子瞻

---

① 赵翼《瓯北集》卷四十二,《赵翼全集》,凤凰出版社2009年版,第6册第833页。
② 孔凡礼点校《苏轼文集》,中华书局1986年版,第1412页。
③ 同上书,第1671页。
④ 同上书,第1815页。

之文,其有得于此乎?'文而有得于《华严》,则事理法界,开遮涌现,无门庭,无墙壁,无差择,无拟议。世谛文字,固已荡无纤尘,又何自而窥其浅深,议其工拙乎?……子瞻之文,黄州已前得之于《庄》,黄州已后得之于释。吾所谓有得于《华严》者,信也。"①

这种态度一直贯彻在他后半生的生活中。于自我,抱定"我生亦何须,一饱万想灭"(《到官病倦未尝会客……》)的念头;于人世遭际,则怀着"也无风雨也无晴"(《定风波》)的超然态度。"莫听穿林打叶声,何妨吟啸且徐行",这种经历了种种穷途忧患后的沉着和洞彻一切死生因果后的豁达,是真正的心灵超越。"谁道人生无再少,门前流水尚能西,休将白发唱黄鸡"(《浣溪沙》)。至此,时间对于他真正成了身外无关乎己的东西,不能对他有任何羁绁了。在以后的海南诗中,我们看到他仿佛在无时间感的安详状态中度过了也许是古代作家中最悲惨的生活。东坡的这种超越,不同于李白的反抗,也不同于杜甫的顺从,更不是逃避,而是"虽怀坎壈于时,遇事有可尊主泽民者,便忘躯为之。祸福得丧,付与造物"(《与李公择书》)。这种态度较之李白、杜甫的好高骛远或逃避委顺都要可贵。唯其如此,东坡才会留下让人称道的政绩,而不只以文学名世。从根本上说,只有东坡才是对时间、从而也是对人生的胜利者。后人既不敢效法李白的狂傲不羁,又做不到杜甫的每饭不忘君,所以东坡就成了他们的人生理想。当然,也只能空怀景仰而已,又有几人能有东坡那潇洒的胸襟呢?

以上一番比较和分析,目的不只在于说明李白、杜甫、苏东坡三位大诗人的时间意识的差异及所植根的思想土壤。我希望借此提请学者

---

① 钱谦益《读苏长公文》,《初学集》卷八十三,上海古籍出版社1985年版,第3册第1756页。

们注意一个问题:中国古代文学家的思想和世界观成分非常复杂,常常融合了不同的传统思想。尤其是唐以后,形成儒释道合流的趋势。李白、杜甫都是集三家思想于一身的,通常认为李白思想中占主导地位的是道家,杜甫则是以儒家思想为主体。如刘熙载《艺概·诗概》云:"太白早好纵横,晚学黄老,故诗意每托之以自娱。少陵一生却只在儒家界内。"今人谈李白都从道家着眼,论杜甫便从儒家着眼,至于苏东坡,见仁见智,说法不一,各是其所是而非其所非。这样讨论最终无助于研究的深入。人的思想是由多层次、多方面的内容构成的,对传统思想体系也并不是不加选择地全盘接受,而总是受各人的教养、境遇影响,有选择地接受的。因此,在各个层次间会出现交错甚至矛盾的现象。我们的研究就是要说清那具体的接受情况,而不是笼统地以偏概全。比如李白,历史观是道家的,人生观虽接近于纵横家,但既有道家功成身退之说的影响,其淑世情怀也有着儒家的倾向,与杜甫相近。所以梁章钜说:"太白本是仙灵降生,其视成仙得道,如其性所自有。然未尝不以立功为不朽,所仰慕之人,率多见诸吟咏。如鲁仲连、侯嬴、郦食其、张良、韩信辈,皆功名中人也。其《赠裴仲堪》云:'明主倘见收,烟霄路非遐。时命若不会,归应炼丹砂。'《赠杨山人》云:'待吾尽节报明主,然后相携卧白云。'《赠卫尉张卿》云:'功成拂衣去,摇曳沧洲旁。'《赠韦秘书》云:'终与安社稷,功成去五湖。'《登谢安墩》云:'功成拂衣去,归入武陵源。'其意总欲先有所树立于时,然后拂衣还山,登真度世。此与少陵之一饭不忘何异?以此齐名万古,良非无因。"①苏东坡的政治思想是儒家的,但时间观念却又是佛家的,两者并行不悖。只有这样理解和分析,我们才能对他们的思想倾向及其渊源做出可信的评说,而不至于拘虚牵连,强作解事。

---

① 梁章钜《退庵随笔》卷二,郭绍虞辑《清诗话续编》,第 3 册第 1794—1795 页。

十五　杜甫与中国诗歌美学的老境

文学史上那些伟大的诗人之所以伟大,不只在于道德的纯粹和技巧的完美,更重要的是他们在风格上通常能创造一种新的审美范型。自诗歌的个人化写作开始以来,曹刘、嵇阮、潘陆、陶谢、颜鲍、徐庾乃至沈宋、王孟、李杜、高岑、韦柳、韩孟、元白、苏黄、范陆等等,凡在诗史上留下深刻印迹的诗人,无不开创一种新的美学范型,在风格武库中增添一种新的标记。但迄止于唐初,还没有一位诗人表现出对此的自觉意识及相应的积极追求。陈子昂应该是诗歌史上第一位大力标举自己的艺术观念和风格理想的诗人,以《与东方左史修竹篇书》吹响汉魏风骨的号角,因而赢得韩愈"国初盛文章,子昂始高蹈"(《荐士》)的赞誉,但终属心向往之而力不能至;只有杜甫诗中"老"的称说和追求,才同时在理论和实践意义上真正成就了一种诗歌美学。

"老"是传统诗学中很有民族特色且与传统审美理想关系密切的美学概念,据裴斐统计也是杜诗中出现频数最高的字,共用过374次①,既用以言人事品物,也用来论诗。自杜甫以后,经宋代诗歌批评广泛运用,终于在明人杨慎手中得到理论总结,成为清代流行的诗美概念。其美学意涵大致包括风格上的老健苍劲、技巧上的稳妥成熟、修辞

---

① 裴斐《杜诗之老》,原载《光明日报》1990年12月16日,收入《裴斐文集》第4卷,人民文学出版社2013年版,第240页。

上的自然平淡以及创作态度上的自由超脱与自适性等四个方面①。杜甫因对"老"的标举及相应的成就而被视为实践这种美学品格的成功典范,吸引后代批评家从这一角度审视其作品,由"老"的正负两面价值对其晚年创作做出不同评价。裴斐先生曾有短文从杜甫以老自称、杜诗老而益精、老为杜诗之个性特色三层涵义谈过老杜之"老"②,莫砺锋《杜甫评传》第三章也以"千锤百炼的艺术造诣和炉火纯青的老成境界"为题对杜甫晚年成就作了总结性的论述③,这为我们讨论杜甫老境的诗学奠定了基础。

1."老"与杜甫的诗歌批评

从现存古代诗歌文献来看,杜甫乃是第一个喜欢在诗中谈论诗歌的人。他喜欢述说自己的写作经验,也喜欢评价古人或友人的创作,且评论话语非常多样。稍微列举一下杜诗中涉及诗歌写作和批评的诗句,数量令人惊讶地丰富。如《寄高三十五书记》"佳句法如何?"《桥陵诗三十韵因呈县内诸官》"遣词必中律,利物常发硎",《送韦十六评事充同谷防御判官》"题诗得秀句,札翰时相投",《贻阮隐居》"清诗近道要,识子用心苦",《遣兴五首》其三"陶潜避俗翁,未必能达道。观其著诗集,颇亦恨枯槁",其五赞孟浩然"赋诗何必多,往往凌鲍谢",《寄彭州高三十五使君适虢州岑二十七长史参三十韵》"高岑殊缓步,沈鲍得同行。意惬关飞动,篇终接混茫",又曰"更得清新否,遥知对属忙",《寄张十二山人彪三十韵》"草书应甚苦,诗兴不无神"④,《寄李十二白

---

① 详蒋寅《作为诗美概念的"老"》,《甘肃社会科学》2016 年第 3 期。
② 裴斐《杜诗之老》,《裴斐文集》第 4 卷,第 241—242 页。
③ 莫砺锋《杜甫评传》,南京大学出版社 1993 年版,第 195—271 页。
④ "应甚苦"原作"何太古",今从仇校所据别本。

二十韵》"笔落惊风雨,诗成泣鬼神",《江上值水如海势聊短述》"为人性僻耽佳句,语不惊人死不休",《奉和严中丞西城晚眺十韵》"诗清立意新",《戏为六绝句》其五"不薄今人爱古人,清词丽句必为邻。窃攀屈宋宜方驾,恐与齐梁作后尘",其六"别裁伪体亲风雅,转益多师是汝师",《戏题寄上汉中王三首》其三"尚怜诗警策,犹记酒颠狂",《长吟》"赋诗新句稳,不觉自长吟",《八哀诗·故右仆射相国曲江张公九龄》"诗罢地有余,篇终语清省",《解闷十二首》其六"复忆襄阳孟浩然,清诗句句尽堪传",其七"陶冶性灵存底物,新诗改罢自长吟。熟知二谢将能事,颇学阴何苦用心",《秋日夔府咏怀奉寄郑监审李宾客之芳一百韵》"登临多物色,陶冶赖诗篇","阴何尚清省,沈宋欻联翩",这些零星议论所包含的诗学思想,张桎寿、钱志熙已分别围绕着陶冶性灵、别裁伪体、转益多师诸命题和神、法、格律等概念做了细致分析①。但在我看来非常重要的、与"老"相关的诗学话语,则较少涉及,还有待于进一步探讨。

天宝十载(751),三十九岁的杜甫在《敬赠郑谏议十韵》中称赞郑诗"思飘云物动,律中鬼神惊。毫发无遗憾,波澜独老成"②,宋代注家黄鹤理解为:"毫发无憾,谓字句斟酌;波澜老成,谓通篇结构,包大小而言。"③如果他的解释不错,那么杜甫这几句诗就涉及构思、声律、结构及完成度四个方面的评价。其中对结构的评价用了"老成"一词,望而可知是老到、成熟之义。这虽是就艺术表现效果而言,但与才能的成熟也有密切关系。《寄薛三郎中》云"乃知盖代手,才力老益神",不就意味着老成首先是与作家晚境才能的成熟相应的概念吗?五年后他在

---

① 张桎寿《杜甫诗论刍议》,《古代文学理论研究丛刊》第 2 辑,上海古籍出版社 1980 年版,第 182—202 页;钱志熙《杜甫诗法论探微》,《文学遗产》2001 年第 4 期。
② "思飘云物动","动"一作外,由对仗词性较之,以动为佳,今从别本。
③ 仇兆鳌《杜诗详注》引,中华书局 1979 年版,第 111 页。

《苏端薛复筵简薛华醉歌》诗中直接用"老"来称赞薛华写作的歌辞："座中薛华善醉歌,歌辞自作风格老。近来海内为长句,汝与山东李白好。何刘沈谢力未工,才兼鲍照愁绝倒。"此处"老"所称道的"风格"并不同于当今文学理论所说的风格,而近于指称作品的整体风貌。参照"何刘"两句看,让人感觉"老"与其说意味着一种风格倾向,还不如说与完成度的关系更为密切。因为"老"显然是"老成"的省言,这从杜甫对庾信的评价可以得到印证——在早年的《春日忆李白》中,杜甫用"清新庾开府"来评价庾信,到晚年写作《戏为六绝句》时,却称:"庾信文章老更成,凌云健笔意纵横。"意谓庾信的写作在晚年达到成熟的境地。说起来,杜甫诗中提到庾信共计八次,早年两次,晚年六次。就《咏怀古迹》其一"庾信平生最萧瑟,暮年诗赋动江关"来看,杜甫晚年提到庾信的六首,都与自己的遭遇相关。他从庾信晚年作品引发的精神共鸣不止是乡愁,更是贯穿于《哀江南赋》和《拟咏怀》二十七首中的那个深刻主题,即"对不幸的历史时代的整体性回顾"和"对这种时代里个人生命的落空的深切哀感"[①]。直到生命的最后时刻,他还在《风疾舟中伏枕书怀三十六韵奉呈湖南朋友》中感叹"哀伤同庾信,述作愧陈琳",以陈琳的幕僚经历和庾信的流寓生涯比拟自己相似的命运缩影。不过,相比这精神史的隔空对话,后人更为注意的是杜甫对庾信诗歌老境之美的关注和标举。

2. 由生命体验到美学趣味

"老"原是古代汉语中很古老的形容词,见于殷周甲骨卜辞已知56

[①] 吕正惠《诗圣杜甫》第六章"杜甫与庾信",生活·读书·新知三联书店2015年版,第148页。

个形容词之中①。本义是年老,即《说文》所谓"七十曰老"。在先秦典籍中,除了由人老引申为事物的衰顿,如《老子》三十章"物壮则老,是谓不道,不道早已"外,语义基本稳定。它所以能由衰老之老衍生出后来若干正价的审美义项,是因为与"成"组成一个复合词"老成"。始见于《书·盘庚上》"汝无侮老成人",又见于《诗·大雅·荡》"虽无老成人,尚有典刑",朱熹《诗集传》注:"老成人,旧臣也。"旧臣以年老而德高望重,故老成又被赋予一层伦理的内涵。《后汉书·和帝纪》李贤注:"老成,言老而有成德也。"老而有成德改变了老而衰亡的负面义涵,使老与意味着成熟和完成的正面义涵联系起来,为日后许多正价义项的衍生奠定了基础。

"老"进入诗文评的过程尚不清楚,我们知道唐初孙过庭《书谱》已有"通会之际,人书俱老"的著名说法,传为李白所书的《题上阳台》又有"山高水长,物象万千,非有老笔,清壮何穷"之语,可见它是唐人常使用的批评术语。但其意涵则可信是从老成的义项发展出来的,杜甫的"庾信文章老更成"还明显保留着蜕化的雏形,只不过此处的"老"尚不具有评价性,仅指晚年而已,只有"成"才意味着达到更完熟的境地。对句"凌云健笔意纵横"又具体指出庾信晚年作品所显示的雄健风格和挥洒自如的笔力,这两点已触及"老"作为美学概念的核心意涵,意味着成熟和圆满,成为炉火纯青的同义词。自张毅《宋代文学思想史》、汪涌豪《范畴论》以降,近年来不断有学者对"老"的美学意蕴加以开掘和深化,主要是在宋代文学的语境中展开②。同事杨子彦加以概

---

① 参看余贞皎《甲骨卜辞所见形容词之考辨》,《殷都学刊》2002年第1期。
② 张毅《宋代文学思想史》,中华书局1995年版;汪涌豪《范畴论》,复旦大学出版社1999年版;刘畅《老成——宋人的审美追求之一》,《中国韵文学刊》2001年第1期;吴建辉《从〈论绳尺〉看南宋文论范畴——"老"》,《湖南科技大学学报》2007第3期。

念史的梳理,下延到纪昀"老而史"的文学思想①,使这一概念的衍生史愈益清楚。然而学者们都未深究杜甫诗歌创作和批评所起的奠基作用,以致未能从源头上厘清"老"的诗歌美学的由来。

我在另一篇论文中已指出,以老为生命晚境的原始义涵,使"老"的审美知觉一开始就与文学写作的阶段性联系在一起。古典文论向来将文运比拟为自然运化,诗歌写作的历程在人们心目中也与生命周期一样,在不同阶段呈现出不同的面貌。就像吴可《藏海诗话》所说的,"凡文章先华丽而后平淡,如四时之序,方春则华丽,夏则茂实,秋冬则收敛,若外枯中膏者是也。盖华丽茂实已在其中矣"②。这意谓着"老"首先与对生命晚境的一种肯定性评价相关。事实上,"老"所以能在杜甫的艺术感性中酝酿为一种美学趣味,乃至成为艺术观照和评价的标准,首先正是基于诗人对生命的独到体验。杜甫对生命衰老的意识,除了像《赠翰林张四学士垍》"此生任春草,垂老独飘萍"、《苏端薛复筵简薛华醉歌》"垂老恶闻战鼓悲"那种常人共有的对自身的哀叹、对社会的悲观外,还表现出一种观照自然界和外物特有的积极情怀与乐观的审美态度。如《骢马行》云:"吾闻良骥老始成,此马数年人更惊。"《赠韦左丞丈济》云:"老骥思千里。"《赠陈二补阙》云:"天马老能行。"在他的笔下,老马绝不是怜悯和同情的对象,乃是堪寄重任的英雄。而老暮的植物也别有可爱的理由,《遣兴三首》其三云:"春苗九月交,颜色同日老。"《楠树为风雨所拔叹》云:"沧波老树性所爱。"《院中晚晴怀西郭茅舍》云:"阶面青苔老更成。"这种独特的生命意识使他对人生晚境的描写,不同于萨义德(E. W. Said)所阐释的"晚期风格"——更强

---

① 杨子彦《论"老"作为文论范畴的发生与发展》,《文学评论》2005 年第 3 期;后在新著《纪昀文学思想研究》第三章"老:纪昀的创作理论"又有发挥,中国社会科学出版社 2015 年版,第 134—148 页。

② 丁福保辑《历代诗话续编》,中华书局 1983 年版,上册第 331 页。

调"生命中最后的时期或晚期,身体的衰退,不健康的状况及其他因素的肇始"①,而接近于罗兰·巴特(R. Barthes)曾描述的"写作的秋天"状态,意谓"写作者的心情在累累果实与迟暮秋风之间、在已逝之物与将逝之物之间、在深信和质疑之间、在关于责任的关系神话和关于自由的个人神话之间、在词与物的广泛联系和精微考究的幽独行文之间转换不已"②。杜甫晚年的写作因而发生日趋率意和放任的变化,他的生命体验以及相应的美学反思在短时期内得到集中的表达,由此给他的写作烙上最深刻的印迹。这种变化无法在诗学层面上解释清楚,必须放到美学的层面上加以思考。

3. 杜甫写作的老境

照英国诗人奥登(W. H. Auden)《19世纪英国次要诗人选集》序所说,蜕变是大作家必具的特征之一③。作为高棅《唐诗品汇》选定的唯一大家,杜甫的诗歌同样经历了若干次蜕变,甚至最重要的蜕变也正是从进入老境开始的。清代诗人张谦宜曾说,"诗要老成,却须以年纪涵养为浔次,必不得做作装点,似小儿之学老人"④。这意味着老作为文学创作的一种境界,乃是自然养成的,来不得模拟和追求。那么杜甫写作的老境始于何时呢?这很大程度上与他自己对老的体验相联系。

---

① 萨义德《论晚期风格》,阎嘉译,生活·读书·新知三联书店2009年版,第4页。
② 参见欧阳江河《89年后国内诗歌写作:本土气质、中年特征与知识分子身份》,《站在虚构这边》,生活·读书·新知三联书店2001年版,第56页。
③ 参看余光中《大诗人的条件》,《余光中谈诗歌》,江西高校出版社2003年版,第44页。
④ 张谦宜《絸斋诗谈》卷一,郭绍虞辑《清诗话续编》,上海古籍出版社2016年版,第2册第767页。

杜甫对老的感觉似乎开始得较早。对早衰感觉的吟咏曾被我视为大历诗歌的普遍倾向之一①，现在看来杜甫诗中已开了先声。自称"百年多病"（《登高》）的杜甫，体格明显不是那么健硕，还不到四十岁写的《赠韦左丞丈济》已自称"衰容岂壮夫"②。在乾元元年(758)春所作《曲江二首》中，对生命极限的意识表明衰老的感觉已占据他生命体验的中心。但他对衰老真正深刻的体验还是在漂泊三年后的同谷时期开始清晰起来的：

《乾元中寓居同谷县作歌七首》其七：男儿生不成名身已老。

《万丈潭》：告归遗恨多，将老斯游最。

《发同谷县》：交情无旧深，穷老多惨戚。

《木皮岭》：对此欲何适，默伤垂老魂。

《为农》：卜宅从兹老，为农去国赊。

垂老无成的迟暮感，孤独无伴的寂寥感，前程未卜的悽惶感，灰心任命的绝望感乃至"将老斯游最"的窃幸，无不表明他正经历一个心理上的更年期。也正是从此时开始，《投简咸华两县诸子》诗偶尔自称的"杜陵野老"，变成老夫、老农、老渔等，频繁出现在诗中，集中地显示出理想、自信和豪迈之气黯然销歇后自我意识的变化。不仅对自身境遇的体认有"昔如纵壑鱼，今如丧家狗"（《将适吴楚留别章使君留后兼幕府诸公》）之异，并且生命意象的寄托也从"何当击凡鸟，毛血洒平芜"（《画鹰》）变成"梁间燕雀休惊怕，未必抟空上九天"（《姜楚公画角鹰歌》），从"白鸥没浩荡，万里谁能驯"（《奉赠韦左丞丈二十二韵》）变成

---

① 详蒋寅《大历诗风》第四章"主题的取向"，上海古籍出版社1992年版，第50—58页。

② 黄鹤系此诗于天宝七载(748)，据萧涤非、张忠纲等《杜甫全集校注》考，应作于天宝九载(750)，人民文学出版社2014年版，第161页。

"飘飘何所似,天地一沙鸥"(《旅夜》)。杜甫从此真正进入那个"万里悲秋长作客,百年多病独登台"(《登高》)的衰迈老诗人的角色。

秦州之行正是杜甫对政治前途感到绝望、离开政治中心的开始,此后别说再没有政治上的机会,甚至也没有稳定的生计,"计拙无衣食,途穷仗友生"(《客夜》),只能走上投奔亲故、靠人接济的辛酸旅途。因此,即便在托庇于严武的照拂、闲居成都草堂的期间,他仍有"白头趋幕府,深觉负平生"(《正月三日归溪上有作简院内诸公》)的长叹。宝应元年(762)送严武还朝,他曾表达"此身那老蜀,不死会归秦"(《奉送严公入朝十韵》)的执念,但随着战事结束后蜀中形势的翻覆、朝中故人的凋丧,归秦的希望越来越渺茫。在长安时期,如果说对仕途的热切期待曾导致他对文学的人生价值不无漠视①,那么当他漂泊无依、颠沛旅途时,对"千秋万岁名,寂寞身后事"的看法已有了改变,意识到文学不只是别无选择的选择,其实它也是对贫寒人生的一种特殊回报,所谓"文章憎命达"(《天末怀李白》)无意中成为后来"穷而后工"之说的蓝本。

当然,随着对诗歌的浸润愈深,杜甫也愈加深切地感觉到,以文章名世其实并不比建立事功更容易,这或许是更为艰难的一条路。《偶题》"文章千古事,得失寸心知"一联表明,在生命的最后几年,他确实对自己的创作及所达到的成就有所反思,并对已获得的当世之名是否值得信赖流露出某种程度的怀疑。这相比《宾至》言外不无自负的"岂有文章惊海内",不能不说是有了更冷静的自省。无论是不是这种警觉促使他对诗歌写作投入了更大的热情,事实表明从秦蜀行程开始,他的创作进入了一个异常旺盛的时期,从另一个角度看也是一个蜕变的

---

① 天宝十一、二年间作《陪郑广文游何将军山林十首》,其四有"词赋工无益,山林迹未赊"的感喟。

时期。前代论者早已注意到:"少陵诗,居成都以前者十之三,成都以后者十之七。然前多感触,刻意苦吟,后则逐境言怀,浑多漫兴。"①成都之后,杜甫写作的密度益倍于前,仅夔州两年间就写作了四百多首诗,占了全集的三分之一,足见秦蜀之行后是他不同寻常的一个创作阶段,在我看来也就是杜诗的老境。

4. 老境的两个层面

人生晚景虽然体力不如少壮之时,但精神上却进入成熟和睿智的境地。就心理层面而言,老境首先意味着世事洞明、人情练达。杜诗晚年之作,虽然也可以像申涵光评"常恐性坦率,失身为杯酒"(《将适吴楚留别张使君留后兼幕府诸公》)两句所说的,"半生疏放,晚乃谨饬如是。饱更患难,遂得老成,方是豪杰归落处"②,着眼于从疏放到谨饬的性格变化;但更重要的还应该从社会、政治认识方面的成熟来考量。这在理论上不是个问题,所以我讨论"老"的论文并未就此展开,现在具体到杜甫这一个案,便有了认真对待的必要。

上元二年(761)杜甫居成都时期,有一组以树木为题材的咏物之作《病柏》《枯棕》《病橘》《枯楠》,它们的共同特点也是奇异之处在于都是枯病之身。前人的解说多拘于一时一地之事,没有看出其中包含的对社会问题和个人命运的深刻省思,涉及王朝没落、君主失德、民生凋敝和个人前途黯淡诸多重大主题。我认为这组咏树之作呈现了杜甫晚年思想上的若干重要变化。其中最重要的同时也是旨趣最深隐的一首是《病柏》,郭曾炘认为历来评论家中只有黄生独见其大,注意到此

---

① 佚名《杜诗言志》例言,江苏人民出版社 1983 年版,第 9 页。
② 仇兆鳌《杜诗详注》,第 1066 页。

诗之感慨尤为深远:"国家当危亡之际,回溯承平,昔何其盛,今何其衰?纥干冻雀之叹,崖山块肉之悲,大命已倾,回天无已。忠臣志士至此,亦惟归咎于苍苍者而已。而其故实由于群邪用事,正士束手,患气之积,匪伊朝夕。"①此诗的重要,不光在于反思了动乱的因由,"岁寒忽无凭,日夜柯叶改"数句更隐喻了君子道消、小人道长、唐王朝不可逆转的衰落命运,也就是后人注意到的,"借病柏以喻国家当多难之秋,遂难以任之天命也"②。联系到《咏怀二首》其一"本朝再树立,未及贞观时"两句来看,《北征》结尾"煌煌太宗业,树立甚宏达"的昂扬信念,已悄然流失其坚定性。这绝不是偶然的颓丧,乃是越来越强烈的失望感的凝结。将《奉赠卢五丈参谋琚》"天子多恩泽,苍生转寂寥"与《病橘》的"忆昔南海使,奔腾献荔枝"对读,再咀嚼一下《枯楠》中"绝意于功名,故无复霄汉之志"的绝望③,我们不难体会杜甫心理上正经历的从国计民生到个人命运的全面的幻灭感。

如果说这些病树之咏或许是一种特定心境下观照的聚焦,带有强烈的情感指向,那么《观打鱼歌》《又观打鱼》则表现出偶然情境中对事物的多样体会。前诗末云"既饱欢娱亦萧瑟,君不见朝来割素鬐,咫尺波涛永相失",在饱餐之余突然意识到生物的命运;后者在热闹的捕鱼现场气氛中猛省"干戈格斗尚未已","吾徒胡为纵此乐,暴殄天物圣所哀"的可鄙,都大异于常时单纯的口腹之欲或捕获的快乐,而突然警觉生命和时世的另一面向。这正是老境对人情物理的体认愈益丰富和多向度的标志。杜诗由此呈现一种异于早年简单的人道主义或儒家思想的复杂的精神内涵。

---

① 郭曾炘《读杜札记》,上海古籍出版社 1984 年版,第 192 页。
② 佚名《杜诗言志》例言,第 116 页。
③ 同上书,第 119 页。

与这种精神层面的深刻化相反,杜甫的写作状态却一改往日的谨慎与自律,似乎进入一种率意自适的写作状态。《江上值水如海势聊短述》有两句:"老去诗篇浑漫与,春来花鸟莫深愁。""漫与"有的本子作"漫兴",仇注云:"黄鹤本及赵次公注皆作'漫与'。《韵府群玉》引此诗,亦作'漫与'。王介甫诗'粉墨空多真漫与',苏子瞻诗'袖手焚笔砚,清篇真漫与',皆可相证。诸家因前题《漫兴九首》,遂并此亦作'漫兴'。按上联有'句'字,次联又用'兴'字,不宜叠见去声。"①翁方纲《石洲诗话》曾有专门的讨论,证成仇兆鳌这一说法。于是这两个字就不再是普通的异文,而变成关涉杜甫晚年写作态度的关键词了。仇兆鳌评《江上值水》诗云:"此一时拙于诗思而作也。少年刻意求工,老则诗境渐熟,但随意付与,不须对花鸟而苦吟愁思矣。"漫与和漫兴,尽管意义容有不同,但联系杜甫当时的写作状态来看,则只能得出一种解释,即随心率意。《至后》所谓"愁极本凭诗遣兴,诗成吟咏转凄凉",《哭台州郑司户苏少监》所谓"道消诗发兴",都无非是在说明自己诗歌写作的被动和无奈——饥驱奔陟中,在强烈的情感冲动驱使下,创作愈勤,书写愈工。然而,随着成都草堂落成,居处暂定而精神放松,一种随意的写作也同时到来。恰如《可惜》所云,"宽心应是酒,遣兴莫过诗",《遣兴》《漫兴》成为这一时期常见的题目。王嗣奭于《绝句漫兴九首》解题曰:"兴之所到,率然而成,故云漫兴。"《漫成二首》《漫成一首》解题曰:"二诗格调疏散,非经营结构而成,故云漫成。"②一组征求花木、生活用品的短诗,从标题即可推知其写作缘由,同样是漫兴、漫成的产品:《萧八明府实处觅桃栽》《从韦二明府续处觅绵竹》《凭何十一少府邕觅桤木栽》《凭韦少府班觅松树子栽》《又于韦处乞大邑瓷碗》《诣徐

---

① 仇兆鳌《杜诗详注》,第811页。
② 王嗣奭《杜臆》,上海古籍出版社1983年版,第120、129页。

卿觅果栽》。这组作品都是七绝,内容和性质都很像是向人索求生活物品的便条。比如向萧县令乞桃一首写道:"奉乞桃栽一百根,春前为送浣花村。河阳县里虽无数,濯锦江边未满园。"而他之所以能这般撒娇似地泥人(仇注:柔言索物曰泥),一付倚老卖老的做派,想必是托福于正任彭州刺史的老友高适。他刚抵成都,高适就有诗见赠,同时有一位表弟王司马即刻来访,并馈赠营建草堂的费用。后来他又有《王十七侍御抡许携酒至草堂奉寄此诗便请邀高三十五使君同到》诗云:"老夫卧稳朝慵起,白屋寒多暖始开。江鹳巧当幽径浴,邻鸡还过短墙来。绣衣屡许携家酝,皂盖能忘折野梅。戏假霜威促山简,须成一醉习池回。"前人对此诗夙有不同看法。针对朱瀚"真率如话,而矩度谨严"的评价,仇兆鳌认为"邻鸡过墙,语近浅易;绣衣、皂盖,又近拙钝。恐非少陵匠意之作也。"①它其实也是泥人送酒的诗柬。

  这类率意的写作一方面拓展了作品的取材范围,更为深入日常生活,表现为无事无物不可入诗的倾向,比如《送大理封主簿五郎亲事不合却赴通州主簿前阆州贤子余与主簿平章郑氏女子垂欲纳采郑氏伯父京书至女子已许他族亲事遂停》之记叙家庭琐事,《耳聋》"眼复几时暗,耳从前月聋"之述说生理衰老现象,实开中唐韩孟、元白的先声;另一方面则突破诗型的固定格式,时时构作创体。比如绝句之体,夙以感兴为主,但杜甫《喜闻盗贼总退口号五首》却用以纪事,仇兆鳌因而点明:"诗以绝句记事,原委详明,此唐绝句中另辟手眼者。"②《短歌行赠王郎司直》一篇,仇氏又指出:"此歌上下各五句,于五句中间隔一韵脚,则前后叶韵处,不见其错综矣。此另成一章法。"③由此看来,前人

---

① 仇兆鳌《杜诗详注》,第864页。
② 同上书,第1860页。
③ 同上书,第1887页。

重视杜甫"老去诗篇浑漫与"的自白不是没有道理的,杜甫晚年的诸多成就固然源于此,诸多创变甚至诸多缺陷也莫不源于此。

5. "老"的发现与表现

杜甫不仅是诗歌美学中"老"境的发现者,同时也是身体力行的创造者。他晚年写作的最大特点,就是与持续不断的反省相伴。而对庾信文学老成之美的发现和表彰,从某种意义上说也是一种自我彰显。历史上许多作家都曾在前人的创作中看到自己的艺术理想,在对前人赞扬中宣扬自己的艺术观念。杜甫也一样,他对庾信的称赞显然隐含着自身经验的体认,但值得注意的是,"凌云健笔意纵横"的重心已由"健笔"向"意纵横"的方向转移。

正如我在另文中已指出的,瘦硬劲健是"老"最醒目的审美意涵。他人或许要到晚境才能企及这种境界,但杜甫在中年即已达成,他晚境的创作则走向了自然浑成的方向。杜甫中年在政治理想失落之余,一面调整自己的人生态度,一面开始探索律诗的技巧。《曲江二首》既有"细推物理须行乐,何用浮名绊此身"的观念调适,也有"且看欲尽花经眼,莫厌伤多酒入唇"这样的奇异句法实验,类似的例子后来还有《宿府》"永夜角声悲自语,中天月色好谁看?"五律则有《别常征君》"白发少新洗,寒衣宽总长",《宴王使君宅题二首》其二"自吟诗送老,相对酒开颜"等上三下二的句法。类似的例子中年颇多,晚年反而减少,甚至像《春宿左省》"星临万户动,月傍九霄多"这样的炼字之例,也很少见于晚年诗中。吴可《藏海诗话》指出:"杜诗叙年谱,得以考其辞力。少而锐,壮而肆,老而严,非妙于文章不足以致此。如说华丽平淡,此是造语也。方少则华丽,年加长渐入平淡也。"①这正是苏东坡所谓极绚烂而归于平淡的境界,成就了杜诗晚境一种朴素无华的抒情风格,这已为古今论者所公认②。如《舍弟观归蓝田迎新妇送示二首》其一李因笃评:"空老极矣,正是骨肉至情。然何尝无点染、废巧法也,难其化为老境耳。"③又如《寄杜位》顾宸评:"是一纸家书。率直摅写,不待致饰。曰近闻,曰想见,曰虽皆,曰已是,曰况复,曰还应,曰何时更得。只此数虚字中,情文历乱,俱写出心乱之故。骨肉真情,溢于言表矣。"④诗中用虚字,最突出的效果是口语化和散文化,让人直接感受到作者的情真意切。最经典的例子是《江村》中日常家庭生活的描写,黄生说:"杜律不难于老健,而难于轻松。此诗见潇洒流逸之致。"⑤参照《又呈吴郎》的浅白如话,《九日五首》其一的语序正常、合乎语法,这些倾向共同营造出杜甫诗歌语言日趋散文化和口语化的新面貌。

与语言上的这种朴实自然相应的是诗体操作上的任性率意,所谓"意纵横"是也。《晚晴》的不规则押韵固属其例,《王十五司马弟出郭相访遗营草堂赀》通篇不对仗也可作如是观,所以查慎行许为"诗家老境"⑥。更常见的是以歌行体写律诗,如《白帝城最高楼》起联"城尖径仄旌旆愁,独立缥缈之飞楼",就是一个很有名的例子。再如《白帝》:"白帝城中云出门,白帝城下雨翻盆。高江急峡雷霆斗,翠木苍藤日月昏。去马不如归马逸,千家今有百家存。哀哀寡妇诛求尽,恸哭荒原何

---

① 丁福保辑《历代诗话续编》,上册第328页。
② 可参看莫砺锋《杜甫评传》第259—260页的相关论述。
③ 刘濬《杜诗集评》卷十,嘉庆间海宁蔡照堂刊本。
④ 仇兆鳌《杜诗详注》,第828页。杜甫《寄杜位》诗云:"近闻宽法离新州,想见怀归尚百忧。逐客虽皆万里去,悲君已是十年流。干戈况复尘随眼,鬓发还应雪满头。玉垒题书心绪乱,何时更得曲江游。"
⑤ 仇兆鳌《杜诗详注》,第747页。
⑥ 刘濬《杜诗集评》卷八。

处村?"仇评:"杜诗起语,有歌行似律诗者,如'倚江楠树草堂前,古老相传二百年'是也;有律体似歌行者,如'白帝城中云出门,白帝城下雨翻盆'是也。然起四句一气滚出,律中带古何碍?"①在这方面,杜甫晚年的写作强烈地表现出"老"所意味的自由适意的写作态度,率意但绝不是草率,因为它是另一种成熟的表现和证明。

杜甫评价庾信的"老更成"本义是成熟,即完成度高。他本人晚年有《长吟》曰:"赋诗新句稳,不觉自长吟。""稳"也是意味着技巧成熟的概念。这是杜甫晚年最为人推重的特点。尤其是五七言律诗的工稳浑成,达到了唐诗艺术的顶峰。以《咏怀古迹五首》《诸将五首》《秋兴八首》为代表的七律组诗,被公认为代表着杜甫晚年的成就,《登高》更被明人推为唐人七律第一。这基本上是世间定论。另外,还有一些不那么引人瞩目的作品,比如《遭田父泥饮美严中丞》,同样代表着杜甫叙述和描写的高超笔力。"语多杂乱离,说尹终在口""高声索果栗,欲起时被肘""月出遮我留,仍嗔问升斗"数句,活写出田家声口及淳朴民风。明代批评家郝敬称"此诗情景意象,妙解入神。口所不能传者,宛转笔端,如虚谷答响,字字停匀。野老留客,与田家朴直之致,无不生活。昔人称其为诗史,正使班、马记事,未必如此亲切。千百世下,读者无不绝倒"②,无疑是非常到位的评价。

杜甫晚年自述诗学心得,有"晚节渐于诗律细"(《遣闷戏呈路十九曹长》)的夫子自道,论者谓多见于属对之工。蒋瑞藻《续杜工部诗话》卷上,曾举了丰富的例证来说明杜甫属对之工,善于变化。这看上去似乎同"老去诗篇浑漫与"产生牴牾。仇兆鳌解释说:"公尝言'老去诗篇浑漫与',此言'晚节渐于诗律细',何也?律细,言用心精密。漫与,言

---

① 仇兆鳌《杜诗详注》,第 1351 页。
② 同上书,第 892—893 页。

出手纯熟。熟从精处得来,两意未尝不合。"①的确,杜甫晚年诸作,不仅对仗之工,其声律运用之妙,尤臻炉火纯青的境地。清代诗评家指出的杜甫七律出句尾字上去入交替使用,自是用心细密②;而多做吴体与喜用拗句,也不能不说是出手纯熟。《愁》一首原注:"强戏为吴体。"姑不论吴体究竟为何义,一种声律格式特异的诗体可勉强以游戏之笔为之,不是纯熟还能有别的解释吗?仇兆鳌评《省中题壁》指出:"杜公夔州七律有间用拗体者,王右仲谓皆失意遣怀之作。今观《题壁》一章,亦用此体,在将去谏院之前,知王说良是。"③从长安时期作品中偶尔所见,到夔州期间时时有之,也只能解释为从无意到有意,而有意为之的动机则无非是发现了其中某些奥秘而兴趣盎然地反复尝试。拗体最终成为杜甫七律的重要特征,为后人揣摩、效法,足见杜甫对拗体的探索已达成熟而足以垂范的境地。杜甫晚年的写作,在许多方面都可以看出"老"所含容的美学境界,包括风格上的老健苍劲、技巧上的稳妥成熟、修辞上的自然平淡以及创作态度上的自由超脱与自适性等方面。后人眼中的杜甫及学杜所着眼之处,也不外乎就是这些特点。

6. "老"眼观杜诗

杜甫无疑是中国古代最有影响力的诗人,在不同的时代曾被从不同的角度加以认识和模仿。我们知道,一个作家对后世的影响,有时并不取决于他本身的禀赋,而只取决于别人怎么看他,或者说给他贴上什么标签。这些标签可以根据任何理由用任何方式贴上去。在诗歌史

---

① 仇兆鳌《杜诗详注》,第1603页。

② 说见朱彝尊《曝书亭集》卷三十三《与查德伊编修书》,后不断有学者续加研讨,详蒋寅《清初李因笃诗学新论》,《南京师范大学学报》2003年第1期。

③ 仇兆鳌《杜诗详注》,第442页。

上,陶渊明的静穆品格、谢灵运的开创山水诗、王维的诗中有画,乃至杜甫本人的无一字无来处,这些所谓"定论"都与其创作实际有一定的差距。尽管如此,并不妨碍后人照旧沿袭上述老生常谈来谈论它们,因为这些由来已久的印象毕竟触及对象的某些本质特征。而一旦某个作家发明了什么概念,人们更会用这些概念来作反身的观照,将这些概念贴到这些作家自己身上。像发明"妥溜"的张炎,标举"神韵"的王渔洋,都难幸免于这种审度。杜甫对"老"的称说,也启发后人从这一角度去品味其自身创作的美学意蕴。

  自从宋代"庆历、嘉祐以来,天下以杜甫为师"①,杜诗就被与"老"相关的批评话语所笼罩。首先是黄庭坚从完成度的意义上评价杜诗晚境极绚烂而归于平淡、天然浑成的境界。他在《与王观复书》中写道:"熟观杜子美到夔州后古律诗,便得句法,简易而大巧出焉,平淡而山高水深,似欲不可企及。文章成就,更无斧凿痕,乃为佳作耳。"②明代陆时雍又从内容上肯定"老杜发秦川诸诗,首首可诵。凡好高好奇,便与物情相远,人到历练既深,事理物情入手,知向高奇者一无所用"③。清初申涵光评《江村》曾说:"此诗起二语,尚是少陵本色,其余便似《千家诗》声口。选《千家诗》者,于茫茫杜集中,特简此首出来,亦是奇事。"④这显然是就杜诗涉及家庭生活琐事一点而言,尽管他对此有保留意见,但能意识到杜甫晚年之由奇归真、善于体味日常生活的平淡之美,仍应该说是很有眼光的论断。翁方纲《石洲诗话》曾专门辨析"漫与"与率意的问题,卷一又指出:"《陪姚通泉宴东山》一首,即《渼陂行》也。更不用'湘妃、汉女'等迷离之幻字,而直用真景,则晚年之境

---

① 叶适《徐思远文集序》,《叶适集》,中华书局1961年版,第1册第214页。
② 黄庭坚《豫章黄先生文集》卷十九,《四部丛刊初编》本。
③ 杜甫《发秦州》陆时雍评,仇兆鳌《杜诗详注》,第677页。
④ 仇兆鳌《杜诗详注》,第747页。

更大也。"①敏锐地从艺术表现的角度揭示了杜诗晚年的一个变化。

这些批评家论杜诗都没有使用"老"的概念,用"老"作为批评术语来评价杜诗,似始于宋、元之际。除了汪涌豪举出曾季貍《艇斋诗话》称《茅屋为秋风所破歌》"浑然无斧凿痕,又老作之尤者"②,已故台湾学者廖宏昌注意到方回《瀛奎律髓》以老论诗③,同时刘辰翁评杜诗也对杜诗"老"的审美倾向有所抉发④。从须溪评《上巳日徐司录林园宴集》"薄衣临积水,吹面受和风"句曰"老人语别"⑤,评《山寺》"前佛不复辨,百身一莓苔"句曰"老语古意"⑥,评《归雁》"是物关兵气"句曰"老语"⑦,都可以看出,杜甫所谓的"老",首先是将诗人的心思与晚境相连。至于技法的成熟,则以"老成"来评价。如刘辰翁评《寄岳州贾司马六丈巴州严八使君两阁老五十韵》"此时沾奉引,佳气拂周旋"句曰:"描摹老成。乱来读此十字,哀痛来生。"⑧又评《殿中杨监见示张旭草书图》"斯人已云亡,草圣秘难得"句曰:"写得自在,首尾浑浑老成。"⑨评《秋野五首》其五"身许麒麟画,年衰鸳鹭群。大江秋易盛,空

---

① 郭绍虞辑《清诗话续编》,第 3 册第 1317 页。
② 汪涌豪《中国文学批评范畴及体系》,复旦大学出版社 2017 年版,第 216 页。
③ 廖宏昌《方回〈瀛奎律髓〉"老"的审美视野》(《东方诗话学第七届国际学术研讨会论文集》,香港大学中文学院 2011 年 4 月版)一文已有专门讨论,可参看。
④ 汪欣欣、邓骏捷《"丽"与"老"——刘辰翁杜诗评点之审美范畴探微》,《中国唐代文学学会第十八届年会暨唐代文学国际学术研讨会论文集》,西南交通大学 2016 年 9 月,第 1 组第 193—201 页。
⑤ 刘辰翁评点、高楚芳辑注《集千家注杜工部诗集》卷十八,嘉靖十五年明易山人校刊本。
⑥ 同上书卷十。
⑦ 同上书卷十九。
⑧ 同上书卷六。
⑨ 同上书卷十五。

峡夜多闻"句曰:"索意非不小苦,而气概老成,上下圆足。"①看得出,刘辰翁对杜诗"老成"的理解,相比意势纵横而言,更偏重于艺术技巧的纯熟、结体的浑成以及韵律的圆转。这与"老"在宋代特指技巧的圆熟老到有关。但值得注意的是,刘辰翁笔下的"老"有时还可以特指声律,如《题省中壁》"落花游丝白日静,鸣鸠乳燕青春深"句评曰:"老健有情,此非'旌旗日暖''宫殿微雨'两句比。"②就风格而言,这两句立意取景的和婉轻情完全与老健不沾边,所谓"老健"显然不是说纵横凌肆的气象,而是指"八句俱拗,而律吕铿锵"的声情③,即宋人审美意识中格律方面的老健,这是颇为独特的用法。

明人自格调派以降悉以杜甫为宗,对杜诗的老境独有会心。像李东阳《麓堂诗话》曾称杜甫"安得仙人九节杖,拄到玉女洗头盆"句为老辣④,王世懋《艺圃撷余》列举杜句之品有"老句"之说⑤,谢榛《四溟诗话》称《和裴迪登蜀州东亭送客逢早梅相忆见寄》"句法老健,意味深长"⑥,钟惺《唐诗归》评《覃山人隐居》"深心高调,老气幽情"⑦,足见他们对杜诗老境之美的体会已深入细微,同时老成也省略了"成"字而单言"老"。清代诗论家论及杜甫诗作的艺术特点,也每以"老"来概括,甚至不限于晚年之作。清初"易堂九子"之一的曾灿以"老朴坚厚"概括杜诗的风格倾向⑧,论五古又说"诗以坚老古朴如杜甫、元结者为上,

---

① 刘辰翁评点、高楚芳辑注《集千家注杜工部诗集》卷十八。
② 同上书卷四。
③ 李庆甲辑《瀛奎律髓汇评》卷二十五,上海古籍出版社1986年版,第1114页。
④ 丁福保辑《历代诗话续编》,下册第1398页。
⑤ 何文焕辑《历代诗话》,中华书局1981年版,下册第777页。
⑥ 谢榛《四溟诗话》卷一,丁福保辑《历代诗话续编》,下册第1147页。
⑦ 钟惺《唐诗归》卷二十二,明刊本。
⑧ 曾灿《邵其人吴趋吟序》,《六松堂集》卷十二,国家图书馆藏清钞本。

清逸婉秀学王孟者次之,高迈蕴藉学苏李者又次之"①,这里与老并举的朴、坚、厚、古四字包含了"老"所有的审美要素。关中诗人李因笃评《别常征君》曰:"董文敏有言,诗文书画少而工,老而淡。此篇可谓老淡,又东坡所云绚烂之极也。"②评《忆弟二首》其二曰:"高处每以淡语写悲情,弥见其老。"③评《江上》"勋业频看镜,行藏独倚楼"一联曰:"此十字至大至悲,老极淡极,声色俱化矣。"④评《赠别何邕》曰:"语淡而悲,非老手不能。"⑤纪昀则称赞《曲江对饮》"淡语而自然老健"⑥。这是论杜诗晚境所造之平淡。清初桐城诗人方奕箴认为"少陵无一处非法,而法之合乎天然"⑦,批《雨过苏端》一诗特别指出:"作诗时岂字字照应,是绪真法老,便合天然。"⑧王士禄评《少年行》曰:"直书所见,不求语工,但觉格老。"⑨纪昀评《中夜》曰:"一气写出,不雕不琢,而自然老辣。"⑩这是论杜诗晚境的自然适意。李因笃评《无家别》曰:"直起直结,篇法自老。"⑪王士禄评《酬韦韶州见寄》曰:"起老。"⑫这是评杜诗起结之工稳。方东树《昭昧詹言》云:"谢鲍杜韩造语,皆极奇险深曲,却皆出以稳老,不伤巧。"⑬这又是评杜甫诗歌语言的妥帖浑成。要

---

① 曾灿辑《过日集》卷首诸体评论,康熙六松草堂刊本。
② 刘濬《杜诗集评》卷九。
③ 同上书卷七。
④ 同上书卷九。
⑤ 同上书卷八。
⑥ 李庆甲辑《瀛奎律髓汇评》卷十,上册第359页。
⑦ 方奕箴《杜诗论文序》,吴见思《杜诗论文》卷首,康熙十一年岱渊堂刊本。
⑧ 方拱乾批《杜诗论文》卷六,康熙十一年岱渊堂刊本,国家图书馆藏本。
⑨ 翁方纲《石洲诗话》卷六,郭绍虞辑《清诗话续编》,第3册第1419页。
⑩ 李庆甲辑《瀛奎律髓汇评》卷十四,中册第533页。
⑪ 刘濬《杜诗集评》卷二。
⑫ 翁方纲《石洲诗话》卷六,郭绍虞辑《清诗话续编》,第3册第1420页。
⑬ 方东树《昭昧詹言》卷五,人民文学出版社1981年版,第137页。

之,杜诗老境出现了一些新的特点及变化,这是前人一致公认的,关键在于如何评价这些变化。

正如前引吴可《藏海诗话》所说,"老"的美学品格首先与创作的一定阶段相对应,在通常情况下往往与年至耄耋的生理和心理状况直接相关,所以"老"也因作者身心的老迈而不可避免地带来枯寂拙钝、浅率无味和粗鄙颓唐的结果①。历来对杜甫的批评,除了不工七绝和诗歌语言粗糙多疵外②,主要就集中在老境颓唐一点上。朱熹首先指出杜甫以前精细,"夔州诗却说得郑重烦絮"③。《八哀诗》从宋代起就广受批评,恰好印证了他的论断。王渔洋曾屡数这组作品的拖沓、冗曼之处,以为必痛加删削,才见精神。朱瀚评《清明二首》其一也说:"朝来,率尔。新火、新烟,重复。绣羽,字面粗垩。衔花、骑竹,属对不伦。他自得,我无缘;还难有,亦可怜。纯是暮气,岂少陵顿挫本色?"④所谓暮气,正是老境的颓唐之气,是"老"容易由随性适意的写作态度中滋生的负面作风。

也有一些批评家并不纠缠于写作态度,而只是从能力的角度指出杜诗晚境的衰颓现象。黄生曾分别体裁来评价杜诗的得失,认为:"杜五古力追汉魏,可谓毫发无憾、波澜老成矣。至七古间有颓然自放、工拙互呈者。"⑤沈德潜更直接断言:"夔州以后,比之扫残毫颖,时带颓秃。"⑥赵翼认为黄庭坚说杜甫夔州以后诗不烦绳削而自合,是惑于老杜"晚节渐于诗律细"之说,而妄以为其诗愈老愈工,其实"今观夔州后

---

① 详蒋寅《作为诗美概念的"老"》,《甘肃社会科学》2016 年第 3 期。
② 详蒋寅《杜甫是伟大诗人吗?——历代贬杜论的谱系》,《国学学刊》2009 年第 3 期。
③ 黎靖德编《朱子语类》卷一四〇,中华书局 1986 年版,第 8 册 3325 页。
④ 仇兆鳌《杜诗详注》,第 1970 页。
⑤ 同上书,第 1221 页。
⑥ 沈德潜《说诗晬语》卷上,人民文学出版社 1979 年版,第 210 页。

诗,惟《秋兴八首》及《咏怀古迹五首》,细意熨帖,一唱三叹,意味悠长;其他则意兴衰飒,笔亦枯率,无复旧时豪迈沉雄之概。入湖南后,除《岳阳楼》一首外,并少完璧。即《岳麓道林》诗为当时所推者,究亦不免粗莽;其他则拙涩者十之七八矣"①。高密诗人李怀民在评论袁枚诗时提到:"或谓老杜夔州以后诗,颓唐不及从前。大概文人暮年,名已成而学不加进,心力耗而手腕益拙,往往出之率易,不及当年。"②纪昀评《瀛奎律髓》,常在"老"的意义上批评杜诗这方面的缺陷,如评《送王十五判官扶侍还黔中得开字》"五六未浑老③,评《云安九日郑十八携酒陪诸公宴》"三句究欠浑老"④。面对前人这种分歧见解,嘉、道间诗论家延君寿曾加以折衷道:"沈归愚谓工部秦州以后五言古诗,多颓唐之作,或亦有之。然精意所到,益觉老手可爱。……黄山谷善于学秦州以后诗,真能工于避熟就生,归愚先生非之,非是。"⑤这实际上指出了问题的另一面,语言的放任随意不只会导致口语化的浅白和粗率,同时也会带来不经意的失当和尖新。比如《屏迹三首》其三:"失学从儿懒,长贫任妇愁。百年浑得醉,一月不梳头。"其一已说"年荒酒价乏""独酌甘泉歌",则"百年浑得醉"正如注家所说,只不过是"期望之词",但杜甫的写法却容易让人误解为事实,这是"浑"字用得不恰当的缘故。《复愁十二首》其一"人烟生处僻,虎迹过新蹄","处僻"卢本作"僻处",无论是"处僻"还是"僻处",都与下句语法不对,"过新蹄"三字似尖新而实笨拙,尤为无谓。《夜二首》其一"号山无定鹿,落树有惊蝉",

---

① 赵翼《瓯北诗话》卷二,《赵翼全集》,凤凰出版社2009年版,第5册第16页。
② 李怀民《论袁子才诗》,《紫荆书屋诗话》,《山东文献集成》第三辑,第47册第106页。
③ 李庆甲辑《瀛奎律髓汇评》卷二十四,中册第1070页。
④ 方元鹍《七律指南甲编》卷四,嘉庆刊本。
⑤ 延君寿《老生常谈》,郭绍虞辑《清诗话续编》,第3册第1701页。

"定鹿""惊蝉"也属于同样的情形。在我看来这绝不是锤炼之过,而是择语的不及,也就是遣词造句过于放任和随意的结果。王嗣奭《杜臆》曾有说:"余谓'老去诗篇浑漫兴'是真话。广德以来之作,俱是漫兴,而得失相半。失之则浅率无味,得之则出神入鬼。如此等诗,俱非苦心极力所能至也。"[1]成也萧何,败也萧何。杜甫晚年"漫与"式的写作确实带来一种不确定的后果,既有率然的浅白[2],也有出于随意的生新[3],全看后人如何看待如何取舍。限于篇幅,这里无法展开。

当"老"日益成为一种风格范型和艺术境界为诗家认可后,不仅杜甫本人,凡后人学杜而得其髓者,也自然地被从"老"的角度加以欣赏和品味。如王渔洋读门人宗元鼎《芙蓉集》,评曰:"《选》体诗向得阴铿、何逊之体,意得处往往欲逼二谢,《三月晦日》一篇尤为佳绝。近一变而窥杜之堂奥,故多老境。"[4]这就提醒我们,在杜甫的接受史研究中,不仅要从诗体、风格、修辞各层面把握杜诗的典范性,还需要从"老"的角度把握其美学层面上的统一性,超越伦理学、文体学、风格学和修辞学的层面去认识杜诗对于中国传统美学的贡献及其典范意义。只有这样,才能更完整地理解杜甫作为伟大诗人的意义和价值所在。

---

[1] 王嗣奭《杜臆》,上海古籍出版社1983年版,第175页。

[2] 如朱熹说"杜诗初年甚精细,晚年横逆不可当,只意到处便押一个韵",见黎靖德编《朱子语类》卷一四〇,中华书局1986年版,第8册第3326页。柴绍炳《杜工部七言律说》批评杜甫七律"率尔成篇,漫然属句,自信老笔,殊惭斐然",见柴绍炳《柴省轩先生文钞》卷四,康熙刊本。

[3] 叶燮曾指摘杜甫杜撰的生新,参看蒋寅《原诗笺注》,上海古籍出版社2014年版,第263—267页。

[4] 宗元鼎《芙蓉集》卷首,台湾学生书局1971年影印康熙刊本。

十六　绝望与觉悟的隐喻

——杜甫一组咏枯病树诗论析

1. 引言

英国诗人奥登在《19世纪英国次要诗人选集》的序言中曾说"一位诗人要成为大诗人,则下列五个条件之中,必须具备三个半左右才行",余光中《大诗人的条件》一文曾引述其说,将五个条件概括为多产、广度、深度、技巧、蜕变①。前四个条件都是毫无疑义、不言而喻的,只有第五个条件比较复杂,无论是关于蜕变的定义还是具体例证的指认都会有不同的理解。奥登强调的是伟大作家的创作一生都会经历若干转折,甚至直到晚年都不曾定型。

以此衡量伟大诗人杜甫的创作,相信我们都会同意奥登的说法。杜甫的诗歌创作明显经历了多次蜕变,这些蜕变构成了杜诗的阶段性,从而产生从胡适《白话文学史》的三期说到裴斐《杜诗分期研究》的八期说等各种杜诗分期,而且它们划定的阶段性对于杜甫创作历程来说是不等价的——某个阶段被视为诗人风格的形成期,某个阶段被视为诗人思想或风格蜕变的重大转折时期,某个阶段被视为主导风格或技

---

① 余光中《大诗人的条件》,《余光中集》第5卷,百花文艺出版社2004年版,第293—294页。

巧的成熟时期。关于杜甫晚年思想和艺术的成熟时期,在宋代就已形成一致的看法,那就是以黄庭坚为代表的"观杜子美到夔州后诗,韩退之自潮州还朝后文章,皆不烦绳削而自合矣"①。而对于杜甫诗歌发展中最重要的转折点,则尚有分歧看法。自1949年以来,前辈学者多依据三《吏》三《别》这两组描写战乱现实的诗作,将乾元二年(759)视为杜甫诗歌创作产生飞跃的一年,如冯至说:"在杜甫的一生,759年是他最艰苦的一年,可是他这一年的创作,尤其是'三吏''三别'和陇右的一部分诗却达到最高的成就。"②朱东润也认为:"759年是一座大关,在这年以前,杜甫的诗还没有超过唐代的其他诗人,在这年以后,唐代的诗人就很少有超过杜甫的了。"③先师程千帆先生则将《饮中八仙歌》视为杜甫思想发生重大转折的表征,认为杜甫在旅居长安后期已直觉到王朝社会政治发展的前景不太美妙,逐渐从沉湎中清醒过来,虽然一时还难以对生活中的种种现象做出深刻的判断,但错愕、怅惋之余,以客观之笔描绘了特定时代中的一群貌似不受世俗羁绊而实则"并非真正生活在无忧无虑、心情欢畅之中"的饮者形象④,其背后实际上蕴含了诗人经过一段时间的思索,终于从迷茫走向觉醒,成为一位清醒的现实主义者的心路历程。近年谷曙光、俞凡《天宝六载:杜诗嬗变的关节点》一文又通过细密的考论,将天宝六载(747)杜甫应制举失败作为他诗风嬗变的关节点,分析了杜甫早期和本年后一段时期作品的差异⑤,

---

① 黄庭坚《与王观复书》,《豫章黄先生文集》卷十九,《四部丛刊》本。
② 冯至《杜甫传》,人民文学出版社1980年版,第82页。
③ 朱东润《杜甫叙论》,人民文学出版社1981年版,第81页。
④ 程千帆《一个醒的和八个醉的》,《程千帆全集》第九卷,河北教育出版社2000年版,第112页。
⑤ 谷曙光、俞凡《天宝六载:杜诗嬗变的关节点》(上、下),《杜甫研究学刊》2016年第4、5期。

从而更清晰地勾勒出杜诗的阶段性特征。天宝六载应制举失利对杜甫心理的重创,前人都已注意到,而对于杜甫更重要的一个心态转折点——乾元二年(759)结束秦蜀驿程抵成都后对自身境遇、社会现实和王朝命运的冷静省思,却尚未受到重视。谷曙光、俞凡两位的论文促使我将多年来思考相关问题的一些想法加以整理,并重新思考其中包含的重要问题。

2. 一组独特的咏物之作

问题的焦点在于如何认识杜甫思想上发生的重大变化及其时间。尽管天宝十四年(755)的安史之乱肯定是杜甫毕生经历的最重要的事件,但他思想上最重要的转变我认为出现于乾元二年(759)抵达成都后的一段休憩时间。从安史乱起之年入仕、乱中被羁长安、奔赴凤翔行在、长安收复后授左拾遗、旋贬华州、辞官入陇到乾元二年十月居同谷,十二月赴成都,数年间诗人在战乱流离和秦蜀颠沛之程中经历了人生中最深重的磨难,他的创作也终于进入老境的成熟时期。前人论述杜甫这一时期的创作,都重视他对社会现实的批判,对个人颠沛经历的记录;而评价杜诗的老境,则往往着眼于艺术的炉火纯青,而较少注意他思想观念上的变化。裴斐认为栖息草堂的两年半是杜甫长期颠沛流离中活得最轻松的一个时期,也是他诗歌"新风格的形成时期"。具体说来就是,"从题材上看,有关社会时事的纪实性作品消失(偶有议论却非纪实),而写景咏物和琐事成吟的抒情性作品大增;诗人所抒之情,也不再是以忧国伤时和自叹哀苦为主,而是以闲适与疏放为主。从风格上看,基本色调已由浓转淡,不是沉着痛快而是优游不迫"[①]。在我

[①] 裴斐《杜诗分期研究》,《裴斐文集》第 5 卷,人民文学出版社 2013 年版,第 255 页。

看来,杜甫秦蜀旅程的诗作,相比题材的扩展和类型的丰富来,诗中弥漫的多重心理感受如垂老无成的迟暮感,孤独无伴的寂寥感,前程未卜的悽惶感,灰心任命的绝望感乃至"将老斯游最"的窃幸,同样是值得重视的。这些感受集中地显示出理想、自信和豪迈之气的黯然销歇,表明诗人正经历着一个心理上的更年期①。在这一心理背景下审视杜甫的诗歌写作,上元二年(761)所作的一组以树木准确地说是枯病的树木为题材的咏物之作《病柏》《枯棕》《病橘》《枯楠》就显得格外引人注目了。

杜甫抵达成都后,在友人的资助下营建浣花溪新居,一时间写作了多首向友人求索花木的诗篇,如《萧八明府实处觅桃栽》《从韦二明府续处觅绵竹》《凭何十一少府邕觅桤木栽》《凭韦少府班觅松树子栽》《又于韦处乞大邑瓷碗》《诣徐卿觅果栽》等等,由衷地流露出对植物的喜爱,甚至在《楠树为风雨所拔叹》中他仍表示"沧波老树性所爱",足见他对花木有着非同寻常的爱好。但奇怪的是,《病柏》《枯棕》《病橘》《枯楠》这一组作品旨趣全然不同。它们不是对植物题材的记叙性书写,而是典型的托物言志的咏物之作,所吟咏的对象有一个共同的特点也是奇异之处,即全都是枯病之身。

树木以枯病的形象进入文学,始于汉代枚乘《七发》中对龙门之桐"高百尺而无枝""其根半死半生"的描写。这里的桐树虽只是因琴材而涉及,但它在后世诗人的记忆中留下了强烈的印象,非但在诗中用为典故,还与《世说新语》所载桓温语"木犹如此,人何以堪"、殷仲文语"槐树婆娑,无复生意"共同成为后代作品中制导作者艺术思维的意象。由庾信《枯树赋》到卢照邻《病梨树赋》,形成一个将生活在空虚心

---

① 我曾在《杜甫与中国诗歌美学的老境》(原载《文学评论》2018年第1期,亦收入本书)一文中专门讨论这个问题,有兴趣的读者可参看。

境或病痛中的自我同化于枯树意象,从而寄托悲哀之情的表现传统①。而到杜甫这里,病树意象又发生多重分蘖,隐喻意指由直接象征自己老病的境遇而向王朝的社会、政治问题弥散开来。

中国诗歌中的咏物特别是咏植物,从屈原《橘颂》开始已奠定其鲜明的托喻特性。从陶渊明诗中的菊到郑板桥笔下的竹,形成了我们熟悉的托物明志的传统。但通常这些物都是主体的象征、个人襟怀的隐喻,而杜甫这四首枯树病树诗的寓言方式却发生了转变,由托喻主体情志转向隐喻社会现实。宋叶梦得《石林诗话》已注意到这一变化,特别指出这四首病树诗"皆兴当时事":

> 杜子美《病柏》《病橘》《枯棕》《枯楠》四诗,皆兴当时事。《病柏》当为明皇作,与《杜鹃行》同意。《枯棕》比民之残困,则其篇中自言矣。《枯楠》云"犹含栋梁具,无复霄汉志",当为房次律之徒作。惟《病橘》始言"惜哉结实小,酸涩如棠梨",末以比荔枝劳民,疑若指近倖之不得志者。②

古代论者对这组诗的隐喻品格都无异辞,当代研究者也肯定它们"实属借题发感慨"③,或"在对平凡事物的吟咏中寓有深沉的寄托"④,分歧只在于其所托寓或感慨的内容是什么。现在看来,前人的解说都拘于一时一地之事,满足于对诗中托喻意旨的简单提示,而未触及诗中对社会问题和个人命运的深刻省思。实际上,这组作品中包含着诗人对个人、社会、王朝前所未有的深刻思索,涉及个人前途黯淡、民生凋敝、

---

① 参看兴膳宏《枯木上开放的诗——诗歌意象谱系一考》,《中国文学报》第41册,日本京都大学中国文学研究室1990年4月版,中译见蒋寅编译《日本学者中国诗学论集》,凤凰出版社2008年版,第179—209页。
② 吴文治主编《宋诗话全编》,江苏古籍出版社1998年版,第3册第2694—2695页。
③ 裴斐《杜诗分期研究》,《裴斐文集》第5卷,第410页。
④ 莫砺锋《杜甫评传》,南京大学出版社1993年版,第164页。

君主失德乃至王朝没落诸多重大主题,这些思索导致杜甫晚年思想的若干重要变化,也使这组作品成为他晚期创作中最具思想深度的开拓。通过文本的精细阅读,并联系杜甫前后思想的变化,我们就能深入地体会这一点。

3. 从个体到群体命运的幻灭

从《病柏》《病橘》《枯椶》《枯楠》四章涉及的内容来看,这组作品的主题并不是无心漫与、自然形成的,其中明显贯穿着逐步深化的思想脉络。让我们重新来细读一下这组作品。先看《枯楠》一首:

> 楩楠枯峥嵘,乡党皆莫记。不知几百岁,惨惨无生意。上枝摩苍天,下根蟠厚地。巨围雷霆拆,万孔虫蚁萃。冻雨落流胶,冲风夺佳气。白鹄遂不来,天鸡为愁思。犹含栋梁具,无复霄汉志。良工古昔少,识者出涕泪。种榆水中央,成长何容易。截承金露盘,袅袅不自畏。

叶梦得《石林诗话》认为本篇当为房琯之徒作,虽难以坐实,但诗中以枯楠与水榆相对照的主旨还是很清楚的,正如朱鹤龄所说:"以枯楠比大材不见用,老死丘壑,识者悲之。以水榆比小材居重任,且不知自畏,识者危之,盖为用人者发。"[①]大材不遇空老,小材侥幸尸位,历来是末世的征兆,并非当今所独有。杜甫对此重有伤者,不但有感于在上者用人不善,更大的悲哀其实是无才可用。昔日怀抱济世大志的人都已垂垂而老,一如诗中着力刻画的"惨惨无生意"的高楠,"巨围雷霆拆,万孔虫蚁萃",早已心力交瘁,不堪重任。这与其说是为房琯辈遭朝廷摈

---

① 朱鹤龄辑注《杜工部诗集辑注》,河北大学出版社2009年版,第322页。

弃的大僚而伤悼,还不如说是为其老朽无能而失望,房琯之迂腐不足任事,不但影响朝廷战局,也断绝了杜甫的仕宦前途。虽然杜甫未必为此而懊悔,但房琯的失败毕竟让他看清了包括自己在内的一辈文儒,虽饱读诗书而无补于世的现实处境,"无复霄汉志"的断语实在更适宜自述而不是喻人。明乎此,诗中所述就不只是个人的意气消沉,同时也是对自身前途的绝望了。作为对立面出现的水榆,资质荏弱而不自知,更是只能让他对王朝的前途充满隐忧。

再来看《枯椶》一首,诗写道:

> 蜀门多椶榈,高者十八九。其皮割剥甚,虽众亦易朽。徒布如云叶,青青岁寒后。交横集斧斤,凋丧先蒲柳。伤时苦军乏,一物官尽取。嗟尔江汉人,生成复何有。有同枯椶木,使我沉叹久。死者即已休,生者何自守。啾啾黄雀啄,侧见寒蓬走。念尔形影干,摧残没藜莠。

如果说《枯楠》是索物托志,以枯楠和水榆隐喻两种人才及其现实命运,那么本诗就是前人所谓的赋而兼比,由椶榈遭割剥之酷联想到课军费最重的江汉之人,从而构成直咏其事的赋和"有同枯椶木"的明喻关系。清代杜诗学者梁运昌将本诗主题概括为"悯诛求也",并析其结构为"'蜀门'八句从枯椶直起,'伤时'八句以民家托喻,啾啾四句仍收到枯椶作结",大体中肯,但随后又说"杜诗直道当时,不复用比兴体,此类是也"①,有点自相矛盾。此诗的核心正在于江汉人和枯椶形成的同构对比关系,描述枯椶的"刻剥"一词正像兴膳宏指出的与施用于人的"剥削"同义。处于王朝巨大的军需开支重压下的众生,即使年成丰稔也被刻剥殆尽,又何况欠登之岁呢? 其形同枯椶、无法自保的结局不言

---

① 梁运昌《杜园说杜》,书目文献出版社1995年影印本,第163—164页。

而喻。面对这绝望无助的群体,诗人杜甫实在想不出任何宽慰、祝福的话语,最终只能付以无奈的哀叹:"念尔形影干,摧残没藜莠。"这充满同情的伤悼,从另一面看也是个冷静的判决,是杜甫对民生前途的深刻绝望。

相比《枯楠》的怀才不遇、《枯椶》的因材而遭刻剥,《病橘》则是无才而见遗的一类际遇:

> 群橘少生意,虽多亦奚为。惜哉结实小,酸涩如棠梨。剖之尽蠹蚀,采撷爽所宜。纷然不适口,岂只存其皮。萧萧半死叶,未忍别故枝。玄冬霜雪积,况乃回风吹。尝闻蓬莱殿,罗列潇湘姿。此物岁不稔,玉食失光辉。寇盗尚凭陵,当君减膳时。汝病是天意,吾愁罪有司。忆惜南海使,奔腾献荔枝。百马死山谷,到今耆旧悲。

叶梦得《石林诗话》认为本篇"始言'惜哉结实小,酸涩如棠梨',末以比荔枝劳民,疑若指近倖之不得志者",似未得要领,不如清人梁运昌"悯贡献"之说近是。梁云:"首二句提;'惜哉'十句,前六句实病,后四句树病;'尝闻'八句,讽时当艰难,贡献宜稍减;'忆昔'四句,借荔枝比拟作结。"①寥寥数语好像已把立意、章法讲得很清楚了,但仔细品味,悯贡献只道出现象表面,而诗的重心其实是在揭示制度之恶。起首十二句写橘小而酸涩,不足进贡,似有哀其不幸之意;接着八句说时当艰虞,君王正应减膳,橘病不足贡恰似天意如此,又微见不幸之幸。但这并不是旨趣所在,诗的重心乃在后一句,担心君王好此之甚将罪及有司。事实上这种贡献与时世是否清明确实无关,天宝间号称盛世,可"一骑红尘妃子笑"不同样劳民伤财,留给人们长久的痛苦记忆么?在这个举

---

① 梁运昌《杜园说杜》,书目文献出版社1995年影印本,第163页。

天下之地产物力以奉一人口腹的制度下，想要避免类似的现象是绝无可能的。末尾"忆昔"四句引述天宝进荔枝故事，并不是用作比拟，而是引为佐证，说明某些现象之恶，与世道的盛衰无关，只能归结于君主制和君主德行的厚薄。因此，杜甫将乱世减贡而"吾愁罪有司"与天宝盛时进荔枝之劳民相提并论，只能说明他对君主的仁慈已不再抱有希望，对君主制度的存在合理性已近乎幻灭。诗中虽然没有挑明这一点，但读者自能意会。

4. 王朝信念的绝望

《病柏》是几首诗中最重要同时也是旨趣最深隐的一首，历来解说颇有分歧。诗云：

> 有柏生崇冈，童童状车盖。偃蹇龙虎姿，主当风云会。神明依正直，故老多再拜。岂知千年根，中路颜色坏。出非不得地，蟠据亦高大。岁寒忽无凭，日夜柯叶改。丹凤领九雏，哀鸣翔其外。鸱鸮志意满，养子穿穴内。客从何乡来，伫立久吁怪。静求元精理，浩荡难倚赖。

相比前面的枯楠、枯楔、病橘，《病柏》很明显地不再将对象描绘成单一的值得自伤、同情或窃幸的角色，诗中的病柏呈现出崇高、庄严、正直、虚矫、衰败、凋零等多重色彩，同时诗人的态度也显示出从崇敬、赞美、惊讶到惋惜、愤懑、失望的变化。这给历来的解释带来一些有分歧的见解，归纳起来有如下几种：

一是伤正人摧折说，主张者为王嗣奭《杜臆》，认为："此有托而发。'神明依正直，故老多再拜'，一木之微而崇重至此，非想所及。'丹凤''鸱鸮'四句，喻正人摧折，则善类悲之，小人快之，又从而寝处之，形容痛切。"①仇兆鳌《杜诗详注》也持这样的看法,说:"《病柏》,伤直节之见摧者。"②

二是自况说,主张者有浦起龙《读杜心解》,断言:"《病柏》,比也。志士失路,用以自况也。"③日本学者铃木虎雄译注《杜诗》取此义,说:"想是如《古柏行》暗比自己之境遇乎?"④

三是伤房琯说,主张者为李东阳,杨伦《杜诗镜铨》引称其说云:"李西崖曰,此伤房次律之词。中兴名相,中外所仰,一旦为贺兰进明所坏也。房为融之子,再世秉钧,故曰出非不得地。"⑤梁运昌也不赞同叶梦得喻房琯之说,认为"此章壮志就衰,良工难遇,颓丧已极,是为自喻。是时房公无恙,虽云出守,安知不即召用?何遽将彼说得摧颓废弃如此?故知石林之说未允也",故而他的看法同于李东阳,以为"《病柏》篇其'主当风云''故老再拜',位望尊崇,是为喻房"⑥。

四是邪正颠倒说,清初黄生持此说。郭曾炘认为历来评论家中只有黄氏独见其大,体会到此诗的感慨尤为深远:"国家当危亡之际,回溯承平,昔何其盛,今何其衰,纥干冻雀之叹,崖山块肉之悲,大命已倾,回天无已。忠臣志士至此,亦惟归咎于苍苍者而已。而其故实,由于群邪用事,正士束手,患气之积,非伊朝夕。"⑦兴膳宏特别注意到诗中丹凤与鸱鸮的对比,认为:"丧失巢居的凤凰将雏悲鸣回翔,而恶鸟鸱鸮却泰然自得地占据树干中,养育幼雏。这一对照写出了当时社会善恶

---

① 王嗣奭《杜臆》卷四,上海古籍出版社 1983 年版,第 137 页。
② 仇兆鳌《杜诗详注》卷十,中华书局 1979 年版,第 851 页。
③ 浦起龙《读杜心解》卷一之三,中华书局 1961 年版,第 1 册第 92 页。
④ 铃木虎雄译注《杜诗》第四册,岩波文库本。
⑤ 杨伦《杜诗镜铨》卷八,中华书局上海编辑所 1962 年版,第 370 页。
⑥ 梁运昌《杜园说杜》,书目文献出版社 1995 年影印本,第 164—165 页。
⑦ 郭曾炘《读杜札记》,上海古籍出版社 1984 年版,第 192 页。

价值的颠倒,由此引出结尾四句作者对病树形象寄予的感慨。"①

这些评说无论主自况、伤房琯或伤正人摧折、邪正颠倒,都将喻义引向某类人物。兴膳宏隐约意识到前代注家将此诗寄托的对象锁定于特定的个人是不合适的,从而推断"杜甫于这巨大的柏树寄托了很大的理想",应该是很有见地的,但他又举出杜甫吟咏自己敬爱不已的诸葛孔明,有"丞相祠堂何处寻,锦官城外柏森森"(《蜀相》),"孔明庙前有老柏,柯如青铜根如石"(《古柏行》),"武侯祠堂不可忘,中有松柏参天长"(《夔州歌十绝句》其九)等描绘柏树的诗句,以为借此可略窥杜甫理想的形象,就仍未摆脱隐喻个人形象的窠臼。

在我看来,《病柏》所以会产生上述解读的歧异,正在于它所描绘的喻体对应着一个较抽象的本体,从而导致后人见仁见智的解读。诗人笔下的病柏,生于崇冈,拥有高尚的地位;枝叶繁茂,具有荫庇万物的能力;沉静有龙盘虎踞之姿,奋起则见风云际会;神明而正直,赢得万众归心……作为实体,除了一个强盛的王朝,谁还能有这样的尊荣和盛况呢? 或许有人会说,这不也可以理解为君主的隐喻吗? 如此解读不能说毫无理由,但问题是"岂知千年根"到"养子穿穴内"的叙述很清楚地表明,这是一个有命(千年根)有运(得地)的生物空间,这样的生物空间显然非王朝莫属。只不过忽然间天命出现了变数(中路颜色坏),气运显露了危机(日夜柯叶改),正直(丹凤)摈斥在野外,邪佞(鸱鹗)盘踞于朝中,这就让闲居成都、远远地观望天下的杜甫很难理解更不要说接受这荒谬的现实,其实这种惊讶很大程度上也可以理解为明知故问。总而言之,诗人静思沧桑世变的终极之理,却发现《易》所谓否极泰来、《老子》所谓反者道之动,这些至理玄言都大而无当,全不足依据! 诗

---

① 兴膳宏《枯木上开放的诗——诗歌意象谱系一考》,蒋寅编译《日本学者中国诗学论集》,第203页。

的结句表明,曾经有过辉煌过去的大唐王朝,在杜甫眼中已似明日黄花,能否再兴实在是很大的疑问,而日渐衰落却是明白可见的趋势。

如果说天宝六载应制举的挫折让杜甫第一次较为真切地看到了大唐盛世政治腐败的现实——奸臣弄权罔上,士人进身无路,因而对自身前途产生某种程度的幻灭,那么十四年后,饱经战乱流离和行旅颠沛之苦的老诗人,可以说已基本丧失对王朝复兴的所有美好憧憬。基于这样的理解,《病柏》的重要意义就不只在于揭露了天宝以来正人见摈、奸佞进用的黑暗现实,以及反思动乱的因由,而更在于"岁寒忽无凭,日夜柯叶改"的隐喻暗示了朝中君子道消、小人道长的恶劣趋势及唐王朝不可逆转的衰落命运,也就是后人注意到的"借病柏以喻国家当多难之秋,遂难以任之天命也"[1]。联系《咏怀二首》"本朝再树立,未及贞观时"一联来看,《北征》结句"煌煌太宗业,树立甚宏达"的昂扬信念,忽焉已流失其坚定性。这绝不是偶然的颓丧和失望,乃是越来越强烈的绝望感的凝结。将《奉赠卢五丈参谋琚》"天子多恩泽,苍生转寂寥"与《病橘》的"忆昔南海使,奔腾献荔枝"对读,再咀嚼一下《枯楠》中"绝意于功名,故无复霄汉之志"的绝望[2],我们不难体会到杜甫心理上正经历的从国计民生到个人命运的全面的幻灭感,从而理解《枯楠》四首作为杜甫晚年刻意经营之作所具有的清晰可辨的有机性和整体感,重新认识这组咏枯病树诗在杜甫晚年作品中的特殊价值。

5. "文章千古事"的觉悟

众所周知,用组诗形式集中表达对社会和人生问题的系列思考,是

---

[1] 佚名《杜诗言志》例言,第116页。
[2] 同上书,第119页。

杜甫晚年作品的一个显著特色,而联章体的组诗尤为醒目,论者都注意到这些联章体组诗各首之间的内在关联和整体的有机性。《枯楠》四首形式上虽不是组诗,但历来都认为系同时创作,根据就是它们的内容和主题有着明显的相关性。清代杜诗注家浦起龙曾将这四首诗分为两类,"《病柏》《枯楠》是一类,《病橘》《枯椶》是一类"[①]。兴膳宏先生赞同其说,认为"前者伤对优秀人材所寄予的理想受挫,后者寄托对社会下层人们的同情,建立在两者之上的一大共同点是对世道的批判"。这么说自然很有道理,但通过以上的解绎我们也看到,四首诗中实际贯穿着一条由个体推及社会的绝望的黑线:《枯楠》是对个人乃至所属群体的前途所感到的绝望,《枯椶》是对民生凋敝的现实的绝望,《病橘》是对君主制及其所决定的君主德行的绝望,《病柏》更是对大唐王朝无可挽回的衰落命运的绝望。这些绝望同时也是觉悟:意识到个人前途和生命意义不能依托于王朝政治和经国大业,国计民生不能指望于国步泰平和时世清明,君主的品性和德行不能信赖于王朝制度,唐王朝的前途更不能坚信天命神授和太宗所创基业的宏伟。四首咏树诗中蕴含的这些有关个人境遇、众生命运、君主德行乃至王朝前景的重要主题,折射出杜甫晚年思想的重要变化,透露了他最终释放政治抱负而专注于诗歌创作的心理动因。换言之,由对社会、人生的绝望中升华的一系列觉悟,引发了杜甫对人生意义及其实现方式乃至现实可能性的进一步思考,由此对诗歌的生命意义产生新的认识,并将所有精力和热情投入到"文章千古事"中,在蜀道后期的诗歌创作中取得了毕生最重要的成就。尽管家声和门风早就让他意识到"诗是吾家事",但只有对现实的幻灭才促使他真正将全身心投身于诗歌。这一人生转折的契机,就发生在秦蜀驿程的终点,隐藏在《枯楠》等四首咏树诗中。而这组诗也

[①] 浦起龙《读杜心解》卷一之三,中华书局 1961 年版,第 1 册第 94 页。

就成为破解杜甫晚年精神和艺术奥秘的密码。

　　研究者早就注意到成都草堂时期是杜甫热衷于论诗的开始,"宽心应是酒,遣兴莫过诗"(《可惜》)、"为人性僻耽佳句,语不惊人死不休"(《江上值水如海势聊短述》)以及论诗绝句之祖《戏为六绝句》都作于这段时期①,显示出杜甫对自身文学活动和诗歌历史的深入反思。联系《枯楠》等四首咏树诗中对人生和社会的冷峻思索来看,不难理解其间的内在关系。在这个意义上,《枯楠》四首可以说是深入理解杜甫晚年的思想历程,认识其创作到老境出现升华和飞跃的一个入口。

---

① 裴斐《杜诗分期研究》,《裴斐文集》第5卷,人民文学出版社年版,第419—429页。

十七　杜甫是伟大诗人吗？
——历代贬杜论的谱系

"千秋万岁名,寂寞身后事。"李白身后并不寂寞,为此担忧的杜甫更不寂寞,他肯定想不到自己未来的名声甚至凌驾于李白之上。是啊,他有什么理由这么想呢？难道他会认为自己比李白更有天才,更有创造力？且不说后世尊他为"诗圣"的那些理由他断不会先知,即便朦胧意识到,大概也无助于提升他的自信吧？难道他会糊涂到以为自己的"每饭不忘君"竟比垂老带病投李光弼军效力的太白更值得尊敬？他的各体诗作,顶多只有七律敢自居领先吧？五律、七古能平揖太白已很满足,乐府和绝句肯定是望尘莫及。若按单项成绩来计全能总分,老杜要输太白一筹那是一定的。但杜甫幸运的是活到了大历五年(770),那些感时悯乱、忧国忧民之作为他挣了分,最终以道德加分与太白并列第一,在许多人眼中或许他还要胜出。

"诗圣"的光环隐没了杜甫作为凡夫俗子的平庸的一面,一如"诗仙"的神采遮蔽了李白的世俗气和人情味。随着时代的推移,他的人格和才华日益为后代诗家所尊崇膜拜,甚至他的缺点或败笔,也会被付以"杜则可,学杜则不可"的特殊优待①。经过当代杜诗学或批评史著作的梳理,历代对杜甫的评价已清楚地呈现为一个经典化的过程。然而,仅凭常见的书籍,我们也知道杜甫在历代批评家眼中是有不同评价的。

---

① 胡应麟《诗薮》内编卷五,上海古籍出版社1979年版,第92页。

过去研究唐诗的学者有一种印象,杜甫在唐代无论生前身后都颇受冷遇,传世的唐人选唐诗中只有韦庄《又玄集》选了杜诗,失传的顾陶《唐诗类选》可知是尊杜的,但直承韦庄的韦縠《才调集》作为唐代最大的选本,却不收杜诗;白居易对杜甫也没有太高的评价,这似乎都反映了唐人的一般评价。尽管如此,这仍只是很片面的看法,也没有什么说服力。陈尚君的研究已证明,杜诗在中唐到宋初甚为流传,且是最早被刊印的书籍之一①。姑不论元稹《杜工部墓系铭》以集大成推许杜甫,只看目空一切的狂才任华仅存的三首诗,一首赠李白,一首赠杜甫,一首赠怀素,也可以想见,与诗仙、草圣相提并论的杜甫绝不可能是等闲之辈。

应该说,杜甫从一开始就是"起评分"很高的,后来随着杜诗被经典化,这才出现了非议的声音。历来杜诗注家,爱杜心切,对否定杜诗的议论莫不视作"与杜为敌者,概削不存"②。20世纪以来,杜诗学论著一般只关注肯定性的评价,而很少顾及负面意见。专门谈到历史上非杜议论的著作,只有台湾学者简恩定《清初杜诗学研究》一书。作者从"诞于言志""风雅罪人""开以文为诗之风""伤于太尽"四个方面来展开讨论③,有一定的启发性,不过涉及面还较窄。其中"开以文为诗之风"一点,除了施闰章批评宋人学杜"以诗当文,冗滥不已,诗遂大坏,皆老杜启之",并未举出正面批评杜甫的例子。后来周勋初老师有《杜甫身后的求全之毁和不虞之誉》一文,主要是针对郭沫若对杜甫的

---

① 陈尚君《杜诗早期流传考》,《唐代文学丛考》,中国社会科学出版社1997年版,第306—337页。
② 仇兆鳌《杜诗详注》凡例"杜诗褒贬"条,中华书局1979年版,第23页。
③ 简恩定《清初杜诗学研究》第二篇第一章"尊杜与轻杜之说理论的研究",台湾文史哲出版社1986年版,第57—68页。

批评,辨析杜甫与当时一些人物的关系,不涉及对杜诗艺术的评价①。近年出版的一些论著,开始注意历代杜诗评论中的否定意见,如胡建次《中国古典诗学批评中的杜甫论》、孙微《清代杜诗学史》,可以说有一定的参考价值。但管见所及,对历代杜甫评价中负面意见的专门讨论,还没有人做过,而这却是我们考察杜诗经典化过程时不可回避的问题。本文想就我历年搜集的资料,将历来对杜甫的批评意见作个粗略的梳理。

1. 宋人的非杜之论

杜甫到中唐被许为集大成的诗人,还只是在技术层面获得定评。后来所以能成为"诗圣",与宋代形成的两个神话有关:一是忠君爱国,所谓"一饭未尝忘君",出自苏东坡《王定国诗集叙》;一是语言典雅,所谓"无一字无来处",出自黄庭坚《答洪驹父书》。宋代最负盛名的两位诗伯既树此义,举世奉从,杜甫由是登上诗歌殿堂最尊崇的位置,被尊为"诗中六经"②。

然而考诸文献,杜甫在苏黄之前是不太走红的,宣称"子美集开诗世界"(《赠朱严诗》)的王禹偁,并不学杜而是学白。西昆诗人杨亿则讥杜甫为村夫子③,后人揣测其意,"谓杜为村者,岂以其秀句少耶"④,或许不无道理。其实当时几乎就看不到推崇杜甫的人,包括欧阳修在内⑤。据陈师道说:"欧阳永叔不好杜诗,苏子瞻不好司马《史记》,余每

---

① 周勋初《杜甫身后的求全之毁与不虞之誉》,《文史探微》,上海古籍出版社1987年版,第167—188页。
② 陈善《扪虱新话》下集卷一,《儒学警悟》本。
③ 刘攽《中山诗话》,何文焕辑《历代诗话》,中华书局1981年版,上册第288页。
④ 尤珍《介峰札记》卷三,康熙刊本。
⑤ 刘攽《中山诗话》,《历代诗话》,上册第288页。

与黄鲁直怪叹,以为异事。"①邵博《邵氏闻见后录》也记载,欧公于诗主韩退之,不主杜子美,刘敞每不然之。欧公曰:"子美'老夫清晨梳白头,玄都道士来相访'之句有俗气,退之决不道也。"刘敞道:"亦退之'昔在四门馆,晨有僧来谒'之句之类耳。"欧公赏其辩,一笑置之②。对这则佚话,许学夷曾有一个解释:"至和、嘉祐间,场屋举子为文尚奇涩,读或不成句,欧公力欲革其弊。既知贡举,凡文涉雕刻者皆黜之。时杨大年、钱希圣、晏同叔、刘子仪为诗皆宗李义山,号西昆体。公又矫其弊,专以气格为主。子美之诗,间有诘屈晦僻者,不好杜诗,特借以矫时弊耳。"③此说相当有道理,所谓虽不中亦不远矣。

杜诗受到重视看来是从庆历间开始的。据叶适说,"庆历、嘉祐以来,天下以杜甫为师,始黜唐人之学,而江西宗派章焉"④。然则杜甫之为诗家所宗,是与江西诗派的宗尚分不开的。陈师道说"唐人不学杜诗,惟唐彦谦与今黄亚夫庶、谢师厚景初学之"⑤,更具体地告诉我们,黄、谢二人是开风气的诗人,则黄庭坚之学杜也与家学渊源有关。自江西派风行于世,杜甫遂为诗家所独尊,《蔡宽夫诗话》说"三十年来学诗者,非子美不道,虽武夫女子皆知尊异之,李太白而下殆莫与抗"⑥。明白这风会转移之迹,杜甫在宋初的遭遇也就不奇怪了。叶适说江西诗派"以杜甫为师,始黜唐人之学",将杜甫排斥在"唐人"之外,固然表现出他以晚唐为唐诗主流的观念,同时也暗示了杜甫作为超一流诗人要纳入某个诗史时段的困难,这到后代有时成为难以确定杜甫的诗史位

---

① 陈师道《后山诗话》,《历代诗话》,上册第303页。
② 邵博《邵氏闻见后录》卷十九,中华书局1983年版,第149页。
③ 许学夷《诗源辩体》卷十九,人民文学出版社1987年版,第221页。
④ 叶适《徐斯远文集序》,《叶适集》,中华书局1961年版,第1册第214页。
⑤ 陈师道《后山诗话》,《历代诗话》,上册第307页。
⑥ 郭绍虞辑《宋诗话辑佚》,中华书局1980年版,下册第399页。

置的原因。

江西诗派为诗最重句法,讲究用典,因而专奉老杜为楷式。黄庭坚最推崇杜甫夔州以后诗,尝言:"观杜子美到夔州后诗,韩退之自潮州还朝后文章,皆不烦绳削而自合矣。"①此说虽有见地,但却不尽为人认可,到南宋朱子即已提出异议:"李太白始终学《选》诗,所以好;杜子美诗好者亦多是效《选》诗,渐放手,夔州诸诗则不然也。"朱子颇好《选》体,对杜甫学《选》的少作尚不否定,而对于晚年自出机杼之作便不予首肯:"人多说杜子美夔州诗好,此不可晓。夔州诗却说得郑重烦絮,不如他中前有一节诗好。鲁直一时固自有所见。今人只见鲁直说好,便却说好,如矮人看戏耳!"这是嫌老杜夔州以后诗不如早年爽利。又云:"杜甫夔州以前诗佳,夔州以后自出规模,不可学。"这是说夔州以后诗每逸出常规。又云:"杜子美晚年诗都不可晓。吕居仁尝言,诗字字要响。其晚年诗都哑了。不知是如何,以为好否?"这是说老杜晚年诗声调不复如以前浏亮。又云:"杜诗初年甚精细,晚年横逆不可当,只意到处便押一个韵。如自秦州入蜀诸诗,分明如画,乃其少作也。李太白诗非无法度,乃从容于法度之中,盖圣于诗者也。"②这又是批评杜甫晚境作诗多随心所欲,率意为之,押韵也不讲究。最后盛赞太白是圣于诗者,分明褫夺了老杜的"诗圣"尊号。饶宗颐先生认为,"朱子持论之异,由于为诗之路数不同,朱子不尚新奇,而主萧闲淡远,……故其论诗似颇抑杜扬李"③,这是非常中肯的。饶先生还指出,朱子病杜诗之繁复,可能是受叶梦得影响。《石林诗话》有云:

  长篇最难,晋魏以前,诗无过十韵者,盖常使人以意逆志,初不

---

① 黄庭坚《与王观复书》,《豫章黄先生文集》卷十九,《四部丛刊》本。
② 俱见黎靖德编《朱子语类》卷一四〇,中华书局1986年版,第8册第3324—3326页。
③ 饶宗颐《论杜甫夔州诗》,《文辙》,学生书局1991年版,第499页。

以叙事倾倒为工。至《述怀》《北征》诸篇，穷极笔力，如太史公纪传，此古今绝唱。然《八哀》八篇，本非集中高作，而世多尊称之不敢议，此乃揣骨听声耳。其病盖伤于多也。①

实际上《八哀》诗的烦絮不光是铺陈的问题，还有意脉不清的毛病，故后人往往指责其啴缓冗沓。

杜诗的无一字无来历，经黄山谷倡言后，成为后人崇拜杜甫的一个神话。其实到南宋晚唐体流行起来后，这一点就遭到了批评。刘克庄说："古诗出于情性，发必善；今诗出于记问博而已，自杜子美未免此病。"②这是江西诗派中人的切身反思，将"以才学为诗"（《沧浪诗话·诗辩》）的流弊归结于杜甫，暗示了杜诗经典化所立足的理论基础已被动摇，并将产生相应的转移。

2. 明代诗家对杜诗的批评

南宋后期，以江湖诗人为代表的诗坛主流，以清浅流易为尚，主要取法中晚唐诗，遂以大历诗风及步其后尘的晚唐诗风为"唐体"，以别于杜体③，普遍尊唐而不宗杜。蒙元一代诗家多宗李贺，像元好问这样师法杜甫的作家似不多见，对杜诗的评论相对也较冷清。明代风气一变，从开国名臣刘基开始就奉杜甫为正宗，后来诗坛盟主李东阳和前后七子格调派诗人莫不师法杜甫的古近体诗，七律一体更是用心揣摩，深得老杜神髓。尽管如此，他们还是很注意区分唐音与杜格，对杜甫渐多

---

① 胡仔《苕溪渔隐丛话》前集引，人民文学出版社 1962 年版，上册第 69 页。
② 刘克庄《韩隐居诗序》，《后村先生大全集》卷九十四，《四部丛刊》本。
③ 如前引叶适《徐斯远文集序》"庆历、嘉祐以来，天下以杜甫为师，始黜唐人之学，而江西宗派章焉"，所谓唐人即指晚唐。

批评,这已为研究者所注意①。事实上,明人鉴于杜诗"魔宋"的教训②,对宋人学杜的流弊一直抱有警惕,在师法杜甫的同时也不断地对其典范性加以质疑乃至某种程度上的颠覆。

首先,他们对宋人津津乐道的"诗史"之说提出了非难。杨慎《升庵诗话》有专论"诗史"一则,说"宋人以杜子美能以韵语纪时事,谓之'诗史'。鄙哉宋人之见,不足以论诗也"。他以《诗经》为据,认为"三百篇皆约情合性而归之道德也,然未尝有道德字也,未尝有道德性情句也","皆意在言外,使人自悟",不像杜诗直陈其事。如刺淫乱则曰"雝雝鸣雁,旭日始旦",不必曰"慎莫近前丞相嗔"也;悯流民,则曰"鸿雁于飞,哀鸣嗷嗷",不必曰"千家今有百家存"也;伤暴敛,则曰"维南有箕,载翕其舌",不必曰"哀哀寡妇诛求尽"也;叙饥荒,则曰"牂羊羵首,三星在罶",不必曰"但有牙齿存,可堪皮骨干"也。总之,在他看来,"杜诗之含蓄蕴藉者,盖亦多矣,宋人不能学之。至于直陈时事,类于讪讦,乃其下乘末脚,而宋人拾以为己宝,又撰出'诗史'二字以误后人"③。这里的批评矛头虽主要是指向宋人之不善学杜,但杜甫"诗史"本身不用说是遭到否定的。后来王世贞的辩驳也未能消除升庵此说的影响④,到清初王夫之仍不赞同"诗史"之说,说论者以"诗史"许杜,属于"见驼则恨马背之不肿,是则名为可怜悯者"⑤。

其次,对杜甫自视甚高的诗歌声律也有人提出批评,如何景明说

---

① 胡建次《中国古典诗学批评中的杜甫论》,《南昌大学学报》2000年第2期。
② 孙鑛《姚江孙月峰先生全集》卷九《与余君房论文书》及附录余君房札云:"若李杜诗乌可姑置不讲哉。杜诚魔宋,李未尝魔宋。杜岂诚魔宋,自是宋人不善学杜耳。"嘉庆十九年孙氏重刊本。
③ 杨慎《升庵诗话》卷十一,丁福保辑《历代诗话续编》,中册第868页。
④ 王世贞《艺苑卮言》卷四曾引杨慎之说,谓:"其言甚辩而核,然不只向所称皆兴比也。《诗》固有赋,以述情切事为快,不尽含蓄也。"丁福保辑《历代诗话续编》,中册第1010页。
⑤ 王夫之《古诗评选》卷四《上山采蘼芜》,河北大学出版社2008年版,第166页。

"子美辞固沉著而调失流转"。他认为诗本是可歌的,哪怕唐初四杰辞采去古已远,"至其音节,往往可歌"。但杜甫却丢掉了这一传统,丧失了诗的歌唱性。而这又与杜诗缺乏"风人之义"有关:

> 夫诗本性情之发者也,其切而易见者,莫如夫妇之间。是以《三百篇》首乎雎鸠,六义首乎风。而汉魏作者,义关君臣、朋友,辞必托诸夫妇,以宣郁而达情焉。其旨远矣!由是观之,子美之诗,博涉世故,出于夫妇者常少,致兼雅颂,而风人之义或缺,此其调反在四子之下与?①

他的批评角度迂远而独特,谈音乐性最后拐到表现方式上来,嫌杜甫吟咏时事,很少像汉魏诗那样托诸夫妇,故缺乏风诗的比兴婉曲情调。杜甫作为超一流诗人难以纳入具体诗史时段的特征,在格调派的接受和评价中再次处于一个尴尬的位置。七子古体宗汉魏,近体宗盛唐,而杜甫古体已如何景明所言,抛弃了汉魏古诗的比兴传统,其近体又岂同于盛唐人的高华浏亮?多的是沉郁顿挫,兼风尘苦语。如果说前者还能为李梦阳辈步趋摹拟,后者则多见弃于升平时代的诗家。

到嘉靖、隆庆之际,对杜诗的负面批评意见明显高涨,以至于清代仇兆鳌都注意到,"至嘉、隆间,突有王慎中、郑继之、郭子章诸人,严驳杜诗,几令身无完肤,真少陵蟊贼也。杨用修则抑扬参半,亦非深知少陵者"②。杨慎的诗话确实常有诎杜之说,一定程度上影响到明中后期对杜诗的评价。以杨升庵的诗学取向而论,他对杜诗有所不满是容易理解的,倒是郑善夫,以学杜见称于时,是被王世贞许为"得杜骨"的诗

---

① 何景明《明月篇序》,《何大复集》卷十四,中州古籍出版社1989年版,第210—211页。

② 仇兆鳌《杜诗详注》凡例"杜诗褒贬"条,中华书局1979年版,第23页。

家①,竟也对杜诗提出多方面的批评,想是学之深而对其弊病也觑之切。他有杜诗批本,"指摘疵颣,不遗余力",焦竑曾见其书,录其三则批语于《焦氏笔乘》卷三:

  一云:诗之妙处,正在不必说到尽,不必写到真,而其欲说欲写者,自宛然可想。虽可想,而又不可道,斯得风人之义。杜公往往要到真处尽处,所以失之。一云:长篇沉着顿挫,指事陈情有根节骨格,此杜老独擅之能,唐人皆出其下。然诗正不以此为贵,但可以为难而已。宋人学之,往往以文为诗,雅道大坏,由杜老起之也。一云:杜陵只欲脱去唐人工丽之体,而独占高古。盖意在自成一家,不肯随场作剧也。如孟诗云"当杯已入手,歌伎莫停声",便自风度,视"玉佩仍当歌"不啻霄壤矣。此诗终以兴致为宗,而气格反为病也。②

这里对杜诗提出的三点批评,直露少含蓄是前人定论;以文为诗也是宋人旧说,但郑氏从长篇布局严整如文的角度切入,自有见地;尚气格而乏风致,则似乎是他的独到见解。后来施闰章《蠖斋诗话》曾引述他的说法,可见确有见地,为诗家所重视。

到明代后期,对杜诗提出批评的诗论家有《唐诗镜》的编者陆时雍。《唐诗镜》是晚明最重要的唐诗选本,其"绪论"论唐诗多灼见。值得注意的是陆氏对李杜韩白都有非议,只推尊王、韦两家,甚至倡言"摩诘不宜在李杜下"。他对杜甫的批评是诗的情调过于凄苦:"杜少陵《怀李白》五古,其曲中之凄调乎?苦意摹情,过于悲而失雅;《石壕吏》《垂老别》诸篇,穷工造景,逼于险而不括:二者皆非中和之则。"③这种论调看上去很难让人接受,但如果我们知道陆氏持论有神韵派的

---

① 王世贞《艺苑卮言》卷六,丁福保《历代诗话续编》,中册第1050页。
② 焦竑《焦氏笔乘》卷三,中华书局2008年版,上册第108页。
③ 陆时雍《诗镜总论》,丁福保《历代诗话续编》,下册第1413页。

倾向，就容易理解他的出发点了。试想以王渔洋的趣味，会不会喜欢这些作品呢？

主盟清初诗坛数十年的王渔洋，世皆传其不喜杜诗，这实在是个误会①。但要论其家学，却的确不是崇尚杜诗的。其叔祖王象春是明代少见的严厉批评杜甫的诗人，这一点尚未引起学界的注意。天津图书馆藏有一册《读杜诗》卷四、《读李诗》卷二的合订本，题东海王象春季木甫著、兄王象艮伯石甫校，便是王象春读李杜诗的批本。其中对杜诗的批点很少正面评价，不少诗句遭到他的严厉指斥：

> 《题张氏隐居二首》之一"乘兴杳然迷出处，对君疑是泛虚舟"，殊少含蓄，死板对语。
>
> 《赠献纳使起居田舍人澄》"扬雄更有河东赋，唯待吹嘘送上天"，遂开山人游客打秋风口角。
>
> 《曲江二首》"细推物理须行乐，何用浮名绊此身"，浅俚而腐，大类安窝中话头。余谓诗无唐宋之分，信然。
>
> 《江村》"多病所须唯药物，微躯此外更何求"，与"细推物理须行乐，何用浮名绊此身"二结语，又腐又滞，俱累其全璧。
>
> 《九日蓝田崔氏庄》"羞将短发还吹帽，笑倩旁人为正冠"，此翻案之最丑拙者。
>
> 《蜀相》"两朝开济老臣心"，学究滥语。
>
> 《又作此奉卫王》，"远开山岳散江湖"一句自精，余俱学究滥语。
>
> 《人日》：一首亦匀妥，但"剑佩冲星聊暂拔，匣琴流水自须弹"一联，是后世恶诗鼻祖。

---

① 张忠纲《渔洋论杜》（《文学评论》1987年第4期）、孙微《清代杜诗学史》（齐鲁书社，2004）第二章"清初的杜诗学研究"都有精到的辨析，可参看。

《送李八秘书赴杜相公幕》"贫趋相府今晨发,恐失佳期后命催",二句陋甚。至"南极一星朝北斗,五云多处是三台",是纱帽诗宗法杜老第一恶句。

他还指摘杜甫用字之拙累,如谓《紫宸殿退朝口号》"会送夔龙集凤池"一句,"夔龙二字谀而无味,亦不雅";评《早朝大明宫》诗,以为"实非唐人绝唱,不知前辈何以恁般惊叹,恁般作兴他。想来只是俗子取他官样,便于在公所拿腔朗诵无避忌耳。'诗成珠玉在挥毫'以下三语恶陋而谀。每读杜至此,几欲将此老易位"。这倒还不算太过,两首庙堂诗本来就不是什么佳作。而论《诸将五首》《秋兴八首》,说"两诗乃老杜之一般,且多累句,如'诸君''只在''主思''军令',如'安危',俱打油",就未免太苛刻了。这些作品甚至让他"几欲将此老易位"即否认其诗圣地位,明代还没见有如此轻视杜甫的。后来王渔洋对杜诗的批抹或许有叔祖的影响在里面。

到明末,对杜诗的负面批评达到了顶峰。竟陵派钟惺、谭元春不喜《秋兴》诸篇,而独推"南极老人自有星"几章,被清代冒春荣斥为"何啻喑呓!"①陈子龙《左伯子古诗序》也提到:

有唐杜子美,当天宝之末,亲经乱离,其发为诗歌也,序世变,刺当涂,悲愤峭激,深切著明,无所隐忌,读之使人慷慨奋迅而不能止。然而论者或曰:"是无当于《风》《骚》之旨者也。风人之义,隐而不发,使言之者无罪。而《离骚》以虬龙鸾凤比君子,飘风云蜺喻小人,其旨无取于彰显。子美皎然不欺其志,磨切之言,无乃近于悻直。"②

---

① 冒春荣《葚原诗话》卷二,郭绍虞辑《清诗话续编》,第3册第1597页。
② 陈子龙《左伯子古诗序》,《安雅堂稿》卷四,辽宁教育出版社2003年版,第71页。

这里作为批评目标征引的"论者"之说,应该代表着当时批评杜甫"近于悖直"的一派意见。这种看法在江南一带可能影响还比较大,为人们所认同。陈维崧论诗承陈子龙之绪论,但他与宋尚木历举有唐名家,独不及杜甫①,这是不是显示了当时诗坛风气的某种征候呢?

明末最重要的诗学家许学夷,在《诗源辩体》中对杜甫也有所批评。他说:"子美《丽人行》,歌行用乐府语,不称。《品汇》不录,良是。《忆昔行》'更讨衡阳董炼师',讨当作访,或以讨字为新,不复致疑,安可便谓知杜耶?又篇中如'先帝侍女八千人,公孙剑器初第一','惜哉李蔡不复得,吾甥李潮下笔亲','或从十五北防河,便至四十西营田'等句,即予所录者,亦不免为累语。至歌行或用俳调,又不可为法。"②他不光指摘累语,还指出杜甫歌行用乐府语与骈句的毛病,开了从体制的角度批评杜诗的先声。

3. 清人对杜诗的批评

进入学术风气浓厚、学风严谨的清代,杜诗成为一门真正的学问,在广泛、专门、深入、细致各方面都超越前人,达到一个空前的高度③。在明末贬低杜甫的语境中,杜诗在艺术上的典范性和绝对价值虽遭到质疑,但诗人杜甫作为道德典范的地位尚未动摇。明清易代之后,诗圣的道德品质首先成为诗论家考案的对象。

钱澄之《陈二如杜意序》首先从道德上解构了杜甫的崇高。针对历来推崇杜甫"每饭不忘君"之说,他辩驳说"凡感物造端,眷怀君父,

---

① 见任源祥《与侯朝宗论诗书》,《鸣鹤堂文集》卷三,光绪十五年重刊本。
② 许学夷《诗源辩体》卷十九,第214页。
③ 参看孙微《清代杜诗学史》,齐鲁书社2004年版,第7—14页。

一情至之人能之,不独子美为然",继而历举杜甫行迹,说明唐朝待杜甫不薄,而杜甫却无所报效,一心唯在顾全家室:

> 子美以布衣谒帝,面授拾遗。忤旨,出为华州司功,辄弃去客游。朝廷不之罪,仍补京兆功曹参军,不赴。竟用严武荐,授工部员外。唐之于子美至矣,子美之感恩不忘,其常情,非溢情也。吾独怪子美在蜀,盛交游,即惓惓宗国,当其时严武、高适辈岂无能资给以赴阙者?而乃滞身绝域,托兴篇章,以徒致其不忘君国之意。凡公之崎岖秦陇,往来梓蜀夔峡之间,险阻饥困,皆为保全妻子计也。其去秦而秦乱,去梓而梓乱,去蜀而蜀乱,公皆挈其家超然远引,不及于狼狈,则谓公之智适足以全躯保妻子,公固无辞也。且夫银章赤管之华,青琐紫宸之梦,意速行迟,形诸愤叹,公岂忘功名者哉?而专谓其不忘君耶?①

这么一来,杜甫就被还原为智足以全身远害,而道德上殊无过人之处的一介儒士,于是他断言"子美于君父、朋友、兄弟、妻子之间,一中人之深情者耳,谓为有诗人来一人,过矣!"列名"易堂九子"之一的彭士望也认为杜甫言甚夸而行不及,说:"少陵稷、契自许,为谏官,当肃宗兵兴,李辅国、鱼朝恩辈谗构两宫,偪挟诸大帅,噤不一言。独房琯谪,以私旧殚力申救,安在其为稷、契?"②他们的分析和论断显然是有说服力的,只要我们认真考察一下杜甫毕生的行迹,而不是只读杜诗,就会认同他们的见解。对于杜甫诗歌的艺术成就,钱澄之没有否定元稹的集大成之说,但将范围作了限定,以为"其奇在气力绝人,而不在乎区区词义之间也"。"如以辞而已,集中有句涩而意尽者,有调苦而韵凑者,有使事错误者,有出词鄙俚者,有失粘者,有失韵者,有复韵者,其弊至

---

① 钱澄之《田间文集》卷十三,黄山书社1998年版,第244—245页。
② 法式善《陶庐杂录》卷四引,中华书局1959年版,第138页。

多。唯是其气力浑沦磅礴,足以笼罩一切,遂使人不敢细议其弊。宋人奉之太过,谓其弊处正佳,从而效之;又为穿凿注解之,以讳其弊,其去诗意愈远。"时至今日,如不正视杜诗的疏漏,"且守其一字一句为科条,确然为不可易",便致于"其气与力不可得而言也,而其词之弊亦有不可解也"①。因而他认为读杜诗须得其大意,而勿求甚解。只有这样,方能得其所长,不为其弊所惑。这一番论析与其说是抉发了杜甫的独到成就,还不如说是去除了笼罩在杜诗上的神圣光环,替王象春将"诗圣"拉下了神坛。

王夫之论学论诗最痛恨明人的门户之习,杜甫因为是明代诗坛最大的门户,便自然成为他严厉批评的对象。他的批评也是从道德立场出发,首先在传统的志和情两个范畴中增加了意和欲两个概念,认为"意有公,欲有大,大欲通乎志,公意准乎情",若"意封于私,欲限于小,厌然不敢自暴,犹有愧怍存焉,则奈之何长言嗟叹,以缘饰而文章之乎?"然后考之诗史,"二雅之变无有也,十二国之风不数有也,汉魏六代唐之初犹未多见也。夫以李陵之逆,息夫躬之窒,潘安、陆机之险,沈约、江总之猥,沈佺期、宋之问之邪,犹有忌焉",而杜甫则毫无掩饰:"若夫货财之不给,居食之不腆,妻妾之奉不谐,游乞之求未厌,长言之,嗟叹之,缘饰之为文章,自绘其渴于金帛、没于醉饱之情,靦然而不知有讥非者,唯杜甫耳。呜呼!甫之诞于言志也,将以为游乞之津也,则其诗曰'窃比稷与契';迨其欲知迫而哀以鸣也,则其诗曰'残杯与冷炙,到处潜悲辛'。"由是他断言"杜甫之滥百于《香奁》。不得于色而悲鸣者,其荡乎!不得于金帛而悲吟,荡者之所不屑也,而人理亦亡矣!"②他对杜甫道德品格的指责,比起钱澄之来更是空前严厉。在评

---

① 钱澄之《陈二如杜意序》,《田间文集》卷十三,第245页。
② 王夫之《诗广传》卷一,中华书局1981年版,第22—23页。

徐渭《严先生祠》时又说:"诗以道性情,道性之情也。性中尽有天德、王道、事功、节义、礼乐、文章,却分派与《易》《书》《礼》《春秋》去。彼不能代诗而言性之情,诗亦不能代彼也。决破此疆界,自杜甫始。桎梏人情,以掩性之光辉,风雅罪魁,非杜其谁邪?"①这一批评措辞也很严厉。后到清末,其乡人宁调元论杜甫的人格,更指出:"如上明皇《西岳赋表》,至以惟岳授陛下元弼,笃生司空,庚谀杨国忠;上哥舒翰诗,亦推戴无与伦比,则杜甫尚值一钱耶? 新城尚书斥为无耻,洵不为过,后人但知讥韩愈为郑权做序、王维为安禄山赋诗,陆游为韩侂胄作记,而不知杜甫亦其人也。"②

在诗歌艺术上,王夫之对杜甫的评价同样不高,说:"杜本色极致唯此《七歌》一类而已,此外如《夔府》诗则尤入丑俗。杜歌行但以古童谣及无名字人所作《焦仲卿》《木兰诗》与俗笔赝作蔡琰《胡笳词》为宗主,此即是置身失所处。高者为散圣,孤者为庵僧,卑者为野狐。"③又说杜甫一再称道庾信"清新""健笔纵横",而自己所作却是"趋新而僻,尚健而野,过清而寒,务纵横而莽","至于'只是走踆踆''朱门酒肉臭''老夫清晨梳白头''贤者是兄愚者弟',一切枯菅败荻之音,公然为政于骚坛,而诗亡尽矣"④。王夫之虽然是个有见识的诗论家,但他在某些方面观念是有问题的,艺术感觉似乎也不太好,因此他有些批评决不可轻从。比如评《后出塞》云:"直刺牛仙客、安禄山。祸水波澜,无不见者,乃唯照耀生色,斯以动情起意,直刺而无照耀,为讼为诅而已。"又云:"杜陵败笔,有'李鼎死歧阳','来瑱赐自尽','朱门酒肉

---

① 王夫之《明诗选评》卷五,河北大学出版社2008年版,第300页。
② 宁调元《太一丛话》卷四,山西古籍出版社1996年版,第86页。
③ 王夫之《唐诗评选》卷一杜甫《乾元中寓居同谷县作歌七首》评语,文化艺术出版社1997年版,第27页。
④ 王夫之《古诗评选》卷五庾信《咏怀三首》评语,第326页。

臭,路有冻死骨'一种诗,为宋人谩骂之祖,定是风雅一厄。"①似这般反对诗歌直接抨击现实的看法,显然是一种偏见。又比如说:

> 杜又有一种门面摊子句,往往取惊俗目,如"水流心不竞,云在意俱迟",装名理为腔壳;如"致君尧舜上,再使风俗淳",摆忠孝为局面。皆此老人品、心术、学问、气量大败阙处,或加以不虞之誉,则紫之夺朱,其来久矣。②

这也显得持论太苛刻。简恩定先生认为,王夫之的杜诗批评"虽有批驳过当之处,然而仍不失其客观分析之地位,而最具意义的乃是全就杜诗来加以论析,而不受其为人传诵的忠君爱国思想所束缚,这是十分难能可贵的"③。我的看法是王夫之这些议论基本上没什么批评价值,适足暴露出他文学观念的狭隘和审美鉴赏力的欠缺而已④。

谈论清初诗人对杜诗的非议,不能不提到王渔洋,他不喜欢杜诗是出名的。赵执信《谈龙录》载:"阮翁酷不喜少陵诗,特不敢显攻之,每举杨大年'村夫子'之目以语客。"赵执信和王渔洋关系很近,后人多信从其说⑤,世间甚至流传有渔洋批杜的伪托本⑥。其实王渔洋对杜诗下过很深的功夫,他评读杜诗起码有两个本子:一是与西樵同评的选本,

---

① 王夫之《唐诗评选》卷二,第60页。
② 同上书卷三杜甫《漫成》评语,第115页。
③ 简恩定《清初杜诗学研究》,文史哲出版社1986年版,第61页。
④ 关于这个问题,可参看蒋寅《清代诗学史》第一卷第四章"远离诗坛的理论独白——王夫之诗学"对王夫之诗歌批评缺陷的分析。
⑤ 袁枚《随园诗话》卷三:"要知唐之李、杜、韩、白,俱非阮亭所喜。因其名太高,未便诋毁。于少陵亦时有微词,况元、白乎?"江苏古籍出版社2000年版,第60页。
⑥ 诸锦《绛跗阁诗稿》卷十一《有妄人批抹杜诗者嫁名渔洋因题一绝》:"少陵光焰照千秋,前后诗豪让一头。何事纤儿嫁山左,自量也敢学蚍蜉。"

两家各出己见①;另一种是《钱注杜诗》②。他对杜甫的总体评价见于《师友诗传录》,大致不异于传统的集大成之说,唯觉"绝句不妨稍细"③。其他批评就很少,甚至偶有攻击杜甫的机会他也不用。比如刘大勤问他对杜诗全句用经语的评价,渔洋答:"以《庄》《易》等语入诗,始谢康乐。昔东坡先生写杜诗,至'致远思恐泥'句,停笔语人曰:'此不足学。'故前辈谓诗用史语易,用经语难。若'丹青'二句,笔势排宕,自不觉耳。"④如果他真不喜欢杜诗,东坡的批评不恰好是个顺竿爬的机会?但渔洋却反而替杜甫回护。当然,有些作品如《八哀诗》,他还是不假辞色的,不过也只是众多批评者中比较温和的一位而已。

不管怎么说,自从清初批评家颠覆了杜甫道德上的崇高感,诗坛对杜甫的批评就愈加严厉起来,到康熙中期甚至形成一股贬低杜甫的风气。康熙三十三年(1694),冉觐祖撰《莘野集序》提到:

> 厌常喜新,翻尽窠臼,□前贤所论定,弃者取之,取者弃之,色求腴而气骨渐凋,意欲逸而音节不振。宋元诸家迭出相轧,不仅如昔所云元轻白俗,郊寒岛瘦已也。……诗道当极变之日,论者于少陵非不阳为推崇,而阴寔背之。既已背之,将必有厌薄之心,而特不敢形诋讥于口,畏其名耳。⑤

直到康熙五十七年(1718),沈德潜作《遣兴》(其七)还不免感慨:"杜陵岂是村夫子,一任儿曹笑未休!"⑥他将这股贬低杜诗的风气归结于

---

① 范恒泰《书杜诗选本》,《燕川集》卷十二,嘉庆十四年刊本。
② 王翼凤《观渔洋山人评点杜诗本》,《舍是集》卷四,道光刊本。
③ 丁福保辑《清诗话》,上海古籍出版社1978年版,上册第145页。
④ 刘大勤《师友诗传续录》,丁福保辑《清诗话》,上册第155页。
⑤ 康乃心《莘野先生遗书》,中国社会科学院文学所藏乾隆间稿抄本。
⑥ 沈德潜《竹啸轩诗钞》卷十三,乾隆刊本。

钱谦益提倡陆游、元好问诗和冯氏兄弟推广晚唐诗风①,曾在《顾南千诗序》中指出：

> 前三四十年,吴中谈艺家或仿南宋,或摹《中州》元人,或竟趋《才调》《香奁》《西昆》倡和之类,而于杜陵之沉雄激壮比诸鲸鱼碧海者,屏不欲观,甚或取而相讥,目为粗豪之祖,云吾得之钱牧斋尚书云尔。②

杜甫被经典化主要出于宋代江西诗派和明代格调派的尊崇,清初经钱谦益提倡宋元诗,接着王渔洋神韵诗风又主宰诗坛数十年,杜甫的影响力大为减弱,诗家对杜甫的评价也摆脱往昔的神化色彩,而能以平常心趋于客观的讨论。简恩定先生认为"清初诸家轻杜之说,实际上即是代表着他们对于旧有文学理论的反省与考察",因此他们的杜诗批评"已能摒弃情绪化的语言而出以较为客观之臆断"③。这是从文学观念变迁的角度得出的同样结论,值得听取。晚近王守恂《点读杜诗即题其卷首》云:"纷纷好恶亦何尝,得失还须自主张。读古人诗高著眼,蚍蜉撼树不嫌狂。"④这也可以说是清代诗家对待杜甫诗歌的基本态度,他们的批评也因此遍及杜甫的各个方面。

首先,对杜甫忠君爱国的神话不断有人提出质疑。郑性《黄上伯不惊草序》云:"少陵之诗,人咸称其忠君爱国,吾阅其全集,见其在蜀时依严武,饮酒迁延,于君国无甚剀切激发。其性情变化何如,楮末毫

---

① 关于钱谦益提倡陆游、元好问诗和冯氏兄弟推广晚唐诗风,详蒋寅《陆游诗歌在明末清初的流行》(《中国韵文学刊》2006 年第 1 期)、《虞山二冯诗学的宗尚、特征与历史地位》(《北京师范大学学报》2008 年第 4 期)二文。

② 沈德潜《归愚文续集》卷八,乾隆刊本。

③ 简恩定《清初杜诗学研究》,台湾文史哲出版社 1986 年版,第 71 页。

④ 王守恂《仁安诗稿》卷三,1921 年刊《王仁安集》。

端,真情难掩。"①这相比钱澄之的说法同样不失为诛心之论。赵士喆论杜诗,"尝摘其似初唐晚唐宋人并有宋人所不为者以示戒,云:'入河蟾不没,捣药兔长生',此非初之巧而纤者乎?'友于皆挺拔,公望各端倪',此非初之拙而滞者乎?'且将棋度日,应用酒为年',此非晚之情真而流于俗者乎?'鹭鹚窥废井,蚯蚓上深堂',此非晚之景真而流于鄙者乎?'细推物理须行乐,何用浮名绊此身',大类康节、紫阳之作;'富贵必从勤苦得,男儿须读五车书',则紫阳所不屑,想当日为俗人设耶?诗主性情,夫人知之,而不知性情亦有贞淫雅俗之判"②。李光地也冷峭地讥讽:"工部一部集,自首至尾,寻不出他一点自见不足处,只觉从十来岁以至于老,件件都好。这是一件大病。"③实则认为杜甫好作大言而无实际才能的不乏其人。蒋士铨晚年所作《读杜诗》基本上将杜甫平生为人所称许之处——否定:

> 杜陵一老翁,隐怀当世忧。治乱古相循,亦非人可谋。苟无收京将,鲁昭卒乾侯。麻鞋见天子,谁信稷契俦?朝廷任林甫,召祸良有由。居然指褒妲,投鼠器或羞。用兵国有常,战骨不待收。如何怨出塞,咏叹多相尤?唐时禁网疏,横议交吟讴。倘生忌讳朝,安能入秦州?三赋虽古雅,不异词客流。经纶无可见,郁郁文字留。太白荐汾阳,捉月随浮沤。《唐书》列文苑,位置相当不?④

经他这么一挦撦,杜甫的为人为文就剩不下多少过人之处了,他给人的感觉更多的是夸诞、胆怯、迂腐和平庸,不过侥幸生于开明朝代未触文

---

① 郑性《南溪偶刊·南溪不文》,乾隆七年刊本。
② 李兆元《十二笔舫杂录》卷八,道光刊本。
③ 李光地《榕村语录》正编卷三十,道光九年李维迪刊本。
④ 邵海清、李梦生《忠雅堂集校笺》卷二十四,上海古籍出版社1993年版,第3册第1589页。

网而已。晚清施山也有《戏题杜集》云："词章万古此江河，契稷其如编蹿何。高论可怜无切用，人间名士散材多。"①杜甫的崇高地位一半是靠人格和道德的光辉赢得的，而这些从道德、见识、性情角度对杜诗提出的质疑和非难，不用说反映出他在人们心目中的地位的动摇。

郑性《黄上伯不惊草序》还对杜甫的艺术观念加以指责："世之言诗者皆以少陵为宗，而吾窃谓其非诗人。第就其'语不惊人死不休'一语勘之，则已大远乎圣人存三百篇之本旨矣。圣人之存三百篇也，存其近人，不存其惊人。若惟是'语不惊人死不休'，则三百篇亦应语不惊人死不存矣。"到晚清有些批评家就杜甫对才能的运用也提出了非议：

> 杜陵七绝云："堂西长笋别开门，堑北行椒却背村。梅熟喜同朱老吃，松高拟对阮生论。"又："不是爱花即肯死，只恐花尽老相催。繁枝容易纷纷落，嫩叶商量细细开。"譬之狮子搏兔，亦用全力，而爪牙则不灵矣。朱老、阮生盖同时人，一何粗野；容易、商量亦非诗料。②

钱振锽甚至对自唐代以来已有定论的杜诗集大成之说也加以颠覆，说："人以少陵诗为集大成，此真污蔑少陵语。夫人中之集大成者，圣人也；诗中之集大成者，不过袭众人之余唾耳。曾是少陵而出此？"③钱振锽原是近代少有的狂才，说诗目空一切，对传统诗学观念做尽翻案文章。他还说："俗子以杜诗为工，余以为不工莫如杜。论杜者不当以工不工较量也。欲求其好处，先看其全部，不可以一首求之；看其全首，不可以一字一句求之，否则所得皆糟粕耳。"这虽肯定了杜诗整体的好，

---

① 施山《望云诗钞》卷九，光绪刊本。
② 袁嘉谷《卧雪诗话》卷二，《袁嘉谷文集》第2册，云南人民出版社2001年版，第557页。
③ 钱振锽《星影楼壬辰以前存稿·诗说》，光绪刊本。

但同时又承认其局部是不值得称赞的,因此他不光指出长排疵句之多,甚至干脆断言"杜诗无百字无疵者"①。这其实不是什么新奇的说法,清代诗论家对杜诗艺术上的缺陷,已从各种角度提出了批评。

　　蒋釜山作《诗正》,论杜诗之失,一曰太尽,一曰取材无择,一曰比兴少而直叙多,可以说是集中表达了通常对杜诗缺点的看法。友人任源祥却不以为然,作《与蒋釜山论诗书》一一驳之,最后论定"李杜疵累虽多,终为唐人首称"②,乃是褒中含贬,先不得不承认杜甫疵累甚多的前提。杜诗号称无一字无来历,但用事屡有疏误,历代注家时有榷正。倪伟人《辍耕消暑录》也举出两个例子:"如'弟子贫原宪,诸生老伏虔'之句应用伏生事,然伏生名胜,亦称伏申,无以虔名者。后汉有服虔,又非伏也。此杜老之误也。又,'轩墀曾宠鹤,畋猎旧非熊'之句,应是用鹤乘轩事。然轩,大夫之车也,误以为轩垣之轩,此杜老之疏也。"③杜诗的直露少含蓄,明代杨慎就曾指出,到清代施闰章也批评杜五言古诗"伤于太尽"④。由于杜甫自宋代以来已被模仿得太滥,清人对杜诗常怀有一种逆反心理,凡杜甫喜用的一些词语他们都很反感。《采菽堂古诗选》的编者陈祚明曾指摘杜诗中"乾坤""万里"等大字面,目为"枵句"⑤。而反过来对杜诗的家常和小巧之风,他们同样也不满意。施补华《岘佣说诗》有云:"小巧是诗人所戒,如'仰蜂黏落絮,行蚁上枯梨''红入桃花嫩,青归柳叶新';俳优是诗人所戒,如'家家养乌鬼,顿顿食黄鱼';粗俗是诗人所戒,如'仰面贪看鸟,回头错认人'之类。虽

---

① 钱振锽《星影楼壬辰以前存稿·诗说》,光绪刊本。
② 任源祥《鸣鹤堂文集》卷三,光绪十五年重刊本。
③ 倪伟人《辍耕消暑录》,光绪十六年刊本《辍耕吟稿》附。按:"轩墀"句用事之误,邵博《邵氏闻见后录》卷十八已指出。
④ 施闰章《蠖斋诗话》,丁福保辑《清诗话》,上册第406页。
⑤ 周容《春酒堂诗话》,郭绍虞辑《清诗话续编》,第1册第108页。

出自少陵,不可学也。"①其中粗俗尤其是清代批评家集矢的一个毛病。明代王象春批杜诗,除了指摘其拙词累句,就常斥其鄙俚。如:

"不有小舟能荡桨,百壶哪送酒如泉":意既酸乞,词且打油。

"贤声此去有辉光""预传藉藉新京兆""青史无劳数赵张":三句曾打油之不如。

《季夏送乡弟韶》一首,鄙俚全无可取。

"楼上炎天"一首是近日山人献谀之诗,"碧窗""朱栱"字俗;

"仗钺褰帷称具美,投壶散帙有余清",鄙气令人欲呕。

晚清施补华《岘佣说诗》则说:"《义鹘》《杜鹃》《凤凰台》诸诗,虽有寄托,然失之伧,学者不必则效。"②又云:"《遭田父泥饮美严中丞》一首,前辈多赏之,然此诗实有村气,真则可,村则不可。几微之界,学者自辨。"③钱振锽更说:"古称杜诗无所不包,此亦盲语。以余观之,乃千篇一律耳,乌在其无所不包也?其诗虽有粗有细,然终属一种老戆气。"所谓老戆气就是伧气的另一种说法。

清代是杜诗注释和批评最繁荣的时期,涌现出以仇兆鳌《杜诗详注》为代表的一大批优秀杜诗注本,其中对杜诗也不无批评意见,限于篇幅,本文无法涉及。这里只能就个人有限的阅读,在鸟瞰清代批评杜诗的主要意见的基础上,大致勾画出清人重点指责的几方面问题。

4. 专业化的批评眼光

中国文学批评自元代以后日趋专门,其明显的标志就是体制意识

---

① 丁福保辑《清诗话》,下册第 975 页。
② 同上书,下册第 979 页。
③ 同上书,下册第 980 页。

及其学说的完善。清代诗论家集古代文学批评理论与实践之大成,对杜甫的诗歌创作进行了全面的研究。他们对杜甫诗歌的批评,最值得重视的首先是从体制出发来讨论作品,这使杜诗在体制方面的缺点暴露无遗。

杜甫的古近各体诗,除了绝句容有异议,其他诗体一向都被目为大家,备受推崇。但到明代,杜甫开创的七言排律首先被王世贞点名:"七言排律创自老杜,然亦不得佳。盖七字为句,束以声偶,气力已尽矣,又欲衍之使长,调高则难续而伤篇,调卑则易冗而伤句,合璧犹可,贯珠益艰。"①到了清代,杜甫在诗歌体制方面开始遭到全面的非难。清初任源祥《与侯朝宗论诗书》云:

> 杜甫诗雄压千古,而五言古诗则去古远甚。甫非不自辟门户,而磋研怒张,无复风流蕴藉,故谓之唐音。譬之书法,必以晋为上,唐非不佳,而所乏者晋人清韵耳。唐古诗之逊于汉魏也亦然。且汉魏六朝古诗而外无他诗,唐既变为排律、律诗,又为歌行、绝句,各有擅场,何必争能于古诗也?是故学杜甫者学其排律、律诗、歌行足矣,古诗、绝句不必以杜甫为法也。②

除了绝句之外,杜甫的古体诗也遭到了否定,这是很出人意外的。清中叶湖南名诗人欧阳辂评杜诗,也指出古体的弱点:"《曲江三章》《登慈恩寺》《偪侧行》《垂老别》《无家别》《将适吴楚》皆有败笔。五七古每有一二强凑语,虽不能掩其善,终是全诗之累。"③参照后文所引诸家指摘的拙辞累句,我们就知道此言绝非无的放矢。

那么杜甫最擅长的律诗,论者总该无间言了吧?不然,他们对杜律

---

① 王世贞《艺苑卮言》卷四,丁福保辑《历代诗话续编》,中册第1009—1010页。

② 任源祥《鸣鹤堂文集》卷三,光绪十五年重刊本。

③ 李治《夜谈追录》卷一,光绪六年家刊本。

也有批评。早在明代,薛蕙就说:"太白五言律多类浩然,子美虽有气骨,不足贵也。"①这是说杜甫五律不如李白。李攀龙《选唐诗序》则说:"七言律体诸家所难,王维、李颀颇臻其妙。即子美篇什虽众,惯焉自放矣。"②这又是说杜甫七律比不上王维、李颀。两家之说本来不算很严厉,但经余怀一引申阐发,说"老杜长于古诗,律诗非所长也,济南谓其惯然自放,信夫!"③杜律的品格就不如古诗了。即如专论杜甫七律的柴绍炳《杜工部七言律说》,在列举名篇后,也不免摘其累句。柴氏著述近代以来不为人注意,故不避烦琐而备录于此:

> 其他率尔成篇,漫然属句,自信老笔,殊惭斐然。予尝览而摘之,中有极鄙浅者,如"朝罢香烟携满袖,诗成珠玉在挥毫";"富贵必从勤苦得,男儿须读五车书";"扬雄更有河东赋,惟待吹嘘送上天"之类。有极轻邈者,如"自去自来梁上燕,相亲相近水中鸥";"酒债寻常行处有,人生七十古来稀";"此身未知归定处,呼儿觅纸一题诗"之类;有极濡滑者,如"传语风光共流转,暂时相赏莫相违";"淮海维扬一俊人,金章紫绶照青春";"闻道云安曲米春,才倾一盏即醺人"之类;有极纤巧者,如"何人错忆穷愁日,愁日愁随一线长";"侵凌雪色还萱草,漏洩春光有柳条";"老妻画纸为棋局,稚子敲针做钓钩"之类;有极粗硬者,如"为人性僻耽佳句,语不惊人死不休";"不为困穷宁有此,只缘恐惧转须亲";"在野只教心力破,干人何事网罗求"之类;有极酸腐者,如"细推物理须行乐,何用浮名绊此身";"予见乱离不得已,子知出处必须经";"炙背可以献天子,食芹由来知野人"之类;有极径露者,如"此日此时

---

① 薛蕙《西原全集》卷十附《论诗》,中国社会科学院文学所藏雍正三年王道升抄本。
② 蒋一葵笺释《唐诗选》,续修四库全书本,集309册第1页。
③ 余怀《甲申集·律鬘》自序,中国社会科学院文学所藏抄本。

人共得,一谈一笑俗相看";"戎马不如归马逸,千家今有百家存";"出师未捷身先死,长使英雄泪满襟"之类;有极沾滞者,如"伐竹为桥结构同,褰裳不涉往来通";"指麾能事回天地,训练强兵动鬼神";"安得务农息战斗,普天无吏横索钱"之类。凡此皆杜律之病,往往而是。①

将这段文字与本文征引的其他文献相对照,可以发现他所列举的例子多半也为他人所指摘,看来对杜诗的拙辞累句,诚可谓英雄所见略同。赵文哲《媕雅堂诗话》也断言:"工部(七律)千古推重,如《诸将》《登高》《登楼》《野望》十余首洵推绝唱;若《秋兴八首》,中多句病。其他颓然自放之作,遂为放翁、诚斋之滥觞。世人震于盛名,每首称佳,良可一笑!"②他说往岁与同人论诗,凌祖锡说:"如工部七律,即拙率处不对处皆以浩气流行,提笔直书,弥见其大。"他笑曰:"假使工部当提笔直书时,而恰遇佳句,恰得工对,岂反足损其大而必改从不对与拙率耶?"这一对答虽很有点俏皮,却深中老杜之病,也就是说他常不免有意到笔不到之处。方元鲲《七律指南》不仅大肆指摘杜甫七律的病句(详后),还独到地发现"少陵拗体,结句每苦意尽",《白帝城最高楼》《十二月一日三首》(寒轻市上山烟碧)、《江雨有怀郑典设》《即事》诸篇,他都指出其结句的拙累,相当有眼光③。清末王礼培《小招隐馆谈艺录》更推及杜甫所有七律作品,说:

  少陵七律发端高挹,结束稍落缓弛,明者自能辨之。尚不若摩诘之能发皇,首尾匀称。如"花近高楼""风急天高"二首之唤起,何等兴象?试问"可怜后主还祠庙,日暮聊为梁甫吟""艰难苦恨

---

① 柴绍炳《柴省轩先生文钞》卷四,康熙刊本。
② 赵文哲《媕雅堂诗话》,荔墙丛刻本。
③ 方元鲲《七律指南》乙编卷一,嘉庆刊本。

繁霜鬓,潦倒新停浊酒杯",能无头重脚轻之病乎？若是者谓之游结,未极束紧、拓开两法之妙用。①

钱振锽对杜甫七律也照样给予酷评,说"杜老五律胜七律,七律竟无佳者"②。如此作惊人之笔,就不是批评而是玩笑了。如果他心里真是这么认为的,那就适足显得他于诗学不入门而已。

相对于七律来说,杜甫的七绝历来遭到更多的奚落。事实上杜甫七绝的写法与唐人一般的路数都不同,所以王世贞才断言,"太白之七言律,子美之七言绝,皆变体,间为之可耳,不足多法也"③。杨慎更举《赠花卿》一首,直截说杜甫"独绝句本无所解"④。许学夷对杜甫七绝尚有回护,但对五绝则基本否定:"子美七言绝虽是变体,然其声调实为唐人《竹枝》先倡,须溪谓放荡自然,足洗凡陋,是也。惟五言绝失之太重,不足多法耳。"⑤清代诗论家大都不认可杜甫的绝句,以为不可学,更不足学。但其持论之理由,却分为两类:一类是认为杜甫绝句不是正格。如张谦宜说"不当学少陵绝句,彼是变格"⑥,吴农祥说"公绝句都自撰句格,学之必无光彩,或偶寄兴可也"⑦。潘承松更进一步解释其中道理,道是:"绝句以龙标、供奉为绝调,少陵以古体行之,倔犟直戆,不受束缚,固是独出一头,然含意未申之旨,渐以失矣。"⑧另一类则认为杜甫才有偏至,不擅长绝句,其绝句一体纯属失败之作。如王渔

---

① 王礼培《小招隐馆谈艺录》卷一,中国诗话珍本丛书。
② 钱振锽《星影楼壬辰以前存稿·诗说》,光绪刊本。
③ 王世贞《艺苑卮言》卷四,丁福保辑《历代诗话续编》,中册第1006页。
④ 杨慎《升庵诗话》卷十三,丁福保辑《历代诗话续编》,中册第903页。
⑤ 许学夷《诗源辩体》卷十九,第220页。
⑥ 张谦宜《絸斋诗谈》卷二,郭绍虞辑《清诗话续编》,第1册第807页。
⑦ 杜甫《绝句漫兴九首》评,刘濬辑《杜诗集评》卷十五,嘉庆间海宁蔡照堂刊本。
⑧ 沈德潜《杜诗偶评·凡例》,赋闲草堂藏板本。

洋即认为杜甫诸体皆擅,独绝句稍绌;柴绍炳《唐诗辩》论唐代诗人兼才之难,曾举"有大家而体不能兼者,如工部之不长于七绝"①;沈德潜《唐诗别裁集·凡例》说"唐人诗无论大家名家,不能诸体兼善,如少陵绝句,少唱叹之音"②;管世铭《读雪山房唐诗序例》称"少陵绝句,《逢龟年》一首而外,皆不能工,正不必曲为之说"③;玉书《常谈》也同意杜甫"绝句无可选取"的说法④;李少白《竹溪诗话》则强调:"学古人之诗宜择其长及学而无弊者,即如子美诗虽无不佳,而绝句为其所短,专学杜绝者误矣。"⑤看来清代诗论家在否认杜甫绝句的艺术水准和价值一点上,意见是比较一致的,很少见肯定杜甫绝句的说法。田雯《丰原客亭诗序》是难得的一个例子:"少陵之诗于晚节尤细,似非凭依才气之所为。而其中夭矫挺拔,沉郁瑰奇之观,非易测识。乐府变而又变,截句不屑苟同,何其豪也!"⑥在他看来,杜甫绝句之异于众人,是出于自辟蹊径、不欲苟同的志向。但问题是人们评价艺术,不是看动机而总是看实际成就。黄子云《野鸿诗的》称"少陵七绝实从《三百篇》而来,高驾王、李诸公多矣"⑦,恐怕是很难为诗家认同的。当代研究者从影响的角度看杜甫绝句,认为"盛唐绝句翻到杜甫这一页,从内容、风格、手法到音响全都变了。唐绝句的门庑从此更大,中晚唐的别派由此而开。议论风生,刻画入微,都从这里渐启。沾溉及于宋人,影响可谓深远"⑧,黄子云乃是回避了正面评论杜甫绝句的实际成就。

---

① 柴绍炳《唐诗辨》,《柴省轩先生文钞》卷三,康熙刊本。
② 沈德潜辑《唐诗别裁集》,上海古籍出版社1979年版,卷首第4页。
③ 郭绍虞辑《清诗话续编》,第3册第1562页。
④ 玉书《常谈》卷四,光绪刊本。
⑤ 李少白《竹溪诗话》卷一,光绪刊本。
⑥ 田雯《古欢堂文集》序卷二,康熙刊本。
⑦ 丁福保辑《清诗话》,下册第851页。
⑧ 周啸天《唐绝句史》,重庆出版社1987年版,第92页。

就我所见,历来对杜甫的非议最多的是集矢于他的诗歌语言,这大概也是所有批评意见中最无可争议的。王世贞曾比较李杜两家的语言,说"太白不成语者少,老杜不成语者多,如'无食无儿''举家闻若欬'之类",大概是符合事实的。但随即又各打二十大板,说"凡看二公诗,不必病其累句,不必曲为之护。正使瑕瑜不掩,亦是大家"①,则明显对李白有点不公平。太白虽兴至神王,也难免有不加检束、泥沙俱下的情形,但诗中只有率尔所成、意思重复的句子,却少有写得拙劣不成语的。实际上,后来的批评家又不断指出杜甫诗歌语言存在的各种毛病。如胡应麟《诗薮》云:"杜语太拙太粗者,人所共知。然亦有太巧类初唐者,若'委波金不定,照席绮逾依'之类;亦有太纤近晚唐者,'雨荒深院菊,霜倒半池莲'之类。"又云:"杜《题桃树》等篇,往往不可解,然人多知之,不足误后生。惟中有太板者,如'思家步月清宵立,忆弟看云白日眠'之类;有太凡者,'朝罢香烟携满袖,诗成珠玉在挥毫'之类。若以其易而学之,为患斯大,不得不拈出也。"②冯时可《雨航杂录》认为杜甫诗歌言语还稍欠雅致,说:"(司马)迁有繁词,(杜)甫有累句,不害其为大家。迁剪其繁则经矣,甫加以穆则雅矣。"③许学夷也曾指摘杜诗累句,并论宋人学杜之弊:

> 如"陆机二十作文赋,汝更小年能缀文""昔有佳人公孙氏,一舞剑器动四方""今我不乐思岳阳,身欲奋飞病在床"等句,未可为法。至"天下几人画古松,毕宏已老韦偃少""闻道南行市骏马,不限匹数军中须""麟角凤嘴世莫识,煎胶续弦奇自见",则断乎为累语矣。今人于工者既不能晓,于拙者又不敢言,乌在其能读杜也?

---

① 王世贞《艺苑卮言》卷四,丁福保辑《历代诗话续编》,中册第1009页。
② 俱见胡应麟《诗薮》内编卷五,第89页。
③ 冯时可《雨航杂录》卷上,影印文渊阁《四库全书》本。

后梅圣俞、黄鲁直太半学杜累句,可谓嗜痂之癖。①

就连他目为唐人七律第一的《登高》,也遗憾"但第七句即杜体亦不免为累句"②。这里的批评主要还是着眼于对后生的影响,不是对杜诗的绝对否定。而另一处就出现了对杜甫诗歌语言的绝对批评:"唐人诗惟杜甫最难学,而亦最难选。子美律诗,五言多晦语、僻语,七言多稚语、累语,今例以子美之诗而不敢议,又或于晦、僻、稚、累者反多录之,则诗道之大厄也。"③他说晦、僻者不能尽摘,而于稚、累者略举了二十几句:

> 如"西望瑶池降王母""柴门不正逐江开""三顾频烦天下计""凤飘律吕相和切""不分桃花红胜锦,生憎柳絮白于绵""桃花细逐杨花落,黄鸟时兼白鸟飞""酒债寻常行处有,人生七十古来稀""穿花蛱蝶深深见,点水蜻蜓款款飞"等句,皆稚语也。如"艰难苦恨繁霜鬓""昼漏稀闻高阁报""恒饥稚子色凄凉""志决身歼军务劳""宠光蕙叶与多碧""太向交游万事慵""总戎楚蜀应全未,方驾曹刘不啻过""不为困穷宁有此,只缘恐惧转须亲"等句,皆累语也。

许氏所举的诗例,固然多与其他批评家的意见重合,但其中不乏历来传诵的名句,以今天的眼光看,他的批评恐怕未必都能得到认可,褒贬之间足见古今人们的趣味存在很大的差异。

清代学术风气浓厚,士人多熟读古书,博学工文辞,对辞藻琢磨讲究更细,因而对杜诗语言不满的人也更多。柴绍炳《唐诗辨》曾指出"有盖代宗工而未免流弊者,如杜陵粗率之句实开宋门"④。施闰章《蠖

---

① 许学夷《诗源辩体》卷十九,第213页。
② 同上书,第217页。
③ 同上书,第219页。
④ 柴绍炳《唐诗辨》评语,《柴省轩先生文钞》卷三,康熙刊本。

斋诗话》、汪师韩《诗学纂闻》连篇累牍摘杜病句,为人们所熟知。叶燮《原诗》代人立论,假设有人挑剔杜甫语句的毛病,换个角度看也就是当时诗家的一般看法吧？七律是杜甫独擅的体裁,夙以浑整精工称之,但偏偏他七律的语言屡遭哂笑。除了前文引录的柴绍炳《杜工部七言律说》外,方元鲲《七律指南》本以杜甫为宗,分杜诗为二体,以后代作者分隶之,书中竟也对杜甫颇多指斥。开卷评《诸将五首》其一"现愁汗马西戎逼,曾闪朱旗北斗殷"云"殷字韵欠稳,此句究觉凑泊",评其二"韩国本意筑三城,拟绝天骄拔汉旌"云"汉旌不当云拔"。《咏怀古迹》五首仅录二首,但评咏明妃"一去紫台连朔漠,独留青冢向黄昏"云"黄昏以虚对实,向字觉无着落。六句虽以月夜魂救转,然终是趁韵之病"。评《蜀相》"丞相祠堂何处寻"云"起句拙直",评《阁夜》"卧龙跃马终黄土,人事音尘漫寂寥"云"结句意晦,且以跃马代公孙,与卧龙连用亦未安"。评《登高》云"五六意已尽,结句未免支撑",评《九日蓝田崔氏庄》"羞将短发还吹帽,笑倩旁人为正冠"云"冠帽字犯复"。评《至日遣兴奉寄北省旧阁老两院故人二首》"何人错忆穷愁日,愁日愁随一线长"云"结意不明晰,亦拙"。乙编卷一评《拨闷》"当令美味入吾唇"云"八句太俗"。最严厉的是评《咏怀古迹》诸葛一首:"起句犷,次句肃字凑,四句殊鹘突,亦费解,结句甚拙。"既然通篇是病,还选它作甚？真让人费解。这都是杜甫脍炙人口的名篇啊,犹然如此指摘,其他篇章真不知道他会怎么批抹。对类似的指摘我们要仔细推敲,不可轻从。

杜甫诗歌语言的粗鄙和拙率在清代已成为众所公认的缺点,论者纷纭。即便是极力推崇杜甫的马星翼,也不能不承认"其中粗鄙之句亦诚不免",他举"身轻一鸟过,枪急万人呼"为例,"此率句也,非子美为之,鲜不为之喷饭"[1]。陈仅《竹林答问》曾从句法的角度论杜甫造句

---

① 马星翼《东泉诗话》卷一,道光刊本。

的鄙拙：

> 杜诗五律句法，亦有不可学者，如"诗应有神助，吾得及春游""春知催柳别，江与放船清""身无却老壮，迹有但鸡栖""宿雁行犹去，丛花笑不来""羁栖愁里见，二十四回明""日兼春有暮，愁与醉无醒"等句，流弊滋多，不可不慎。至诗中有极不成句语，如"下水不劳牵"，此语与"逆风必不得张帆"何异？题云不揆鄙拙，诚然。①

欧阳辂评杜诗也指出其语言方面的种种问题："《哀王孙》'慎勿'一语殊凑。'吾甥李潮下笔亲'，亲字强押。'为君酤酒满眼酤'二语，不过勉强结局而已。《可叹》篇自'王孙'以下，似夹杂不成文理。《洗兵马》篇语多混造，音节则初唐之习，靡懦可厌。'整顿乾坤济时了'及'后汉今周喜再昌'成何语耶？集中此等不可胜数，鹘突看过，则受古人欺矣。"他还列举"杜集中极可笑句，'石出侧听枫叶下，橹摇背指菊花开'，'丛菊两开他日泪'，'锦江春色来天地'，'三寸黄柑犹自青'等语，真此公累句。至'倒流三峡''横扫千人'尤为丑态，工部亦偶有之，世人奉为圭臬，可怪也。"②这都是从绝对的立场来批评杜诗语言的，还有论者从相对的立场、从体制来谈杜甫的语言。如谢鸣盛《范金诗话》云："论诗必先论体格，犹剧场之有生旦丑净。以生旦而杂唱丑净腔调，亦将以其名子弟而赞赏乎？"他认为，从体制来看杜甫五古的语言，只有《新婚别》《无家别》自是乐府一派，《梦李白二首》呜咽顿挫，不离正始，是其压卷之作。"其他纯以七古笔法出之，气粗句硬，且无论其章之过于驰骋，即句法如《赠韦左丞丈》'朝扣富儿门，暮随肥马尘'数语，《九成宫》'荒哉隋家帝，制此金颓朽。向使国不亡，焉为巨唐有？'《奉先县咏怀》'取笑同学翁，浩歌弥激烈'及'朱门酒肉臭，路有冻死

---

① 陈仅《竹林答问》，周维德编《诗问四种》，齐鲁书社1985年版，第345页。
② 李治《夜谈追录》卷一，光绪六年家刊本。

骨',《慈恩寺塔》'仰穿龙蛇窟,始出枝撑幽'及'秦山忽破碎,泾渭不可求',粗陋已甚。如此类者皆出选本,为世所佩诵,其全集尚多卤莽。若必以圣不敢议,则五古之道岂不因之而亡?是又岂为浣花知己?"① 谢氏将杜甫的五古与李白相比,认为"其歧正有截然不可讳者",则他也是批评史上不多的扬李抑杜的诗论家之一。

5. 对具体作品的批评

杜甫既被尊为诗圣,杜诗无人不读,其具体作品的缺陷也逃不脱历代读者和批评家如笼的目光。实际上,早在杜诗被经典化之前,就有批评家以客观的眼光发现某些作品的结构毛病。比如叶梦得《石林诗话》曾论及《八哀诗》的缺陷:"《八哀》八篇本非集中高作,而世多尊称之不敢议。此乃揣骨听声耳。其病盖伤于多也。如《李邕》《苏源明》诗中极多累句,余尝痛刊去,仅取其半方尽善。"②后来刘克庄颇赞同他的意见,说《八哀》"如郑虔之类,非无可说,但每篇多芜词累句,或为韵所拘,殊欠条鬯,不如《饮中八仙》之警策。盖《八仙》篇,每人只三二句,《八哀诗》或累押二三十韵,以此知繁不如简,大手笔亦然"③。宋以后对这组诗的批评一直不绝,但都语焉不详,直到王渔洋《居易录》才有细致的论析:

  杜甫《八哀诗》钝滞冗长,绝少剪裁,而前辈多推之。崔鶠至谓可表里雅颂,过矣。试摘其累句,如《汝阳王》云"爱其谨洁极","上又回翠麓","天笑不为新","手自与金银","匪惟帝老大,皆

---

① 谢鸣盛《范金诗话》卷上,乾隆五十四年刊本。
② 胡仔《苕溪渔隐丛话》前集卷十一引,人民文学出版社1962年版,上册第69页。
③ 刘克庄《后村诗话》新集卷一,中华书局1983年版,第155页。

是王忠勤";《李邕》云"盼睐已皆虚,跋涉曾不泥","众归赒济美,摆落多藏秽","是非张相国,相扼一危脆";《苏源明》云"秘书茂松意,溟涨本末浅"(《文苑英华》本异,亦不可晓);《郑虔》云"地崇士大夫,况乃气精爽","方朔谐太柱","寡鹤误一响";《张公九龄》云:"骨惊畏曩哲,鬘变负人境","讽咏在务屏","用才文章境","散帙起翠螭","未缺只字惊"云云,率不可晓。披沙拣金,在慧眼自能辨之,未可为群瞽语白黑也。①

在他看来,这组诗的毛病非仅篇章结构"钝滞冗长,绝少剪裁",措辞造句也有不小的问题,有些句子明显意思含混,不知所云。后来施补华《岘佣说诗》说"《八哀》诗洋洋大篇,然中多拙滞之语,盖极意经营而失之者也"②,可以说是总结性的论断。今就渔洋所举各例来看,历来诗家的批评绝非厚诬老杜。

自宋代以降,学诗通常由杜集入门,读之既深,遂多褒贬。故历代笔记、诗话中最常见的就是有关杜甫诗作的评议,其中负面评论也在在可见。何逊《入西塞诗》"薄云岩际出,初月波中上"一联,被杜诗脱化为"薄云岩际宿,孤月浪中翻",蔡絛《西清诗话》许以"虽因旧而益妍,类獭脑补痕"。明代陈锡路很不以为然,说此论不得为知言,"只易四字,人工损其天质矣"③。王渔洋《居易录》更认为何逊诗被杜甫改得伧气④。他指点郎廷槐作诗,特别强调不可得粗字、纤字、俗字,又举杜甫"红绽雨肥梅"为例,说"一句中便有二字纤俗,不可以其大家而概法之"⑤。清人诗

---

① 王士禛《居易录》卷五,袁世硕主编《王士禛全集》,齐鲁书社2007年版,第5册第3760页。
② 施补华《岘佣说诗》,丁福保辑《清诗话》,下册第980页。
③ 陈锡路《黄妳余话》卷七,芸香窝藏板本。
④ 王士禛《居易录》卷四,《王士禛全集》,第5册第3743页。
⑤ 郎廷槐《师友诗传录》,丁福保辑《清诗话》,上册第138页。

话、笔记对杜甫作品的非议涉及面最广,其中当然多针对平庸之作,如《牵牛织女》,施补华《岘佣说诗》:"诗陈戒游女,语多迂腐,佻薄非诗,迂腐亦非诗也。"①但也有一部分名篇遭受恶评,如《江上值水如海势》,申涵光《说杜》谓"与题无涉,此老无故作矜夸语,抑又陋矣"②。最不可思议的是《秋兴八首》竟也不能幸免。明末竟陵派钟惺、谭元春已率先发难,诟疵这组作品。袁枚《随园诗话》继之,说:"余雅不喜杜少陵《秋兴》八首,而世间耳食者,往往赞叹,奉为标准。不知少陵海涵地负之才,其佳处未易窥测。此八首,不过一时兴到语耳,非其至者也。如曰'一系',曰'两开',曰'还泛泛',曰'故飞飞',习气太重,毫无意义。"③黄培芳《香石诗话》责"其持论似甚浅率"④,书中又载谭敬昭嫌"听猿实下三声泪,奉使虚随八月槎"一联"虚、实二字用得太板",黄培芳说:"实历其境,故曰实下;虚拟其境,故曰虚随。"杜句本来就不灵巧,如此笨拙的解释,更不足以为之辩护。他还奇怪,"《秋兴》何多招人议邪?"这实在是难以幸免的。

  我所见清代文献中,批评杜甫诗作较集中的著作,除以上所举之外,还有这样一些。毛先舒《诗辩坻》持论多亢爽不群,论杜甫也颇严厉,批评《早朝大明宫》"音节过厉,'仙桃''珠玉'近俚,结使事亦粘带",置于四人唱和之末,倒也罢了。对名作《咏怀古迹五首》"诸葛大名垂宇宙"一篇,也评为"通章草草。伯仲二语摘词中作史论,殊伤渊雅"⑤,就未免失之苛刻了。他还说《九日蓝田崔氏庄》"'羞将短发还吹帽'一句,翻案意足;而'笑倩旁人为正冠',赘景乏味。或当时即事

---

① 丁福保辑《清诗话》,下册第980页。
② 田雯《古欢堂集·杂著》卷三,郭绍虞辑《清诗话续编》,第2册第714页。
③ 袁枚《随园诗话》卷七,江苏古籍出版社2000年版,第185页。
④ 黄培芳《香石诗话》卷一,上海书店1985年影印本。
⑤ 毛先舒《诗辩坻》卷三,郭绍虞辑《清诗话续编》,第1册第54页。

语耶?"①嘉庆间刘濬《杜诗集评》所辑均为清代前期诸家评语,其间殊多指责。卷十四《风疾舟中伏枕书怀三十六韵奉呈湖南亲友》李因笃曰:"篇中除苏张单字外,凡用十二人名,亦一病。"②《题郑十八著作丈》李因笃曰:"四用人名,皆在首二字,亦病。"《柳司马至》申涵光曰:"地名八见,亦是一病。"凡通行选本见遗之作,多遭批抹,而五古一体尤甚。卷二《通泉县署壁后薛少保画鹤》吴农祥曰:"'万里'下颇杂沓无伦次。"卷四《奉酬薛十二丈判官见赠》吴农祥曰:"全首杂遝,意又不贯串。"此外更有王西樵、王渔洋兄弟批抹,几至体无完肤。

黄子云平生于杜诗用功极深,所见也真切。所著《野鸿诗的》独到地指出"少陵早年所作,瑕疵亦不少",如:

> 《题张氏隐居》云"春山无伴独相求",既云无伴,何又云独?且"伐木丁丁山更幽"句亦弱;"不贪"二语,未免客气,又不融洽;落下二句,无聊甚矣。《早朝》云"诗成珠玉在挥毫",凑泊不堪;"欲知世掌丝纶美,池上于今有凤毛",乃酬应套语。《送张翰林南海勒碑》云"冠冕通南极,文章落上台。诏从三殿去,碑到百蛮开。野馆浓花发,春帆细雨来。不知沧海使,天遣几时回?""野馆"二句,状景纤细,题与诗俱不称,又不切南海,思亦未甚出新。若"细推物理须行乐,何用浮名绊此身","不须闻此意恻怆,生前相遇且衔杯",开宋人迂腐气矣。盖公于是时学力犹未醇。至入蜀后,方臻圣域。③

方贞观则整体上断言杜诗"论其思深力大,气古才雄,自应首推,然其病亦不少",具体说来"有累句,有晦句,出词有卑鄙者,用意有牵凑者,

---

① 毛先舒《诗辩坻》卷三,郭绍虞辑《清诗话续编》,第1册第55页。
② 刘濬《杜诗集评》卷二引,海宁藜照堂刊本。
③ 丁福保辑《清诗话》,下册第852页。

气韵有甜俗者,意象有叫号者,多凑韵,多复韵,使事不无错误,先后屡见雷同,窠臼不除,习气亦固"。他认为诗之所以感人深者尤在神致与声律,而今人读杜诗都"震慑其魄力,不暇味其神致;规模其气骨,不复聆其音声。徒得子美芜秽、重浊、拙涩、支离之病,而其高古穆落之致、沧凉悲壮之音,概乎未有得。夫神致索然,音韵不长,恶可以为诗乎?"所以他希望天下读杜诗者"勿攻其实,勿遗其虚,勿惑于诗史之说,勿惑于一饭不忘君之言,含咀其精华,吐弃其渣滓,庶几斯道正宗不终断绝也"①。在指摘杜诗的芜秽、拙涩之余,他捎带也踩了"诗史""每饭不忘君"这两个老生常谈一脚。纪晓岚作为《四库全书》总纂,虽然在提要里维持了正统的尊杜观,但自己批方回《瀛奎律髓》,对入选的杜诗却没少诋斥。卷十七《江雨有怀郑典设》评:"拗而不健,但觉庸沓。老杜亦有不得手诗,勿一例循声赞颂。"又说:"五句太支凑,末句亦不成语。"②纪晓岚擅长试帖,持论精严,杜诗的细节毛病当然是逃不过他的法眼的。

晚清名诗人王闿运的《湘绮楼说诗》,也对杜诗有所批评。卷一《晓发公安》评:"'北城击柝复欲罢,东方明星亦不迟。邻鸡野哭如昨日,物色生态能几时?舟楫眇然自此去,江湖远适无前期。出门转眄已陈迹,药饵扶吾随所之。'此首删去六七,作三韵尤佳。《又呈吴郎》诗:'堂前扑枣任西邻,无食无儿一妇人。不为困穷宁有此,只缘恐惧转须亲。即妨远客虽多事,便插疏篱却甚真。已诉征求贫到骨,正思戎马泪盈巾。'叫化腔。亦创格,不害为切至,然卑之甚。"又云:"《野人送朱樱》云'忆昨赐沾门下省,退朝擎出大明宫',此杜诗惯技,每以此出新

---

① 方贞观批点朱鹤龄《杜工部诗集辑注》,转引自杨曦《南京图书馆藏〈方南堂先生手批杜诗〉考论》,《南京师范大学文学院学报》2017年第4期。
② 李庆甲辑《瀛奎律髓汇评》卷十七,上海古籍出版社1986年版,中册第689页。

奇。余选唐诗初不录。"①

李慈铭《越缦堂日记》论及杜甫诗作,也没什么好评。有云:"杜诗《饮中八仙歌》、前后《苦寒行》皆下劣之作,虽脍炙人口,不值一哂。《同谷七歌》及《八哀诗》亦非高唱。《秋兴八首》瑕多于瑜,内唯'闻道长安似弈棋'及'蓬莱宫阙对南山'两首可称完美。'昆明池水汉时功'上半首格韵俱高,下半未免不称;且此诗命意亦不可解。其余若'丛菊'一联、'信宿'一联及'请看石上藤萝月,已映洲前芦荻花'皆轻滑,不似大家语。'香稻'一联浅识者以为语妙,实则毫无意理,徒见丑拙耳。《咏怀古迹》第五首:'诸葛大名垂宇宙,宗臣遗像肃清高。三分割据纡筹策,万古云霄一羽毛。伯仲之间见伊吕,指挥若定失萧曹。运移汉祚终难复,志决身歼军务劳'一律字字笨滞,中四语尤入魔障。《万丈潭》云'孤韵到来深,飞鸟不在外',《题画枫》起语云'堂上不合生枫树',皆此老心思极拙处也。"这里提到大多是杜集中名篇,却全出以不屑之语,挞之不遗余力,然而他的说法却似乎颇得诗家首肯,赵元礼即曾在诗话中称引其说②。

最后还必须提到钱振锽的《星影楼壬辰以前存稿·诗说》,这部作者十七岁之前的少作充斥着少年才子目空一切、轻薄为文的狂言,对杜甫的鄙斥是其中尤甚的部分。论及煌煌大篇《北征》,是这么说的:"《北征》诗竭韵支句甚多,中间写景一段尽可删去;又载家常细务一段,如'老夫情怀恶,呕泄卧数日'及'瘦妻面复光'以下数语,成何诗耶?"如果说少年不识人生艰难,尚属情有可原,那么对《秋兴八首》的见地就不能不说是不识好歹了。袁子才对这组作品也无好评,但还讳言杜老佳处不在此。钱才子则强言老杜佳处未必不在此,盖粗硬多疵

---

① 王闿运《湘绮楼说诗》,民国二十三年铅印本。
② 赵元礼《藏斋续诗话》即尝称引其说,见民国间排印本,第22—23页。

原是杜诗本色,更引出祝枝山斥杜诗"以村野为苍古,椎鲁为典雅,粗犷为豪雄"之语,说"语虽未必尽然,然开辟以来杜诗不可无此人一骂",未免佻达太甚。使老杜九泉有知,更要作"不觉前贤畏后生"的慨叹了。

看来,即便古有"诗圣"之尊,今有"集大成"之目,杜甫被经典化的过程也不是那么一帆风顺、人无间言的。那么多诗家所发的诸多贬斥议论,排除嫉妒心之外,只能说明一个事实,那就是杜甫流传下来的诗篇,确实存在着非常明显的缺陷。无论是借贬杜出风头的轻薄才人,还是沉潜有得的诗学专家,都清楚地看到了这一点。因此上文列举的以及个人阅读未逮的古代批评文献,都提出一个强烈的质问:杜甫的才华和成就果真与他的盛名和地位相符么?杜甫真是一个伟大诗人吗?在今天这已是个不言而喻的问题,但以前确曾是个问题。尤其是在习惯于维护正统、排斥异端的封建社会,人们不敢公然挑战杜甫的神圣地位,就只能以挑剔其诗作的拙累和粗疏之处,来间接地表达对"诗圣"的质疑。这部分意见是值得我们重视的,它不仅让我们看到杜诗经典化过程的复杂性,同时也提醒我们研究杜诗时要避免被先入为主的观念所左右,看不到杜诗艺术方面的弱点和缺陷。

十八　权德舆与贞元后期诗风

诗史是一个由无数诗人和作品按历时性的方式构成的链环。从原则上说,每一个诗人、每一篇作品都是其中的一环,有其存在的意义。可是随着时间的推移,曾经发生过的事实消失了。诗歌文本因人为的淘汰和自然的亡佚,只留下很难估量比例的一部分,而诗人则只被文字记录下很难估量比例的一部分。这就意味着,展现在后人眼中的被记录下来的诗歌史永远是残缺不完全的。更进一步说,即使这残缺的诗歌史又在多大程度上接近事实的原貌呢?事实被话语记录,本身已有损耗,更不要说记录者出于主观意志的歪曲了。除了实物,任何通过语言文字形式保留下来的历史内容都只是一种话语的真实,离原生事实有着我们无法确知的变形。明确这一点,将打消我们对历史之客观性、真实性的幻觉,而同意怀特海对历史写作的定义——"历史是最可能事实的恰当重构"[①]。

历史从初民第一次叙述祖先的故事起,就是一种主观的建构活动。偶然保留下来的话语事实,经过主观的理解和筛选,被整理成互相联系的时间过程,并被赋予一定的因果关系,这就是我们的历史著作。通常意义上的诗歌史正是这样产生的,它实际上是经过选择和解释的话语事实序列。只有在这样的前提下,我们才能理解 T. S. 艾略特在《传统

---

① 怀特海《观念的历险》,洪伟译,上海译文出版社 2013 年版,第 157 页。

与个人才能》一文中提出的一个著名观点：

> 产生一项新艺术作品,成为一个事件,以前的全部艺术作品就同时遭逢了一个新事件。现存的艺术经典本身就构成一个理想的秩序,这个秩序由于新的(真正新的)作品被介绍进来而发生变化。①

文学史的内容不仅是被选择和建构的,而且其事实的意义、价值还处在不断的被发现和铨衡中。在这里,我想将"新艺术作品"换成"新作家",上述命题也同样是能成立的。文学的历史序列,不仅因新作家的诞生而改变,也因旧作家的发现而改变。从"被介绍进来"的意义上说,旧作家的发现与新作家的诞生,意义几乎是相等的,结果都将改写文学史。

本文对权德舆与贞元诗坛之关系的研究,正属于旧作家的新发现。在历来的文学史、唐诗史著作中,贞元诗坛几乎是一片空白,权德舆其人也很少见人提到。我相信,对权德舆的发现,将改变我们对唐诗史的认识。也许有人会认为我的看法过于主观,夸大了权德舆等人的影响和作用。对此,我只能重申上文的看法,历史作为对已消逝的现实所作的记忆表象的复原,永远是一种很有限地接近事实的主观建构,无论是历史叙述还是历史研究,都只是建立在有限材料上的选择和解释的过程。我决不宣称我的结论更接近事实,只希望在现有材料的基础上综合各方面的因素,揭示一些作家对于文学史的意义,描述一段我认识的唐诗史。我不否认,权德舆等人的台阁诗有可能只限于小范围流传,在当时并无多大影响;甚至那些游戏体诗除几位作者外无人知道,空海与马总的唱和纯属偶然的巧合。但在大多数事实业已消失的今天,它们既然是一个存在,我们就必须正视,用长时段的历史眼光来看待它们对

---

① 杨匡汉、刘福春编《现代西方诗论》,花城出版社1988年版,第74页。

文学史的参与和意义。诗歌史正是在这种"知识考古学"的发掘中被丰富、被深描的。

1. 贞元八年的诗史意义

历史的发展本是无目的的,一些事件使得某些年代具有了不平常的意义。正像爱因斯坦相对论、弗洛伊德的论文、莱特兄弟的飞机使1905年成为现代文明史上光辉的里程碑,另一些尚未被人注意的事件使贞元八年(792)成为划分中唐诗前后期的分水岭。

贞元八年,一个不平静的年头。宣武节度使刘玄佐、平卢节度使李纳卒,各由其子继位;宰相窦参贬郴州别驾,陆贽、赵憬并同平章事;户部尚书班宏卒,司农少卿裴延龄判度支事;河南、河北、江淮、陈许、荆襄等四十余州大水,溺死二万余人;韦皋与云南王修好,置戍相保,永同一家;左神策大将军柏良器左迁右领军,宦官窦文场始专军政……这都是《通鉴》所载发生在贞元八年的大事,忧喜参半。但我关心的不是这些,引起我注意的是与诗歌史研究有关的另一些事件:包佶、李纾、刘太真、吴通玄四位著名作家相继去世。陆贽知贡举,放贾棱、陈羽、欧阳詹、李博、李观、冯宿、王涯、张季友、齐孝若、刘遵古、许季同、侯继、穆质、韩愈、李绛、温商、庚承宣、员结、胡谅、崔群、邢册、裴光辅、万弪等二十三人进士及第,周匡业、林荐明经及第,张童子、陆复礼、李观、裴度制科及第。包佶等四人为当时文章巨子,兼长诗歌,以地位闻望为诗坛盟主、海内龙门,自建中以来主持风雅十余年之久。而韩愈、李观、欧阳詹等当时初露头角,"皆天下选",联袂登第,时号"龙虎榜"[①]。耆宿凋落,新进登场,这两拨文人的交替使贞元八年对于诗史具有了不同寻常

[①] 见《新唐书·欧阳詹传》。

的意义。再联系到翌年韩愈等人的支持者梁肃去世,柳宗元、刘禹锡、穆员、许志雍、卢景亮、元稹等继踵科第的事实来看,说贞元八年是大历时代的结束、贞元时代的开始,换言之即中唐前期与中唐后期的分界点,大概是可以成立的。时代的划分固然要以历史发展中某些阶段性特征的变化为依据,但具体年代的确定却常借助于某些事件来作为象征性的标志。上面那些在诗史上举足轻重的人物,他们的升沉更替已足以成为区分两个时代的象征性标志。问题是包佶等人下世后,诗坛顿失龙首,韩愈等人虽为天下瞩目,极一时之选,但以他们的地位、成就而言还只是初出道的新秀,小有名气而已,尚谈不上声望,他们显然是难以替代包佶等人主盟当时坛坫的。而文坛总需要盟主,需要权威的月旦之评裁量风雅,维持一定的价值体系。这样,贞元八年后的诗坛就需要另一批人——不是资历尚浅的韩愈辈,而是介乎韩愈辈与包佶辈之间的一批人,来继续主持诗坛,并扶植韩愈一辈作家。当时有这样的人吗?有的,历史总是沿着自己的逻辑(不是规律)发展。确实有那么一批人存在,只不过我们那忙于寻找"规律"的文学史观使我们忽视了许多原生的事实。

也许是偶然的巧合,我发现在贞元八年有一批文士由幕府入朝,及时地填补了包佶等人逝去留下的真空。他们是:

> 权德舆　贞元七年春离开江西观察使幕,应杜佑辟入淮南节度使幕。同年秋被德宗以太常博士征入朝,翌年初抵京上任,此后累任省职。元和十三年(818)卒于山南西道节度使任。[①]
>
> 杨于陵　大历六年(765)进士,翌年登博学宏词科。贞元中罢江西观察使幕家居,八年入朝任膳部员外郎,历转郎署,十六年改京兆少尹,十八年(802)授中书舍人,贞元末任秘书少监。后累

---

① 权德舆生平,详蒋寅《权德舆年谱稿》,南京大学古籍所《古典文献研究》第三辑。

官至太常卿,大和四年(830)卒。①

韦渠牟　贞元五年离浙江东西道观察使幕至京,贞元八年国子祭酒韩洄荐为四门博士,十二年迁秘书郎、右补阙、左谏议大夫,十四年(798)拜太府卿,十六年转太常卿,翌年卒。②

王绍　本名纯,避宪宗讳改。初由颜真卿奏为武康尉,历佐幕府,有能名。贞元七年罢江西观察使幕,以仓部员外郎征入朝,判户部务,迁户部郎中。十三年(797)以兵部郎中判度支。历任户部侍郎、尚书、兵部尚书、武宁军节度使,元和九年(814)卒于兵部尚书任。③

崔从质　贞元年间与权德舆同为江西观察使幕从事,府罢后入朝,历任刑部郎中、户部郎中,贞元十九年(803)秋卒于户部侍郎任。④

这五个人尤其权德舆是与贞元后期诗坛关系重大的人物,他们登朝的意义在下文的叙述中自然会凸显出来,现在我们要引出另一些人。只要我们着眼于他们文学活动的群体色彩,而不是拘泥于登朝年代的微小差异,就会发现他们的登朝与权德舆等人有着同等重要的意义。

仲子陵　大历十三年进士,授校书郎,历同官、醴泉二县尉。贞元十年(794)举贤良方正科,拜太常博士,转主客、司门二员外,十八年卒。⑤

王仲舒　少游学江南,贞元十年举贤良方正科,拜左拾遗,改

---

① 杨于陵仕历,详《旧唐书·杨于陵传》,并参看蒋寅《大历诗人研究》下编《权德舆作品系年》。
② 韦渠牟仕历,详蒋寅《大历诗人研究》下编《大历诗人生平事迹订补》。
③ 王绍仕历,详《新唐书·王绍传》《旧唐书·宪宗纪》。
④ 崔从质仕历,详权德舆《祭故户部崔侍郎文》,《权载之文集》卷四十八,《四部丛刊初编》本。下引权德舆作品均据此本,只注卷数。
⑤ 仲子陵仕历,详权德舆《唐故尚书司门员外郎仲君墓志铭》,《权载之文集》卷二十四。

右补阙,迁礼部、考功、吏部三员外,贞元十九年贬连州司户,至元和初以吏部员外郎征入。历职方郎中知制诰、中书舍人,长庆三年(823)卒于江西观察使任。①

许孟容 大历十一年(770)进士,释褐校书郎,历任幕职。贞元六年前后由张建封表为濠州刺史。无几,德宗征为礼部员外郎,迁本曹郎中。贞元十四年转兵部郎中,迁给事中,贞元末改太常少卿,历刑部侍郎、京兆尹、吏部侍郎,元和十三年卒于东都留守任。②

崔邠 少举进士,贞元元年复登贤良方正科,授渭南尉,入朝为拾遗、补阙,以兵部员外郎知制诰,任中书舍人凡七年。历礼部、吏部侍郎,元和十年卒于太常卿任。③

此外,还有几位较早登朝的人物也必须介绍,他们是:

陈京 永泰二年(766)进士,建中初累迁至太常博士,历补阙、膳部、考功员外郎、司封郎中、给事中,贞元二十一年(805)卒于秘书少监任。④

冯伉 大历二年明经及第,授秘书郎。建中四年复登博学三史科,由太常博士再迁膳部员外郎,充诸王侍读。贞元十年改醴泉令,在县七年,韦渠牟荐为给事中,累迁兵部侍郎、国子祭酒、左散骑常侍,元和四年卒于国子祭酒任。⑤

---

① 王仲舒仕历,据韩愈《唐故江南西道观察使中大夫洪州刺史兼御史中丞上柱国赠左散骑常侍太原王公神道碑铭》,马其昶《韩昌黎文集校注》卷七,上海古籍出版社1986年版,第499—500页。
② 许孟容仕历,详《旧唐书·许孟容传》,郁贤皓《唐刺史考》卷一二七濠州。
③ 崔邠仕历,详《旧唐书·崔邠传》。
④ 陈京仕历,详柳宗元《唐故秘书少监陈公行状》,《柳宗元集》卷八,中华书局1979年版,第192页。
⑤ 冯伉仕历,详两《唐书》冯伉传,并参考权德舆《韦宾客宅宴集诗序》补太常博士一职。

张荐　初为颜真卿所赏,建中初礼部侍郎于邵荐充史馆修撰。贞元元年任太常博士,迁工部员外郎、郎中,历谏议大夫、秘书少监、秘书监,贞元二十年(804)卒于以工部侍郎兼御史大夫使吐蕃途中。①

徐岱　大历中刘晏荐授校书郎,建中年间蒋镇荐为太常博士。改膳部员外郎,历水部、司封郎中,并充太子诸王侍读,兼史馆修撰,贞元十四年卒于给事中任。②

蒋乂　本名武,元和中改。幼慧,随父入集贤校理文籍,授王屋尉,充太常礼院修撰,贞元九年转右拾遗,充史馆修撰。贞元十八年迁起居舍人,转司勋员外郎,历任兵部郎中、太常少卿,长庆元年卒于秘书监任。③

尽管由于材料缺乏,对他们的历官不能确定年月,但贞元八年他们都在朝中任尚书郎或中书、门下两省清要之职,却是可以肯定的。他们与上两拨文人彼此年岁、官职不相上下,有着共同的兴趣和社会背景,在贞元八年后很自然地就结成了一个新的台阁诗人集团。这时,大历诗坛的三派诗人,地方官诗人已凋零殆尽,台阁诗人的主力也相继下世,只有方外诗人,由皎然、顾况支撑门户,不至于偃旗息鼓,但声势也今非昔比了。新台阁诗人集团的形成客观上取代了包佶等人及"大历十才子"的位置而成为诗坛的中坚,也使大历诗坛的三分天下转变为贞元诗坛南北对峙的局面。

新台阁诗人之"新",不光指时间上晚出,更重要的是他们有新的特点。

---

① 张荐仕历,详《新唐书·张荐传》。
② 徐岱仕历,详两《唐书》徐岱传。
③ 蒋乂仕历,详《旧唐书·蒋乂传》。

第一,他们的官职品级接近,贞元后期都任尚书省或东西两掖中级官员,到永贞元和初官至侍郎,是当时实际上任事负责的阶层。《唐国史补》卷下载:"国初至天宝,常重尚书……兵兴之后,官爵浸轻,八座用之酬勋不暇,故今议者以丞、郎为贵。"他们以才干任劳寄重,或同僚,或迁代,相对大历台阁诗人来说,他们的台阁履历更长久而稳定。仔细排比他们的传记资料即可知,崔邠与杨于陵任中书舍人是同时,而与权德舆是相代;陈京与杨于陵任秘书少监是相代;许孟容与徐岱任给事中是同时;权德舆与崔邠任礼部侍郎是相代……此外,权德舆任起居舍人知制诰时举杨于陵自代,任司勋郎中时举许孟容自代,任中书舍人时举陈京自代,任礼部侍郎时举杨于陵自代,也表明他们的职官品级大体相当。这决定了他们的日常交往首先建立在同僚关系上,以台阁生活为主要内容。

第二,这批人有共同的礼学或史学的背景,兼具学者与文人的素质,更接近包佶、李纾等人而不是"十才子",他们的仕履也集中在礼官、史职、掌纶诰等方面,这是很值得注意的。史载权德舆"及长好学","自始学至疾未病,未尝一日去书不观"[1];许孟容"少以文词知名",通王氏《易》(《旧唐书》本传);蒋乂"弱冠博通群籍,而史才尤长",以熟悉故事与苏冕齐名,著有史传多种[2];陈京大历中初入京,常衮、杨炎读其文,惊叹为"子云之徒也"[3];徐岱少好学,"六籍诸子,悉所探究,问无不通,难莫能屈"(《旧唐书·儒学传》);冯伉"少有经学",著有《三传异同》三卷(同上);韦渠牟出入三教,诗笔兼长,著有《贞元新集开元后礼》二十卷(见《新唐书·艺文志》);张荐"敏锐有文辞,能

---

[1] 韩愈《唐故相权公墓碑》,《韩昌黎文集校注》卷七,第473页。
[2] 见《新唐书》本传,《唐国史补》卷下。
[3] 柳宗元《唐故秘书少监陈公行状》,《柳宗元集》卷八,第192页。

为《周官》《左氏春秋》",撰有《五服图》《宰辅略》等书(两《唐书》本传);仲子陵"卅岁好古学,曾采摭前载可以为文章枢要者细绎区别,凡数十万言",与刁彝、韦彤、裴茝并为当时礼学名家,"邃于礼服上下古今仪制,著《五服图》十卷(按贞元九年上),自为一家之言"①。由于博学明礼,他们大都历太常博士一职,发挥古学,弥纶礼制。自安史之乱后,典礼缺佚,朝廷一举大礼,执事往往茫然不知所从。于是礼官的重要性较往日独异地凸现出来。《新唐书·张荐传》载:"贞元元年,帝亲郊。时更兵乱,礼物残替,用荐为太常博士,参缀典仪,略如旧章。"不光是张荐,翻翻《旧唐书·仪礼志》《新唐书·陈京传》及诸位作者的传记,我们会看到,德宗朝几次重大的典礼争议,陈京、权德舆、仲子陵、杨于陵、许孟容、崔从质都卷入其中,仕宦并不显达的仲子陵就是因议礼而著名的。盐铁度支之争与典礼之争是德宗朝历史上最重要的两个核心问题。贞元前期,战事方殷,朝廷内部的矛盾集中于财权之争;贞元后期,烽火稍歇,矛盾的焦点就转移到典礼方面来。陈振孙《直斋书录解题》卷六载《大唐郊祀录》十卷(文渊阁《四库全书》本):"唐太常礼院修撰王泾撰,考次历代郊庙沿革之制及其工歌祝号,而图其坛屋陟降之序,贞元中上之。"就是这一历史背景下的产物。如果说大历至贞元前期,是由刘晏盐铁转运府中的人才充任政治、文学舞台上的主角(包佶、刘长卿、张继、戴叔伦等)②,那么贞元后期则是由权德舆周围由礼官出身的人才充任政治、文学舞台上的主角了。我在此强调礼官是有理由的,权德舆、韦渠牟、杨于陵、许孟容、崔邠官至太常卿,蒋乂官太常少卿,固然是礼官,而太常博士也是他们很看重的职位。《权载之文

---

① 权德舆《唐故尚书司门员外郎仲君墓志铭》,《权载之文集》卷二十四;李肇《唐国史补》卷下。

② 储仲君《张继的行迹及其他》(《文学遗产》1991年第3期)一文已精辟地指出这一点。

集》补刻有《韦宾客宅宴集诗序》云：

> 以兄(按指韦)始登朝行,实自礼寺,蕃祉吉禄,此为椎轮。于是众君子学通行修、尝践此任者,与今之引经据古、屈职在列者,同声撰日,复修兹会。……今裴辛吕三君子皆讲学称职,而司勋满岁复留,再帖郎位,犹四命焉。前此者,柱史之超拜浃日矣,鄜夫之忝兹一纪矣,二左曹、东观十二年矣,小司马向三十年矣,而主人逾四十年矣。其于折中定议,损益于仪法多矣。外有平阳、长乐二连帅韦君柳君,绛郴和三郡守裴君李君□□,前苏州韦君、信州陆君,□守之介刘君,六邑之长姜君,合中外历是者十九人,因广斯文,且为礼官之籍。

据我考证,这篇序作于贞元二十年(804),十九人中可考者有冯伉、陈京、张荐、韦武、柳冕、李伯康、韦夏卿、陆质、权德舆九人①。除冯陈等人外,韦武、柳冕、陆质(原名淳)也是参加议礼的。由太常博士出身的这些人的确是德宗朝"折中定议、损益于仪法"的主要人物,他们对此有很强的自我意识和群体意识。

第三点是与第二点相关的,因为新台阁诗人都是谙熟经典、博通古今的学者,是非分明,敢于持论,所以在当时都是气节之士:崔邠、蒋乂均以疏裴延龄之恶迹为当时所知;王仲舒与阳城合遏裴延龄不得为相,给德宗留下深刻印象②;张荐欲疏裴延龄之恶,为延龄所知,被逬改官;权德舆贞元八年、九年两上疏极论裴延龄奸险不宜判度支,文存集中;陈京与赵需、裴佶、张荐共劾卢杞,犯颜极谏,致卢杞废而不用;贞元末京兆尹李实恃承恩宠,朝士多曲附,杨于陵与许孟容独不附协,以至于改官;许孟容依令式拒公主子求补弘文、崇文馆诸生之请,驳齐总授衢

---

① 详蒋寅《大历诗人研究》下编《权德舆台阁作品系年》贞元二十年有关本文的考证。
② 韩愈《唐故江南西道观察使太原王公神道碑铭》,《韩昌黎文集校注》卷七,第499页。

州刺史诏,整治禁军骄纵不法者,直声扬于朝野。可以说,除了韦渠牟,新台阁诗人都是节操峻直,为朝野瞩目的人物。这一点是他们与大历台阁诗人最大的不同,后者无论是包佶之附元载、吴通玄之谀奸诬良、刘太真之曲事贵幸,"十才子"之奔走权门,人品都有瑕疵。

以上三个特点使新台阁诗人结成一个关系紧密、地位稳定、无论在政治上还是在文学上都很有影响力的作家群体,他们的创作作风也成为贞元后期诗坛的主导诗风。在这场台阁诗风的鼓荡中,权德舆是个起关键作用的核心人物。没有权德舆也许就没有贞元后期的台阁诗风,而我们历来的研究却忽视了这位诗人和他所起的重要作用。

2. 新文坛盟主的诞生

台阁诗风总是与某种太平气象相联系。自贞元以后,内乱稍弭,虽说西北边境还寇警不断,较之大历、建中年间的烽火四起已是安定多了。贞元四年九月丙午诏:"比者卿士内外,左右朕躬,朝夕公门,勤劳庶务。今方隅无事,烝庶小康,其正月晦日、三月三日、九月九日三节日,宜任文武百僚选胜地追赏为乐。"①并赐钱有差,永为常式。九日重阳节,德宗赐百僚宴于曲江亭,作《重阳赐宴诗》六韵属群臣奉和,自品其优劣,以刘太真、李纾为上等。这是德宗提倡歌舞升平的开始,此后这样的赐宴赋诗、君臣同乐络绎不绝。德宗是个爱好诗歌且颇有鉴赏力的皇帝,喜欢韩翃、卢纶、李益的作品,对杜佑所进的崔叔清诗则说:"此恶诗,焉用进?"(《唐国史补》卷中)皇帝的好尚和提倡对贞元诗坛的影响是不可低估的,然而在台阁诗风中起直接作用的还是权德舆,他继包佶之后事实上成了贞元后期至元和年间的文坛盟主。

---

① 刘昫《旧唐书》第二册卷十三,中华书局 1975 年版,第 366 页。

一般来说,成为文坛盟主需要具备一些条件。邵长蘅《渔洋诗钞》序云:"一代风雅之归,必有正宗。宗之言主也,尊也,言其人能主持风雅而学者尊事之也。夫所以为一代之宗者,其才足以包孕余子,其学足以贯穿古今,其识足以别裁伪体,而又有其地、有其时。夫才与学与识,人也;地与时,则有天焉。五者兼焉,故难也。"①邵氏此论颇为精到,才学识地时五者,对文坛盟主来说的确是不可或缺的必要条件。即使五者齐备也未必就能成为文坛盟主,道德上的声望与一定的家世及社会背景的支持也是个重要的辅助条件。前三点是文学本身的因素,后四点是社会的因素。以这七点来衡量,权德舆在当时就是个不二之选了。

　　从史传来看,德舆异常早慧,"三岁知变四声,四岁能为诗,七岁(按应为九岁)而贞孝公卒,来吊哭者见其颜色声容,皆相谓权氏世有其人。"②到十五岁已积诗文成帙,编为《童蒙集》十卷,名声日大。今集中可确考的最早作品是《唐故润州丹阳县丞卢君墓志铭》(卷二十五),作于大历九年,当时德舆十六岁。以一个十六岁的少年而能为地方官作墓志铭,可以想见他必已有相当的才名。《世德铭》(卷二十八)可能写作更早,自玄鸟生商开始,叙述了权氏历代的德业,最后说:"曰予无状,龀岁而孤。不知义方,藐尔春愚。亦即羁贯,甫习诗书。以直为师,与时浸疏。琅琅清风,琅琅士则。及兹顽童,是玷是辱。聿修之戒,大惧不克。夙夜以思,敢铭世德。"古以十五岁为童,铭言"及兹顽童",很可能是大历八年(767)作。这篇铭文不仅展示了他游刃有余的文才,还显示出他自幼养成的疏亮正直、谨慎自持的品德,这正是"识"的根基。在学的方面,德舆虽无学术著作传世,但平生"自始学至疾未病,未尝一日去书不观",可以想见为学之勤。从现存的《昭陵寝宫奏议》

---

① 邵长蘅《二家诗钞·王氏渔洋诗钞》卷首,康熙三十四年刊本。
② 韩愈《唐故相权公墓碑》,第470—471页。

《祭岳镇海渎等奏议》《献懿二祖迁庙奏议》等议礼之文,我们也可看出他在礼学方面的造诣。至于识,文集卷三十所收诸论足以体现他的历史见识。《新唐书》本传称《两汉辨亡论》"辨汉所以亡,西京以张禹,东京以胡广,大指有补于世"①。而《文集》卷四十七所收的奏疏章表则更见其知时务、识大体,决非杜甫那样的迂阔书生可比。如果说论裴延龄不宜判度支、声援许孟容驳回授齐总衢州刺史诏,还不出气节之士的范围,那么《淮西招讨事宜》《徐州事宜表》《昭义军事宜》《恒州招讨事宜》《山东行营条件》等篇论方镇军事问题,见识就非仅气节之士可到了,足见作者不一般的军事、政治眼光。当然,对于文坛盟主来说,识最重要的方面,或者说识的具体体现是在文体之正。这个"正"在不同时代并无统一标准,只能说是时代风尚的主流,而权德舆是被同时代的人们视为正宗的,有杨嗣复《权载之文集序》为证:

> 唐有天下二百二十载,用文章显于时,代有其人。然而自成童就傅以及考终命,解巾筮仕以及钧衡师保,造次必于是,视听必于是,文采皆正色而无驳杂,调韵皆正声而无奇邪,滔滔如江河东注,不知其极;而又处命书纶之任,专考核品藻之柄,参化成辅翊之勋,初中终全而有之,得之于相国文公矣。……其他(按指制诰之外的作品)千名万状,随意所属,牢笼今古,究极微细;周流于亲爱情理之间,磅礴于勋贤久大之业,不为利疚,不以菲废,本乎道以行乎文,故能独步当时,人人心伏,非以德爵齿挟而致之。②

杨嗣复是杨于陵之子,也是权德舆的门生,他对权德舆的无比推崇和绝高评价容有溢美成分,但其中有关"正"的属于性质判断而非程度判断的表述却是掺不得水的:本乎道以行乎文,文采皆正色而无驳杂,调韵

---

① 欧阳修、宋祁撰《新唐书》卷一百六十五,中华书局1975年版,第5079页。
② 杨嗣复《权载之文集》卷首,《四部丛刊初编》本。

皆正声而无奇邪。在他看来,权德舆的创作以道为本,词采韵律都具有醇正的风格,所以成为文坛归心的正宗。最后,他特别强调,权德舆的正宗地位是凭他的文学本身获得的,决非名望、官位、年寿在起作用。我们说,权德舆作为一位作家可以只凭作品即文学本身的因素获得名声,但作为一代文坛盟主,德爵寿这些社会因素却是少不了的。

权德舆自登朝"奏章不绝,讥排奸幸";为宰相"设张举措,必本于宽大,以几教化,多所助与,维匡调娱,不失其正。中于和节,不为声章,因善与贤,不矜主己";故"天下推为巨人长德","由陪属升列,年除岁迁,以至公宰,人皆喜闻,若己与有"①。在中国社会的传统观念中,个人品德的重要性远大于才能。再有才能的人,若没有为人尊敬的品德,是难孚众望。李白身后的声名所以不如杜甫,道德评价的权重起了很大的作用。有才能而又能不为人嫉妒,更为难得,权德舆是以修饬与敛抑甚至循默(《旧唐书》本传)赢得这种遭际的。他晚年官宰相时颇以圆滑自处,在宰相意见分歧时,"从容不敢有所轻重",最终以碌碌无为而罢相。但平庸和碌碌无为历来就不被人视为缺点,只要个人行为检点,能维持风雅,粉饰太平,照样能成为有口皆碑的好宰相,故史称德舆"虽动止无外饰,其酝藉风流,自然可慕。贞元、元和间,为搢绅羽仪云"(《新唐书》本传)。德望终究是德舆成为文坛盟主的重要支柱,其次在于官爵。德舆贞元八年初抵京上太常博士任,同年六月即迁左补阙,十年五月擢起居舍人,八月知制诰;翌年十一月复改驾部员外郎,十四年四月迁司勋郎中,均知制诰;十五年正除中书舍人,直到十八年拜礼部侍郎,可以说职居清要,地位稳步上升。《旧唐书》本传载:"是时德宗亲览庶政,重难除授,凡命于朝,多补自御札。始,德舆知制诰,给事有徐岱,舍人有高郢;居数岁,岱卒,郢知礼部贡举,独德舆值禁垣,数

---

① 韩愈《唐故相权公墓碑》,上海古籍出版社 1986 年版,第 471—472 页。

旬始归。尝上疏请除两省官,德宗曰:'非不知卿之劳苦,禁掖清切,须得如卿者,所以久难其人。'德舆居西掖八年,其间独掌者数岁"。后来他曾将这八年所撰的命词编为制集五十卷,"天下以为能"(《唐故相权公墓碑》)。在中唐以前,知制诰是省僚中最接近皇帝、与闻机要的职位,同时与文学才能的关系也最直接,德舆连掌纶诰八年,备受信赖,使他的文名如日中天。一次次照例撰进的谢(御制)诗状、和诗状,也使他无形中成为朝臣与皇帝间文学交流的代表,被朝中文士瞻为鹄首。那些例行公事而又千篇一律的奏状本身无足道,可当自己的作品一次次用同一个人的文字作状进上,人们不就会自然地视他为自己的代表么?事情还不仅如此,德舆在贞元十年(794)就曾任贤良方正科考官,取裴垍、裴度、王播、崔群、王仲舒、仲子陵等17人登科;十三年又任中书试进士考官;贞元十七年冬,奉命以中书舍人典礼部贡举,翌年正拜礼部侍郎,连掌三年贡举(其间贞元二十年曾停贡举),共取进士72名。"鸾凤杞梓,举集其门,登辅相之位者,前后十人;其他征镇岳牧、文昌掖垣之选,不可悉数;方且继居重任者犹森然。非精识洞鉴,鉴其词而知其人,何以臻此耶?"①好奖掖后进,精于鉴识,也是文坛盟主应具的品质之一。常言道惺惺惜惺惺,真正有才华的人总是能互相欣赏的,只是大部分有才华的人都得不到与他们的才华相应的地位,所以也就谈不上奖掖和提拔,就好像李白、杜甫的相互欣赏并没有给他们的地位带来什么实际的改善一样。而权德舆幸运的是他得到了:典贡举,掌铨衡,直升到一人之下万人之上的宰辅地位。几分文才加显赫的地望就足以使一个平庸的文人成为龙门(如清朝的某些大僚),何况权德舆这样两全其美呢?至于时,对权德舆来说,不只意味着君主好文和自己备受宠信,更意味着老辈名家凋落、新辈名家羽翼未成的青黄不接的时

---

① 杨嗣复《权载之文集序》,《权载之文集》卷首。

机,他适时地填补了文坛的空白。

回顾一下唐朝开国以来文坛盟主的更替是很有意思的。自太宗朝虞世南起,直到玄宗开元前期,一直是上官仪、李峤、苏颋、张说、苏颋、张九龄这样的大臣执文坛牛耳。但到开元后期及天宝间,开始由李邕、萧颖士、李华这样的中下层官僚主盟文坛。萧颖士乾元二年客死汝南后①,与他齐名的李华代之。权德舆《祭故李处士文》写道:"惟先吏部,文德冠时,天下翕然,有所宗师。"②李华卒于大历九年(774)③,但因他在安史乱中曾受伪职,多负疚不出。所以实际上从大历前期起,萧颖士弟子独孤及就成为事实上的文坛盟主。大历十二年独孤及卒,同门刘太真与包佶、李纾都已名成位至,自然地代之成为海内龙门④。清理一下这段历史,可以得出两点有意义的结论:第一,成为文坛盟主的人必诗文兼长,由此可见单纯是诗人或散文家如崔颢、梁肃之类便不胜任;第二,其人必具有相当的影响力,张九龄等人是以爵位,萧颖士等人则是以师承讲学。治世需要揄扬鸿业的风雅,所以文宗多在儒雅的重臣;乱世尚经济,风雅沦替,文宗只能出于师生、亲朋关系群体中的领袖人物。自天宝后期开始,最有影响的文学集团是萧李文学集团,所以此后文坛盟主一直由这个集团的成员中产生。大历九年,独孤及莅任常州,十六岁的权德舆以故人子晋谒,得列于门墙,从而获得萧李集团势力背景的支持;建中年间在江东一带从梁肃(独孤及弟子)游,贞元初在江西观察幕与戴叔伦(萧颖士弟子)同僚,都在不同程度上扩大了他的知名度。同时,凭着父亲的义名和自己的才华,德舆在大历末就与李纾

---

① 据俞纪东《萧颖士事迹考》,《中华文史论丛》1983年第2辑。
② 权德舆《权载之文集》卷四十八。按:李处士,李华子秖子。
③ 据谢力《李华生平考略》,《唐代文学研究》,广西师范大学出版社1990年版。
④ 皎然《赠包中丞书》:"今海内诗人,以中丞为龙门,贤与不肖,雷同愿登。"《吴兴昼上人集》卷九,《四部丛刊初编》本。

兄、同为著名诗人的李纵唱和。李纵时任常州军副使,德舆集中有《杂言和常州李员外副使春日戏题十首》。建中元年(780)德舆入杜佑江淮水陆运使幕为从事,翌年秋使往江西,过信州谒崔造,深见赏爱,约以婚姻;三年初,他从江西使还,包佶已代杜佑为江淮水陆运使,于是他又留在包佶幕中。贞元元年(785)他与崔造女完婚,翌年崔造拜相。这样,在贞元二年秋应江西观察使李兼之辟时,他已有一个极有影响力的背景,不仅得到萧李集团的支持,与李纾、包佶这两位文坛盟主结下关系,而且还以宰相女婿引人注目。在江西幕府期间,皎然已盛闻其名,听灵澈、豆卢次方许为"杨、马、崔、蔡之流"①。可见当时他已被时人目为大家,播盛名于江南。贞元七年(791)初,李兼被征入朝为国子祭酒,幕罢,继任者裴胄与淮南节度使杜佑争辟德舆为从事,二表同日至京(《旧唐书》本传)。德宗也已闻其才名,遂以太常博士征。德舆就这样凭着才华和舆论影响逐步树立起自己的声望,步入当时政治、文学的中心位置,成为台阁诗人的领袖、贞元元和间文坛的盟主。

权德舆既不同于张说等以政治地位主盟,也不同于萧颖士等以师长地位主盟的独特道路,决定了他作为文坛盟主(尤其是贞元年间)的独特性以及和集团成员的独特关系。他们之间既没有政治权力上的依附也没有艺术师承上的模仿,甚至连同年、门生这唐人最习见的关系纽带也没有。李肇《唐国史补》卷中云:"权相为舍人,以闻望自处,尝语同僚曰:'未尝以科第为资。'"他显然对自己不以科第进身颇为自负,所以他对门下士的座主门生关系看得也很淡,他周围的文士中没有纯属门生辈的人②。这样,他得以成为集团领袖,就只能是因才华出众、

---

① 皎然《答权从事德舆书》,《吴兴昼上人集》卷九。
② 王仲舒、仲子陵虽在贞元十年权德舆主考下登科,但不放榜不算座主。此外,王仲舒为德舆姨表弟,仲子陵为议礼时同道,仍属同辈朋友。

为人们倾倒,而并不杂有其他非文学因素的作用。他借才能赢得的集团成员的向心力是建立在理解、钦佩和友谊的基础上的,这决定了他与集团成员之间的关系是平等的交往,是过从频繁的亲密。在文学创作上则是意气相投,互相吸引、互相倾慕而又互相竞争。后面我们要说到,这样一种关系对其创作的影响是极大的,他们作为群体的倾向很大程度上就与这种关系密切相关。

3. 反抗日常经验与游戏化

现在我们进入正题,谈谈权德舆及其集团的诗歌创作情况。首先我想强调一下台阁官僚生活及创作的一般特征,以便我们对权德舆等人的评判有个适当的参照。台阁官僚的生活最突出的特征是单调,每天是固定的事务,周而复始的岁月。长久的无聊日子的重复足以消磨人的一切新鲜感和好奇心,使日常生活的一切经验变成平淡的散文内容。可以说,台阁官僚的生活本质上具有非诗的倾向。前面说过,权德舆集团的文士大都有史学、礼学的背景,属于风雅之士而非经济之才,他们的升迁也都是清华之职而非时务剧曹(王绍除外),无论是他们的禀性还是职守都不能让他们贴近社会现实、介入当时的政治与经济生活中去。一句话,他们如果作诗的话,表达的内容面将是很窄的。权德舆本人不像他的朋友们那么清闲,他是德宗多年倚重的笔杆子,任中书舍人时"独直两省,数旬一还舍"(《新唐书》本传),繁冗的章表制诰耗费了他大量的时间与精力,使他台阁十年间诗作的数量与官样文字相比显得很不足道。总之,不管是忙还是闲,权德舆他们这一批人接触的生活面都很窄,只限于掖垣清禁早朝夜值。如果他们是不拘形迹之士,那么还可以流连青楼市肆,偶尔在酒边花前享受一下"人生得意须尽欢,莫使金樽空对月"的放纵乐趣,偏偏他们都属于礼法名教中人,于是他们所能选择的生活、所能体验的情感,内容就极有限了。

然而他们毕竟是诗人,诗人异于常人之处就在于他们的感知方式能将平庸无聊的日常生活经验诗意化,或者说能从单调乏味的日常生活中捕捉到有意味的情境并赋予它诗意化的表现。因此可以说,诗人的天性就是在反抗日常经验中养成的。权德舆他们也不例外,反抗日常经验同样是他们进入诗歌的起点。反抗日常经验的前提首先是摆脱日常经验,而其方式又有多种:李白选择的是游仙式的幻想,李贺选择的是童话式的虚构,李商隐则选择了回忆的遁逃。就台阁诗人而言,摆脱日常经验的方式也不一样。宋初的"西昆"诗人主要借咏史和咏物的题材来完成,因为他们的日常生活内容更封闭更有限。权德舆等人相比之下要好些,他们的活动范围毕竟遍及两掖诸曹,接触的人事都稍为多样化。于是不断发生的事件成为他们诗作的主要题材。自然,这些事件的类型是有限的,不外乎应制吊挽、赠行饯别、升迁除授之类。在权德舆可确定为台阁期间写作的六十余首诗中,送行约占三分之一,应制及挽歌、乐章十首,剩下的大多是唱和诗,也可以说是最典型的台阁诗。请看这些诗题:《酬主客仲员外见贺正除》(贞元十五年)、《奉和李给事省中书情寄刘苗崔三曹长因呈许陈二阁老》(同上)、《奉酬张监阁老雪后过中书见赠加两韵简南省僚旧》(同上)、《奉和崔阁老清明日候许阁老交直之际辱裴阁老书招云与考功苗曹长先城南游览独行口号因以简赠》(贞元十七年)、《初秋月夜中书宿直因呈杨阁老》(同上)、《奉和史馆张阁老以许陈二阁长爱弟俱为尚书郎伯仲同时列在南北省会于左掖因而有咏》(同上)、《酬张秘监阁老喜太常中书二阁老与德舆同日迁官相代之作》(贞元十八年)、《酬崔舍人阁老冬至日宿直省中奉简两掖阁老并见示》(同上)、《奉和许阁老霁后慈恩寺杏园看花同用花字口号》(同上),长长的标题发挥了小序的功能,显示出作者对记录事件的重视。的确,这些事件就是他们平淡的台阁生活中很不寻常的内容了。就拿权德舆来说,知制诰五年后才正授中书舍人,岂非来之不易? 贞元十八年十月,礼部侍郎高郢迁太常卿,权德舆由中书舍人迁礼部侍郎,崔邠由兵部员外郎知制诰迁中书舍人,张荐由秘书少监进秘书监,四友同日迁官相代。这对他们来说很关键的迁升,不是又很凑巧吗? 这些非同寻常的事件当然是值得记录的。除此之外,他们就只能写些寓值及偶尔游赏风物的诗作了。这类题材本就不出日常经验内容之外,要从中发掘新鲜感受、新鲜内容,以超越日常经验的藩篱,不用说是很困难的。他们对此似乎也不抱希望,只是聊记一时所思,互相在传递所思中增加亲密感而已。其中有一首诗是不能不提到的,那就是权德舆在贞元十年作的《户部王曹长杨考功崔刑部二院长并同钟陵使府之旧因以寄赠又陪郎署喜甚常僚因书所怀且叙前好》(卷三),题中王曹长即王绍,杨考功是杨于陵,崔刑部是崔从质。诗首先表达了对旧友先后入朝的欣悦之情:"忽惊西江侣,共作南宫郎。宿昔芝兰室,今兹鸳鹭行!"接着在重温幕府旧谊后又写道:"夜直分三署,晨趋共九霄。外廷时接武,广陌更连镳。北极星辰拱,南薰气序调。欣随众君子,并立圣明朝。"这基本是对二三子友谊之连续性的强调。当时他们初入朝,各得清要之职,相近的位望预示了他们今后在仕途上的发展和相互间的密切关系——仕途中互相提携,文学上互相交流。文学集团正是由此形成的。

然而,对一个诗歌创作即使不是决定性的也是主要活动的团体来说,这样的诗歌创作必然是要丧失活力走向衰萎的,因为它缺乏新鲜的刺激。事情向来就是这样,要么开拓新题材,要么尝试新技巧,否则诗歌必然因日常经验的不断重复而流于庸俗无聊,这是不言而喻的。只有竞争才能保持文学团体的内在活力,新的尝试总起于竞争的动机,这同样是被许多事实证明的。台阁官僚的生活范围决定了权德舆等人不太可能在题材方面进行开拓,而只能在体式、技巧的更新方面作些尝

试,这种尝试确实含有竞争的意味。贞元十九年秋,权德舆作《离合诗赠张监阁老》(卷八)云:

> 黄叶从风散,共嗟时节换。忽见鬓边霜,勿辞林下觞。躬行君子道,身负芳名早。帐殿汉官仪,巾车塞垣草。交情剧断金,文律每招寻。始知蓬山下,如见古人心。

所谓"离合诗",始见于孔融《离合郡姓名诗》(《艺文类聚》卷五六、《古文苑》卷四),后有潘岳续作(《艺文类聚》卷五六),即以四句为一单元,取各句首字拆成部首再组合成新字。权德舆诗十二句,内容称赞张荐的道德文章,历叙其出使异域的经历及两人的友谊,同时首字离合成"思张公"三字,即"黄"离"共"为"田","忽"离"勿"为"心","田"与"心"合为"思",余类推。这种形式近乎字谜,不用说有很浓的游戏色彩。单纯离合字并不难,难的是离合之间同时完成了一首辞达意足的抒情诗,并且被离合的三字还标明诗的主旨,这就不容易了。它对张荐的智力无疑是个善意的挑战。张荐的酬作内容还过得去,离合的"私权阁"三字未免稍逊。两人的唱酬立刻引起众人的兴趣,接着又有中书舍人崔邠(《文集》误作汾)、杨于陵,给事中许孟容、冯伉,户部侍郎潘孟阳,国子司业武少仪续作,离合之字分别是"咏篇""效三作""好""五非恶""词章美""才思博",都与唱和题旨有关。其中诗意文辞俱浑成的数崔邠、潘孟阳二作,余均有拼凑痕迹。许孟容离了六字,却只合一字。这样一比,诸人才能的敏钝巧拙就显露出来。同年或翌年春,潘孟阳有《春日雪寄上张二十九丈大监请招礼部权曹长回文绝句》(卷八),张荐和权德舆同有酬作,今录三诗于下供比较:

> 春梅杂落雪,发树几花开。真须尽兴饮,仁里愿同来。(潘)
> 迟迟日气暖,漫漫雪天春。知君欲醉饮,思见此交亲。(张)
> 酒杯春醉好,飞雪晚庭闲。久意同前赏,中林对远山。(权)

三诗顺读自以权作为佳,回读则似张作略胜。这样的作品,动机与其说是感情交流,不如说是争奇斗巧,是同人间的智力竞赛。清代马星翼《东泉诗话》云:"文章变态不可枚举,叶少蕴《石林诗话》载权德舆诗一首实为怪异,总集人名,亦可谓苦用心矣。诗云:'藩宣秉戎寄,衡石崇势位。年纪信不留,弛张良自愧。樵苏则为愜,瓜李斯可畏。不顾荣宦尊,每陈丰亩利。家林类岩,负郭躬敛积。忌满宠生嫌,养蒙恬胜智。疏钟皓月晓,晚景丹霞异。涧谷永不谖,山梁异无累。颇符生肇学,得展禽尚志。从此直不疑,友离疏世事。'其词如此,较点鬼簿信难学,展禽尚志一句用二人名,尤难。"①这种以难为尚,难中见巧的嵌字诗,游戏倾向是十分明显的。而这游戏倾向没有在贞元十八年前而在权德舆升任礼部侍郎后的贞元十九、二十年间显露出来,似乎表明他们升官后,地位更加孤高,生活愈益空洞,寻常的抒情言志、对偶隶事的努力已难以刺穿日常经验的厚茧,因此必须改换诗的功能结构。这么说来,游戏化是他们反抗日常经验的策略,是他们自觉选择的归宿。当然,由于其他人的作品大都亡佚,现在我们已无法确知当时游戏化诗风的全貌。但《权载之文集》卷八保留的《五杂俎》《数名诗》《星名诗》《卦名诗》《药名诗》《古人名诗》《州名诗寄道士》《八言诗》《建除诗》《六府诗》《安语》《危语》《大言》《小言》等一系列游戏体诗作,仍提示我们当时他们曾掀起过一股多么热闹的竞作游戏体的风气!日僧空海《性灵集》序云:"和尚昔在唐日,作离合诗赠土僧惟上。泉州别驾马总,一时大才也,览则惊怪,因赠诗云:'何乃万里来,可非炫其才。增学助元机,土人如子稀。'"②考马总任泉州别驾在贞元十六年至永贞间③,空

---

① 马星翼《东泉诗话》卷一,道光刊本。
② 见日本上毛河世宁辑《全唐诗逸》卷中,中华书局排印本《全唐诗》附。
③ 参看《旧唐书·马总传》、郁贤皓《唐刺史考》卷五十七滑州。

海来唐为贞元二十年,八月十五日于福州长溪县登岸,十二月二十日抵长安①,其赠诗必在贞元二十年冬。一位异邦僧人初登唐土便用这种游戏体赠本地僧人,可见权德舆等人写作的游戏诗体当时正流行,连外邦僧人都知晓。诚然,此类游戏体裁并不是权德舆他们的发明,远有孔融《离合郡姓名诗》、傅咸六经集句诗为其滥觞,中有南朝鲍照乃至梁简文帝兄弟等别出心裁的诗体实验为其先声,近则大历中颜真卿任湖州刺史时幕下文士的游戏体联句堪称直接前驱。但贞元末的这段游戏诗风应该说是台阁诗的老茧中育化的飞蛾,它宣示了贞元后期台阁诗风的末日。

贞元二十年(804)张荐、崔从质之死,可以说是人为地提前了台阁诗风的偃息。少了张荐这位主要作者,随之诸人又经历了永贞政变,杨于陵迁秘书少监,许孟容迁太常少卿,潘孟阳以本官充江淮宣慰使,冯伉出为同州刺史,王仲舒贬连州司户,陈京亡故,权德舆本人也转任户部侍郎,此后各迁转频繁,官渐显达,不复如昔日悠游郎署的光景。权德舆元和后作诗渐少,题材转向家庭日常生活,流连光景,笃于伉俪亲子之情,另外就是与达官大僚的唱和应酬之作。这基本上已同于元和体元白一派的风度了。

4. 权德舆与中唐诗坛

通过以上分析,我要说明的是,权德舆文学集团是贞元后期诗坛的活跃人物,他们的台阁诗风是这个时期的主导诗风。在我们历来的研究中,大历贞元时期一直被轻忽,贞元后期基本是被文学史省略掉了,以至于开天到元和两大高潮间的诗史就成了静态的、简单的拼接。前

---

① 据王利器《文镜秘府论校注》前言,中国社会科学出版社1983年版,第3页。

文曾指出,顾况是对元和诗坛直接影响最大的诗人,因而也是贞元诗坛最值得注意的诗人。不过顾况作为盛唐诗坛硕果仅存的老诗人,贞元后期主要隐居在江南;另两位大历前辈诗人,卢纶贞元十四五年间入朝后的作品不传,可存而不论;李益"五在兵间",贞元十六年出幕漫游江淮,至元和初方征入朝。从贞元八年至贞元末,才名为人瞩目而又立据要津的就是权德舆集团的人物,其人员绝不止我们前面列举的几位(如武元衡、裴度这样的作者都是应该考虑的)。顾况不过以他的名气和风格对小辈(韩孟元白)产生影响,权德舆等人才是当时声华藉甚的主要作家,是贞元后期诗坛真正的支撑者,连接大历与元和两个阶段的桥梁。这一结论不只是逻辑的,也是历史的。

我庆幸现存资料能给我的论点以支持。翻开《全唐诗》卷七八八,在颜真卿幕府文士的联句中有张荐、王纯、释尘外(即韦渠牟)的名字,他们应都是参加《韵海镜源》修订的文士。权德舆时方为十六七岁少年,未能跻身其间,但他曾与参与联句的名士李纵(李纾兄)游,后来又与皎然、陆鸿渐交往;另外,他与之酬唱的十四从叔权器也是颜真卿幕士①。这么看来,他与浙西联唱文士集团有密切关系、熟悉其中的成员及其诗歌创作,是很显然的。正因为权德舆集团与浙西文士集团的这种血缘关系,两者之间形成了实际上的承传关系,浙西联句诗会中的游戏倾向作为基因最终在权德舆等人的台阁酬赠中得到发育,演化成风行一时的游戏诗风。总之,权德舆集团及其台阁诗风上承大历浙西联唱之余韵,而成为贞元诗史的主潮。这一结论不仅是历史的,也是逻辑的。

从根本上说,台阁体与游戏诗风无论其观赏价值还是典范意义都是极为有限的,所以权德舆等人的创作随着时间的流逝日渐被人遗忘,

---

① 《权载之文集》卷四有《奉送十四叔赴任渝州录事绝句》,此十四叔应即联句中的权十四权器。

也是正常的。但对研究文学史的我们来说,决不应该忽视权德舆集团尤其是他本人在当时所起的领袖群伦的作用。如果说元和诗坛的风格流向是从如鲁灵光巍然独存的顾况那里获得启示的话,那么元和诗坛的诗人队伍则是在权德舆的羽翅下孵育出来的。大作家中有案可稽的,如柳宗元,贞元八年应进士试,有《上权德舆补阙温卷决进退启》陈故人言曰:"补阙权君,著名逾纪,行为人高,言为人信,力学埈文,朋侪称雄。子亟拜之,足以发扬。……曷不举驰声之资,挈成名之基,授之权君,然后退行守常,执中之道,斯可也。"①这足以显示,权德舆当时的声望和影响力已隐然有龙门气象。柳宗元的期冀没有落空,翌年春终于进士及第。如今,德舆的答复及为之通榜的具体情况虽已不得而知,但柳宗元举进士权德舆与有力则是无疑的。刘禹锡,贞元十一年登制科,权德舆有《送刘秀才登科后侍从赴东京觐省序》(卷三十八),称其自幼"恭敬详雅,异乎其伦",及长"居易以逊业,立诚以待问,秉是嗛恪,退然若虚",这不用说是在为年轻的刘禹锡题拂延誉。元稹,元和十一年在兴元治病,有《上兴元权尚书启》,称:"元和以来,贞元而下,阁下主文之盟,余二十年矣。某亦盗语言于经籍,卒未能效互乡之进,甚自羞之。"②并随启封上诗五十首,文四篇。这不只是属吏对上司的恭维,更应该说是新进对先达的尊敬。仅从这三个人与权德舆的关系也可以看出权氏对元和诗坛举足轻重的影响。在他掌贡举的三年中,贞元十八年,挚友陆傪通榜,韩愈所荐十士中尉迟汾、侯云长、韦纾、沈杞、李翊五人及第,冯宿弟冯定、许尧佐弟康佐、后官至宰相的王涯亦于此年登第;翌年,韩愈所荐的侯喜及第,同榜有"文史兼美"、后官至宰相的贾𬤊、王起、白居易、元稹则于本年登制科;贞元二十一年,韩愈所

---

① 柳宗元《柳宗元集》卷三十六,中华书局1979年版,第910—911页。
② 《元稹集》外集卷二,中华书局1982年版。

荐士刘述古、小说家陈鸿、名士沈传师及第,李宗闵、牛僧孺、杨嗣复、杜元颖为同榜,后并至宰辅。合贞元十年所试范传正、李逢吉、王播、裴垍、裴度、许尧佐、崔群、王仲舒、许季同(孟容弟)等人,这份名单已经包揽了元和、长庆以后的大部分重要文学家和名臣。可以毫不夸张地说,权德舆的光辉笼罩了整个中晚唐的文坛与政界!经过这许多事实的罗列,我们对权德舆及其文学集团在贞元、元和间的重要地位及对元和诗坛的影响,当不再抱怀疑了吧?

权德舆本人直到晚年都没有停止他的诗歌创作,现知他最晚的作品是元和十一年冬赴山南西道节度使任途中作的《行次临阙驿逢郑仆射相公(余庆)归朝俄倾分途因以奉赠十四韵》[①]。然而自元和以后,他官爵日尊,年事日高,诗才日减。而同时,张王、韩孟等人却逐渐成熟,元白、刘柳等人也崭露头角,开始在诗坛驰逐声名。张王、元白的新乐府和韩孟的古诗给诗坛带来一股新鲜气息,作为新诗风的代表为人瞩目,"元和体"的时代随之到来。权德舆集团则随着成员的分散和权氏本人创作的萎缩而退到边缘位置。后辈们对他们的风流儒雅保持应有的尊敬,但他们的诗就像前朝贵族的礼服,虽华贵却已色泽黯淡,无论如何也不能同时装争奇斗艳了。只有到元和诗人的晚年,也届相似的地位和年纪时,才又走上台阁诗风的老路:元稹、白居易、刘禹锡、裴度、崔群等人似乎也有过一段类似其前辈的台阁诗咏的历程。反正唐以后的中国政治是建立在科举制度上的官僚政治,做官的人可以不会别的,但必须会做诗,所以只要有官僚,台阁诗风总是会存在的。宋初有西昆,明初有"三杨",清初有"燕台十子",如今则有"老干部体",不过面目各不相同罢了。

---

① 原诗已佚,只存元稹的和作,见《元稹集》卷十二。

十九　走向情景交融的诗史进程

"作诗之妙,全在意境融彻"①,这可以说是中国古典诗歌的审美理想。所谓"意境融彻"也就是情景交融,是中国诗歌意境的符号结构方式②,也是中国诗的特质。不过,这种特质并不是中国诗歌与生俱来的先天禀赋,而是它发展到一定阶段才形成的独特性格。已有学者论及这一点,如王可平博士在《情景交融与山水文学》一文中说:

> 一方面触物而起情,一方面索物以托情,必然促使人们对自然景物作深入细致的观察,有意识地在主体以外的自然物象上面寻找象征的意义。由此在长期的社会实践和创作实践中,习惯渐渐转化为近乎本能的东西,对自然景物的感受更加敏锐、深刻,同时也就会自觉地通过对自然景物的刻划,通过对自然环境的渲染,在山光水色的描绘之中抒发各种感受,创作出大量的情景浑然、形神兼备的山水文学作品。③

这一论断无疑是中肯的,但限于论题,它基本上是从美学角度做出的逻

---

① 朱承爵《存余堂诗话》,《历代诗话》下册,中华书局1981年版,第792页。
② 对意境的这一诠释,详蒋寅《论意境本质及存在方式》,《古代文学研究理论研究》第16辑,上海古籍出版社1992年版。收入《中国诗学的思路与实践》,广西师范大学2001年版,第37—51页。
③ 《古代文学理论研究》第11辑,上海古籍出版社1986年版,第198页。

辑分析，未能对情景交融这一美学性格形成的过程展开历史的探讨。学术界目前在这方面也缺乏深入细致的研究。有鉴于此，本章拟从诗史和思想史的角度对情景交融的形成做一些历时性的考察，以求在这个问题的阐述上达成逻辑和历史的统一。

1. 走向情景交融：动机与取境

情景交融是古典诗歌的一种表现方式，表现方式一般是受感受方式制约的，一个人如何表现取决于他如何观照。这就是说，情景交融同时也是个感受方式的问题。在中国古代，诗人的感受方式即把握世界的方式总受到当时哲学思潮的影响，打上一定的哲学思维的烙印。先秦儒家的"比德"说，六朝玄学的"得意忘言"说，就曾深深地渗透到诗人的感受方式中，决定了他们如何把握世界，如何表现世界。情景交融也是与一定的哲学思维方式相关联的。

回顾一下诗中主客体关系的历史发展，至少在六朝，因受玄学思维的影响，主客体、物我之间尚未达成和谐的同一。已有学者指出，汉赋是以自然作为人们功业、活动的外化或表现，六朝山水诗则以自然作为人的思辨或观赏的外化或表现。主客体在这里仍然对峙着，前者是与功业、行动对峙，后者是与观赏、思辨对峙，而不像宋元以后与生活、情感融为一体。其实在我看来，岂止是六朝，就是盛唐，主客体的对峙依然存在。盛唐诗人生活在国势强盛、政治开明的时代，无不憧憬着建功立业，满怀积极的进取精神和征服欲望。这种勃郁奋发的主体精神在他们诗中升腾起理想主义的崇高感并具有强烈的表现欲求，使得他们在慷慨言"志"一点上与建安时代产生共鸣，并因此大力推崇建安风骨。"志"是最强烈的一种心理状态，具有最浓厚的主观色彩。作为盛唐之音当之无愧的代表，李白诗中异常鲜明突出地显示了主体性和主观性,诗人的人格和自我形象得到了空前绝后的酣畅表现!正如宇文所安所说的"李白之挥洒得意处,总是咏写他最心爱的题目——李白"①。诗人大量使用第一人称代词(我、吾、予、余、侬),将自己放在最突出的表现位置上,而自然则为他的如椽大笔所驱遣,"供文章之用"②。于是黄河水从天上来,山高去天不盈尺,白发三千丈,雪花大如席……自然景物在他的任意挥洒下呈现极度的夸张变形,世界完全成了意志支配的对象。诗人如立身于天地之外,居高临下地随心挥斥它,主体的力量全然压倒了客体,精神旋遨在自然之上,成为它至高无上的主宰。

当然,像李白这样的旷世奇才在诗史上是绝无仅有的,他在许多地方都超越了同时代诗人。然而,在主客体的关系上,他却无疑体现了盛唐的特征。我认为盛唐诗的主客、情景关系基本上仍是分离的:自然景物通常是作为观赏的对象而非表现的媒介出现;诗人描绘自然景物主要是欣赏它们的感性之美,抒发由此获得的愉悦。因此描写自然景物的诗中情景就明显地分为各自独立的两个部分——客观性的描写和主观性的抒情。阎防《与永乐诸公泛黄河作》(《河岳英灵集》卷下)诗云:

> 烟深载酒入,但觉暮川虚。映水见山火,鸣榔闻夜渔。爱兹山水趣,忽与人世疏。无暇燃官烛,中流有望舒。

诗的前四句写望中之景,虽用了表示主观感觉的"觉"字,那只是为了说明夜间所见的不确切,而不是将客观景物主观化。到第五句,才直接

---

① 转引自安东尼·C. 于《中国诗歌的黄金时代》,牟怀川译,《唐代文学论丛》第 8 辑,陕西人民出版社 1986 年版,第 288 页。

② 李白《早夏于将军叔宅与诸昆季送傅八之江南序》,《李太白集》下册,中华书局 1977 年版,第 1278 页。

表达自己的愉悦之情和所引发的感触,由客观过渡到主观。前景后情,主客分明。陶翰《宿天竺寺》(《河岳英灵集》卷上)全诗二十句,则包含了两个这样的结构。前十二句写宿寺,先描绘登山沿途所见,然后是宿寺的目睹耳闻:"岑翠映湖月,泉声乱溪风。"接着抒发"心超诸境外,了与悬解同"的感受。后八句写翌晨下山,同样是先写沿途所见,最后结束于当下的感想:"独往古来事,幽期怀二公。"两部分都是随物兴感,触景生情,也即六朝人所谓的"兴会",从创作动机来说有着极大的随机性和偶然性。由于是情兴所会而成诗,景致在诗中就只是引发情感的媒介,而不是表现情感的媒介。景物除了意谓它自身之外,是无所表现的。盛唐诗写作动机的随机性决定了它具有触景生情和情景分离的特点。

以上两例是无所寄托的,而有寄托之作,盛唐诗在情景之间也常常是分离的。不妨比较一下如下两首诗:

　　八月湖水平,涵虚混太清。气蒸云梦泽,波撼岳阳城。欲济无舟楫,端居耻圣明。坐观垂钓者,空有羡鱼情。(孟浩然《望洞庭湖赠张丞相》,《全唐诗》5.1633)①

　　草绿古燕州,莺声引独游。雁归天北畔,春尽海西头。向日花偏落,驰年水自流。感恩知有地,不上望京楼。(李益《献刘济》,9.3217)

这两首五律都是写希求援引的落寞心情,诗中主客体关系却不一样。孟诗的景物描写是纯客观的,只是再现洞庭湖的浩大气势,它在诗中的作用至多是表现自己的艺术功力以博得赏识。另外还有点引起下联比喻的作用,但那是无关紧要的,换个写法同样可以表现这个内容。这

---

① 本章引用《全唐诗》,皆据中华书局标点本,只注册、页数。

就是说,诗中的景物不是表情的有机组成。李益诗则不同,它的每一句写景都和主题表现有着密切关系,都是表现中不可或缺的一个部分。首四句写莺啼、草绿、鸿雁北归是烘托自己独淹滞燕地、不得归去之苦;颈联"向日花先落"象征时光虚掷,空有用世壮志而飘零不遇;末联点题,表示自己相信刘济能任用自己①。全诗景蕴含着情,情关切着景,景在这里已成为表现的媒介,它是根据表现的需要而设计成现有样子的。章八元《新安江行》(9.3192)云:

> 江源南去永,野渡暂维梢。古戍悬渔网,空林露鸟巢。雪晴山脊见,沙浅浪痕交。自笑无媒者,逢人作解嘲。

这里的景物应是状实地所见,但它们都具有表现的意味:古戍、空林已透出一重荒凉的意味,圮垣边悬挂的渔网和枯枝间孤零零的鸟巢,则给人被冷落、遭弃置的感觉,而颈联两句又于平淡中见清旷,烘托了全诗的冷淡寂寞的情调,与末两句自嘲流露出的落寞无聊的心境适相契合。因此可以说,两联景物描写与末联抒情的关系不是并列的,而是叠合的;不是仅为末句的引子,而完全是直接表现情绪的一部分内容。由此我们看到了安史之乱以后的大历诗与盛唐诗的不同,诗人通过寓情于景有意识地向情景交融的方向迈步了。

我曾在《从〈河岳英灵集〉到〈中兴间气集〉》一文中,就这两种分别产生于盛唐和大历时代的选本进行比较,提出大历诗在审美理想、风格、题材、体式诸方面异于盛唐的一些转变。这都是界定盛、中唐诗歌分野的较外在的、较表层的标志,而对情景交融的自觉追求才是更内在的深层的流向。它不仅成为造化晚唐风韵的内驱力,也是中唐之所以

---

① 《新唐书·李益传》:"郁郁去游燕,刘济辟置幕府,进为营田副使。尝与济诗,语怨望。"所谓"语怨望"应即指此诗末二句暗含怨朝廷之意。参看王梦鸥《唐诗人李益生平及其作品》,台湾艺文印书馆1973年版,第50页。

为"百代之中"(叶燮语)、将中国诗史断为前后两期的关键所在。它使盛唐诗的物我对立、情景分离转化为物我融合交流、情景相互映发。大历诗从总体上看,消融了客观描写和主观抒情的分界,使二者相互渗透,融为一体。且以刘长卿的两首诗为例:

> 寂寞江亭下,江枫秋气斑。世情何处澹,湘水向人闲。寒渚一孤雁,夕阳千万山。扁舟如落叶,此去未知还。(《秋杪江亭有作》,5.1494)

> 荒村带返照,落叶乱纷纷。古路无行客,寒山独见君。野桥经雨断,涧水向田分。不为怜同病,何人到白云?(《碧涧别墅喜皇甫侍御相访》,5.1482)

前诗起首就描绘了一幅冷落的秋景,那是诗人眼前所见之景,但并不等于客观实在。它是诗人感觉到的东西,所谓"寂寞""闲"都是诗人的主观感受,是诗人心境的物化和投射,由是诗中的画面都显示出强烈的主观色彩。后诗没有直接写主观感受,但用荒村、返照、落叶、古路、寒山、野桥、涧水、白云等意象渲染出一重萧飒寒凉的氛围,从而烘托出作者离群索居的孤寂之感。诗人的主观感受仍然活动在景物描写中,只不过表现得更为间接而隐蔽。这是最纯粹的中国诗。主观与客观融合为一体,诗中的物我关系由分变合,于是就形成了古典诗歌的基本性格,所谓寓情于景、情景交融。

古典诗歌能发展到这一步,除了与自身的文化基因有关外,也与大历诗写作动机的转变有关。盛唐人标举兴会,触景生情,于是触目所见之景,信手拈来皆为诗料。王昌龄所谓"兴于自然","应物便是"①,正指这样一种写作方式。在这种情况下,诗人的感受与表现是合一的,感

---

① 王昌龄《诗格》云:"自古文章,起于无作,兴于自然,感激而成,都无饰练,发言以当,应物便是。"空海《文镜秘府论·南卷·论文意》引,人民文学出版社1975年版,第127页。

受的对象自然成为表现的对象。但大历诗却不同了。经过八年安史之乱,置身于仓皇多故的时代,动荡的社会、不安的人生在人们心灵上投下浓重的阴影,使他们总是处于忧愁凄苦的心境中。无论是花朝月夕还是冷雨峭风,无论是欢聚、离别,还是羁游宴赏,都别有一番滋味在心头。现在流传下来的大历诗,多数是在各种既定场合写作的,即时的要求比如送别、赋韵限定了诗人的创作动机,将它纳入一个目的;而那忧愁的心境又使他们的心理意识指向一个定点,于是随机性、偶然性、突发性的创作冲动被禁锢了。这时,诗人没有现成的客观对应物可用,要么直接叙写即时的情事,要么就"脱空"即通过设计情境来完成表现[1]。而直接写情事是与中国艺术传统的婉曲表达方式相悖的,于是诗人们选择了后者,即通过设计情境来表现既定的内容。换言之,他们要从一个既定的主题出发,向客观去寻找对应物,从而使它得到外化和表现。这样,感受与表现便分离了,感受的对象不必就是表现的对象,中间多了个思维转换的过程。由此我也理解了皎然对"取境"的论述:

> 取境之时,须至难至险,始见奇句。成篇之后,观其气貌,有似等闲,不思而得,此高手也。有时意静神王,佳句纵横,若不可遏,宛如神助。不然,盖由先积精思,因神王而得乎![2]

这里的"取境"看来是指通过艺术想象择取意象、构造诗的意象结构。但从取境的要求——至难至险及取境的前提——先积精思来看,它所进行的择取、构造工作绝不是对当下实境即王夫之所谓"现量"的处

---

[1] 曾季貍《艇斋诗话》:"东湖(徐俯)论作诗,喜对景能赋,必有是景,然后有是句。若无是景而作,即谓之'脱空'诗,不足贵也。"丁福保辑《历代诗话续编》,中华书局2006年版,第284页。

[2] 皎然《诗式》卷一。皎然著,李壮鹰校注《诗式校注》,人民文学出版社2003年版,第39页。

理,而是从特定要求出发的虚构悬拟。这正与当时诗家的创作实践相符合,可以说是写作观念在理论上的反映。它标志着文学理论关注的中心问题已由感受(感物吟志)、构思(神与物游)转向了表现。这么看来,"取境"之说的出现绝不是偶然的、孤立的,它代表了大历时期诗歌观念的新趋向。体现这种新趋向的还有托名王昌龄的《诗格》,根据现存的文献来看,它也应是大历、贞元间的作品。其"诗有种三格"条云:

> 诗有三格:一曰生思。久用精思,未契意象,力疲智竭,放安神思,心偶照境,率然而生。二曰感思。寻味前言,吟讽古制,感而生思。三曰取思。搜求于象,心入于境,神会于物,因心而得。①

这里讲的三种构思情形,生思即取境不成时留待灵感天纵,妙手偶得;感思是从前人作品中寻求启发;取思则是对取境说最明晰准确的表述。因此三种情形实际上只是两种,都是从感受出发寻找表现、为感受寻求表现形式的思维转换过程。经过这一转换,"心入于境,神会于物",创出体现心情的境——一种由主观的移情作用构造的心象。这种心象在大历以前的诗中不能说没有,但只有到大历诗中它才真正成为普遍的表现形态。这一结果当然与大历诗人的创作动机有关,但我以为它还与当时佛学思维方式的影响有关。由情景离到情景合,由客观物象到主观心象,在这走向情景交融的历史进程中,佛教思维方式就象玄学思维一样对诗人把握客观世界的方式产生了不可低估的影响。

---

① 顾龙振辑《诗学指南》,台湾广文书局 1970 年影印本,第 86 页。今本《诗格》最早见于蔡传编《吟窗杂录》,陈振孙《直斋书录解题》斥为伪书。今考其"起首入兴体十四""九格"与《文镜秘府论》所引王昌龄《诗格》之"十七势""十四例"略同,疑后人依王书残本增补伪托。《吟窗杂录》编于南宋,《诗格》即属伪托,亦有保存唐人旧说之可能,其源或出于《文镜秘府论》所引,则尚属中唐前期作品。

2. 以佛学为中介的思维转换:观物、观心与境

贾晋华女士曾指出大历江南诗人(刘长卿、皇甫冉、李嘉佑、张继、严维、朱放)深受天台宗影响①,这是很有眼光的。据我考察,受天台宗影响的不只限于这几位诗人,大历时期的诗人大部分都与天台宗或多或少有些联系。梁肃、李华亲炙于天台九祖湛然,皇甫冉有赠湛然诗,诗僧灵澈出于天台,司空曙、刘长卿、严维、皇甫曾、皎然等人与天台的关系也有案可稽②;刘长卿《送薛据宰涉县》(5.1552)诗称"既将慕幽绝,兼欲看定慧",显出对于主定慧双修的天台法门的皈依。我们知道,天台宗自入唐以来一度式微,直到天宝后期荆溪湛然出,为智𫖮(538—597)《摩诃止观》作《止观辅行传》及《止观义例》《止观大意》《金刚錍》等书,力辟他宗,弘扬止观学说,才使它"焕然中兴"。当时湛然门下"受业身通者三十九人,缙绅先生位高名崇,屈体承教者又数十人"③,天下归附,影响极大。因此,大历诗人与天台宗关系密切是毫不奇怪的,天台宗思想对他们必然有影响也是不难想见的,关键在于弄清是怎样的影响。

贾晋华认为天台宗对大历诗人的创作产生影响的是湛然中兴天台宗的新理论"无情有性"说。而我则感觉,天台宗对诗人的影响更多地

---

① 贾晋华《皎然论大历江南诗人辨析》,载《文学评论丛刊》第 22 辑,中国社会科学出版社 1984 年版。

② 皇甫冉有《福先寺寻湛然寺主不见》(8.2802);司空曙有《赠天台秀师》(9.3317);刘长卿有《赠普门上人》(5.1376)、《秋夜肃公房普门上人自阳羡山至》(5.1489);皇甫曾有《题赠云门(神)邕上人》(6.2181);皎然曾作《苏州支硎山报恩寺大和尚(道遵)碑》。神邕、道遵为湛然师兄弟,普门为湛然弟子。

③ 汤用彤《隋唐佛教史稿》,中华书局 1982 年版,第 139 页。

是在认识论上而不是在佛性论上。天台宗的认识论体系——止观学说,原是极为精致复杂的。像梁肃那样深入堂奥,能写出一篇《止观义例》的节本——《止观统例》的文人,毕竟是凤毛麟角(实际上就连梁肃的学问也并非醇而又醇,已掺进一些传统思想的内容),大多数人顶多像刘长卿那样稍知些定慧双修的皮毛罢了。但是止观学说的一般结论还是较易明白的,那就是万法唯心。智𫖮《摩诃止观》卷第一下云:"三界无别法,唯是一心作,心如工画师造种种色。"① 所谓"一念三千"(即一念心具三千种世间)也是此意。湛然《止观义例》卷上云:

> 心色一体,无前无后,皆是法界。修观次第,必先内心。内心若净,以此净心历一切法,任运沕合。又亦先了万法唯心,方可观心。能了诸法,则见诸法唯心唯色,当知一切由心分别,诸法何曾自谓异同?②

又云:

> 唯于万境观一心,万境虽殊,妙观理等。③

他们将心视为万物产生的根源,将真实的客观世界视为主体意识虚妄分别的产物,这无疑是基于一种纯粹的唯心哲学。但其"心造万物"的理论,并不是说精神像神学中的造物主那样创造了物质世界,而是指"主体在自身意识活动中为自己投射出相应的对象世界"④。就像智𫖮说的,心如画师画出种种色相。真是太妙了!智𫖮这个比喻,不正是个与中国诗歌、中国艺术的"意中之境"相对应的模式么?两者间显然存在着一种同构关系。不论是作诗的佛徒,还是学佛的诗人,受到这种思

---

① 《大藏经》,中华佛教文化馆1957年版,第46册第8页。
② 同上书,第452页。
③ 同上书,第458页。
④ 王雷泉《天台宗止观学说述评》,《中国社会科学》1987年第1期。

想启发,都会很容易地将这种观照方式由禅推及到诗吧?

"心造万物"的前提是"反观心源",由意识的昏昧状态——"无明"转为醒悟解脱状态——"法性"。这种证悟方式使人想到禅宗。禅宗有类似的"万法在自性"的主张,其证悟方式"明心见性",同样是通过"善知识开真法,吹却迷妄",达到"内外明彻,于自性中万法皆见"①。禅宗只讲修行,天台兼重义理,所以律宗高僧法慎说:"天台止观包一切经义,东山法门是一切佛乘,色空两亡,定慧双照,不可得而称也。"②从理论上说明了两派的互补意义。而天台开山祖师智𫖮本为禅师;八祖玄朗的弟子,玄觉由天台入禅,湛然由禅入天台;华严大师澄观出入于天台、禅宗,终归于贤首,更从实践上证明了两宗的旁通。这样的交流参学,互相渗透,使两宗的学说互相资益、互相启发,愈益丰富,同时也愈益接近起来。

禅宗世观在本体论上区别于他宗的是以真如缘起取代性空缘起,认为永恒的无所不在的真如是宇宙本体,世上万物都由它衍生(缘起),所以真如与万象是一体的。正如契嵩说的:"(真如)谓之一物,固弥于万物;谓之万物,固统于一物。一物犹万物也,万物犹一物也。"③如果说"青青翠竹,尽是法身;郁郁黄花,无非般若"便是与这种理论一致的具体结论的话,那么到大历时期,禅学的变迁就使这句名言得到了新的解释。慧海说:

> 法身无象,对翠竹以成形;般若无知,对黄花而现相。非彼黄花、翠竹,而有般若法身乎?经云:佛真法身,犹若虚空,应物现形,如水中月。黄花若是般若,般若则同无情;翠竹若是法身,翠竹还

---

① 郭朋《坛经校释》,中华书局1983年版,第39、40页。
② 赞宁《宋高僧传》卷十四《法慎传》,中华书局1987年版,第346页。
③ 郭朋《坛经校释》,第151页。

同应物不？①

他还戏言"翠竹若是法身,法身即同草木。如人吃笋,应总吃法身也"②,这是说法身本是空虚,应物现形,乃为翠竹。翠竹与法身不是同一而是体现的关系。这样,早期禅宗学说本体、具体同一的关系至此变成了表现的关系。慧海师承马祖道一(709—788),道一的思想与前代祖师相比已有很大不同。他继承惠能"自心是佛,此心即是佛心"的学说,在"三界惟心,森罗万象,一法之所印"的基础上,提出了"凡所见色,皆是见心;心不自心,因色故有心"的命题③,使心物关系探讨的中心由客体的存在(客体在主体观照中呈示)转向主体的观照(在客体呈示中观照主体),心在作为观照万物的主体的同时也成了被观照的客体,这与天台宗"唯于万境观一心"之义暗合。有僧问慧海何为邪,何为正,他答道:"心逐物为邪,物从心为正。"④"物从心"恰好概括了这一思想的核心,由色观心,因色见心,从感受到表现一切围绕着心。这样,禅宗与天台宗在心物关系上就形成了一个对应的思维模式:

天台宗:于境观心——反观心源——心造万物

禅宗:于色见心——明心见性——因色见(现)心

如果说"于境观心"(于色见心)属于观照的范畴,与艺术感受方式相通,那么"心造万物"(因色见心)就与艺术表现的概念相近了。世界既是意念分别幻化的产物,在自我内心的纯粹观照下呈现为万象,一切经验内容当然就成了主观化、心灵化的表现。这反映在禅理参悟上,就是如葛兆光所指出的,最初的几位禅学大师(如慧能、神会、怀让、行思

---

① 静、筠二禅师编撰《祖堂集》卷十四《慧海传》,中华书局2007年版,第623页。
② 普济《五灯会元》卷三《慧海传》,中华书局1984年版,第157页。
③ 《祖堂集》卷十四《道一传》,第611页。
④ 普济《五灯会元》卷三《慧海传》,第156—157页。

等)还处在比喻、说明到表现的过渡阶段,而"后来的禅师就完全转向内心体验与感觉的表现了"①。这是当时禅学的新变,也是佛学的合流。表现在宗派倾向上,就形成了宗密《禅源诸诠集都序》所述三宗三教中的"密意破相显性教"。宗密对该教的大旨阐述如下:

说前教(按指密意依性说相教)中所变之境既皆虚妄,能变之识岂独真实,心境互依空而似有故也。且心不孤起,托境方生,境不自生,由心故现。心空即境谢,境灭即心空,未有无境之心,曾无无心之境,如梦见物,似能见所见之殊,其实同一虚妄,都无所有。诸识诸境亦复如是。②

这与我们上文阐明的天台宗、马祖禅的精神完全一致,"心不孤起,托境方生"就是"心不自心,因色见心","境不自生,由心故现"就是"心造万物",森罗万象一时毕现,它概括了上述证悟三段式的起讫全程,更清楚地阐明了境与心互为依存的辩证关系。宗密指出"此教与禅门泯绝无寄宗全同",而泯绝无寄宗的学说据宗密所说是"石头(希迁)牛头(法融)下至径山,皆示此理……一类道士儒生闲僧泛参禅理者,皆说此言,便为臻极,不知此宗不但以此言为法。菏泽、江西、天台等门下亦说此理,然非所宗"③。在这里我们看到了佛学的合流,天台宗、石头禅、马祖禅、菏泽宗乃至于前代的牛头、后代的径山都汇合到了一起。由此可以推断,上文概括的证悟三段式是大历时期佛学的核心内容,各宗派虽各有理论主张,但在这一点上他们是互相交叉融通的。这种证悟方式也因此而成为当时佛教理论中普遍为人接受的基本知识,就连一般道士、儒生、闲僧泛参禅理的都了解认同。

---

① 葛兆光《禅宗与中国文化》,第198—199 页。
② 宗密撰,邱高兴校释《禅源诸诠集序》,中州古籍出版社2008 年版,第44 页。
③ 宗密《禅源诸诠集都序》上之二,第37 页。

大历、贞元年间,禅宗归于湖南石头、江西马祖两家,"往来憧憧,不见二大士,为无知矣"。马祖门庭更是"四方学者,云集座下"①。这样,禅宗与天台宗就汇成了一股强大的佛教力量,对活动于吴越一带的文人产生多方面的影响。而影响到诗歌创作方面的,就是观照—表现的模式。创作动机之随机性、偶然性的消失给大历诗歌带来取境的要求,而诗人对感觉表达的偏重又使他们笔下的意象情境带有浓重的主观色彩,于是他们的诗就显出一种从主观表现出发的虚拟和设计的倾向,像诗人戴叔伦所说的:

> 诗家之景,如蓝田日暖,良玉生烟,可望而不可置于眉睫之前也。②

这也就是王昌龄《诗格》所说的"山林、日月、风景为真,以歌咏之,犹如水中见日月,文章是景,物色是本,照之须了见其象也"③。它实际上已触及诗歌的情境与客观景象的关系问题,这种朦胧的认识由佛学的证悟方式得到印证而变得更为清晰、更为明确,形成一种新的艺术思维方式:在构思的想象活动中,将"我"的情感与通过感官获得的有关客观世界的感觉经验相交融,形成一种不同于单纯的认知反映的新的心理表象,并根据自己的审美趣味和主观表现的要求进行选择和组合,使客观景象成为心灵化的意象而呈现为一个表情的有机结构。

艺术思维与宗教哲学思维毕竟是不能简单地等同的,两者的印证融通要依靠某个中介才能实现。很显然,"境"的范畴在其间起了中介的作用,而首先将"境"置于中介的位置使它发挥作用的似乎就是诗僧

---

① 普济《五灯会元》卷三《道一传》,第128页。
② 司空图《与极浦书》引,祖保泉、陶礼天笺校《司空表圣诗文集笺注》,安徽大学出版社2002年版,第215页。
③ 空海《文镜秘府论》南卷引,第130页。

皎然。不仅"诗情缘境发"(《秋日遥和卢使君游何山寺宿敫上人房论涅槃经义》23.9175)的"境"还带着《涅槃经》的余温,就是他的"取境"概念也是借自佛典①。《俱舍论诵疏》卷一释"境"曰:"心之所游履攀援者,故称为境。"②这就是说:境是人意识的空间、景象、场所,它和人的心灵活动是分不开的,因此说"境不自生,由心故现,心空即境谢,境灭即心空,未有无境之心,曾无无心之境"③。境与心灵的外化既有如此密切的关系,那么它自然就与作为艺术表现的意象有相通之处了,于是在诗歌创作中,不仅艺术思维方式因得到它的印证而变得更加明确、更加自觉起来,理论阐述也借助于范畴的形成而得以深化。《文镜秘府论·南卷》引《诗格》云:

夫置意作诗,即须凝心,目击其物,便以心击之。深穿其境,如登高山绝顶,下临万象,如在掌中。以此见象,心中了见,当此即用。④

这是说构思取境时要将眼中之物转化为心中之象,即把外在于我的视觉形象转化为生于我心的心理幻象。今本托名王昌龄《诗格》云:

诗有三境。一曰物境。欲为山水诗则张泉石云峰之境,极丽绝秀者,神之于心,处身于境,视境于心,莹然掌中,然后用思,了然境象,故得形似。二曰情境。娱乐愁怨,皆张于意而处于身,然后驰思,深得其情。三曰意境。亦张之于意而思之于心,

---

① 慧远《大乘义章》卷三:"六识相望,取境各别"。谯达摩、姚天恩主编《净影寺慧远大师文集》,九州出版社2011年版,第80页。
② 《俱舍论诵疏》卷一,丁福保《佛学大辞典》,文物出版社1984年版,第1247页。
③ 宗密《禅源诸诠集序》卷上之二,第44页。
④ 空海《文镜秘府论》,第129—130页。

则得其真矣。①

这里的三种境所意味的诗所表现的内容,虽各有不同,但以物观物、思之于心的思维方式却是一致的。境在这里被正式用作艺术表现的术语,从而成为中国诗学中最重要也是它所独有的范畴。中国诗学的意境理论由此成型,情景交融的表现方式也被理论固定下来成为中国诗的基本性格。

3. 艺术表现的自觉:移情·烘托·象征

上文所述的"密意破相显性教"虽认为"心不孤起,托境方生,境不自生,由心故现",但它同时也申明"心空即境谢,境灭即心空",这意味着"境"与"心空"是对立的,境生则心必不空,心不空方能生境。禅宗和天台宗将反观心源、明心见性视为修行的目标,而达到这目标的前提是"性空"。照惠能看来,人本性虽本清净,但总不免时常受到外界干扰而引动杂念,就像日月被浮云翳覆一样。非要"离一切相","不思量",才能保持"性体清净",所谓"不思量,性即空寂"即此意②。怀海更具体地发挥道:"夫学道人,若遇种种苦乐,称意不称意处,心无退屈,不念名闻利养衣食,不贪功德利益,不为世间诸法之所滞碍,无亲无爱,苦乐平怀,粗衣遮寒,粝食活命,兀兀如愚如聋……"③他几乎已否定了人的一切社会意识和伦常感情,以这样一种生活态度,即使有由心而现的境,又怎么能产生物我的情感交融呢?显然,在佛学思维和艺术思维之间还隔着一道感情的沟堑,我们无法也不应该指望将两者简单

---

① 顾龙振辑《诗学指南》,台湾广文书局1970年影印本,第85页。
② 郭朋《坛经校释》,第40页。
③ 普济《五灯会元》,上册第134页。

地等同起来。

诗人确实是不可能用禅宗那样的观照方式把握世界的。"离相""不思量",这在吃素念经、栖身古刹的僧徒也许不难做到,在那些饱经忧患的大历诗人怎么可能呢?韦应物浸染佛学最深,也无可奈何地感叹"推道固当遣,及情岂所忘"(《发广陵留上家兄兼寄上长沙》6.1905),遑论他人?变乱的社会现实、坎坷的人生遭际,不断刺激着诗人的心灵,引起各种情感的激荡,正像韦应物《听嘉陵江水声寄深上人》(6.1902)所描绘的:

> 水性自云静,石中本无声。如何两相激,雷转空山惊。贻之道门旧,了此物我情。

即使面对极平和宁静的观照对象,他们也难以达到虚空寂灭、彻底忘我的静观呈示,写出王维笔下那种与平静空虚的心灵达成完美和谐的境界。只有王维的部分诗作,如《辋川集》里的一些小诗,才可以说纯粹是禅宗的观照方式;大历诗人司空曙、皇甫冉有些小诗虽有点类似,却都有个"人"在其中。像王维那样入禅至深而又具绝艺术表现力的诗人是绝无仅有的,大多数诗人只是接受了"于境观心""心造万物"的观照—表现模式,在心灵的内省中用不以目接而以神遇的方式观物,又在那意中之象的呈现上体验自我的心境,最终仍然是在客体上投射了全部的情绪,使"我"与"物"融为一体,既可以将我的情感渗入自然景象,也可以使自然景象映发、体现我的情感和心境。戎昱《秋月》(8.3014)一诗清楚地显示出当时人们对此的自觉:

> 江干入夜杵声秋,百尺疏桐挂斗牛。思苦自看明月苦,人愁不是月华愁。

联想到刘长卿《宿怀仁县南湖寄东海荀处士》(5.1533)"离人正惆怅,新月愁婵娟"的写法,可以相信这是诗歌创作中移情的初步自觉。应该说,只有经过大历诗人对移情手法的自觉运用,中国诗歌寓情于景、情景交融的性格才真正地形成了。

关于移情作用,美学家们已从各种角度对它进行了分析。罗金斯认为,强烈的感情会使理智脱臼,在观照中将生物的特点加在非生物上面,从而"在我们心中使一切外界事物的印象产生了一种虚妄"、一种"感情的幻象"①。移情作用本质上就是这种由观照中的情感投射产生的幻觉,它将无生命的东西赋予生命,使非人的东西人格化。中国古典诗歌里的移情大体可以分为拟人和著我两类。前者是较一般的诗意表现,不仅使对象显得更生动,而且使它成为感情交流的对象介入我们的生活,给人一种亲切感,就像李白那"相看两不厌"的敬亭山。刘长卿《湖南使还留辞辛大夫》(5.1535)一诗有这样两句:

> 莺识春深恨,猿知去日愁。

莺、猿有什么意识和感情呢?但诗人却将这些赋予了它们,说莺能懂得"我"的春恨,猿也知道"我"的离愁,比较一下杜甫《春望》的"感时花溅泪,恨别鸟惊心",即可知两者笔法、韵味的不同。刘句不仅使感情的表达变得曲折含蓄,而且在我与物之间形成情感的对流、主客的交融,反过来给人一种可亲的慰藉。李端《送郭补阙归江阳》(9.3251)的"雁影愁斜日,莺声怨故林"两句与此有异曲同工之妙。大历诗中这种例子很多,钱起诗中如"柴门兼竹静,山月与僧来"(《山斋独坐喜玄上人夕至》7.2622);"触兴云生岫,随耕鸟下林"(《暮春过石龟谷题温处士林园》8.2656);"酒尽寒花笑,庭空暝雀愁"(《九日闲居寄登高数子》7.2631),都是拟人手法的有意识运用,非常动人。耿湋《赠韦山人》(8.2983)一诗,用"流水知行药,孤云伴采薇"来表现隐士的高逸,

---

① 罗金斯《近代画家》,《古典文艺理论译丛》第8辑,人民文学出版社1964年版,第92页。

十九 走向情景交融的诗史进程

澹而不枯,富有情趣,较突出地体现了拟人的魅力。

但是,在大历诗中,拟人尚不如"著我"运用得普遍。"著我"语出袁枚《续诗品》,这里取王国维《人间词话》"物皆著我之色彩"的含义,指物以自在的呈现方式表现出"我"的感受。钱起《郭司徒厅夜宴别》(7.2644)诗起首总括当时情境:"秋堂复夜阑,举目尽悲端。"然后具体描绘周围环境:"霜堞乌声苦,更楼月色寒。"秋夜城头的乌啼,洒满更楼的月色,是眼中所见实景,而"苦"和"寒"却不能说是写实:鸟声没有感情,月色没有温度,此处用"苦""寒"来形容它们,完全是再现诗人的感受。里普斯说:"我们总是按照在我们自己身上发生的事件的类比,即按照我们切身经验的类比,去看待在我们身外发生的事件。"①就是指的这种情况,但他只指出了一个现象,而诗人之所以会如此,则因他先有忧愁情绪的心理定势。钱起《山下别杜少府》(8.2659)诗云"离云愁出岫,去水咽分溪";司空曙《题江陵临沙驿楼》(9.3330)诗云"雁惜楚山晚,蝉知秦树秋";李嘉祐《送裴宣城上元所居》(6.2146)诗云"草思晴后发,花怨雨中飞";卢纶《和太常王卿立秋日即事》(9.3139)诗云:"鸿雁悲天远,龟鱼觉水清。别弦添楚思,牧马动边情。"这些例子从广义上说也是一种拟人(拟我),但它们主要是自我心情的外射,在自在呈示的景物中直接打上作者情感的烙印。拟人是拟他人的情意动作,而这种表现却只与"我"的情感相印合,所以我称为"著我"。在观物即是观心的观照方式影响下,客观对象被心灵化,六朝、盛唐人的物我对立转变为物我融合。而"心不自心,因色故有心"的表现观在移情作用的参与下,就确立起寓情于景的表现方式。

移情表现的寓情于景当然也是情景交融,不过就中国诗歌来说,更典型的情景交融应该是烘托和象征,这两种表现手法也正是到大历诗

---

① 里普斯《论移情作用》,《古典文艺理论译丛》第 8 辑,第 39 页。

中才明显地凸现出来的。

说到烘托,我们不能不想到司空曙那首脍炙人口的《云阳馆与韩绅卿宿别》,在"乍见翻疑梦,相悲各问年"两句悱恻动人的抒情后,诗人用"孤灯寒照雨,湿竹暗浮烟"一联描绘环境和景物。"孤灯""寒雨""湿竹""浮烟"四个物象的合成,渲染出一层寒凉而又迷离恍惚的气氛,将诗人迷惘的心态和复杂的情绪刻画得更为细腻,烘托得更为浓郁。钱起的五言排律《宿毕侍御宅》(8.2657)前六句从宿友人毕侍御家的情景写起,先赞美毕的风操,然后用四句景物描写点出季节、时分,"薄寒灯影外,残漏雨声中"两句,使用视觉表现的寒意与用听觉表现的时间意识互相交织,营造出深秋残夜的氛围,为当时的夜寝和最后的别离涂上一抹凄苦的色调。大历诗中这样的例子很多,就是在绝句一类短诗中,烘托也是常用的技巧之一。张继的《枫桥夜泊》已是烘托手法的经典范例,不待赘举。戴叔伦的《夜发袁江寄李颍州刘侍御》(9.3108)也是一个出色的例子:

> 夜半回舟入楚乡,月明山水共苍苍。孤猿更叫秋风里,不是愁人亦断肠。

这首小诗的佳处全在于烘托,秋风、夜半、月明、山水、孤猿诸物象交织出一个层次非常丰富的山水境界,月色中清幽深邃的山水和悲凉的猿声将旅人秋夜行舟中的愁绪渲染得十分出色。这种以景物描写烘托情绪的手法,特点是景物在诗中并非表现的对象,而是表现的媒介,它的色调总是与作者的心境相吻合。它以不经意的客观状态出现,暗中给诗注入了浓郁的情味。

象征也许是大历诗中最常见的表现手段,它与烘托有密切的关系,有时甚至是相通的。请看下面杨凭这首(《寄别》9.3295):

> 晚烟洲雾共苍苍,河雁惊飞不作行。回旆转舟行数里,歌声犹

自逐清湘。

诗的前两句都是景物描写,但意义却不一样。首句是烘托,与上引戴诗同;次句则为象征,尽管它也有可能是写实,但用意显然在以雁的分飞象征人的分袂。一般说来,象征作为一种符号形式可以分为不同的种类:首先,从象征意义与作者的关系来看,可以划分为个人的(独创的)和社会的(传统的)两大类;其次,从象征体与被象征体的意义关系来看,又可以划分为单纯的(单纯的形象)和复合的(含有历史积淀的特定意义)两类。复合象征必定是传统的,反过来说,个人的象征则只有在它被接受、摹仿后才成为社会的传统的,所以它永远是单纯的。上古诗歌的象征一般是单纯的。《诗经》中的"兴"有社会、复合的色彩,但《楚辞》的香草美人基本是个人的独创的,它们都有比喻的特性,物象与表现对象之间是简单的对应关系,所谓"善鸟香草,以配忠贞;恶禽臭物,以比谗佞;灵修美人,以媲于君;宓妃佚女,以譬贤臣;虬龙鸾凤,以托君子;飘风云霓,以为小人"①,意义关系是概念化的直指。六朝以后的诗人很少再用这种方式,而代以眼前景,取其自然天成。李白"浮云游子意,落日故人情"(《送友人》)即以简缩的方式将触目所见信手拈来,既是写景,又将浮云的飘荡、落日的迟沉与人的情意形成对照,互相映发。这种笔法富有独创性,常是个人—单纯的。大历诗中,个人—单纯象征如司空曙"雨中黄叶树。灯下白头人"(《喜外弟卢纶见宿》9.3334)那样的并不多,而主要是社会—复合象征,其中出现得最频繁的是:

柳——象征别情、乡愁
雁——象征淹滞、羁游

---

① 王逸《离骚经序》,洪兴祖《楚辞补注》,中华书局1983年版,第2—3页。

猿啼——象征羁愁

浮云——象征飘泊、行游

惊鹊——象征无所归依

鱼鸟——象征隐逸生活

它们常作为写实的景物出现在诗中,但有时未必是实景,而只是用作点缀的具有象征意义的布景,借以表达某种深层的意绪或渲染一种情绪氛围。它们实际上是一些富有包孕性的意象,都有经典性的出处。比如柳,《诗经》有"昔我往矣,杨柳依依"的诗句,后世又有折柳赠行的风俗,于是它就成了与送行和别愁相关的象征。李端《送郭补阙归江阴》(9.3251)"东门春尚浅,杨柳未成阴",皇甫冉《送窦十九叔向赴京》(8.2806)"冰结杨柳津,从吴去入秦",戴叔伦《送友人东归》(9.3074)"万里杨柳色,出关送故人",朱放《江上送别》(10.3540)"浦边新见柳摇时,北客相逢只自悲",这些诗句里的柳都起了渲染环境气氛、烘托别情的作用。如果说柳在诗中属实写或虚写还难以断定,那么惊鹊就较易看出布景的味道了。戎昱《桂州岁暮》(8.3027)的"重谊人愁别,惊栖鹊恋枝"以人鹊相对,显然是虚构的象征而非写实;戴叔伦《客夜与故人偶集》(9.3073)的"风枝惊暗鹊",钱起《秋夜梁七宾曹同宿二首》(7.2624)的"星影低惊鹊",皇甫冉《途中送权三兄弟》(8.2798)的"同悲鹊绕树"①,李端《宿荐福寺东池有怀故园因寄元校书》(9.3276)的"惊鹊仍依树",也很难说是写实,大致都是取曹操《短歌行》"月明星稀,乌鹊南飞,绕树三匝,何枝可依"的意思。李善注此四句曰:"喻客子无所依托也。"②后人便据此用以象征旅人的行踪不定和飘泊无依。

---

① 此诗一作张南史诗,题作《西陵怀灵一上人兼寄朱放》(9.3359),考之诗意,以皇甫冉集题近是。

② 萧统辑《文选》,中华书局1981年影印本,中册第390页。

其他如"鱼鸟"出陶诗《始作镇军参军经曲阿》的"望云惭高鸟,临水愧游鱼",象征隐士生活的自由和逸乐;浮云出《古诗十九首》"浮云蔽白日,游子不顾反",象征羁游无定所;雁自曹丕《燕歌行》以后诗人已习用以表现节令行旅;而猿啼自盛弘之《荆州记》"巴东三峡巫峡长,猿鸣三声泪沾裳"之后,也成为渲染旅愁专用的意象①。应该肯定,这些象征是盛唐乃至更早的诗歌中就已运用的,但那只是偶尔出现,到大历诗人手中却是有意识地用,反复地用,竟至成为一个个俗套。如果将大历诗中用于象征的物象做一番统计,数量将会是很惊人的。当然,这种象征的表现也自有其特点。比如象征的意义,虽然读者不知其所本或出典便很难领会到,但并不妨碍阅读,就认它作写景也不失兴味;如果熟悉它的出典,则自会唤起更深一层的联想。要说这是用典的话,那么就是所谓"使事如不使",是古人所欣赏的一种较高明的用典法。但实际上它与通常所谓用典是不同的。它能达到用典的效果,却没有用典深隐,这给大历诗平易的抒情和简淡的白描增加了一点深厚的含蕴。

象征在许多情况下与烘托相仿,都有写景的意义,只是象征的景物中含有某种可与人事相映衬的特性,即皎然论"兴"所说的"立象于前,后以人事喻之"②,而烘托则不具有这种特性。两者与移情的区别又在于移情是以主观的形态出现的,而烘托、象征虽也表现情感,同样是心灵化的产物,却是以客观的面目呈现的。艺术思维经过移情的主观化,终于又在客观化上与哲学思维达成更高层次的契合。这一移植转换的过程,显示了宗教哲学思维方式对艺术把握世界的方式发生影响的一般过程。

---

① 日本学者松浦友久有《猿声考》一文专论这个问题,收入《詩語の諸相》,研文社1981年版。

② 空海《文镜秘府论》地卷引,第56页。

移情、烘托、象征这几种艺术表现手段的自觉运用,使中国诗歌情景交融的特点在大历时期逐渐定型,显得格外醒目起来。而上述表现方式也成为中国古典诗歌中主客、情景关系的几种主要形态固定下来。至此,情景交融作为中国诗的性格、作为中国艺术意境的符号结构方式,终于定型,而中国古典诗歌的美学性格也由此走向成熟。

二十　被批评史忽略的批评

——作为批评家的严羽

按照当代学者的看法,"严羽《沧浪诗话》是一部以禅喻诗、着重于谈诗的形式和艺术性的著作"①。所以学者们着重讨论的都是其中的理论问题,如"别趣""妙悟""以禅喻诗"等等。近代以前人们对《沧浪诗话》的重视也一直限于"诗辩",现有关于《沧浪诗话》的文献都是围绕着严羽诗学理论的研究②。触及严羽批评问题的只有朱靖华《试评严羽的东坡论》(《文学遗产》1986年第3期)、穆克宏《严羽论汉魏六朝诗》(《中国古典文学论丛》第五辑)、陈庆元《严羽论谢灵运》(《贵州社会科学》1987年第2期)、蒋凡《严羽论杜甫》(《复旦学报》1987年第4期)、和田英信《唐宋两朝诗比较论的成立与〈沧浪诗话〉》(《集刊东洋学》74)几篇,而诸文因题旨所限,也并非全面讨论严羽的诗歌批评。其实,就中国诗学的传统来看,无论诗法还是诗话的写作,大都是从指导创作的立场出发的。中国古代的诗论家很少有纯粹的理论兴趣,他们谈论诗歌时,首先是作为批评家发言的,所提出的理论主张也必与一定的诗歌创作背景有关——一种理论或主张的提倡总是基于对一种风气和现状的否定。诗歌史上引人注目的理论家,从陈子昂、韩愈

---

① 郭绍虞《沧浪诗话校释》"校释说明",人民文学出版社1961年版。
② 林田慎之助《严羽的诗学》,《小尾博士古稀纪念中国学论集》,汲古书院1983年版;船津富彦《沧浪诗话源流考》,《唐宋文学论》,汲古书院1986年版。

到王士禛、黄遵宪都是我们熟知的例子,严羽也不例外。《沧浪诗话》的体系,套白居易的说法,实际是以"诗辩"为根,"诗体"为苗,"诗法"为华,"诗评"为实。诗辩、诗体、诗法三门加起来只有三十则,而诗评一门就有五十则,占全书比例的44%。再从写作动机看,严羽立足于批评的态度也是很明显的。他的问题都产生于对唐宋两代诗的研究,他关于诗歌理想、取法途径的论断都产生于对盛唐诗的认识。正是基于诗歌史的研究,他才能提出诗歌的五个基本范畴及"入神""兴趣""妙悟"等一系列重要观念,提出"以汉魏晋盛唐为师,不作开元、天宝以下人物"(《诗辩》)的师法主张,开两朝诗歌比较的风气。然而遗憾的是,《沧浪诗话》历来遭人误解最深,即如"押韵不必有出处,用事不必拘来历"二句,上句指刘禹锡不敢用糕字韵之类,下句"事"(《诗人玉屑》作"字"),取意本极明显,后人尚呶呶非议未休[1],其他更不待论。向来备受关注的理论部分犹且如此,他批评的业绩还能期望得到认真的对待吗?最近,在古代文论研究的学术史回顾中,这一缺陷已为研究者所意识到[2]。鉴于此,本文拟从批评学和诗学史的角度,对严羽在诗学史上的意义再作一些揭示。需要说明的是,明末刊本《李杜全集》有严羽评李太白诗,似为当时严羽诗论走红之际所出伪书[3],本文不予征引。

---

[1] 冯班《钝吟杂录》卷五"严氏纠谬"斥严羽"用事不必拘来历",谓"此语全不可解,安有用事而无来历者?"即由版本之误引起的不必要的误会。

[2] 罗宗强、邓国光《近百年中国古代文论之研究》,《文学评论》1997年第2期。

[3] 中国科学院图书馆藏明末刊本《李杜全集》崇祯二年(1629)闻启祥跋:"刘评杜诗久传于世,无可与匹。兹于樵川旧家忽得严所评李诗,从未经刻者,合之如延平龙剑光焰射斗,何止万丈。不畏使李杜并生,亦觉严、刘同世矣。"然评语学识鄙陋(刘跃进《严羽评李白诗资料摭谈》已举例论之,收入《结网漫录》),去《沧浪诗话》甚远。明末严羽诗论收入各种诗格、丛书颇多,足见为人推重,此书疑当时伪托贾利者也。

1. 由对诗歌本质的理解确立批评观念

认真地检阅一下诗歌批评史,我们就会发现在严羽之前,还没有一位真正意义上的诗歌批评家。这里说的真正意义上的批评家,意味着对批评家的职责和任务有自觉的意识,对诗歌的历史和发展有清楚的认识,对批评的尺度有明确的理论依据。以这一标准来衡量,那么钟嵘、皎然显然还不够格。他们的诗歌批评或缺少严格的艺术判断,或缺少历史感,作为批评是缺乏深度和自足性的。在这一点上,严羽向我们展示了成熟的批评家的风采。

首先,严羽对自己作为批评家的身份、素质和职责有清醒的意识,他在《沧浪诗话》中所呈现的完全是以矫正诗风自任的态度和勇气。鉴于江西诗派"以文字为诗,以才学为诗,以议论为诗",置诗歌艺术特征于度外的偏向,严羽以一介无名后辈,大胆对时风提出针砭,用他的话来说,就是"不自度量,辄定诗之宗旨,且借禅以为喻,推原汉魏以来,而截然谓当以盛唐为法,虽获罪于世之君子,不辞也"(《诗辩》)。他在《答出继叔临安吴景仙书》中相当自信地说,"仆之《诗辩》,乃断千百年公案,诚惊世绝俗之谈,至当归一之论。其间说江西诗病,真取心肝刽子手。"吴景仙劝他批评应留有余地,毋直致褒贬,他回答:"辩白是非,定其宗旨,正当明目张胆而言,使其词说沉着痛快,深切著明,显然易见。"表现出批评家的责任感和无畏精神。关于批评家的素质,《沧浪诗话》开宗明义即强调"学诗者以识为主","看诗须着金刚眼睛,庶不眩于旁门小法"(《诗法》)。《答吴景仙书》亦云:"作诗正须辨尽诸家体制,然后不为旁门所惑。"这里的辨别体制固然是对学诗者而言,但"入门须正,立志须高"首先意味着辨别学习的对象,对历来的诗人和作品作个判断。这又何尝不是批评呢?因此可以说,"识"就是现代批评学中的判断力概念,它是决定批评家的资格及成功之可能性的基本条件。如果追溯"识"的理论渊源,当然可以上溯到刘知几,稍前于严羽的范温《潜溪诗眼》也有"学者先以识为主,禅家所谓正法眼,直须具此眼目,方可入道"之说①,或许正是严羽所本吧。但严羽具体将识的培养分为十个步骤:"试取汉魏之诗而熟参之,次取晋宋之诗而熟参之,次取南北朝之诗而熟参之,次取沈宋王杨卢骆陈拾遗之诗而熟参之,次取开元、天宝诸家之诗而熟参之,次独取李杜二公之诗而熟参之,又取大历十才子之诗而熟参之,又取元和之诗而熟参之,又尽取晚唐诸家之诗而熟参之,又取本朝苏黄以下诸家之诗而熟参之,其真是非自有不能隐者。"(《诗辩》)也就是要达到"辨家数如辨苍白,方可言诗"(《诗法》)。在答吴景仙的信中,他说"仆于作诗不敢自负,至识则自谓有一日之长,于古今体制,若辨苍素,甚者望而知之"。可见他对自己的识相当自信。

然而,作为一位成熟的批评家,所必须具备的不仅是对身份的自觉,还要有自己明确的立场和艺术观念。这是他进入批评的前提,也是保证他批评的深度和准确性的决定性因素。钟嵘和皎然的批评所以缺乏深刻性,我觉得就在于缺乏基于独自的艺术观念而形成的理论框架。我们总认为钟嵘建立了以"滋味"概念为核心的诗美学,实则"滋味"一词在他书中的使用带有很大程度的偶然性②,而他对当时诗歌讲究声韵的批评又适足显出他艺术观念的滞后和陈腐。皎然对齐梁诗和大历诗的褒贬,也存在着内在矛盾和自相抵牾处。这都缘于他们对诗歌缺乏先进的观念和系统的认识。这当然不是他们的错,中国诗学的发展

---

① 范温《潜溪诗眼》,郭绍虞《宋诗话辑佚》,中华书局1980年版,第317页。

② 参看清水凯夫《〈诗品〉是否以"滋味说"为中心——对近年来中国〈诗品〉研究的商榷》,《中国文学报》第42册,中译载《文学遗产》1993年第4期。

水平在他们的时代尚不能提供那些知识。而严羽的时代就不同了,唐宋两代的创作经验为诗歌美学和写作理论提供了坚实的基础,"诗学"正走到它成型的时代。所以在胡仔、阮阅和张戒后登场的严羽,就成了在理论上对传统诗学进行总结并深化的重要人物。作为诗歌的核心范畴,他提出了"妙悟"的概念。关于"妙悟"的内涵,历来有各种各样的解释,我倾向于将它解释为艺术直觉。学术界之所以视严羽的"妙悟"论玄妙难以捉摸,甚至斥为唯心主义等等,是没有充分考虑到在艺术心理学不发达的古代,艺术直觉作为概念的难以表达。事实上,正是因为妙悟——艺术直觉概念的难以表达,他才选择了以禅比喻的方式:"大抵禅道唯在妙悟,诗道亦在妙悟。"(《诗辩》)如果我们承认艺术直觉在诗歌创作和审美活动中的决定性作用,那么妙悟说就意味着对诗歌艺术本质的理解和把握。

在首先论述了"识"即判断力的问题后,严羽接着就提出:"诗之法有五,曰体制,曰格力,曰气象,曰兴趣,曰音节。"(《诗辩》)这五个范畴在后代的蒙学诗法中逐渐成为人皆可道的常识,但宋末由严羽提出时却意味着中国诗学对诗歌美学基本概念所作的初步整理。这一点也许尚未被学术界所认识到。我们在此可以简单地回顾一下古代文论的历史,最初的"六义"是关于诗歌体制和表现方式的概念,《文心雕龙·情采》的"立文之道,其理有三"(形文、声文、情文)和《附会》的"情志为神明,事义为骨髓,辞采为肌肤,宫商为声气",则是关于作品构成的概念,《知音》提出的"六观"(位体、置辞、通变、奇正、事义、宫商)可以说是一般文章的审美范畴,并不尽适用于诗歌,而皎然《诗式》"诗有七德"(识理、高古、典丽、风流、精神、质干、体裁)还存在着内在逻辑的混乱,只有严羽的五法才是衡量诗美的基本概念,既不同于作品构成的概念,也不同于"辨体有一十九字"的诗美类型概念。它们是诗歌批评和诗史认识赖以成立的基本范畴,包括了形式范畴从诗形、风格到声律各方面的艺术尺度。在下文的论述中我们将会看到,正是由这些概念共同支撑起的批评观念决定了严羽对古代诗歌的看法和对诗歌史的认识。

2. 以对诗歌艺术特性的掌握作为批评标准

上文论述的诗歌批评概念,应该说还只是考察、切入诗史的视角和接近、读解作家、作品的途径,而对诗歌艺术价值的判断最终取决于批评家的艺术观念和艺术趣味,它们规定了批评家的批评标准。毫无疑问,历史上的批评家,无论是曹丕的"诗赋欲丽",钟嵘的"警策",刘勰的"风骨",殷璠的"兴象",都有自己明确的艺术标准。但他们对这些标准的理论前提或者说美学基础,并不一定有自觉的意识。严羽作为批评家的成熟和深刻之处就在于,他不仅能提出明确的批评标准,而且其理论基础有清楚的自觉。

严羽对诗人和作品的判断,从根本上说,是以他们对诗歌艺术本质的掌握程度为前提的。诗人对诗歌艺术本质认识和掌握的深度不同,从而形成不同的时代特征和作家的高下等级。他用禅宗的境界来喻示这种差异:

> 禅家者流,乘有小大,宗有南北,道有邪正。学者须从最上乘,具正法眼,悟第一义。若小乘禅,声闻、辟支果,皆非正也。论诗如论禅,汉魏晋与盛唐之诗,则第一义也。大历以还之诗,则已落第二义矣。①晚唐之诗,则声闻辟支果也。

这里的"第一义",我认为就是对诗歌艺术特征的最深刻领悟,他将汉

---

① 通行本"则"字下有"小乘禅也"四字,遂滋后人訾病。《诗人玉屑》无此四字,今从之。

魏晋与盛唐诗视为这种境界的代表。因此,这种貌似退化论的诗史观,绝不意味着是古非今,而只表明严羽对本朝诗反诗化特征的清楚认识。他说:"唐人与本朝人诗,未论工拙,直是气象不同。"(《诗评》,后引《诗评》不再注明)所谓"气象不同"只是一个表面化的判断,其着眼点仍在于唐宋诗歌对诗歌本质的不同理解和把握。同样,他对古代诗史的基本判断也表明了这一立场:"南朝人尚词而病于理,本朝人尚理而病于意兴,唐人尚意兴而理在其中。汉魏之诗,词理意兴,无迹可求。"联系到他对盛唐诗"不著一字,尽得风流"的推崇,我们完全可以理解他心目中的诗歌理想和所持的艺术标准,不过就表述的具体和清晰而言,严羽的诗人批评也许更值得我们重视。

很显然,对诗歌本质的把握意味着对诗歌艺术特征的尊重,"须是本色,须是当行"(《诗法》),可以理解为对诗歌特有的艺术表现方式的强调,关键在于本色和当行的具体内涵是什么。考察严羽的批评实践,他关于孟浩然与韩愈的比较耐人寻味:

> 孟襄阳学力下韩退之远甚,而其诗独出退之之上者,一味妙悟而已。唯悟乃为当行,乃为本色。(《诗辩》)

严羽在此强调的还是"悟"——艺术直觉,并且对二人的诗给予了相当个人性的评价。众所周知,孟、韩这两位诗人在宋代的遭遇很不一样,孟浩然曾受到苏东坡"韵高而才短"的批评,而韩愈则备受欧阳修、苏东坡等大诗人的青睐。严羽没有随大流尊韩,而是发挥陈师道《后山诗话》的论断[①],可见其论诗自有主见,决非矮人观场。当行和体制本是宋代诗学的理论热点之一,王安石评文章即先体制而后工拙。严羽指出本色、当行乃是悟,更为透彻地说明了文体特征的依据,同时也就准确地

[①] 陈师道《后山诗话》:"退之于诗,本无解处,以才高而好尔。""退之以文为诗,……虽极天下之工,要非本色。"何文焕辑《历代诗话》,上册第304、309页。

把握了孟浩然诗的艺术特征,故深为许学夷《诗源辩体》所赞许。

作为一位出色的批评家,成熟的艺术观念赋予他适度的评判标准,广泛的参学给他带来犀利的艺术眼光。使他在实际的批评中能保持冷静的态度和良好的判断力。针对宋代诗坛流行的李杜优劣论,他提出:"李杜二公,正不当优劣。太白有一二妙处,子美不能道;子美有一二妙处,太白不能作。"接着又具体指出:"子美不能为太白之飘逸,太白不能为子美之沉郁。太白《梦游天姥吟》《远离别》等,子美不能道;子美《北征》《兵车行》《垂老别》等,太白不能作。"这样的论断,从批评态度说当然是平允的,但就批评的深度而言犹属泛泛。真正显出其批评眼光之犀利的,是《诗话》中辨家数甚多且细,非但于大家、名家有见地,于旁枝小家也一针见血,一如《谈艺录》中的钱锺书。比如马戴,他认为"在晚唐诸人之上",自《沧浪诗话》有此论,后人多赞同。除郭绍虞先生《校释》所举《升庵诗话》《诗源辩体》《剑溪说诗》《石洲诗话》《东泉诗话》诸说外,我所见尚有如王士禛《古夫于亭杂录》卷一云:"余常谓唐末诗人,马戴为冠。"叶矫然《龙性堂诗话》云:"晚唐之马戴,盛唐之摩诘也","逸情促节,似无时代之别。"①纪晓岚《瀛奎律髓刊误》卷三十也说:"晚唐诗人,马戴骨格最高。"②陆鎣《问花楼诗话》:"马戴、许浑齐名,戴殊超绝。其《蓟门怀古》云:'荆卿西去不复返,易水东流无尽时。日暮萧条蓟城地,黄沙白草任风吹。'雅有深致。《楚江怀古》一首,柳吴兴无以过之。严羽推为晚唐之冠,信哉!"③马戴尚为晚唐有数的诗人,像权德舆,向来不太为人注意,但严羽却颇称赞其诗,谓"有绝似盛唐者"。后来毛先舒在《诗辩坻》中曾说:"元和诗响不振已

---

① 叶矫然《龙性堂诗话》初集,郭绍虞辑《清诗话续编》,第 1 册第 951 页。
② 纪昀《瀛奎律髓刊误》卷三十,光绪六年忏花庵刻本。
③ 陆鎣《问花楼诗话》卷一,光绪刊本《陆氏传家集》。

极,惟权文公乃颇见初唐遗构。"①由此可见沧浪论诗具只眼处。其他如对吕温、刘沧、薛逢等人的评论,对王安石《百家唐诗选》的批评,也多得高棅、杨慎、许学夷、王士禛的赞同。

在严羽所有的批评中,我觉得对大历诗人的批评最见功力。在唐诗中,大历诗人相对来说不太受重视,历代批评家都较少涉及。以我自己研究大历诗的体会,深感严羽对大历诗见识之卓绝。比如,他认为"顾况诗多在元白之上,稍有盛唐风骨处"。说顾况诗胜于元白,今人必难首肯;但若说顾况诗有盛唐风骨,则我们不能不佩服其见识精当。在我看来,顾况是大历诗人中最具强烈的自我表现色彩的一位诗人,可以说是盛唐向中唐过渡中自我表现意识复苏的号角。再如大历时期颇有个性的一位诗人戎昱,严羽断言其诗"在盛唐为最下,已滥觞晚唐矣。戎昱之诗有绝似晚唐者"。严羽的盛唐是包括大历在内的,在盛唐为最下当然在大历也是最下,就艺术才华与艺术表现的功力而言,我完全赞同严羽的评价。且看《全唐诗》卷二七〇所收的三首五律:

招提精舍好,石壁向江开。山影水中尽,鸟声天上来。<u>一灯传岁月</u>,深院长莓苔。日暮双林磬,泠泠送客回。(《题招提寺》)

一团青翠色,云是子陵家。山带新晴雨,溪留闰月花。<u>瓶开巾漉酒,地坼笋抽芽</u>。彩缛承颜面,朝服赋白华。(《闰春宴花溪严侍御庄》)

江柳断肠色,黄丝垂未齐。<u>人看几重恨,鸟入一枝低</u>。乡泪正堪落,与君又解携。相思万里道,春去夕阳西。(《江上柳送人》)

三诗中划线的诗句都有偏离意脉,损害表达逻辑的毛病,刘勰所谓"二

---

① 毛先舒《诗辩坻》卷三,《清诗话续编》,第1册第50页。

意两出,意之骈枝也"(《文心雕龙·熔裁》)。这是作者才力薄弱,不能制导意脉的结果,技巧娴熟的大历诗人是很少犯这种错误的。以此而言,判戎昱诗在大历为最下,实在不能说是厚诬①。

明代胡应麟说:"严羽卿论诗,六代以下甚分明,至汉魏便鹘突。"(《诗薮》内编卷二)清人朱仕玠又说:"古今论诗称宋严氏。然所见仅能尽盛唐诸人之美耳,至其前者皆不能合也。"②这是少见的对严羽诗歌批评的否定性意见,值得我们注意,不过我不能同意他们的看法。以南朝张正见为例,严羽曾有个斩钉截铁的结论:"南北朝人,唯张正见诗最多,而最无足省发,所谓虽多亦奚以为。"(《考证》)虽然《升庵诗话》《诗薮》对此有异论,严羽的结论还有商榷的余地,但清代的批评家成书将张正见与张华、陆云、潘岳、潘尼、王融、王僧儒、刘孝绰并列于"诗有卷帙浩繁而可取无多者"之列,认为他"传诗甚多,而佳构绝少。沧浪讥其虽多亦奚为,非过分也"③;而近代以来并无人论及其诗,也足以见张正见诗之难以引起研究者的兴趣了。严羽对先唐诗歌所作的批评不多,结论也稍为抽象,其实不太适于用来考察、验证他批评的深度,他作为批评家的才能集中表现在唐诗批评上,不只是诗人和作品,更触及诗史的深层。

3. 基于诗歌艺术批评的诗史眼光

严羽站在批评家的立场,以矫正诗风自任,提出以盛唐为宗的诗歌理想,其现实意义已为学术界所承认,但严羽以盛唐为宗背后的诗史意

---

① 参看蒋寅《大历诗人研究》上编论述顾况、戎昱的章节,中华书局1995年版。
② 朱仕玠《筠园先生墓志铭》,《梅崖居士文集》卷十二,乾隆四十七年家刊本。
③ 成书《多岁堂古诗存》例言、卷七,道光十一年家刊本。

识及其诗史理论模式我觉得尚未受到应有的重视。这实际上是文学史学带来的一个新课题。

以盛唐为诗歌的美学理想,决非严羽独自的价值取向。吴景仙就同样以盛唐为宗,但严羽认为他的《诗说》"虽取盛唐而无的,然使人知所趋向处"(《答吴景仙书》),也就是说没能指出盛唐诗的精妙所在,从而没能阐明以盛唐为宗的理由。职是之故,严羽推崇盛唐诗就侧重于阐发其人所未发的妙谛,而这种阐发又是以本朝诗为参照系而展开的,于是就开了唐宋诗比较的先声。不是专注于优劣高下的价值判断,而是注重说明是非同异的事实:"未论工拙,直是气象不同。"当然,这还不能说是他的独到贡献,因为基于比较的历史批评可以说是中国古代文学批评的传统,也就是刘勰《文心雕龙》的"通变"。刘勰曾指出,只有在了解文学史的前提上,才能进行真正的艺术创造:"参伍因革,通变之数也。是以规略文统,宜宏大体。先博览以精阅,总纲纪而摄契。"(《通变》)严羽的"熟参"正是这个意思,但从明确的理论模式出发,勾勒出诗史的时段,建立起诗史的框架,在前人的基础上作更深入的分析,则是严羽对诗史批评的独到贡献。

首先,严羽选择体制、时代、选集、家数作为诗史的单位,建立了自己的诗史时序和分期。《诗体》篇将体制分为《诗经》《离骚》、五言诗、歌行杂体、沈宋律诗五类,再举句式的五言、七言、四言、六言、三言、九言之别及古近体各种诗型,从诗型的角度划分出诗史的时段。上述体制、诗型之别原是诗学的常识,严羽只作了一番整理的工作。真正有意义的是,他在此基础上更提出文体、时期、选本等多向度的分期标准。以时代而论,则有建安体、黄初体、正始体、太康体、元嘉体、永明体、齐梁体、南北朝体、唐初体、盛唐体、大历体、元和体、晚唐体、本朝体、元祐体、江西宗派体。剔除南北朝体和本朝体两个通指的概念,共得十四种体,这按历史顺序排列的十四种体构成了诗史的基本时段①。以诗人而论,则自苏李体至杨诚斋体,共得三十六体。其间可注意的是,他将作家的体区分得很细,历来习惯齐名并称的陶谢、王孟、高岑都被分别列举,说明他对艺术风格的差异体认入微。以选本代表的艺术倾向论,则有选体、柏梁体、玉台体、西昆体、香奁体、宫体。经过以上的区分,诗史被划分成出于不同视角的时段,加上体制中再作细分,如"五言绝句,众唐人是一样,少陵是一样,韩退之是一样,王荆公是一样,本朝诸公是一样",体制与作家风格纵横交叉,就形成细密的诗史分期,从而形成系统的诗史观。从表面看,《诗体》篇的内容多取前人之说或时贤常谈,最近于常识。实质上经过严羽的综合和整理,零散无序的诗史常识已凝聚成系统的诗史知识。《诗体》篇不仅显示出批评家使知识系统化的整合能力,更标志着一种诗史观念的确立。

如果从诗史研究的角度来看,严羽最大的贡献乃是为我们奠定了建立在诗歌自身演变之上的诗史分期观念。虽然以体制、时代、家数、选本为诗史分期的根据,时段划分的具体结论有所不同,但它们都是着眼于诗歌本身的发展,在理论上显示出内在的统一性。应该承认,诗史分期观念到宋代还是不太成熟的。在诗史分期问题上,张戒《岁寒堂诗话》被认为是严羽理论的先导。张戒说:"国朝诸人诗为一等,唐人诗为一等,六朝诗为一等,陶、阮、建安七子、两汉为一等,《风》《骚》为一等。"②在我看来,这只不过说出了一个关于诗史自然阶段的常识,而严羽却基于对诗歌艺术表现方式嬗变的体认,提出了"别是一副言语"的诗史时段理论。他指出:

---

① 其中"江西宗派体",既不同于以年号分的八体,也不同于以时代分的六体,似乎出于杜撰,船津富彦先生《沧浪诗话源流考》曾有非议。若考虑到江西诗派是时间跨度很长的诗派,用以作为时段的指称也不是没有理由。

② 张戒《岁寒堂诗话》卷上,丁福保辑《历代诗话续编》,中华书局 2006 年版,上册第 451 页。

> 大历以前,分明别是一副言语;晚唐,分明别是一副言语;本朝诸公,分明别是一副言语。如此见,方许具一只眼。

我想这段话起码具有两方面的意义:首先,从历史观念上说,初盛中晚是艺术史的自然阶段,就像从亚里士多德到温克尔曼的进化论艺术史观总是将艺术发展过程描述为发生、成长、成熟、衰落一样,它只能说明诗史发展的一般过程,而决不能对应和揭示诗史的具体分期。严羽的"别是一副言语",绝不同于初盛中晚与诗史自然阶段的简单对应,它着眼于诗歌本身的发展变化,可以说是更深入诗史内部揭示其发展过程的"深描"。从这个意义上说,"一副言语"就是严羽提出的诗史分期标准。也许只是偶然的巧合,严羽作为时段划分的标志来使用的"言语"一词,正与现代文学史分期理论的逻辑起点相一致。如果我们同意陶东风的看法,文学史时段划分的前提基于对一个时期文学文体统一性的假设①,那么严羽的"别是一副言语"正意味着一个时期诗体的统一性。我们都知道,时期概念是历史认识的主要工具之一。没有时期概念,特别是没有划分时期的标准,我们很难想象对诗史的把握和建构。正如韦勒克所说,"只有当我们成功地建立起了一套分析文学作品的术语时,我们才能够划分文学时期的界限"②。严羽作为批评家,在确立诗史分期观念和提出分期的理论根据上的贡献是值得批评史大书特书的。由于历来对文学批评学和文学史理论的忽视,学术界在谈论严羽三唐说的利弊和影响时,都忽视了他提出上述诗史分期的理论意义。

其次,从诗史研究的角度说,"别是一副言语"乃是诗史分期的成

---

① 参看陶东风《文学史哲学》第六章"文学史的时期建构",河南人民出版社1994年版,第285页。
② 韦勒克、沃伦《文学理论》,刘象愚译,生活·读书·新知三联书店1984年版,第307页。

功尝试。其中将大历时期作为唐诗乃至整个先宋诗史上的一个重要转折点来把握,尤其显出严羽诗史认识的深刻。他说"大历之诗,高者尚未失盛唐,下者渐入晚唐矣",准确地指明了处在转折关头、成为盛唐向中唐过渡的大历诗的二重性格。通观严羽对大历诗人的批评,可见他对大历诗的研究是相当深入的,他的见解直接影响到后人对大历诗的看法,叶燮说中唐"乃古今百代之中,而非有唐之所独得而称中者也","后此千百年,无不从是以为断"①,就是对严羽之说的引申和发挥(尽管他根本就未认识到严羽对诗史划分的理论贡献),今人对大历诗的基本看法也可追溯到《沧浪诗话》的结论。当然,诗史的时段本只是论其大略,固执即泥,而严羽持论则堪称通达:"盛唐人诗,亦有一二滥觞晚唐者;晚唐人诗,亦有一二可入盛唐者,要当论其大概耳。"这种态度又直接派生了王世懋对诗史时段之延续性的论述②。只要仔细检讨一下历代的诗歌批评就会发现,我们对唐诗的不少基本看法都可以追溯到严羽,仅凭这一点,我们也不能不充分估量严羽在古代诗歌批评史上的地位。

4. 严羽批评的失误

作为一位批评家,严羽自然有过人的见识和不可磨灭的功绩,但他的批评中又留下一些明显的失误,遭后人诟病,甚至招致一些诗论家如冯班、钱振锽对其诗学的轻蔑。的确,严羽批评中的失误是不可讳言

---

① 叶燮《百家唐诗序》,《已畦文集》卷八,康熙刊本。
② 王世懋《艺圃撷余》云:"唐律由初而盛,由盛而中,由中而晚,时代声调,故自必不可同。然亦有初而逗盛,盛而逗中,中而逗晚者。……学者固当严于格调,然必谓盛唐人无一语落中,中唐无一语入盛,则亦固哉其言诗矣。"何文焕辑《历代诗话》,下册第776—777页。

的,尤其是论诗体的部分,冯班《严氏纠谬》驳之极细①。除了冯班指出的具体判断失误外,严羽使用诗史概念的不当可以归纳为三点:(1)体格法不分,《诗体》第五则从古诗、近体到"以别名者"都属于"体",从"有全篇双声叠韵者"到"有八句折腰者"都属于"格","有拟古"到"有今律"又属于"体","有颔联"以下则属于"法"。(2)若干概念运用和说明不当。如解释"南北朝体":"通魏周而言之,与齐梁体一也。"南北朝文学差异本就很大,"齐梁体"也有指风格和指声律的两种含义和不同用法,姚范《援鹑堂笔记》已有说,严羽将南北朝体与齐梁体等同起来,显然是不妥的。"本朝体"(通前后而言之)的概念也很成问题,它本是相对唐代而言,强调宋诗的统一性,可是严羽的序列中并没有"唐朝体"一名,这样,"本朝体"夹在晚唐体、元祐体、江西宗派体中就显得不伦不类了。同样,宫体与诸选本之体并列也有逻辑上的混乱。(3)偶尔忽视概念的历史性,如"李商隐体"下注"即西昆体也",即属不加斟酌,沿惠洪、胡仔之误。这一点清初冯班、钱曾、今人郭绍虞已指出②。总之,严羽在综合前人诗学资料时,辨析、斟酌的功夫稍有欠缺,所以一落实到诗史的层面就显得不够完密。最后,在概念运用之外,严羽还有一个问题是对待不同的艺术风格,态度尚不够宽容。诗话中既肯定"玉川之怪、长吉之瑰诡,天地间自欠此体不得",同时对孟郊的评价却又不免苛刻,没能摆脱苏东坡的影响。

---

① 冯班《钝吟杂录》卷五"严氏纠谬",《丛书集成初编》本,第67—70页。
② 见冯班《钝吟杂录》卷五"严氏纠谬"、钱曾《读书敏求记》卷四《西昆酬唱集》跋、郭绍虞《沧浪诗话校释》第59页。

二十一　陆游的沉寂和走红
——明清两代对陆游诗歌的接受

1. 陆游在明清之际的浮沉

明代诗学罢黜百家，独宗盛唐，宋诗也被束而不观，几乎消失在人们的诗史视野中。除了王世贞、胡应麟、许学夷等少数几位博学家的诗话，在整个明代的诗歌批评中，宋诗大体是被漠视的。诗人们对宋诗的无知和盲目否定甚至到了令人惊讶的地步。一直到明代晚期公安派主张"初、盛、中、晚自有诗也，不必初、盛也；李、杜、王、岑、钱、刘，下迨元、白、卢、郑，各自有诗也，不必李、杜也。赵宋亦然，陈、欧、苏、黄诸人，有一字袭唐者乎？又有一字相袭者乎？"①这才突破盛唐的界线，将宋元诗稍稍收入视野。此后，在公安派羽翼下成长起来的钱谦益（1582—1664），更受到程孟阳感染，极力鼓吹南宋和元诗，在天启、崇祯之际鼓荡起一股追慕宋元诗的风气。此举对清代的诗歌创作影响深远，以至于后辈谈到钱谦益的诗史贡献，首先认为钱谦益改变了晚明的诗风，所谓"虞山钱牧斋先生乃始排时代升降之论而悉去之，其指示学

---

① 袁宏道《与丘长孺》，《袁中郎全集》卷二十一。钱谦益《牧斋初学集》卷三十一《陶仲璞邂园集序》："万历之季，海内皆诋訾王、李，以乐天、子瞻为宗，其说唱于公安袁氏。"上海古籍出版社1985年版，下册第919页。

者,以少陵、香山、眉山、剑南、道园诸家为标准,天下始知宋金元诗之不可废,而诗体翕然其一变"①。

钱谦益所崇奉的五位诗人,杜甫乃是自宋至明诗家的不祧之宗,白居易和苏轼也是宋元人不断模仿的偶像,只有陆游和元好问属于新推出的楷模。而在陆游和元好问中,元好问又主要是以"诗史"意义才格外受到重视的,因此影响要在明亡以后,陆游则在天启、崇祯间已流行于诗坛。毛奇龄说因为钱谦益推崇陆游,"素称宋人诗当学务观"(《西河诗话》),影响所及,"今海内宗虞山教言,于南渡推放翁,于明推天池生"。② 最终形成"天启、崇祯中,忽崇尚宋诗,迄今未已。究未知宋人三百年间本末也,仅见陆务观一人"的局面③。

这股风气一直延续到康熙年间,以至李振裕《新刊范石湖诗集序》说:"今《渭南》《剑南》遗稿家置一编,奉为楷式。"④而陆游诗之所以为人们喜爱,他认为就在于陆游"不向人间乞唾余,诗家流弊尽扫除"的崭新面目⑤,这正是当时诗坛最急切追求的。乾隆间青浦人诸联《明斋小识》卷八载:

> 吾乡诗学,陈、李诸公倡为云间派,天下景从,无敢訾议。自康熙子、丑以降,尽好范、陆诗,家置一编,舍其醇,学其疵,格律议论、性情风韵,悉置不讲,唯以平易率直互相标榜。诗坛月旦,绝少公评。⑥

---

① 李振裕《善鸣集序》,《白石山房集》卷十四,康熙间香雪堂刊本。
② 毛奇龄《盛元白诗序》,《西河文集》序二十八,乾隆间萧山书留草堂刊本。
③ 贺裳《载酒园诗话》卷一,《清诗话续编》,上海古籍出版社1983年版,第1册第453页。
④ 李振裕《白石山房文集》卷十四,康熙间香雪堂刊本。
⑤ 李振裕《读陆放翁诗钞》,《白石山房稿》卷三,康熙间香雪堂刊本。
⑥ 诸联《明斋小识》,乾隆间刊本。

撇开出于桑梓之情的好恶偏见不谈，这段话还是说出了一个诗坛不仅厌弃明代格调派，甚至连承格调派绪余的云间派也不再接受的事实。康熙子、丑应即康熙十一年（1672）壬子、十二年（1673）癸丑，正是吴之振《宋诗钞》行世之际，也是宋诗风借着宋诗文本的普及方兴未艾之时。

尽管颇被诗界看好的新秀王士禛已用《蜀道集》向诗坛展示了学宋诗的成功范例，但毕竟名望尚浅，不足以耸动天下。故当时的诗坛可以说正处于没有权威、流别多歧的形势下。康熙二十五年（1686）叶燮作《原诗》，深慨时人"中藏无识，则理事情错陈于前，而浑然茫然，是非可否，妍媸黑白，悉眩惑而不能辨"，导致人云亦云，盲目追风：

> 有人曰诗必学汉魏，学盛唐，彼亦曰学汉魏，学盛唐，从而然之。而学汉魏与盛唐所以然之故，彼不能知，不能言也；即能效而言之，而终不能知也。又有人曰诗当学晚唐，学宋学元，彼亦曰学晚唐，学宋学元，又从而然之。而置汉魏与盛唐所以然之故，彼又终不能知也。或闻诗家有宗刘长卿者矣，于是群然而称刘随州矣。又或闻有崇尚陆游者矣，于是人人案头无不有《剑南集》，以为秘本，而遂不敢他及矣。①

此时人们所易入手的陆游诗集，除了通行的汲古阁刊本（详后）外，又增添了康熙二十四年（1685）武进杨大鹤选的《剑南诗钞》。据杨氏自序："自李沧溟不读唐以下，王弇州韪其说，后遂无敢谈宋诗者，南渡以后又勿论矣。近年以来，有识者始读宋诗，始读陆放翁诗。"②显然，他选这一函易携易读的《剑南诗钞》，正是为了迎合诗坛风气造成的市场需求。当时陆游的影响，宋代诗人中只有苏东坡可以媲美，这从同时问世的本朝诗选中都能间接地感受到。康熙二十七年（1688），孙铉编

---

① 叶燮《原诗》内篇下，丁福保辑《清诗话》，上海古籍出版社1978年版，下册第580页。
② 杨大鹤编《剑南诗钞》，康熙间爱日堂藏板本。

二十一　陆游的沉寂和走红

《皇清诗选》，自撰"刻略"云：

> 数年以来，又家眉山而户剑南矣。在彼天真烂漫，畦径都绝，此诚诗家上乘。倘不衫不履，面目颓唐，或大袖方袍，迂腐可厌，辄欲夺宋人之席，几何不见绝于七子耶？①

同年，倪匡世编《振雅堂汇编诗最》，自撰凡例云：

> 近来忽有尚宋不尚唐之说，良由章句腐儒，不能深入唐人三昧，遂退而法宋，以为容易入门，耸动天下。一魔方兴，众魔遂起，风气乃坏。是集必宗初盛，稍近苏、陆者，不得与选。②

直到康熙末年，陶煊、张璨辑《国朝诗的》，凡例还说：

> 近日竞谭宋人，几于祖大苏而宗范、陆。学唐者又从而排击之，各树旌幢，如水火之不相入，可怪也。不知苏、陆诸公，亦俎豆三唐，特才分不同，风气各别耳。使学者各就其性之所近，以神明乎古人，则皆可以登作者之堂。③

虽然当时信息传播不如今日发达，社会风气和趣味的递变都远较今日为缓慢，但几十年前的风尚总不至于说"近日"罢。陶、张二人说"近日竞谭宋人"相信是康熙末年的情形。也就是说，从天启到康熙末整整一百年，陆游诗风都长盛不衰，这不能不说是个奇迹。

据我考察，王士禛继钱谦益倡导宋诗是在康熙十四五年间，随着宋诗风的流行，它所带来的弊端也不断遭到诗坛的严厉批评，到康熙二十年（1681）前后，批评宋诗的浪潮达到顶峰。面对这不利于己的批评声音，王士禛适时地调整了自己的诗歌立场，重新返回唐诗的道路上来，

---

① 孙铉编《皇清诗选》，康熙间凤啸轩刊本。
② 倪匡世编《振雅堂汇编诗最》，康熙间怀远堂刊本。
③ 陶煊、张璨编《国朝诗的》，康熙六十年刊本。

以《十种唐诗选》《古诗选》《唐贤三昧集》等选本重塑自己的诗歌理想①。宋诗风群龙无首,又遭受多方面的强烈批评,遂渐告低落。但让人意外的是,陆游似乎并未因此而受冷落,依然人气旺盛。这是清初诗学史上很有意思的现象,迄今尚未见人注意到。

2. 来自程孟阳的影响

考究陆游诗之流行,人们都归结于钱谦益的提倡。清初费锡璜在《百尺梧桐阁遗稿序》中说:

> 自明人摹拟唐调,三变而至常熟,乃极称苏、陆以新天下耳目。②

据钱谦益门人瞿式耜《初学集序》说,"先生之诗,以杜、韩为宗,而出入于香山、樊川、松陵,以迄东坡、放翁、遗山诸家,才气横放,无所不有"。吴梅村也说:"牧斋深心学杜,晚更放而之于香山、剑南。"③这里所举的几位诗人,作品都络绎出现在《初学集》《有学集》钱曾注中,可见钱谦益确实出入诸家,其中涉猎最频繁、取材最多的是苏东坡。苏东坡是宋代以后文人最心仪的偶像,学苏是很常见的,但学陆游就不平常了。是因屡用屡废的相似经历而对陆游产生共鸣,还是从陆游诗中找到了自己的诗歌理想,我们不得而知,可以肯定的是他对陆游发生兴趣导源于程嘉燧的影响。

程嘉燧(1565—1643),字孟阳,号松圆,偈庵居士。休宁人,侨寓嘉定。工诗文书画,与李流芳、唐时升、娄坚并称"嘉定四先生"。有

---

① 详蒋寅《王渔洋与清初宋诗风的兴替》,《文学遗产》1999年第3期;收入《王渔洋与康熙诗坛》,中国社会科学出版社2001年版。
② 汪懋麟《百尺梧桐阁集》卷首,上海古籍出版社1980年影印康熙刊本。
③ 吴梅村《定山堂诗集序》,龚鼎孳《定山堂诗集》卷首,光绪九年龚彦绪刊本。

《松圆集》。王士禛曾取程嘉燧与吴兆诗合刊为《新安二布衣诗》八卷。明代以来,对宋诗价值的肯定始于公安派,而全面取法宋诗并阑入元人则肇自程孟阳。程孟阳尤其喜欢陆游诗,王渔洋认为他的路子是"学刘文房、韩君平,又时时染指陆务观"(《渔洋诗话》)。钱谦益对陆游的兴趣,正是在程孟阳的影响下培养起来的,直到晚年位尊望隆之日,他也不讳言这一点。崇祯十三年(1640)作《姚叔祥过明发堂共论近代词人戏作绝句十六首》,第一首就表达了对孟阳诗学的倾倒:"姚叟论文更不疑,孟阳诗律是吾师。溪南诗老今程老,莫怪低头元裕之。"①后来在《复遵王书》中更说:"仆少壮失学,熟烂空同、弇山之书。中年奉教孟阳诸老,始知改辕易向。孟阳论诗,自初、盛唐及钱、刘、元、白诸家,无不析骨刻髓,尚未能及六朝以上,晚始放而之剑川、遗山。余之津涉,实与之相上下。"②看来在钱谦益中年时期曾有一个追随程孟阳、诗学观念发生转变的过程,这不仅是他个人诗学观的重要转折,也是关系到晚明诗学演进的阶段性的重要问题,历来论者都予以注意,但只有孙之梅做了具体的探讨。除了定钱、程交往始于万历四十五年过迟,她的考论是翔实可取的③。

钱牧斋与程孟阳的交往,可以追溯到万历间。崇祯十六年(1643)冬,孟阳为牧斋撰《初学集序》,回顾两人相交始末,云:"盖余识先生于未第时,一见而莫逆于心,且三十年矣。始同养疴于拂水。辛酉,先生浙闻反命,相会于京师。"④由崇祯十六年上推三十年,两人初晤应在万历四十一年(1613)前后。但孟阳既言在牧斋未第时,则尚在三十八年(1610)之前,"且三十年"的"且"应解作已然之义。据牧斋崇祯三年

---

① 钱谦益《牧斋初学集》卷十七,上海古籍出版社1985年版,上册第601页。
② 钱谦益《牧斋有学集》卷三十九,上海古籍出版社1996年版,下册第1359页。
③ 参看孙之梅《钱谦益与明末清初文学》,齐鲁书社1996年版,第73—90页。
④ 程嘉燧《牧斋先生初学集序》,《牧斋初学集》,下册第2224页。

(1630)所作《耦耕堂记》及《归文休七十序》,他是由同榜举人李长蘅而获交孟阳的。孟阳《浪淘集自序》提到万历四十年壬子由武昌回南京,得诗七百余篇,"李长蘅、汪无际各传写之,钱受之与好事尤亟称之"①,则其时两人已有文字交,这一则材料孙之梅没有注意到②。《耦耕堂记》又记述了此后他们"同养疴于拂水"的往事:

> 万历丁巳之夏,予有幽忧之疾,负疴拂水山居。孟阳从嘉定来,流连旬月。山翠湿衣,泉流聒枕,相与顾而乐之,遂有栖隐之约。亡何,孟阳有长治之役,卒卒别去。予遂羁绁世网,跋前疐后,为山中之逋客者,十有余年矣。天启中,予遭钩党之祸,除名南还,途中为诗曰:耦耕旧与高人约,带月相看并荷锄。盖追思畴昔之约,而悔其践之不蚤也。③

丁巳为万历四十五年(1617),三月程孟阳来吴中,往来于苏州与常熟间,有《三月三日泊虞山下步寻等慈师不遇》(《松圆浪淘集》卷十六)。五月间居拂水山庄,与钱牧斋的密切关系由此开始。直到孟阳下世十五年后,钱谦益作《题孟阳仿大痴仙山图》还回忆起当时生活的一个片断:"万历丁巳夏五月,余与孟阳栖拂水山庄,中峰雪崖师藏大痴仙山图,相邀往观。是日毒热,汗濯濯滴箯舆上,日落仍还。次日,孟阳忆之作图,笔砚燥渴,点染作焦墨状,至今犹可辨也。"④而孟阳在四年后就有《怀拂水故居》(同上)怀念这段生活,可见对于他们两人这都是一段

---

① 程嘉燧《浪淘集》,《续修四库全书》集部第1385册,第587页。
② 孙之梅认为《松圆偈庵集》卷下《通钱探花》一首似钱谦益中第后由李长蘅介绍程孟阳的通刺之作,未确。此文应为孟阳在长治时代府主方方石通问之作。同卷"启"首篇《迎新潞安府尊杨启》题下自注:"代方石廿二。"此即其一也,文中"某章句陈儒,簿书贱吏"正合方方石身份。
③ 钱谦益《牧斋初学集》卷四十五,中册第1137页。
④ 钱谦益《牧斋有学集》卷九,上册第425页。

重要的经历,从此程孟阳成为钱牧斋终身师事的挚友。是年立秋,孟阳重访拂水庄,有《拂水山房立秋夜同钱受之作》(同上),诗云:"山馆伤春后,重来经早秋。"至于卷末《雨中宿钱受之馆惜别》,则是翌年春孟阳为方方石聘为幕宾,道出苏州时就牧斋辞别所作了。

此后两家集中涉及彼此往来的作品,清楚地记载了两人交游始末,今参考孙之梅的考证,并我自己的钩稽条列于下:

泰昌元年(1620)冬,孟阳自长治有书来,言:"出门四年,宜作归计。意尚欲一至五台,已老不复出游,或随便一至京师,俱未可必。"(《松圆偈庵集》卷下《与钱受之》)。

天启元年(1621)清明前,孟阳得牧斋书,告等慈下世(《松圆偈庵集》卷上《松寥诗引》)。秋,孟阳随方方石入京,下榻牧斋邸,王惟俭亦时时来谈。冬,牧斋以浙闱舞弊失察罣吏议,孟阳别去。孟阳《初学集序》:"辛酉,先生浙闱反命,相会于京师。"《初学集》卷三十五《赠别方子玄进士序》:"余今年屏居长安,宾从稀简,程处士孟阳、王京兆损仲,以其间相过从。"

天启二年(1622),孟阳在牧斋邸有《七夕同受之坐雨偶吮墨作中峰夜雨因忆拂水山居旧事漫书口号三首》(《松圆浪淘集》卷十七)。

天启四年(1624),牧斋以太子谕德兼翰林编修,充经筵日讲官、詹事府少詹事,入朝纂修《神宗实录》。翌年五月因党祸削籍南还,有诗怀孟阳,即《初学集》卷二《天启乙丑五月奉诏削籍南归自潞河登舟两月方达京口途中衔恩感事杂然成咏凡得十首》其七:"耦耕旧有高人约,带月相看并荷锄。"自注:"谓程孟阳也。"孟阳来吴中相见。《松圆浪淘集》卷十八《尝甘》自注:"乙丑夏来吴中,两年,再至南都。"

天启七年(1627)秋,牧斋与孟阳、李流芳会饮。见《初学集》卷四《金坛酒垂尽而孟阳方至小饮作》、《孟阳载酒就余同饮韵余方失子叠前韵志感》、《三叠韵答孟阳慰余哭子作》、《八月十四夜舣舟虎丘与孟阳长蔺小饮》。《松圆浪淘集》卷十八《和钱受之劝酒》、《再叠前韵和受之失子》,即当时所作。

崇祯二年(1629)六月,阁讼案结,牧斋南归。居拂水庄,建耦耕堂,邀孟阳居。见《列朝诗集小传》丁集下"松圆诗老程孟阳"条载:"崇祯中,余罢官里居,构耦耕堂于拂水,要与偕隐,晨夕游处。修鹿门、南村之乐。后先十年。"①

崇祯三年(1630)四月,孟阳来。孟阳《耦耕堂集自序》:"庚午四月,携琴书至拂水,比玉适偕。钱受之属宋作八分书'耦耕堂',自为之记。"牧斋《耦耕堂记》:"而孟阳不我遐弃,惠顾宿诺,移家相就。予深幸夫迷途之未远,而隐居之不孤也,请于孟阳,以耦耕名其堂,孟阳笑而许之。"②夏,朱子暇来访孟阳,牧斋有诗次其韵。《初学集》卷九《夏日偕朱子暇憩耦耕堂次子暇访孟阳韵》。秋,牧斋与孟阳登秋水阁。同卷《八月十二夜》自注:"时秋水阁初成,与孟阳缘梯登眺。"十月十七日偕孟阳、李茂初出游,见同卷《十月十七日偕孟阳茂初步至宝严湾枫林烂然因寻故人瞿元初墓徙倚寺前石桥作短歌记之》、《次日自拂水步至吾谷登南岩憩维摩寺金粟堂饭后下破山过高僧墓与孟阳寻等慈和尚葬处薄暮而返即事为诗语不伦次》。除夕有诗次孟阳韵,见同卷《庚午除夕次孟阳山中韵》:"山中喜有林逋在,自与梅花作主人。"

崇祯五年(1632),牧斋与宋珏移居西城,孟阳暂归嘉定。见孟阳《耦耕堂集自序》。

崇祯六年(1633)秋,孟阳在拂水山庄为牧斋画青绿山水轴。见葛金烺《爱日吟庐书画续录》卷二著录。

崇祯七年(1634)冬,孟阳至京口展妹墓,遂留此与唐时升游,至两

---

① 钱陆灿辑《列朝诗集小传》,上海古籍出版社1983年版,第577页。
② 钱谦益《牧斋初学集》卷四十五,中册第1137页。

年后唐卒。

崇祯十年(1637),牧斋被诬告系狱,岁末有诗怀孟阳,即《初学集》卷十二《岁暮怀孟阳》。

崇祯十一年(1638)秋,牧斋放归,拆耦耕堂,迁爽垲之地为花信楼,供孟阳起居。见孟阳《耦耕堂集自序》及《牧斋初学集》卷四十五《花信楼记》。

崇祯十二年(1639)春,牧斋有诗喜萧季公回示孟阳,即《初学集》卷十五《立春日喜萧季公却回兼示伯玉孟阳次除夕韵》。除夕,与孟阳等人守岁,作同卷《己卯除夕偕孟阳守岁崇德郁振公吴可黄二先辈俱集》。

崇祯十三年(1640)春,牧斋移居入城。秋,姚叔祥过访,牧斋与论诗,尽述倾倒孟阳之意。即上引《初学集》卷十七《姚叔祥过明发堂共论近代词人戏作绝句十六首》第一首,自注:"元裕之谓辛敬之论诗如法吏断狱,如老僧得正法眼,吾于孟阳亦云。"十一月,孟阳将归休宁,牧斋邀之宴,流连月余。腊月十五日,订明春黄山之游。孟阳《耦耕堂集自序》:"仲冬,过半野堂,方有文酒之燕,留连惜别,欣慨交集,且约偕游黄山。"牧斋与河东君唱和,孟阳有次韵和作,载《初学集》卷十八。

崇祯十四年(1641)春,约以梅花时相寻于武林之西溪,逾月而孟阳不至,牧斋遂挟吴去尘等以行。归过长翰山中,访松圆故居,题诗屋壁。舟抵桐江,始遇孟阳,推篷夜话,泫然而别。见《牧斋初学集》卷四十六《游黄山记》及孟阳《耦耕堂集自序》,牧斋题壁诗即《牧斋初学集》卷十九《下黄山留宿故方给事方石书馆题壁兼怀孟阳》、《访孟阳长翰山居题壁代简》。孟阳《耦耕堂存稿》文卷下《题归舟漫兴册》述二人最终一晤云:"余三日一日始入舟,望日至湖上,将陆行从之。而忽传归耗,遂源江逆之,犹冀一遇也。未至桐庐二十里,见官舫挟两舸扬帆蔽江而下,余驾渔艇截流而逆之,相见一笑。随出所收汪长驭家王蒙

《九峰图》及榆村程因可王维《江雪》卷同观,并示余黄山记游诸诗。读未半而风雨骤至,欹帆侧舵,云物晦冥,溪山改色,因发钱塘梁娃所贻关中桑落共斟酌之,不觉迫暮,同宿新店,下富阳不远矣。"

孟阳归休宁后,将平生诗文编辑为《浪淘》《耦耕》二集。"会虞山刻《初学集》将就,书来索序甚亟。自念衰病,不复能东下就见终老,遂以是编寓之,而略序数年踪迹于简端,使故人见之,庶可当一夕面谈"(《耦耕堂集自序》)。《初学集序》署写作年月是崇祯十六年(1643)十月,《耦耕堂集自序》也是本月所作,更细致地叙述了两人交往之迹,两个月后孟阳就下世了,享年七十九岁。或许当时未得讣告,牧斋集中没有悼念诗文,但日后诗中却屡屡忆及孟阳。如顺治六年(1649)春《次韵答何寤明见赠》云:"江左风流余汝在,襄阳耆旧几人存?"自注:"寤明与孟阳交,故诗及之。"①翌年五月《西湖杂感》其七云:"佛灯官烛古珠宫,二十年前两寓公。"自注:"谓程孟阳、李长蘅。"又其八"桃花得句气玲珑"句自注:"桃花得气美人中,西泠佳句,为孟阳所赏。"②顺治八年(1651)三月又有《石涛上人自庐山致萧伯玉书于其归也漫书十四绝句送之兼简伯玉》,其中忆及昔年萧伯玉与程孟阳论诗的情景。不久还有《孟阳冢孙念修自松圆过访口占送别二首》,其一云:"有几故人今宰木,无多世界又沧桑。何年渍酒浇丘垅,旧日题诗漫草堂。"③在前此编成的《列朝诗集》中,将孟阳小传置于专收交游所及前辈的丁集下的卷首,文字之长为书中之最,从为人到才艺,向孟阳奉献了无上的赞辞。

牧斋对孟阳的倾倒和推崇可以说是始终不渝,老而弥笃。寻绎两人往来之迹,其从容论诗有两个时期。一是万历四十五年(1617)孟阳

---

① 钱谦益《牧斋有学集》卷二,上册第51页。
② 同上书卷三,上册第96页。
③ 同上书卷四,上册第133、158页。

逗留拂水庄的旬月时光,一是崇祯间牧斋罢官赋闲招孟阳同隐的十年。孟阳撰《牧斋先生初学集序》,言及牧斋请序的原由,谓"以余相从之久,相得之深,而先生虚己下问,晨夕不厌。凡一诗之成,一文之构,无不哆口抵掌,祛形骸,忘嫌忌,所谓以仁心说,以公心辨,以虚心听。当其上下千古,直举李杜而下三唐诸名家杰作,一一矢口品骘,商榷论次之"[1]。像这样的切磋讨论,只能是崇祯间孟阳居拂水庄,"庐居比屋,晨夕晤对,其游从为最密"时的事[2]。据孙之梅研究,程孟阳的文学思想有三个方面影响到钱牧斋:一是强调诗歌对社会压迫的消解排泄、重视诗歌社会性、现实性的诗歌本质论,二是"知古人之为人","知古人之所以为诗"的诗法论,三是鄙薄前后七子和竟陵派[3]。程孟阳晚年不满于本朝诗歌,认为"盖诗之学自何、李而变,务于摹拟声调,所谓以矜气作之者也;自钟、谭而晦,竟于僻涩蒙昧,所谓以昏气出之者也"[4]。为破除当代俗学的蒙蔽,他"上自汉魏,下逮北宋诸作,靡不穷其所诣"(娄坚《书孟阳所刻诗后》),尽力拓展自己的胸襟和眼界。在栖止于拂水庄期间,他常和钱谦益一起评阅宋元人诗集,甚至"晚而出入于少陵、香山、眉山、剑南之间"的明代沈周《石田诗钞》也互为评定[5]。值得注意的是,孟阳对元好问的兴趣对牧斋有所感染。孟阳曾编《中州集钞》,崇祯十六年(1643)夏牧斋跋云:"元遗山编《中州集》十卷,孟阳手钞其尤隽者若干篇,因为抉擿其篇章句法,指陈其所由来,以示同志者。……孟阳老眼无花,能昭见古人心髓,于汗青漫漶、丹粉凋残之后,

---

[1] 程嘉燧《牧斋先生初学集序》,《牧斋初学集》下册第2224页。
[2] 钱谦益《牧斋有学集》卷十八《耦耕堂诗序》,中册第782页。
[3] 参看孙之梅《钱谦益与明末清初文学》,齐鲁书社1996年版,第86—88页。
[4] 程嘉燧《耦耕堂存稿》文卷上《程茂恒诗序》,《程嘉燧全集》,上海古籍出版社2015年版,第488页。
[5] 钱谦益《牧斋初学集》卷四十《石田诗钞序》,中册第1076页。

不独于中州诸老为千载之知己,而后生之有志于斯者,亦可以得师矣。"他举元好问对"同志中有公鉴而无姑息"的辛愿的推崇,说"吾观孟阳,殆无愧于斯人。而余之言,不能如遗山之推辛老,使天下信而征之,则余之有愧遗山多矣"①。孟阳还曾倡议仿《中州集》体例编本朝人诗。《列朝诗集序》云:"录诗何始乎?自孟阳之读《中州集》始也。孟阳之言曰:'元氏之集诗也,以诗系人,以人系传。《中州》之诗,亦金源之史也。吾将仿而为之,吾以采诗,子以庀史,不亦可乎?'"②证之《有学集》卷十三《病榻消寒杂咏四十六首》其二十四:"中年招隐共丹黄,栝柏犹余翰墨香。画里夜山秋水阁,镜中春瀑耦耕堂。客来荡桨闻朝咏,僧到支筇话夕阳。留却《中州》青简恨,尧年鹤语正凄凉。"自注:"孟阳议仿《中州集》体列,编次本朝人诗。"③可见牧斋后来编《列朝诗集》,也与当时孟阳的提议有关,所以《列朝诗集》自序将草创之功归于孟阳。

  从钱谦益晚年的回忆来看,程孟阳对他的影响可以说是全方位的。他曾说:"仆之笺杜诗,发端于卢德水、程孟阳诸老,云何不遂举其全,遂有《小笺》之役。"④此外,程孟阳对本朝诗的看法也影响到他。比如孟阳曾选李东阳诗为《怀麓堂诗钞》,"为之摘发其指意,洗刷其眉宇,百五十年之后,西涯一派焕然复开生面,而空同之云雾,渐次解驳"⑤,牧斋充分肯定了他的功绩,并以为近代诗病,其症凡三变,一是沿袭宋元的弱病,二是剽窃唐、《选》的狂病,三是摹拟郊、岛的鬼病,"救弱病者,必之乎狂;救狂病者,必之乎鬼"。而程孟阳的《怀麓堂诗钞》正是攻毒之箴砭,是故他称"孟阳论诗,在近代直是开辟手",深慨举世悠

---

① 钱谦益《牧斋初学集》卷八十三《题中州集钞》,下册第 1757 页。
② 同上书卷十四,中册第 678 页。
③ 同上书卷十三,中册第 655—656 页。
④ 同上书卷三十九《复吴江潘力田书》。下册第 1350 页。
⑤ 钱陆灿辑《列朝诗集小传》丙集,上海古籍出版社 1983 年版,上册第 246 页。

悠,不能信从。他《列朝诗集小传》中对明诗的批评,明显可见与孟阳的渊源关系,袁海叟和张羽小传更是直接引用了孟阳的评论。即从这两段批评看,程孟阳也绝不是胸中无见识、议论无根柢的人,牧斋对他服膺终生是有道理的。

从上面引的资料看,牧斋受程孟阳影响而广泛涉猎宋元诗,当然是在崇祯间两人朝夕相处的那段岁月。但贺裳追述明末陆游诗的盛行,时间却要更早,这就使问题有了进一步推究的必要。贺裳是这么说的:

> 天启、崇祯中,忽崇尚宋诗,迄今未已,究未知宋人三百年间本末也,仅见陆务观一人耳。实则务观胜处,亦未能知,止爱其读之易解,学之易成耳。①

这里说陆游诗的流行始于天启年间,值得注意。贺裳生卒年不详,但由《围炉诗话》可知他年辈高于吴乔,大约与钱谦益年岁相当。作为过来之人的追忆,他的记述应该是可靠的。这样,钱谦益受程孟阳影响,崇尚宋元诗尤其是陆游,就只能是程孟阳第一次流连拂水庄的结果了。金鹤冲《钱牧斋先生年谱》万历四十五年载"程孟阳自嘉定来,居拂水山庄,留连旬月,相与讨论诗法,先生之诗遂大就",正将本年视为牧斋诗学之转折点,可作一个旁证。

到天启元年(1621)两人在京重晤,钱谦益早已名重朝野,言动为天下瞩目;程孟阳也以当代高士,为世所敬仰,他们在诗学上的动向当然会对诗坛产生影响。这从他们和古诗声调学的关系也可间接地体会到。仲是保《声调谱序》云:"唐诗声调迄元来微矣,明季浸失,古诗尤甚。吾虞冯氏始发其微,于时和之者有钱牧斋及练川程孟阳。若后之娄东吴梅村,则又闻之于程氏者矣。顾解人难得,惟新城王阮亭司寇及

---

① 贺裳《载酒园诗话》,郭绍虞辑《清诗话续编》,第1册第453页。

见梅村,心领其说,方欲登斯世于风雅,执以律人,人咸自失。"①仲是保是冯班弟子,而冯班又是钱谦益门人,仲是保能在太老师之前,将古诗声调学的创始归于冯班,想必确有根据。即便如此,冯班的学说也是得到牧斋、孟阳响应才播及吴梅村、王渔洋,而愈益发扬光大的。天启、崇祯间,牧斋"身虽退处,其文章为海内所推服崇尚,翕然如泰山北斗"②。他对宋元诗的鼓吹,对陆游的偏嗜,无疑会有引领风气的作用,由是形成贺裳说的天启、崇祯间忽尚宋诗,而陆游独步一时的局面,这是不难想见的,关键在于弄清他鼓吹宋元诗,推崇陆游的具体过程。

3. 钱谦益对陆游的接受

钱谦益《列朝诗集小传》论程孟阳诗学,称"其诗以唐人为宗,精熟李、杜二家,深悟剽贼比拟之缪。七言今体约而之随州,七言古诗放而之眉山,此其大略也。晚年学益进,识益高,尽览《中州》、遗山、道园及国朝青丘、海叟、西涯之诗,老眼无花,照见古人心髓。于汗青漫漶丹粉凋残之后,为之抉摘其所由来,发明其所以合辙古人,而迥别于近代之俗学者,于是乎王、李之云雾尽扫,后生之心眼一开。其功于斯道甚大,而世或未之知也。"③既言扫尽后七子云雾,开后生之灵窍,则孟阳当时廓清诗学的影响非同小可,"世或未之知"只是说时过境迁,今人已不知故事。由清初至今,又过去三百多年,历史的面貌更加模糊。在朱彝尊的笔下,对程孟阳的评价只有"格调卑卑,才庸气弱"八个字,他认为

---

① 仲是保《声调谱》序,谈艺珠丛本《声调谱拾遗》卷首。并详惠栋《松崖文集》卷一《刻声调谱序》,聚学轩丛书本。
② 程嘉燧《牧斋先生初学集序》,《牧斋初学集》下册第2224页。
③ 钱陆灿辑《列朝诗集小传》丁集下,上海古籍出版社1983年版,第577—578页。

钱谦益只不过"深惩何李、王李流派,乃于明三百年中,特尊之为诗老"①。尽管朱彝尊的论断也遭后人质疑②,但作为同时代人的看法,仍不能不促使我们考虑,程孟阳对晚明诗学的影响是不是被钱谦益夸大了?

钱谦益在《答杜苍略论文书》中说:"仆狂易愚鲁,少而失学,一困于程文帖括之拘牵,一误于王、李俗学之沿袭,寻行数墨,怅怅如瞽人拍肩。年近四十,始得从二三遗民老学,得闻先辈之绪论,与夫古人诗文之指意,学问之原本,乃始豁然悔悟。"③这个意思他晚年在《答山阴徐伯调书》、《复遵王书》、《新刻震川先生文集序》中曾反复申明。所谓二三遗民老学,也就是"嘉定二三宿儒"唐时升、金兆登、娄坚、李流芳等人,他们固然对钱牧斋的诗学观有所影响,但这影响波及诗坛,还有赖于牧斋本人的推动。通览钱谦益现存作品,并没有看到特别推崇陆游的文字。文集中有关陆游的评论,只有《初学集》卷八十五所收的《跋渭南文集》一篇,就陆游跋所读书只记勘对、装潢年月发表了一点感慨。此外值得注意的就是《萧伯玉春浮园集序》,提到"天启初,余在长安,得伯玉愚山诗,喜其炼句似放翁,写置扇头。程孟阳见之,相向吟赏不去口"④。仅以似陆游就受到如此的吟赏,陆游本人将被何等尊崇,不难想见。虽然我暂时还没找到显示诗坛反应的材料,但一个有意味的事件可以让我们间接地去推想,那就是汲古阁版《陆放翁全集》的刊行。

陆游诗文集,宋元刊本到明代流传已绝少。明代刊行的陆游集,最

---

① 朱彝尊《静志居诗话》,人民文学出版社 1990 年版,下册第 544 页。
② 汪端《明三十家诗选》即肯定钱氏"惟推重孟阳一事未可厚非","朱竹垞谓孟阳格调卑卑,才庸气弱;邵子湘摘其累句,诃为秽亵俚俗;沈归愚谓其纤词浮语,仅比于陈仲醇。是皆因虞山毁誉失实,迁怒孟阳,过事丑诋。"同治十二年蕴兰吟馆重刊本。
③ 钱谦益《牧斋有学集》卷三十八《答杜苍略论文书》,下册第 1306 页。
④ 同上书卷十八,中册第 786 页。

早是弘治十五年(1502)华珵活字印本《渭南文集》五十卷,源出宋本,不收诗歌;其次是正德八年(1513)汪大章刊本《渭南文集》五十二卷,其中收诗九卷,自序称"翁长于诗,而集未之备,再求善本而不可得",足见当时陆游诗集已难访求。汪刻本传世也很少,所以万历间又有陈邦瞻闽中翻刻本,书志还著录有万历四十年(1612)陆氏翻刻汪本。相比文集来,"《剑南诗稿》以卷帙繁重,刊本浸就残佚,惟恃传钞以延一线"①。有明一代,仅宋末罗椅选、刘辰翁续,明刘景寅再续的《放翁诗选》十九卷,有弘治间冉孝隆刊本、嘉靖间莆田黄漳重刊本。经傅增湘详考其篇目,知汪大章刊本《渭南文集》所收的九卷诗,就是全取此书编入。藏园老人也喟叹:"自宋末以逮明季,数百年间,放翁诗稿之传,其绝续之机,实赖此选本之一再覆刊,得以久延其绪。"②职是之故,明末毛晋访得前辈校本《剑南诗稿》,倍觉珍秘异常,跋云:"近来坊刻,寡陋不成帙,刘须溪本子亦十仅二三。甲子秋得翁子虡编辑《剑南诗稿》,又吴、钱两先生严订夭夭者,真名秘本也。亟梓行之,以公同好。"③甲子是天启四年(1624),联系到钱牧斋和程孟阳在京师的游从来看,毛晋汲汲访求《剑南诗稿》,急切地授梓,是不是也有配合老师提倡陆游诗之意,并正感受到山雨欲来的市场需求呢?在此前后他还根据华氏活字本刊刻了《渭南文集》五十卷,两书合印成《陆放翁全集》。这是陆游诗文第一次汇刻成完帙,它使李振裕说的"《渭南》《剑南》遗稿家置一编"成为可能。杨大鹤说,"六十年前,宋人诗无论全集、选本,行世者绝少。陆放翁诗尤少,以余目所睹记,澄江许伯清前辈有手录宋人诗集三十家,今已不可复得;刻本惟曹能始《十二代诗选》,然陆

---

① 傅增湘《藏园群书题记》卷十五,上海古籍出版社1989年版,第739—742页。
② 参看邵懿辰、邵章《增订四库简明目录标注》,上海古籍出版社1979年版,第744—745页;傅增湘《藏园群书题记》卷十五,上海古籍出版社1989年版,第739—742页。
③ 毛扆《剑南诗稿》跋,汲古阁刊本。

放翁诗俱寥寥无几。自汲古阁得翁子子虡所编《剑南诗稿》授梓,于是放翁之诗无一篇遗漏者矣"①。汲古阁刊本对陆游诗的流行无疑是起了直接的推动作用的。当然,这只是一个间接的证据,真正要考察钱谦益对陆游诗歌的接受和推广,还必须深入到钱氏的创作中去,即采用罗宗强先生所倡导的"研究文学创作中反映出来的文学思想倾向"的方法②。

细考钱谦益的诗歌创作,其得力于陆游处痕迹宛然。钱曾注《初学》、《有学》二集,已约略揭示牧斋袭用陆游诗语或取材于陆游其他著作之处。这虽是非常表面化的内容,但也助于我们认识钱诗与陆游的关系。梳理钱注所引陆游诗文,剔除若干近乎附会的条目,可将牧斋对陆游著作的刺取归纳为三种情形。

(一)沿袭陆游诗语

《初学集》卷三《赠星士》"浇书摊饭醉仍眠,任运腾腾信往缘。万事未曾惟有死,此生自断岂由天",钱曾注引赵与虤《娱书堂诗话》:"东坡谓晨炊为浇书,李黄门谓午睡为摊饭。陆务观尝有绝句云:'浇书满挹浮蛆瓮,摊饭横眠梦蝶床。莫笑山翁见机晚,也胜朝市一生忙。'"又陆游《秋晚书怀》"颓然兀兀复腾腾,万事唯除死未曾"。

卷五《崇祯元年元日立春》"钓船游屐须排日,先踏西山万树梅",注引陆游《小饮梅花下》"排日醉过梅落后,通宵吟到雪残时"。

同卷《十六日冒雨游玄墓》"欲偿清游逋,更觅寒饿句",注引陆游《僧房假榻》"剩偿平日清游愿,更结来生熟睡缘"。

卷九《次日自拂水步至吾谷……》"意行曳杖随所骋",注引陆游《舍北行饭书触目》"意行舍北三叉路"。

卷二十《灯下看内人插瓶花戏题四绝句》其二"剧怜素手端相处",

---

① 杨大鹤《剑南诗钞》凡例,康熙间爱日堂藏板本。
② 罗宗强《隋唐五代文学思想史》引言,上海古籍出版社1986年版。

注引陆游《得梅一枝戏成》"尽意端相终有恨"。

《有学集》卷十三《迎神曲十二首》其五"伏腊鸡豚掠社钱",注引陆游《春尽自娱》"鸡豚杂遝祈年社"。

同卷《和腊梅》"本自梅同谱",注引陆游《荀秀才送腊梅》"与梅同谱又同时"。

同卷《病榻消寒杂咏四十六首》其二十七"由来造物忌安排",注引陆游《北斋书志》"百年从零落,万事忌安排";"无药堪能除老病",注引陆游《春晚雨中》"方书无药医治老"。

同卷《病榻消寒杂咏四十六首》其四十六"排日春光不暂停,凭将笑口破沉冥",注引陆游《小饮梅花下》"排日醉过梅落后,通宵吟到雪残时"。

(二)脱胎于陆游诗意

《初学集》卷二《西山道中二首》其二"软红尘土原如许,一入东华便可嗟",钱曾注引陆游《书怀》"愁向东华踏软红"。

卷三《腊梅二首》其一"染成宫样宜金屋",注引陆游《荀秀才送腊梅》"合将金屋贮幽姿"。

卷十二《狱中杂诗三十首》其十六"愁肠终夜绕吴门",钱曾注引陆游《出县》"归计未成留亦好,愁肠不用绕吴门"。

(三)陆游著作所出典故

《初学集》卷四《彭幼朔仙翁丙寅十月化去……》"青城老将去乘骡",自注:"姚平仲事,见陆务观《渭南集》。"

同卷《徐大于王闻诏柱诗见贺奉答二首》其二"却喜人呼作老民",自注:"陆务观自署山阴老民。"

卷九《次韵何慈公岁暮感事四首》其二末句"两耳那堪著箭瘢",自注:"用南唐王舆事。"钱曾注出陆游《南唐书·王舆传》。

这都是自注清楚表明用陆游集内容的,还有一些篇章,经钱曾注指出,也是用陆游的独家记载。如《初学集》卷三《寒夜闻姬人语戏作》"绿衣公论吾何恃,红粉流年汝未忘",是用陆游《施司谏注东坡诗序》:"白首沉下吏,绿衣有公言。乃以侍妾朝云尝叹黄师是仕不进,故此句之意,戏言其上僭。则非得于故老,殆不可知。"卷十八《横山题江道暗蝶庵》"冢笔巢书自往还",是用陆游《渭南集》中《书巢记》一文。《有学集》卷五《圣野携妓夜饮绿水园戏题四绝句》其二,用陆游《老学庵笔记》所载苏叔党事。卷十二《三月二日遵王生第五雏走笔驰贺》用《老学庵笔记》所载钱穆父生九子事。至于《初学集》卷四《柳絮词为徐于作六首》其六"沈园柳老绵吹尽,梦断香销向阿谁?"用陆游题沈园绝句;卷十七《茅止生挽词十首》其十"家祭叮咛匡复勋,放翁死后又悲君",《有学集》卷五《简侯研德并示记原》"家祭无忘告两河",卷十二《茸城吊许霞城》"苦忆放翁家祭语",皆用陆游《示儿绝句》"王师北定中原日,家祭无忘告乃翁",更是尽人皆知,不待注而后明的。

　　这里最早的作品是《初学集》卷二所收《西山道中二首》,作于天启二年(1622),最晚的是《有学集》卷十三所收《病榻消寒杂咏四十六首》其四十六,作于康熙二年(1663)腊月。从钱曾所注来看,袭取陆游诗文的作品主要在《初学集》中,到收录入清以后作品的《有学集》就大为减少了。事实上,除了一如既往地喜用东坡诗文外,《有学集》连篇累牍地充斥着佛经典故,显出牧斋晚年浸淫释氏之深。尽管如此,我们还是不能忽视自崇祯十三年以后他三用陆游《示儿》诗意这一事实。正如钱锺书先生所说,陆游诗歌的主题主要分为两类:"一方面是悲愤激昂,要为国家报仇雪耻,恢复丧失的疆土,解放沦陷的人民;一方面是闲适细腻,咀嚼出日常生活的深永的滋味,熨帖出当前景物的曲折的情状。"① 钱谦益之取材于陆游集,总体上集中在后一方面,这或许与他读的是

---

① 钱锺书《宋诗选注》,人民文学出版社1958年版,第190页。

"略其感激豪宕、沉郁深婉之作,惟取其流连光景、可以剽窃移掇者,转相贩鬻"的选本有关①。但后来再三袭用《示儿》诗,又显出向前一方面转移的倾向。《有学集》卷二十《五石居诗小引》,称作者生甫归田后诗有陆游的闲情道韵,但观其骨相,晚年当有遇合,因而激励他:"陆放翁九十余尚不忘北定中原,生甫更二十年,犹与放翁相望,晚年据鞍横槊,诗篇当益壮,不但如放翁之行吟策杖,终老于兰亭、禹庙间也!"②这里较之闲适趣味,更强调的是放翁晚年的北伐之志,隐合于牧斋入清后的心态。处在他那样的角色和境遇,当然不可能作陆游式的悲歌慷慨,即便是家祭之告也属很腆颜的忏悔和期待了,只有序他人诗可聊为寄意。如果说钱谦益本人因经历特别,不得不如此,那么同时代的其他诗人又如何对待陆游诗呢?

4. 陆游诗歌的持续流行

只要我们仔细研究当时的诗歌创作和批评,而不是率尔轻信一两条关于明清之交流行宋元诗风的记载,就会发现:在宋元诗的旗号下,人们实际接受的诗歌未必是真正代表宋元诗精神的作家和作品。当时一位有影响的诗论家贺裳,曾说:"余读前辈遗言,尤薄宋人,然宋人之诗实亦数变,非可一概视之。至如近人之称许宋诗,不过喜其尖新僻浅,乃南宋中陆务观一家,亦未能深窥宋人本末也。"③在他看来,近代宋诗风的流行,并没有真正光大宋诗的精神,诗坛对宋诗的喜好和接受,只限于陆游式的南宋诗风,取其易解易学而已。因而他批评近人学

---

① 《四库全书总目提要》卷一六〇《剑南诗稿》提要,中华书局1965年影印本,第1380页。
② 钱谦益《牧斋有学集》卷二十《五石居诗小引》,中册第860页。
③ 贺裳《载酒园诗话》"唐宋诗话缘起",郭绍虞辑《清诗话续编》,第1册第399页。

陆游者"无复体格,亦不复锻炼深思,仅于中联作一二姿态语,余尽不顾,起结尤极草草,方言俗谚,信腕直书"。这种诗风实际上就是南宋流行的中晚唐诗风,具体说就是从大历才子、元白到皮陆一派的清浅流易之风。学宋元诗最后变成了学中晚唐,这个种瓜得豆的滑稽结果,有助于我们理解为什么钱谦益倡导宋元诗,而他门人冯班却没有以宋元诗为宗,没有学陆游,而走了晚唐诗的路子。这是一个需要专门讨论的问题,在此我更关注的是清初诗坛学陆游的情况。

贺裳的《载酒园诗话》曾为吴乔《逃禅诗话》所刺取①,《逃禅诗话》撰写于康熙二十一年(1682)至康熙二十五年(1686)之间,则《载酒园诗话》成书应在康熙二十年之前。大致到康熙中,学陆游的流弊已为诗坛共睹,连倾向于宋诗的评论家也不能熟视无睹。叶燮《原诗》内篇上历数明末以来诗坛风气的转移,指出明末以来的摹拟剽窃,在模拟对象上有两个鲜明的倾向,一是唐诗派学大历诗家钱起、刘长卿,一是宋诗派学陆游、范成大、元好问。从《原诗》对唐诗派"呵宋斥元"的不满可以看出,叶燮本是崇尚宋诗的,对陆游也相当尊敬,说"南宋金元作者不一,大家如陆游、范成大、元好问为最,各能自见其才",只不过他心目中最伟大的宋代诗人是苏东坡,故而不满意程孟阳、钱谦益之独学陆游,至于范成大就更不用说了。他说近日"又推崇宋诗者,窃陆游、范成大与元之元好问诸人婉秀便丽之句,以为秘本。昔李攀龙袭汉、魏古诗乐府,易一二字便居为己作;今有用陆、范及元诗句,或颠倒一二字,或全窃其面目,以盛夸于世,俨主骚坛,傲睨千古"。这里被批评的对象,窃陆游、元好问者,自然是程孟阳、钱谦益;窃范成大者,则指汪琬。郑方坤《国朝名家诗钞小传》卷二论汪琬诗,针对阎若璩"仅可妆点山林,附庸风雅,比于山人清客"之说,谓其"大致脱去唐人窠臼,而

---

① 详蒋寅《〈逃禅诗话〉与〈围炉诗话〉之关系》,《苏州大学学报》2000年第3期。

专以宋为师。于宋人中,所心摹手追者,石湖居士而已。取径太狭,造语太纤,且隐逸闲适话头,未免千篇一律"①。汪琬同时也学陆游,他曾在《遽步诗集序》推杜甫、苏轼、陆游为唐宋三大家。阎若璩《潜丘札记》卷四《跋尧峰文钞》载:"何屺瞻告余,放翁之才,万顷海也。今人第以其'疏帘不卷留香久'等句,遂认作苏州老清客耳。"这就是暗指汪琬。我在《王渔洋与康熙诗坛》一书中,曾以为此语专属钱谦益,北京师范大学博士生陈伟文君细加推考,认为叶燮矛头所指,应是同时同地且论诗抵牾的汪琬,举计东《钝翁生圹志》称汪氏"诗则跳荡于范致能、陆务观、元裕之诸公间",沈德潜《国朝诗别裁集》卷四称汪琬"中年后以剑南、石湖为宗",卷十又称叶燮"初寓吴时,吴中称诗者多宗范、陆,究所猎者,范、陆之皮毛,几于千手雷同矣。先生著《原诗》内外篇,力破其非"等材料见示,这正与钱锺书先生的看法一致,很有见地。

  时过境迁,零星的记载已很难复现当时盛行陆游诗的风气,甚至钩稽当时学陆游的诗人也变得很困难。钱锺书《宋诗选注》曾举出汪琬《钝翁类稿》卷七之后、王苹《二十四泉草堂集》卷十《大水泊过门人於无学东始山房论诗》、徐釚《南州草堂集》卷十二冯廷櫆题绝句、冯廷櫆《冯舍人遗诗》卷五《论诗》之十、王霖《弇山诗钞》卷十八《放翁先生生日》等几位诗人学陆游的证据②。若就诗集中出现追步陆游的痕迹而言,则尚可举出金坛诗人于鉴之,《京江耆旧集》卷二载其《京口述怀仿剑南体》,其他如著名诗人宋琬、陈廷敬、胡承诺等集中也不乏其例,但要举出有明确证据表明学陆游诗风的诗人则比较困难,现在我能补充的只有很少几位。首先是著名宋诗派诗人查慎行,其《得树楼杂钞》卷

---

① 郑方坤《国朝名家诗钞小传》卷二,见周骏富辑《清代传记丛刊》,学林卷第24册,台北明文书局1985年版,第169页。

② 钱锺书《宋诗选注》,人民文学出版社1958年版,第194—195页。

十五留下细读陆游诗的笔记。王士禛为《敬业堂集》作序,将查慎行的诗歌风格与陆游相比较:"奇创之才,慎行逊游。绵至之思,游逊慎行。"《四库提要》以为颇得其实①。还有一位是桐城诗人方文。方文是钱谦益晚年很亲近的人,曾有诗赠钱谦益孙曰:"松圆诗老擅风骚,乃祖推尊义更高"②,可见他熟知牧斋与程孟阳的诗学渊源。他有《题剑南集》云:"欧苏文自佳,诗却有宋气。不如陆放翁,高古同汉魏。妙语发天然,比偶亦华蔚。所以五百年,芬芳犹未既。予夙爱其诗,全稿不易得。顷从汪我生,借观喜动色。我生因谓予,任意施朱墨。他日遗子孙,学诗取为则。予携至草堂,点阅凡两遍。选其绝妙者,手录成长卷。朝夕讽咏之,宛如翁对面。还书送一瓻,曷足酬深眷?"③值得注意的是,他欣赏陆游之处在于其诗不像欧、苏那样有"宋气",而是高古有汉魏之风,另外就是造语自然、对偶工妙,总之都是陆游诗近唐诗之处,可见他于陆游也并不是取其宋调,而是取其唐风。

《牧斋有学集》中记载了几位学陆游的诗人。第一位就是与钱谦益和程孟阳往来密切的江西泰和诗人萧士玮。士玮字伯玉,《有学集》卷三十一有《萧伯玉墓志铭》。顺治八年(1651)三月,牧斋有《石涛上人自庐山致萧伯玉书于其归也漫书十四绝句送之兼简伯玉》,其十写道:"松圆长老罢论诗,寂寞春晖旧履綦。记取摩挲铜狄处,洛阳城北未多时。"自注:"伯玉往寓春晖园,与孟阳论诗累月。"④萧伯玉是曾房

---

① 《四库全书总目》卷一七三《敬业堂集》提要:"慎行近体,实出剑南,但游善写景,慎行善抒情;游善隶事,慎行善运意,故长短互形,士祯所评良允。"中华书局影印本,第1528页。
② 方文《嵞山续集》卷五《赠钱二郎》,上海古籍出版社1979年影印康熙本,第1138页。卷二又有《喜孙豹人见访予稍迟虞山之行因作歌》云:"虞山老人八十二,邮书期晤情非轻",第933页。
③ 方文《嵞山续集》卷一,上海古籍出版社1979年影印康熙刊本,下册第866页。
④ 钱谦益《牧斋有学集》卷四,上册第133页。

仲的老师,《初学集》卷三十二《曾房仲诗序》说:"吾又闻宋人作《江西诗派图》,推尊黄鲁直为佛氏传灯之祖,而严羽卿诃之,以为外道。周益公问诗法于陆务观,则曰:学子瞻西江之论诗。其渊源流别,今犹可得而考乎?房仲必有闻焉。而其所师事,曰萧伯玉。伯玉,今之好为务观者,以吾言质之,以为何如也?"①另一位是嘉定诗人张鸿盘②,卷十九《张子石西楼诗草序》:"其诗则发源于吾友孟阳,如陶彭泽出于应璩,谢玄晖出于谢鲲,太白之古风多效陈子昂也。清和闲止,憔悴婉笃,以陶冶性情、疏瀹风雅为能事,而风调侧出于剑南、遗山之间,审音者皆能知之。"还有一位是诗僧大育头陀,卷二十一《大育头陀诗序》称:"头陀诗《山居》二十首最佳,鲜妍清切,骎骎得剑南句法。衰望巢居,老嘱家祭,亦有放翁之遗忠焉。"③这两位诗人学陆游的经过都与钱谦益有相似之处,张鸿盘同样受程孟阳的影响,而大育则像牧斋一样,开始倾倒于陆游是在句法方面,迨明亡后就转移到国家兴亡的精神层面了。前面提到的生甫,集名《五石居诗》,牧斋为作《小引》,称其"闲情道韵,在眉山、剑南之间",显然也是学陆游的。

  清初有两位山东诗论家也很推崇陆游,那就是田雯和张谦宜。田雯《古欢堂杂著》中诗话四卷,于宋代诗人都略而不论,独有取于陆游,摘陆游七绝佳句尤夥,显然也是瓣香所在。《丛碧堂诗序》亦云:"余少时爱读白、陆之诗,嵫景蓦眹,益癖嗜痂。"又《论诗绝句》之十一:"琢肝钬肾费寻思,摊书浇饭病不支。拣取前人篇什读,老来白、陆最相宜。"可见他晚年对白居易、陆游两家诗独有会心,用功匪浅。张谦宜《絸斋诗谈》论宋诗,加以详细评论的只有苏东坡、陆游两家,评论陆游的篇

---

① 钱谦益《牧斋初学集》卷三十二,中册第930页。
② 张鸿盘生平事迹,可参看孙之梅《钱谦益与明末清初文学》的考证,第70—71页。
③ 钱谦益《牧斋有学集》卷二十一,中册第892页。

幅是东坡的两倍半。尤其称赞他的浑厚雄健得杜真髓,直在性情相通,不在字句临摹,告诫学者"须求其思路刻苦处,须得其游行自在处,不可目为轻浅","但看他容易脱手,读之妥当者,都是丹成效验。却不得以街谈市语皆可入诗,率意鄙俚,堕入恶道,藉口摹陆,自谓当家也"①。他的议论看上去与贺裳针锋相对,但比贺裳妥帖。贺裳论诗不脱明人习气,读宋诗未必深入,而辄下评断,不免有心粗气浮的毛病。

要之,陆游诗在明末清初的流行,是诗歌史上一个值得注意的现象,与明清之交的诗学走向密切相关。从天启初到整个康熙朝,诗坛对陆游的兴趣长盛不衰,不仅影响当时的诗歌创作,也直接引发了后来赵翼等人对陆游诗的研究,无论是从诗歌史还是学术史的角度看都是值得重视的问题。有关程孟阳、钱谦益对陆游诗的提倡和诗坛对陆游诗的接受,本文只是粗略地勾画了一个轮廓,深入的开掘和探讨还有待学界继续努力。

---

① 张谦宜《絸斋诗谈》卷五,郭绍虞辑《清诗话续编》,第 2 册第 857—858 页。

二十二　科举阴影中的明清文学生态

科举考试作为古代中国独创的官吏选拔制度,一直为史学研究所关注。但有关科举制度和文学的关系,除了唐代有程千帆《唐代进士行卷与文学》、傅璇琮《唐代科举与文学》加以研究,宋元以后便无人注意。到社会生活愈益复杂,史料愈益丰富的明清时代,相比科举制度本身,有关科举和文学之关系的研究,显得尤其缺乏①。盖明清以来对八股文的鄙弃和抨击,已使这种文体及其写作难以进入当代的文学史叙述。这一看似顺理成章的结果,无意中竟伤害了文学史生态的完整——当八股文这一庞大的写作事实被文学史话语遮蔽时,明清时代笼罩在科举阴影下的文学生态也部分地被遮蔽了。这一缺陷影响到我们对明清文学的整体认识,因为明清两代的科举制度同样对文学创作产生了极大影响,只不过不是像唐代那样激励了文学技巧的钻研、文学才能的磨炼,而是在某种程度上阻碍了八股文以外的文学修习。

---

① 关于明清两代科举制度的研究,已有章中如《清代考试制度》(黎明书局,1932)、傅增湘《清代殿试考略》(天津大公报社,1933)、商衍鎏《清代科举考试述录》(生活·读书·新知三联书店,1958)、丁榕萍《明代国子监教育与科举之研究》(台湾华光书局,1975)、刘兆璸《清代科举》(台湾东大图书公司,1977)、李世愉《清代科举制度考辨》(中央广播电视大学出版社,1999)等专著,而关于科举和文学关系的研究,仅知有柯敏菁《科举在清代小说中的运用》(台湾大学中国文学研究所硕士论文,1982)、司马周《为儒有幸逢明主,及第由来拜美官——洪武科举制度与诗文之关系》,《江苏文史研究》2002年第2期。

清初黄生曾说:"谈诗道于今日,非上材敏智之士则不能工。何也?以其非童而习之,为父兄师长所耳提而面命者也。大抵出于攻文业举之暇,以其余力为之,既不用以取功名,博科第,则于此中未必能专心致志,深造自得,以到古人所必传之处。"①这还是从用心之专的角度说的,施闰章更从教育到出版,对当日的文学写作表达了近乎绝望的无奈,他说:

> 才之相去,古今人不甚远也。古人之取之也博,用之也约,其学不惟诗歌文词也,而所为乃绝工。商周以下洎乎魏晋之作者,可考而知也。唐以诗为业矣,李杜数家而外,以集名者,卷帙不多。以彼一代之制,竭其平生之勤,存者不逮什一,又不取备体,其矜慎如此。今人束发受举子业,父师之所督,俦友之所切磨,胥是焉在,犹患不工。及壮长通籍,或中年放废,始涉笔于诗,稍顺声律,便登简帙。以不专之业,兼欲速之心,弋无涯之名,怀难割之爱,固宜出古人下也。②

今人考论"一代有一代之文学",包括我自己,往往从文体表现机能的演进及文体资源的开掘来审视文学发达的可能性③。然而文学在不同时代,还受到各种社会环境因素的影响,这些影响总体上决定了一个时代的文学生态,决定了人们在什么样的生存状态下写作,它和社会的普遍需求是什么样的关系。参照我们亲历的当代文学史,不难体会政治环境和商业氛围对文学生态的巨大影响。而在明清两代,对文学生态产生重大影响的环境因子是科举。围绕八股文而形成的一整套科举文

---

① 黄生《诗麈》卷二,《皖人诗话八种》,黄山书社1995年版,第85页。
② 施闰章《天延阁诗序》,《施愚山集》,黄山书社1993年版,第1册第141页。又见梅清《天延阁删后诗》卷首,康熙刊本。
③ 详蒋寅《一代有一代之文学》,《文学遗产》1994年第5期。

化体系,构成一种文化环境①,文学写作在它的巨大压力下扭曲变形。从黄生、施闰章的议论可以看出,当时人们是多么深刻感受到,举业如何给文学创作造成极大伤害,甚至从根本上褫夺了人们在文学上取得伟大成就的可能。他们的感受究竟在多大程度上反映了现实,当时从事文学事业的人们又怎么看?这关系到如何看待明清时代的文学生态及文学写作的命运。弄清这一点,对我们整体把握明清文学的历史特征至关重要。

1. 明清科举与士风

科举是从隋代正式形成的考试选拔制度,历唐宋愈益完善。明朝开国不久,即于洪武三年(1370)诏令开科举,翌年二月正式举行首次会试,从此确立明清两代科举的制度形式。其考试科目,"沿唐宋之旧,而稍变其试士之法,专取四子书及《易》、《书》、《诗》、《春秋》、《礼记》五经命题试士,盖太祖与刘基所定。其文略仿宋经义,然代古人语气为之,体用排偶,谓之八股,通谓之制义"②。考试文体的变化只是表面现象,明代科举不同于唐宋的实质在于相应的官吏擢用制度。洪武三年,明太祖诏:"中外文臣皆由科举而进,非科举毋得与官。"③这就彻底堵死了往代所有的其他出仕途径,将士人统统驱赶到科举一途上来。

---

① 有关八股文化学术体系的问题,可参看罗时进《论中国明清时代的八股文》,《花园大学文学部研究纪要》第 31 号,日本京都花园大学文学部 1999 年版。

② 《明史》卷七〇"选举志",中华书局 1974 年校点本,第 1693 页。据顾炎武《日知录》卷十六、梁章钜《制义丛话》卷一考,吴伯宗《荣进集》载其明代首科洪武四年(1371)会试中式之文,尚无八股之法,盖天顺以前经义之文不过敷衍传注,或对或散,初无定式,成化以后始定为八股之体也。

③ 《明史》卷七〇,中华书局 1974 年校点本,第 1695—1696 页。

就像《儒林外史》里马二先生说的,"人生世上,除了这事就没有第二件可以出头"。从《明清进士题名碑录》看,明代一科取进士少则几十名,多也不过三百余名,清代略同。两朝人口较唐宋时代剧增,而取士名额不增反减,使得本不宽敞的科场变得更加拥挤,竞争也格外地残酷。袁枚说"古之科有甲乙,有目;今之科无甲乙,无目,其途甚隘。古进士多至八百人,今进士率三百人,其进甚难"[①],这的确是明清科举的实情。

洪武十七年(1384),朝廷颁布《科举成式》,规定经义所据注解,调整考试科目,二场在原有的论一道上又增加了判五道,诏、诰、表内科一道,三场由原先的策一道变为经史时务策五道,明显增加了实用文体的分量。这样,除初场试经义四道、四书文三道外,后两场主要考察的是公文写作和综合知识,强化了科举的务实倾向。这种改革原出于崇本抑末的动机,所谓"先之经术以询其道,次之论判以观其学,次之策时务以察其才之可用。诗赋文辞之夸乎靡丽者,章句训诂之狃于空谈者,悉屏去之"[②]。但对举子来说,最关键的仍在于首场的八股文,钱大昕说明代"乡会试虽分三场,实止一场。士子所诵习,主司所鉴别,不过四书文而已",考官阅卷往往也只看首场三篇四书文[③]。清代照旧,"名为三场并试,实则首场为重,首场又四书艺为重"[④],首场不售,后两场再好也白搭。而八股文体式之严、考试之难,则诚如彭蕴章所说:

> 前明以制艺取士,立法最严。题解偶失,文法偶疏,辄置劣等,降为青衣社生。故为诸生者,无不沉溺于四书注解及先辈制艺,白

---

① 袁枚《答袁蕙纕孝廉书》,《小仓山房文集》卷十七,上海古籍出版社1988年版,第3册1151页。
② 茅大芳《希董堂集》卷上《乡试小录序》,道光十五年重刊本。
③ 黄汝成《日知录集释》卷十六"三场"条钱大昕注,花山文艺出版社1990年版。
④ 《清史稿》卷一〇八,中华书局1977年校点本,第12册第3149页。

首而不暇他务。①

更兼八股文的写作过程缺乏抒发性情和随意挥洒的乐趣，故人称"磨难天下才人，无如八股一道"②，而八股文的学习对士人来说就成为人生莫大的痛苦：

> 人生苦境已多，至我辈复为举业笼囚。屈曲己灵，揣摩人意，埋首积覆瓿之具，违心调嚼蜡之语，兀度兰时，暗催梨色，亦可悲已。③

明清科举制度规定只有学校出身的生员才能参加乡试，而生员资格的获取必须经过县、府、院三级考试，再经受岁考和科考，以维持生员资格，才能争取参加乡试的机会。士人自童生为秀才，由秀才考举人，由举人试进士，奔走风尘，白首场屋。铩羽者固然悲叹"年年随计多辛苦，十上风尘竟何补"④，即使侥幸博得一第，也是"白首穷一经，得禄未足喜"⑤。对大多数人来说，功名总是晚来，而晚来的功名总不能补偿那为此耗尽的青春岁月。想想最富有生气、性情最为活跃的青春岁月，最终消磨在僵死无用的文字中，这在一个时代的文学创造力是多大的损失，而对文学之士的写作能力又是多大的伤害！

在明代，也许八股文体初创，人们还有一些新鲜感；也许为此付出毕生心血，人们倍加珍视。总之，八股文名家对本朝时文也自视为一种创造。如艾南英《答杨淡云书》说：

---

① 彭蕴章《又书何大复集后》，《归朴龛丛稿》卷十，同治刊本。
② 伍涵芬《读书乐趣》卷六，康熙刊本。
③ 俞琬纶《与客》，周亮工辑《赖古堂名贤尺牍新钞》卷九，宣统三年国学扶轮社石印本。
④ 张羽《送金秀才归侍》，《静庵集》卷一，影印文渊阁《四库全书》本。
⑤ 刘琏《自怡集》《遣兴五首》之五，影印文渊阁《四库全书》本。

> 弟以为制义一途,挟六经以令文章,其或继周,必由斯道。今有公评,后有定案。吾辈未尝轻恕古人,后来亦必苛求吾辈。使有持衡者,衡我明一代举业,当必如汉之赋、唐之诗、宋之文升降递变,为功为罪,为盛为衰,断断不移者。则兄以为今日置我辈于功乎罪乎?①

纯粹从写作的角度,当然也可以这么说。但问题是八股文究竟何补于世何益于人,没有人能举出有力的结论;相反其脱离实际、无所用于世,却是千夫所指,众口一词。梁份《复贺天修书》写道:

> 盖制科取士,三百年来,豪杰士亦出其中。然所学非所用,童而习之,以至老死,皆无用之空言,故不足以得真才,而适售其伪。又取之不必公,文运日衰,士气日弱,学校未废而废莫或过之矣。②

周吉《冒辟疆文序》也说,"国家以文章取士,非专重文章也,重乎其文章之人",因为文如其人——"文神骨棱层者,其人必脂韦不入;文丰致高洁者,其人必风尘不染;文规矩自绳者,其人必波流不迁"。话是这么说,"今日海内操觚家,自负为宗工巨匠不少,然有当于此者寥寥。岂章句之学不足凭,竟貌是精去,而其人卒无所用于世耶? 盖圣贤之语,皆是修身仪型、治平药石。吾未能内治其心,而仅图捷售于外;拈一题模空杜撰,而真血脉不存;终身与理远,而徒矜膺质售世:又何怪乎其人卒无所用于世也。况效颦西施,文亦不终日为识者鄙乎?"③这番话从科举的意义到实际结果,很典型地表达了明清之际人们对科举的看法,八股文与道德修养、政治才能、性情识理乃至文学创作的相关性被彻底否定。

---

① 周亮工辑《赖古堂名贤尺牍新钞》卷三,宣统三年国学扶轮社石印本。
② 梁份《怀葛堂集》卷一,豫章丛书本。
③ 冒辟疆辑《同人集》卷一,道光间冒氏水绘园刊本。

本来,明代社会经济的发达曾为文化发展奠定了雄厚的物质基础,兴盛的印刷业、成熟的图书流通体制带来图书的极大丰富和普及,这是学术文化发展的良好条件。然而遗憾的是,这一良好的机遇并未带来相应的学术繁荣,以至明人自己对此也叹恨不已:

> 近岁市人转相摹刻,诸子百家之书,日传万纸。学者之于书,多而且易致如此,其文词学术当倍蓰于昔人。而后生科举之士,皆束书不观,游谈无根,此又何也?①

"束书不观,游谈无根"语出焦竑《笔乘》续集卷三,原是对本朝士大夫侈谈心性、空疏不学的批评,胡应麟这里取以批评科举之士,着眼于八股文的影响。盖明朝士大夫的不学,除阳明心学的影响外,举业是另一个重要原因。当时沉溺于举业的经生,鄙陋不学已到极可笑的地步。如明田艺蘅《留青日札》载,一督学出《诗经》题"彼美人兮,西方之人兮",有生员不知出处,出而语人曰:"圣经中如何亦有西方菩萨之说?非观世音不能当也。"此生巨富,不久即中举②。王士禛《香祖笔记》也记宋琬言曰:"幼时读书家塾,其邑一前辈老甲科过之,问:'孺子所读何书?'对曰:'《史记》。'又问:'何人所作?'曰:'司马迁。'又问:'渠是某科进士?'曰:'汉太史令,非进士也。'遽取而观之,读未一二行,辄抵于案,曰:'亦不见佳,何用读为!'"③这由举业与心学共同导致的空疏学风,被清代学者一致认为是明代覆亡的首要原因。清人总结明亡天下的历史教训,推原空疏学风产生的因由,往往将八股举业与心学相提并论,予以无情的批判。

---

① 胡应麟《少石山房笔丛》卷四,中华书局上海编辑所1958年版,第68页。
② 田艺蘅《留青日札》卷三十七,上海古籍出版社1992年版,第697页。
③ 王士禛《香祖笔记》卷八,上海古籍出版社1982年版,第149页。

2. 清人对八股取士制度的批判

考试作为相对公平的人才选拔制度，至今尚无更好的方式取代。但考试是否真能测验应试者的水平，却很早就为人们所怀疑。宋代邱宗卿说"场屋之文如校人之鱼，与濠上之得意异矣"①，田艺蘅也说考试"言行未必其相符，而德业未必其相副也。盖是者恒十三，而非者恒十七矣"，都对考试制度本身的有效性表示了怀疑②。当然，在网罗人才的抽象意义上，人们对科举制度也不无颂扬，尤其是像宋濂《庚戌帝畿乡闱纪录序》、《会试纪录序》这类有关考试记录的文章。但具体到科举对社会的影响，比如教养，明代梁潜就说："经义论策，以为取士之一端则可也，以为天下教养之格律则不可。"③清承明制，殷鉴不远，人们对八股取士的流弊已看得很清楚，于是八股文就成了众矢所集的批判目标。"论者往往谓制义之文，困天下之聪明才智于行墨尺幅之中，而究为空疏无用之学。"④

八股文就其发挥经义的内容来说是一种知识形态，而就其缜密的文体结构及写作难度来说又是一种文学形态，不幸的是八股文的写作实践非但没有光耀知识和文学，反而扮演了反知识、反文学的角色。明清两代学人对八股的批判也因此深入其反知识、反文学的各个层面。陈瑚《同学会艺序》首先指出八股取士制度对知识和才能取向的总体影响：

---

① 王应麟《困学纪闻》卷十七，翁元圻注，道光刊本。
② 田艺蘅《留青日札》卷三十七"非文事"条，上海古籍出版社1992年版，第695页。
③ 梁潜《务实学四》，《泊庵集》卷二，影印文渊阁《四库全书》本。
④ 卫既齐《汪我长罗美堂稿序》，《廉立堂文集》卷四，《清代诗文集汇编》，第165册第276页。

> 后世以科举取士,则虽有贾董之策、韩范之才、程朱之德,而非由制科则不能置身通显而有以自见。故必先磨砻其科举之业,以为进身之羔雉。①

陈瑚指出,明清以来仕途与前代最大的不同就是由科举出仕的单一性,这使得士人在知识和才能的培养上只能举业优先。他虽未进一步说明这将带来什么后果,但举业对进德、练识、学文的负面影响是显而易见的,论者都有具体的指摘。关于举业对志道的影响,王阳明在《重刊文章轨范序》中就已揭示:

> 夫自百家之言兴,而后有六经;自举业之习起,而后有所谓古文。古文之去六经远矣,由古文而举业,又加远焉。士君子有志圣贤之学,而专求之于举业,何啻千里?②

阳明既论定举业与圣贤之学背道而驰,其后学黄宗羲的门人郑梁推导出"科举兴而圣学亡"的结论就是顺理成章的了③。顾炎武在《生员论》中论述了举业对器识的影响:

> 老成之士,既以有用之岁月,销磨于场屋之中,而少年捷得之者,又易视天下国家之事,以为人生之所以为功名者,惟此而已。④

至于举业对学问的影响,则钱谦益《复徐巨源书》谈到古人分年读书之法,感叹"去古日远,学法芜废。自少及壮,举其聪明猛利、朝气方盈之岁年,耗磨于制科帖括之中。年运而往,交臂非故。顾欲以余景残晷,

---

① 陈瑚《确庵文稿》,康熙刊本。
② 王守仁《王阳明全集》,上海古籍出版社1992年版,上卷第875页。
③ 郑梁《送王文三之钱塘序》,《郑寒村全集·见黄稿》卷一,康熙间紫蟾山房刊本。
④ 顾炎武《顾亭林诗文集》,中华书局1983年版,第23页。

奄有古人分年程课之功力,虽上哲亦有所不能。况如仆者,流浪壮齿,泛滥俗学,侵寻四十,赁耳佣目,乃稍知古学之由来,而慨然有改辕之志,则其不逮于古人也,亦已明矣。"①邵长蘅《赠王子重先生序》也从古今教育体制的不同,论述了举业对学问的排斥:

> 进士之名犹古也。古者学成而为进士,后世成进士始可以为学。士之入于学者,春诵夏弦,秋学礼,冬读书,而其养之之渐,必自一年历七年,谓之小成;九年知类通达,强立而不反,谓之大成。然后论选于乡,升于司徒司马,而名曰进士。故古者无不学之士,士无未成之才。今世则不然,其急者科名也,其习者辞章训诂也。兢兢守四子一经之说,童而习之,白首而浸淫焉。一切经史子集兵农天文礼乐律历象数诸书,相戒屏斥,以为是不利于制举。间有一二瑰奇辩博之士,稍思旁涉其源流,其父师之操之也惟恐不严。幸而成进士矣,然后得释去经生家言。②

考据家阎若璩曾举钱谦益那段话,说"其言之沉痛深愤,真可流涕。三百年文章学问,不能直追配古唐宋及元者,八股时文害之也!"③在清代的文集、书信中,常见对幼年"馆塾不令读八股之外文"经历的回顾④,无奈中不乏解嘲的味道,就像魏象枢所深慨的:"只因八股文章,担阁了多少学问!"⑤的确,科举与八股取士所导致的最大恶果,就是排斥一切学问,还有技艺。画家李修易也曾说:"吾辈幼而读书,长而帖括,中年以后则又牵于尘鞅,不能如文长之潇洒。再以牛毛茧丝,刻

---

① 钱谦益《牧斋有学集》,上海古籍出版社 1996 年版,下册第 1324 页。
② 邵长蘅《青门旅稿》卷三,康熙间家刊本。
③ 阎若璩《潜邱札记》卷一,乾隆十年家刊本。
④ 黄中坚《与大瓢山人书》,《蓄斋集》卷六,国家图书馆藏清钞本。
⑤ 林昌彝《射鹰楼诗话》卷七引,上海古籍出版社 1988 年版,第 146 页。

划为工,其用心不太苦耶?故宋而二米,元而倪黄,明而沈董,若伯驹、伯骕、野夫、圣举诸公,只存而勿论矣。"①最具讽刺意味的莫过于焦袁熹答曹谔廷书说的:"弟自幼不曾读书,虽本经正文未必字字看到,无言熟也。用功稍多者惟八股耳。"②在经学最盛的清代,一个著名文人竟然连本经正文也没通读过,多么不可思议!八股试题虽出自经书,但八股文却排斥经学本身,多么滑稽和反讽!经学尚且如此,更不要说经世之学了。魏禧《送新城黄生会试序》曾感叹:"三百余年来,以八股取士,所求非所教,所用非所习,士子耳目无闻见,迂疏庸陋,不识当世之务,不知民之疾苦。"③其侄世俨《复外舅曾止山先生书》也说:

> 夫八股虽明之文宪,而所习非所用。昔汉以贤良方正,孝弟力田举士,宋以策论为科,可以敦化厚俗,而论策亦足以造识量经济之才。若季年八股之弊,徒习为排偶借替皮肤之辞,其真至者百不获一。俨意当日必有豪杰贤人老死于沟壑之中,必有长才而束缚于斯文,不得行其志。甲申之变,公卿束手屈膝,绝未尝如汉、宋之断而复续者,未必非八股取士之流弊也。④

明代灭亡的惨痛教训,让人们彻底看清了八股取士的恶果及其所主导的教育的失败,因而对八股文的批判和抨击在清初达到了顶峰。钱谦益斥八股为"俗学"⑤,郑梁嗤之为"灰尘"⑥,李雯斥之为"误国之物,无

---

① 李修易《小蓬莱阁画鉴》卷六,商务印书馆1934年排印本。
② 焦袁熹《答曹谔廷书》,《此木轩文集》卷一,中国社会科学院文学所藏稿本。
③ 魏禧《魏叔子文集》卷十,道光二十五年谢若庭绂园书塾重刊《宁都三魏文集》本。
④ 魏世俨《魏敬士文集》卷一,道光二十五年谢若庭绂园书塾重刊《宁都三魏文集》附。
⑤ 钱谦益《初学集》卷七十九《答唐训导汝谔论文书》,上海古籍出版社1985年版,下册第1701页。
⑥ 郑梁《范国雯稿序》,《郑寒村全集·见黄稿》卷二,康熙刊本。

用之具"①,庞天池断言"今之必不能传于后者,八股也!"②

在这股猛烈的批判浪潮中,也有为制度辩护的声音,这不外乎是考试官员或其代言人一辈的颂辞。蔡世远《九闽课艺序》云:

> 国家以制义取士,非徒使人敝精劳神,猎取词华,组织文字以为工也。盖以从古圣贤之言,无过于四子之书,读者玩心力索于此,则内自家庭之间,以及于事君交友、治国平天下之道,毕具于此。而又恐人之目为平淡无奇而不加意也,于是乎标以题目,定以科名,不入彀者,虽有高才无由自见。此朝廷取士之深心,使天下画然而出于一者也。近世之士循名者多,务实者少。师之所以教,弟子之所以学,皆曰此科举之学而已,因科举之故,始治经书,视经书之言止供科举,负圣贤觉世之心,辜朝廷取士之意。③

在他看来,八股取士制度本身是好的,只是士人态度不正确,急功近利,这才导致人才不盛的局面。《黄元杜文集序》说得更清楚:"人材之所以不及古而国家少可用之才者,由为士者识趣卑近,志量薄狭浅陋,株守时文一册。"④这是彻头彻尾的倒果为因的议论——人心之卑岂不正是制度诱导所致?当时有识之士都能洞悉这一点,论士风之坏都归根于制度的诱导。如康乃心《路东山遗诗序》断言:

> 世道江河日下,士风尤甚。今日匡时要务,非如晦庵所云罢科举,返本复始,决不能为国家得真才,收实用。⑤

该文作于康熙四十三年(1704),其罢科举的建议可以看作是清代又

---

① 李雯《冒辟疆文序》,《同人集》卷一,道光重刊本。
② 张潮《幽梦影》卷上评语,雍正刊本。
③ 蔡世远《二希堂文集》卷二,雍正十年刊本。
④ 同上。
⑤ 康乃心《莘野文续集》卷二,中国社会科学院文学所藏《莘野先生遗书》稿抄本。

493

一轮废科举宣言。我们知道,清廷对八股取士制度的态度是不无矛盾的。明代的空疏学风与本朝士人对科举的抨击,他们不会不知道,八股取士的流弊他们也是很清楚的。所以才会有在野的废八股之议①,康熙二年(1663)朝廷的废八股之举。当时士林反应很迅速,马上就讲起时务经世之学②。可惜此举只延续了两科,康熙七年又恢复了首场试八股文。道理很简单,天下尚未平定,士林尚未归心,值此之际,科举毕竟是最有力的笼络士大夫阶层的工具,八股更是思想控制的有效武器。后来饶廷襄说得极透彻:"明祖以枭雄阴鸷猜忌驭天下,惧天下瑰伟绝特之士起而与为难……求一途可以禁锢士人之心思材力,不能复为读书稽古有用之学者,莫善于时文,故毅然用之。其事为孔孟明理载道之事,其术为唐宗英雄入彀之术,其心为始皇帝焚书坑儒之心。"③所以,尽管乾隆三年(1738)兵部侍郎舒赫德一度又提出改革考试条款的动议,"但时大学士鄂尔泰当国,力持议驳,科举制义得以不废"④。

《清史稿·选举志》论本朝科举流变,说"雍、乾间作者辈出,律日精而法益备。陵夷至嘉、道而后,国运渐替,士习日漓,而文体亦益衰薄。至末世而剿袭庸滥,制义遂为人诟病矣"⑤。其实如上文所述,清代对八股文的批判绝不是嘉道以后才开始出现的,自清初迄光绪末废科举,八股文一直受到持续的批判。人们称举业为"敲门砖"⑥,"以制

---

① 黄周星《惭书序》:"草野抵戏之徒,愤时嫉俗,往往倡为废八股之说。"《周九烟集》卷二,咸丰刊本。
② 裘琏《胡澹溪淑问录叙》,《横山文集》卷二,1914年宁波旅遁轩排印本。
③ 冯桂芬《校邠庐抗议·改科举议》引,光绪二十三年聚丰坊刊本。
④ 《清史稿》卷一〇八,中华书局校点本,第12册3151页。
⑤ 同上书,第12册3153页。
⑥ 冯班《钝吟杂录》卷一家诫上:"吾少年学举子之业,教我者曰:'此敲门砖也,得第则舍之矣。但猎取其浅易者,可以欺考官而已,远者高者不足务也。'"《丛书集成初编》本。

义之体为极卑"①,谓不必根柢经书,但求涂饰有司耳目,便可骗得②。道光间名学者朱九江说:"今之子弟所志者科名而已,所力者八股八韵八法而已,故今之所谓佳子弟,皆古之所谓自暴自弃之尤者也。"③汪缙《合订杨顾两先生时文叙》更自哂道:"时文之士,士之贱焉者也。以是贩夫竖子下至田间儋粪汉,皆得而笑之。"④而另一位名学者胡培翚在《送程中允春海之任贵州学政序》中批评当时习举业之士,"陋者乃徒于制义中求制义,雷同剿说,师师传效,甚至六经子史终其身不一寓目者,所在皆有"⑤。在《泾川书院志学堂记》里他更指出当时八股文本身的堕落,说:"今士子多敝其力于时文,株守兔园册子,竟不知此外有何学问;其下者又或剿袭雷同,日思为窃取功名之计,即以时文论亦恶劣极矣,尚安有人才出其中哉?"⑥左宗棠也从科举制度的弊端分析了人才不出的根由:"近来时事日坏,都由人才不佳,人才之少,由于专心做时下科名之学者多,留心本原之学者少。……试看近时人才,有一从八股出身者否?八股愈做得入格,人才愈见庸下。此我阅历有得之言,非好骂时下自命为文人学士者也。"⑦置身晚清内忧外患、国运日衰的无奈之中,左宗棠的这番话是感触最为深刻、最为沉痛的。如果说明代和清初文人对科举的批判还多从经生方面着眼,多指责士人的学风而不敢公然指斥科举制度本身,甚至在网罗人才的意义上还抽象地肯定八股取士的意义,那么到晚清,人们已断然拒绝在任何意义上将八股取士

---

① 彭绍升《蒙泉制义叙》,《二林居集》卷六,光绪七年刊本。
② 焦循《先考事略》,《雕菰楼集》卷二十三,道光三年刊本。
③ 简朝亮《朱九江讲学九记》,《读书堂集》卷一,1930年刊本。
④ 汪缙《汪子文录》卷二,道光三年刊本。
⑤ 胡培翚《研六斋文集》卷六,光绪四年世泽楼重刊本。
⑥ 胡培翚《研六斋文集》卷八,光绪四年世泽楼重刊本。
⑦ 吴庆坻《蕉廊脞笔》卷八引,中华书局1990年版,第234页。

制度与某种价值联系起来。在中国社会的近代化要求迫切地摆到人们面前时,腐朽和不切实用的八股取士制度再无存在的理由,只能寿终正寝了。

3. 时文与传统文学的分流

八股文之排斥学问、不切实用已如上文所述,那么它与文学写作的关系又怎么样呢？不难想象,当然也是相抵触的。事实上,正因为人们对八股文体裁僵化、困人神智的憎恶,诗古文作家总是有意识地将自己与时文作家区分开来,于是能文之士明显地划分为时文作家与文章作家(包括诗文赋词曲)两个阵营。诚如刘绎所说:"文无所谓今古也,盖自制义兴,而风会趋之。学者习乎此,则纤乎彼,于是遂视如两途。"①

但由于科举主宰着仕途,人们面对八股文显出万般无奈的矛盾心理。道光间山东作家王晓堂有诗云:"菟册思将坚处钻,求工八股学寒酸。固知此物原无用,不到名成弃转难。"②最好的结果当然是早将门敲开,好快点丢掉敲门砖,专心治古文词之学。袁枚《答袁蕙纕孝廉书》说:"仆科第早,又无衡鉴之任,能决弃之,幸也;足下未成进士,不可弃时文。"③古文名家朱仕琇说:"近世李西涯、王济之、何大复、高子业、王道思、唐应德、王贻上、李厚庵俱早宦,何病于学？若储同人以老诸生,自述科举败其业,尤甚病也。"④都是这个意思。为此家族长辈谆谆告诫后学:"做举子业,宁苦三年,不苦一世;若不肯苦三年,则苦一

---

① 刘绎《笃志堂古文存稿序》,《存吾春斋文钞》卷二,同治刊本。
② 王晓堂《历下偶谈》续四,道光十一年自刊鹃华馆三种本。
③ 袁枚《答袁蕙纕孝廉书》,《小仓山房文集》卷十七,第3册第1151页。
④ 朱仕琇《又与石君书》,《梅崖居士文集》卷二十七,乾隆四十七年家刊本。

世,终无有成。"①这种现实策略,使时文和诗文两种文体不是到作家扬名立万之日才分疆划畛,而是在幼学启蒙时即已分道扬镳。李绂《应敬庵纵钓居文集序》云:

> 今人以应科目八股之文为时文,以古人论议序记碑铭之作为古文,判然若秦越。其甚陋者,以学古为戒,切切然若厉人生子,惟恐其肖之,以为妨于科目也。②

毛奇龄《吴应辰诗序》云:

> 旧习举义者,戒勿为诗;而为诗者,谓为举义家,必不工。③

在这样的教育中长成,两种文体在士人心目中常判若泾渭,势若水火,"工于时艺未必长于古文,或好古之士,又以八股为不急,往往略焉"④,甚至出现汪懋麟《雄雉斋选集序》的更绝对的说法:"方今制科取士,专试时文,士皆斤斤守章句,习程式,非是则目为外道,而于诗尤甚,曰旁及者必两失。然则诗非绝意进取、山林穷僻之徒,未有能专工者也。"⑤不仅如此,两派作者还从各自的价值观出发相互轻视。"好古者每薄视时文,为时文者亦笑其违时而取困。"⑥其相轻的理由不只在对方不切于实用或不切于时用,更在于写作才能此长彼短,一人不能兼擅。蒋汾功《从兄绍孟杂稿序》说:"国家功令在制举业,而诗文之学未尝不见推于世。是故言乎决科之利,则制举业为先,而诗古文为后;言乎行远

---

① 彭任《示儿仁方》,《草亭文集》,1924 年刊本。
② 李绂《应敬庵纵钓居文集序》,《李穆堂诗文全集·穆堂初稿》卷三十四,道光十一年阜祺堂重刊本。
③ 毛奇龄《西河文集》序十,乾隆间萧山书留草堂刊本。
④ 汤来贺《许师六文集序》,《内省斋文集》卷二十,康熙五十五年刊本。
⑤ 顾图河《雄雉斋选集》卷首,康熙刊本。
⑥ 黄定文《史耕应时文序》,《东井文钞》卷一,清刊本。

之功,则诗古文为重,而制举业犹轻。斯二者情相左也,各有所专,遂各有所就,而兼工者难矣。兼其可兼,又利其所利,蕲两得者,益难言之。"①正因为如此,应㧑谦评毛先舒时文说:"读制艺,洵是今时名手,然坚苍之致,视古文如出两人,可异也。……盖吾兄之为古文,其高者理博群书,文成篆隶,欲与汉、唐作者争衡,而制艺则未免求悦于时人之目,宜其异也。"②他显然也认为古文与时文不能兼工,所以劝毛先舒:"吾兄以古文传可矣,不必兼也。"当然,也不是绝对没有兼工两种文体的作家,那通常被认为是禀赋杰出才能的人③。一般人遇到古文、时文兴趣上的抵触,总是先时文而后古文,先取功名后读书。就像曹谞廷说的:"尝考古人大有成就者,皆自弱冠左右即了科举一事。故志欲早得志于场屋,然后一意读书,为古人之所为,以偿其夙愿。"④这显然是个很艰难的历程,所以彭蕴章《又书何大复集后》说:"唯聪明之士不为举业所困,始得早屏俗学,致力于古文词。甚矣其难也。"⑤在他看来,何景明、李攀龙所以能倡古文词以振兴一世,不外乎两人都是少年登第,较早挣脱了举业的桎梏,这才能潜心研究诗古文辞。若未第而学诗古文辞,便意味着走一条无希望之路,即抱一种超越功利的胸襟,纯粹以爱好从事它,所谓"虽迫之以风雪而不睹,困之以饥寒而不知,又安有穷通得失世俗悲欢是非毁誉在其胸次哉?"高兰曾答其子问古文法,缕述自己不顾功名、力学古文的经过,最后告诫说:"然我国家功令,制科

---

① 蒋汾功《读孟居文集》卷三,乾隆刊本。
② 应㧑谦《与毛稚黄论制艺书》,《应潜斋先生集》卷七,咸丰四年刊本。
③ 张世炜《秀野山房二集》徐时夏序云:"国朝仍前朝八股取士之法,学者无不争事帖括。父命其子,师教其弟子。舍是莫由矣。而为诗古文辞者,非有兼人之才弗能也。"道光二年重刊本。
④ 焦袁熹《答曹谞廷书》引,《此木轩文集》卷一,中国社会科学院文学所藏稿本。
⑤ 彭蕴章《归朴龛丛稿》卷十,同治刊本。

取士,非八股则不能寸进,飞附青云之列,汝其审图之。"①这里的权衡实际上就是曹丕《典论·论文》所谓"目前之务"和"千载之功"的斟酌,它不只是及身富贵和寿世荣名的选择问题,同时也是如何看待事功的问题②。事功因素的介入,使举业的权重有所增加。本来无论选哪一方都很简单,现在多数人都不愿放弃另一方,那就只有选择"早得志于场屋,然后一意读书"的道路,而这不啻是在用青春与科举相搏。结果除了像新城王家、武进庄家那样的簪缨世家,家塾积累了丰富的教学经验,子弟能够顺利取得功名外,大多数士子都不免为输家。老于场屋,白首无成,固然是血本无归,即便侥幸博得一第,而后从事文学,终究也嫌太迟了。

乾隆间古文名家朱仕琇曾自述"生平精神十九耗于时文,以隙治古籍"③,古文家方潆颐《答于汉卿书》也称抱诗癖者垂四十年,通籍后始弃帖括而为韵语④,四川名诗人彭端淑晚年回顾写作经历则说:"余一生精力尽于制义,四十为古文,五载成集;近五十始为诗,今已二十五年矣,总计前后所作六百余篇。"⑤至于中年绝望于科举而走上文学道路的,如罗以智《魏伯滋攘臂吟序》载己与魏"两人从未冠时辄喜为杂体诗,方锐志于应制文字,不复专门为之涉猎焉而已。既而年各四十,

---

① 高兰曾《苏省旅居与秉礼论作古文书》,《自娱集文稿》卷六,道光二十八年刊本。
② 如董沛《正谊堂文集》陆廷黻序云:"始余弱冠后馆陈氏之旧雨草堂,而君馆徐氏之城西草堂。是时余与陈氏昆季方为科举之学,力务进取;而君与徐柳泉先生习,独好为古文,岸然而负异。余尝语之曰:'勤一世之力,以侥幸于后世不可知之名,君之为古文是也。夫文之传于后者,未有不传以名位,而声施远焉者也。且上之所以求士,与士之所以自待者,将第为后世之名计耶?'君用其言,由是稍稍为科举之文,亦遂取科第以去,以循吏称。"
③ 朱仕琇《又答雷副宪书》,《梅崖居士文集》卷二十二,乾隆四十七年家刊本。
④ 方潆颐《方忍斋所著书·二知轩文存》,台湾联经事业有限公司影印本。
⑤ 彭端淑《白鹤堂诗稿·晚年稿序》,同治六年彭效宗重刊本。

皆淡于进取,夙好数辈结吟社,恒擘笺迭相唱和"①,沈希辙序黄臣燮诗称"少岁沉沦举业,间一吟弄,存亦綦尠。一自橐笔遨游,蜡屐登览,燕云蜀栈,还往如梭。当夫霜月晓风,船唇马背,新知旧雨,茶熟酒酣,辄复衔其山川,形为歌咏"②,梅曾亮《黄铁香诗序》称作者"尝戒诗,专科举学,一不自得,复以诗释戒,诗愈昌"③,陈栩《栩园诗话》载沈宗畴"幼习举业,未尝留意诗词,三十后两耳聋废,绝意仕途,乃纵情诗酒"④,这都应该看作是一种庆幸之情,出于憾恨和无奈。这种遗憾和无奈贯穿在本文所引的许多文字中,还有一段更沉痛的议论见于陈玉璂《徐竹逸愿息斋文集序》:

> 唐宋以来,好学者有分年法,自八岁入小学,至二十四五莫不贯穿经史。有失序者,更展一二年。今世士子,少壮之年多耗于帖括,有志为古文者,往往在举制科之后。其不能举制科者,废然知返,亦多在迟暮之时。呜呼,时至迟暮,欲仿古人分年课程之功,盖已难矣。⑤

这里值得注意的是再三被人提到的读书分年法,这显然是清人的一个情结,对自身启蒙教育深感不满和无奈的情结。他们对个人乃至本朝文学总体上无法与前人竞争的所有憾恨,都可以追溯到这一点。

八股文作为仕途的敲门砖,对科举及第者固然是已陈之刍狗,在科举绝望者也弃若敝屣。这决定了它在价值上面临永恒价值与社会评价的分裂。时文可能有一定的社会评价,但肯定与永恒价值无缘。韩程

---

① 罗以智《恬养斋文钞》补遗,合众图书馆丛书本。
② 黄臣燮《平泉诗稿》卷首,道光十四年刊本。
③ 梅曾亮《柏枧山房文集》卷五,咸丰六年刊本。
④ 陈栩《栩园诗话》卷三,光绪间刊本。
⑤ 陈玉璂《学文堂文集》序四,康熙刊本。

愈《明文潭抄序》写道：

> 明朝以八股开科取士，士之喜功名而爱富贵者，争尽心趋之。自头童至齿豁，无论薄海内外，其不专心致志者寡矣。……其应功名应富贵而少藉径于八股者，自不得不为之；而功名富贵既得，与终不可得之人，则学士大夫多不肯俯首就缚而终于一八股已也。是则八股者，取功名取富贵之瓦砾也。……大明三百年养育栽培，人文辈出，其间道德性命、经济闲适之士，咸奕奕赫赫，落落磊磊，而量其本心，似皆不欲以八股独见重于后世也者，其轻重盖可知已。①

钱谦益像庞天池一样，也断言时文必不传②。在与人书中又说：

> 余观唐末尝录有名儒者方干等十五人，赐孤魂及第。每念瞿元初（纯仁）、邵茂齐（濂）、顾云鸿（郎仲），辄泫然流涕。唐以诗取士，如干者虽不第，其诗已盛传于后世。而三君子之擅场者，独以时文耳。呜呼，今之时文有不与骨肉同腐朽者乎？三君子之名，其将与草亡木卒，澌尽而已乎！③

我所见到的最深刻地阐述时文与文章的价值对立及其根源的文章，是陆庆曾《冒辟疆文序》。作者首先提出朝廷科举和民间月旦两个评价体系的并存、对立及其舆论力量："科目之权在上，文章之权在下。在上者重之而适以轻，在下者轻之而适以重，其势然也。"在这种形势下，科目之士和文章之士的现实成功与实际的成就感产生极大的反差：

---

① 韩程愈《白松楼集略》卷七，康熙刊本。
② 康乃心《论文帖》，《莘野文集》卷八，中国社会科学院文学所藏《莘野先生遗书》稿钞本。
③ 钱谦益《与人》，周亮工《赖古堂名贤尺牍三选·结邻集》卷十三，宣统三年国学扶轮社石印本。

> 缙绅先生掇巍第者,其业既效矣,出其文章悬诸国门,罔不家拱璧而人灵珠也。而海内有意之士一寓目而窃议者什之九,以为若辈倖而获耳。夫居温食厚,不堪留名人之一盼;纡青紫于万夫之上,不考以服蓬室陋巷之寒儒。当此时,王公大人亦复志气摧阻,穷愁卑贱之不若,安能以富贵骄人哉?今若夫高古淹博之流,虽遭时不偶,而挥洒翰墨之间,娱玩篇章之囿,内有性情之乐,外有朋友之助,即小得失庸何伤?故礼俗之家嫉之若仇,而风声日远。①

这种反差所导致的直接后果,就是人们由否定时文价值进而对科举能否测验写作才能产生怀疑。周镐《汪恬庵先生时文序》云:"自世以科名为轩轾,而文无定评。其得者必不肯曰天也倖也,文之功也,其失者亦不敢曰天也屈也,文之罪也。"所以究竟"科第重文章耶,文章重科第耶?"就成了让人困惑的问题。顺理成章的结论是两不相关,所谓"科第不足重文章,即文章亦何足重科第?"②这一方面令"工为制举业者必兼为诗,即上不以此取士,又无人督之使必为,而士若非此无所容于世者"③,另一方面让人产生"古之取士以经史词赋,故文学与名位常相合;今之取士以帖括制义,故文学与名位常相离"的印象④。这种印象甚至波及试帖诗,导致试帖诗在人们观念中也产生价值的分裂。陶元藻《唐诗向荣集序》说"有素以诗名而工为是诗者,亦有素不以诗名而工为是诗者",这就是说试帖诗与诗才无关。即使工于此体者,"第工于一日,工于一题,使异日易题为之,而工者又忽拙。盖作者每狃一偏之论,以求合于体裁,是以下笔辄重浊而不灵,而俗响浮言,层见叠出"⑤。

---

① 冒辟疆辑《同人集》卷一,道光间冒氏水绘园刊本。
② 周镐《犊山类稿》,嘉庆二十二年启秀堂刊本。
③ 周亮工《与镜庵书》,《赖古堂集》卷十九,康熙刊本。
④ 潘耒《潘饮人诗序》,《遂初堂文集》卷八,康熙刊本。
⑤ 陶元藻《泊鸥山房集》卷一,衡河草堂刊本。

基于这种价值观,作者对时文、试帖与诗古文词的态度也有所不同。申颋《耐俗轩课儿文训》云:"书记序传之文切于人事,人自不能废也;诗歌声韵之文,无益人事而人自乐为之者,性情之业。独时文一道不切人事,无益性情,苟非设科取士,则无一人为之矣。"①时文结构之复杂与表现技巧之简单,令写作者享受不到创造的乐趣,惟余愤怒和无奈。陈文述为厌薄举业的侄子葆鲁选时文,题两句告诫道:"切莫横行学螃蟹,只须依样画葫芦。"②时文的这种德性让人说不出的厌恶,又让人哭笑不得,以至有人戏拟为画中之猪。或骇然问其故,答:"牛羊犬马各有专家,曾见有以刚鬣为点染者乎?今所流传字幅,诗文词赋以及杂言小说,无不可书之屏幛,曾见有录荆川、鹿门、归、胡、陶、董之制义者乎?"③所以同样是写作,在诗古文词和时文之间,作者的学习态度和写作目标遂有崇高、苟且之分。罗孚尹《与罗元玉》有个通俗的比喻:

> 吾辈作时艺,如业履然,履无十日之寿,而业之者亦只计其售耳,不问之十日以外也。作诗作古文词,若铸宣铜,虽售只一时,而作者之心则无有不欲其久远者。④

李绂《火余草诗自序》也有个较典雅的比喻:

> 昔诸葛武侯初南征孟获诸蛮,晚乃出祁山,君子惜其精锐之力不及用诸中原。今诗歌古文词,泸水之役也;帖括制艺,祁山之师也。⑤

---

① 申颋《耐俗轩课儿文训》,清刊本。
② 汪端《苏孙侄秋赋归适举一子赋此示之即赠三娣王雪清夫人》自注,《自然好学斋诗钞》卷十,同治十三年重刊本。
③ 钱泳《履园丛话》卷二十一,中华书局 1979 年版;又见王用臣《斯陶说林》卷八,光绪刊本。
④ 周亮工辑《赖古堂名贤尺牍二选·藏弆集》卷三,宣统三年国学扶轮社石印本。
⑤ 李绂《李穆堂诗文全集·穆堂初稿》卷首,道光十一年阜祺堂重刊本。

其实反过来说,"今帖括制艺,泸水之役也;诗歌古文词,祁山之师也",才更切合"惜其精锐之力不及用诸中原"的意思。但李绂意在强调,人们对诗古文词和帖括制艺投入的精力终究是不同的。惟此之故,人们对作品的珍惜程度也全然不同:诗古文辞,零章片楮必加收拾①;举业程文,则塞向覆瓿,弃之恐不及。八股文通常不入文集,试帖诗也不入诗集,少数名家工为此体,不忍自弃,或坊贾射利,往往单行其书,如王鏊《守溪文稿》、吴锡麒《有正味斋试帖》之类,但那也要做得好到超过或不亚于作者的古近体诗才行②,否则只能起个像锡缜《时文未弃草》那样的名字,示自我解嘲之意。

4. 举业对文学写作的具体影响

从明清两代对八股取士的批判及时文与文章的分流来看,社会普遍的价值观显然更重视诗古文词写作。然而现实中影响力更大的是科举,它所造成的彻底排斥传统学问和文章的结果,恰好产生与唐代科举相反的作用力——不是刺激文学繁荣,而是对文学发展造成阻碍和伤害。这种负面影响很难以量化的方式来显示,只能由当时人的自述窥见一斑。

正如前文所引黄生、施闰章语所示,清人论及举业对文学创作的影响,大抵是与前代相比,因而自伤或自嘲。如清初作家熊伯龙曾说:"今之学者干禄之余,翱翔声韵,既未尝以全力深思六义,而又非天地间生,如宋之眉山、明之虞山,能以一人之身,古文诗赋众体兼尽。故虽

---

① 关于清代诗人对作品的珍视和搜集,参看蒋寅《中国古代对诗歌之人生意义的理解》,《山西大学学报》2002 年第 2 期。

② 吴仰贤《小匏庵诗话》卷五,光绪八年刊本。

有志者，或不能责其如古专家之学。"①叶映榴也说："吾辈少习举子业，穷年矻矻，何暇问诗古文词。即颇能旁及者，大率习之不专，则所致亦浅。"②他们都强调本朝人从事文学，乃是以习举业的余力为之，根本不可能与古人争长。潘耒则就明清易代之际的特殊情形，从另一个角度论证了科举对文学的压抑：

> 吾邑固多人材，然有明三百年，其卓然可列于儒林文学者，盖亦无几，则科举之学驱之使然。沧桑以还，士之有才志者多伏而不出，尽弃帖括家言而肆力于学，于是学问文章彬彬可观。③

与前文所引不少材料一样，清初人眼中反映的科举，实际多为明代历史经验。这里以地方知识呈现的世道治乱、科举兴废与文学盛衰的相反相成关系，更可以追溯到宋代。宋末黄庚《月屋漫稿》自序有云："仆龆龀时习举子业，何暇为诗。自科目不行，始得脱屣场屋，放浪湖海，凡平生豪放之气，尽发而为诗。"④后来王崇简《学古堂集序》论西北诗歌的传统，谈到"公车制举之言或终岁弗及于境，士大夫世其学者惟左国班马及王孟李杜诸书耳"的情况，也得出"公车之业损则风雅之事进"的结论⑤。这一命题从反面说明了科举对文学的压抑，对于明清两代文学史可以说具有一般规律的意义。

明清士人切身感受到的举业对文学的负面影响，是深刻而多方面的，他们对这些感受的表达也具体到各种文体。宋濂虽从网罗人才的角度肯定了科举的意义，但涉及对诗歌创作的影响，他也不得不指出：

---

① 熊伯龙《貂唾裘诗序》，《熊学士文集》卷中，乾隆五十一年修补谷贻堂刊本。
② 叶映榴《陈广陵诗集序》，《叶忠节公遗稿》卷一，乾隆十年刊本。
③ 潘耒《格轩遗书序》，《遂初堂文集》卷六，康熙刊本。
④ 顾嗣立《元诗选》初集甲集引，中华书局1987年版，第1册第251页。
⑤ 王崇简《青箱堂文集》卷六，康熙刊本。

"自科举之习胜,学者绝不知诗。纵能成章,往往如嚼枯蜡,较之金头大鹅、芳腴满口者有间矣。"①而吴乔则说:"明之功名富贵在时文,全段精神俱在时文用尽,诗其暮气为之耳。"②罗万藻《西崖诗序》也曾指出"入明以来,学士大夫往往以全力用之制艺,而以其制艺之余及诗"的现实③。袁枚更以明代为鉴说明八股文妨害诗歌的结果:

> 程鱼门云:"时文之学,有害于古文。词曲之学,有害于诗。"余谓:"时文之学,不宜过深,深则兼有害于诗。前明一代,能时文又能诗者,有几人哉?金正希、陈大士与江西五家,可称时文之圣,其于诗,一字无传。陈卧子、黄陶庵不过时文之豪,其诗便有可传。《荀子》曰'艺之精者不两能'也。"④

郑方坤甚至将明代古文家不能诗也归结于科举⑤,这显然没什么道理。还是清代诗家对今人举业妨诗的指陈比较中肯。毛奇龄《金子上山下考诗集序》云:

> 今人治诗以唐为归,而今之不能唐者,唐进士工诗,而今之求进举者,戒勿诗也。⑥

郑梁《野吟集序》云:

> 三四十年来,人士之没溺于科举者,不知何故以诗为厉禁,父

---

① 宋濂《孙伯融诗集序》,《文宪集》卷六,影印文渊阁《四库全书》本。
② 吴乔《围炉诗话》卷四,郭绍虞辑《清诗话续编》,第1册第598页。
③ 罗万藻《此观堂集》,康熙三年刊本。
④ 袁枚《随园诗话》卷八,江苏古籍出版社2000年版,第200页。
⑤ 郑方坤《本朝名家诗钞小传》卷三匠门诗钞小传:"盖自三百年来,以经义取士,老生宿儒卒疲神照于其中,其于风雅一途未遑染指。以余所见,如望溪、厉东诸君子,皆不能诗。即前明之震川、鹿门诸老,间一为之,亦蹇辎不成家数。"台湾广文书局1971年影印本。
⑥ 毛奇龄《西河文集》序一,乾隆间萧山书留草堂藏板本。

兄师友摇手相戒,往往名登甲乙,而不识平平仄仄为何物。①

此外如蔡方炳《尺牍友声初集序》、彭维新《汉阳劳尊三诗序》、林昌彝《海天琴思录》卷七,都有相似的说法。更多的人则是通过自己的经历,述说幼习举业而致学诗甚晚。如汪师韩《诗学纂闻》自序:"余于诗非童而习之也,少尝偶为之,而未尝学,学在通籍以后。"②钟骏声《养自然斋诗话》自序:"仆少攻帖括,既通籍,犹孳孳绳墨间,于诗学源流懵焉未悉。"③彭蕴章《又书何大复集后》:"余少时学诗服膺何李,顾亦为举业所困,未暇卒业。"④黄仲畬《读前人诗偶书所见》:"绮岁困帖括,读书苦不早。"⑤类似说法,举不胜举。李佐贤《石泉书屋诗钞自序》道出清人在这个问题上的典型心态:"童年爱读唐诗,辄学拈韵。弱冠后习帖括业,此事遂废。壮年通籍,渐有余暇,泛览历朝名作,微窥古人门户,不禁望洋而叹,为之搁笔,自知力薄才疏,于古人无能为役也。"⑥在内心深处,大多数人已完全丧失了与古人竞争的信心,还怎么能指望他们的诗歌爆发创造力的火花呢?

科举对古文写作的影响,也是文集序言中经常出现的话题。成城《拙隐斋集序》断言:"自制举业之学兴,一切聪明瑰异之士皆锐意于其中,而古文遂替。"⑦关于明代古文的成就,黄宗羲《明文案序》写道:"三百年人士之精神,专注于场屋之业,割其余以为古文,其不能尽如

---

① 郑梁《寒村全集·五丁集》卷一,康熙刊本。
② 汪师韩《诗学纂闻》,丁福保辑《清诗话》,上册第439页。
③ 钟骏声《养自然斋诗话》卷首,同治十三年北京刊巾箱本。
④ 彭蕴章《归朴龛丛稿》卷十,道光二十八年刊本。
⑤ 黄仲畬《心字香馆诗钞》卷四,同治六年刊本。
⑥ 李佐贤《石泉书屋类稿序》卷二,同治十年刊本。
⑦ 成城《拙隐斋集》,乾隆二十二年刊本。

前代之盛,无足怪也。"①方苞《赠淳安方文辀序》论历代文章流变,以明代为尤衰,"盖唐宋之学者,虽逐于诗赋论策之末,然所取尚博,故一旦去为古文,而力犹可藉也。明之世,一于五经、四子之书,其号则正矣,而人占一经,自少而壮,英华果锐之气皆敝于时文,而后用其余以涉于古,则其不能自树立也宜矣"②。而对本朝,则王岩说:

> 窃谓古之为古文也易,今之为古文也难。古之为古文也,自成童弱冠之时,六经之学已如今人读《学》《庸》《语》《孟》,幼而熟之,塾师夏楚而记忆之,要之老死而不忘,而又无科举帖括之文分其心力,故耳目一而心志专,其措思命辞,尔雅深厚,由韩、欧而溯秦汉,卓然成一家言故易也。今之为古文者,幼诵习科举之艺,经史之学莫或究心,及悔而思改,或宦成而慕著书,或老踬场屋而希有以自见,而学问粗疏,根原浅薄。近日之文,往往仅从八大家摹拟而为之,而得其态度,遗其神理。学八大家而不求八大家所自出,又生平举业烂熟心中,虽欲极力洗脱,以入于古,而胎骨已成,莫能脱换,潜入其笔端而不自觉。此古文之所无也。③

至于清代文章的成就,李绂《敬斋文集序》认为:"本朝政治还淳返朴,上自章奏,下至记序书札论议之文,芟薙浮靡,盖文敝而救以质,最为近古。而尚未能沛然复古,则八股文累之也。"④庄炘《韫山堂文集序》也说:"余尝慨士大夫殚精毕智于决科之文,业成名立,乃始以其余力治古文辞,故常不逮古人。"⑤他们一致认为明清两代的古文创作深为八

---

① 黄宗羲《南雷文案》卷一,《四部丛刊初编》本。
② 方苞《方苞集》卷七,上海古籍出版社1983年版,上册第190—191页。
③ 王岩《寄严修人书》,《白田文集》卷一,中国社会科学院文学所藏清抄本。
④ 李绂《穆堂别稿》卷二四,道光刊本。又见《穆堂初稿》卷三三《应敬庵纵钓居文集序》,文字以别稿为长。
⑤ 管世铭《韫山堂文集》卷首,光绪二十年吴炳重刊本。

股所累,主要是作家不能将精力全部投入到古文写作中去。蒋汾功《与宋太守书》曾以切身体会述说过这种苦恼①。更有甚者,则如毛奇龄《卢树侯诗集序》所说,"上自朝庙下逮闾巷,凡钟石旌常碑板竹册以至移告质券束札簿牒之细,皆未之学。于是通籍以后,悉请召记室,明明雇赁而不以为愧,曰:'吾所学,无是而已。'"②照黎士弘的说法,"时文足以取功名富贵,士自羁卯即已受父师之所督责,其为说甚备而实难工。古文无关进取,非负兼才与贵显自信及山林屏废深思苦学之人,无意为之"③。似乎两种文体各有用途,各有其作者群,并行不悖。但现实中两者的作者经常是交叉的,只写八股文或只写古文的作家毕竟是少数,多数作家两者兼习,而且两者的写作实际是占据了生命的不同时段。像范泰恒所说的,"少之时,没溺于时文,于古文则肄业及之耳。其壮也,若饮食嗜好之不可离,于古文则笃矣,而场屋之事未终,终不免兼营而并骛"。这样,就不能不让人感叹:"不专不精,古人且病之,况今人乎!"④这正是科举时代普遍的无奈。不以文得名的,如宋荦,固尝言:"余文不足传也。余少游场屋,涉猎举业家言,未遑覃精六艺。及服官中外,案牍纷纭,铅椠疏阔,纵有所作,大抵不别家数。"⑤即便是方苞这样的古文宗师,又何尝不遗憾:"我若不能时文,古文当更进一格。"⑥盖置身于当时的环境中,古文写作难免在时文的强势压迫下发生扭曲。姜宸英曾在《董文友新刻文集序》中以自己的经验述说那种困厄:"余少嗜书,于古人之微辞妙义,亦能时时猎取,涉其藩篱。既奔

---

① 蒋汾功《读孟居文集》卷一,乾隆刊本。
② 毛奇龄《西河合集》序二十七,乾隆间萧山书留草堂藏板本。
③ 徐釚《南州草堂集》黎士弘序,康熙间菊庄刊本。
④ 范泰恒《古文自序》,《燕川集》卷四,乾隆刊本。
⑤ 宋荦《西陂文稿》周龙藻序引,康熙刊本。
⑥ 乔亿《剑溪说诗》卷上,乾隆十六年刊本。

走于科举之学,十五六年,见时之所谓科举者,非独无藉于古文,虽其音节之稍似,则同辈者群指以为哗笑,不待试之于有司而后知其抵牾也。于是姑暂释其所学,随时骫骳,务悦于观者之目,乃学废而所求益以不遂。"①这种缘木求鱼的滑稽结果及进退失据的茫然心态,非亲历其境,是难以体会的。至于一般人,则直接就是以时文之法来作古文而浑然不觉,"议论之文,改窜八股。平日举业烂熟于胸,虽欲先洗濯尽净而驱之不去,不召自来。惟所学在是也"②。"醇"之所以成为古文家一个很高的境界,就因为长年受举业熏陶,人们作古文时很难摆脱时文习气的影响。

填词在世俗观念中本为小道,其写作因自身的边缘性质和业余状态,似乎较少为举业所殃及。尽管如此,专业词曲作家对举业仍不能释然。李渔《笠翁余集自序》叙述清初的填词状况,更说:"三十年以前,读书力学之士皆殚心制举业。作诗赋古文词者,每州郡不过一二家,多则数人而止矣,余尽埋头八股,为干禄计。是当日之世界,帖括时文之世界也。"③显然,在他看来,在帖括时文充斥这个世界,一切文章、学术都遭排斥之时,词曲当然也无法免遭冷遇。而词曲与诗相比,命运更不济。就像万树《词律自序》说的,"数百年来,士大夫辈帖括之外惟事于诗,长短之音,多置弗论。"④由此可以推想,明清时代的作家在别的文体上也都会感受到举业的强势压力,只不过目前我还没有读到有关议论罢了。

实际上,明清两代举业对文学的影响是多方面的,不只表现在对文学写作的排斥上,还深入到文学的表现层面去。吕留良《古处斋集序》

---

① 姜宸英《西溟文钞》卷一,《姜先生全集》卷十一,光绪刊本。
② 何焯《晴江阁文钞》王岩序,1930年国学图书馆影印本。
③ 李渔《笠翁一家言·笠翁余集》,民国间上海文会堂石印本。
④ 万树《词律》卷首,上海古籍出版社1984年版,第6页。

曾指出八股文对诗文章法结构的影响：

> 今为举业者，皆有俗格以限之，循是者曰中墨，稍异则否。虽有异人之性，必折之使就格，而其为法则一之，曰套。……试以为古文，则俨然周秦两汉六朝唐宋矣；以为诗，则俨然汉魏晋宋齐梁全唐矣，凡此皆可以套得之。①

关于八股文结构理论对诗法的渗透和对诗歌写作的影响，我已有文专论②，如今需要研究的是时文技法对古文写作的影响。刘文淇《乡贡士陈君墓表》有云："自有时艺以来，论古文辞者，率以时文论古文，以提顿折落炼字炼句为法；而为时文者，又相与饰其辞，曼其声，而不知以阐明理义为主，此古文、时文所以交敝也。"③时文在形式方面对古文的影响，是需要专门研究的复杂课题，这里无法展开。我只想提出一个问题：对于举业和文学的这种尖锐对立以及举业对文学产生的基本是负面的影响，人们除了无奈地消极接受，难道就没有其他的反应？有没有人试图用一种积极的方式消解这种对立，甚至在两者之间寻求一种平衡或沟通呢？

5. 寻求时文与文章的内在沟通

既然科举是出仕的必由之路，既然时文写作是无法回避的，无论是自我解嘲或自大其体，甚至真诚地将它视为一种文学资源来汲取——既然已付出那么多的精力，何必白白浪费呢——人们都需要为八股文寻找一点理由，使它看上去不是那么彻底的无价值，以便使自己为它耗

---

① 吕留良《吕晚村先生文集》卷五，1929 年刊本。
② 蒋寅《起承转合：机械结构论的消长》，《文学遗产》1998 年第 3 期。
③ 刘文淇《青溪旧屋集》卷下，光绪九年刊本。

费的精力不至于显得太无聊和可笑。

八股文被称为时文,表明它是相对于传统文体——古文而存在的,自艾南英后时文的文体特征愈益昭然,学者即有深嗜古文辞者,也"不敢以为古文辞者为时文,必降心伏气,以就绳尺"①。正像时尚作为流行趣味相对于传统趣味成立一样,正统古文作家出于维护文体纯洁性的动机,往往在与时文的区别中界定古文。如魏禧答人问古文,曰:"欲知君子,远于小人而已;欲知古文,远于时文而已矣。"②或像焦循那样,从文体特征入手,说明"古文以意,时文以形"的异趣③。但为八股文辩护的人,则认为两者之间其实并无不可逾越的藩篱,"古文时文,无二理也"④。如潘耒《吴楞香制义序》云:

> 国家设科取士,急欲得宏通英伟之材,以为当世用。然帖括绳尺之文,每不足以罗天下士;而士之才高意广者,或俯视制举业为不足为,于是有白首而不遇者。天下浅识谀闻之士,遂谓古学之与时趋判然若冰炭之不相入,以通经学古为戒,以速化捷得为贤,则亦过矣。夫世未有不通乎古而能通乎今者,亦未有高材闳览之士能为彼不能为此者。⑤

更值得注意的是焦袁熹的观点,他认为文学成就是由多方面因素决定的,不取决于学习经历,也不取决于科举是否顺利。"王元美最为早达,吾观其乡试王会图一表,笔力直类唐人,为三百年四六文字之冠,后乃转更不通耳。然则科举一事了之,亦无以为也。归熙甫潦倒公车,晚

---

① 许承宣《与宋既庭书》,《金台集》卷下,康熙间衣德堂刊本。
② 魏禧《日录》卷二,道光二十五年谢若庭绂园书塾重刊《宁都三魏文集》本。
③ 焦循《时文说二》,《雕菰楼集》卷十,道光四年刊本。
④ 曹学佺《曹学佺集·曹能始先生小品》,江苏古籍出版社2003年版,下册第19页。
⑤ 潘耒《遂初堂集》卷八,康熙刊本。

得一第,其集中文多是举人时作。举人之去秀才几何?然则科举之不了,亦未大害也"。关键还是在于人的才能有偏至:"有才识数十字,胸中无一寸书,而独能为墨卷之文者;又有檀左屈宋呼集腕底,韩柳欧苏奔凑毫端,而独不能为墨卷之文,强为之去之弥远者。"①这代表了思考科举与文学之关系的另一种思路。

不管这种思路是否有道理,当人们换一个角度来看八股文和文学的关系时,马上就发现两者在某些层次上是可以沟通的。有人甚至倡为"时艺古文不二"之说②,到清代中叶,就出现了"时文与古文异,然所异者体制也,至气格理致意度波澜初无有异"的说法③。更激进的见解出自张文虎,认为诗古文与时文的差别就像"古诗、近体不同者格,其因物托讽、谋篇立意奚以异?"世人高言诗古文词而薄时文,只因为"今之为时文者,倩妆巧笑,以求悦目",其实这在为诗古文者也不能免。归根结蒂,"志时人之志,以为诗古文词,亦时文耳;志古人之志,以为时文,即亦何异于诗古文词?"④这在艺术特征上根本取消了诗古文和时文的差异,有点耸人听闻,没有严密的论证恐怕很难说服人。明代袁宏道《与友人论时文书》写道:"当代以文取士,谓之举业。士虽借以取世资,弗贵也,厌其时也。夫以后视今,今犹古也;以文取士,文犹诗也。后千百年安知不瞿唐而卢骆之,顾奚必古文词而后不朽哉?"他是从"真"的角度来立论的。在他看来,所谓古文至今已敝极,"愈古愈近,愈似愈赝",只有出主入奴的模仿,既无真气也无创造性。相比之下,倒是八股文还有些可取之处:"其体无沿袭,其词必极才之所至,其调年变而月不同,手眼各出,机轴亦异。一百年来,上之所以取士,与士之

---

① 焦袁熹《此木轩文集》卷一《答曹谔廷书》引,中国社会科学院文学所藏稿本。
② 汤来贺《许师六文集序》,《内省斋文集》卷二十,康熙五十五年刊本。
③ 方熊《国朝十二家制义希古集自序》,《绣屏风馆文集》卷二,道光刊本。
④ 张文虎《妙香斋集序》,《舒艺室杂著》乙编卷上,光绪刊本。

伸其独往者,仅有此文。"为此他批评那些厚古薄今之士"彼不知有时也,安知有文!"①中郎对八股文艺术性的推崇,能否得人首肯很难说,但这至少表明,只要换个角度看,时文也有与一般文章相通的特性。所以到清代,站在时文立场的人敢于声称:"到得八股之法讲说既熟,则一切诗古文辞皆可自寻入路。故时文不通,不可以学古。"②而站在古文立场的人,也承认八股文的训练是有助于诗古文写作思理清晰的。王渔洋《池北偶谈·谈艺三》载:

> 予尝见一布衣有诗名者,其诗多有格格不达。以问汪钝翁编修,云:"此君坐未尝解为时文故耳。时文虽无与诗古文,然不解八股,即理路终不分明。"近见王恽《玉堂嘉话》一条,鹿庵先生曰:"作文字当从科举中来。不然,而汗漫披猖,是出入不由户也。"亦与此意同。③

梁章钜《制义丛话》卷二引此文,以为"此论实确不可易。今之作八韵试律者,必以八股之法行之;且今之工于作奏疏及长于作官牍文书者,亦未有不从八股格法来,而能文从字顺,各识职者也。"④无独有偶,袁枚《随园诗话》也记载了一段对话:

> 时文之学,有害于诗,而暗中消息,又有一贯之理。余案头有某公诗一册,其人负重名。郭运青侍讲适来,读之,引手横截于五七字之间,曰:"诗虽工,气脉不贯。其人殆不能时文者耶?"余曰:"是也。"郭甚喜,自夸眼力之高。后与程鱼门论及之,程亦韪其言。余曰:"古韩柳欧苏,俱非为时文者,何以诗皆流贯?"程曰:

---

① 袁宏道《袁中郎全集》卷二十一,日本元禄九年京都刊本。
② 申颋《耐俗轩课儿文训》,清刊本。
③ 王士禛《池北偶谈》,中华书局1982年版,下册第301页。
④ 梁章钜《制义丛话》,上海书店出版社2001年版,第35页。

"韩柳欧苏所为策论应试之文,皆今之时文也。不曾从事于此,则心不细而脉不清。"①

这并不是八股时代的神话,因为评论家们的确在时文和诗古文词间看到某些一致性。比如黄生指出:"律诗之体,兼古文、时文而有之。盖五言八句,犹之乎四股八比也。今秀才家为诗,易有时文气,而反不知学时文之起承转合,可发一笑。至其拘于声律,不得不生倒叙、省文、缩脉、映带诸法,并与古文同一关捩。是故不知时文者,不可与言诗;不知古文者,犹不可与言诗。"②《儒林外史》第十一回也借鲁编修之口说:"八股文章若做的好,随你做甚么东西,要诗就诗,要赋就赋,都是一鞭一条痕,一掴一掌血。若是八股文章欠讲究,任你做出甚么来,都是野狐禅、邪魔外道。"他们能看到诗歌结构、技法与古文、时文的一致,应该说是有眼光的,当代学者也曾引申焦循《时文说》、江国霖《制义丛话序》的说法,承认八股文体确实融入了诗赋的文体特征和技艺③。但他们讥笑别人做律诗、古文不用时文技法,进而断言不知时文、古文者不可与言诗,就值得斟酌了。

正如钱仲联先生所指出的,古文和时文和交相影响,主要在于古文影响时文的一面,"古文影响时文,所以提高时文的水准;而时文影响古文,则是降低古文的品格"④。钱先生未申说其中的道理,我认为这个问题涉及不同文体在体制、风格互涉时遵循的基本原则。在中国古代的艺术观念中,不同文体间体制、风格的互涉是有方向性的,基本原

---

① 袁枚《随园诗话》卷六,第149页。
② 黄生《诗麈》卷二,黄山书社1995年版,第87页。
③ 参看顾歆艺《论科举、四书、八股文的相互制动作用》,《北京大学中国古文献研究中心集刊》第三辑,北京大学出版社2002年版,第160—161页。
④ 钱仲联《桐城派古文与时文的关系问题》,《梦苕庵清代文学论集》,中华书局1993年版,第78页。

则是以古入近,以高行卑,即较古的体制、风格要素可行于后出文体,反之则不可。沈德潜说,"乐府中不宜杂古诗体,恐散朴也;作古诗正须得乐府意。古诗中不宜杂律诗体,恐凝滞也;作律诗正须得古风格。与写篆八分不得入楷法,写楷书宜入篆八分法同意"①,阐发的就是这个道理。依据这种互涉原则,古文笔意可入时文,时文笔意却不可入古文。正如徐时夏所论:"古文与时文原迥然不同。今之举人、进士侥幸厕名花榜,便自以昌黎、柳州,辄纵笔为人作序作传作碑铭,而人亦以其举人、进士也,重而求之。殊不知以古文之笔为时文,便妙不可言;以时文之笔为古文,便成笑谱。"②职是之故,在古文和时文之间,就出现两种截然对立的文体策略:古文为保持文体纯洁性,极力排斥时文及其他文体因素;而时文为充实其内涵,却积极引入古文因素。前者如古文家方苞《与熊艺成书》《与章泰占书》劝对方力戒时文;吴德旋《初月楼古文绪论》也说:"古文之体忌小说,忌语录,忌诗话,忌时文,忌尺牍,此五者不去,非古文也。"③后者则如郑苏年说:"八股与古文虽判为两途,然不能古文者,其八股必凡近纤靡,不足以自立。"④又如李时斋说:"时文中若饶有古文气息,朴茂渊涵,不啻横空盘硬语,亦何偿不可见道。"⑤事实上,明代唐顺之、茅坤、归有光、黄淳耀、艾南英等时文秀出一时,也都与援古文之笔入时文有关⑥。而清代康熙十二年状元韩菼则是这方面最成功的作家,"其举子业以古文为时文,大则鲸鱼碧海,

---

① 沈德潜《说诗晬语》卷下,丁福保辑《清诗话》,下册第550页。
② 徐时夏《与张山来》,张潮辑《友声新集》卷一,康熙刊本。
③ 吴德旋《初月楼古文绪论》卷一,道光刊本。
④ 梁章钜《退庵随笔》引,郭绍虞辑《清诗话续编》,第3册1995页。
⑤ 马先登《勿待轩文集》自序,光绪刊《马氏丛书》本。
⑥ 有关唐顺之、茅坤、归有光及唐宋派以古文为时文的研究,可参看邝健行《明代唐宋派古文四大家"以古文为时文"说》,收入《香港中国古典文学研究论文选粹》(小说戏曲散文赋卷),江苏古籍出版社2002年版。

细亦翡翠兰苕,铨才小生,率瞠目不解为何语。及掇取大魁以去,文名震一时,于是一哄之市、三尺之童,无不知有慕庐先生也者。残膏剩馥,沾丐后人;起衰之功,直比昌黎、斗山矣"①。此后还有"北随园"边连宝"以古文为时文"②,钱塘陈兆仑"生平以古文为时文"③,海陵沈龙祥"执以古文为时文之说"④,大荔马先登主"以古文之气息法度为时艺之魄力波澜"⑤,绩溪训导沈练教人作时文须多读苏文,缪武烈甚至说以古文为时文乃作时文之捷径⑥,这种观念形成清代时文中一股独特的潮流。

这种文体学上的价值取向,实际是作者立足于古文立场的反映,表明了作者最终是以古文为价值归宿的。我们从惠周惕《列科文录序》对自己学习和写作经历的叙述中,可以清楚地看出这一点:"余始入家塾,先君子授余先辈小题文一编,是时年幼,未能读也。及稍长,通五经章句,间取一读之,辨其对偶,别其体裁,以为时文之法度如是而止矣。是时心壮气盛,将有志于古文,斥之为不足学。每读史汉唐宋之文,爱其文笔驰骋,锐意欲效之。及为制义,辄仿佛其气象,摹拟其字句,自以为古文矣。或出以示人,或持以应试,亦无不以古文许之也。"中年见识既广,阅历亦富,始疑向之自以为古文者非也。于是退而读书,上自六经,下及唐宋元明诸家,乃恍然有悟。更读先辈制义,则"向之所谓平淡者,今之所谓隽永矣;向之所谓径省者,今之所谓骏快矣;向之所谓

---

① 郑方坤《本朝名家诗钞小传》卷二,《龙威秘书》本。
② 戈涛《随园征士生传》,《坳堂文集》抄本,转引自韩胜《南北随园诗论对比研究》,2002年河北大学硕士论文。
③ 陶元藻《全浙诗话》卷四七,嘉庆元年怡云阁刊本。
④ 沈龙祥《依归草序》,《海陵文征》卷十九,道光二十三年刊本。
⑤ 马先登《答原翔卿论制义文体书》,《勿待轩文集存稿》卷四,光绪刊《马氏丛书》本。
⑥ 胡培系《教士迩言》卷下,光绪七年世泽楼刊本。

反复易厌者,今之所谓曲折萦洄矣;向之所谓议论不足者,今之所谓气象沉郁矣;向之所谓绳检自困者,今之所谓首尾完密矣。盖其开合起伏顿挫擒纵之法一本于古文,特其辞少异耳。"①作者初以古文、时文为两途,弃时文不读;既而以古文为目标,求其气象、字句之形似;最终理解时文结构、笔法皆本于古文,得二者相通之理。整个学习过程完全是以古文为准则为归宿的,体现了清代士人寻求时文与古文之内在沟通的一般路径。

考察这股援古入时之风在清代的流行,不能忽视桐城派所起的作用,这在当代学者的研究中已有论述②。早期桐城派作家戴名世即曾提出"以古文为时文"的主张,桐城派宗师方苞虽严戒时文入古文,但却主张将古文义法用于制举之文。这就是《古文约选序例》所说的"学者能切究于此,而以求《左》《史》之义法,则能触类而通,为制举之文,敷陈策论,俾有余裕矣"。而在实际写作中,他的古文其实并没有杜绝时文习气的沾染,以致被目为"以古文为时文,却以时文为古文"③,又被朱仕琇目为时文变调④。乾隆初,他还曾为朝廷编纂《钦定四书文》,显出他在时文方面的造诣。影响所及,桐城作家对时文与古文都不持截然对立的看法。刘大櫆论时文,主张"取左、马、韩、欧的神气、音节,曲折与题相赴,乃为其至者"⑤,姚鼐《惜抱轩稿序》则说,读嘉靖、正德间人时文后,"乃见初立经义本体与荆川、震川所以为文章之旨,恍然曰:是亦古文耳,岂二道哉"。《阳山四书义序》又说:"使为经义者能如

---

① 惠周惕《砚溪先生遗稿》卷下,《庚辰丛编》本。
② 参钱仲联《桐城派古文与时文的关系问题》;陈平原《中华文化通志·散文小说志》,上海人民出版社1998年版。
③ 钱大昕《与友人书》引王若霖语,《潜研堂文集》卷三十三,嘉庆十一年刊本。
④ 方东树《书林扬觯》卷下,《庚辰丛编》本。
⑤ 刘大櫆《时文论》,《刘大櫆集》,上海古籍出版社1990年版,第612页。

唐应德、归熙甫之才,则其文即古文也。"这不过是在时文中看出古文的理数,后来方濬颐则更进一步主张,不工时文,古文也不能工。他在《答于汉卿书》中指出:"文无今古,惟其是而已矣。帖括文字与碑版议论之作,体格不同而义理则一,未有不工于时文而能为古文者,未有工于古文而不能为时文者。"《复吴拙庵书》又说:"世动曰能时文者不能为古文。夫制艺代圣贤立言,其精思伟论皆从经史中出,时文之善学古文者,方足为大家。虽有排偶单行之分,然气足理足辞足,固无施不可。时文古文,二而一者也,未有不工于时文而独能长于古文者也。"①这种见解与前期桐城派作家比,与声称若不能时文,古文将更进一格的方苞比,已有了很大的不同。时文由难以躲避的压迫转化为一种积极的资源,甚至古文都必须靠它的滋养才能茂盛。这虽是一种提升时文价值和地位的努力,但同时也意味着古文的文体资源已开采告罄,文体变革的步履正殷殷临近。

透过以上征引的文献及其分析,笼罩在举业阴影中的明清文学生态已约略呈现在我们面前。生活在明清时代的作者,只有赢得科举的成功或彻底放弃科举,才能走出举业的阴影,步入自由写作的阳光地带,才有酣畅发挥性灵和天才的文学创造。而这往往需要经历漫长的时间,只有极少数人能较快走出阴影,他们背后往往有着家族或地域文化背景的支持。沿这一思路推进,一个顺理成章的结论就出现在我们面前:文学最繁荣的江浙一带也正是科举最成功的地方。清代二百六十多年间112科进士,竟有25个状元出于苏州府,而常州府、太仓州、江宁府、镇江府还有21人,再加浙江19人,清代一半以上的状元出自江南一带。由此推导出的结论,似乎正与"公车之业损则风雅之事进"相对立,乃是"科第盛则文学亦盛"。这一点似乎当时过来之人也清

---

① 方濬颐《方忍斋所著书·二知轩文存》,台湾联经事业有限公司影印本。

楚,袁枚《随园诗话》引述梅式庵的一段议论说的正是这个意思:"天欲成就一文人、一儒者,都非偶然。试观古文人如欧、苏、韩、柳,儒者如周、程、张、朱,谁非少年科甲哉?盖使之先得出身,以捐弃其俗学,而后乃有全力以攻实学。试观诸公应试之文,都不甚佳;晚年得力于学之后,方始不凡。不然,彼方终旧用心于五言八韵、对策三条,岂足以传世哉?就中晚登科第者,只归熙甫一人。然古文虽工,终不脱时文气息;而且终身不能为诗:亦累于俗学之一证。"①但这与"公车之业损则风雅之事进"的命题并不矛盾,因为两者的着眼点各不相同:前者着眼于人们从事写作的专心程度,后者则着眼于文学人才的解放。它们都可以作为带有规律性的假说,引导我们进行明清文学的整体思考,并在更深入的历史研究中重新描写明清两代的文学史。

---

① 袁枚《随园诗话》卷七,第169页。

二十三　李攀龙《唐诗选》在日本的流传和影响
——日本接受中国文学的一个侧面

在20世纪以前,中国文学曾对周边国家的汉字文学产生很大影响,其中尤以不同时代的文学选集的传播最为直接。像《文选》《三体诗》《文章轨范》《联珠诗格》《古文真宝》等选本都曾是日本、韩国十分流行的书籍。10世纪后,日本最流行的古典选集,文选是宋代黄坚《古文真宝》,史选是元代曾先之《十八史略》,诗选从12世纪到17世纪流行周弼《三体诗》,18世纪中叶以后流行李攀龙《唐诗选》;韩国最流行的古典选集则是萧统《文选》、高棅《唐诗品汇》和《古文真宝》《十八史略》。几种诗文选中国读者耳熟能详,而《十八史略》和《古文真宝》如今已很少有人知道了。文学的接受和经典的形成有时是很奇妙的,往往难以用单纯的文学标准来衡量,也难以用文学的思路来思考。尤其是在国与国的文学交流中,书籍的传播常存在各种偶然性,接受当然也不可避免地带有偶然性。以唐诗在日本的流行而言,众所周知有两个高潮,一是平安时代的白居易诗,一是江户时代的《唐诗选》。自江户中叶以来,《唐诗选》成为最受日本人喜爱的、被认为是"形成日本人中国文学修养和趣味之重要部分"的一部书①,这是什么原因呢?关于这个问题,无论是研究汉籍在日本流传情况(如严绍璗《汉籍在日本的流

---

① 日野龙夫校注《唐诗选国字解》"解说",平凡社1982年版。

布研究》)还是研究《唐诗选》(如平野彦次郎《唐诗选研究》)的专门著作,都没有提到,只有日野龙夫先生《〈唐诗选〉与近世后期诗坛——都市的繁华与古文辞派的诗风》一文深入古文辞派的创作,就其对《唐诗选》的模仿讨论了《唐诗选》流行的经过①。这无疑抓住了问题的重要方面,但作为《唐诗选》流行原因的解释,似乎还有可进一步申论的余地。这是一个颇为复杂的文学接受问题,有必要多方面地加以思考,不仅从文学本身,还需要从文学社会学的角度进行研究。本文尝试在日野先生的研究上略做补充性的考论,以就正于海内外专家。

1. 关于《唐诗选》的版本

确定一部书在社会上流行的广泛程度,最简便的方法莫过于版本调查。日本刊行的《唐诗选》版本之多,不仅在日本无书可比,就是在中国恐怕也罕有俦匹。日本版本目录学家长泽规矩也《和刻本汉籍分类目录》著录《唐诗选》版本已达 61 种②,而根据我对公私现存藏书目录及《享保以后江户出版书目》(临川书店,1993)的考察,还可以补出 33 种(以黑体字表示),加上后出的各种注释本,共得 129 种,分为以下几个系列:

(1) 江户嵩山房所刊服部元乔校订本

享保九年小本、宽保三年小本、**延享二年小本**、**宝历三年小本**、八年附四声片假名、十一年、十二年附片假名、明和二年、四年半纸本、安永

---

① 日野龙夫《〈唐诗选〉与近世后期诗坛——都市的繁华与古文辞派的诗风》,《文学》昭和四十六年(1971) 3 月号。

② 长泽规矩也《和刻本汉籍分类目录》,汲古书院 1976 年版,第 194—196 页。个别著录据氏《和刻本汉籍分类目录补正》订正。

四年小本、五年附片假名、**七年附唐音**、天明二年小本、四年、**七年小本、宽政四年大字本**、**五年小本**、六年附平假名、八年附片假名、**九年小本、享和元年附片假名**、**二年**、**文化四年小本**、**九年**、**十年大字本**、**十一年、十四年**、文政元年、九年小本附平假名、十三年、**天保二年**、**三年**、六年小本、十四年、**弘化二年**、嘉永七年小本、安政二年、万延元年小本、二年刊本、文久元年、庆应三年刊本(明治八年、十二年重印)、明治十二年铜版印袖珍本、十四年附片假名

（2）其他书肆刊印服部元乔校订本

江户刊晒书楼木活字印本、弘前藩稽古馆木活字印本(明治十二年青森神彦三郎印本)、木活字印本(二种)、延享二年刊本、**明治间熊本校书楼覆刻嵩山堂天保十四年刊本**、安政二年刊本、**明治二十五年大阪文赏堂刊本**、大正十五年东京文求堂排印本

河岛氏章、岩崎惟武覆校，纪府青霞堂带屋高市伊兵卫重印弘化二年嵩山堂刊巾箱本、明治中东京松山堂藤井利八刊本(东京松云堂书店昭和四年、十三年排印本)

（3）其他人校点评注本

《唐诗选》七卷，神野世猷校、天保四年跋刊本、嘉永二年松篁轩刊本、明治十四年东京向井泷藏刊本、十四**年千叶茂木房五郎刊本、十七年东京薰志堂刊本**、十七年大阪明玉堂冈本仙助刊本、明治十九年宋荣堂递修本、明治二十三年聚荣堂大川锭吉铜版排印本、明治二十四年薰志堂井上胜五郎铜版印本

《唐诗选》七卷，庆应元年大佛久远刊本(附片假名)

《平仄傍训唐诗选》七卷，安倍为任点，**明治十二年东京共立舍铜版印本、明治十四年东京柳心堂铜版印本**

《增补唐诗选》七卷，石川英点，明治十三年文华堂铃木满治刊本附片假名、绵荣堂大仓孙兵卫印本

《增补唐诗选》七卷,钱谦益评,斋藤实颖抄录,明治十四年香草书院矶部太郎兵卫刊本

《标注训点唐诗选》七卷,赤井正一点,**明治十四年大阪冈本仙助刊本、十七年京都半月堂铅印本、十七年京都万代书楼刻本、二十六年大阪藤谷虎三刊本**

《唐诗选》七卷,屈中彻藏点,明治十五年东京文盛堂铜版印本、博文馆印本

《标记训释唐诗选》七卷,荒木荣直训,明治十五年京都鸿宝堂石田忠兵卫铜版印本、二十五年京都川胜德次郎印本

《唐诗选》七卷,小岛卓雄傍训,**明治十七年东京小岛卓雄铜版印本**

《唐诗选》七卷,铃木正男点,**明治十九年大塚卯三郎刊本**

《唐诗选》七卷,**明治四十一年东京すみや书店铅印本**

《校订唐诗选》七卷,十泽玄校订,明治四十二年东京共同出版株式会社铅印本

《唐诗选》七卷,**昭和十年东京三教书院铅印本**

《唐诗选》七卷,中国学术研究所辑,**昭和二十三年东京昌平堂铅印本**

以上仅是白文或仅有训点或评的本子,《唐诗选》还有相当多的评析注解本。如:

《唐诗故事》七卷,明蒋一葵注,宝历六年小川彦九郎、钿原勘兵卫刊本

《唐诗选掌故》七卷,千叶玄之撰,明和二年京都田原勘兵卫刊、宽政五年重刊本

《唐诗选谚解》三卷,题服部元乔撰,明和四年江户庭川庄左卫门刊本、宽政八年重刊本

《唐诗集注》七卷，明蒋一葵注，宇野明霞编，宇野鉴校，释显常补，安永三年平安书林文林轩刊本

《唐诗解颐》七卷补遗一卷，淡海竺显常撰，安永五年刊本、宽政十二年京都田原勘兵卫刊本、明治汇文堂书店印本

《唐诗选唐音五七言绝句合刊》，崎水刘道音、东都高田识订，安永六年刊巾箱本

《笺注唐诗选》八卷，户崎允明笺注，山本信有校注，天明元年京都小林新兵卫刊本、天明四年京都嵩山房刊本

《唐诗选解》，宇野东山撰，天明三年嵩山堂刊本

《吴吴山附注唐诗选弁蒙》七卷，明吴吴山注，宇野成之撰，宽政二年京都小林新兵卫刊本

《唐诗选辨蒙》，宇野东山撰，宽政二年嵩山堂刊本

《唐诗选和训》七卷，高芝撰，宽政二年嵩山房刊本、文政六年重刊本

《唐诗选讲释》七卷，千叶玄之（芸阁），宽政二年京都小林新兵卫刊本、文化十年增补重刊本

《唐诗选国字解》七卷，服部元乔撰，宽政二年刊本、文化十一年重刊本

《唐诗选通解》七卷，皆川淇园注，宽政六年刊本

《头书唐诗选》七卷，昆明渊注，池龙子校，享和二年小林刊本

《唐诗选师传讲释》七卷，千叶玄之口述，小林高英记，文化元年嵩山房刊本

《唐诗选讲释》，南郭、玉山、筑波三先生讲说，甲午菅原世长序

《画入译解唐诗选》七卷，大馆利一训，明治十四年大阪北村宗助刊本

《图汇讲解唐诗选》七卷，下村训贺训解，明治十六年藜光堂此村彦铜版印本

《鼇头和解画入唐诗选》七卷,大久保常吉解,明治十八年春阳堂和田笃太郎铜版印本

《唐诗选评释》八卷,森泰二郎评释,明治二十四年东京新进堂刊本、大正七年刊本

《唐诗选讲义》七卷,松本谦堂(仁吉)讲,明治三十三年大阪积善馆版

《唐诗选新释》七卷,久保天随释,明治四十二年博文馆刊本

《头注唐诗选》七卷,积文馆编辑所编,昭和四年积文馆版

《唐诗选详说》七卷,简野虚舟撰,昭和四年版

《东湖先生手泽本唐诗选钞记》,中村庸编,青山书院昭和八年影印本

《唐诗选评释》,森槐南评释,丰田穰补注,昭和十三、十四年东京富山房刊本

《国译唐诗选》七卷,释清潭撰,国译汉文大成文学部第5

《唐诗选》七卷,前野直彬注,岩波文库本,岩波书店

《唐诗选》七卷,目加田诚,新释汉文大系,明治书院

《唐诗选》七卷,斋藤晌注,汉诗大系本

《唐诗选》七卷,高木正一注,中国古典选,朝日新闻社

以上这些注释本,不计最后几种当代学者的撰述,长泽规矩也所提到的只有宇野成之撰《吴吴山附注唐诗选弁蒙》和皆川淇园撰《唐诗选通解》两种,其他都见于当代各种书志。仅以上诸版,再加上《唐诗选余言》《唐诗选笺注》《唐诗选夷考》《唐诗选大字素读本》《唐诗选片假名读本》及嵩山房天明八年版桔石峰画《唐诗选画本》、文化十一年刊铃木芙蓉画《唐诗选画本》等等,现知《唐诗选》的版本起码已有一百三十余种。如此众多的版本,在中国大概只有经书才能拥有。仅此也可见《唐诗选》在日

本风行的程度以及渗入日本人审美生活和文学教养之深。

从现有版本来看,江户小林氏嵩山房是《唐诗选》最积极的刊印者。它不仅刊行了众多不同类型的《唐诗选》版本,还在宽政三年(1791)再版(被认为实即初版)、文化十一年(1814)重版服部南郭撰《唐诗选国字解》,此书后来成为《唐诗选》最通行的版本,影响极大。我调查《唐诗选》版本得到的第一印象,就是它的流行是出版业和学界名流成功合作的结果,双方互相借助对方的实力和影响,共同推动了《唐诗选》在江户日本的流行。不过,当我考察了日本接受唐诗的历史和江户时期的出版史后,我的看法稍微有了一点修正。

2.《唐诗选》的价值与真伪

研究《唐诗选》的流传,首先不能不涉及这部书的来历和真伪问题。与日本形成奇妙对照的是,《唐诗选》在中国没出那么大的风头,究其原因,殆与此书来历不清楚、作者身份一直受到怀疑有很大关系。自《四库提要》问世,《唐诗选》为伪书似已定案。《四库提要》集部总集类存目是这样著录《唐诗选》的:

> 旧本题明李攀龙编,唐汝询注,蒋一葵直解。攀龙有《诗学事类》,汝询有《编蓬集》,一葵有《尧山堂外纪》,皆已著录。攀龙所选历代之诗,本名《诗删》,此乃摘其所选唐诗。汝询亦有《唐诗解》,此乃割取其注。皆坊贾所为。疑一葵之《直解》亦托名矣。然至今盛行乡塾间,亦可异也。

此论刊出,国内学术界倒没多大反响,一则以钦定之书,学人不敢横议;二则其时《唐诗选》已快被人遗忘,学人无兴趣再去考究它。但日本汉诗家却对这一结论产生强烈的反应。当时正值江户后期诗坛厌弃唐风、喜尚宋调之际,诗家开始批评李攀龙"诗用套语者多"①,山本北山(信有)甚至斥为"伪唐诗"。在这种形势下,《唐诗选》正好做了他们现成的靶子。北山《孝经楼诗话》卷上云:

> 近舶来《四库全书简明目录》之例,伪书概不收载。此目录载李于鳞编辑《古今诗删》而不收《唐诗选》,余初以为清人憎李、王七子甚,故不收。其后又舶来《四库全书提要》,于存目载《唐诗选》云(文略)。以此观之,当今彼邦以《唐诗选》市井之贾人贪利者假李于鳞名而伪作者,学者曾不取,只见乡塾之村夫子盛信之,以教童蒙。我邦虽老师宿儒,不知为伪物,奉为诗作之规模,至今不绝。可不痛邪?

不过,尽管北山赞同伪书之说,他对问题仍有自己的判断。他提出这样一个假说:"《沧溟集》有《选唐诗序》,意于鳞先已有选唐诗之编,及后编选《古今诗删》,复严选唐诗,尽收入《诗删》中,于是《唐诗选》之原本不大行。其序列存于本集,助妄人作伪《唐诗选》,长遗害于诗道。"为证成此说,他举出明洪文科《语窥古今》的记载:

> 乙卯季夏,同方孺显、鲍雅修客芜阁吉祥寺。时案头有李于鳞《唐诗选》一册,虽平昔所观览,其间补注多警句,恐过目遗忘,因录之。如王勃《别薛华》诗云:"送送多穷路,惶惶独问津。悲凉千里道,凄断百年身。心事同漂泊,生涯共苦辛。无论去与住,俱是梦中人。"又如明皇登华萼楼,听歌李峤云:"山川满目泪沾衣,富贵荣华能几时。不见只今汾水上,唯有年年秋雁飞。"二诗皆觑破阎浮世界,读之令人爽然,偶录之。

他说:"今《唐诗选》无此二诗。然则于鳞真《唐诗选》应有此二诗,亦有

---

① 太宰春台《诗论附录》,《日本诗话丛书》,文会堂书店1920年版,第4卷第314页。

《沧溟集》所载之序。伪造《唐诗选》者学问浅陋,故知掠《沧溟集》所载序,而不知掠《语窥古今》所载二诗,卒露此破绽。"①北山此说看似有理,其实也有破绽。他不知道,这两首诗吴吴山评注本已增入附录,洪文科所见《唐诗选》有可能就是这个系统的本子,因此尚不能据以断言另有一种《唐诗选》存在。后来文化八年(1811)出版的市河宽斋《谈唐诗选》,也据《四库提要》之说,断定"彼邦《唐诗选》并无于鳞真本,存者皆坊贾之伪本也"。不过,他不同意《唐诗选》是由《古今诗删》摘出的说法,指出:"(提要)又云攀龙所选历代诗本名《诗删》,此乃摘其所选唐诗,则似未对校《诗删》与《诗选》而云也。盖《诗删》不载之诗,皆由其他诗选采入,合律绝凡二十二首,然则不可谓由《诗删》摘出诗而作伪本也。"因此他推测《唐诗选》是"奸猾书贾窥知(《唐诗选》有序无书),倩无识村学究编为现行之《唐诗选》。趋利乃商贾之习,我效之刊行《唐诗选》,或分别增减二三首,大抵称当时名家之评注以欺世人。有称晋陵蒋一葵笺释,又有题袁宏道注释,称《唐诗训解》,又有称钟惺、谭元春同评,又有题李于鳞选注、陈继儒增评,题《唐诗狐白》,又有题蒋一葵笺释、唐汝询参注、徐宸重订,称《唐诗选汇解》。其他释大典所称钟惺评注、刘孔敦批点、蒋一葵笺释、黄家鼎评订者,余未之见。此数种流布世间,皆书贾假托伪本也"②。他的论断较山本北山显然进了一步。

还有一种看法,推测《唐诗选》是据高棅《唐诗品汇》摘编。这种意见发自明人,先是胡震亨断言"李选与《正声》皆从《品汇》中采出"③,后来许学夷也说:"尝与黄介子伯仲言,于鳞选唐诗似未睹诸家全集。

---

① 山本信有《孝经楼诗话》,《日本诗话丛书》,文会堂书店1920年版,第2卷第62—65页。
② 市河世宁《谈唐诗选》,《日本诗话丛书》,文会堂书店1920年版,第2卷第3—7页。
③ 胡震亨《唐音癸签》卷三十一,上海古籍出版社1981年版,第326页。

介子伯仲曰:'向观于鳞《诗选》所录,不出《品汇》。如《品汇》五言古以崔颢为'羽翼',故次韦、柳'名家'之后;七言古,张若虚、卫万无世次可考,故次'余响'之后;骆宾王以歌行长篇,故又次张、王之后。今于鳞既无分别,而次序亦如之,是可证也。予因而考之,信然。"①胡、许二书不甚流传,日本学者谅不知其说,他们应该是独立地进行了考证。就我所见,以宽政九年(1797)风月堂刊行的熊阪邦子彦《白云馆近体诗式》为早,谓"其诗次序一唯与《品汇》同,乃知于鳞之选唐诗,以其英豪之气,唯点检《品汇》一过,批点于其合乎己者,遂命侍史录之,即辄序而传之也"②。此后平野彦次郎先生《唐诗选研究》将《唐诗选》与《品汇》各类作品逐一对比,由其编次肯定《唐诗选》是由《品汇》摘出,张敬忠、楼颖等初盛唐诗人的作品一依原本编于李建勋之后;《水调歌》《凉州歌》《水鼓子》三首无名氏之作,《唐诗选》虽知其为张子容作,加署作者名,编次也未作调整,仍旧与张、楼之作放在一起。而《古今诗删》则是在《唐诗选》的基础上增补而成,调整了一些不合理的编次,至于它是否成于李攀龙手则很难断言③。这实际上是印证了胡震亨和许学夷的说法。近年森濑寿三先生在平野氏研究的基础上,从书志学入手,平章中岛敏夫、前野直彬、花房英树诸先生之说,得出《唐诗选》确出于李攀龙手之的结论④,代表了当代学者的看法。

在更有力的证据被提出之前,森濑寿三先生的结论是可以接受的,即使李攀龙对《唐诗选》的著作权最终被否定,对本文要讨论的问题也

---

① 许学夷《诗源辩体》卷三十六,人民文学出版社1987年版,第368页。
② 熊阪邦子彦《白云馆近体诗式》,宽政九年名古屋刊本。
③ 平野彦次郎《李于鳞唐诗选果伪书耶?》,斯文会编《支那学研究》第二编,1932年版;后收入《唐诗选研究》卷首,明德出版社1976年版。
④ 森濑寿三《李攀龙〈唐诗选〉蓝本考》,关西大学《文学论集》第43卷2号;收入《唐诗新考》,关西大学出版部1998年版。

没有决定性的影响。因为《唐诗选》在日本的流行是个明显的事实，需要研究的只是它作为一部选本，究竟在多大程度上具有经典性，在多大程度上体现了唐诗的成就。无论李攀龙的序文是否为本书所作，冠在书前总显得口气很大，道是："唐无五言古诗，而有其古诗。陈子昂以其古诗为古诗，弗取也。七言古诗惟杜子美不失初唐气格，而纵横有之。太白纵横，往往强弩之末。间杂长语，英雄欺人耳。至如五七言绝句，实唐三百年一人。盖以不用意得之，即太白亦不自知其所至，而工者顾失焉。五言律排律，诸家概多佳句，七言律体，诸家所难，王维、李颀颇臻其妙；即子美篇什虽众，愦焉自放矣。作者自苦，亦惟天实生才不尽。后之君子乃兹集以尽唐诗，而唐诗尽于此。"唐诗尽于此，这是多么绝对的自信！后人能许可他的说法吗？

还是让我们来看它的选目罢①。《唐诗选》收诗465首，比《唐诗三百首》的篇幅虽多出一半，但与另外一些最流行的选本相比，却也不算很大。高棅《唐诗品汇》选诗5769首，唐汝询《唐诗解》选诗1400多首，王尧衢《古唐诗合解》选唐诗625首，沈德潜《唐诗别裁集》选诗1928首。以465首的篇幅是否就能尽撷唐诗的精华，实在令人怀疑。不过，篇幅并不是最重要的问题，蘅塘退士的《唐诗三百首》篇目无多，而人无间言，盖选所当选，不遗名篇，斯可矣。《唐诗选》的选目，尽管除五绝韦应物《答李澣》、七绝杜审言《戏赠赵使君美人》、崔敏童《宴城东庄》、崔惠童《奉和同前》、王周《宿疏陂驿》、皎然《塞下曲》、韦应物《酬柳郎中春日归扬州别南国之作》、武元衡《嘉陵驿》、温庭筠《杨柳

---

① 陈国球《试论李攀龙之选唐诗及"唐无五言古诗而有其古诗"说的意义及其影响》一文指出："李攀龙的选诗虽然以《唐诗品汇》为据，但其中的辨体的眼光已有很大的分别；高棅可以接受陈子昂的《感遇》诗为'正宗'的五古，但李攀龙因为要竭力辨明纯粹的'唐体'面貌，所以有所'弗取'地排除了陈（子昂）、李（白）这些名篇。"辨析甚精，《唐代文学研究》第七辑，广西师范大学出版社1998年版。

枝》、韦庄《古别离》、无名氏《初过汉江》《胡笳曲》十二首外,都见于《唐诗品汇》,但这除了说明《唐诗选》可能是据《唐诗品汇》筛选之外,并不足以说明李攀龙沿袭高棅的趣味。朱易安的研究表明,李攀龙的删选更突出了"伸正黜变"的宗旨,选诗兼顾初唐,突出盛唐,减少大历,"表明格调派对唐诗'正格'的理解日趋狭隘,是'中唐而下,一切吐弃'主张的具体化"①。再与《唐诗别裁集》对比,李选有164首不见于其中,虽然不能说这164首都不是佳作,但相比之下,更值得选入的经典作品却有遗漏。就拿七古和五律来说,李白是七古大家,李选只录《乌夜啼》《江上吟》两首,最著名的《蜀道难》《梦游天姥吟留别》都未入选。杜甫是五律大家,李选所取之作为:

《登兖州城楼》

《房兵曹胡马》

《春宿左省》

《秦州杂诗》(凤林戈未息)

《送远》

《禹庙》

《旅夜书怀》

《登岳阳楼》

《玉台观》

《题玄武禅师屋壁》

《观李固请司马题山水图》

《船下夔州郭宿雨湿不得上岸别王十二判官》

虽不能要求大家的趣味和选择完全一致,但哪些是杜甫五律最杰出的

---

① 参看朱易安《唐诗学史论稿》,广西师范大学出版社2000年版,第242—243页。

代表作,古今批评家还是有定论的。以上诸诗,《玉台观》以下几首沈德潜都不取,事实上它们也确不如沈选的《春望》《夜宴左氏庄》《月夜》《月夜忆舍弟》《春夜喜雨》《江汉》等篇更为历来诗论家所看重。仅此一点,《唐诗选》的缺陷就暴露无遗,以致日后屡遭非议。屠隆指责它"取悲壮而去清远,采峭直而舍婉丽,重骨格而略性情"①,宋荦则说它"境隘而辞肤",大类已陈之刍狗。以今天的眼光看,《唐诗选》的缺陷概括起来大约有这么几点:首先是总体上重初盛而轻中晚,诸体只有七绝略收晚唐诸家,其余都只到韦柳韩孟为止。这当然是与李攀龙"诗必盛唐"的观念有关的,但七律不收李商隐,七绝不收杜牧,又怎能说"唐诗尽于此"了呢? 尤其是七绝一体,已选晚唐若干家,却独不选七绝名家杜牧,实在难以解释。其次,退一步说,即使承认他重视初盛唐自有道理,以初盛唐诗的实际成就来衡量,他的选录也大有可议:一是体不尽其人,二是人不尽其才。比如,五古是初盛唐创作中成就较高的诗体,而《唐诗选》却选得最少。像陈子昂、孟浩然、杜甫等公认的五古名家,孟浩然只字不登,余者仅选一两首,也不是代表作。杜诗不选《望岳》《北征》《同诸公登慈恩寺塔》,而取《玉华宫》,更是典型的例子。七古李白、高适、李颀、王维允为大家,然而三家都只选一两首。高适选《邯郸少年行》《人日寄杜二拾遗》,而不取《燕歌行》;李颀选《崔五丈图屏风赋得乌孙佩刀》,而不取《古从军行》《听董大弹胡笳兼寄语弄房给事》;王维选《答张五弟》,而不选《老将行》《桃源行》。最不可思议的是岑参,选了《登古邺城》《韦员外家花树歌》《胡笳歌送颜真卿使赴河陇》三首,却不选最能代表他特色同时也代表着盛唐七古成就的《走马川行奉送出师西征》《轮台歌奉送封大夫出师西征》《白雪歌送武判官归京》。这是就体裁而言,以人而言,储光羲不选其五古而选五

---

① 屠隆《高以达少参选唐诗序》,《白榆集》卷三,明刊本。

绝,李端不选其五绝而选七绝,张籍、王建不选其七古而选七绝,韩愈不选七古而选七律,孟郊不选五古而选五绝,贾岛不选五律而选绝句,都是很出人意外的。至于取舍之间,缺少斟酌,于一些小家之作尤多遗憾。像骆宾王不选《在狱咏蝉》,李峤不选《汾阴行》,綦毋潜不选《题灵隐寺山顶院》,卢纶不选《晚次鄂州》,刘长卿不选《逢雪宿芙蓉山》,司空曙不选《江村即事》,张祜不选《题金山寺》,诚让人不能不有遗珠之叹。不过,最让人不能原谅的还是,作为一部唐诗选本,许多名不见经传的作者如卫万、薛业、万楚、李憕、王表、吴象之都能跻身其间,甚至像萧颖士、欧阳詹这些不以诗名的散文家也能被采入一诗,而白居易、李贺、杜牧三位大诗人竟然榜上无名!试想唐诗如果没有这三位诗人,将会失去多少叙事的丰赡、想象的瑰玮和造句的名隽。无论什么样的唐诗选,无论它有多么丰富的优点,即以它将上述三位大诗人拒之门外,人们就有理由判定它不是合格的选本。而最喜爱白居易的日本人,竟能欣然接受这样一部将白乐天排斥在外的选本,也真是匪夷所思。这一奇怪现象是格外引起我好奇心的问题之一。

3. 蘐园诸子对《唐诗选》流行的决定作用

要弄清上述问题,显然需要考察日本《唐诗选》受容的具体语境。调查目前所知有关文献,还没发现对《唐诗选》传入日本时间的明确记载。学界的一般看法是大约在德川初期(17世纪初),只知道最初是以《唐诗训解》的面目传来的。贝原益轩《格物余话》曾称道此书,许为诸诗集与诗解之冠。这已是相当于中国康熙中叶的江户时代。此时的日本,中国书籍输入、流通的情况已不同于往古。

在日本史的上古时代,正如小岛宪之教授所说:"当时某书某本由舶载回,结果就成了人们喜爱的读物,其语句被片段地润色、使用,成为他们的歌袋。这并不是国与国之间综合的整体的影响。在这一点上，一本书的影响之大，且不说《文选》《玉台新咏》，就连《游仙窟》《王子安集》、俗书类读物也是如此。"换句话说，"随机性的舶载书籍是放射地影响于上古读者的，其时的文坛是顺应着舶来书籍的动向而展开的"①。可是从11世纪平安朝中期日本版刻兴盛后，情形就发生了变化。社会上汉籍的流传，不再依赖于偶然性极大的舶来书籍或传钞，而是通过印刷来传播——舶来或传钞数量毕竟有限，每每供需不均，版刻则可以充分地满足社会需求。当然，单书流传一旦变成批量印刷，底本的选择就不再是偶然的和随机的了，必然要考虑社会需求，于是社会的阅读趣味转而对出版、印刷业产生决定性影响。自现知最早的正中元年（1324）翻刻惠玄批点《诗人玉屑》、翌年禅尼宗泽翻刻《寒山诗集》起②，到室町时代末，日本翻刻的汉籍（除内典）现存还有经15部20版21种，史5部7版8种，子12部12版13种，集40部54版55种。这四部之书的比例，不只与中国古籍数量分布的情形相应，也与当时日本社会，尤其是僧侣阶层盛行的诗歌风气有关。惟其如此，所刻集部书中尤以释家的，特别是近人的别集居多。

到江户时代，汉学日益普及，汉籍的需求也日益增加。由侵朝战争传入而一度兴盛的活字印刷技术终因不能适应社会需求，重新被雕版印刷所取代。当时特别与出版有关的文化动向，是朱子学的盛兴。朱

---

① 小岛宪之《原据论的周围》，《神田博士还历纪念书志学论集》，平凡社1957年版，第107页。
② 日本翻印汉籍，一般据岛田翰《古文旧书考》的说法，认为始于宝治元年（1247）刊行的《论语集注》。和田维四郎《访书余录》（弘文庄，1933）、木宫泰彦《日本古印刷文化史》（富山房，1922）又以元亨壬戌（1322）跋《古文尚书孔传》十三卷为最早。但长泽规矩也认为都不足信，见《论我国的汉籍翻刻》，《神田博士还历纪念书志学论集》，平凡社1957年版，第107页。

子学的普及,使有关汉籍的出版由单纯翻刻宋元明版书进入要求加以训点注音、校订注释、批评解说,使之成为简明易读的日本读物的时代。在这种背景下,刚传入日本不久的《唐诗选》立即成了翻刻的对象。京都大学文学部藏有据万历四十六年(1618)余献可刊本翻刻的《唐诗训解》,题李攀龙选、袁宏道校,无刊刻年月。考察公私藏书目录,有京都田原仁左卫门刊本、田原勘兵卫翻刻万历戊午余献可居仁堂刊本,京大所藏或许就是田原氏刊本,其翻刻年代虽不详,但相信到宽文年间(1661—1672)该书已翻刻行世。这就是说,《唐诗选》最初是以《唐诗训解》的面目在日本流传的①。我们知道,新井白石年轻时曾读过《唐诗训解》,荻生徂徕二十五岁时也曾在南总手写一部,并加批评,可见此书在当时颇受欢迎。徂徕元禄三年(1690)庚午孟秋有跋云:

> 此者攀龙、石公二氏之所殚思也。评骘之详最孜孜,犹时代之辨矣。顷者手写正文一通,加之评语,稍附奇解。盖意初唐雅艳典丽,气象超迈,盛则高华明亮,格调深远,中则潇洒清畅,兴趣悠婉,晚则奇刻工致,词藻精切。故戏效李西岩锦琴之体,题其后曰:"修竹茅斋过雨凉,垂帷棐几对秋光。芙蓉出水照初日,兰菊着霜摇晓芳。隔涧清猿伴明月,映门红叶带斜阳。西风惆怅古人远,一掷秃毫一断肠。"

这部《唐诗训解》,署名就显得很滑稽,注释也存在不少问题,所以尽管流行,但却为尊崇李攀龙的诗学者所不满,并由此撰著新注取而代之。而真正使《唐诗选》成为家喻户晓的唐诗读本盛行于世的关键人物,就是以倡导朱子学名世的汉学泰斗荻生徂徕的高足弟子服部元乔。

---

① 此段内容参考长泽规矩也之说,出处同前文。日野龙夫《〈唐诗选〉与近世后期诗坛——都市的繁华与古文辞派的诗风》对此也有细致的考论,载《文学》昭和四十六年(1971)3月号。

二十三 李攀龙《唐诗选》在日本的流传和影响

元乔(1683—1759),字子迁,号南郭,俗称服部幸八,后改为小右卫门,京都人,十四岁从徂徕学,十八岁仕于柳泽侯,三十四岁辞职,下帷教授。徂徕门下人才辈出,但多为儒士,元乔风流蕴藉,才气俊发,独以工汉诗文为蘐园翘楚。七绝《夜下墨水》一首,为当时盛传,无人不知。他在享保九年(1724)四十二岁时校订《唐诗选》,由嵩山房须原屋新兵卫刊行,成为他第一部行世的著作,也是日本最初的题名《唐诗选》的翻刻本。从服部南郭的注解来看,他所做的工作主要有两点:一是推崇其价值,二是正本清源。《唐诗选》本是明代复古派诗学观念的产物,选目有着强烈的主观性,并不遵循通常的价值准则,而且选诗太少,故王尧衢批评它太刻。南郭非但不纠正李攀龙的偏失,反而在"附言"中发挥其说,张大其旨。"附言"首先通过比较肯定了《唐诗选》的经典性:

> 近体诗尽于唐,尽者尽善之谓也,而莫善于沧溟之选。盖后世祖述唐人者,家选户论,大抵宋人好自用其调,大雅绝响,即若所论选,漆桶扫帚,亦惟摸索。及南宋严沧浪,豁然眼目,始见全象。虽有来者,不能间然。然止论之,未遑选诗。明兴,高廷礼《品汇》《正声》出,而唐人诸家玄黄不蔽。诗亦简拔神骏,冀北遂空。沧溟继兴,盖犹以廷礼为多可旁通也,殳柞益严,抡选数百首,唐诗之粹森如。后唐仲言有《解》及《十集》,要其所出入,亦惟首鼠于高、李之间,不足列之于选者。他若钟氏《诗归》,以沙投金,若非再经淘汰,不见其真。故唐诗莫善于沧溟之选,又莫精于沧溟之选也。①

其次称赞《唐诗选》遴选之精,具有典范意义,最便于初学:

> 人或谓沧溟之选过刻也,然予则谓后世诸家纷然,邪路旁径,

---

① 日野龙夫《校注唐诗选国字解》,平凡社1982年版。下同。

> 往往蓁塞。初学进步一左,蹶然陷于大泽。故取路之法为之标明,而后不容田夫之欺。又譬诸入昆冈采玉,玉石磊砢,愚者奚别?若不弃庑下,或袭燕石。必遇卞和氏后,天下知连城。故学诗先择其善者而从之,必不取其赝。准绳一立,离明、轮工施无不可也。沧溟此刻安知不为严师友耶?

再强调《唐诗选》的包容性,可与宋、明代的著名诗论相印证:

> 初学熟沧溟之选,后乃稍稍就诸家读时,则虽左右取之,无不逢其源。诸家则《沧浪诗话》《品汇》《正声》、弇州《卮言》、元瑞《诗薮》,此其杰然者,亦不可不读也。

这三个方面在理论上相当全面地确立了《唐诗选》的价值。当然,这是就李攀龙原书而言的,要保证《唐诗选》的价值得到实现,还有个正本清源的工作要做,具体地说就是揭穿当时坊间流行的《唐诗训解》的伪托。元乔认为题李攀龙选、袁宏道校的这部《训解》系"剽袭《唐诗选》及仲舒注、仲言解等,伪选而列于艺文。而诗全用于鳞之选,出入一二。其所题目,已是不知沧溟者之所为。序则文理不属,起始即无意义;中间引道子数语,出于中郎他文。且中郎于沧溟,不啻仇视,则并中郎亦不知者之所为也。总评中竿滥太甚,评注取蒋、唐,颇为删补。惟是拙工代斫,不免伤指。其他谬妄,不可胜计"。因此他要还其旧观,说"于鳞之选贵精严,毫厘出入,或谬千里。故今所考订不得不为于鳞雪冤,略赘数语,以发其赝"。顾《唐诗选》版本颇多,有的略有增益,凡此他一概不取。遇到文字有异同,则择尤善者而从之;若两可难裁,则就《唐诗品汇》《古今诗删》《古唐诗解》《汇编唐诗十集》考之,从其为各本所取且正确的字。这番工作提高了《唐诗选》的本文的可靠性。

据《先哲丛谈》记载,南郭这篇附言曾为乃师徂徕五度修改,而徂徕致南郭的书信中只有"唐诗选附言谨阅,可谓后学津梁"一句,并未提到

二十三 李攀龙《唐诗选》在日本的流传和影响

修改润饰的事。当然,徂徕显然是很赞赏南郭的工作的,欣然为书作跋:

> 弇老评沧溟诗峨眉天外雪中看,其选唐诗亦复尔尔。独奈近来坊间诸本,率属孟浪不则,何物狡儿,巧作五里雾芙蓉,咫尺殆不可辨矣。今阅刻,剔抉几尽,顿复旧观,三峰宛然在人目睫,岂不愉快乎! 沧溟尝谓不昧者心,想当百年前为子迁道。①

文中"何物狡儿"或即指斥《唐诗训解》的伪托,他很高兴南郭作了去伪存真的整理,使之恢复原貌。不过,南郭校订的这个本子,当时传播得还不太广泛和普及。后来到宝历三、四年年逾古稀的南郭为门人讲《唐诗选》,门人做了记录②。宝历九年(1759)南郭卒后,其讲述内容有钞本流传于世,流传过程中出现一些幼稚的错误,又混入一些窃自入江南溟《唐诗句解》的内容,明和四年(1767)江户潜龙堂前川庄左兵卫据以刊行《唐诗选谚解》三卷,题服部元乔撰,后曾于宽政八年(1796)重刊。此书行世招致南郭门下的不满,南郭弟子林元圭根据自己的笔记加以增补,编成一部以日语解释、用杂有假名的文字记录的通俗读本,题作《唐诗选国字解》,仍由嵩山房于天明二年(1782)梓行,版刻甫竣而毁于火灾。宽政三年(1791)重刊行世,仍署天明二年刊。前有小林高英序、李攀龙序、服部南郭附言。小林序称:

> 有南郭先生,世乃知有《唐诗选》。然而初学之人,苦不能得其解。北越林玄圭氏,每听先生讲此书,随记其言,积为数卷,而将归乡。谓先君曰:"先生常曰,因诗义泛然,故人欲赖注释解之,终失其本根。是所以恶诗之有解也。"虽然,寒乡之无师友,且初学

---

① 见《芙蕖馆提耳》,早稻田大学图书馆服部文库藏钞本。此据日野龙夫《服部南郭年谱考证》所引,载《国文学研究资料馆纪要》第3号,1977年版。

② 据日野龙夫《晚年的服部南郭》(《国语国文》1979年11月号)介绍,当时所讲的部分诗篇尚存于《芙蕖馆提耳》中。

> 未有所闻者,无解则何因得逆作者之意耶?故我欲公之,悉与吾子,吾子谋之。先君受而藏焉。天明壬寅岁,请于县官,蒙许梓行。因以玄圭氏所冠之国字解为题,刻既成,未几罹灾。故重刻之,所以弘之云。

这个本子存在着与《唐诗选谚解》同样的错误,因而有人怀疑出于伪托。不管怎么说,小林氏的序文足以说明,日本社会熟悉并接受《唐诗选》,首先是与服部元乔校订本的刊行分不开的,而有日语解释的《国字解》则是使《唐诗选》风行于世的真正推动者。毕竟,即便是在汉学独尊的江户时代,日本社会通晓汉文的人也是少数,服部南郭校订本虽让世人知道了《唐诗选》,但真正能阅读的人也很少吧?《国字解》的本土化形式最终为不通或粗通汉文的普通读者提供了方便,从而扫清《唐诗选》在日本流行的障碍。

值得注意的是,与服部元乔同时,京都名重一时的诗人皆川淇园和著名诗僧相国寺释显常也分别撰著了《唐诗选通解》和《唐诗解颐》两部解说,产生一定影响。它们对《唐诗选》的流行也起了一定推动作用,但总体来说,荻生徂徕一门在当时的影响力是无人能比的,经徂徕推赞的服部南郭《国字解》最终成为通行的本子,于文化十一年再版。据熊阪邦子彦宽政六年(1794)撰《白云馆近体诗式》说:"自物子唱李、王之业,服子迁左祖于沧溟选以来,海内学者率视《唐诗选》犹国风雅颂,不但学诗者朝习夕诵,号称善书家者亦唯其诗句是书。无论辇毂之下,都会之地,篆隶法帖,行草石刻,至于僻邑穷乡,水村草市,酒家屏障,茶店题壁,亦莫不书李选所收者。噫,亦盛矣!"[1]这段当时人的记载最清楚地说明了荻生徂徕和服部南郭师弟对《唐诗选》流行所起的决定性作用。

---

[1] 熊阪邦子彦《白云馆近体诗式》,宽政九年名古屋刊本。

4. 蘐园诸子为何推崇《唐诗选》

《唐诗选国字解》问世后,一方面以通俗易读为人接受,另一方面又因服部南郭的才名与荻生徂徕的定论而为人看重,它能流行于世似乎是很自然的事。不过这毕竟还是从外部对《唐诗选》流行作出的解释,或许可以说是文学接受过程中的偶然性因素。更进一步的问题是,在明代众多的唐诗选本中,蘐园诸子为什么独心仪李攀龙的《唐诗选》呢?

上文的分析结果表明,《唐诗选》的选目是有很大缺陷的,而当时服部南郭已看到高棅《唐诗品汇》、唐汝询《唐诗解》、钟惺和谭元春《唐诗归》等选本,并且蘐园与他自己就有收藏①,在这种情况下,他还是校订、注释了《唐诗选》,其原因不是值得深究么?首先,《唐诗选》在明代的流行似乎是促使服部元乔选择它来讲解的原因之一。清初学者或言明代"选唐诗者无虑数十家,惟高氏《品汇》与李于鳞先生《唐诗选》最著"②,或言"明人选唐诗为世所通行者,一曰李于鳞《唐诗选》,一曰钟、谭《诗归》"③,他们的说法应是可信的。直到清初,诗论家李沂教人作诗仍令熟读《唐诗选》④。据平野彦次郎先生考察,自晚明至清初,《唐诗选》的版本多达十余种,且都有评注⑤,其行世之盛可见。不过服

---

① 见平户松浦史料馆藏天明六年钞本《蘐园藏书目录》、早稻田大学图书馆编印《服部文库目录》(1984.3)。
② 宋徵舆《唐诗选序》,《林屋文稿》卷五,康熙刊本。
③ 张潮《而庵诗话跋》,丁福保辑《清诗话》,上册第 435 页。
④ 见孙枝蔚《溉堂前集》卷九《春日怀友》诗自注,上海古籍出版社影印康熙刊本,上册第 459 页。
⑤ 平野彦次郎《李于鳞唐诗选果伪书耶?》,斯文会编《支那学研究》第二编,1932 年版;后收入《唐诗选研究》卷首,明德出版社 1976 年版。按:陈伯海、朱易安《唐诗书录》共著录《唐诗选》版本十五种,齐鲁书社 1988 年版。

部南郭校订《唐诗选》时已届清雍正初年,经历清初诗论家的严厉批评后,不仅李攀龙声名衰减,《唐诗选》也被目为"境隘而辞肤,大类已陈之刍狗"①,为王渔洋《唐贤三昧集》《十种唐诗选》、沈德潜《唐诗别裁集》等本朝选本所取代。如果说国际间文化的输入和接受应考虑传播时差的话,那么可以肯定地说,在明末日本对汉籍的输入速度已非常之快。曹学佺《大明一统名胜志》崇祯三年刊本、张鼎《新刻张侗初先生永思斋四书演》崇祯五年刊本、茅瑞徵《皇明胥象录》崇祯二年刊本传入日本的时间分别为五年和三年②,然则此时传播的时差已不是重要问题,关键在于服部南郭选择《唐诗选》的理由。

明末移居日本,与林罗山、松永尺五、户田花屋、石川丈三、那波活所、安东守约等人交往,对当时汉诗产生一定影响的陈元赟,曾说:"学诗调莫如伯弼《三体诗》,学诗格莫如于鳞《唐诗选》。"③这显然代表着明代格调派的观念,而当时日本诗家对《唐诗选》的评价正是这样的。名学者贝原益轩就称"集诗者甚多,独李攀龙之所辑《唐诗选》最佳,其所载风格淳厚清婉,且其训解亦颇精详,是可为诸诗集及诗解之冠"④。但仅凭这样的优点是不足以吸引徂徕师弟的,他们有取于《唐诗选》,我想不在于内容而在于它的作者。众所周知,荻生徂徕是日本古文辞学派的开山祖师,他所尊崇的理想典范正是李攀龙。李攀龙奉西汉以前的文、盛唐以前的诗为艺术理想,"文自西京以下,诗自天宝以下,不齿同盟"⑤,世

---

① 宋荦《漫堂说诗》,丁福保辑《清诗话》,上册第417页。
② 详严绍璗《汉籍在日本的流布研究》,江苏古籍出版社1992年版,第61页。
③ 陈元赟《升庵诗话》,衷尔钜辑《陈元赟集》,辽宁人民出版社1994年版,第162页。
④ 贝原益轩《格物余话》,益轩会编《益轩全集》卷二,国书刊行会1973年版,第328页。
⑤ 徐中行《重刻李沧溟先生集序》,《沧溟集》卷首。按:世习以"文必秦汉,诗必盛唐"为李攀龙的艺术主张,其实此言出《明史·李梦阳传》,而与二李的主张微有出入(说见叶庆炳《论"文必秦汉,诗必盛唐"》,《晚鸣轩论文集》,大安出版社1996年版),故不取。

因目为古文辞派。徂徕早年攻朱子学,"已觉宋儒之说于六经有不合者","中年得李于鳞、王元美集以读之,率多古语,不可得而读之。于是发愤以读古书,其誓目不涉东汉以下,亦如于鳞氏之教者,盖有年矣。始自六经,终于西汉,终而复始,循环无端。久而熟之,不啻若自其口出,其文意互相发,而不复须注解。然后二家集甘如啖蔗。于是回首以观后儒之解,纰缪悉见"①。就这样在李攀龙、王世贞两家集子的引导下,到享保初年(18世纪初)他渐渐形成自己独特的学说体系,世称徂徕学。徂徕认为朱子学误在经书解读不正确,因而提出学古文辞以通经书的治学路径,强调"今之学者,当以识古言为要;欲识古言,非学古文辞不能也"②。世以徂徕之学得李攀龙、王世贞启发,而在拟古一点上也与李、王的主张相通,遂称之古文辞学。当时徂徕门下人才辈出,他根据自己的经验,"俾从游之士学二公之业"③,在诗文创作上形成以拟古为宗的古文辞派。其治学和创作既以李攀龙格调派为宗,选择《唐诗选》为学诗典范就是顺理成章的事了,清初格调派诗家同样也是奉《唐诗选》为圭臬的④。徂徕指导门人学诗,举《唐诗选》《唐诗品汇》二书为范本(《徂徕先生答问书》),对门生影响极大。书法最出名的大内熊耳,读到《沧溟集》后甚至废书不为⑤。而私淑弟子石岛正漪在驹込讲学时没有书,总是空讲《唐诗选》《沧溟尺牍》,而将净琉璃的剧本摆在讲台上作幌子。到各诸侯府去讲学时,讲台上也总是摆着《沧溟

---

① 荻生徂徕《辨道》,文化四年补刊本。
② 荻生徂徕《答安澹泊书》,《徂徕先生学则》附录,享保十二年嵩山房刊本。
③ 荻生徂徕《答屈景山书》,《徂徕先生学则》附录,享保十二年嵩山房刊本。
④ 康乃心《莘野文集》卷四《与门人》:"李沧溟所选唐诗,人率易视之,不知其实为精绝。初学熟此,径路不差,且勿务泛泛也。"中国社会科学院文学所藏《莘野先生遗书》稿钞本。
⑤ 见高野辰之《艺海游弋》五"蕻园门之书法",东京堂1940年版。

尺牍》空讲①。其中服部元乔对李攀龙的著作是研究最深的,当时翻刻《沧溟集》和《沧溟尺牍》,都请他作序②,而他的诗更被荻徕许为"刻意于沧溟而岂悌过之"(《南郭初稿序》)。他取《唐诗选》进行校订,显然是师门风气熏陶所致。有一个耐人寻味的实事是,荻生徂徕尽管推崇李攀龙的《唐诗选》,但开给木公达的推荐汉书目,"吾党学者必须备坐右不可缺一种"的书中有《唐诗品汇》《唐诗正声》,"好古之士必须贮置备博"的书中有《唐诗所》《唐诗纪》,而唯独没有《唐诗选》。联系他为南郭校订《唐诗选》所作的跋语来看,是不是嫌《唐诗选》没有可靠的版本呢?服部南郭享保九年首先校订《唐诗选》行世,十八年又校订了《唐诗品汇》刊行,是不是秉承老师的旨意,而对两书加以整理呢?

由信奉李攀龙之学进而尊崇《唐诗选》,这不是南郭乃至蘐园一门的好尚,而是复古色彩浓厚的江户诗坛的风气。正如释显常所说:"唐诗之有选也,杨伯谦著《正音》,高廷礼著《正声》,不可谓不精且尽。及乎于鳞之《选》,天下学者皆宗之,舍彼取此,岂非以其人重哉?"③我们由此可以得出结论,蘐园诸子之所以推崇《唐诗选》,是和古文辞派在思想、学术上以李攀龙为宗的立场分不开的。

5.《唐诗选》的社会需求和嵩山房的成功

释显常《唐诗集注序》中提到"于鳞之《选》,天下学者皆宗之",那已是服部南郭校订本行世 50 年后的事了。我们不妨假设一下,如果没有荻生徂徕一门的推崇和整理,《唐诗选》会不会在日本流行起来呢?

---

① 佚名撰《蘐园杂话》,《续日本随笔大成》,吉川弘文馆 1979 年版,第 4 卷第 76 页。
② 服部元乔《重刻沧溟集序》《沧溟尺牍序》,见《南郭集二编》卷六。
③ 释显常《唐诗集释》卷首,安永三年平安书林文林轩田原勘兵卫刊本。

这触及《唐诗选》被日本社会接受的内在依据。我的看法是,即使没有获生徂徕一门的推崇,《唐诗选》也会流行的,理由是它弥补了已有唐诗选本的某些不足,从而满足了当时日本的社会需求。

只要考察一下日本输入、接受唐诗的历程,就会知道,在《唐诗选》以前,日本翻刻的唐诗,除宋、元间流行的少数名家别集外,唐诗选本只有明应三年(1494)刻,大永、享禄间覆刻的《增注唐贤绝句三体诗法》和《唐宋联珠诗格》两种,此外人们爱读的选本就是《瀛奎律髓》。这三种书都是近体诗选,以中晚唐为宗,所录率皆大历以后之诗,盛唐作品很少,而古体诗则完全摈斥不取。如果说日本当时尚没有刊行过一部好的盛唐诗并且包含古体诗的选本,那是符合事实的。即使从最表面的意义说,《唐诗选》的刊行也为江户诗坛和一般读者提供了一部相对不错的盛唐诗选本。事实上,当时人们对盛唐诗的取与,还不只关乎一般意义上的艺术水准的判断,更主要地是与一种艺术精神相关。正如日野龙夫教授指出的,"《唐诗选》的流行,必待作汉诗者爱好盛唐诗的气运"[①]。在江户前期朱子学的笼罩下,作汉诗的人都恪守朱子学"文以载道"的道德主义文学观,强调以理节情,而徂徕学却批判宋学"不识先王之道,乃逞其私智,以谓为善而去恶,扩天理而遏人欲"的不胜苛刻,宽容地肯定人的感情的自然流露。针对历来将《诗经》道德化的倾向,他认为《诗经》的意义就在于记录了人情的真实,进而主张文学就是人情的自然表现。古文辞派的这种诗歌观念,有力地打破了长期束缚汉文学的道德枷锁,一直受道德压抑的汉诗也获得了解放,得以自由地表达情感。在这种时代精神下,充满浪漫激情、主体性高扬的盛唐诗对愈益高涨的自我表现欲求远比中晚唐诗更有吸引力。于是随着18世纪初徂徕学的流行,对盛唐诗的喜好也在社会上迅速蔓延开来。不仅盛唐诗本身,连明代拟古派的

---

① 日野龙夫《校注唐诗选国字解》"解说",平凡社1982年版。

假盛唐诗也大受欢迎①,李攀龙、王世贞等人的诗都被翻刻、注释,鼓吹盛唐之音的严羽《沧浪诗话》、徐祯卿《谈艺录》、王世懋《艺圃撷余》也在徂徕的赞许下,由嵩山房于享保十一年(1726)梓行,成为汉诗人的必读书②。这股风气一直持续到 18 世纪末。而其直接受惠者也是推波助澜者就是与徂徕门下关系密切的小林氏嵩山房书肆。

　　文学的影响和接受实际是一个问题的两面——影响总是通过接受而实现,而接受又以影响的传播为前提。在这一链环中,出版成为联系和沟通两者的重要环节。江户自古以来长期被视为夷狄及化外之地,幕府初期,德川家康以文教图治,罗致林罗山以降的一批饱学之士至其幕下。随着幕府文教奖励政策的推行,江户的文化事业迅速发达。到元禄(1688—1703)前后,从荻生徂徕的古文辞学、新井白石的史学、保井算哲的历学、关孝和的数学到户田茂睡的歌学、吉川维足的神道,在不同领域建立起江户自己的绚烂文化。与此相应,江户的出版印刷业也有一定发展。万治、宽文(1658—1672)以前,江户的书肆业远少于京都、大阪,不少书肆是京、阪书林的分店,销售的图书也是由京阪地区批发来的③。为此,江户新兴的出版业面临着在与京阪书林的竞争中求生存的问题。小林氏嵩山房凭借与荻生徂徕的特殊关系,于享保九年梓行南郭校订的《唐诗选》,享保十五年刊行南郭作序的《沧溟尺牍》,享保十二年后陆续刊行《南郭文集初编》及蘐园诸子的文集,无疑抓住了江户时代的读书热点。尤其是《唐诗选》在商业上的成功,让他发了大财,迅速成为江户书林有数的书肆之一④。嵩山房的《唐诗选》

---

① 服目元乔《南郭先生文集二编》卷八《题陈卧子明诗选首》:"近时稍知明诗之是,人喜言之。"
② 嵩山房小林氏将三书合刻为《三家诗话》印行,由石川之清考订,徂徕为撰序、跋。
③ 参看上里春生《江户书籍商史》,出版タイムス社 1930 年版,第 103 页。
④ 参看上里春生《江户书籍商史》,第 38 页。

共有小开本、半纸本和附四声假名小开本三种版式,最初问世的是小开本,后来最受欢迎的也是这种版式,从初版到幕府末万延元年(1860)的约一百四十年间,日野龙夫教授寓目的版本就有十四种之多①。我的调查主要依据图书馆的著录,如果各书著录年代都是刊版的话,那么嵩山房梓行的南郭校订本就达43版。通常一付木版刷印五六千部就漫漶不清,必须重刻,以43版各印五千部计,总数要在20万部以上。这在读书人远较今天为少的近代,不啻是个惊人的数字。讨论《唐诗选》盛行的原因,小林氏嵩山房在出版方面所起的作用是不能不考虑的因素。

与社会上的阅读需求形成对照的是学者阶层的理性审视。《唐诗选》刊行后,太宰春台曾撰《书唐诗选后》(《紫芝园后稿》卷十),举十点论证《唐诗选》不足以称为精选。与明代拟古派的命运一样,古文辞派最终也因其单纯摹仿,尤其是那夸张的高华慷慨与江户时代太平安逸的日常生活不相吻合,而受到以山本信有(北山)为代表的诗论家的批判。山本北山于天明二年(1782)撰《作诗志彀》,引袁宏道批判拟古派的话,指责其摹仿古人很出色,而吐露自己的真情却很拙劣。诗坛的趣味由此转向宋诗,到幕府末年清诗也开始被介绍进来,诗坛不复是唐诗的一统天下。随着《四库全书总目提要》的舶来,《唐诗选》伪书说在山本北山《孝经楼诗话》、市河宽斋《谈唐诗选》等著作中被提出来讨论。然而与中国不同的是,尽管古文辞派受到批判,《唐诗选》被判定为伪书,但它并未从此就遭人冷落,相反从天明二年后一直在不断出版,而且陆续出现许多训点、注释本。最流行的《唐诗选国字解》《唐诗选讲释》,在宽政、文化年间也曾重版。而到这个时候,社会上对汉诗

---

① 日野龙夫《〈唐诗选〉与近世后期诗坛——都市的繁华与古文辞派的诗风》,《文学》昭和四十六年(1971)3月号。

的兴趣和爱好已相当普及,汉诗不再是一群有修养的汉诗人的雅好,而成为大众化的读物,于是《唐诗选》就以它积累的丰富的研究成果成了汉诗阅读中的基本文献。在此应该提到的是,一些由《唐诗选》派生的通俗书籍反过来也为《唐诗选》的普及起了很大作用。如取《唐诗选》诗句与《百人一首》巧妙组合述说游里诸相的洒落本《异素六帖》,取《唐诗选》中七首诗的诗意作为七篇短篇小说的读本《俗谈唐诗选》,戏拟《唐诗选》七古部分的狂诗集《通诗选》,将《唐诗选》改编成画本用诗为赞的《唐诗选画本》等,都在市民阶层占据一定市场。今天市面上通行的"国译汉文大成""岩波文库""新释汉文大系""汉诗大系""中国古典选"诸本,都经当代著名汉学家校订、注释、翻译,虽不一定为日本人日常阅读之本,但无疑还有其潜在的影响力,提到唐诗,在前人的选本中首屈一指的一定还是李攀龙的《唐诗选》。

《唐诗选》在日本的流传和影响,再次启发我们,文学的传播、接受和影响不单纯是个文学的问题。文学的接受和影响,总是依托于某个文化思潮的背景,在文学现象背后往往有着深刻的思想史、文化史原因。无论是在不同时代还是不同的国家之间,文学的接受和影响都是多种因素、多重力量合同作用的结果。

[附记]本课题的研究始于1997年,2001年获得日本学术振兴会资助,短期访问大阪大学,深泽一幸教授为调研提供方便;日本南山大学蔡毅教授、南京大学曹虹教授为查核资料,谨此一并致谢。

二十四　清代诗学与地域文学传统的建构

文学史发展到明清时代,一个突出特征就是地域性特别显豁起来,对地域文学传统的意识也清晰地凸显出来。理论上表现为对乡贤代表的地域文学传统的理解和尊崇,创作上体现为对乡里先辈作家的接受和模仿,在批评上则呈现为对地域文学特征的自觉意识和强调。以地域文学为对象的文学选本,也许是明清总集类数量最丰富、最引人注目的种群。而其中最主要的部分又是诗歌,数量庞大的郡邑诗选和诗话,显示出强烈的以地域为视角和单位来搜集、遴选、编集、批评诗歌的自觉意识①。这种意识是诗歌创作观念中区域性视野和创作实践中地域性特征的自然反映,也是我们研究清代文学首先必须注意的重要问题。

1. 地域文化和地域文学的发展

正如拉布拉什所说:"一国的历史不可同国人居住的地域相脱离。"②中国疆域辽阔,地形复杂,人口繁密,民族众多,自古以来产生了丰富多样的地域文化。当代研究地域文化的学者,根据地貌特征将地

---

① 有关这方面的文献,详松村昂《清诗总集131种解题》,大阪经济大学中国文艺研究会1989年版;蒋寅《清代郡邑诗话叙录》,《古典文献研究》1993—1994年合辑,南京大学出版社1995年版。

② 引自布罗代尔《法兰西的特性》,顾良、张泽乾译,商务印书馆1994年版,第215页。

域文化概括为河谷、草原、山岳和海洋四种类型,认为河谷文化内聚力和包容性突出,草原文化流动性和外向性强,山岳型文化具有封闭性和排他性,而海洋文化则以开放性和冒险精神为特征。中国从秦汉以后形成统一的集权国家,不同类型的地域文化互相接触、交融,结果以农业为主体的混合型文化——河谷文化逐渐成为主流,不断得到充实和发展①。这是就中国文化总体的地理特征来说的,具体到古代中国文化的内部,我们还需要具体分析在行政区划上形成的区域文化或者说乡土文化。布罗代尔曾指出:"任何领土区划在过去同时也是社会区划,因为规模不等的每一个小社会都在一块领土上栖身,都有自己的边界和存在的理由,并且首先依赖自身的内在联系而生存。这些领土区划便是村庄、集镇、城市和省区。"②自从唐代行政区划将天下分为10道358州府,至元分为13省地392州府,以后省区虽分合不一,但州县大体相沿,地名与行政疆界均趋定型,由是地域文化传统得以在漫长的时间内由逐渐认同而趋成型。

尽管地域传统的外延通常以行政区划为标志,但其精神特征在很大程度上是与风土即地理征候相关的。孟德斯鸠在《论法的精神》里曾提出,支配人们的东西有许多——气候、宗教、法律、政府的准则、过去的榜样、习惯、风俗,但只有包括土壤肥瘠在内的气候带才是"支配一切的东西"。这种地理环境决定论也是中国古代关于地理文化的基本思想,中国早期的思想家一致认为,人的气质决定于风土。《孔子家语》有云:"坚土之人刚,弱土之人柔,墟土之人大,沙土之人细,息土之人美,秏土之人丑。"而有关风土与生活方式的关系的思考,最早可以追溯到《黄帝内经素问》卷二《异法方宜论篇第十二》,后《汉书·地理

---

① 参看李桂海《对我国地域文化发展特点的一点思考》,《云南社会科学》1989年第3期。
② 布罗代尔《法兰西的特性》,顾良、张泽乾译,商务印书馆1994年版,第51页。

志》《乐志》就风土与人习性的关系作了解释,由此产生曹丕《典论·论文》的地域气质论("徐幹时有齐气")。六朝时代,人们已注意到地域与学风的关系,《世说新语·文学篇》《颜氏家训·风操篇》《颜氏家训·音辞篇》都指出南北方学风、民俗乃至语音的差异,后引发王鸣盛《蛾术编》卷二"南北学尚不同"、王葆心《古文辞通义》卷十四、刘师培《南北文学不同论》的全面研究。然而就文学来说,直到唐代地域观念还很淡漠,虽然出现了殷璠《丹阳集》这样的地方性选集,可文学实际上很少被从地域概念下谈论。杜佑论述江南地域文化时曾指出:"闽越遐阻,僻在一隅,凭山负海,难以德抚。永嘉之后,帝室东迁,衣冠避难,多所萃止,艺文儒术,斯之为盛。今虽闾阎贱品,处力役之际,吟咏不辍,盖因颜、谢、徐、庾之风扇焉。"①这种地域性差异表明,即使到了唐代,文化的中心还比较集中,不能形成多元的诗坛格局,偶有不同的流派和风格出现,也往往是由作家的不同身份形成的,如唐代大历年间的地方官、台阁官僚和方外之士三派。文学创作中的地域差异,实际上到宋代才开始凸显出来②。江西诗派作为文学史上第一个真正意义上的文学流派,虽然其凝聚力来自风格而非地域,所谓"诗江西也,人非皆江西也"③,但它以地域冠名仍标志着地域观念在诗学乃至文学中的普及和明朗化,具有划时代的意义。所以后世谈到地域文学的意识,都断自宋始④。元代批评家开始自觉地从地域视角观察诗坛格局,如吴

---

① 杜佑《通典》卷一八二,中华书局影印本。
② 参看祝尚书《论南宋文学的东西部差异》,《四川大学学报》2000 年第 5 期。
③ 杨万里《江西宗派诗序》,《诚斋集》卷七十九,《四部丛刊初编》本。
④ 如王棻《柔桥文钞》卷九《拟辑两浙文征凡例并序》:"文以地分,实始十五国风,后世如孔延之《会稽掇英总集》、董棻之《严陵集》、程遇孙之《成都文类》、郑虎臣之《吴都文粹》,皆萃一郡之文有关建置掌故及国计民生利病,实与郡志相为表里。"1914 年上海国光书局排印本。今人龚鹏程《区域特性与文学传统》一文亦曾注意到这一点,载《古典文学》第十二辑,台湾学生书局 1992 年版。

澄《鳌溪群贤诗选序》说:"《诗经》有十五国风之别,土风各不同。邶、鄘皆卫也,而不系之卫;魏亦唐也,而不系之唐。何也?国别之中有不同者,来者不容不本其地,编者不敢不离其篇也。《国风》远矣,近年有中州诗,有浙间诗,有湖湘诗,而江西独专一派。江西又以郡别,郡又以县别,岂政异俗殊而至是哉?山川人物固然而然,土风自不可以概齐也。"① 到明清两代,疆域开拓,交通发达,强大的统一国家的形成有力地促进了南方经济、文化的发展,不仅江、浙、赣、川等自唐宋以来文学基础雄厚的地区文学事业持续繁荣,闽、粤、滇、黔等历来较闭塞落后的地区,也成为新兴的文学基地。除了东北、西北风不竞外,广袤的中华大地已形成不同往昔的多元文学格局和异彩纷呈的地域特征。明初开国,由越派、吴派、江西派、闽派、五粤派瓜分诗坛的局面,可以视为一个象征性的标志,预示了以地域性为主要特征的文学时代的到来②。清代的文坛基本是以星罗棋布的地域文学集团为单位构成的,除文学史常提到的桐城、阳湖派古文、常州派骈文、阳羡、浙西派词、吴江派戏曲,诗更有虞山派、河朔诗派、畿辅七名公、江左三布衣、岭南三大家、西泠十子、关中三李、浙西六家、岭南四家、娄江十子、江左十五子、吴会英才十六人、辽东三老、江西四才子、吴门七子、嘉定后四先生、后南园五先生、毗陵四子、越中七子、高密派、湘中五子等等,诗社更是不胜枚举。可以说,地域文学群体和流派的强大实力,已改变了传统的以思潮和时尚为主导的文坛格局,出现了以地域性为主的文坛格局。

在这样的文坛格局中,经常呈现多元的文学观念共存并兴的局面,风格倾向和艺术趣味异彩纷呈。明清之交,程孟阳、钱谦益提倡宋诗以

---

① 吴澄《吴文正集》卷十六,文渊阁《四库全书》影印本,第1197册第178页。
② 明初诗坛五派之说,出自胡应麟《诗薮》续编卷一,具体研究详王学泰《以地域分野的明初诗歌派别论》一文,载《文学遗产》1989年第5期。龚显宗《明洪建二朝文学理论研究》(华正书局,1986)以岭南诸子无关乎文学理论之作,而代之以徽派,亦可参看。

矫七子拟古之弊,其弟子冯班辈却学晚唐温、李,世称虞山派;乾隆中,正是格调派和性灵派竞雄之际,山东高密人李怀民编《重订中晚唐诗主客图》二卷,提倡贾岛、姚合一派诗风,乡里景从,形成一个有理论主张,有纲领文件,有清晰的风格趋向的高密诗派[①]。到道咸之际,宋诗风方兴未艾,王闿运与邓辅纶等在长沙结"兰林词社",不取唐宋近体,而效法曹阮二谢,后发展为湖南一地的汉魏六朝诗派。此类地域诗派的出现,改变了往常思潮和时尚主导的一统局面,使诗坛格局变得复杂起来。当代学者划分乾隆时代的诗歌流派,有沈德潜为首的格律派、姚鼐为首的桐城派、袁枚为首的性灵派,和从厉鹗、杭世骏到钱载的浙派之分[②],看似分类标准有逻辑缺陷,但某种意义上却反映了当时的实情——地域成为一个强有力的纽带,将诗人们联系起来,其力量甚至超过时尚。

  明清时代流派纷呈、门户林立的文学创作,不只引发批评对文学风土特征的注意,更激起对文学的地域传统的自觉意识和反思。在传统的风土论基础上形成更系统的地域文学观念,并深刻地影响明清时代的文学创作和批评。从明代郭子章《豫章诗话》到晚近汪辟疆先生的《近代地域与诗派》,这部分著述构筑了诗学中地域研究的醒目景观。当代学者讨论清代诗学,也注意到地域特征,如李世英《清初诗学思想研究》第一章论"清初三大家的诗学思想",第二章以后便分地域来研究各地的诗学思想,张伯伟《中国古代文学批评方法论》第五章"诗话论"论清代诗话的文化特征,也有一节专门谈地域问题。不过他们的着眼点是某个地域诗学的共同特征,而我要进一步指出的是清代批评

[①] 汪辟疆《论高密诗派》,原刊于《国风半月刊》第七期,收入《汪辟疆文集》,上海古籍出版社1988年版。

[②] 马积高《清代学术思想的变迁与文学》,湖南出版社1996年版,第119页。

家对地域问题本身的自觉意识及其对文学批评、研究所产生的影响。

2. 清代风俗论和文论中的地域意识

在探讨清代批评家对地域文学的自觉意识及其批评实践之前,我们首先应该明确,清代批评家对文学之地域性的意识,是与明清之际文化普及和区域文化的发展,与人们对文化、风俗的地域性较以往有了更细致的认识分不开的。根据人类学家的看法,"由于传播作用,经过一个时期,彼此相邻的社会的文化就有了越来越多的共同之处。相邻或相近社会文化的趋同倾向造成某些地域中文化的相似性,称之为'文化区'"①。这种"文化区"以及人们对它的意识乃是历史发展到一定阶段的产物,在中国似乎要晚到宋代以后,明清时期边远地区的文化开发,缩小了它们与中原文化发达地区的差距,人员流动和信息传播的频繁使风土和文化的比较有了进一步的可能。这一点在归允肃论士大夫仕宦兴趣的差异时曾被涉及:

> 古今风会不同,而仕宦之好尚亦异。唐宋以岭表为荒绝之区,昌黎莅任潮阳,极言其风土之陋;柳子厚以为过洞庭,上湘江,逾岭南人迹罕至,其情词可谓戚矣。明之仕宦无所不及,亦未见人情如此之困。今国家统一宇内,梯山航海,无远弗届。仕宦者大率乐就外郡,而尤以南方为宜。五岭以南,珠崖象郡之饶,人皆欢然趋之,与唐宋间大异。岂非以海宇宁谧,无风波之阻,为仕者乐尽其长,宜德泽于万里之外,声教四讫之所致欤?②

---

① 罗伯特·F.墨菲《文化和社会人类学引论》,王卓君、吕迺基译,商务印书馆1991年版,第251页。
② 归允肃《归宫詹集》卷二《赵云六倚楼游草序》,光绪刊本。

正由于经济和交通的发展,岭南才具有了可与中原相提并论的文化地位,使人们在划分风土意义乃至文化意义上的地域时不能不给它留下一个席位。乔钵《海外奕心》"风气"条云:"自燕至越四千里,风气凡四:燕至河一气,河至大江一气,吴至杭一气,过钱塘至海一气。"①这里将中国分为黄河以北的北方地区、黄河以南长江以北的江淮地区、长江以南钱塘江以北的吴越地区和钱塘江以南的南方地区四个地域,无论从方言或经济形态的角度来看,都与今天的看法比较接近了。李淦《燕翼篇·气性》则将天下分为三大区域:

> 地气风土异宜,人性亦因而迥异。以大概论之,天下分三道焉:北直、山东、山西、河南、陕西为一道,通谓之北人;江南、浙江、江西、福建、湖广为一道,谓之东南人;四川、广东、广西、云南、贵州为一道,谓之西南人。北地多陆少水,人性质直,气强壮,习于骑射,惮于乘舟,其俗俭朴而近于好义,其失也鄙,或愚蠢而暴悍。东南多水少陆,人性敏,气弱,工于为文,狎波涛,苦鞍马,其俗繁华而近于好礼,其失也浮,抑轻薄而侈靡。西南多水多陆,人性精巧,气柔脆,与瑶侗苗蛮黎蜒等类杂处,其俗尚鬼,好斗而近于智,其失也狡,或诡谲而善变。②

其区域划分虽粗,但描述习俗民情却较具体。相反,若区域划分较细,从风土出发比较不同地域的人的气质,就会得出较概括粗略的结论。如万寿祺《题佚》云:"四海之内,生才实繁。就其方隅风气所近,荆扬之人剽急,兖豫之人壅迟,青徐之人塞坟,幽冀之人确悍,梁州之人鄙实,敷其藻采,象其土风,大较然哉。"这种概括、比较不仅开眼界,广见闻,同时也有助自我认识的深化,有助于自我认同的形成,逐步确立

---

① 乔钵《乔文衣杂著》,清刊本。
② 李淦《燕翼篇·气性》,张潮辑《檀几丛书》二集,康熙刊本。

起地域传统观念,并反过来影响人们的日常行为和审美意识。

由风土出发进行的民俗比较,反映在文学批评中就变成一种由环境决定论出发探讨其地域特征的方法论。鲁九皋《书勉哉游草后》曾从古者采诗之典与政治的关系,论及人与地气的关系,说"后世采诗之典不行,学士大夫有所著述,人自为书,要其声之本于地气者,识者犹能辨之",是故"后之论诗者,论其人当亦论其所得之地,而其地气见,其人亦可见"①。这种以地域差异为着眼点的比较批评,在文学中似乎也是由南北比较发轫的。元代诗论家傅若金《孟天伟文稿序》云:"夫南北之气异,文亦如之。南方作者婉密而不枯,其失也靡;北方简重而不浮,其失也俚。"②明代李东阳《麓堂诗话》也说:

> 文章固关气运,亦系于习尚。周召二南王豳曹卫诸风,商周鲁三颂,皆北方之诗,汉魏西晋亦然。唐之盛时称作家在选列者,大抵多秦晋之人也。盖周以诗教民,而唐以诗取士,畿甸之地,王化所先,文轨车书所聚,虽欲其不能,不可得也。荆楚之音,圣人不录,实以要荒之故。六朝所制,则出于偏安僭据之域,君子固有讥焉。然则东南之以文著者,亦鲜矣。本朝定都北方,乃为一统之盛,历百又余年之久。然文章多出东南,能诗之士莫吴越若者,而西北顾鲜其人,何哉?③

这里略举南北文学消长的大势,注意到南方文学的崛起。后人进一步比较南北诗风之异,如茹纶常《梅崖刺史遗集序》云:"近世之论诗者,每有南北之分。誉之则谓南多风雅,北多雄健;訾之则谓南多卑靡,北

---

① 鲁九皋《山木居士文集》卷一,道光十四年桐花书屋重刊本。
② 傅若金《傅与砺文集》卷四,文渊阁《四库全书》影印本,第1213册第320页。
③ 李东阳《麓堂诗话》,丁福保辑《历代诗话续编》,下册第1377页。

多伦父。"①这是很笼统的对比,道光间济南王偁《瓣香杂记》卷五还有更具体的评骘:

> 南人学诗讲用字,故精于炼句;北人学诗讲用意,恒拙于谋篇。南人之所不能者,北人能之者亦少;北人之所不能者,南人能之者或多。盖北人性笨,南人性灵之故。然则咏物之作,北人断不及南,而考据吊古之诗,南人或逊于北。②

王氏对南北人才性巧拙的比较犹留有南北学风不同论的回声,但已寓有轩轾之意。自南宋迁都杭州,文化中心随之南移,元代即已出现北弱南强的趋势。虽然每年国子监生五六百人,北人济济,南人仅数名,但到明代首科会试,中式者120人,浙江31名,江西27名,福建22名,山西13名,北平6名,河南、广东各5名,陕西4名,山东3名,广西、高丽各1名,直隶仅两名③,南方在科举上已占压倒的优势。至于文学创作,尤其是传统的文人文学领域,无论作品数量、质量,北地都无法和南方分庭抗礼。迄至清代,更形成南方文学一边倒的局面。北人自伤之余,常有意强调北方文学的成就,如黄文焕《自课堂集序》云:"地有南北之分,北方风气高劲,不坠纤丽,本属诗文之区,空同、于鳞均擅北产。然南方唱和,习所渐染者多,至于以时论之,则宜少宜多又各分焉。"④王崇简《学古堂集序》论西北诗歌传统,则指出西北"山川辽阔,津梁疲远,公车制举之言或终岁弗及于境,士大夫世其学者惟《左》《国》班马及王孟李杜诸书耳",因而"风雅之事进"的情形⑤。即使承认北风不

---

① 茹纶常《容斋文钞》卷九,嘉庆刊本。
② 王偁《瓣香杂记》,道光十四年刊本。
③ 朱彝尊曾购得是科会试录,见姚祖恩辑《静志居诗话》卷二,人民文学出版社1990年版,第36页。
④ 程康庄《自课堂集》卷首,1937年山西省文献委员会铅印《山右丛书初编》本。
⑤ 王崇简《青箱堂文集》卷六,康熙刊本。

竟,论者也往往从南北比较出发思索原因。有人说南人诗占了天时地利,鄞人周容记载:"有伧父谓余曰,南人诗□好,亦生得地方便宜耳。如'姑苏城外寒山寺',有何心力,竟指为绝唱。若效之云'通州城外金龙庙',便耶揄之矣。余为之大笑,然亦可以悟诗中一境。"①伧父之言并非无理,南方非仅有好山水,还有丰厚的文化底蕴,寒山寺唐时或许还不出名,但姑苏城积淀多少历史蕴涵?那是通州城绝不能俦比的。又有人说北方出版落后,"北方诗人少,未必不由不能刻诗之故"②。还有人说北人性敦朴,不事张扬,故声名不著:

> 中州天下山水之会,为古今文章所归。汉贾生、唐昌黎子皆独立一代。伊洛瀍涧间,尤帝王所都。其人魁岸,为文章闳肆昌明,出所余溢,犹足以笼压天下。顾自元以还,东都不复,人日就浑朴,敛实黜华,不务为名高。至有骏伟奇杰之才足以直造古人者,天下或不能举其名。③

尽管这类议论在明清人的著作中往往有之,但我认为它们更多反映的其实是分裂时代遗留下来的文化记忆,的确,有关南北文化、文学的差异经常是历史追溯中的内容。明初陶安《张景远诗集序》云:"在昔作者,江左宫商振越,河朔词义朴厚,当其分裂,各随风气,以专一长。逮其末也,振越者流于轻靡而意浮,朴厚者流于陋率而味寡。今风气相当,无间南北,能诗之士,杰出相望……"④到疆域划一的明清时代,南北沟通和交流的愈益普遍,带给人的是对地域文学传统的多样性感知。这些具体的感知转而深化人们对自身所属的地域传统的体认,最终促

---

① 周容《春酒堂诗话》,郭绍虞辑《清诗话续编》,第 1 册第 112 页。
② 延君寿《老生常谈》,1937 年山西省文献委员会铅印《山右丛书初编》本。
③ 李绂《阎仲容试草序》,《穆堂初稿》卷三十四,道光刊本。
④ 陶安《陶学士先生集》卷十三,弘治十三年刊本。

进自我认同的形成。事实上,地域传统观念正是在这对他者的认识中逐渐明确起来,并反过来陶铸人们的审美趣味,影响人们的创作观念的。

3. 地域文学传统的自觉和建构

美国人类学家罗伯特·芮德菲尔德曾在《农民社会与文化》一书中提出,"在某一种文明里面,总会存在着两个传统:其一是一个由为数很少的一些善于思考的人们创造出的一种大传统;其二是一个由为数很大的、但基本上是不会思考的人们创造出的一种小传统"①。虽然他说大传统(great tradition)是在学堂或庙堂之内培养出来的,而小传统(litter tradition)是自发地萌生的,主要意味着精英文化、通俗文化的对立,但我们还是可以借用来指称文学史上的两种传统。就中国文学史的情况而言,即经典文学和地方文学。前者意味着整个民族文学传统,可以说是精英的;后者意味局部的地方文学传统,可以说是乡土的,但并非通俗的。中国古代以农耕文化为主体的漫长历史,培养了士大夫阶层的乡村生活方式和乡土传统意识。到文化的地域特征愈益鲜明、文学的地域色彩日益突出、文学的地域传统也愈益为人们所自觉的明清时代,人们在学习、模仿和创作之际,所面对的不是精英—城市—经典与通俗—乡村—流行的选择,而是在整个传统和局部传统之间进行选择。相比整个古代诗歌大传统,乡邦文学的小传统更密切地包围着他们,给他们有形或无形的影响。

照《论传统》的作者 E. 希尔斯的看法,传统"是人们在过去创造、

---

① Robert Readfield, *Peasant Society and Culture*, University of Chicago Press, 1956. 王莹译《农民社会与文化》,中国社会科学出版社 2013 年版,第 96 页。

践行或信仰的某种事物,或者说,人们相信它曾经存在,曾经被实行或被人们所信仰"。从社会影响力的角度看,传统作为人类行为、思想和想象的产物,其世代相传的性质在逻辑上并不必然引出规范性和强制性的命题,而那些感受到传统的人也并不都因为它真的存在过才接受它。在很大程度上,传统可能成为人们热烈依恋过去的对象,因为在传统中可以找到过去。"人们会把传统当做理所当然的东西加以接受,并认为去实行或去相信传统是人们应该做的惟一合理之事"①。但这种情形似乎只见于大传统,小传统不是这样的,它更明显是被有意识地建构起来,并为人们自觉接受的。所以它更接近希尔斯如下的一段话:

> 传统依靠自身是不能自我再生或自我完善的。只有活着的、求知的和有欲求的人类才能制定、重新制定和更改传统。②

一个地域的人们基于某种文化认同——种姓、方言、风土、产业及在此基础上形成的价值观和荣誉感,出于对地域文化共同体的历史的求知欲,会有意识地运用一些手段来建构和描写传统。其中最主要的手段是历史编纂学,因为"历史编纂的任务是确立和完善关于过去的形象。批判的或科学的历史编纂所探究的,是已为人们接受的、或是传统的过去之形象,并且对他们进行考证和加以完善"③。考中国古代历史编纂学与地域发生关系,可以追溯到汉魏时代的人物志,由此演化来的地方先贤传和耆旧传,如周斐《汝南先贤传》、习凿齿《襄阳耆旧记》、谢承《会稽先贤传》等,可以视为地方传统建构的早期形态④。宋元以后,方

---

① E.希尔斯《论传统》,傅铿、吕乐译,上海人民出版社1991年版,第15—17页。
② 同上书,第19页。
③ 同上书,第73页。
④ 《隋书·经籍志》著录此类传记近三十种。曹虹学长提醒我注意这类书籍,谨此致谢。

志的编纂日益兴盛,到明清两代则上自省府,下迄乡镇,乃至名山大川、古迹胜地,都有志书,为人们了解、认识地域文化传统提供了方便。在修志中,地方文献的搜集和艺文志的编纂是最重要的工作①,伴随修志而来的地方文献整理直接为地方文学文献的编纂奠定了基础。事实上大多数地域诗话的编撰或多或少都与修志有关。一般政治、经济、社会史料一经志书采用,即为已陈之刍狗,而文学作品、文学史料虽经采用,仍为人们珍视和保存。因为相比历史文化传统的建构而言,在文学传统的建构中,历史文献的编纂更是直接呈现传统本身的重要手段。正如希尔斯所说,"文学传统是带有某种内容和风格的文学作品的连续体",前代作品的编集使一定地域范围的文学创作及其传统浮现出来。

以地域标准编录文学作品,最早可以追溯到《诗经》②。到唐代有殷璠的《丹阳集》,这是选录同时人作品的选集。宋代孔延之《会稽掇英总集》、郑虎臣《吴都文粹》、程遇孙等《成都文类》、董弅《严陵集》开始博采历朝作品,迄止明代类似的书虽还不多,但其建构地域文学传统的意识已经非常明确。方象瑛《青溪先正诗集序》云:"吾睦踞浙江上游,锦峰绣岭,向多诗人。李唐之世,吾家白云处士洎皇甫湜、徐凝、李频、章孝标、施肩吾之徒,先后皆以诗名。宋元迄明,代有作者,《睦州诗派》一书,至今传焉。"③到清代,地域性诗文集的数量就猛然剧增,难以统计了。《中国丛书综录》汇编类列于郡邑一门的丛书有 75 种,内含大量当地作家的诗文集,而集部总集类列于郡邑一门的丛书有 77 种,更是地方文学作品的荟萃。仅中国社会科学院文学所就藏有地域

---

① 王棻《柔桥文钞》卷七《黄岩志凡例》:"邑志之作,以文献为最重,而献之足征,惟恃乎文。故艺文之志甄录宜加详焉。"

② 袁景辂《国朝松陵诗征》自序:"诗之以地著者,十五国风是也,始于二南,终于曹桧。"乾隆三十二年爱吟斋刊本。

③ 方象瑛《健松斋续集》卷二,1928 年方朝佐重刊本。

诗文总集约 400 种，清人总共编纂了多少这类总集，目前还难以估计。松村昂《清诗总集 131 种解题》中即含有郡邑诗集 68 种，可见比例之高。甚至某些断代总集，也贯穿着地域观念。如清初姚佺编《诗源初集》也比附《诗经》十五国风，将全国划分为十五个区域，选吴 204 家，越 92 家，豫章 23 家，楚 42 家，闽 24 家，蜀 18 家，粤东 12 家，滇 16 家，黔 6 家，豫 31 家，齐鲁 22 家，晋 8 家，秦 17 家，燕 27 家。后陶煊、张璨辑《国朝诗的》也是分省编辑的，凡例自称仿三百篇遗意。在这里我们再一次看到古老的经典对人们观念的影响，地域诗集命名中的"风"字，如宋荦辑《吴风》、商盘编《越风》、郑王臣辑《蒲风清籁集》、马长淑编《渠风集略》、李调元编《粤风集》、赵瑾编《晋风选》、傅汝怀编《黔风演》等，暗示着它们与《诗经》十五国风一脉相承的关系，作为地方传统的代表，与代表着历史、王朝或文化中心的"雅"形成对照①。

除诗文集的编纂之外，地方诗话的写作也是地域诗歌传统建构的重要形式。现知最早的地方诗话是明代郭子章《豫章诗话》，它从地域传统出发，将宋代文学史上的江西诗派概念扩大为"江西诗派当以陶彭泽为祖"的泛江西诗派观②，开以地域观念建构诗歌传统的先声。清代张泰来《江西诗社宗派图录》、裘君弘《西江诗话》继之而起，清代地域诗歌批评由此兴起，陆续产生的郡邑诗话至少有 30 多部③。这些著作罗列一郡一邑有代表性的诗人，传述其事迹，评论其作品，往往比诗集更清楚地勾勒出一地诗歌传统的源流和特征。值得注意的是，无论

---

① 毛奇龄《西河合集》序二十八《静念堂稿序》："予思国风与二雅不同，皆以时地所居处而于焉分之，王朝为雅，列国为风。此非好为是区殊也，诚以风雅有体，诗虽言志，而崇卑之体即现乎其际。"

② 详张寅彭《略论明清乡邦诗学中的"泛江西诗派"观》，《文学遗产》1996 年第 4 期。

③ 详蒋寅《清代郡邑诗话叙录》，《古典文献研究》93、94 年合刊，南京大学出版社 1995 年版。

诗集还是诗话,常都把流寓本地或歌咏本地风物的外地诗人的作品收罗进来。如戚学标《风雅遗闻》前二卷多论台郡人诗,"后二卷则假韵语杂记乡邦事地人物,所引诗不必皆台人,亦不尽系乎论诗。总之,为风雅之事,有益于梓里文献,统名曰风雅遗闻,附之诗录之后。后人继事志乘,当有取于此"①。郑方坤《全闽诗话》例言称所载固多闽产,亦有非闽人而关涉闽事者,梁章钜《南浦诗话》自述纂辑宗旨,称"非浦人诗,无可类附而实与浦地浦事相关者,列为宦游一门,以意纂录而论辨之"。不难理解,地域传统的界限是双重性的,"从某个方面来看,一种传统的界限就是由其信仰共同体界定的拥护者集体的界限;从另个方面来看,传统的界限又是象征建构的界限"②。因此,地域传统的建构一方面表现为一定空间内的时间链,另一方面又表现为对这空间存在的诗歌内容的积累和认同。外地作者所写的歌咏本地风物的作品,往往在当地影响很大,尤其当那些作者是著名诗人时,他们的歌咏会成为当地人引为骄傲的资本,广为传诵,妇孺皆知。王渔洋一句"绿杨城郭是扬州",所激发的审美认同,应不在任何扬州诗人的作品之下,而它对扬州文学传统的参与更是不言而喻的。地域诗集和诗话收入外地人的题咏,道理就在这里。当然,更多地承担这部分任务的是地方志,各级地方志中的"艺文志"都收有题咏、记述本地风物名胜的诗文,这可以视为郡邑诗文集和诗话的一个补充。

当地域传统在这些文献中浮现出来,并被人们所接受时,它就对一个地方的文学创作和批评产生极大的影响,使当地士人的师法、写作和评论有了一个更切近的参照系,最终使得文学批评的价值标准不能再局限于自诗骚到唐宋的经典传统,而必须与地域的小传统结合起来。

---

① 戚学标《风雅遗闻》自序,乾隆五十八年刊本。
② E. 希尔斯《论传统》,第 352 页。

4. 诗论中的地域差异与地域传统意识

　　唐宋以前,文学传统意味着《诗》《骚》以来的名作序列;而明清以来,那个大传统稍微远了点,文学之士从摇笔写作伊始,首先意识到的是乡贤,是当地的文学前辈,大到府县,小到乡镇,方志文苑传里的名作家都在陶冶着一方风气。以至于当历史和时尚之间的语境差异使大传统和小传统在审美趣味和创作观念上出现差异、趋向不一致时,小传统往往发挥更大的影响力,甚至在思想领域都是如此。比如说,在以理学为主流意识形态的清代,阳明心学虽为众矢所集,但在王阳明故乡浙江,崇奉心学的人还是很多。历来尽遭非议、罕见宽容的王安石经义,江西人也不乏为之开脱者,李绂《敬斋文集序》即为一例①。这说到底是出于一种对乡贤的景仰回护之情,对小传统的体认多少与桑梓之情和荣誉感相联系,有时候不免流于情绪化而有失公允。比如古文,李绂说嘉靖以后古文传统中断,到本朝初年始再倡唐宋诸家之遗法,侯方域、王猷定、魏际瑞、汪琬、朱彝尊"号为海内健者,而平叔先生独为第一"②。平叔即傅占衡,文名是有的,第一大概还说不上。李绂为临川人,该文是为傅占衡外甥的女婿萧复远作,固有乡曲之私在其中。再说填词,魏际瑞《钞所作诗余序》称欧阳修词"珠圆玉润,一归大雅",一人而已③。这也很难说没有江西老俵的乡里之情在。

　　对地域文学传统的体认,不只激发乡邦文化的自豪感,更重要的是

---

① 李绂《穆堂别稿》卷二十四,《李穆堂诗文全集》,道光十一年珊城阜祺堂重刊本。
② 李绂《穆堂初稿》卷十八《萧定侯墓志铭》,《李穆堂诗文全集》,道光十一年珊城阜祺堂重刊本。
③ 魏际瑞《魏伯子文集》卷一,《宁都三魏文集》,道光二十五年谢若庭绂园书塾重刊本。

对传播地域文学史知识,培养地域文学观念产生积极影响。通过编集某个地域范围内古代和当代的作品,通过序跋、评点和诗话的批评,地域文学传统愈益清晰地浮现出来,成为现时文学批评的一个背景,一个参照系,无形中营造出一个相当于小传统的价值尺度,在一定程度上影响着当地的创作风气和批评趣味。明代顺德薛冈生序陈子升诗,指出:"洪、永、成、弘迄今,天下之诗数变,独粤中犹奉先正典型。自孙典籍以降,代有哲匠,未改曲江流风。庶几哉,才术化为性情,无愧作者矣。"朱彝尊很欣赏薛氏对广东诗歌传统的强调,许其为"善言土风者"①。后翁方纲论此文,以为"有明一代,岭南作者虽众,而性情才气,自成一格,谓其仰企曲江则可,谓曲江仅开粤中流风则不然也。曲江在唐初,浑然复古,不得以方隅论"②,这是基于对唐代地域(方隅)传统尚未形成的判断,并不否定明代广东诗歌的地域特征。事实上,文学中的地域性在宋元以前还不太明显,人们也很少意识到,只有到明代,地域性的流派意识才在文学创作中凸现出来,如杨际昌所谓"三楚自竟陵后,海内有楚派之目,吴庐先生一雪之;秦中自空同酷拟少陵,万历之季,文太青翔凤复为扬波,海内有秦声之目"③。这种地域意识随即反映于文学批评中,而尤多见于边远省份。比如地处东南海峤的福建,叶矫然《龙性堂诗话》初集载:"黄东崖与黄明立论诗云:'使昉改从时贤,入今吴楚诸名流派中,则亦有所不屑。'黄石斋与计甫草云:'吾闽人之称诗也,与尔吴人异。'"④汪缙《题石斋先生诗卷墨迹》记黄石斋语较详:"吴江计甫草少从石斋先生游,尝问诗法于先生。先生告之曰:'吾闽人诗法与汝吴中异。吾闽人诗以意为君,吴中诗尚格律词华。一入

---

① 朱彝尊《静志居诗话》卷二十一,人民文学出版社1990年版,下册第665页。
② 翁方纲《石洲诗话》卷一,郭绍虞辑《清诗话续编》,第3册第1366页。
③ 杨际昌《国朝诗话》卷二,郭绍虞辑《清诗话续编》,第3册第1724页。
④ 郭绍虞辑《清诗话续编》,第2册第938页。

于格律词华,真意渐亡矣。如云间陈卧子,予门人也。其为诗已与吾异趣,况其他乎?"①二黄立论角度虽有不同,但都出于对自身所属的闽文学传统的自觉和自尊。福建地处海峤,文化相对滞后,至唐代欧阳詹始以文名于世。历五代两宋,诗歌虽不能与中原争胜,但诗学却逐渐形成自己的独特观念。江西诗派一意学杜,江湖诗派独尚姚贾,而严羽却主博参汉魏,这种对诗歌传统兼容并蓄的开放态度似乎成为闽诗学的传统,高棅倡言"辨尽诸家,剖析毫芒,方是作者"(《唐诗品汇序》)正是发挥严羽的观念。到郑超宗出,闽诗已能卓然自立,与内地分庭抗礼②。黄昉和黄石斋之说,自立崖岸,隐然与文学繁盛的江南、湖北平揖,无疑是基于对地域诗歌传统的自信。

东南闽峤犹然如此,其他地区更不甘示弱。且看江西,魏禧《陈介夫诗序》云:

> 吾江右以诗派名天下,盖发源于渊明,而黄山谷、曾苍山诸子相与扬其波澜。今海内诗学最盛,所处时地与渊明略相似,然求之吾乡诗,罕有似渊明者,而往往见于他方。甚矣夫,江右之诗之衰也!③

这里哀叹江西诗的衰落,是寓褒于贬的笔法,一方面夸耀古代江西诗歌辉煌的传统,同时又为称赞陈介夫作个铺垫,以地域传统的衰弱反衬陈介夫此刻挺生的不凡意义。再看湖北,杜濬《楚游诗序》云:

> 楚,筚篓蓝褛之乡也,然而骚有屈、宋,诗有杜、孟,称古今之

---

① 汪缙《汪子文录》卷二,《汪子遗书》,光绪八年刊本。
② 王世懋《艺圃撷余》:"闽人家能佔毕,而不甚工诗。国初林鸿、高廷礼、唐泰辈,皆称能诗,号闽南十才子。然出杨、徐下远甚,无论季迪。其后气骨崚崚,差堪旗鼓中原者,仅一郑善夫耳。"
③ 魏禧《魏叔子文集》卷十,《宁都三魏文集》,道光二十五年谢若庭绂园书塾重刊本。

冠。国朝之诗,代兴者四而居其三,其开何、李之先者,又长沙也。即亦可称诗国耶? 故士之旷者至乎其地,往往徘徊企想,庶几一遇焉;而忌者至于诅楚,抑中人以下之人情宜然也。乃至于今日而衰极矣。①

此文与魏禧异曲同工,也是感今抚昔,回忆楚地更为悠久的诗歌传统,从屈原直到明代的李东阳,为今日的中衰和《楚游草》作者吴初明的振起张目。又如黄定文《国朝松江诗钞序》：

> 诗自河梁下逮建安苏李曹刘诸钜公,大抵皆北产。独至二陆,奋起云间,狎主中原坛坫。自是以后,大雅之材萃于东南,遂至伧荒河北。然则云间固南国之诗祖也。②

黄定文在此追溯了松江诗歌传统的渊源,进而指明它在南方诗歌史上的历史地位。"南国之诗祖"未必能得他人认可,但以本地人而论本地诗,尊崇乡土传统乃至引以为骄傲,实在是很自然的事。至于论异乡人能顾及其乡土传统,就更见地域传统观念植根于时人意识之深了。王昶《湖海诗传》论芜湖韦谦恒诗云："皖桐诗派,前推圣俞,后数愚山,以啴缓和平为主。约轩承其乡先生之学,故不以驰骋见长。六一居士序《宛陵集》谓'古雅纯粹',汪尧峰序愚山诗谓'简切淡远',举似约轩,可谓得其法乳者。"③这里将皖诗的传统远溯至宋代梅尧臣,近推及施闰章,以啴缓和平为其主流,从而将韦谦恒的诗风与一个悠久的诗歌传统联系起来,赋予其一种历史价值。这种来自他人的审视和判断同样是一种对地域传统的发现,同时也是对小传统的建构。

---

① 杜濬《变雅堂文集》卷二,清刊本。
② 黄定文《东井文钞》卷一,清刊本。
③ 王昶《湖海诗传》卷二十八,转引自周维德编《蒲褐山房诗话新编》,齐鲁书社1988年版,第102页。

相对大传统而言,小传统是以一定的地域疆界为单位来体认的,大到一道一省,小到一府一县甚至镇,论者的批评对象及言说语境决定了它的范围。因此小传统可以说就是人们在一定地域范围内体认的具有自足性的文学历史及其所包含的艺术精神与风格特征。很显然,小传统的这种自足性是在更大范围的比较中呈现并确立其内涵的。它是在更广阔的文学史视野中进行比较的结果,反过来又成为小范围内比较的基准。曹溶《海日堂集序》云:

> 明之盛时,学士大夫无不力学好古,能诗者盖十人而九。吴越之诗矜风华而尚才分,河朔之诗苍莽任质,锐逸自喜;五岭之士处其间,无河朔之疆立,而亦不为江左之修靡,可谓偏方之擅胜者也。①

这里论广东诗,是在全国范围内同吴越、河朔比较而体认其特点的,作者在审视地域小传统时清楚地意识到其他地域传统的存在。有时人们也从交流和影响的角度来看小传统的独特性,如青浦王原在《瞿济川文集序》中说:

> 吾郡无为古文者。异时乡先正陈黄门、夏考功父子、李舍人、徐孝廉、周太学树帜艺苑,海内宗仰,才则丽矣,学则博矣,然其为文沿六朝之绮靡,撷唐季之芳艳。毗陵、昆山钜公传绪,近在襟带,而流风余波独不能沾被吾里,坐使后进之士,数十年中务华弃实,不复知有古文,伊谁之过哉?②

这是很少见的从负面批评小传统的例子,为松江府小传统顽固地排斥古文,未受到邻近昆山、常州的古文名家的熏陶而遗憾。似这般对人我

---

① 程可则《海日堂集》卷首,道光五年金山县署重刊本。
② 王原《西亭文钞》卷三,光绪十七年不远复斋刊本

二十四 清代诗学与地域文学传统的建构

之间异同的认识,不仅是地域文学发达和交流的结果,也是自我认识的成熟和深化,自我认识原就是在与他者的比较中日渐清晰和深刻的。这种自我认识的成熟促使人们在审视当代当地的个别作家或群体时,自觉地将小传统作为把握具体作家的艺术特征的参照系。比如王士禛论闽派诗曾指出:

> 闽诗派,自林子羽、高廷礼后,三百年间,前惟郑继之,后惟曹能始,能自见本色耳。丁雁水炜亦林派之铮铮者。其五言佳句颇多,如"青山秋后梦,黄叶雨中诗""莺啼残梦后,花发独吟时""花柳看憔悴,江山待拨除",皆可吟讽。①

这则诗话评论丁炜诗,在突出其铮铮杰出的同时无意中道出闽诗派的一个尴尬——因袭者多,能自树立者少,有明三百年里仅四家而已。直到清代乾隆间,这一情形仍未改变,郑方坤论黄任诗,不得不重蹈王渔洋的论断:

> 闽人户能为诗,彬彬风雅,顾习于晋安一派,磨礲沙荡,以声律圆稳为宗,守林膳部、高典籍之论若金科玉律,凛不敢犯,几于"团扇家家画放翁"矣。莘田逸出其间,聪明净冰雪,欲语羞雷同,可称豪杰之士。其艳体尤擅场,细腻温柔,感均顽艳,所传《秋江集》《香草笺》诸作,傅阆林前辈谓其实有所指,拟诸玉溪之赋《锦瑟》、元九之忆双文,杜书记之作"青楼薄倖""楚雨含情",殆诗家之赋而兴也。②

唐诗大传统和林鸿、高棅开创的独宗盛唐的闽诗小传统二而一之,形成强势的地域诗风,左右着八闽诗人。黄任独能以艳体挺出其间,所以为

---

① 王士禛《渔洋诗话》卷下,丁福保辑《清诗话》,上册第217页。
② 郑方坤《本朝名家诗钞小传》卷四,《龙威秘书》本。

豪杰之士。郑方坤在以小传统为参照系,强调他不为闽诗风所牢笼的独创性的同时,对小传统也不无讥讽之意。事实上,真正有创造性的诗人总是要在某种程度上脱逸传统,而这种脱逸又总是从小传统开始。袁枚称"吾乡诗多浙派,专趋宋人生僻一路。惟(狄)小同以明七子风格救之"①,也是强调狄小同对钱塘诗囿于浙派宋诗风的矫变。吴肃公《诗集自序》则强调了自己与乡邦诗歌传统的分歧:

  改革时里中多隐沦颓放,诗无定向,其后标风雅者力主唐音,以温柔绵丽为的。……而予颇法杜、韩两家,顾达情者或劲率而失之兀累,喜新奇则佶屈而伤自然,予于二病盖兼有之,里中竟相诃讶非正声。广陵徐山甫、云间蒋大鸿极口谓韩、杜决不可为。②

他的记载告诉我们在明清之交,地域风气如何形成舆论,对个别作者的写作产生压力,这种压力和对地域文学史的自豪感相结合,便形成地方诗风对小传统的自觉发扬和维护。一位年轻的作者初学写作,首先就置身于这种舆论环境中,当然也就不能不意识到小传统的存在,于是他的艺术取向面临一个选择,是接受大传统,走自己的路,还是谨守小传统的藩篱,步踵乡先辈,以求博得乡议的称赏。最理想的当然是融合大小传统,左右逢源,像鲍瑞骏那样"以风雅为导源,以盛唐为根柢,以国初为归宿,既于乡先正之旨趣无或异,而其性情学问才猷经济,渊然涵溢于楮墨之间"③,但往往难以做到。于是对更多的作者来说,小传统就不免是一个带有约束意义的规范。边连宝《李立轩诗序》写道:

  吾邑诗派,自庞雪崖先生开清真雅正之宗,同时如先外王父章素严先生,稍后如雪崖令弟紫崖先生、先君子渔山先生,率皆以雪

---

① 袁枚《随园诗话》补遗卷四,江苏古籍出版社2000年版,第503页。
② 吴肃公《街南续集》卷二,康熙刊本。
③ 程桓生《桐华舸诗续钞序》,鲍瑞骏《桐华舸诗续钞》卷首,光绪二年刊本。

崖为圭臬。余小子连虽稍加放纵,总不能出先民范围。①

边连宝与袁枚并称"南北随园",诗风并非没有戛戛独造处,这里的自谦无非是衬托李立轩的成就,但无意间也暗示出小传统的强大,流露出一丝不能不屈服的无奈。的确,无论是引以为荣也好,感受压力也好,挑战或屈从也好,小传统都构成了一个背景性的存在,它的权威和影响时时刻刻在提醒作者和评论家注意一个异于大传统的另一个价值尺度。不难想见,当人们对自己的地域传统都有充分意识时,推己及人,自然也会对他人的地域传统给予充分的重视。魏禧《容轩诗序》有云:"十五国莫强于秦,而诗亦秦唯矫悍,虽思妇怨女皆隐然有不可驯服之气,故言诗者必本其土风。"②这是诗歌批评中对他人地域传统的尊重,同时也是在方法论上对地域传统和风土意识的强调。正因为有这清楚的意识,清代批评家在把握大传统的同时,也能尊重小传统,重视小传统的独特价值。这是清代文学批评最值得注意的特点之一。

将经典文学和地域文学对应于大传统、小传统的概念,两者的关系主要指涉来自历史的影响。然而在实际的文学语境中,时尚经常也是个有力的影响源。在许多时刻,小传统受到的挑战不是来自大传统,而是来自时尚。在古代社会,时尚作为代表特定时期社会心理和审美趣味的流行趋势,很大程度上不取决于地域(如政治或文化中心),而取决于有影响力的人物,明代公安、竟陵派的流行就是个典型的例子。时尚问题在不同地区、不同时代反应不一,一般来说战乱年代、边远地区不太突出,而在和平年代、发达地区则较为明显,清代诗学中有很多例子。明清之交,钱谦益主盟文坛,江南地区也主导着文学创作和批评的

---

① 杨福培选《吾邱边氏文集》卷二,1918年铅印本。南开大学中文系博士生韩胜为查阅文献,谨此致谢。

② 魏禧《魏叔子文集》卷九,《宁都三魏文集》,道光二十五年谢若庭绂园书塾重刊本。

时尚。而陕西、福建或因地理阻隔,信息不灵,诗学宗尚好像要比江南慢一拍。像陈衍所说的"吾闽域处海峤,风气常后人"①。江南诗家讨伐明七子的摹拟作风时,关中诗家并未响应,他们仍继承明代格调派的传统,对七子辈给予一定的肯定②;而江南诗家群起抨击竟陵时,福建诗论家却仍予钟、谭某种程度的好评,两地的小传统似乎都没怎么受时尚影响,也没什么对时尚的反应。前人往往将这种远离时尚或者说风气的滞后归结为风土的决定作用。如王昶《青浦诗传》自序曾说:

> 盖吾乡溪山清远,与三吴竞胜,而地偏境寂,无芬华绮丽之引。士大夫家云烟水竹间,起居饮食,日餐湖光而吸山绿,襟怀幽旷,皆乾坤清气所结,往往屏喧杂,爱萧闲,励清标,崇名节。居官以恬退相师,伏处以孤高自励。性情学问,追古人于千载之上,从容抒写,归于自得。故如明中叶以后,空同、历下、公安、竟陵,纷呹奔走,四方争附,其坛坫以此哗世炫俗;而吾邑士大夫附丽者独少,此固昔贤自守之高。而为家乡后进,读其诗,仰企其人,当如何流连跂慕,奉为轨则欤!③

这里不仅解释了明代青浦士人不趋附时尚的特立独行之风的由来,而且对乡里后学继承传统、保持风气提出了要求。相比风土的自然特征,这种地域风尚的自觉承传也许是构成地域倾向和差异,从而形成小传统的更为直接的动力。

显而易见,小传统是相对大传统和时尚而存在的,因此它与后者必

---

① 林寿图《榕阴谈屑》陈衍序,中国社会科学院文学研究所藏《侯官丁氏家集》朱丝栏抄本。
② 参看蒋寅《清初关中理学家诗学略论》,《求索》2003年第2期。
③ 王昶《青浦诗传》自序,转引自周维德编《蒲褐山房诗话新编》,齐鲁书社1988年版,第313—314页。

然形成差异和对立。相对无所不包的大传统,小传统往往是坚持一种选择的理由;而相对时尚,小传统又是捍卫一种价值的依据。由于它远不如大传统那么坚强和雄辩,同时也不具有时尚的冲击力,通常很难和两者抗衡。偶尔真的形成对抗,则矛尖不如盾固,时尚不会受到多少冲击,而小传统自身却不免发生一定程度的变形。乾隆年间性灵诗风席卷天下,各地诗坛反应强烈,向风景从者固然很多,独立不迁、泾渭分明者也为数不少。乾隆三十四年(1769)前后,任丘张方予等十一人结社,以康熙年间邑有还真社,边连宝初名续真社,后改为慎社。乃弟中宝《题张方予慎社十一人传后》诗云:"随园颜社以续真,旋更厥名署曰慎。真社先民只率真,才高态广难逐趁。后生步之俪规矩,疏狂窃恐流西晋。……随园乃更进一义,会意象形译慎字。右旁从真左从心,真心贯注慎斯至。曰真曰慎约无二,为语同人尚慎旃。"①就其对"疏狂"的戒惕来看,显然是针对性灵派诗风而发,而尤其强调一个"慎"字,又似乎有文字狱的阴影在其中。"真社先民只率真"一句表彰河朔诗风尚真的传统后,鉴于流弊,用"慎"对"真"的传统作了修正,所谓此一时也彼一时也。小传统此刻非但不能抵抗时尚,反而迫于时势不得不重新作了解释和校正,以求在当下语境中具备应对时尚的能力。这是以曲折的方式捍卫和张扬了地域传统的一个例子,向我们显示了时尚与小传统互动的复杂关系。

总之,在清代文学中,地域意识已是渗透到人们思想深处的一个不可忽视的变量因素,经常在具体的文学批评和论争中潜在地影响着论者的见解和倾向性。从这个意义上说,清代文论中的地域观念不单纯是地域文化在文学批评中的反映,它同时也参与了地域文化传统的建构。这一点是我们在研究清代文学和清代文化时不能不加以考虑的。

---

① 边中宝《竹岩诗草》卷二,乾隆刊本。

二十五　叶燮的文学史观

1. 诗史观与文学史观

如果说19世纪是批评的时代,那么20世纪就是文学史的时代。相对蓬勃发展的文学史研究和著述而言,有关文学史理论和文学史学的研究一直处于滞后状态,以至于在某种程度上影响了文学史研究的发展。本文作为对中国古代文学史理论的一个初步探讨,将讨论清代诗论家叶燮的文学史理论。标题所以称"文学史观"而不是"文学史理论",是因为迄今我们对什么是"文学史理论"既没有清楚的界说,也没有完整的认识框架①。在这样的情况下,用"文学史观"也许更适合指称那些对文学发生、发展、构成、演变的历史进程及其原理的基本看法,而与较成熟而抽象的"理论"形态相区别。

严格地说,在19世纪中叶之前,在尚未形成现代意义上的"文学"概念的前现代时期,"文学史观"是不存在的,只存在具体文类的史观,如诗歌史观、小说史观、戏剧史观。然而由于这些文类分别都具有文学的基本属性,其历史发展也都在某个方面体现了文学发展的一般状况,

---

① 本文发表于《文学遗产》2001年第6期,当时佴荣本《文学史理论》(社会科学文献出版社2012年版)尚未出版。

二十五　叶燮的文学史观

因而对它们进行历史的观照就必然带有一定的超越具体文类的普遍意义。事实上,正如伊格尔顿所指出的,"文学理论大多都是在无意之间把某种文学形式'置于突出地位',然后以此为出发点得出普遍的结论"。而诗歌由于"看上去是最与历史无关","'感受力'能以一种最纯净、最不受社会影响的形式发挥作用",因而被普遍认为是最集中地代表了文学的本质特征,"诗意"或"诗性"简直就成了"文学性"的同义词①。基于这种认识,诗歌的历史发展自然可以成为讨论文学史原理的重要参照。如果一部诗论著作对诗歌的历史发展作出富有深度的思考并显示出卓越的见解,那么其背后的诗史观念就值得我们关注,并由此进一步探讨作者对文学史原理的一般理解。在我的视野中,叶燮的《原诗》正是这样一个出色的文本。它虽是诗论,但所阐述的问题、使用的概念都兼文而言之,行文中更常举文章的例子为论据,它所表达的诗史观念可以说比通常的诗论更接近文学史的一般原理,它对中国古代诗歌史进程的具体判断和对诗史原理的一般理解,因而也就成为中国古代文学史观念研究一个经典个案。

《原诗》一向被视为中国古代诗论最出色的著作,叶燮也因写作《原诗》而被认为是清代最有成就的一位诗论家。自周勋初老师《中国文学批评小史》以降②,今人的论著多给予极高评价。然而,叶燮诗学的理论价值究竟何在呢?我的评价大体与张少康、刘三富两位先生相近:叶燮诗学更多的是对前人理论的系统阐述和总结发挥,精辟独到的创见不很多③。而这不多的创见,我以为也并不在学界乐道的诗歌本体论、创作主体论方面,乃是在诗史观念中。仔细掂量叶燮诗学的理论

---

① 伊格尔顿《文学原理引论》,文化艺术出版社1987年版,第63—64页。
② 周勋初《中国文学批评小史》,长江文艺出版社1981年版。
③ 张少康、刘三富《中国文学理论批评发展史》,北京大学出版社1995年版,第312页。

命题和批评方法,我觉得郭绍虞先生指出的"用文学史家的眼光与方法以批评文学"①,是最值得我们注意的。但历来对叶燮诗学的研究大都着眼于诗歌本体论、创作论和艺术辩证法,涉及其诗史观的只有黄保真等《中国文学理论史》和杨松年《叶燮诗论的重变精神》等少数论著②。廖宏昌的博士论文《叶燮文学之研究》第五章"叶燮的文学理论"第三节专门讨论叶燮的文学史观,将叶燮的看法概括为踵事增华的进化观、长盛不衰的正变观、因沿革创之发展观,相当全面,但仅就叶燮学说加以梳理,未能放到古代文学理论史的进程中去阐发其理论价值和学术史意义③。而近年新刊著作,如萧华荣《中国诗学思想史》、张健《清代诗学研究》、李世英《清初诗学思想研究》④,都在"祢宋"的诗学背景下,对叶燮的主"变"作了很好的论析。我以为,叶燮的诗史观及其学说不只具有批评史意义,还具有超越具体诗学语境的理论价值,是中国古代文学史理论的重要内容,其中还有许多有待深入开拓的问题,这里试就自己的初步思考略作阐述。

2. 作论之体:《原诗》的理论品位

通览叶燮现存的全部著述,他对诗学的见解集中表达于《原诗》。这部诗学著作所以得到学术界的推崇,很大程度上是因为理论具有系统性:既有理论框架的周密,又有概念分析、命题推阐的严谨。重点阐

---

① 郭绍虞《中国文学批评史》,上海古籍出版社1979年版,第494页。
② 黄保真等《中国文学理论史》,北京出版社1987年版;杨松年《中国文学批评论集》,台湾文史哲出版社1989年版。
③ 廖宏昌《叶燮文学之研究》,中国文化大学博士论文,1992年。
④ 萧华荣《中国诗学思想史》,华东师范大学出版社1996年版;张健《清代诗学研究》,北京大学出版社1999年版;李世英《清初诗学思想研究》,敦煌出版社2000年版。

述诗歌原理的内篇,虽也采用对话的形式,但文体明显有别于吴乔《答万季野诗问》和王渔洋师弟子的《师友诗传录》。道理很简单,后者是随机性的解答疑问,而《原诗》却是精心构思的设问立论。我们知道,在很多情况下,问答的对话形式更便于展开问题,更利于表达作者的观点,尤其是当观点有一定现实针对性时,设问可以自然地引出作者想说的话,而免得给人强作解事的印象。如果一篇对话的提问不是出于兴之所至,而是精心设计,那么它引出的对答就会成为结构完整、理致细密的论说。《原诗》正是这样一篇论说。

根据现有资料,《原诗》写成于康熙二十五年(1686),叶燮正好六十岁。在这之前,他有一次远游广东的经历,康熙二十三年秋出发,二十五年初返回江南。其间于二十四年三月底在广州邂逅出使祭南海的名诗人王渔洋,有诗送渔洋回朝,当时两人有无诗学的切磋不详①。回到江南后,叶燮赴京口谒张玉书,以此行所作《西南行草》求序。张读毕,请叶燮自述为诗之旨,叶燮说:

> 放废十载,屏除俗虑,尽发箧衍所藏唐宋元明人诗,探索其源流,考镜其正变。盖诗为心声,不胶一辙,揆其旨趣,约以三语蔽之,曰情曰事曰理。自《雅》《颂》诗人以来,莫之或易也。三者具备而纵其气之所如,上摩青雯,下穷物象,或笑或啼,或歌或罢,如泉流风激,如霆迅电掣,触类赋形,骋态极变,以才御气而法行乎其间,诗之能事毕矣。世之缚律为法者,才荏而气薾,徒为古人佣隶而已,乌足以语此。②

看来,正是罢官后闲居十年的沉潜阅读,形成了他对诗歌的基本观念,

---

① 叶燮《已畦诗集》卷四《送王阮亭宫詹祭海还朝》,康熙刊本。有关叶燮事迹系年,参看蒋寅《叶燮行年考略》,收入《清代文学论稿》,凤凰出版社2009年版。

② 张玉书《已畦诗集序》,载《已畦诗集序》卷首。

同时也确立起他的诗史观,最终产生《原诗》一书。吴宏一先生推断《原诗》的写作在康熙十九年至二十三年间,大体可从①。由沈珩序所署年月可知,《原诗》至迟到康熙二十五年十月已成书,曾与朱彝尊合编《词综》的汪森当年就读到了它,称"卓识恣评骘,一编惊众闻",然则《原诗》尚未刊刻行世就已在诗人间产生了反响②。

迄今还没有材料说明《原诗》内篇是与人对话的真实记录。虽然它的问答形式类似理学家语录,但问题都以"或曰"引出,没有提问者的姓名,更像是作者自己的设问。要之,这部书的文体正如书名所示,是韩愈《原道》《原人》式的"原",是对诗歌基本原理的探讨和阐述。《四库提要》批评《原诗》"词胜于意","亦多英雄欺人之语",固然过于苛刻,但断言它"极纵横博辨之致,是作论之体,非评诗之体也"③,却是非常有见地的,当代研究者也都注意到这一点,说它"可以当得起称能建立一种体系的书"④。明确这一点非常重要,由此我们才能理解《原诗》何以具有如此强烈的理论色彩。

众所周知,诗话之名肇自欧公《六一诗话》,后人效之,无不取随笔漫话的形式,"其为支离琐屑之谈,十且六七"⑤。但《原诗》绝不是这种传统形式的诗"话",它是一部诗"论",并且是广征博讨、多方取譬的

---

① 吴宏一《叶燮〈原诗〉研究》,《清代文学批评论集》,台湾联经出版事业公司1998年版,第84—88页。

② 汪森《小方壶存稿》卷三《读叶已畦原诗一编用昌黎醉赠张秘书韵有赠》,系于本年,康熙四十六年刊本。储雄文《浮青水榭诗》卷一也有《阅叶丈星期原诗内外篇有感》,康熙四十二年序刊本。

③ 永瑢等《四库全书总目》卷一九七集部诗文评类存目,中华书局1965年影印本。

④ 郭绍虞《中国文学批评史》,第494页。参看杨松年《中国文学评论史编写问题论析》第四章"诗论作品之研究与评价"、张健《清代诗学研究》,第327—330页。

⑤ 汪师韩《诗学纂闻序》:"宋后文人好著诗话,其为支离琐屑之谈,十且六七。"丁福保辑《清诗话》,上册第439页。

阔论,一如沈珩序所强调的"非以诗言诗也","凡天地间日月、云物、山川、类族之所以动荡,虬龙杳幻,魑魅悲啸之所以神奇,皇帝王霸、圣贤节侠之所以明其尚,神鬼感通、爱恶好毁之所以彰其机,莫不条引夫端倪,摹画夫毫芒,而以之权衡乎诗之正变与诸家持论之得失,语语如震霆之破睡,可谓精矣神矣"。正是这"作论之体",决定了《原诗》理论话语的形而上学品格和超文体意义的抽象性。我们从叶燮理论思考的着眼处很容易看出这一点。

尽管叶燮丰富的诗歌史知识和历史主义态度使他的论述总是立足于广阔的诗史背景并富有历史感,但他关注的中心却是一个"理"字。《原诗》内篇上开宗明义即揭其旨归,曰:

> 诗始于三百篇,而规模体具于汉。自是而魏,而六朝、三唐,历宋元明以至昭代,上下三千余年间,诗之质文、体裁、格律、声调、辞句递嬗升降不同。而要之,诗有源必有流,有本必达末;又有因流而溯源,循末以返本,其学无穷,其理日出。①

关于叶燮诗学中的"理",近有研究者将它与柏拉图的"理念"(Idea)相比较,概括为如下几个特征:(1)这种理是用情景与意象来表现的;(2)它是个人所感悟到的意象,具有一定的独特性;(3)它是诗的境界所产生的感触与理路,是一种妙悟与境界的结合;(4)它是一种超理性思维常规的理,由事物本身的运动规律所呈现的事理,这是叶燮所标举的理的高级形态②。就诗史观而言,叶燮对"理"的把握较接近第四种含义。他在《赤霞楼诗集序》里曾说:"理一而已,而天地之事与物有万,持一理以行乎其中,宜若有格而不通者,而实无不可通,则事与物之情状不

---

① 叶燮《原诗》内篇上,丁福保辑《清诗话》,下册第565页。
② 方汉文《清叶燮〈原诗〉之"理"与柏拉图的"理念"(Idea)》,《苏州大学学报》2008年第1期。

能外乎理也。"①出于理学的一般观念,他坚信万事万物都遵循一定的"理",诗歌也不例外:"盖自有天地以来,古今世运气数,递变迁以相禅。古云'天道十年一变',此理也,亦势也,无事无物不然,宁独诗之一道胶固而不变乎?"②人类历史自来就是在变动中发展的,"变"既是历史运动的抽象法则,也是历史发展的实际趋势。诗歌写作作为历史运动中的一个事项,当然也不能逃逸于历史的必然性之外,关键是诗歌史的运动是否拥有自己的"理"和"势",亦即自己的法则、规律、趋势和单位。

当时,在一般意义上肯定诗歌嬗变的必然趋势,已是诗家共识③。叶燮对此的看法也是明确的,他肯定"诗之为道,未有一日不相续相禅而或息者也"。但他没有停留于此,而是根据诗史经验,进一步论定诗史演进有"相续"和"相禅"两种趋势,具体表现为时尚和风貌的正变。比如《诗经》,"风有正风,有变风,雅有正雅,有变雅"。正风、正雅为相续,变风、变雅为相禅,两者都是诗史演进的必要环节,而明代格调派却一味伸正黜变,遂导致一种有正无变的僵化的诗史观。叶燮针对这一点,用宗经征圣的策略,抬出孔子删诗的权威,肯定"风雅已不能不由正而变,吾夫子亦不能存正而删变也。则后此为风雅之流者,其不能伸正而诎变也明矣"④。其实,明代格调派后劲李维桢即已倡言"有正而后有变,变所以济正也"⑤,叶燮的论点并没什么创新之处,但他的论证

---

① 叶燮《已畦文集》卷八,1917 年叶氏重刊本。
② 叶燮《原诗》内篇上,丁福保辑《清诗话》,下册第 566 页。
③ 如顾炎武云:"《三百篇》之不能不降而《楚辞》,《楚辞》之不能不降而汉魏,汉魏之不能不降而六朝,六朝之不能不降而唐也,势也。"(黄汝成《日知录集释》卷二十一"诗礼代降"条,花山文艺出版社 1990 年版,下册第 933 页。)
④ 叶燮《原诗》内篇上,丁福保辑《清诗话》,下册第 566 页。
⑤ 李维桢《李杜五言律诗辩注序》,《大泌山房集》卷九,万历刊本。

更清晰有力,不仅消除了汉儒附加在正、变概念上的价值判断色彩,同时赋予它们以诗史单位概念的属性,配合相续、相禅一对概念,构架起自己的诗史发展观和相应的理论框架。

应该肯定,在诗歌产生和发展的根本问题上,叶燮基本上是沿袭《文心雕龙》的传统思路,由中国固有的宇宙论模式演绎出自己的诗歌史观,并由此决定自己认知和解释的起点。但他不同于前人之处,是对诗歌史研究的目的有更理性的追求。他心目中的诗歌史研究,不仅要穷究诗歌创作的流变,而且要抉发诗史运动的内在逻辑,使贯穿其间的"理"呈现出来。这"向上一路"的理论追求,使叶燮诗学从一开始就超越具体现象而深入到诗史运动的深层规律中去,显出一种罕见的形而上学色彩。众所周知,"通变"乃是中国诗学最基本的方法论原则之一,也是诗家的老生常谈,然而对它理解和阐释始终停留在现象层面。叶燮在"通变"之上更拈出"理"字,意味着对诗史现象背后的规律性问题展开哲学思索。这种超越性的思考无疑与康熙时代和他个人的理学背景有关,但更多的我想还是与他探究历史哲学的兴趣及"于诗文一道稍为究心","亦必折衷于理道而后可"①的著书宗旨有关。《原诗》"原"的不只是本体论、创作论问题,它关注的中心是诗史的流变,围绕诗史之"变"探求"变"中之"理",以究明如何达成"变",这就是《原诗》逐步展开并建构起来的理论框架。

3. 诗史发展观:周期论和阶段论

关于叶燮的诗史发展观,有学者认为有进化论倾向②,但通常都视

---

① 叶燮《答沈昭子翰林书》,《已畦文集》卷一三,1917 年叶氏重刊本。
② 见邬国平、王镇远《清代文学批评史》,上海古籍出版社 1995 年版,第 282 页;王建生《清代诗文理论研究》,台湾秀威科技资讯股份有限公司 2007 年版,第 144—147 页。

为历史循环论①。以前我倾向于前一种看法,现在我的看法有很大的变化。按一般的理解,历史循环论指的是意大利哲学家维柯所代表的那种将历史发展理解为简单的重复过程的历史观念。叶燮的诗歌史观,如果只抓住"地之生木"的比喻,就"自宋以后之诗,不过花开而谢,花谢而复开"一句立论②,确有历史循环论之嫌。但问题是这一比喻及其所指并不能涵括叶燮对诗史的全部看法,更不代表叶燮在诗史观上的根本立场。学者们都注意到叶燮对"变"的论述,认为他完成了由崇正到主变的理论转向③,这无疑是很中肯的。但"变"本身并不决定诗史观的进(退)化论或循环论倾向。进(退)化论和循环论的根本区别在于是否要求一个有方向性的、持续积累的、不可逆的矢量。我曾认为叶燮对诗史运动的总体判断——"踵事增华"提出了进化概念所要求的矢量,从而决定了他的进化论倾向,现在看来事情并非如此。这一问题关系到对叶燮诗史观的理解,需要从诗史认知中周期性与阶段性的原理来开始探讨。

在叶燮的诗史理论中,有关诗史运动的周期性与阶段性的学说,首先引起我的注意。《原诗》内篇下曾从师法的角度,就是否"且置汉魏初盛唐诗勿即寓目,恐从是入手,未免事情调陈言相因而至,我之心思终于不出也。不若即于唐以后之诗而从事焉,可以发其心思,启其神明,庶不堕蹈袭相似之故辙"的设问,作如下申述:

> 余之论诗,谓近代之习大概斥近而宗远,排变而崇正,为失其中而过其实,故言非在前者之必盛,在后者之必衰。若子之言,将

---

① 见霍松林《原诗校注》序言,人民文学出版社1979年版;张少康《叶燮文艺思想的评价问题》,《苏州大学学报》1983年第4期;蒋凡《叶燮和原诗》,上海古籍出版社1985年版,第144页;黄保真等《中国文学理论史》,北京出版社1987年版,第4册第382页。

② 叶燮《原诗》内篇下,丁福保辑《清诗话》,下册第588页。

③ 参看张健《清代诗学研究》,第333—342页。

谓后者之居于盛,而前者反居于衰乎？吾见历来之论诗者,必曰苏、李不如《三百篇》,建安、黄初不如苏、李,六朝不如建安、黄初,唐不如六朝。而斥宋者,至谓不仅不如唐,而元又不如宋。惟有明二三作者,高自位置,惟不敢自居于《三百篇》,而汉魏、初盛唐居然兼总而有之,而不少让。平心而论,斯人也,实汉魏、唐人之优孟耳。窃以为,相似而伪,无宁相异而真,故不必泥前盛后衰为论也。①

这段话所针对的"历来之论诗者"涵盖了中国古代根深蒂固的退化论文学史观,这种观念在明代达到顶峰。明初欧阳玄《梅南诗序》云:"诗得于性情者为上,得之于学问者次之,不期工者为工,求工而得工者次之。《离骚》不及《三百篇》,汉魏六朝不及《离骚》,唐人不及汉魏六朝,宋人不及唐人,皆此之以而学诗者不察也。"②胡应麟《诗薮》开篇在肯定"诗之体以代变"后,马上强调:"《三百篇》降而《骚》,《骚》降而汉,汉降而魏,魏降而六朝,六朝降而三唐,诗之格以代降也。"③明人在一笔抹杀前代诗歌甚至唐诗的同时,又高自位置,以有明直接盛唐而建构起他们的诗统。其模拟蹈袭在清初遭到无情的抨击,诗论家出于对"假盛唐"的痛恨,一方面否定明诗的诗史价值,将其逐出诗统;一方面又推崇独创性,力倡"真诗"。叶燮置身于风气之中,观念也打上时代的烙印,其"相似而伪,无宁相异而真"的主张,无疑是"真诗"思潮的反响。不过他不像同时的许多批评家那样过于情绪化地纠缠于真伪问题,而是由独创性与真诚性优先的原则出发,将诗史价值观上时间与经典的绝对性作了解构。"不必泥前盛后衰为论"的宣言,表明他的诗史

---

① 叶燮《原诗》内篇下,丁福保辑《清诗话》,下册第587页。
② 欧阳玄《圭斋文集》卷八,《四部丛刊初编》影印明成化刊本。
③ 胡应麟《诗薮》内编卷一,中华书局1962年版,第1页。

认知已超越简单武断的进化论或退化论观念,真正深入到诗史的实际过程中。对诗史过程的认真考察和深刻反思,不仅让他看到退化论诗史观的狭隘,更让他洞见起而矫之者"不能知诗之源流、本末、正变、盛衰互为循环"之理,"往往溺于偏畸之私说"的后果——"其说胜,则出乎陈腐而入乎颇僻;不胜则两敝,而诗道遂沦而不可救"。

源流、本末、正变、盛衰都是批评史上很古老的概念,诗论家对其内涵的把握和使用相当随意。但有一点是可以肯定的,即它们都是带有价值色彩的,每组概念都意味着正负两极。在叶燮的理论框架中,它们的所指有了明确的区分:源流和正变指向现象认知,本末和盛衰指向价值判断,两者的交叉即构成完整而合理的诗史认识。正变因价值判断色彩即所谓"正之与变,得失于此者"的消褪①,而成为中性概念,本＝正＝源＝盛、末＝变＝流＝衰的对应关系于是被打破,四组概念在诗史认知和解释中从而呈现为复杂的关系。《原诗》内篇上在讨论李攀龙著名的"唐无古诗"说时指出:

> 历考汉魏以来之诗,循其源流升降,不得谓正为源而长盛,变为流而始衰,惟正有渐衰,故变能启盛。——吾乃谓唐有古诗。

这样,诗史的发展过程在叶燮眼中就不是一个简单的直线,而是节节相生、环环相扣的螺旋上升曲线。内篇下这样写道:

> 夫自《三百篇》而下,三千余年之作者,其间节节相生,如环之不断;如四时之序,衰旺相循,而生物,而成物,息息不停,无可或间也。吾前言踵事增华,因时递变,此之谓也。②

叶燮认为,诗史的发展是局部的循环和总体的发展的统一,每个局部如

---

① 王令《上孙莘老书》,《王令集》卷十六,上海古籍出版社1980年版,第294页。
② 叶燮《原诗》内篇下,丁福保辑《清诗话》,下册第587—588页。

四季循环,各有其兴盛、衰落的过程,而这些局部的循环又环环相扣,构成更大的起伏运动,共同推进诗歌艺术的发展,构成一个踵事增华的过程。这种历史运动观正像对地球运动的描述:一方面自转而形成日夜更替,一方面围绕太阳公转,完成一个更大的运动周期。不同的是,诗史的运动不是简单的周期循环,而是自身由简单到复杂的发展过程,是一个局部运动和整体运动交互作用的历时性过程。"就一时而论,有盛必有衰;综千古而论,则盛而必至于衰,又必自衰而复盛。非在前者之必居于盛,后者之必居于衰也。"[1]这种具有系统论色彩的诗史观,显然是与退化论不相容的。事实上叶燮也的确独创性地以生物的生命周期来比喻诗歌艺术的发展,以反驳退化论的诗史观。他说:

> 不读《明良》《击壤》之歌,不知《三百篇》之工也;不读《三百篇》,不知汉魏诗之工也;不读汉魏诗,不知六朝诗之工也;不读六朝诗,不知唐诗之工也;不读唐诗,不知宋与元诗之工也。……譬诸地之生木然:《三百篇》则其根,苏、李诗则其萌芽由蘖,建安诗则生长至于拱把,六朝诗则有枝叶,唐诗则枝叶垂荫,宋诗则能开花,而木之能事方毕。自宋以后之诗,不过花开而谢,花谢而复开。[2]

这个为后人发挥且津津乐道的著名比喻[3],尤其是最后断言宋以后诗是花开而谢,花谢而复开,让人联想到萌生于亚里士多德、在乔治·瓦萨利《意大利最杰出的的建筑师、画家和雕塑家传记》一书中浮现出来、到维柯与温克尔曼的著作自觉加以运用的一种艺术史观,他们都将

---

[1] 叶燮《原诗》内篇上,丁福保辑《清诗话》,下册第 565 页。
[2] 叶燮《原诗》内篇下,丁福保辑《清诗话》,下册第 588 页。
[3] 王尧衢《古唐诗合解》凡例即发挥此义,詹福瑞《王尧衢〈古唐诗合解〉与叶燮的文学思想》(《古代文学理论研究》第十九辑,华东师大出版社 2001 年版)一文曾指出这一点。

艺术史"描述为生长、增殖、开花、成熟、僵化以及最后的衰亡所组成的过程","假定存在着一个与动物的生长相类似的缓慢而稳定的变化"①。这种生物有机体循环的隐喻看上去像是堕入循环论的理障,但在叶燮那里,我认为循环只意味着对元明诗加以否定的有限阶段,并不是贯穿于全部诗歌史的认识。树虽然每年有花开叶落,但它的枝干在拔高,它的年轮在增长。一代文学一种文体虽有兴衰,但文学整体在生长,文学表现的技术在丰富和发展。叶燮对此明显持肯定和乐观的态度:"大凡物之踵事增华,以渐而进,以至于极。故人之智慧心思,在古人始用之,又渐出之,而未穷未尽者,得后人精求之而益用之出之。乾坤一日不息,则人之智慧心思,必无尽与穷之日。……不可谓后此者不有加乎其前也。"②萧统《文选序》云:"盖踵其事而增华,变其本而加厉,物既有之,文亦宜然。"叶燮发挥其说,明确地肯定了文艺创作的历史是表现手法、技巧发展和进步的过程,我曾将这一判断视为进化本质的概念所要求的矢量,赋予诗史的"变"以合目的性,现在看来还不能这么说。事实上,叶燮所谓"踵事增华,以渐而进,以至于极"只是肯定了诗歌运动、发展的方向,肯定了作家才能进一步发挥的可能性,这虽已足以同一般的"变"区别开来,也与退化论、循环论史观区别开来,但不能说是进化论。因为生物学意义上的进化论,个体比前代总是体现了更高的生物机能,并且是不可逆的,而叶燮的诗歌史观并非如此。他虽承认诗歌一代"工"于一代,但这只是指表现方式和艺术技巧的丰富和成熟,而决不意味着后代诗歌的艺术价值和成就比前代更高。叶燮从来不认为后代诗歌的成就一定超过前代,后出的诗体一定比原有的

---

① 韦勒克《文学史上的进化概念》,《批评的诸种概念》,四川文艺出版社1987年版,第47页;保罗·杜罗、迈克尔·格林哈尔希《西方艺术史学——历史与现状》,常宁生编译《艺术史的终结?》,中国人民大学出版社2004年版,第27页。

② 叶燮《原诗》内篇上,丁福保辑《清诗话》,下册第567页。

高级,更不认为盛衰、正变是合目的性的。我们只能说,他理解的诗歌史是运动的、变化的、发展的,他的诗歌史观可称为发展论的,与当代的艺术史观念有相同之处。其实在艺术的领域,本无进化可言,只有发展和变化。叶燮在三百多年就已洞彻这一点,不能不让人敬佩他的深刻。

当诗歌的历史被理解为一棵生长的大树,一个发育并演变的生命时,生根、发芽、抽叶、开花、凋谢和幼、少、壮、老每一阶段就成了有特定意义的不可替代的生命环节,其意义和价值也需要从对整个生命历程的参与上来把握。与上述生命周期的诗史观相应,叶燮对具体诗史时段的评价完全不同于单纯以艺术价值判断为前提的传统观念。在叶燮那里,不同的诗史时段不仅平等地获得了作为历史存在的一般价值,某些时段还呈现了不同寻常的历史意义。《原诗》外篇下曾用绘事比喻诗歌发展的历史,继而又用造屋来比喻:

> 汉魏诗如初架屋,栋梁柱础,门户已具,而窗棂楯槛等项,犹未能一一全备,但树栋宇之形制而已。六朝诗始有窗棂楯槛,屏蔽开阖。唐诗则于屋中设帏帐床榻器用诸物,而加丹垩雕刻之工。宋诗则制度益精,室中陈设种种玩好,无所不蓄。大抵屋宇初建,虽未备物,而规模弘敞,大则宫殿,小亦厅堂也。递次而降,虽无制不全,无物不具,然规模或如曲房奥室,极足赏心,而冠冕阔大,逊于广厦矣。夫岂前后人之必相远哉?运会世变使然,非人力之所能为也,天也。①

叶燮在此撇开了高下优劣的审美价值判断,只是从认知的角度指出从汉魏诗到宋诗在诗歌史上所处的位置和阶段性特征。其间虽也指出技巧的精致与气象宏狭的对应关系,但那是着眼于诗歌发展的历史趋势,

---

① 叶燮《原诗》外篇下,丁福保辑《清诗话》,下册第602页。

而决非工拙的评判。对叶燮来说,工拙是个历史的概念而不是绝对的标准。他认为"汉魏诗不可论工拙,其工处乃在拙,其拙处乃见工,当以观商周尊彝之法观之。六朝之诗工居十六七,拙居十三四,工处见长,拙处见短。唐诗诸大家名家始可言工,若拙者则竟全拙,不堪寓目。宋诗在工拙之外,其工处固有意求工,拙处亦有意为拙。若以工拙上下之,宋人不受也。此古今诗工拙之分剂也"。《四库提要》曾批评叶燮对宋诗的论断犯有以偏概全的毛病①,但这不妨碍叶燮结论在整体上的深刻性。如此讨论工拙问题,远比简单地谈论一时一代诗歌的工拙更有意义。因为它从诗歌艺术发展的阶段性和诗人写作态度的变化中揭示了范式问题,将审美判断的工拙问题提升到了范式的高度。不难理解,文学研究进入文体形式内部之后,只有在范式的高度上,才能真正把握文学的时段和阶段性。叶燮诗史观之深刻,在很大程度上得力于他对范式问题的自觉。回顾一下中国古代的文学研究历史及其核心观念,我们更能体会到这一点的可贵。

考察中国古代批评家对文学史的基本观念,基于阴阳二元哲学观念之上形成的正与变、古与今、通与变、唐与宋四组对立的范畴构成了历来思考文学史的基本模式②。四种模式间的演进过程长达两千多年,却始终没摆脱二元对立的思考方式,始终将文学史的变化理解为两种对立价值的互相转换,或对预设绝对价值的偏离与复归。这种思考方式在叶燮诗学中终于被彻底扬弃,上述四组范畴有机地融入了叶氏的诗史发展观,融入了复调的诗史演进模式中。其中"变"的范畴在叶

---

① 永瑢等《四库全书总目》卷一九七《原诗》提要谓是书"亦多英雄欺人之语,如曰宋诗在工拙之外,其工处固有意求工,拙处亦有意为拙,若以工拙上下之,宋人不受也。此论苏、黄数家犹可,概曰宋人,岂其然乎?"

② 和田英信《"古与今"的文学史》(《日本中国学会报》第49集,1997年10月版)一文有精当论述,可参看。

燮诗学中占有核心地位。学者们都注意到了《原诗》中作为诗史阶段性标志的两种正变概念,注意到他将《诗经》的正变与后代的正变区分开来①。叶燮这么做,看来是出于将文学问题与经学问题分开讨论,将文学的历史作为独立的对象来把握的考虑。从经学的立场说,他主张作为诗歌源头的经典《诗经》本身是无所谓正变的,正变不过是时代的反映,那是政治学和社会学的问题,不是文学的问题,故曰"正变系乎时"。《原诗》内篇上有云:

> 且夫《风》《雅》之有正有变,其正变系乎时,谓政治、风俗之由得而失,由隆而污:此以时言诗,时有变而诗因之。时变而失正,诗变而仍不失其正,故有盛无衰,诗之源也。②

但《诗经》以后的时代就不同了,诗歌丧失了经典的神圣性,它的正变成了文学内部的盛衰问题,因其盛衰倚伏于是形成诗歌的时代,故曰"正变系乎诗":

> 吾言后代之诗,有正有变,其正变系乎诗,谓体格、声调、命意、措辞、新故、升降之不同:此以诗言时,诗递变而时随之,故有汉、魏、六朝、唐、宋、元、明之互为盛衰。惟变以救正之衰,故递衰递盛,诗之流也。③

虽然诗史的延续是由正变共同支撑的,但推动诗史发展的主要动力是变,因为变是为救正之衰而出现的,变带来新异和创造。这样,变客观上就成了分析诗史的基本单元,大到一朝一世,小到一时一地,一个又

---

① 参看萧华荣《中国诗学思想史》,华东师范大学出版社1996年版,第317页。和田英信文也指出了这一点。近年对这一问题加以讨论的,还有杨晖《"正变系乎时"——论叶燮对汉儒"风雅正变"的原创性阐释》(《上海师范大学学报》2008年第3期)一文。

② 叶燮《原诗》内篇上,丁福保辑《清诗话》,下册第569页。

③ 同上。

一个"变"构成了环环相生的诗史的阶段。

历史地看,以变为诗史基本单位由来甚远,叶燮的独到之处是以深刻的文学史眼光对历史上的变作了高屋建瓴的鸟瞰和说明。其中最著名的应属《唐百家诗序》以中唐文学为"百代之中"的论断,他说"吾尝上下百代,至唐贞元、元和之间,窃以为古今文运诗运,至此时为一大关键也"。何以见得呢?

> 三代以来,文运如百谷之川流,异趣争鸣,莫可纪极。迨贞元、元和之间,有韩愈氏出,一人独立而起八代之衰。自是而文之格之法之体之用,分条共贯,无不以是为前后之关键矣。三代以来,诗运如登高之日,上莫可复逾。迨至贞元、元和之间,有韩愈、柳宗元、刘长卿、钱起、白居易、元稹辈出,群才竞起而变八代之盛。自是而诗之调之格之声之情,凿险出奇,无不以是为前后之关键矣。①

因而他断言中唐"乃古今百代之中,而非有唐之所独得而称中者也",盖"诸公无不自开生面,独出机杼,皆能前无古人,后开来学"。从这个意义上说,中唐诗诚为"诗运之中天,后此千百年,无不从是以为断"。我们知道,中唐是唐诗划时代的转折点,也是中国古典诗歌从体式到风格都发生巨变的历史时期。宋代严羽已敏锐地认识到这一点,他曾指出"大历以前分明别是一副言语,晚唐分明别是一副言语,本朝诸公分明别是一副言语"②。这一论断经元代周弼的发展,在明代形成了后世奉为圭臬的初盛中晚四唐说,到明末中唐之变的历史意义更为诗论家们所重视。如梅鼎祚说"诗之变至大历以还极矣,而其趋浸下,其于古

---

① 叶燮《已畦文集》卷八,1917 年叶氏重刊本。
② 严羽《沧浪诗话·诗评》。关于严羽的诗史观及分期理论,可参看蒋寅《作为批评家的严羽》(《文艺理论研究》1998 年第 3 期)。

浸微"①;许学夷说"大历以后,五七言古律流于委靡,元和间韩愈、孟郊、贾岛、李贺、卢仝、刘叉、张籍、王建、白居易、元稹诸公群起而力振之,恶同喜异,其派各出,而唐人古律之诗至此为大变矣"②。不过,这都只是就唐诗作出的论断,叶燮则超越了时代和文体,在整个文学史的宏观视野中认识中唐时代,从古代文学的总体发展来把握中唐文学。"古今百代之中","古今文运诗运,至此时为一大关键"的奇警论断,包揽古今,诗文并举,从通史的高度对古代文学史作了独特的分期。这是真正意义上的文学史论,在这阔通的观照下,古代文学史以中唐为界,明确分为前后两段。尽管叶燮没有像严羽那样陈述他的理论依据,也没有说明他的分期标准,但他的结论——哪怕只是出于直觉,也已征服了后代学者。我们从胡适《白话文学史》的分期中分明可以听到叶燮的回声,而当代学者对《唐百家诗序》的频繁引用,更直接显示出"百代之中"说的深远影响和学术界日趋一致的认同。事实上,由中唐文学、艺术推广到中唐政治、思想、文化对于中国历史之意义的综合研究,已由日本多位学者合撰的《中唐文学的视角》(创文社,1998)一书显露端倪。

通观叶燮的诗论,还可以发现他对诗歌史有一个独特见解,那就是以宋诗为讨论诗歌艺术发展的终点。上文所引叶燮的议论,无论是植物喻、绘画喻还是造屋喻,都将宋诗置于完成的位置。这固然与当时诗坛流行宋诗风的时尚及他本人喜爱宋诗的趣味有关,但从另一个方面说,也是发展论诗史观的具体表现。因为当时正值明代尊唐祧宋之后,宋诗的流传和当时诗家对宋诗的认识都很有限。即便是宗宋派诗人,对宋诗的美学特性和艺术价值也不是那么清楚。比如宋诗派的主帅黄

---

① 梅鼎祚《八代诗乘》自序,作于万历十一年(1583)癸未,明刊本。
② 许学夷《诗源辩体》卷二十八,人民文学出版社1987年版。

宗羲就说:"夫宋诗之佳,亦谓其能唐耳,非谓舍唐之外能自为诗也。"①这种认为宋诗的好处就在于得唐人真髓的看法在当时很有代表性,宋诗派固不讳言,唐诗派更认定如此。如徐乾学之说云:

> 近之说诗者厌唐人之格律,每欲以宋为归,孰知宋以诗名者不过学唐人而有得焉者也。宋之诗,浑涵汪茫,莫若苏、陆。合杜与韩而畅其旨者,子瞻也;合杜与白而伸其辞者,务观也,初未尝离唐人而别有所师。②

徐氏的矛头所指是当时"挟杨廷秀、郑德源俚俗之体,欲尽变唐音之正"的倾向,他斥之为"变而不能成方"的邪道。当时宋诗在人们心目中的形象就是如此,其上者无非学唐有得,下焉者斯其滥矣。除王渔洋等少数见识通达的诗论家外,很少有人能摆脱这种成见。而叶燮公然将宋诗置于诗歌发展的顶点,不能不说是有过人的胆识。

4. 诗史动力论:自律与变

文学史研究的任务,不只在于描述文学现象,评述作家作品以及梳理文学观念、文学表现方法及技巧的发展历程,还需要对产生这些文学事实的原因加以说明,揭示其背后起主导作用的种种因素。叶燮既然肯定了诗史的进化过程,同时也勾勒出持续增长的文体知识和表现技巧的积累,那么摆在他面前的更深刻的问题就是这一进程及其矢量的推动机制了。对诗史现象的因果律研究,归根结底就是对文学史发展的动力学探讨。作为一部以探讨诗歌原理与诗史流变为核心内容的理论著作,《原诗》对诗史发展的动力问题也给予了充分的关注。

---

① 黄宗羲《南雷集·撰杖集》,《四部丛刊初编》本。
② 徐乾学《渔洋续集序》,王士禛《渔洋续集》卷首,康熙刊本。

二十五　叶燮的文学史观

对于在宇宙论上持天道观的中国古代学人来说,在文学史发展观上持他律论的立场,是很自然的。中国古代文论的传统也确是如此,大多数批评家对文学史演变的思考都停留在政治、风俗、君主的好尚等外部因素上。但叶燮的见解完全不同,他对古今诗风之异,在终极意义上虽也肯定是"运会世变使然,非人力之所能为也,天也",但具体到文学发展的历史过程,却大力肯定和强调文学史的自律性。《唐百家诗序》开篇即说:

> 自有天地,即有古今。古今者,运会之迁流也。有世运,有文运。世运有治乱,文运有盛衰,二者各自为迁流。然世之治乱杂出,递见久速,无一定之统。孟子谓天下之生,一治一乱,其远近不必同,前后不必异也。若夫文之为运,与世运异轨而自为途。统而言之曰文,分而言之曰古文辞,曰诗赋,二者又异轨而自为途。①

这里着意强调的是,文运与世运各有其变迁轨迹,文章之盛衰并非系乎世运,而是"与世运异轨而自为途"。他认识到文学有自律性的发展趋势,其自律性不光贯穿于文学史的整体运动中,也贯穿于诗与文两大文学门类的局部运动中。这种在整体把握文学史的基础上形成的见解,深刻而辩证;它超越具体文类而达成对文学史的整体观照,真正具备了文学史理论的品格,在 18 世纪初提出来更是难能可贵。在欧洲,发展的观点和"自然法则"正是 18 世纪史学的伟大思想。

自律性的发展观要求从文学创作内部来解释其发展变异的动因,包括主观的和客观的。古代文论向来对客观方面的因素关注较多,从萧子显"若无新变,不能代雄"②,到顾炎武"一代之文沿袭已久,不容人

---

① 叶燮《唐百家诗序》,《已畦文集》卷八,民国六年叶氏重刊本。
② 萧子显《南齐书·文学传论》,中华书局 1972 年版,第 908 页。

人皆道此语"①,诗论家从正反两方面反复强调变的必然性和必要性,朱熹《答巩仲至》还从诗体与诗法演进的角度论述了古今诗的三变②。这些对叶燮来说都是常识,他没有为此花费笔墨,而是将讨论的重点放到个人的历史作用上。《原诗》内篇上有云:

> 《三百篇》一变而为苏、李,再变而为建安、黄初。建安、黄初之诗,大约敦厚而浑朴,中正而达情。一变而为晋,如陆机之缠绵铺丽,左思之卓荦磅礴,各不同也。其间屡变而为鲍照之逸俊,谢灵运之警秀,陶潜之澹远;又如颜延之之藻缋,谢朓之高华,江淹之韶妩,庾信之清新:此数子者,各不相师,咸矫然自成一家。……小变于沈、宋、云、龙之间,而大变于开元、天宝高、岑、王、孟、李:此数人者,虽各有所因,而实一一能为创。而集大成如杜甫,杰出如韩愈,专家如柳宗元,如刘禹锡,如李贺,如李商隐,如杜牧,如陆龟蒙诸子,一一皆特立兴起。其他弱者,则因循世运,随乎波流,不能振拔,所谓唐人本色也。③

这段话里出现三组值得注意的概念,一是因与创,二是小变与大变,三是自成一家与本色。因与创有关诗人在诗史上的作用,小变与大变是作用的结果,而自成一家与本色则关乎诗人在诗史上的地位。叶燮用很大的篇幅来阐述因与创在诗歌发展中的实际作用,着重强调创对于变的意义。在他看来,变是由创推动的,建安诗中献酬、纪行、颂德诸体的创同时也就是"变之始"。文学史演进的根本动力就源于创,小创则小变,大创则大变,大变构成诗史的主潮,小变填充了诗史的细浪。相

---

① 黄汝成《日知录集释》卷二十一"诗礼代降"条,花山文艺出版社1990年版,下册第933页。
② 朱熹《朱文公全集》卷六十四,《四部丛刊初编》本。
③ 叶燮《原诗》内篇上,丁福保辑《清诗话》,下册第566页。

反,因既属无创,自然也就不变,于是成为诗史最平缓的流程。由于诗人们在诗史上所起的作用不同,他们的成就和地位便形成几个等级:因的诗人共同构成了本色即时代风貌,所谓"其他弱者,则因循世运,随乎波流,不能振拔,所谓唐人本色也";独具特色的专家,如六朝陆机、唐柳宗元以下诸家之"特立兴起",矫然自成一家,于诗风属小创,于诗史为小变;至于盛唐高适、岑参、王维、孟浩然、李颀等诗人,则诚为大创的诗人,因而成其大变。内篇上另一段文字表达了同样的意思:"六朝诸诗人,间能小变,而不能独开生面;唐初沿其卑靡浮艳之习,句栉字比,非古非律,诗之极衰也。而陋者必曰此诗之相沿至正也,不知实正之积弊而衰也。迨开、宝诸诗人,始一大变。"[①]看得出来,叶燮对历代诗人的评骘,完全是以他们在诗史上的创新程度亦即变的功绩为标准的。他所以最崇杜甫、韩愈、苏轼三家,说"杜甫之诗独冠今古,此外上下千余年,作者代有,惟韩愈、苏轼,其才力能与甫抗衡,鼎立为三"[②],也正是这个意义上说的。

这样,叶燮就将诗史的动力与诗人主体的禀赋联系起来,在传统的作家资质论中增添了"力"之一项,并提出"力大者大变,力小者小变"的命题。力的概念使伟大诗人改写诗史的能量和自觉性凸显了出来。他论杜甫,承前的方面并未越出元稹的评价之外,但启后的方面却深刻地指出了杜诗开中唐千百法门的大变作用:

> 杜甫之诗,包源流,综正变。自甫以前,如汉魏之浑朴古雅,六朝之藻丽秾纤,澹远韶秀,甫诗无一不备,然出于甫,皆甫之诗,无

---

① 叶燮《原诗》内篇上,丁福保辑《清诗话》,下册第569页。
② 叶燮《原诗》外篇上。刘献廷《广阳诗集》七古《叶星期以诗稿见惠步昌黎韵酬赠》云"杜陵昌黎君所爱,眉山之外皆除殳",沈德潜《分干诗钞序》云"予少从横山先生学诗,先生以杜韩苏三家指授",均其证也。

一字句为前人之诗也。自甫以后,在唐如韩愈、李贺之奇矞,刘禹锡、杜牧之雄杰,刘长卿之流利,温庭筠、李商隐之轻艳,以至宋、金、元、明之诗家,称巨擘者无虑数十百人,各自炫奇翻异,而甫无一不为之开先。此其巧无不到,力无不举,长盛于千古,不能衰,不可衰者也。①

论韩愈,叶燮着重指出他变唐启宋的历史作用,以为"韩愈为唐诗之一大变,其力大,其思雄,崛起特为鼻祖。宋之苏、梅、欧、苏、王、黄,皆愈为之发其端"。自唐代以来,论者对韩文殊无间言,而于韩诗则毁誉参半,即便是誉之者也多称其风格的奇肆排奡,鲜有从开宋诗先声的角度来肯定其诗史意义的。叶燮力排俗儒固见,高度评价韩诗的"大变盛唐",的确具有不寻常的胆识。他终究是放眼于变,因而对创变总是持赞赏的态度。即便对历来所鄙薄的晚唐诗,他也在创的理由下为之开脱,以为"晚唐诗人,亦以陈言为病,但无愈之才力,故日趋于尖新纤巧。俗儒即以此为晚唐诟厉,呜呼,亦可谓愚矣!"至于苏东坡诗,他许其"境界皆开辟古今之所未有,天地万物,嬉笑怒骂,无不鼓舞于笔端,而适如其意之所欲出。此韩愈后之一大变也,而盛极矣"。苏诗的"出奇无穷","极风雅之变",当时吕本中在《童蒙诗训》中即有定论。但对苏诗创变之功的评价,历来论者见仁见智。张戒《岁寒堂诗话》说苏黄作风"乃诗人中一害",至于说诗到苏黄而坏,也绝非他一家之言②。自明七子倡"诗必盛唐"之说,举世束宋集不观,苏诗遂不流行。连号称博雅的王渔洋也是到康熙八年(1669)他三十六岁时才读苏诗的,读后

---

① 叶燮《原诗》内篇上,丁福保辑《清诗话》,下册第569—570页。
② 如胡应麟《诗薮》外编卷五:"二宋之富丽,晏同叔、夏英公之和整,梅圣俞之闲澹,王平甫之丰硕,虽时有宋气,而多近唐人。永叔、介父始欲汛扫前流,自开堂奥,至坡老、涪翁,乃大坏不复可理。"上海古籍出版社1979年版,第209页。

叹其"淋漓大笔千年在,字字华严法界来"①,也仅肯定其体会佛理之深而已。叶燮乃竟推东坡为"盛极",恐不免惊世骇俗。此虽挟宋诗风的时尚而为言,但核心是在强调:"从来豪杰之士,未尝不随风会而出,而其力则尝能转风会。"②这一见解后来为诗家所发挥③,也与当代学者的文学史动力观相一致④,但在当时还是传统偏见主宰着人们的观念:"人见其随乎风会也,则曰其所作者,真古人也;见能转风会者,以其不袭古人也,则曰今人不及古人也。"这种偏见不仅在实践上禁锢创新的活力,还在价值观上拒斥文学史意识。毫无疑问,作家在文学史上的价值和地位是与独创性及其影响有关的,《原诗》外篇上说"古人之诗必有古人之品量,其诗百代者,品量亦百代",正是这个意思。品量也就是品格与度量,也就是才胆识力的综合,其中核心的部分是力,这在下文还要详论。"力所至远近之分量"⑤,就是品量。这个词虽非叶燮所造,但他的用法却是独创性的,我们应该记住这一指称创造能力的概念,并把它写进古代文论辞典。

写到这里,我忽然觉悟,叶燮的诗歌史论实际上是要表达一种英雄

---

① 王士禛《冬日读唐宋金元诸家诗偶有所感各题一绝于卷后凡七首》,《渔洋山人精华录》卷四,康熙刊本。
② 叶燮《原诗》内篇上,丁福保辑《清诗话》,下册第568页。
③ 乾隆间顾奎光《元诗选·序》论性情、气格与风会的关系,谓"其雄者性情居先,气格后立,足以翼持风会;否则为风会所转,性情囿于气格,视当时所崇尚而助其波澜耳已",即发挥叶燮的意思。
④ 如葛红兵《论文学史家》认为:"文学史的流变机理是由'少数人的创造性颠覆与多数人的模仿'构成的,当一个时代的少数在艺术与思想上富于颠覆性的文学家的创造性大到足以影响整个时代的文学风格的取向,使得大多数的人愿意接受并模仿之,这个时代的文学流变就进入一个跃进期;而当一个时代的具有颠覆倾向的文学家的创造性受到压制,使得其他的写作者失去模仿的源泉时,这个时代的流变就进入一个缓落期。"见《原创性与文学、美学》,社会科学文献出版社2002年版,第177页。
⑤ 叶燮《原诗》外篇上,丁福保辑《清诗话》,下册第597页。

史观,而这种英雄史观铺垫和印证了他的诗人主体论的四个要素。时至今日,也许人们已很难接受一种英雄史观了,但我们不能否认文学史上从来就是"中材趋向原无定,只仗贤豪为转移"①,所以历史学家奥曼(Charles Oman)的说法终究是有道理的,"否认英雄的重要性要比夸张他的重要性更容易犯错误"②。叶燮最终要阐明的是伟大诗人究竟伟大在何处,如何方能成为伟大诗人。这决定了他的诗史论绝不是自觉的纯粹意义上的文学史研究,而实际上中国古代也很少有单纯以认知为目的的文学研究和文学史研究,大凡历史批评都是针对现实的诗坛,指向实际的创作问题的。叶燮的诗史观同样如此,与其说他志在建立一个诗史认识框架,还不如说他希望示人以正确的认知方式,从而确立起对待文学传统的适当态度。他这样谆谆告诫读者:

> 吾愿学诗者,必从先型以察其源流,识其升降。读《三百篇》而知其尽美矣,尽善矣,然非今之人所能为;即今之人能为之,而亦无为之之理,终亦不必为之矣。继之而读汉、魏之诗,美矣善矣,今之人庶能为之,而无不可为之,然不必为之,或偶一为之,而不必似之。又继之而读六朝之诗,亦可谓美矣,亦可谓善矣,我可以择而间为之,亦可以恝而置之。又继之而读唐人之诗,尽美尽善矣,我可尽其心以为之,又将变化神明而达之。又继之而读宋之诗、元之诗,美之变而仍美,善之变而仍善矣,吾纵其所如,而无不可为之,可以进退出入而为之。此古今之诗相承之极致,而学诗者循序反覆之极致也。③

传统的中国批评家所从事的文学批评和文学史研究,目的都在于为写

---

① 张问陶《怀古偶然作》其六,《船山诗草》卷十四,中华书局1986年版,下册第383页。
② 田汝康、金重远编《现代西方史学流派文选》,上海人民出版社1982年版,第283页。
③ 叶燮《原诗》内篇下,丁福保辑《清诗话》,下册第589页。

作而学习,急功近利之心,不足以使他们付出颠沛以之、造次以之的学术努力,因而我们也就很难向他们的著作索求严格意义上的文学史知识和文学史理论。我们应该满足于他们在刻意的学习中留下的不经意的见解,并将这一体会本身视为中国古代文学史学的一个基本知识。

二十六 乾隆二十二年功令试诗对清代诗学的影响

历来有关科举与文学关系的研究,大都着眼于唐宋,而鲜及明清两代。实则在明清两代的文学生态中,科举仍然是对诗歌创作施加重要影响的环境因子。清初卫既齐说:"自制科以经义取士,士皆以全力用之经义,而余力乃及于诗。夫诗未易言也,虽有别才异趣,非多读书穷理则不能极其至。今世儒者咕哗为举子业,往往以羔雁所资,生平精锐之气于焉毕竭。及其寻诸诗也,譬犹镞南山之竹,洞胸穿札之余,辞鲁缟而饮石,其难为劲也必矣。"[1]科举这种导向作用,使明清时期的文学教育完全笼罩在八股文的阴影中,士人只有科举成功才能丢弃这块敲门砖,从事诗古文辞写作,而此刻其创造力旺盛时期早已过去。这不能不让明清士人对自己的诗文难与古人竞争而深感绝望。事实上,八股文研习对士人文学教养形成乃至创造力发挥的影响,无论如何高估也不会过分的[2]。而作为科举的另一种导向,乾隆二十二年(1757)科场恢复试诗,同样也对清代诗学产生了难以估量的影响。近年已有学者

---

[1] 卫既齐:《魏陶庵踵芳堂诗序》,《廉立堂文集》卷四,《清代诗文集汇编》,上海古籍出版社2010年版,第165册第268页。

[2] 这一问题可参看蒋寅《科举阴影中的明清文学生态》(《文学遗产》2004年第1期),又见傅璇琮、蒋寅主编《中国古代文学通论·清代卷》中编第六章"清代文学与科举制度"(辽宁人民出版社2004年版)。

二十六　乾隆二十二年功令试诗对清代诗学的影响

关注这一问题①,但多涉及诗歌创作方面,对诗学注意较少。而诗学所受到的影响,或许是更为深远、更值得我们注意的。

1. 乾隆二十二年功令试诗的影响

清王朝与胜朝一个很大的不同,就是历朝诸帝在万机余暇,无不雅好文艺。自圣祖以迄世宗,盛世诸帝对文学活动的关注和参与,更是远过于前代任何王朝,其文学趣味也莫不由御制诗文集、钦定总集及序跋乃至诏谕、言谈,对文坛播散举足轻重的影响。即以诗歌而言,经明末程嘉燧、钱谦益始倡,康熙初王士禛再倡,清初诗坛一度盛行宋元诗风,引起圣祖和一批庙堂重臣的不满。康熙十八年(1679)博学宏词试后,圣祖在保和殿试诸翰林诗,诗有宋调的编修钱中谐被抑置乙卷②,在馆阁引起震动。这一事件促使王士禛等宋诗风的倡导者悄然改辙,回归唐音,从此唐诗风遂成为诗坛不可撼动的主流导向。康熙四十六年(1707),《全唐诗》编竣,圣祖御制序文,谕曰:"诗至唐而众体悉备,亦诸法毕该。故称诗者必视唐人为标准,如射之就彀率,治器之就规矩焉。"③诗必宗唐作为正统观念不可动摇地重新确立起来。康熙五十四年(1715),圣祖欲革科举之弊,"特下取士之诏,颁定前场经义性理,次

---

① 高津孝《琉球诗课与试帖诗》,收入氏著《科举与诗艺——宋代文学与士人社会》,潘世圣等译,上海古籍出版社 2005 年版,第 93—198 页;杨春俏《清代科场加试帖诗之始末及原因探析》,《东方论坛》2005 年第 5 期;孙琴安《乾隆年间的科举改革与诗歌繁荣》,《探索与争鸣》2007 年第 5 期;唐芸芸《清代科举加试试帖诗之探析》,《南阳师范学院学报》2010 年第 4 期;马强才《科考律诗新政与清代中后期杜诗学的新变》,《中国诗学》第 17 辑,人民文学出版社 2013 年版。

② 事见毛奇龄《西河诗话》卷五,乾隆间萧山毛氏刊《西河全集》本。

③ 康熙《御定全唐诗》卷首,文渊阁《四库全书》第 1299 册,上海古籍出版社 1987 年版,第 163 页。

场易用五言六韵排律一首,刊去判语五道。以五十六年为始,永著为例"①。一大批教材性质的唐人试帖诗选和唐诗选本应运而生。像叶忱和叶栋《唐诗应试备体》、鲁之裕《唐人试帖细论》、臧岳《应试唐诗类释》、吴学濂《唐人应试六韵诗》、钱人龙《类释全唐诗律》、胡以梅《唐诗贯珠笺》、花豫楼主人《唐五言六韵诗豫》、牟钦元《唐诗五言排律笺注》、卞之锦《唐诗指月》等等,都刊成于康熙五十四年②,不会是无意的巧合。朝廷以诗取士不用说会更加强化和推广以唐诗为正宗的观念。沈德潜正是在本年编成了《唐诗宗》(后改名《唐诗别裁集》),序言提到:"德潜于束发后即喜钞唐人诗集,时竞尚宋元,适相笑也。迄今几三十年,风气骎上,学者知唐为正轨矣。"③暗示了康熙后期诗坛在君主趣味的主导下唐诗风彻底压倒宋诗风的现实。降及乾隆朝,热衷艺文的高宗在听政之余,不仅颁行了《御选唐宋诗醇》,重新划定诗歌的"正轨",更在乾隆二十二年(1757)恢复科举试诗,为诗坛步循"正轨"提供了制度保证。

尽管自康熙以来,两度博学宏词科都以诗赋试士,馆阁也有诗课和考试④,对士大夫的诗歌才能一直有特殊要求,但那毕竟是翰林们的事。就像何刚德《春明梦录》所说的:"盖馆阁重试帖,人皆于得翰林后始练习,平时专习八股,于试帖则无暇求工也。"何的友人陈懋侯以名翰林叠掌文衡,以能诗自喜,而其乡试所赋《月过楼台桂子清》诗,"玉露涓涓冷,金风阵阵轻"一联殊为稚拙,后每逢其高谈阔论,何刚德必

---

① 陶煊辑《唐五言六韵分类排律选》序,康熙五十五年刊本。
② 参阅韩胜《清代唐诗选本编年简表》,《清代唐诗选本研究》"附录",中国社会科学出版社,2010年,第265—279页。
③ 沈德潜辑《唐诗别裁集》卷首,乾隆二十八年教忠堂重刊本。
④ 如赵翼《瓯北集》卷十二还保留着乾隆十九年(1754)应中书试之作,题为《赋得红叶当阶翻》。

诵此联相嘲讽①。这虽是晚清的事,以今例昔,清初的情况可以想见。翰林名公犹且如此,一般士子的诗才更不用说。况且,即有一二兼能诗赋的士子,也未必招考官待见。《儒林外史》第三回写到一个童生交卷,说:"童生诗词歌赋都会,求大老爷出题面试。"那学道就变了脸色道:"当今天子重文章,足下何须讲汉唐。像你做童生的人,只该用心做文章,那些杂览,学他做甚么?况且本道奉旨到此衡文,难道是来此同你谈杂学的么?"吴敬梓此书虽是小说,却可作雍、乾之际的文化史读,其中的情节无不可见当时士风世情。小说中这一细节,也足以让我们窥见彼时的科场习气。

虽然学者们已从政治和科举自身的改革多方面对科场加试排律的原因作了探析②,但自康熙中期以后,士人作诗水平的普遍下降,仍应是最直接的原因。这也是朝野上下共同觉察的问题,而究其所以,论者又往往归结为举业所妨。叶之荣《应试唐诗类释序》慨言:"自胜国八股之制定,操觚者皆以诗为有妨举业,概置不讲。虽海内之大,不乏好学深思,心知其义,而穷乡僻壤且有不知古风歌行、近体绝句为何物者。风气至此,亦诗运之一厄也!"③为功令所抑者,自然要靠功令振之。于是到乾隆间便有了御史袁芳松请于二场经文之外加试排律一首的奏议,并蒙高宗谕允。乾隆二十二年(1757)正月庚申上谕:

> 前经降旨,乡试第二场止试以经文四篇,而会试则加试表文一道,良以士子名列贤书,将备明廷制作之选,声韵对偶,自宜留心研究也。今思表文篇幅稍长,难以责之风檐寸晷,而其中一定字面或

---

① 何刚德《春明梦录》卷上,1922年刊本。
② 可参看杨春俏《清代科场加试试帖诗之始末及原因探析》、唐芸芸《清代科举加试试帖诗之探析》两文的论述。
③ 臧岳辑《应试唐诗类释》卷首,康熙五十四年刊本。

> 偶有错落,辄干帖例,未免仍费点检。且时事谢贺,每科所拟不过数题,在渊雅之士,尚多出于凤构,而倩代强记以图侥幸者,更无论矣,究非核实拔真之道。嗣后会试第二场表文,可易以五言八韵唐律一首。夫诗,虽易学而难工。然宋之司马光尚自谓不能四六,故有能赋诗而不能作表之人,断无表文华赡可观,而转不能成五字试帖者。况篇什既简,司试事者得从容校阅,其工拙尤为易见。其即以本年丁丑科会试为始。①

乡、会试既改,以下各级考试自不得不随之改易,而且诗作的水平成为录取的重要标准。据素尔讷等撰《钦定学政全书》卷十四载:

> 乾隆二十三年议准,嗣后岁试减去书艺一篇,用一书一经;科试减去经义一篇,用一书一策。不论春夏秋冬,俱增试律诗一首,酌定五言六韵。学臣命题,遵照乡试题定之例,期于中正雅驯,不得引用僻书私集。其应用韵本,令学政官为备办,临期给发,酌量足用,以便士子检阅。如诗不佳者,岁试不准拔取优等,科试不准录送科举。②

最后特别强调,诗欠佳者岁试不得取为优等,科试不准录送科举,这等于是将试诗当成了科举的门槛,诗不合格就不能取得乡试资格。面对这一改革,有人欢喜有人愁。少数能诗之士自是欢欣鼓舞,袁枚作《香亭自徐州还白下将归乡试作诗送之》诗,送弟回浙应乡试,有"圣主崇诗教,秋闱六韵加;今年得科第,比我更风华"之句③,欣愉之情如沐春

---

① 《高宗实录》"乾隆二十二年正月庚申",中华书局1986年版;《清史稿》卷一〇八,中华书局校点本,第12册,第3151页。
② 素尔讷等纂《钦定学政全书》,乾隆三十九年武英殿刊本。
③ 袁枚《小仓山房诗集》卷十五,王英志主编《袁枚全集》,江苏古籍出版社1993年版,第1册,第280页。

风。而那些素昧吟咏、不知平仄为何物的广大经生,则如闻晴天霹雳,惶悚莫名。这突如其来的变故,令许多世代以举业自豪的书香家族茫然不知所措,而寒素之士更是进退失据,不知如何应对。一时间科场出现的混乱,透过李元复《常谈丛录》卷五"令初试诗"条的记载还可略窥一斑:

> 乾隆二十四年己卯科,始于乡闱试以排律五言八韵诗。令初下,士多未习诗者。是科江西乡试诗题为《赋得秋水长天一色》,得天字。有士人全不解所谓,遍询诸同号舍者,或告以此限韵,当押之。遂于十六句作叠韵,尽押天字,其可笑有如此者。自是岁,科试生童于文后亦用排律诗。然每苦其难,尤不识四声平仄,虽极力揣摩,卒未能通。有先以别纸创定格式,然后逐字循格填写,起草犹时从联坐者频频絮问不休,令人增厌。有别构文一篇,愿与他人互易一诗者。又有日中而文已誊正,摇体颦眉,吟声哀苦,律成而日已暮,仓促完卷者。至其诗句之俚拙可哂,又不待言也。盖乾隆以前,老师宿儒恒专精于八股时艺。四子书及专精之外,以翻阅他书为大禁戒,教法相传,故窬陋至是也。至嘉庆初年,尚有不能诗者,专仰资于亲识代草,予试童子时犹间见之。今数十年来,馆阁体裁,束发讲肄,真不啻家弦户诵矣。①

这段文字描绘乾隆二十四年(1759)试诗行于乡试在举子间产生的震动及其拙于应对的种种可笑情形,具体而生动,可信是当时科场实录。科举试诗首先使士人群体诗歌写作能力普遍欠缺的现实凸显出来。

众所周知,科举试诗始于唐初,体裁规定为六韵或八韵排律。当时明经考试,有裁纸为帖,掩其两端用以填空的项目,称为"试帖",后人

---

① 李元复《常谈丛录》,敦本堂刊巾箱本。

不知就里，统将专用于考试的排律称为"试帖诗"，[1]也作试律、试体、帖括诗等。贴切的说法应是"试律"，但前人习称试帖，本文姑仍之。科举试排律虽颇为风雅，但究于政事隔了一层，用作取士的主要依据自然是有缺陷的；而且试律属于命题作文，在内容、辞令、篇幅、押韵各方面都有严格规定，尠有杰作脍炙人口，因而自施行以来一直遭到批评，迄北宋熙宁间终于退出科举场屋。到明清之际，诗家目试帖为诗中八股，所作都弃而不录。但自从乾隆二十二年（1757）恢复试诗，作者多将应试之作收入诗集，与文集不收时艺程文恰好形成鲜明的对照。赵翼《瓯北集》卷十二收有乾隆二十六年（1761）应会试之作，题为《赋得贤不家食》；随后的《千章夏木清》《野含时雨润》《薰风自南来》《律中蕤宾》《天子始絺》《平秩南讹》《五月斯螽动股》《竹箭有筠》《月中桂树》《寒流聚细文》《春蚕作茧》《玉水方流》《德车结旌》《蚁穿九曲珠》等篇，都是应殿试及翰林馆课之作。陶澍集中收录试律竟达二百多首，是个典型的例子。王芑孙为诸生时非考试不作试帖，入京后"始觉此事为当今所重"，[2]及召试入一等，负诗赋才名，转而热衷于此道，终为一代作手。这都不是绝无仅有的例子，至于将试帖编为专集乃至笺注行世者更不乏其人。[3] 看得出，作者对自己的试帖之作颇为珍视。毕竟，比起八股文来，试帖不只是一次性的敲门砖，"后至于庶常馆课、大考

---

[1] 叶抱崧《说叩》："西河毛氏选唐人试诗，目曰试帖。按：《通典》称明经先帖文，然后行试帖经之法，以所习经掩其两端，中间惟一行，裁纸为帖，凡帖三字，随时增损，或得四，或得五，或得六为通。试帖之名，盖与诗赋无涉。"张潮辑《昭代丛书》，上海古籍出版社影印本，第2册，第1305—1306页。

[2] 梁章钜《试律丛话》卷三引，上海书店出版社2001年版，第576页。

[3] 不只是纪昀、金甡、吴锡麒、聂铣敏一辈试帖名家刊有试帖诗集及注释，就是一些不太出名的人物也刊其课稿。如吴文俊有《薇云小舍试帖诗课》二卷、《续编》二卷，吴楷有《十杉亭帖体诗笺注》五卷、《续编》二卷，均为六也楼发兑。

翰詹,皆以是觇其所学"。① 因而在人们眼中,试帖的体格也远高于八股文,某种程度上甚至予人以揄扬盛世、润饰鸿业的尊贵感觉。

从朝廷这方面说,试诗也是一个难得的歌舞升平的机会,因而在行之二十五年以后,又再度提升其级别。乾隆四十七年(1782)依御史觉罗包彦学奏,"将二场排律诗一首移至头场试义后",②一直沿用到清季。清代乡会试原本就沿明代旧习,"名为三场并试,实则首场为重,首场又《四书》艺为重"。③ 试帖移到首场之后,越发突出了试诗在科举中的地位,从而直接或间接地影响了清代中叶以后的诗歌创作和诗学研究。

2. 功令试诗与试帖诗的编纂、出版

科举恢复试诗所暗示的君主崇尚诗学的意向及艺术观念,无论对整个社会还是诗坛都是个极为重要的信息,其中所蕴含的诗学问题很快便出现在乡试的策问中。钱载所撰《乾隆二十四年广西乡试策问三首》其二问道:

> 兹蒙钦定,科制第二场试以唐律,则夫诗学源流,正士林所宜熟讲。《三百篇》风、雅、颂、兴、比、赋之义若何?方夫子正乐时,而雅、颂始各得其所,盖诗有入乐不入乐之分,则六义当先别识之矣。且周公大圣人也,周公大制作之列于篇者,可得而陈其概与?五言既兴,遂推汉魏,汉之古诗、乐府,犹有壹倡三叹之遗。古体、

---

① 吴廷琛《试律丛话序》,梁章钜辑《试律丛话》卷首,第493页。
② 见《钦定大清会典事例》卷三三一、金武祥《粟香随笔》卷八、《清史稿》卷一〇八"选举志三"。
③ 《清史稿》卷一〇八,第12册,第3149页。

> 今体,至唐始备。顾自晋以后,组织之文词居多,而自然之元音益少。诸生试取汉、魏、两晋、南北朝、三唐、两宋、辽金元、明逮我本朝诸诗家,沿流讨源,第代举其大者论列之,已足以观师法。倘其融贯《三百》之大义,切于治道者以为言,斯固朝廷期待士子实学,如授之以政,使于四方者也,则尤有厚望焉。①

我们看到,二场所考的八韵、六韵排律,在谕旨和策问中都称为"唐律",可见崇诗和尊唐两种意志已通过试诗而融为一体。不仅如此,高宗《御选唐宋诗醇》唐宋并举的诗学趣味也同时得到了阐发和推广,给诗坛的印象明显比圣祖来得更开放、更具包容性;而且,将熟讲诗学源流作为前者的辅助手段来提倡,要求诸生能"取汉、魏、两晋、南北、三唐、两宋、辽金元、明逮我本朝诸诗家,沿流讨源",这对于乾隆朝诗学走向折衷、融合的趋势无疑也会起到推波助澜的作用。我曾指出,清代诗学异于前代的一大特征,也是其最显著的优点,就是拥有一种能以超越门户之见的胸襟对待诗学遗产的包容性。② 自明末以来,唐宋之争就一直主导着诗坛的话语主流,分唐界宋,出主入奴,让学诗者无所适从。直到乾隆时期,唐宋之争始告平息,走上折衷调和的道路。朝廷功令的影响,正是促成这一结果的重要外因之一。

当然,试帖毕竟是用于科举应试和馆阁考课的特殊诗体,具有不同于日常写作的特殊规范,这同样也反映在功令的倡导和实践中。钱载典广西乡试时,还撰有《广西乡试告示》训诫应试士子,第六则写道:"诗体以和平庄雅为擅场,其用俚俗不典及一切萧飒字句者,断难合格;且词义必须层次贴切,不宜混浮。平仄务须谐协,毋致失黏。对仗即不甚精工,而字义之虚实、单双,在所必辨。韵虽别刊一纸随题分给,

---

① 钱载《萚石斋文集》卷五,上海古籍出版社2012年版,下册第897页。
② 蒋寅《清代诗学史》第一卷,中国社会科学出版社2012年版,第28—29页。

而检点仍须细心,毋致出韵。"①这段文字对试帖诗的各个技术层面包括诗体、语言、声律、对仗、押韵都提出了严格且不同于一般诗歌的要求。试帖废置数百年而重现科场,对大多数举子来说完全是个陌生的东西,再加上这些严苛的限制,场屋出现李元复《常谈丛录》所述的种种笑谈是可以预料的。也正因为如此,一大批迎合应试需求的试帖诗教材纷纷上梓,在功令初下的几年间迅速占据出版市场。

最初的出版物多半是旧书的翻刻本,这也很自然。康熙五十四年(1715)诏令科举二场加试五言六韵唐律,曾催生一批唐人试律选本。贺严、韩胜的著作中都列出若干种,我另外还有知见,包括:叶忱、叶栋辑注《唐诗应试备体》十卷,康熙五十四年最古园刊本;臧岳辑《应试唐诗类释》十九卷,康熙五十四年刊本;吴学濂辑《唐人应试六韵诗》四卷,康熙五十四年刊本;牟钦元辑,牟瀜笺注《唐诗排律》七卷,康熙五十四年紫兰书屋刊本;鲁之裕《唐人试帖细论》,康熙五十四年刊本;蒋鹏翮《唐人五言排律》三卷,康熙五十四年刊本;花豫楼主人辑《唐五言六韵诗豫》四卷,康熙五十四年刊本;赵冬阳辑《唐人应试》二卷,康熙五十四年桐邨书屋刊本;黄六鸿《唐诗筌蹄集》四卷,康熙五十四年刊本;恽鹤生、钱人龙辑《全唐试律类笺》十卷,康熙五十四年刊本;＊毛张健辑《试体唐诗》四卷,康熙五十五年刊本;陶煊《唐五言六韵分类排律选》,康熙五十五年刊本。② 其中臧岳辑《应试唐诗类释》、花豫楼主人辑《唐五言六韵诗豫》两种是康熙前期的出版物,此时应运重版。此

---

① 钱载《萚石斋文集》卷十九,下册第1084页。
② 所举书名,系参考陈伯海、朱易安《唐诗书录》(齐鲁书社1988年版)、孙琴安《唐诗选本提要》(上海书店出版社2005年版)、贺严《清代唐诗选本研究》(人民出版社2007年版)、韩胜《清代唐诗选本研究》(中国社会科学出版社,2010年)四书的著录开列,有＊号之书系笔者所补。惟笔者所见著录,书名、作者偶有异同。盖此类书籍翻刻极繁,书名、作者及卷数每为书坊改易,不足较也。

外清初还有一些刊行更早的唐人试帖诗选本,如毛奇龄辑《唐人试帖》四卷(康熙四十年刊)、王锡侯辑《唐诗试帖课蒙详解》(康熙间刊)、陈讦笺评《唐省试诗》(康熙刊)。由于康熙诏令最终未付诸实行,这些试帖诗选本也就不曾流行。乾隆二十二年(1757)功令会试加试诗,两年后又推广到乡试,书坊迅速抓住商机,纷纷翻刻这些书籍。毛奇龄的选本因出自国初硕学名师之手,首先被重印,畅销于市。乾隆二十六年(1761)何国泰序毛奇龄诗赋集,称:"丁丑岁,天子诏乡会场易表判以排律,始其事于岁科童试,而先生向所选唐试帖及七律一时纸贵。"①然而翻刻旧书似乎仍不足以应付突如其来的旺盛需求,更主要的是,这些书籍并不都是应试诗法,内容和体例往往不合时宜。比如署明代王世贞编《圆机活法》、清初游艺编《诗法入门》都是坊间翻印畅销的书,但正如朱琰所说:"夫所谓《诗法入门》者,兢兢于平仄之间,以求合律而师法不古,是治维楫而忌游泳也。若《圆机活法》,则拈调而缀字,但取通融而不复求作诗之旨,是持篙拥棹而不知所适何方也。"②鉴于这种情形,一些老师宿儒"应坊客之请"③,迅即着手编纂各种供举子揣摩诵习的试帖诗选和诗法,以应对巨大的市场需求。

当时坊间究竟出版了多少试帖诗选和诗法类书籍,现在已很难确知,相信是个很可观的数字。旧籍不断被翻印的同时,新著也层出不穷,包括本朝人所撰所拟的试帖范作,以至在乾隆二三十年代,试帖类书籍的重刊和新梓络绎不绝。迄今我们所能知道的,功令试诗当年起码就刊行了六种,未刊一种:

---

① 毛奇龄《毛西河先生全集》卷首,乾隆间萧山毛氏书留草堂刊本。
② 朱琰辑《学诗津逮》乾隆二十五年(1760)自序云:"场屋功令用诗,学官弟子皆以诗为课,坊间有《诗法入门》《圆机活法》二书,初学者乐其简便,奉为圭臬,一时纸贵。"(朱琰辑《诗触》,嘉庆三年重刊本)
③ 吴瑞荣《唐诗笺要》自序,乾隆二十三年刊本。

张尹辑《唐人试帖诗钞》四卷,刊本;

王宝序、周京等辑《唐律酌雅》七卷,恭寿堂刊本;

毛张健辑《试体唐诗》四卷,原刊于康熙间;后毛氏又于乾隆四十一年重刊;

徐曰琏、沈士骏辑《唐人五言长律清丽集》六卷,许翼周刊本;

蒋鹏翮辑释《唐诗五言排律》三卷,寒三草堂刊本;

梁国治辑《唐人五排选》五卷,梅塘藏板本;

盛百二《唐诗式》卷数不详,序见《柚堂文存》卷二。

乾隆二十三年(1758)达到高潮,已知有十四种:

赵曦明辑《唐人试帖雕云集》,刊本;

秦锡淳辑《唐诗试帖笺林》八卷,刊本;

吴瑞荣辑《唐诗笺要》八卷,金陵三乐斋刊本,后又于乾隆六十年重刊;

马钦远辑《唐应制诗分类注释详解》,刊本;

陈讦笺评《唐省试诗笺注》十卷,据康熙本翻刻;

王锡侯辑《唐诗试帖详解》十卷,九经堂刊本;

沈廷芳辑注,张廷举编次《唐诗韵音笺注》五卷,赐书堂刊本;

沈廷芳辑,吴寿祺、吴元诒注《唐诗韵音笺注》五卷,吴氏刊本;

牟钦元辑,牟瀜笺注《唐诗排律》七卷,据康熙五十四年紫兰书屋刊本重印;*

蔡钧辑《诗法指南》六卷,匠门书屋刊本;*

胡本撰,潘作枢笺注《试帖新拟》五卷,刊本;*

朱琰辑《唐试律笺》二卷,明德堂刊本;

阮学浩、阮学濬辑《本朝馆阁诗》二十卷,困学书屋刊本;*

杜定基辑《国朝试帖鸣盛》,刊本。*

乾隆二十四年(1759)又有四种:

李因培评选,凌应增编注《唐诗观澜集》二十四卷,李因培刊本,后于乾隆三十七年重刊;

纪昀撰《唐人试律说》一卷,刊本;

臧岳辑《应试唐律类释》十九卷,重订清初刊本;*

顾龙振辑《诗学指南》八卷,敦本堂刊本。*

乾隆二十五年(1760)也有四种:

谈苑《唐诗试体分韵》,刊本;

纪昀撰《唐人试律说》一卷,重刊本;

陶元藻辑《唐诗向荣集》三卷,衡河草堂木活字印本;

朱琰辑《诗学津逮》八种,桐乡沈氏香雪书舍刊本。*

乾隆二十六年(1761)仍有五种:

陶元藻辑《唐诗向荣集》三卷,衡河草堂刊本;

苏宁亭《应试唐诗说详》,刊本;

臧岳辑《应试唐诗类释》十九卷,三乐斋藏板本;*

恽鹤生、钱人龙辑《全唐试律类笺》十卷,恽宗和刊本;

王锡侯辑《唐诗试帖课蒙评解》十卷,文德堂刊本。*

乾隆二十七年(1762)仅知有一种:

臧岳辑《应试唐律类解》十九卷,积秀堂重订康熙刊本;*

乾隆二十八年(1763)也只有两种:

任福佑辑《新锓应试唐诗灵通解》四卷,刊本;*

许英辑注《本朝五言近体瓣香集》十六卷,心逸堂刊本。*

但本年沈德潜《重订唐诗别裁集》,也增选试帖诗若干篇,自序特别提到:"五言试帖,前选略见。今为制科所需,检择佳篇,垂示准则,为入春秋闱者导夫先路也。"①这表明在坊刻选本之外,诗坛高层人物对此也相当关注。

另外,乾隆间还有刊刻年月不详的范文献、黄达、王兴谟辑注《唐人试帖纂注》四卷,张希贤、李文藻《全唐五言八韵诗》四卷,方德辉《唐诗矩矱》等,很可能也是这股应试风潮下的出版物。这些书籍并不是一刷即已,只要有销路,一套书板按常理至少可以刷印五千部以上。乾隆二十七年(1762)以后新编之书渐稀,正是前几年梓行的书籍已占有很大市场份额的缘故。迄至乾隆后期,这批书籍经过市场淘汰,能获得重刊机会的书已很有限。比如任福佑《新锓应试唐诗灵通解》便是其中之一,自乾隆二十八年(1763)梓行后,致和堂分别在乾隆五十二年(1787)、嘉庆二年(1807)重刊,嘉庆二十三年(1828)又有三让堂重刊本。最流行的则应该是臧岳《应试唐诗类释》,它每首诗题下都有题解、附考,诗后又有音注、质实、疏义、参评、阙疑,最为详尽和实用,于是成为被翻刻版次最多的试帖诗选②,可见此书在清代中叶一直为坊间所青睐。这批书籍的盛行,意味着士人的诗歌教育自幼就被应试诗法所主宰,意味着试帖诗学将成为他们诗学启蒙的初阶。此种情形将在多大程度上改变传统诗学的承传和发展路向,一时还难做定谳,但这无疑是研究清代诗学首先要思考的问题。

---

① 沈德潜辑《重订唐诗别裁集》卷首,乾隆二十八年教忠堂刊本。
② 除上文提到的版本外,还有乾隆元年(1736)三乐斋刊本、乾隆三十八年重刊本、乾隆四十年(1775)刊本,乾隆四十三年(1778)三乐斋又改名《闻式堂唐诗类释》重刊,此后更有嘉庆五年(1800)刊本、立本堂刊本行世。

3. 功令试诗与蒙学诗法的勃兴

  作为朝廷功令,科举试诗对诸生的诗歌写作乃至官学、书院、家塾的教育必将产生巨大影响。试帖诗写作既然成为举子必修的课程、必须研练的才能,就势必会消除明代以来世俗对作诗妨害举业的顾忌①,激励广大士人热心学诗、写诗②,从而普遍提升诗学修养和写作能力,最终推动诗歌艺术的发展,这是不言而喻的,需要考究的倒是试帖诗学自身如何以功令试诗为契机在教学实践中完成其理论总结和建构的过程。以往的研究,因鄙视科举应试类写作而一概将它们排除在学术视野之外,很少注意到八股文和试帖诗对传统文学教育的影响。今天我们面对上文列举的众多试帖文献,不能不思考试帖诗与一般诗歌写作的关系。

  阅读当时的文献,首先给我的印象是,虽同为应试文体,制义和试帖在人们心目中的价值是完全不同的。人们对八股文往往抱着无奈甚至于仇视的态度,而对试帖诗却青眼有加,不敢稍为轻忽。清人估量本朝的诗歌创作,绝不敢凌越古人;但于试帖诗却每自信有出蓝之胜。除唐芸芸论文所举翁方纲之说外,林联桂《见星庐馆阁诗话》自序也肯定:"唐诗各体俱高越前古,惟五言八韵试帖之作不若我朝为大盛,法

---

  ① 毛张健《试体唐诗》序:"近代制科专尚时文……间有一二瑰异之士,欲从事于诗者,父兄必动色相戒,以为疏正业而妨进取。"(毛张健《试体唐诗》,康熙五十四年刊本)明清两代此类记载触目皆是,可参看蒋寅《科举阴影中的明清文学生态》(《文学遗产》2004 年第 1 期)一文。

  ② 李鸿达《馆律萃珍序》云:"至乾隆丁丑以后,则乡会岁科之试,皆益以五言帖律,著为功令。由是偏乡下邑,亦知研意覃思,比律析韵。"(姚集芝辑《馆律萃珍》卷首,清刊本)此适与前引叶之荣语形成鲜明的对照。

律之细,裁对之工,意境日辟而日新,锤炼愈精而愈密,虚神实义,诠发入微,洵古今之极则也。"①这种盛况又一概被归结于功令试诗,如刘鸿翱《缪主政薇初试帖序》所说:"事苟为一代风尚之所在,必有穷工极能,精前人所不能精者,以信今而传后。众人忽焉,达者知之,如今之试帖是已。……古文莫盛于汉,赋莫盛于楚,字莫盛于晋,诗莫盛于唐,制义莫盛于明。而诗之试帖,唐以之取士,历宋元明千余年,莫盛于我朝。"②正是出于对本朝试帖诗的肯定,试帖诗的编集和刊行出现前所未有的繁荣景象,它反过来又更加刺激和促进了试帖诗的写作和研究。这就是张拜赓序《汇纂诗法度针》所说的:"岁丁丑会试届期,圣谕于二场改试唐律八韵,又先后允廷臣议,自乡闱及郡县举试以诗,用以侦淳风而厉实学也。……夫风行自上而应之,诗由是兴焉。"③各方面的文献史料都提醒我们,功令试诗已使试帖诗学成为清代诗学史上一个不容忽视的存在。

考察清代的试帖诗,首先引起我注意的就是各种类型的选本之多。余集《试律偶钞序》曾提道:"我朝自乾隆己卯奉诏于乡会两试各试八韵诗一首,至今垂四十年。承学之士莫不从事声律,馆阁诸公又首先赓唱,近日选家总集无虑数百十种。"④这类书籍因不入收藏家之眼,除纪昀编《庚辰集》这最著名的选本及王芑孙编《九家试帖》、张熙宇编《七家试帖》等翻刻不绝的名选外,多数已失传,只能由清人别集中保存的序跋窥豹一斑。桑调元初掌教中州书院时,曾选有《大梁试帖》;乾隆二十二年再度莅任,值功令初改,又编刻《大梁试帖新选》,自序提道:

---

① 林联桂《见星庐馆阁诗话》卷首,道光三年与赋话、词稿合刊本。
② 刘鸿翱《绿野斋前后合集》卷四,道光二十四年刊本。
③ 徐文弼辑《汇纂诗法度针》卷首,乾隆间聚盛堂刊本。
④ 余集《秋室学古录》卷五,《续修四库全书》,上海古籍出版社2002年,第1460册,第342页。

"顷复入中州主旧席,适皇朝兼以诗取士,诸生益加镞砺,斌斌然有和声鸣盛之概。旧从唐人常格,限以六韵……功令定限八韵,足舒群彦才藻,视唐常格有加焉。"①由此可见,书院原本是有试帖诗课程的,用五言六韵的格式。这是因为,乡会试虽不试诗,但中书考试及翰林馆课却要做诗,于是书院教学也相应地设有试帖之课。不过这与功令试诗对广大士子的影响是不可同日而语的。功令试诗首先改变了他们学诗的体裁,由六韵增为八韵;其次也是更主要的是,试帖诗的研习由此变得普遍化、日常化,凡有志于科举之士都必须研练这种诗体的写作才能。为此,适应各种类型、各阶层作者研习需要的试帖诗选便如雨后春笋般层出不穷了。桑调元后来主教泺源书院时,又编有《泺源书院试帖》。这并不是偶然的例子。

有了创作研习的需求,相应的理论指导和对写作经验加以总结的书籍便自然有人编纂了。乾隆二十四年(1759)浦起龙撰《诗学指南序》,还遗憾"我国家中和化洽,自上而下,奉诏自今取士兼用诗,一是选帖四起,然未有以条别宜忌为世正告者"②,曾几何时一批诗法、诗话就迅速添补了这方面的空白。除前举试帖诗选本所附录的诗法、诗话文献外,有几种清代中叶流行的诗法可信都与功令试诗有关。比如诸生蔡钧所辑《诗法指南》六卷,乾隆二十三年(1758)由匠门书屋刊行。前有是年四月任应烈序,称"今天子春秋试士,诏二场尚用经义及诗,一时诗学之兴,遂与制义、对策同为举子要业",又提到"戊寅春适丁子崑以蔡子易园所编《诗法指南》示余,并邀余一言以行世"③,可知其书成于乾隆二十二年(1757)。书前开列参校者姓氏多达96人,足见该

---

① 桑调元《大梁试帖新选》序,《弢甫集》卷五,兰陵草堂刊本。
② 顾龙振辑《诗学指南》卷首,乾隆间敦本堂刊本。
③ 蔡钧辑《诗法指南》卷首,乾隆二十三年匠门书屋刊本。

书的编纂在当时何等引人注目①！现在看来,功令初下几年内刊行的类似汇辑诗话,如李畯《诗法橐说》、顾龙振《诗学指南》、朱琰《学诗津逮》等,相信都是同一背景下的产物。顾书前七卷汇辑前人旧著,只有卷八为自撰,专论应制诗式、应试诗,择唐人应制、应试佳作一一评讲,揭其体制、意匠以示初学,从一个侧面反映出试帖专门诗法的缺乏。当时尚未中举的海盐诸生朱琰,"取古今诗话之可为法者八种,汇而刊之,以疏壅导滞,题曰《诗学津逮》"②,不用说也是针对科举试诗而编,由桐乡沈氏香雪书舍刊刻行世已是乾隆二十五年(1760)的事。后屡有增刻,到乾隆二十九年(1764)芸经堂所刊之本,收书已达十五种,改名为《诗触》,想来销路很好。

在试帖诗法缺如的情况下,上述蒙学诗法正是很好的补充。其中最大规模的编纂工程是山东巨野人李其彭所编《诗诀》十卷,乾隆四十一年(1776)徐子素刊行。李氏编著有《论诗尺牍》《唐试帖分韵选》《四声韵贯》等多种诗学书籍,都成书于乾隆二十三年至二十八年间。《诗诀》汇集古今诗话二十一种,其中包括《试帖定式》在内的若干种为李氏本人所辑。广采前人论诗之语,包括体制、声律、篇章、病犯、诗体、技法等内容,既便于初学,同时对传统诗学资料也是一个大规模的整理和总结。这类书籍通常都被视为广义的蒙学诗法,与试帖诗学尚有区别,但此刻却因功令试诗的机缘大量编辑出版。这提醒我们,功令试诗对诗坛和诗学的影响已远远超出了试帖诗学的范围。这不是三言两语即可概述的问题,现在首先需要弄清的是,功令试诗对试帖诗学的影响

---

① 关于蔡钧辑《诗法指南》的内容和趣向,可参看吴中胜《翁方纲与乾嘉形式诗学研究》第一章"乾隆年间的科考改革与形式诗学的复兴——以蔡钧《诗法指南》为例",中国社会科学出版社2013年版,第13—25页。

② 朱琰《诗触》自序,嘉庆三年重刊本。

究竟在多大程度上带动了试帖诗学的研讨？最近已有学者触及这一问题①，但相关研究仍处于草创阶段。

4. 试帖诗学与一般诗学的互动

试帖作为官方推行的一种应试诗体，虽非新创之格，但清代的写作毕竟少有积累，要想探求其写作规则与技巧，只能求之于前代的创作实践。清初毛奇龄《唐人试帖》虽有讨论，然而"详于论诗而略于疏义，初学之士，每苦寻求"②，直到纪昀《唐人试律说》问世，关于试帖诗的理论与技巧才有较全面的总结。此书固然被公认为发凡之功的经典著作，但它所标志的试帖诗学的深入，首先得益于乾隆间唐人试帖诗的编选、普及，以及由此带来的士人群体的广泛钻研③。

唐人试帖诗的选本，据陈伯海先生考察，清代以前只知有宋佚名辑《唐省试诗集》，明吴勉学辑《唐省试诗》，佚名辑《唐科试诗》及吴汶、吴瑛辑《唐应试诗》四种④。前文所列举的清初诸选仍处于草创阶段，虽不能说都是草率的急就章，但从研究的角度来说专门性终究有限。认真的研究首先要求全面掌握文献，吴县徐商徵、仁和沈文声辑《唐诗清丽集》可以说是对唐人试律的初步梳理。此编题沈德潜定，乾隆二十二年冬许翼周刊，扉页有"是集专选唐五言长律，备场屋、馆阁之用"

---

① 贺严《清代唐诗选本研究》（南京大学博士论文，2005）、韩胜《清代唐诗选本研究》（南开大学博士论文，2005）中都有专门章节讨论这个问题。
② 观保《试帖诗集序》，彭元瑞编《试帖诗集》卷首，乾隆六十年刊本。
③ 陈志扬《清代对试律诗艺的探索》（《社会科学辑刊》2007年第6期）一文从试律三要素（诠题、限韵、君权在场）、试律与时文的关系、试律与诸体诗的关系三个方面对清代试帖诗学著述中涉及的理论问题作了扼要的梳理，可参看。
④ 陈伯海《清人选唐试帖诗概说》，《古典文学知识》2008年第5期。

字样。沈德潜序称:"丁丑春,皇上念科场论判雷同之敝,命改试五言八韵唐律,作人雅化,云汉昭回,海宇喁喁,讲求声韵之学。而长律专选顾无善本,学者患之。徐中翰商徵、族孙文声荟萃《全唐诗》,录其尤者,辑《清丽集》六卷,分应制、应试、酬赠、纪述四门,自六韵至百韵咸具,不独资场屋揣摩,亦以备馆阁用也。"①既然此编是依据《全唐诗》选录,在文献来源与依据方面就具有了权威性,不同于以往取材较随意的选本。张希贤、李文藻编《全唐五言八韵诗》四卷,也是很值得注意的选本,收录唐人八韵五言诗四百余首,看来同样是基于对唐代试帖诗文献的全面考察,展现了一种要完整把握唐代试帖写作全貌的姿态。序称:"今皇帝御极二十有二年春,特谕立法程材,无贵勦袭。嗣后礼部会试,可黜论表判勿用,而易以五言八韵唐律一首。会试后台臣请行之乡试,复俞其奏。于是海内之士,闻风兴起,谓此宋元明数百年所不能行而我圣祖仁皇帝欲行而未果者,不意得于今日而真见其行也。"②可见此书也是在功令试诗之后,为适应一时的社会需求而编纂的。

不过,以上这些全面而审慎的选集或总集,仅仅意味着学人郑重对待试帖诗文献的开始,真正意义上的唐代试帖诗研究实际上还未展开。比如《唐诗清丽集》所附《论试体诗七则》,主要是关于试帖诗写作的一般规则,就像毛奇龄《唐人试帖》以破题、承题、中比、后比等制义概念来提示章法,臧岳《应试唐诗类释》卷首"应试唐诗备考"论及"押韵有用韵字不同韵字或平仄之不同"一样,应该都是诗家相传的老生常谈。这里备引之以见其涉及的问题范围。其一论篇章结构:

> 八韵作法,前人未有明言之者。虞山冯氏曰:律诗两句一联,

---

① 沈德潜《唐诗清丽集序》,徐商徵、沈文声辑《唐诗清丽集》,乾隆二十二年刊本。
② 孙葆田等纂《山东通志》卷一四六"艺文志"著录,台湾华文书局1969年影印本,第7册第4327页。

> 四句一截，自四韵以至百韵，亦止如此。窃以此指推之，首两联浑冒全题，点清字面，与六韵同。三联四联正写题面，五联六联或补写题面，或阐发题意，或旁衬，或开合。末后一截，或就题中收住，或从题外推开，或映切本题，以寓怀抱，以申颂扬，此两联尤须一气衔接。质之近日玉堂馆课、丁丑春闱，无弗印合。若神明变化，出奇无穷，固不拘此板法。

这里讲八韵试帖的结构，已不是传统的起承转合之法，而是类比八股文法式的章法论。它除了承袭冯班的说法外，还参照了近日翰林馆课和首次试诗的实例，显示出试帖诗相比一般近体诗来，一直是缺乏成法而处于摸索中的诗型。其二论敬语抬头书写的格式：

> 诗中宜有抬头字面，或高一格，或高二格，应依表文之例。

这里清楚地将试帖划入庙堂文字的范畴，书写格式严格区别于普通诗歌，而同于章表，再次暗示了试帖与文章的亲邻关系。其三论试帖之作凡取意、造语、使事等皆以稳惬为首要原则：

> 应试之作，以稳惬为第一义。彼失粘失韵，误解题旨，字犯不祥，言涉违碍，有一于此，固在必斥。或意寓干请则卑，过存身分则亢，使事奥僻则晦，著语旖旎则佻，此类皆谓之不稳。能于稳惬中复精警出色，斯真万选钱耳。

因为试帖的读者是君主或考官，不仅不能有悖于政治正确，还必须注意风格的庄重和得体，这是试帖最不同于一般诗歌作品之处，属于试帖独有的文体规定。其四论声律、对仗宁谐勿拗、宁整勿散的原则：

> 律句不可入古诗，而古句入律，弥见其健。唐人诗往往如此。然在场屋中，宁谐声协律，勿用拗句。除首联末联外，中六联宁对仗工整，勿用散句。

这同样是出于庄重风格的考量,以保证通篇文字、声律无瑕可摘,中规中矩,通体透着恭敬和谨重,这实在是为人臣最重要的禀赋。其五论自古相传的"八病":

> 沈约所标律诗八病,其蜂腰、鹤膝、大韵、小韵、正纽、旁纽,但使句不失粘,六者尚非所重,惟平头上尾不可不知。二病所指甚广,今举其易犯者:平头谓上联首二字或并实并虚,或一虚一实,而下联首二字亦然。虽下三字变换,已犯平头也。若四句下二字虚实相同,即为上尾。又四句中,两出句末字同上或同去入声,亦上尾也。又如上联韵押冬字,下联即宜押同中崇等字,若再押冻㑁,亦上尾也。又两联每句之第三字,同用虚字,或同用实字,亦在禁例。要而言之,贵于句法变化而已。

传为沈约所揭示的"八病"是针对齐梁体提出的,唐代近体诗定型以后,八病中最要紧的"平头""上尾"所意味的禁忌已被格律吸收,盛唐以后就不太讲究。这里却重新拈出,作了含义更宽泛的阐说:先将两联的首二字虚实字结构相同指为平头,末二字虚实字结构相同指为上尾,已属独标新义;然后又沿袭旧说,将两出句末二字同声定为上尾;最后更将押同音字也称为上尾,其说愈繁。至于中间一字,虽无病犯名目,但两联虚实字相同,也是一种病,因为它导致句法雷同,缺少变化,这是近体诗学所没有的说法。其六论用韵:

> 韵书流传甚多,应试总归划一。唐初则陆法言《切韵》,天宝后有孙愐《唐韵》,在宋则国子监刊行《礼部韵略》,皆士子赴科举者所用也。今惟《佩文诗韵》,系钦定颁行,薄海遵守。此外一切韵本,互有异同,概不可用。

要求一概遵守本朝颁行的《佩文斋诗韵》,以免古今韵书互有异同,易淆视听。其七论用字须注意音读正确:

> 字音平仄,今人误用甚多(如揆字、综字作平声用之类),而不害其文之工。以时文阐发义理,不尚音节也。若施之诗律,即属失粘。又字有两韵兼收,而音义迥别者(如一东之釭,古红切,车毂中铁也;三江之釭,古双切,灯也。此类不胜举),场中韵书无注释,设或误押,更于义不通,凡此并须平时究心。

通过例证说明,有些字音误读,在八股文无关紧要,但出现在诗中就会导致格律错谬。有些多音字收在不同的韵部,如果不明音义训诂,更会出现文义不通的恶果。

以上七条都属于试帖诗写作的一般规则,也是时人对试帖诗的初步理解,虽为后学所遵循,①但更多的理论细节和艺术经验还有待于深入钻研唐人留下的大量作品,同时本朝以还的创作和批评实践也有待于评估和总结。就前者而言,纪昀《唐人试律说》无疑是一部重要的、也是需要专文加以论述的著作;就后者而言,乾隆末彭元瑞编《试帖诗集》所附诗话一卷,辑录诸多前辈的议论,是较有代表性的工作。不过更能显示其时学人用心揣摩唐代试帖的例子,却是桑调元《大梁试帖序》之类的文章。它只是冠于《大梁试帖》卷首的弁言,却用相当大的篇幅来讨论唐代试帖的基本规则,指出:

> 唐试帖为八比权舆,驭题有法,西河毛氏既觊缕之矣。仆来大梁书院,课日四书题二道,更诗题一道,与唐帖经日试诗同例。以五言六韵、韵得题字为宗,蹈其常也。间有官限韵则遵之。其驭题法,谨操绳尺,不使或轶。唐近体,凡酬赠登临,引韵无离题发义者。题繁重则四句、通首完题不等。逸才不耐故常,时或破格。至试帖,必无不合格者,谓之破题。颈联腹尾,分赋合赋,要以兼综变

---

① 吴抡、吴敬恒《有正味斋试帖详注》凡例对有关问题的看法即大体相同。

化为能。不兼综则题意割裂,中无变化则板耦如泥塑,且滋合十之病。落韵或颂飏归美,或善祷摅忠爱之忱,或负其异于众,或自鸣不遇以寓悲惋。试帖多讳忌,无讽刺,或激昂所至,亦不自禁。古人最重干请,试帖未免有情,惟克占地步,斯可矣。若就题单阐一义作结,或补题所缺,或以背为向,要无泛设。其冲澹夷犹,独写远致,则自得之妙也。其法多与今八比合。①

桑调元从唐人试帖与八股文的关系着眼,总结了试帖篇章结构和取意修辞的要领,起首破题需扣题发义,颈联、腹联、尾联或分赋或合赋,以兼综变化为能,结句以正面歌颂为主,干请须自占地步,若就题单阐一义作结,则必多方生发,含优游不尽之意,而又要避免浮泛。总之,其作法与八股文有相通之处,后来论试帖诗法者大体都持这种看法。

然而试帖作为诗体之一,其体制、功用乃至命题方式毕竟不同于八股文,它不只用于科举考试,日后还与漫长的仕途相伴。因此程含章《教士习》谆谆督责:"诗学宜急讲也。国朝取士,八股以外,最重律诗。迨登第后,月课、散馆、大考,则置八股不用,唯试诗赋。一字未调,一韵未叶,即罢斥不用,何等干系?诸生童可毋急学之哉?"②试帖的这一特殊身份,促使人们更深入地思考试帖诗的体用特征,逐步确立起试帖诗别是一格的艺术观念。其首要一点,仍是桑调元《大梁试帖序》提到的"试帖多讳忌",故文辞取意专主揄扬颂美,而力避讽刺和违碍。洪亮吉《北江诗话》卷二载:

> 应制应试皆例用八韵诗。八韵诗于诸体中又若别成一格,有作家而不能作八韵诗者,有八韵诗工而实非作家者。如项郎中家达、贵主事征,虽不以诗名家,而八韵则极工。项壬子年考差题为

---

① 桑调元《大梁试帖序》,《弢甫集》卷五,兰陔草堂刊本。
② 程含章《程月川先生遗集》卷七,1914年刊本。

> "王道如龙首",得龙字,五六云:"讵必全身现,能令众体从。"贵己酉年朝考题为"草色遥看近却无",得无字,五六云:"绿归行马外,青入灌龙无。"可云工矣。吴祭酒锡麒诸作外复工此体,然庚戌考差题为"林表明霁色",得寒字,吴颈联下句云:"照破万家寒。"时阅卷者为大学士伯和珅,忽大惊曰:"此卷有破家字,断不可取。"吴卷由此斥落,足见场屋中诗文,即字句亦须检点。①

这里所举的诗例,项家达一联极得颂美之体,贵征一联也以灌龙暗寓尊君之意,而吴锡麒句则殊有衰飒景象,正属于前引《论试体诗七则》其三的"字犯不祥",有悖"颂扬归美"的规范。

桑调元和洪亮吉论试帖还是混同应试与日后的应制而言的,乾隆六十年(1795)观保序彭元瑞编《试帖诗集》,又就应制与试帖的体制作了辨析:"试帖之为体,与应制微异,应制博大宏深,义主乎颂美,试帖则为题所束,格欲其有序而不凌,意欲其有条而不紊,气欲清而不实,词欲丽而不浮。"②这种辨题意识发展到极点,就是对试帖诗属性的总体定位。如华伯玉所说,"侧闻文之精者为诗,诗之精者为律,顾有骚人之作,有学人之作。骚人之为诗也,为涵咏性情之具而已,天材纵逸,兴会来集,飚举云行,文成法立,使读者莫知其起讫,而诗乃妙。严沧浪所谓'诗有别裁,非关学也'。学人之为诗则不然,或献之朝廷,或成于明试,句栉字比,按部就班,清和谐畅,流于文翰之表,高下疾徐,应乎规矩之内,又或一语诠疏,一韵关合,如射覆之偶中,即哀然举首,而法律之精确,体格之高下,无多论矣。是以杜、韩巨手,往往见蚍于拙目,其他更可概见"③。这里虽然没有明言试帖诗属于骚人之诗,抑或学人之

---

① 洪亮吉《北江诗话》,人民文学出版社1983年版,第42页。
② 彭元瑞辑《试帖诗集》卷首,乾隆六十年刊本。
③ 余集《试律偶钞序》,《秋室学古录》卷五,《续修四库全书》,第1460册,第342页。

诗,但"献之朝廷"或"成于明试"岂不正是试帖之用?因此,试帖属于学人之诗是不言而喻的,这个定位一方面明确了试帖诗学的基本属性,同时也使其理论从精英诗学(相对于蒙学诗法)中区分出来,其标志性人物就是学人之诗的代表纪晓岚,翁方纲则身跨两方。

理论定位的清楚自然会促进有关知识的系统化和全面深化。对于试帖诗的具体技法和修辞要求,论者也提出一些切实的见解。朱琰《唐试律笺》凡例谈到试帖诗写作,指出它与一般诗体的根本不同在于:"诗家感触,都由兴象。即事成章,因诗制题。试律则先立题而后赋诗,大要以比附密切为主。"①简明扼要地抓住了试帖诗的独特品格。郑光策说:"试律为诗之一体,而其法实异于古近体诸诗。其义主于诂题,其体主于用法,其前后起止、铺衍诠写,皆有一定之规格、浅深之体势。而且题中有一字即须照应不遗,题意有数重又须回环钩绾。尺寸一失,虽词坛宗匠,亦不入程式焉。"②寥寥数语,说透试帖诗写作的要领。其中"诂题"之说尤为试帖要害所在,"诂"即阐释、发明的意思,意谓诗的正文应该是对题旨的演绎和诠释,题中的每一层意思,诗都要写到,所以说"题中有一字即须照应不遗"。为此,试帖诗学尤主一个"切"字。

陶元藻《唐诗向荣集序》剖析试帖诗的美学特征,指出:"为此诗者亦有道焉,曰清曰雅曰切。得其道,即急就亦有名篇;失其道,虽倖获终非佳构。"③清雅切三字,虽然通常论诗也少不了,但对于试帖显然更为重要。清意味着结构清晰,无冗字累句;雅意味着语词有来历,庄重不轻佻;切意味着语意妥帖,确当而不浮泛。其中"切"字尤其触及试帖

---

① 朱琰辑《唐试律笺》卷首,乾隆刊本。
② 梁章钜辑《试律丛话》卷一,第512页。
③ 陶元藻辑《唐诗向荣集》卷首,衡河草堂木活字印本。

诗的美学品格,这个夙为神韵派排斥而格调派又不屑于追求的艺术理念,虽然曾被以工拙论诗的性灵诗学所标举①,但不太引人注目。试帖因属于命题之作,从而突出了朱琰所谓"比附密切"的紧要,是故论试帖者都特别强调"以刻画确切为上"的功夫,不像一般的诗歌崇尚"随意遣兴之不著色相,以超脱为贵"②。甚至连苏东坡"作诗必此诗,定知非诗人"的名言,也被判定为"不可以律试帖"③。

那么,什么样的艺术表现才算"切"呢?梁章钜《试律丛话》卷七有两个很好的例子可供讨论:

> 郑涵山邑侯振图精于诗律。忆乾隆乙卯与余同留京,联为试律之课。一日以"棋声花院静"为题,同人率多铺写景物,描成一幅"清簟疏簾看弈棋"小照,独涵山谓此当紧切闻声者说,与两人对弈情事毫不相干。因撰句云:"漏箭从容午,晶簾淡荡晴。桔中谁对著,竹外想移枰。丈室僧初定,空廊客独行。日长怀阒寂,风细听分明。"纯于空际盘旋,而题妙毕该,同人咸为之阁笔。
>
> 一夜以"京兆画眉"为题,同人皆已脱稿,(游光绎)侍御曰:"诸作并佳,但于'京兆'二字尚欠周到耳。"因自出其稿相示,同人乃心服。承联云:"官临三辅贵,意到一弯痴。"后幅云:"政本贤能擅,家应静好宜。"结句云:"伯鸾自高节,所乐只齐眉。"④

前例题旨落在听者的感觉,因而表现的重心不在于对弈情景而在于整个环境之静。为此郑氏全不摄取弈棋人物,却给了空廊幽客一个特写,

---

① 如王渔洋论诗主"不切",袁枚论诗则主"切",详蒋寅《王渔洋"神韵"的审美内涵和艺术精神》(《中国社会科学》2012年第3期)、《袁枚诗学的核心观念与批评实践》(《文学遗产》2013年第4期)二文的相关讨论。
② 马鲁《南苑一知集·论诗》卷二,同治十二年敦伦堂刊马氏丛刻本。
③ 刘遵陆《试帖说》,梁章钜辑《试律丛话》卷一引,第532页。
④ 梁章钜辑《试律丛话》卷七,第631页。

遂烘托出满院阒寂的静谧气氛。后例咏张敞画眉的故事,他人概就画眉着笔,游氏独以"官临"句扣京兆之职,"政本"句赞其贤能,"伯鸾"句衬托张敞的身份,使京兆尹张敞为妻画眉的风情韵致毕现无遗。前例的"切"是通篇切题,后例的"切"则是局部切题,总之都要求题中之义面面俱到,这也就是郑光策所谓的"其义主于诂题"。其实,若按郑氏"题中有一字即须照应不遗"的要求,两诗之间还是有明显差距的。游诗照应了"京兆",而郑诗写到第四联尚未照应"花院",如果后文没有相应文字刻画,便不入程式了。这种讲究实际上一般诗学中同样也有,叫尽题。赵翼《瓯北诗话》论杜诗曾说:

> 一题必尽题中之义,沉著至十分者,如《房兵曹胡马》,既言"竹披双耳""风入四蹄"矣,下又云"所向无空阔,真堪托死生"。《听许十一弹琴》诗,既云"应手锤钩""清心听镝"矣,下又云"精微穿溟涬,飞动摧霹雳"。以至称李白诗"笔落惊风雨,诗成泣鬼神",称高、岑二公诗"意惬关飞动,篇终接混茫",称伾勤诗"词源倒流三峡水,笔阵独扫千人军"。《登慈恩寺塔》云:"俯视但一气,焉能辨皇州?"《赴奉先县》云:"朱门酒肉臭,路有冻死骨。"《北征》云:"夜深经战场,寒月照白骨。"《述怀》云:"摧颓苍松根,地冷骨未朽。"此皆题中应有之义,他人说不到,而少陵独到者也。①

当然,赵翼这里论杜诗的"一题必尽题中之义",既不一定出自试帖诗学的"诂题"之说,也绝非"诂题"所能包含。但两者的宗旨是相通的,也可能存在交相影响的关系。尽题对于一般诗学不算重要问题,但在试帖诗学中,因关系到"切",便成为非同小可的原则。浏览各种试帖

---

① 赵翼《瓯北诗话》卷二,《赵翼全集》,凤凰出版社2009年版,第5册第12页。

诗评注笺说,可以感觉到,论者最用意的地方就是讲析各类切题的技法。于是我不禁推想,"切"这一审美概念很可能主要是在试帖诗学中确立并普及开来的。由此推广开去,或许应该考虑,古典诗歌美学的基本价值范畴,大概颇有一部分是在试帖诗学中传承和光大,同时通过试帖诗学所占据的蒙学市场,在全社会的文学教育中广泛传播的。这么说来,研究乾隆以后的诗学,无论是精英诗学还是蒙课诗学,都不能不关注一般诗学与试帖诗学的关联,注意两者间的互动。

事实上,自嘉、道以还,以纪昀《唐人试律说》、梁章钜《试律丛话》为代表的试帖诗论就一直与游艺《诗法入门》、徐文弼《汇纂诗法度针》所代表的蒙学诗法共同主宰和瓜分着士绅阶层初等诗歌教养的市场,直到科举制度寿终正寝。与此相关的文献,不只限于我在《清诗话考》中列举的几十种诗法及数量尚不清楚的众多试帖选本,还包括部分精英诗话中夹杂的试帖诗论说(如冒春荣采辑前人诗说编成的《葚原说诗》中便有论试帖技艺的文字)及随笔、札记(如金武祥《粟香随笔》之类)中涉及试帖诗技巧的零星议论。其间的消息升降还有待于深入考察,但经过乾隆中后期几十年间的群体研习,士人对试帖诗的认识已有长足的发展和深化,则是可以肯定的。梁章钜《试律丛话》正是反映这一趋势的集成性著作,保存了丰富的试帖诗学资料。其中提到刘遵陆所撰《试帖说》"博取近代名流所作,分别评题,有足豁人心目者",并摘录若干则:(1)凡试帖须先讲起结;(2)试帖中有以人姓名押韵者,尤见力量;(3)试帖体当多用实字而少用虚字,便味厚而气健;(4)对仗之工致者,莫如吴锡麒;(5)诗中用支干字作对,须兼正用、旁用、虚用,法始备;(6)题有数目字者,不可抛荒,但要运以巧思;(7)题有方向字,亦须刻画;(8)诗忌平庸,然亦不可过火;(9)应试诗体最宜吉祥,凡字不雅驯、典非祥瑞者,断不可轻涉笔端;(10)凡阔大题不但寒俭非宜,即清丽题而配色选声亦必须相称;(11)凡遇琐细题,能不为题所窘,而以大雅之笔出之,斯称能手①。这显然是在总结本朝试帖写作经验的基础上提出的建议,较前人的论说已深入细节。

在梁书提到的文献之外,嘉庆初聂铣敏《寄岳云斋试帖》所附《与及门论试帖十则》也是值得注意的一篇试帖诗论,所论审题、层次、押韵、出处、忌平朴、对仗、用典、虚字、起结、雕琢诸节②,已不再是一般写作规则,其中多有甘苦之言、经验之谈。纪昀《唐人试律说》作为清代研究试帖的经典著作,论试帖写作,主张:"为试律者,先辨体,题有题意,诗以发之,不但如应制诸诗惟求华美,则襞积之病可免矣。次贵审题,批款导会,务中理解,则涂饰之病可免矣。次命意,次布格,次琢句,而终之以炼气炼神。"③而聂铣敏却取消辨体,将审题提升到首要位置,与律赋写作规则相一致,这无疑是有道理的。且不说清代试帖诗的命题方式和范围有其独特之处,不同于前代④;试帖作为一种诗歌类型,其"体"也是由题决定的。纪昀论辨体其实是扣题而言,后面论审题反而语焉不详。聂铣敏开宗明义论审题,不仅显出思路的清晰,内容也包含诸多深造有得之言。首先,他强调审题的要领在"看题中着眼某字",他将这关键字眼称为"题珠"。以咏竹诗为例,如《修竹引薰风》,须从"修"字做出"引薰风",题珠在一"引"字;《多竹夏生寒》,须从"多竹"做出"生寒",题珠在"多"字"生"字;《修竹不受暑》,须从"修竹"做出"不受",见得风节超然,题珠在"不受"二字。遇到有数目字的

---

① 梁章钜辑《试律丛话》卷三,第565—568页。
② 《寄岳云斋试帖详注》卷首戴亨衢嘉庆九年(1804)序称"今年春其伯仲两兄来京供职,寄试帖一册并与及门论诗十则示予",知撰于嘉庆八年之前。
③ 纪昀《唐人试律说》序,镜烟堂十种本。
④ 梁章钜《试律丛话》例言特别提到:"制义及经义之题以四子书及五经为范围,试律之题则不拘何书皆可用。唐人试律之题皆考官所命,而本朝会试及顺天乡试试律各题悉由钦命,至有轶出四部书之外者,如'灯右观书'、'南坍北涨'等题是也。故本朝试律相题之法、押韵之宜,有非唐人格式所能尽者。"(梁章钜辑《试律丛话》,第495页)

题,则须以刻画完题,而且"刻画不得含糊了事"。比如《一月三捷》,不切"三"字,便成了屡捷;《望衡九面》,不切"九"字,便是面面;《上农挟五》,不切"五"字,则与挟三挟四有何区别? 又如《秧针》《蒲剑》等题,"不得单做上一字,又不得呆做下一字,不粘不脱,似是而非,最为大雅"。至于《雷乃发声》《桃始华》等题,"不做'乃'字、'始'字,虽有丽句清词,买椟还珠,与题何涉?"最后又强调:"诗贵回题,题系朝堂,着不得草野风景;题系山林,着不得台阁气象;布衣入朝,冠佩游山,均非所直。其他宜补干,宜双关,宜平列,宜侧串,因题制局,要自有定法也"。这一番分疏所涉及的写作知识,已远远超出审题的界限,也不限于试帖诗的范畴,而与咏物诗、抒情诗的取景布局相关。细按聂铣敏所论十则,我认为各方面都较纪昀之说多有深入和细化。而纪昀的炼气炼神之说相比之下就显得过于缥缈了,难给初学以切实的教益。当然,聂铣敏自己也并不讳言,他的学说本自纪昀的试律学著作。在论述试帖不可回避的颂圣问题时,他曾提到这一点:

> 试帖原以应制,遇可以颂圣题,即当颂圣,不可过于别致。亦不可抬头过多,致使题意蒙糊不清。如《一意同欲》《立中生正》《天临海镜》《正谊明道》等题,中间宜语语稳贴,或起处点题,收处颂圣;或收处点题,起处颂圣;或用压题法,于颂圣处带出,细切本旨,引入颂扬,不纤不滥,方为合法。如讲到草木,便云"宸衷勤茂对";讲到雨露,便云"圣朝多厚泽",此最取厌。矫此弊而走入尖巧一路,亦为大雅所讥。至题有难于作圣者,须善用意,如晓岚先生《指佞草》起句云:"盛世原无佞,孤芳自拔忠。"戈藕园先生《绕屋树扶疏》结句云:"倘令生盛世,肯许恋悬匏?"措词可谓得体。此类《庚辰集》中曾详言之,学者其细绎焉。

除了力戒腐滥之外,聂铣敏还谈到点题圣颂的位置变化;而对提到君上的"抬头字面",则诫勿多用,以免一再提行而致意思不连贯明晰。这也明显比《论试体诗七则》仅言"诗中宜有抬头字面"更进了一步,将书写格式与意义的表达联系起来,洵为深造有得的经验之谈。

聂铣敏当时年方二十六岁,尚未进士及第,居然能用这么一套论说开示生徒,即使不算颖悟过人,也属于学业早成了。很显然,纪昀、吴锡麒(与纪昀齐名的典范作家)等前辈的创作经验和研究成果为他这一辈后学提供了有关试帖知识的丰厚积累。是以他年纪轻轻,对试帖技艺的娴熟和精通程度就超越前人,足以课徒为生。论虚字的运用,更表明他对乾隆间的诗歌创作(不只限于试帖)不仅相当熟悉而且有自己独到的评价:

> 近来诗多喜用虚字,意亦期于流丽动自(疑讹)。然过多则失之薄,以作诗原有异于为文也。每首中或间以一二联则可,必须出自成语,方有隽味,不可任意杜撰。……迩来有通首全用虚字者,绝不似诗家口吻。破律莫此为甚,初学戒之。

乾隆间上自高宗,下迄钱载辈宋调诗人,诗中都喜欢以虚字掉转,蔚为风气①。聂铣敏对此自然不敢直接批评,但言下已表明自己的保留态度。值得一提的是,聂铣敏不仅以试帖擅名,他同时也是一位留意当代诗歌创作的批评家,撰有《蓉峰诗话》十二卷,在他身上典型地体现了试帖诗学与一般诗学的互动关系。

此后试帖诗学就没什么值得注意的著作。道光间翁昱所撰《试律须知》一卷,系试帖诗入门常识十则,除了论上尾之病以四句上二字、下三字同虚实为忌,较前人之说愈苛外,整体显出愈益将试帖诗与八股文相比附的倾向,论中腹云:"中权之必与切实发挥也。三联譬如八股

---

① 参看钱锺书《谈艺录》,中华书局 1984 年增订本,第 179—182 页。

之起比,四五联譬如中比,六七联譬如后比。或实做正面,或补写题面,或阐发题意,或用旁衬,或用开合,或从题外推开,或就比题映切,是在作者相题立局,变化从心,其法与八股大略相同,惟题中字至此不可露出。"①照这种思路发展下去,试帖诗学无疑将走进一条死胡同,幸而它没有沿着这个方向前进,甚至关于试帖诗的专论也尠有续貂。嘉道以后的试帖诗学,实际上是逐渐融入了蒙学诗法中。

起初,诗家讲试帖诗学往往着眼于其独特性,强调它与一般诗学的分流,但随着科举试诗的刺激而引发士人群体的锐意钻研,人们逐渐确立起试帖诗学属于诗学一个门类的观念,从而思考两者的沟通。正如任应烈《诗法指南序》所说,"顾体崇试帖,初学之士多揣摩排体,以为应试先资,而于他格,或有未遑。岂知试帖之于诗,特众体中之一耳,诗固未有一体不备而可号工诗,亦未有众体不备而可工试帖者也"②。他以王维、杜甫为例,说明两者虽一擅应制,一擅长律,而读其全集,则各体皆工。王芑孙《试帖诗课合存序》也对试帖诗与一般诗歌的关系陈述了总结性的看法:"予闻讲试帖者皆谓与他诗异,能试帖不必兼能他诗。予以为与他诗同,且必他诗悉工而后试帖可工。必由韩、杜百韵之风力,而后有沈、宋八韵之精能。"③虽然他谦称不敢自是其说,但这种观念显然已是诗坛所认同的主流见解。所以试帖诗学与一般诗学在乾隆以后不是呈现分化而是呈现合流的趋势,除了梁章钜《试律丛话》、翁昱《试律须知》等少量著作以试律标名外,多数应朝廷功令而编纂的课蒙诗法如朱琰《学诗津逮》之类仍以一般诗学的面目行世。这些诗法,尽管主要是为士人习试帖而编,但其中多辑录前代诗论菁华,选录

---

① 翁昱《试律须知》,道光二十八年黄秩模刊《逊敏堂丛书》本。
② 蔡钧辑《诗法指南》卷首,乾隆二十三年匠门书屋刊本。
③ 王芑孙《试帖诗课合存序》,《惕甫未定稿》卷二,《续修四库全书》,第1480册第634页。

各体名作,对前人诗学成果实在是很好的整理和总结,由此带动了诗法研究的整体复兴和繁荣,并且一直延续到光绪三十二年(1906)诏停乡会试,试帖伴随八股文退出历史舞台。今天,将清代数量众多的蒙学诗法做一番梳理,会清楚地让我们看到:乾隆二十二年功令试诗不仅激发了清代诗歌创作的普遍风气,同时也以试帖诗艺的细致揣摩促进了诗学的全面繁荣和加速发展。若想了解有清一代诗学在士人阶层的传承和接受状况,不考察科举试诗和试帖诗学的影响,就很难获得全面的认识。

二十七　乾嘉之际诗歌自我表现观念的极端化倾向
——以张问陶的诗论为中心

一个时代的思潮总是通过某些人物的言论反映出来,而一些人物的价值和意义也总是因反映了时代的潮流而被确认,人和时代的关系不外如此。但这种关系并不总是自然呈现的,在很多时候需要深入剔抉和梳理,去掉历史的浮尘,才凸现有意义的人和事。清代乾隆、嘉庆之际的著名诗人张问陶,诗才和艺术成就一向备受推崇,但被作为诗论家来看待和讨论还是近年的事①。事实上,他既未撰著诗话,也未留下其他形式的诗学著作,只是诗集中保存有一部分论诗诗。这些作品孤立地看没什么特别之处,但一放到袁枚性灵诗论和嘉、道间诗学观念转变的历史背景下,其不同寻常的诗学史意义就凸显出来。

随着格调论老化、唐宋诗风融合、艺术的绝对标准被放逐、传统的经典序列被打破这一系列诗学变革在乾隆中叶的完成,一种更强调自我表现或者说极端唯我论的写作,在性灵诗学的鼓荡下日益醒目地流行于诗坛。这股思潮衍生出两种新的诗歌写作态度:一是放弃美的追求,二是摒除独创性概念。自古以来,美和独创性一直是文学家孜孜追求的目标:美标志着艺术的理想境界,独创性意味着艺术表现的丰富。

---

① 张洪海《张问陶性灵诗论与性灵诗》,山东师范大学硕士论文,2005 年;温秀珍《张问陶论诗诗及其诗论研究》,复旦大学博士论文,2005 年。

二十七　乾嘉之际诗歌自我表现观念的极端化倾向

正是美和独创性作为文学、艺术的基本观念,激励着历代诗人不懈地发展艺术的表现手段,不断超越前人推陈出新。然而到乾、嘉之际,一种摒弃美和独创性追求的写作态度逐渐凸显出来。江昱自序其诗称:"予非存予之诗也,譬之面然,予虽不能如城北徐公之面美,然予宁无面乎?何必作窥观焉?"①这种唯我论的诗学观念,纯以自我表达为中心,非但不求与前人竞美,即便雷同前人也不介意。以前,诗歌写作就像学术研究,为了超越前人,首先需要了解前人,以免蹈袭和重复。为此,"避复"即韩愈所谓"惟陈言之务去",一直是独创性的前提。但到嘉、道之际,一种极端的自我表现论,开始弘扬以前隐约流传在诗论中的不避复主张,无形中加速了独创性观念的溶解。这一问题迄今无人注意,相关资料散见于当时的诗学文献中,尚有待于搜集、整理;目前可以肯定的是,张问陶是一个可供我们讨论与分析的人物,他也是宣扬极端自我表现论最集中最有影响力的诗人。

1. 张问陶的诗生活

张问陶(1764—1814)是清代中叶诗坛公认的天才诗人,他的才华很早就为时流所注目。法式善《梧门诗话》卷三载:"船山,遂宁相国之玄孙也。廷试时余以受卷识之。其诗如'野白春无色,云黄夜有声''沙光明远戍,水气暗孤城''人开野色耕秦畤,鹰背斜阳下茂陵''闲官无分酬初政,旧砚重磨补少年''吴楚秋容都淡远,江湖清梦即仙灵''饮水也叨明主赐,题桥曾笑古人狂',洵未易才也。"②不过法式善评诗

---

① 袁枚《随园诗话》卷三,王英志主编《袁枚全集》,江苏古籍出版社1993年版,第3册第73页。
② 张寅彭、强迪艺《梧门诗话合校》卷三,凤凰出版社2005年版,第102页。

终究手眼不高,这些诗句根本就不足以显示张问陶的才华。

张问陶早年十分崇拜袁枚,诗集名《推袁集》,但一直没有机缘识荆。他最亲近的朋友是同年洪亮吉,往来唱和相当频繁。乾隆五十五年(1790)岁暮,乞假将归,有《十二月十三日与朱习之石竹堂钱质夫饮酒夜半忽有作道士装者入门视之则洪稚存也遂相与痛饮达旦明日作诗分致四君同博一笑》《稚存闻余将乞假还山作两生行赠别醉后倚歌而和之》诗留别,"一生牵衣不忍诀,一生和诗呕出血"①,足见两人不拘形迹的意气之交。同年船山还有《题同年洪稚存亮吉卷施阁诗》云:"眼前真实语,入手见奇创。"(119页)年方二十六岁的诗人,展示给我们的,不仅是重视个人体验的艺术倾向,还有不甘落入前人窠臼的豪迈志气。这正是性灵诗学的核心理念所在。

乾隆五十八年(1793),袁枚向洪亮吉咨访京中诗人,洪盛称船山之才,新老两大诗人这才有相识之缘。船山有《癸丑假满来京师闻法庶子云同年洪编修亮吉寄书袁简斋先生称道予诗不置先生答书曰吾年近八十可以死所以不死者以足下所云张君诗犹未见耳感先生斯语自检己酉以来近作手写一册千里就正以结文字因缘……》一诗纪其事②。袁枚获知问陶为故人之子,集名《推袁集》,欣慰之余异常感动,引为"八十衰翁生平第一知己"③,并在《诗话》补遗卷六追忆昔年应鸿博试时与船山父顾鉴订杵臼之交的往事,以志通家之好。

张问陶虽然由衷地推崇袁枚,但并不像一般后辈诗人那样一味无原则地谀颂这位诗坛宗师,他对袁枚的缺点看得很清楚。乾隆五十九

---

① 张问陶《船山诗草》卷五,中华书局1986年版,上册第129—130页。下引张问陶诗均据此本,仅注页数。

② 张问陶《船山诗草》卷十,上册第240页。袁枚《小仓山房诗集》卷三十五有《答张船山太史寄怀即仿其体》,附录张问陶原作,《袁枚全集》,第1册第855—857页。

③ 袁枚《答张船山太史》,《小仓山房尺牍》卷七,《袁枚全集》,第5册第156页。

年(1794)作《甲寅十一月寄贺袁简斋先生乙卯三月二十日八十寿》,其六云:"小说兼时艺,曾无未著书。气空偏博丽,才大任粗疏。考订公能骂,圆通我不如。只今惊海内,还似得名初。"(295页)貌似钦佩袁枚始终我行我素的作风,但"才大"三句真很难说究竟是寓褒于贬还是寓贬于褒。而针对时论指其诗学袁枚,张问陶则坚决地辩白道:

> 诗成何必问渊源,放笔刚如所欲言。汉魏晋唐犹不学,谁能有意学随园?
>
> 诸君刻意祖三唐,谱系分明墨数行。愧我性灵终是我,不成李杜不张王。①

诗作于乾隆五十九年(1794)六月,此时他与袁枚刚通书问,即能如此态度鲜明地宣示自己不依傍门户的立场,恰好体现了性灵派不拘门户、自成一家的独立精神。袁枚对别人说他学白居易,也曾以《自题》解嘲说:"不矜风格守唐风,不和人诗斗韵工。随意闲吟没家数,被人强派乐天翁。"②则船山《与王香圃饮酒诗》诗言"文心要自争千古,何止随园一瓣香?"(654页)岂非异曲同工?《题方铁船工部元鹍诗兼呈吴谷人祭酒》诗言"浮名未屑以诗传,况肯低头傍门户?"(450页)在称赞方元鹍之余,也未尝不是自喻其志。袁枚殁后,他刊行诗集未用《推袁集》之名,而是题作《船山诗钞》,在旁人看来未免始附终背,实则他从来就没有真正趋附过。他一直在写自己的诗,道光间顾蒹序《船山诗草补遗》,称"其诗空灵缥缈,感慨跌荡,脱尽古人窠臼,自成一家。如万斛泉源,随地涌出,洵乎天才亮特,非学力所能到也!"③这样的作者,对诗歌将持何等自由的态度,是不难想见的。

---

① 张问陶《颇有谓予诗学随园者笑而赋此》,《船山诗草》卷十一,上册第278页。
② 袁枚《小仓山房诗集》卷二十六,《袁枚全集》,第1册第570页。
③ 顾蒹《船山诗草补遗序》,《船山诗草》,下册第569页。

温秀珍通过梳理张问陶对先秦至清代诗家的批评,注意到船山虽主性灵,但与袁枚、赵翼同中有异,尤其是标举风雅精神,不仅在性灵派诗人中罕见,就是在当时诗坛也是少有的①。实际上,张问陶异于性灵派前辈之处远不止这一点,他对待诗歌的态度决定了他不可能重蹈袁枚的故辙,而必定要走自己的路。

张问陶曾说,"予虽喜为诗,然口不言诗,意以诗特陶情之一物耳,何必断断置论如议礼,如争讼,徒觉辞费,无益于性情"②。这种态度正是性灵派诗人的习惯,他们甚至懒于作文章,赵翼便没有文集,有关诗歌的议论散见于笔记和诗作中。张问陶也是如此,不过他的笔记也已不传,有关诗歌的见解除见于几篇为友人诗集作的序言外,都保留在诗集中。相对于袁枚、赵翼、蒋士铨等性灵派前辈来说,张问陶无疑是个更纯粹的诗人,于各类著述中也首先推崇诗歌写作。在为王佩兰《松翠小莞裘文集》撰写的序言中,他曾这么说:

> 婺源自国初以来,学者皆专治经义,无习古诗文者。先生初入塾,即喜为诗,动为塾师所诃责,而先生学之不少衰,卒以此成其名。夫为所为于众人皆为之日,习尚所趋,不足多也;为所为于众人不为之日,非识力过人,安能卓立成就?是所谓豪杰之士也。③

张问陶步入诗坛的乾隆后期,正是清代学术的鼎盛时期,士人不治经学而只从事于文学创作,是会感受到很大的社会压力的(黄景仁便是个典型的例子)。但张问陶非但不为风气所左右,反而大力张扬诗歌的精神,以诗歌傲视经学。王佩兰生长于皖学之乡而不事经学,他人或不免目为愚顽,但张问陶却称赞他是识力过人的豪杰之士,毫不忌讳地表

---

① 温秀珍《张问陶论诗诗及其诗论研究》,复旦大学博士论文,2005年。
② 王友亮《双佩斋诗集》张问陶序,嘉庆十年刊本。
③ 王佩兰《松翠小莞裘文集》,嘉庆九年刻本。

明自己鄙薄经学而尊崇诗歌的价值取向。

张问陶自称口不言诗,也不曾撰著诗话,但我们若由此而以为他缺乏论诗的兴趣,那就错了。事实恰好相反,我还从来没见过哪位诗人像他那样喜欢在诗里提到自己的诗歌活动。《船山诗草》所存作品中有关诗歌本身的话语,涉及写诗、读诗、唱和等内容之频繁,在古来诗人中可说是绝无仅有的。他那么热切地在诗中记录下自己的诗歌生活,不经意地或许是刻意地流露出对诗歌的强烈关注。这些片言只句,为我们留下一个诗人独特的写作经验,内容涉及许多方面。比如《秋怀》其一"诗情关岁序,秋到忽纷来"(451 页),是说写作冲动与时节的关系;《寒夜》"乡思惊天末,诗情扰梦中"(661 页),是说日间耽诗夜里影响睡眠;《初春漫兴》"心方清快偏无酒,境亦寻常忽有诗"(340 页)、《漫兴》"偶著诗魔增幻想,为防酒失损天机"(350 页),是诗兴无端产生时的心理状态;《十月十日枕上作》"酸寒气重心犹妙,应酬诗多品渐低"(292 页)、《朱少仙同年大挑一等辞就广文秋仲南归属题王子卿吉士所画绕竹山房第五图即以志别》"与君几离聚,酬对渐无诗"(455 页),是说日常经验对艺术感觉的销磨;《冬日闲居》其六"苦调难酬世,萧闲自写愁;心平删恶韵,语重骇时流"(295 页),《己未初冬偶作呈剑县味辛寿民金溪并寄亥白》"恐作伤心语,因无得意诗。礼须缘我设,名渐畏人知"(407 页),是说心情对写作状态的影响;这都是关于创作心理方面的记录。《舟中遣怀》"酒遇有名闲印证,诗因无律懒推敲"(536页),是做古诗时随意漫笔、不斤斤于字句的情形;《有笔》"有笔妙能使,纯功非自然"(367 页),说明性灵诗人也要用工夫;《怀人书屋遣兴》其六"诗阙句留明日补,眼高心为古人降"、其七"梦中得句常惊起,画里看山当远行"(128 页),可见诗人耽于吟咏但又不强做的态度;这都是关于写作过程和状态的说明。《简州晓发》"阅世渐深诗律谨,立锥无地别情难"(76 页),可见年龄阅历与艺术特征的关系;《西安客夜》"诗入关中风雅健,人从灞上别离多"(57页)、《蒲犉出塞图》"英雄面目诗人胆,一出长城气象开"(465页),可见行旅经历与作家胸襟、风格的关系;《雨后与崔生旭论诗即次其旅怀一首元韵》"金仙说法意云何,诗到真空悟境多"(447页),说明宗教经验与艺术经验的融通;《骤雨》"大梦因诗觉,浮生借酒逃"(594页),说明诗歌对生存体悟的启迪:这又是对艺术与人生之关系的一些感悟。《岁暮杂感》其四"诗有难言注转差"(365页),从作者的角度指出注释的缺陷;《八月二十八日雷雨》"新诗多漫与,略许故人看"(456页),强调近时作品对阅读对象的限定;《闱中夜坐苦寒有作》"消愁剩取闲诗草,楮墨模糊枕上看"(458页),记录特定环境中的阅读经验:这些是涉及诗歌阅读和影响的一些感触。还有《三月十一日寒食寿民招同梦湘金溪小集桥东书屋饯子白分韵得花字》"酒名归我辈,诗派定谁家"(684页)、《和少仙》其三"摇笔争夸绝妙词,那知情话即真诗"(678页),则体现了作者对诗歌的基本观念和主张。特别应该提到的是《小句》"诗但成今体,名宜让古人。长言惟有叹,小句忽如神"(532页)两联,概括了明清以来文人特有的一种终极的绝望与一时的得意相交织的复杂心态。

  我大致统计了一下,船山现存近三千首作品中有852首提到诗歌活动本身,包括作诗、读诗和评诗,足见诗歌在他的生活中真正是不可缺少的东西。袁枚《随园诗话》曾说:"黄允修云'无诗转为读书忙',方子云云'学荒翻得性灵诗',刘霞裳云'读书久觉诗思涩'。余谓此数言,非真读书、真能诗者不能道。"[1]这不妨视为性灵派诗人的一种不无优越感的自我标榜,以显示他们将写诗奉为生活中最重要的内容,于是读书久而无诗是一种遗憾,而学荒反得性灵诗则是一种幸运。张问陶又何尝不是如此?《诗料》一首起云"直把浮生作诗料,闲看诗稿定行

---

[1] 袁枚《随园诗话》卷三,《袁枚全集》,第3册第83页。

藏"(532页),既然人生只不过是诗料,那么诗自然是人生的结晶。它在君临人生的同时也成为人生追求的对象,意义的寄托,从而也应该是诗歌本身的重要主题。船山诗歌的这种反身现象,虽与性灵派的观念一脉相承,但同时也联系着明清以来士人"以诗为性命"的普遍意识。封建社会末期,当文人普遍对功名和仕途感到绝望后,写诗就成了人生最主要的价值寄托和生命意义之所在①。船山虽不属于功名失意之士,但他诗中挥之不去的落寞感,足以表明他在政治方面是深为失望的,一腔用世之志无可寄托,只能付之冷吟低唱,同时反身于诗歌本身的品味。

所以说,张问陶虽未专门写作诗话,但这不妨碍他成为最勤于思考诗歌问题的诗人。上引诗作表明,成为他诗料的生活内容每每就是诗歌本身,或许应该说,他的诗歌所感兴趣的内容就是诗歌本身。这真是不能不让人惊讶的现象。即便是袁枚,也不曾像张问陶这样,诗中再三提到"性灵"二字。《壬戌初春小游仙馆读书遣兴》其六称"五花八溵因人妙,也似谈诗主性灵"(462页),清楚表明他论诗是主性灵的。其他例子还有:《题子靖长河修禊图》"仗他才子玲珑笔,浓抹山川写性灵"(235页),《秋日》"剩此手中诗数卷,墨光都藉性灵传"(248页),《梅花》"照影别开清净相,传神难得性灵诗"(255页),《寄亥白兄兼怀彭十五蕙支》其二"我弃尘土填胸臆,君有烟霞养性灵"(256页),《题李芑洢小照》"笔墨有性灵"(273页),《六月三日送吴季达同年裕智入盘山读书》"疾苦占农事,宽闲养性灵"(317页),《五月十九日雨夜枕上作》"几盏醇醪养性灵"(348页),《冬日闲居》其一"同无青白眼,各有性灵诗"(643页),《正月十八日朝鲜朴检书宗善……》"性灵偶向诗中

---

① 关于这个问题,可参看蒋寅《中国古代对诗歌之人生意义的理解》(《山西大学学报》2002年第2期,收入《古典诗学的现代诠释》,中华书局2009年增订版)一文。

写,名字宁防海外传"①。如果说这些"性灵"的用例还显示不出什么特别的意味,那么另一个类似的概念"灵光"就很引人注意了,它在诗中出现的频度甚至比"性灵"更高。如《眉州》"公之灵光满天地,眉州也是泥鸿爪"(189页),《题秦小岘瀛小照》"画出灵光笔有神"(249页),《论诗十二绝句》其四"凭空何处造情文,还仗灵光助几分"(262页),《三月六日王荺亭给谏招同罗两峰山人吴谷人编修法梧门祭酒董观桥吏部徐后山赵味辛两舍人童春厓孝廉缪梅溪公子载酒游二闸遇雨醉后作歌即题两峰所作大通春泛图后》"君不见百年似梦无踪迹,一霎灵光真可惜"(269页),《胡城东唐刻船山小印见赠作歌谢之》"胡君镌石石不死,一片灵光聚十指"(281页),《题魏春松比部成宪西苑校书图》"平生识字眼如月,灵光一照乌焉突"(282页),《题细雨骑驴入剑门图送张十七判官入蜀》"知君到日灵光发,坐对青山兴超忽"(287页),《两峰道人画昌黎送穷图见赠题句志之》"人游天地间,如鬼出墟墓。灵光不满尺,荧荧草头露"(290页),《甲寅十一月寄贺袁简斋先生乙卯三月二十日八十寿》其五"披卷灵光出,宣尼不忍删"(295页),《怀古偶然作》其二"窗中嘒管江中月,万古灵光在眼前"(382页),《病目匝月戏作二律呈涧邑》"有限灵光终自损,无端热泪为谁倾"(394页),《独乐园图唐子畏画卷祝枝山书记》"寥寥宇宙谁千古,独抱灵光自往还"(470页),《小雪日得寿门弟诗札即用原韵寄怀》"语真关血性,笔陡见灵光"(644页)。相比"性灵","灵光"更带有突发的、瞬间性的意味,正如《秋夜》诗"笔有灵光诗骤得"(290页)句所示,更突出地强调了诗歌写作的偶然性、自发性和速成性,无形中切断了诗歌与传统、与

---

① 张问陶《正月十八日朝鲜朴检书宗善从罗两峰山人处投诗于予曰曾闻世有文昌在更道人将草圣传珍重鸡林高纸价新诗愿购若干篇时两峰适有予近诗一卷朴与尹布衣仁泰遂携之归国朴字菱洋尹字由斋戏用其韵作一绝句志之》,《船山诗草补遗》卷四,下册第650页。

外部世界的关系,将性灵派的自我表现倾向推向更极端更绝对的方向。再参看《读汪剑潭端光诗词题赠》"宛转九环随妙笔,横斜五色绣灵心"(388页),《读任华李贺卢仝刘叉诸人诗》"间气毓奇人,文采居然霸。那管俗眼惊,岂顾群儿骂。冷肠辟险境,灵心恣变化"(593页),则又不难体会到,所谓性灵—灵光—灵心,都是与率性任意的自我表现观念相联系的概念。这就意味着张问陶诗学的核心观念已较袁枚的性灵论更进了一步,走向一种不受任何规则和理论限制的、极端的自我表现论。

2. 船山诗歌观念的微妙变化

以上的引用跨越漫长的岁月,说明这种意识贯穿在张问陶的整个创作中。事实上,以诗论诗是张问陶诗学最鲜明的特点。《船山诗草》中许多作品都显示,作者不仅一再于诗中宣扬自己的诗学主张,更屡屡用诗记录下自己的诗歌活动及对当时诗坛的看法。嘉庆元年(1796)所作《重检记日诗稿自题十绝句》,分咏删诗、改诗、补诗、钞诗、代作、复语、编年、分集、装诗、祭诗;还有像《使事》这样很专门的论诗艺之作①,都为清人别集中所尠见。几组论诗绝句更为研究者所重视,其中既有论诗理的《论诗十二绝句》,也有评论当代诗人的《岁暮怀人作论诗绝句》十六首。这些作品给我们的印象,不仅与其"口不言诗"的夫子自道相去甚远,而且显示出片言只句中有着清晰的理路及细微的变化。

从根本上说,张问陶的诗歌主张首先植根于明清以来诗道性情的主流观念。这从《题武连听雨图王椒畦作》其一云"名流常恨不同时,

---

① 张问陶《使事》:"使事人不觉,吾思沈隐侯。书皆随笔化,心直与天谋。钟定千声在,江清万影流。莫须矜獭祭,集腋要成裘。"《船山诗草》卷十一,上册第297页。

玉局黄门顾恺之。输我三人齐下笔,性情图画性情诗"(237页),《赠徐寿征》其二云"热肠涌出性情诗"(270页),都可以看出。以道性情为立足点,必然主独创,反模拟,而《散帙得彭田桥旧札作诗寄怀》云"各吐胸中所欲言,旁人啼笑皆非是"(106页),《壬子除夕与亥白兄神女庙祭诗作》云"不抄古人书,我自用我法"(205页),也就是不言而喻的结论。《船山诗草》卷九所收《论文八首》(230页)有几首其实是论诗的:

> 甘心腐臭不神奇,字字寻源苦系縻。只有圣人能杜撰,凭空一画爱庖牺。(其一)

> 笺注争奇那得奇,古人只是性情诗。可怜工部文章外,幻出千家杜十姨。(其四)

> 诗中无我不如删,万卷堆床亦等闲。莫学近来糊壁画,图成刚道仿荆关。(其七)

> 文场酸涩可怜伤,训诂艰难考订忙。别有诗人闲肺腑,空灵不属转轮王。(其八)

这组诗作于乾隆五十八年(1793),当时船山尚未结识袁枚,但其中标举性情,崇尚自我表现,反对用字讲求来历、注释追索本事,满是类似性灵派主张的议论。而且他也像袁枚一样不喜欢写作乐府题①,这都与自我表现的核心观念——尚真有关。在崇尚真诗这一点上,我们自然会联想到袁枚诗学的基本主张。《随园诗话》卷一曾说:"熊掌、豹胎,食之至珍贵者也;生吞活剥,不如一蔬一笋矣。牡丹、芍药,花之至富丽者也;剪彩为之,不如野蓼、山葵矣。味欲其鲜,趣欲其真;人必知此,而

---

① 张问陶《船山诗草》卷十一《余不喜作乐府心兰诗会中有以行路难命题者戏作此应命一笑而已》。

后可与论诗。"①但张问陶的真不只限于诗人主观方面的真趣,而是重在由真气出发,营构与客观环境相融的真情境。

关于船山论诗主气,有研究者认为是受友人洪亮吉影响②。这固然可备一说,但事实也可能正相反,是船山影响了洪亮吉③。船山早年论诗即已从写作动机萌发的角度,主张诗须出于真气。如《题张荷塘诗卷时将归吴县即以志别》其四云:"前身自拟老头陀,真气填胸信口呵。"(108页)并且以为有真气则奇句自成,故《题王铁夫苣孙楞伽山人诗初集》称"破空奇语在能真"(137页),而《成都漫兴》又说"诗为求真下笔难"(165页)。后来他对诗境有所悟入,进而体会妙手偶得的自然天成之趣,于是有《除夜五鼓将入朝独坐口号》所谓"即此眼前真实语,也通诗境也通禅"(260页)、《寄答吕叔讷星垣广文代简》所谓"君心若明月,我意如浮云。偶凭真气作真语,无端落纸成诗文"(483页)、《有笔》所谓"真极情难隐,神来句必仙"(367页)的说法,无非都是表达这种悟会,重视以眼前真情境为诗境。为此,当他重检当年少作时,能怜其有真情境而惜存,却不以稚拙而删削:"少作重翻只汗颜,此中我我却相关。恶诗俱有真情境,忍与风花一例删?"④

真情境的确是船山论诗最重要的理论支点。嘉庆四年(1799)冬他为朱文治《绕竹山房诗稿》撰序,写道:"己未冬日,少仙同年将归浙江,时冷雪初晴,庭宇皓洁,夜风扫云,明月欲动。少仙指其新旧诗数

---

① 袁枚《随园诗话》卷一,《袁枚全集》,第3册第20页。
② 温秀珍《张问陶论诗诗及其诗论研究》,复旦大学博士论文,2005年。
③ 朱庭珍《筱园诗话》卷二即认为:"洪稚存以经学、考据专长,诗学《选》体,亦有笔力。时工锻炼,往往能造奇句。惜中年以后,既入词馆,与张船山唱和甚密,颓然降格相从,放手为之,遂杂叫嚣粗率恶习。自以为如此乃是真我,不囿绳墨,独具天趣也,而不知已入魔矣。"朱庭珍《筱园诗话》卷三,郭绍虞辑《清诗话续编》,上海古籍出版社1988年版,下册第2366页。
④ 张问陶《重检记日诗稿自题十绝句》其一,《船山诗草》卷十三,下册第366页。

卷,属予作序。予谓眼前真境,即吾少仙诗境也。昔黄祖谓祢衡曰:'君所言,皆如祖胸中所欲言。'今少仙之诗如我所欲言,且如我胸中欲言而不能言者,安得不击案称快耶?"①与此相对,时流的写作在他看来却多属于无真情境,因而他作《题朱少仙同年诗题后》又不由得慨叹:"语不分明气不真,眼中多少伪诗人!"(275 页)

对真情境的崇尚,直接导致船山诗歌写作和批评的两个基本态度:凡悖于真情境的写作一概拒斥,而写出真情境的则无条件肯定。前者于嘉庆元年(1796)所作《重检记日诗稿自题十绝句》其三"补诗"可见一斑:"欲写天真得句迟,我心何必妄言之。眼前风景床头笔,境过终难补旧诗。"(366 页)这种体会虽略与苏东坡"作诗火急追亡逋,清景一失后难摹"(《腊日游孤山访惠勤惠思二僧》)相通,但苏诗更多地是一种无奈的感慨,而船山则明显是在表明一种有所不为的态度。后者可由《四月六日同少白尊一两同年游草桥遇渊如前辈自津门归遂同过慈荫寺三官庙看花竹》其二窥见其中消息:"事到偶然如有数,诗从真绝转无才。"(270 页)这是说"真"的极致便是诗艺至境,已无用才的余地。所谓"无才"不是没有才能或不用才能,而是不需要时俗所理解的才能,即无真情境的伪诗人所使用的才能。由此我们已能预感到,船山与时俗的对立不仅仅是真伪的价值对立,进而也将扩大为观念和趣味的对立。

事实上,张问陶从来就不讳言自己与时俗趣味、好尚的对立和冲突,常公然表明自己反时俗的立场。先是在《题孙渊如星衍前辈雨粟楼诗》中宣言:"大声疑卷怒涛来,愈我头风一卷开。直使天惊真快事,能遭人骂是奇才!"(121 页)对孙星衍惊世骇俗的奇诡诗风极尽赞叹,毫不在乎是否冒犯时俗趣味,甚至以冒犯时俗趣味为快意。陆游曾自

---

① 朱文治《绕竹山房诗稿》卷首,嘉庆二十三年刊本。

许"诗到无人爱处工"(《明日复理梦中作》),船山则更进一步,说能把诗写到遭人骂那才是奇才!这意味着,传统的、经典的、规范的乃至时尚的美学要求统统被撇弃在一边,只有特立独行的、反常规的、时俗所难容的新异表现才被视为写作的非凡境界。此种意识不只体现于创作的整体评价,也贯注于创作的具体细节。《与王香圃饮酒诗》其二称:"无人赞处奇诗出,信手拈来险韵牢。"(654 页)反常出奇和铤而走险同样基于与时俗趣味、常规状态的对立,由此不难体会,张问陶的诗歌观念不仅是一种纯粹的自我表现论,而且是一种刚性的、毫不妥协的极端自我表现论,持这样的艺术观念不光需要义无反顾的极大勇气,需要韩愈那样的顽强性格,还必须拥有强大的心理自信,后者尤其是具有决定意义的。

很多独创意识强烈的艺术家都只清楚自己不要什么,而不清楚自己要什么;少数艺术家清楚自己要什么,但也不敢肯定自己所要的一定比前人好,而只是希望与前人不一样。只有极少一部分真正伟大的艺术家,才清楚自己想要的是什么,并且深信自己的创造是伟大的。张问陶或许算是部分拥有这种自信的诗人,他可以由衷地欣赏友人的放逸不拘,如《题邵屿春葆祺诗后》所云:"妃红俪白太纷纷,伸纸如攻合格文。我爱君诗无管束,忽然儿女忽风云。"(237 页)当邵葆祺后因过于求奇而不见容于时,希望船山"创为新论,大张旗帜为之辅"时,他又诫其勿刻意求奇:"倒泻天河浇肺腑,先使肾肠心腹历历清可数。然后坐拭轩辕镜,静照九州土,使彼五虫万怪摄入清光俱不腐。好句从天来,倘来亦无阻。"(284 页)这倒不是顾忌舆论的妥协,而是对自我表现观念更深一层的体认:矫激立异固然是自我表现的鲜明特征,但主奇而不刻意求奇,避平而顺其自然,同样是自我表现的一种形态。而创作意识一旦达到这么一种无可无不可的境界,就意味着对自我表现之绝对性的把握由关注艺术效果退回到关注自我表现的过程本身。

乾隆五十九年(1794)所作的《论诗十二绝句》(262页)是《船山诗草》中很重要的一组论诗诗,也是作者诗歌观念发生转变的一个标志。其中仍洋溢着性灵派的论诗旨趣,像其一的重新变反崇古,其二的重视韵律谐畅,其四的作诗借助灵光,其六的尚风情谐趣,其八的戒深僻晦涩,其九的戒无情强作,其十的反对规唐模宋,其十一的鄙薄雕文镂彩,等等,但有三首流露了一种新的诗歌意识:

  胸中成见尽消除,一气如云自卷舒。写出此身真阅历,强于饤饾古人书。(其三)

  妙语雷同自不知,前贤应恨我生迟。胜他刻意求新巧,做到无人得解时。(其七)

  名心退尽道心生,如梦如仙句偶成。天籁自鸣天趣足,好诗不过近人情。(其十二)

很明显,这三首绝句更突出地强调了诗歌写作主自然天成的意趣。其三在要求写出真阅历的同时更强调排除成见,不预设艺术标的,不向古人书本讨生活,这应该说还是与此前的主张相一致的,但其七却表达了一种不同于从前的新主张:只要语妙,即便雷同于前贤也无所谓,胜似刻意求新而至于晦涩难解。从前追求语必惊人,怪异到遭人骂的地步才满足;此刻却转而认为顺其自然胜过刻意求异,这是多么大的转向!其十二将这种转变解释为悟道的结果——释放求名争胜之心,遂乐得自然天成之趣。归根结底,其实是将诗歌的理想重新作了定位,以"近人情"为好诗的标准。

这一写作思想的转变固然值得注意,但更值得玩味的是其中隐含的潜台词,船山在强调"近人情"的自我表现观时,悄悄放逐了独创性的概念。我们知道,性灵论的自我表现观原是包含独创性概念的,自我表现所以落实到真性情,就因为它要求的是排斥模拟的自我呈现,讲究的是言不犹人。袁枚针对时称其诗学白居易,曾作《读白太傅集三首》予以回应,小序云:"人多称余诗学白傅,自惭平时于公集殊未宣究。今年从岭南归,在香亭处借《长庆集》,舟中读之,始知阳货无心,貌类孔子。"其一又云:"谁能学到形骸外,颇不相同正是同。"①特意强调自己与白居易精神的相通,意在暗示面目的差别,让人感到他对相似雷同还是很在意的。不难理解,自我表现虽是主观性话语,但与之相为表里的独创性概念却有着客观标准。没有全新的表达,就没有独创性;而没有独创性,也就谈不上自我表现。模拟色彩浓厚的明代格调派诗歌,所以被清初诗论家批评为"诗中无人",原因就在这里。真性情—自我表现—独创性向来就是相辅相成的概念,乃是一个问题的不同层次,即便是袁枚也不能撇开独创性而侈言性灵。然而到张问陶这里,三者的一体化关系开始离析:近人情的妙语,只要不是出自有意模拟而属于无心暗合,就不妨视之为真性情的自我表现。这等于是说,只要是我独立创作的诗,就是"我"的,即姜夔所谓"余之诗,余之诗耳"②,就是真性情,是否雷同于前人无关紧要。这实质上是将自我表现概念偷换成了自我表达,拒同性的客观标准被内化为独立创作的主观意识,于是传统诗学中最重要的独创性概念从而被解构和放弃。

正是在这乾隆五十九年(1794),张问陶结识了袁枚,一代宗师的激赏更提升了他的自信,袁枚的性灵诗论也更激发了他的理论自觉,愈益强化了《论诗十二绝句》中流露的极端自我表现倾向。是年冬写作的《冬夜饮酒偶然作》乃是很醒目的标志:

先我生古人,天心已偏爱。即以诗自鸣,亦为古人碍。我将用

---

① 袁枚《小仓山房诗集》卷三十,《袁枚全集》,第1册第708页。
② 姜夔《白石道人诗集序》,陶秋英编《宋金元文论选》,人民文学出版社1984年版,第356页。

我法,独立绝推戴。本无祖述心,忽已承其派。因思太极初,两仪已对待。区区文字间,小同又何害?惟应谢人巧,随意发天籁。使笔如昆吾,著物见清快。悠悠三十年,自开一草昧。耽吟出天性,如酒不能戒。积卷堆尺余,境移真语在。古人即偶合,岂能终一概。我面非子面,斯言殊可拜。安知峨眉奇,不出五岳外?(296页)

虽然前引更早的作品《壬子除夕与亥白兄神女庙祭诗作》也有"不抄古人书,我自用我法"的说法,但那只是自我表现观念的张扬而已,此时他重申"我将用我法",更强化了目空千古、"独立无推戴"的一面。联系嘉庆十七年(1812)所作《题屠琴隖论诗图》(543页)来看,船山在称赞屠倬"下笔先嫌趣不真,诗人原是有情人"之余,更强调他注重自我表达、"犹人字字不犹人"的求新意趣;同时讥斥当时"规唐摹宋"、傍人门户的"郑婢萧奴",断言此辈"出人头地恐无时",应该说代表着船山晚年与叶燮、王文治自成一家的主张相通的论诗取向。但即便如此,我们也不能忽视,在自我表现观念被推进和强化的同时,淡化乃至放弃独创性概念的意识也在相伴滋生。很明显的,"先我生古人"四句回旋着一股掩抑不住的憾恨——生于古人之后而难以施展才华的憾恨,几乎是前引"前贤应恨我生迟"句的翻版。基调既定,随后展开的诗的主旨虽落在"惟应谢人巧,随意发天籁""我面非子面""自开一草昧"四句上,用以退为进的笔法肯定了超越古人的可能性以及自己的信心,但"古人即偶合,岂能终一概""区区文字间,小同又何害"四句,终究重复了只求"天籁自鸣天趣足",不介意妙语雷同的论调,表明他继续朝着极端自我表现论的方向又迈出了一步。

在这一点上,《题方铁船工部元鹍诗兼呈谷人祭酒》一诗也有异曲同工之趣。船山首先肯定方元鹍诗无所依傍:"秋斋孤咏心无慕,下笔非韩亦非杜。浮名未屑以诗传,况肯低头傍门户。"然后以古人的怀抱相标榜,"古人怀抱有真美,夭矫神龙见头尾。眼空天海发心声,篱下嘤嘤草虫耳"。最后称誉方氏的诗歌成就："秀语生花粲欲飞,雄辞脱手坚如铸。五言七言兼乐府,寻常格律腾风雨。自吐胸中所欲言,那从得失争千古。"(450页)末联回应起首四句,最可玩味,即一面强调方氏专主自摅胸臆,一面又说他无意与古人较得失——这无非是随心率意、不理会前人作品的委婉说法,足见他们都已将独创性概念置之度外,毫不挂怀了。的确,船山早年作《早秋漫兴》,有"得句常疑复古人"(103页)之句,看得出对雷同前人还是很在意的;但晚年作《春暮得句》,却道"名留他日终嫌赘,诗复前人不讳钞"(510页),即便重复别人也不在乎了。

当一个作者将自我表达放在首位而不计较独创性问题时,就意味着他进入了创作的暮年,而其写作的随心所欲也往往与放弃艺术性的严格追求相伴,从根本上说便是创造力自信的逐渐流失。上文提到的嘉庆元年(1796)所作《重检记日诗稿自题十绝句》,其六为《复语》:"新奇无力斗诗豪,几度雷同韵始牢。香草美人三致意,苦心安敢望《离骚》?"(366页)相比以前作品的豪迈情调,我们很容易读出其中明显流露的无力感。将它与可能作于乾隆六十年(1795)的《自题》对读,便能更清楚地感受到作者的心态:"才小诗多复,身闲笔转忙。但留真意境,何用好文章。"(658页)他在推崇真意境的同时,将好文章摆在可有可无的位置上,看似将自我表现放在第一位,实质上是暗示了艺术性追求的松懈乃至失去信心。这不能不让我们寻思,船山的自我表现观念走向极端之际,似乎也正是他创造力开始衰退之时。这一转折出现在乾、嘉之际,固然意味着船山诗学的一个关键时期,而就整个诗坛来说,它不同样也是诗学发生重要转变的过渡时代吗?两者间的对应关系,似乎暗示了船山诗学的转变恰好是时代更替的一个象征:自我表现观念的极端化不仅是船山个人的转变,同时也是当时诗学思潮的重大转折,其背后的动因同样也是艺术性追求的松懈乃至失去信心。我曾经指出,相比乾隆时代,嘉、道诗学最重要的转变就是不再热衷于诗歌内部的艺术问题和写作技巧的探讨,转而趋向于诗坛人物和事件的记录,艺术成就的评价和风格、技巧的分析普遍淡化,而记录与流传上升为第一位的要求①。现在看来,这一转变的背后所涌动着的正是"以诗为性命"的人性论诗学的暗潮,而放弃独创性概念,由自我表现转向自我表达,则是这股思潮隐现于观念层面的浮标。它与视诗歌写作为生命活动之最高乃至唯一价值的意识相表里,将嘉、道诗学推向以记录和保存诗人诗事为宗旨从而满足这种价值期待的人性论诗学的方向。

张问陶没有写作诗话、诗评,也不以诗论著称,但他非凡的才情和特异的诗学见解仍吸引了诗坛的注意力,并对后辈产生深远的影响。道光间诗论家何曰愈说:"近世诗人播弄性灵,好奇立异。或有规模盛唐诸大家者,便嘲为豪奴寄人门户。其论盖创自钱牧斋,羽翼之者张船山也。"②此处"嘲为豪奴"云云,应即指前文提到的《题屠琴坞论诗图》其三:"规唐摹宋苦支持,也似残花放几枝。郑婢萧奴门户好,出人头地恐无时。"(543页)如此尖刻的讥诮,无疑会让时流倍受刺激,印象深刻。然而,船山诗论虽源于性灵派,却绝非性灵派所能笼罩。除了标举风雅精神之外,他对才的理解也不同于袁枚。袁枚性灵诗学是将才放在第一位的,而张问陶,自从他将自我表现极端化,降格为自我表达,主观的才情与客观的艺术效果较之表达的真诚就成了不重要的东西,以至于后来他的诗学观念仅在"诗不求才只要真,船山此论妙通神"③的意义上被理解与接受。魏源说"人有恒言曰才情,才生于情,未有无情

---

① 蒋寅《论清代诗学史的分期》,《新文学》第4辑,大象出版社2005年版;又见蒋寅《清代诗学史》第一卷"导论",中国社会科学出版社2012年版。
② 何曰愈《退庵诗话》卷一,道光刊本。
③ 吴獬《题张海门师集八首》其八,《吴獬集》,湖南人民出版社2009年版,第52页。

而有才者也"①,正是出自这一立场。与此相表里的他对技巧的冷落,也通过门生崔旭(1767—1848)《念堂诗话》的传述影响于世。崔旭是嘉庆五年(1800)船山所拔举人,尝相承音旨②,深谙座师论诗于本朝最喜宋琬,最不喜翁方纲。故《念堂诗话》卷一提到:"船山师论诗绝句云:'写出此身真阅历,强于钉饳古人书。'又:'子规声与鹧鸪声,好鸟鸣春尚有情。何苦颟顸书数语,不加笺注不分明?'盖指覃溪而言。又:'天籁自鸣天趣足,好诗不过近人情。'其宗旨如此。"他自己论诗也秉承师说,尚性灵而薄技法,凡声律、结构之学一概鄙薄。诗话提到前代诗学的一些重要学说,毫不客气地断言:"王阮亭之《古诗平仄》《律诗定体》,赵秋谷之《声调谱》,不见以为秘诀,见之则无用。方虚谷《瀛奎律髓》所标诗眼,冯默庵《才调集》之起承转合,俱小家数。徐增之《而庵说唐》、金圣叹之《唐才子诗》,则魔道矣。"③又说王芑孙诗文孰学孰似,但无自己在。透过这些议论,不仅可见张问陶论诗旨趣之一斑,也能明显感觉作者阐扬船山诗学的强烈动机。在观念的层面上,张问陶对嘉、道以后诗学的影响,或许并不亚于袁枚的性灵论;后来他在诗坛的声望也不亚于袁枚,黄维申《读张仲冶船山诗集》称"继声袁蒋齐名赵","一千余首万人传","悟得水流花落意,移人终是性灵诗"④,黄仲畲《读张船山太守诗》推许他"诗辟空灵派"⑤,在诗人间获得的好评可以说与时俱增。后来不仅伪造其书法者甚多,伪造其批本者也不

---

① 魏源《默觚·治篇一》,《魏源集》,中华书局1976年版,上册第35页。
② 姚元之《竹叶亭杂记》卷五:"庆云崔孝廉旭,字晓林,号念堂,嘉庆庚申科与余同为张船山先生门下士。"中华书局1982年版,第125页。张问陶《船山诗草》卷十六《雨后与崔生旭论诗即次其旅怀一首元韵》:"金仙说法意云何,诗到真空悟境多。"上册第447页。
③ 崔旭《念堂诗话》,1933年重印本。
④ 黄维申《报晖堂集》卷九,光绪十八年刊本。
⑤ 黄仲畲《读张船山太守诗》其二,《心字香馆诗钞》卷二,同治六年溧阳署斋刊本。

乏其例①。

3. 诗歌观念变革的号角

尽管张问陶的诗风和诗论在乾、嘉之际都是一个独特的存在,但只要我们将眼光投向当时丰富的诗歌文献,就会发现张问陶的诗歌见解绝不是只属于他个人的意见,在他背后明显有个诗学思潮的背景。这股思潮在观念上表现为放弃艺术理想的追求和对典范的执著,在创作实践上强调自我表达,风格和技巧意识淡化,在批评上忽略艺术评价而倾向于以诗传人,风流相赏。如此概言嘉、道时期的诗学,难免失之简略和片面,但仅就其主导倾向而论,则虽不中亦不远矣。

嘉、道间文学思想的一个基本倾向是折衷调和,文章方面表现为折衷骈散,诗歌方面表现为调和唐宋,当时著名的批评家或多或少都具有这一特点。但那些极端自我表现论者,调和唐宋还不够,还要抛弃一切理想的目标,甚至包括其理论渊源所出的性灵论本身。如彭兆荪《论诗绝句》所云:"厌谈风格分唐宋,亦薄空疏语性灵。我似流莺随意啭,花前不管有人听。"②论诗扬弃分唐界宋之说,原是性灵派诗论的基本立场。表示厌薄性灵派的彭兆荪,恰好在标举一种性灵派的主张,似乎有点自相矛盾。但这从极端自我表现论的角度看却顺理成章,因为他们放弃了对特定风格的追求,或者说不再执著于某种预设的艺术目标,"我似流莺随意啭,花前不管有人听"甚至意味着连读者反应也不期待。这种漠视一切的写作态度,无疑出自一种新的美学理念。

---

① 北京师范大学图书馆藏有一部《杜诗论文》,有张问陶批,据胡传淮考证出于伪托,详胡氏《张问陶批点〈杜诗论文〉辨伪》(《收藏家》2008年第6期)一文。
② 吴仰贤《小匏庵诗话》卷四引,光绪八年刊本。

二十七　乾嘉之际诗歌自我表现观念的极端化倾向

艾略特曾说过,对传统具有的历史意识是任何二十五岁以后还想继续作诗的人都不可缺少的,它不但让人理解过去的过去性,还要让人理解过去的现存性。"历史的意识不但使人写作时有他自己那一代的背景,而且还要感到从荷马以来欧洲整个的文学及其本国的整个文学有一个同时的存在"①。传统也是评价个人才能的参照系,离开了传统,我们无从判断作家的创造性。中国自古以来,论诗必以古人为参照系,即使拒绝模拟古人,追求独创,评价其结果也必以古人为衡量标准,如姜夔所说的"不求与古人合而不能不合,不求与古人异而不能不异"②。职是之故,了解古人,学习古人,乃是创新的第一步。正如尤珍《淮南草序》所说的,"立乎唐宋元明之后,而欲为诗,诗固未易为也。必其熟悉乎诗之源流正变,得宗旨之所在,而后可以卓然成一家之言"③。叶矫然也曾对同门谢天枢表示同样的看法:"诗不能自为我一人之诗,为之何益?然非尽见古人之诗,而溯其源流,折衷其是非,必不能自为我一人之诗也。"这种"于诗自汉魏六朝三唐宋元明诸家无不读,顾不苟于为诗"④的态度,正像今日做研究首先必须了解前人成果一样,乃是创新的前提。在传统诗学中,无论什么流派,从来没有不学古人的主张。但是到清初,释澹归(金堡)《周庸夫诗集序》提出一个惊世骇俗的宣言:"诗者,吾所自为耳,亦何与古人事? ……人各有一面目,不为古今所限。古今既不得而限,谓之今人则诬,谓之古人则谤。"⑤无独有偶,与澹归身世经历极为相似的遗民诗人钱澄之,起初锐意学古,后则随兴所至,"得句即存,不复辨所为汉魏六朝三唐"。"有

---

① 王恩衷编译《艾略特诗学文集》,国际文化出版公司1989年版,第2页。
② 姜夔《白石道人诗集序》,陶秋英编《宋金元文论选》,第357页。
③ 尤珍《沧湄文稿》卷二,康熙刊本。
④ 谢天枢《龙性堂诗话序》引,郭绍虞辑《清诗话续编》,第2册第933页。
⑤ 释澹归《遍行堂集》卷八,国学扶轮社宣统三年排印本。

人誉其诗为剑南,饮光怒;复誉之为香山,饮光愈怒;人知其意不慊,竟誉之为浣花,饮光更大怒,曰:'我自为钱饮光之诗耳,何浣花为!'"①纳兰性德《原诗》记载了钱澄之这件逸事,同时严厉批评"唐宋之争",其正面主张无非是推尊"自有之面目"②。

的确,如果从理论渊源上追溯,这种漠视一切传统和规范的态度绝不是到嘉、道之际才开始出现的,它本身已成为诗学中一个潜在的传统。早在元代,唐思诚即尝言:"文以达吾言,何以工为?"③既以达吾言为尚,艺术追求即退为次要之事。清初易学实《与友人论文书》又说:"余自学为文章,尝自朝至夕,必使我与我异,又何前见古人而后同后来者?"④这又是将自我超越放在第一位,由此漠视与传统的关系。考究这种漠视传统态度,大概出于两种心理动机:一是随着时代的发展,艺术经验越积越厚,传统日益成为难以了解和掌握的复杂知识,成为不堪重负的包袱,于是自我作古的口号应运而生——这在当代诗人的写作主张中我们已见得太多;二是对自己的才力丧失自信,对与前贤竞争、超越前贤感到绝望。无论出于哪个理由,起码在宋荦《漫堂说诗》中,我们已看到一种"汉魏亦可,唐亦可,宋亦可,不汉魏、不唐、不宋亦可,无暇模古人,并无暇避古人"的极端口号⑤。吴雷发《说诗菅蒯》更表现出一种悍然无视前人的态度:"诗格不拘时代,惟当以立品为归,诚能自成一家,何用寄人篱下?但古来诗人众矣,安必我之诗格不偶有所肖乎?今人执一首一句,以为此似前人某某,殊为胶柱谬见!"⑥袁景

---

① 钱澄之《生还集自序》,《藏山阁集·文存》卷三,安徽古籍出版社 2004 年版,第 81 页。
② 纳兰性德《通志堂集》卷十四,上海古籍出版社 1979 年版,第 560 页。
③ 宋濂《唐思诚墓铭》,《宋濂全集》,浙江古籍出版社 1999 年版,第 4 册第 2117 页。
④ 易学实《犀崖文集》卷十九,《四库全书存目丛书》,集部第 198 册,第 674 页。
⑤ 丁福保辑《清诗话》,下册第 416 页。
⑥ 同上书,下册第 897 页。

二十七　乾嘉之际诗歌自我表现观念的极端化倾向

辂《国朝松陵诗征》曾采吴雷发诗,谓其"以才人自命,负气凌厉,几于目无一世"①,这可以视为第一种心理的表现。铁保《续刻梅庵诗抄自序》云:"于千百古大家林立之后,欲求一二语翻陈出新,则惟有因天地自然之运,随时随地,语语记实,以造化之奇变,滋文章之波澜,话不雷同,愈真愈妙。我不袭古人之貌,古人亦不能囿我之灵。言诗于今日,舍此别无良法矣。"又说:"余曾论诗贵气体深厚。气体不厚,虽极力雕琢于诗,无当也。又谓诗贵说实话,古来诗人不下数百家,诗不下数万首,一作虚语敷衍,必落前人窠臼。欲不雷同,直道其实而已。盖天地变化不测,随时随境各出新意,所过之境界不同,则所陈之理趣各异。果能直书所见,则以造化之布置,为吾诗之波澜。时不同,境不同,人亦不同,虽有千万古人不能笼罩我矣!"②他坚信,每个人的经验都是不同的,只要表达真实的体验,就必有新意。话虽这么说,也只是无可奈何的选择,言下掩饰不住难与古人争胜的失望。这可以视为第二种心理的表现。

平心而论,这两种主张在理论上其实都是站不住脚的。对于前者,后来李慎儒《漱石轩诗序》已有精到的辩驳:"世之谈诗者率云,我于古无所规仿,但自出机杼,成一家言。不知从来能成一家言者,要必遍历各家,去糟粕存精液,荟萃酝酿,积数十年,隐隐然凝合一境界在心目间,乃如其境界以出之,无一非古,又无一非我,斯之谓自成一家。若未历各家,即欲自成一家,则为粗为俗,为纤巧为平庸,愈得意者其病愈深。直是不成家耳,乌在其为自成一家也?"③的确,有关独创性的传统观念不外如此。即便是宋荦那种无可无不可的态度,终究也只是一种

---

① 袁景辂《国朝松陵诗征》卷十三,吴江袁氏爱吟斋乾隆三十二年刊本。
② 铁保《续刻梅庵诗抄自序》,《梅庵诗钞》,《惟清斋全集》,道光二年石经堂刊本。
③ 李慎儒《鸿轩杂著存稿》,咸丰刊本。

"悟后境",乃是"考镜三唐之正变,然后上则溯源于曹、陆、陶、谢、阮、鲍六七名家,又探索于李、杜大家,以植其根柢,下则泛滥于宋、元、明诸家",广泛参学的结果。"久之源流洞然,自有得于性之所近,不必模唐,不必模古,亦不必模宋元、明,而吾之真诗触境流出。"①不下这扎实的参悟功夫,绝不可至从心所欲的化境。对于后者,尽管嘉、道以后作者多认同此说,但仍不能讳言其论断隐含着一个致命的理论缺陷,即这种信念全然基于一个假设:人必有独到的感觉,且必能表现出这种感觉。而这一假设恰恰是有问题的,在今天更是难以让人信任。

不过没有人去深究这些问题,自我表现蜕化为自我表达,正是不愿殚精竭虑而避难求易的结果。于是弃绝依傍、以自我表达为唯一目标的极端议论就成为流行于嘉、道诗坛的诗学思潮。其强者,绝去依傍,自我作古,极力强调性情的绝对表现。如乾隆间英年早逝的诗人崔迈(1743—1781)自序其诗,将此意发挥到了极致:

> 吾之诗何作?作吾诗也。吾有诗乎?吾有性情,则安得无诗?古之作诗者众矣,其品格高下将何学?吾无学也。世之论诗者众矣,其优劣去取将何从?吾无从也。吾自作吾诗云尔。马祖曰即心是佛,吾于吾诗亦云。吾之诗与古今同乎?吾不得而知之也;吾之诗与古今异乎?吾不得而知之也。吾之诗为汉魏乎?六朝乎?李杜韩白乎?欧黄苏陆乎?吾皆不得而知之也。非特不知也,吾亦不问。是与非悉听之人,吾自作吾诗云尔。②

在此之前,叶燮自成一家的主张虽确立了不模拟古人、与前人立异的正当性和必要性,但并不等于主张不学古人乃至无视古人的存在,而现在

---

① 丁福保辑《清诗话》,下册第416页。
② 崔迈《寸心知集》自序,《崔德皋先生遗书》、《崔东壁先生遗书》附,亚东图书馆1936年版。

诗人们竟公然宣称传统和前代诗歌遗产与自己的创作无关,自己也不关心。陈仅《与友人谈诗偶成七首》其六则写道:"元纤宋腐漫分门,冷炙残杯敢自尊。直到空诸依傍后,万峰俯首尽儿孙。"①如此目空一切的气概,空前的狂傲姿态,的确是当时诗家特有的心态。当然,更多的诗人会含蓄地表达为"不主故常,不名一格"②。如论诗崇尚真性情的潘焕龙,在《卧园诗话》中说:"人心之灵秀发为文章,犹地脉之灵秀融结而为山水,或清柔秀削,或浑厚雄深;又如时花各有香色、啼鸟各为天籁,正不必强归一致也。"③鲁之裕自序《式馨堂诗前集》,宣称其诗"皆天籁之自鸣,初未尝有所规摹,以求肖乎何代何人之风格"④。李长荣《茅洲诗话》卷四也主张:"人生作诗文,当出自家手眼,不宜板学前人规矩。若食古不化,终有拘束之敝。"又引李东田《青梅巢诗钞》自序语云:"未暇规模曹刘,追踪颜谢,胸中不存古人旧诗一句,直举襟情,绝去依傍,特不令作诗真种子坠落耳。"⑤谢质卿在西安与王轩邂逅,语王曰:"吾诗率自抒胸臆,务达意而止,于古人无所似,亦与君等。"⑥于祉《近体诗自序》称:"余诗不能学杜,间于右丞稍有仿佛,或以为近刘随州,不尽然也。然此乃弱冠后所为,近遂尽弃前人窠臼,更不复作工拙想,但取记事达意而已。"⑦凡此都足以见一个时代的风气,见彼时满足于自我表达而放弃艺术追求的一种普遍心态。

当时甚至还有人以前代大诗人的创作经验来论证不必规模前人的

---

① 陈仅《继雅堂诗集》卷二,道光二十七年刊本。
② 沈涛《三千藏印斋诗钞序》,《十经斋遗集·十经斋文二集》,道光刊本。
③ 高洪钧编《明清遗书五种》,北京图书馆出版社2006年版,第137页。
④ 鲁之裕《式馨堂诗前集》卷首,《四库禁毁书丛刊》影印本,北京出版社1998年版。
⑤ 李长荣《茅洲诗话》卷三,光绪三年重刊本。
⑥ 谢质卿《转蕙轩诗存》王轩序,光绪刊本。
⑦ 于祉《澹园古文选》,引自《山东通志》卷一四五艺文志,台湾华文书局影印本,第4248页。

道理,为其群体的选择辩护。如李昌琛《因树山房诗钞序》云:"近世之言诗者动曰某逼真苏也,不然则曰逼真韩也,又不然则曰逼真李、杜也,琛窃以为不然。夫学古人者貌似,固袭古人之皮毛,神肖亦落前人之窠臼,凡真作手断不如是。《书》有之:'诗言志。'即如李、杜、韩、苏四大家,杜未尝袭李,苏未尝貌韩。唯各出其学识才力以自言其志,而四家遂各足千古,后之作者必规模前人而为之,是尚可以为诗乎哉?"①正因为如此,潘际云《论诗》最终归结于一个"真"字:"万卷胸中绝点尘,青天风月斩然新。岂能子面如吾面,何必今人逊古人。使事但如盐着水,和声好比鸟鸣春。一编独自抒情性,仿宋摹唐总未真。"②"真"在清初以来的诗论中本是最基本的要求或者说底线,但到嘉、道诗学中却上升为具有自足意义的最高范畴,仿佛诗歌有了真就已足够。故而宋咸熙《耐冷续谭》卷一说:"诗之可以传世者,惟其真而已。风骚而降,源于汉,盛于唐,诗不一家。大要有性灵乃有真文章,其间理真事真情真语真,即设色布景一归于真,夫而后可以传矣。"③这与前引于祉"更不复作工拙想,但取记事达意而已"是同出一辙的见解。其中"有性灵乃有真文章"的命题不免让人与袁枚性灵派联系起来,其实两者间是有一道鸿沟的。道光间诗论家俞俨《生香诗话》即已指出:"随园诗写性灵处,俱从呕心镂骨而出。当其下笔时,其心盖欲天下之人无不爱,所以力辟恒蹊,独标新意。其空前绝后在此,其贻人口实亦在此。"④而嘉、道间的极端自我表现论根本就放弃了呕心镂骨的精思,更无力辟恒蹊的锐气,所以即便它导源于性灵派,也早与其母体割断了联系。一个显著的标志就是,这股思潮并不只是泛滥于性灵派后学的创作中,甚至连

---

① 张太复《因树山房诗钞》卷首,嘉庆十六年刊本。
② 潘际云《清芬堂续集》卷四,道光六年载石山房刊本。
③ 宋咸熙《耐冷谭》,道光间杭州亦西斋刊本。
④ 俞俨《生香诗话》卷三,道光刊本。

翁方纲门人乐钧也持同样的立场,其《论诗九首和覃溪先生》之七写道:"称诗托大家,有似侯门隶。主尊身则卑,趋走借余势。……兵法师一心,孙吴亦符契。人才众如树,何必尽松桂。"①足见这是一个时代的观念,席卷整个诗坛的一股思潮。

在乾隆以前,应该说诗人无不有自己的诗歌理想,惟取径各异而已。袁枚尽管诗胆如斗,也不敢宣称自己作诗不学古人。但到嘉、道以后,不学古人却成了时髦的口号,不遑学古人,甚至不遑避古人,成了常见的主张。施浴升序吴昌硕诗,称"其胸中郁勃不平之气,一皆发之于诗,尝曰吾诗自道性情,不知为异,又恶知同"②,正是这种极端自我表现论的典型话语,与薛时雨《诗境》"翻新意怵他人夺,绝妙词防旧句同"③的传统观念截然异趣。要之,由不肖古人到不避古人,进而不介意同于古人,乃是乾隆、嘉庆间诗歌观念的一大转变,意味着源于性灵诗学的自我表现观念日益走向极端化,甚至到了漠视传统的地步。而诗人一旦漠视传统,不关心自己与以往诗歌的关系,实质就是放弃了对独创性的关注,将诗歌创作降格为一种纯粹的表达行为。张问陶不是这种观念的始作俑者,但相比之前的许多诗人,他却是乾嘉之际最著名的一个倡导者和鼓吹者,他在创作上的成功与声望加速了这种极端观念的传播,最终在清代中叶诗坛形成一股不容忽视的诗学思潮。

---

① 乐钧《青芝山馆诗集》卷二十,嘉庆刊本。
② 吴昌硕《缶庐集》卷首,1923 年排印本。
③ 薛时雨《藤香馆诗删存》卷三,光绪五年刊本。

二十八　诗学、文章学话语的沟通与桐城派诗歌理论的系统化

——方东树诗学的历史贡献

谈论清代嘉、道以后的诗学,不能不涉及桐城派;谈论桐城派的诗学,不能不涉及方东树。没有方东树,桐城派的诗学便只似周亮工那个著名的比喻,"只可与之梦中神合,不可使之白昼现形"了。在方东树之前,桐城诗学只有老辈的零星议论和姚鼐《今体诗钞》间接传达的一些观念流传于世。方世举《春及堂诗话》附诗集而行,流传既不广,向来也不被视为桐城派诗学。大概可以说,在方东树《昭昧詹言》问世之前,桐城诗学尚无清晰具体的理念和相应的一整套理论、批评话语。

方东树(1772—1851),是桐城派后期作家中的一个重要人物。他的一生主要是在塾课、游幕、讲学中度过,先后主讲廉州海门书院、韶州韶阳书院、庐州庐阳书院、亳州泖湖书院、宿松松滋书院、祁门东山书院等。与姚鼐虽"未正师生之称",但常年"讲授无异师弟"[1],为姚鼐所称许[2]。无论学术、文章在桐城派中都被目为"惜抱后一人"[3]。关于方东树的学术取向和成就,张舜徽先生曾有很中肯的概括:

> 姚门弟子中,以方东树、刘开最有才气,以卫道自任。两家皆

---

[1] 方东树《书惜抱先生墓志后》,《考槃集文录》卷五,《方植之全集》,光绪二十年刊本。
[2] 姚鼐《与胡雏君》其十四,《惜抱先生尺牍》卷三,宣统元年小万柳堂重刊本。
[3] 吴大廷《仪卫轩文集序》,《小酉腴山馆文集》卷二,光绪五年刊本。

善持论,东树尤骏快犀利,志矫汉学诸儒之枉。所为《汉学商兑》四卷,于乾嘉中偏重考核,鄙弃义理之学风,不惜条辨而纠弹之。又有《书林扬觯》十六篇,于著书之源流得失,言之尤兢兢。称举前人之言,以戒轻浮之习,于发矇振聩,不无小补。其书皆作于道光初,所以箴乾嘉学风之失也。①

相比之下,方东树的诗学远不如他的经学影响大,虽然早在上世纪50年代,就有学者指出:

> 桐城诗派,肇于刘海峰,姚惜抱编《今体诗钞》,继王渔洋诗钞,为诗法以教弟子,益加广大;然海峰、姜坞、惜抱三家之绪论,则至植之《昭昧詹言》出,而后条理统系,显然分明,人人得而见之。师法既立,又有理论以支持之,前此沈文悫之格律,袁、蒋、赵之性灵,皆一扫而空,论诗者亦莫能出其范围。故论桐城诗派之所以成,植之之功不在朱子颖、王悔生、毛生甫、刘孟涂、姚石甫诸人下。②

但有关方东树诗学的研究一直不多,近十年间始趋于深入③。杨淑华的专著从方东树与宋诗风的关系及宋诗经典化的过程来对其诗学加以历史定位④,王济民将方东树诗学主旨概括为主张立诚有本,诗重文

---

① 张舜徽《学林脞录》卷十四,《爱晚庐随笔》,湖南教育出版社1991年版,第339页。
② 黄华表《桐城派道咸诗派诗案研究》,《新亚学术年刊》第1期,1959年。
③ 主要论文有吴宏一《方东树〈昭昧詹言〉析论》,《编译馆馆刊》第17卷第1期,1988年6月;吕美生《方东树〈昭昧詹言〉的价值取向》,《学术月刊》2000年第10期;潘殊闲《方东树的"魂魄"论诗与中国诗学的"象喻"传统》,《中南民族大学学报》2005年第3期;龚敏《论方东树的诗学渊源》,《中国韵文学刊》2006年第1期;倪奇、刘飞《以"气"论诗与方东树的诗学思想》,《第三届全国桐城派学术研讨会论文集》,2007年版;张高评《方东树〈昭昧詹言〉论创意与造语——兼论宋诗之独创性与陌生化》,《文与哲》第14期,2009年6月,中山大学中文系;杨柏岭、黄振新《方东树以妙论诗的审美走向》,《池州学院学报》2012年第4期。
④ 杨淑华《方东树〈昭昧詹言〉及其诗学定位》,台湾花木兰文化出版社2008年版。

法、尚格调、崇雄奇几点①，还有学者论述其诗学渊源、以妙力气论诗及对沈德潜诗学的改造②，有些学者讨论了方东树的诗歌批评。尽管着眼点各不相同，但都将"以文论诗"视为方东树论诗的特点，甚至认为他"在桐城派根本美学主张和古文批评方法的基础上，通过广泛吸收、整合古典诗学的思想精华，而建构起古典诗学批评的新范式"③。这关系到对桐城诗学的整体认识和评价，我觉得还需要从桐城诗学的发展乃至清代诗学史的流变来加以确认。

方东树的诗学见解主要集中于《昭昧詹言》一书，尽管这部专著使他成为桐城派少数留有诗话专书的作家之一，但此书并不是专门写作的诗话，仍旧是桐城派传统的诗歌评点的产物。其直接的写作动因是道光十三年（1833）应姚莹之邀，至其常州官署编校姚范《援鹑堂笔记》。该书卷四十系评王渔洋所编《古诗选》，方东树斟酌其说，积累了不少笔记，于道光十九年（1839）八月前编成论五古的部分，二十年五月又编成七古部分，再加上二十一年六月编成的姚鼐《今体诗钞》评④，就构成了《昭昧詹言》的主体内容。尽管这些评语内容受选本的限制，并有详于古体而略于今体，偏好七言长句的解说而疏略于五言的倾向⑤，但仍涵盖了原理论、体制论、作者论、作品论等传统诗学的主要内

---

① 王济民《清乾隆嘉庆道光时期诗学》，巴蜀书社2007年版，第110—121页。
② 史哲文《论方东树妙力气审美论——以唐诗批评为中心》，《社会科学论坛》2015年第10期；史哲文、许总《论方东树对沈德潜诗论的继承与改造》，《学术界》2014年第2期。
③ 李涛、卢佑诚《建构古典诗学批评的新范式——方东树"以文论诗"新论》，《皖西学院学报》2007年第6期。学界对此的讨论前已有梅运生《古文与诗歌的会通与分野——桐城派谭艺经验之新检讨》，《安徽师范大学学报》1986年第1期；许结《论方东树在桐城文学理论建设中的作用》，《古代文学理论研究丛刊》第13辑，上海古籍出版社1988年版；方任安《以文为诗，以文论诗：桐城诗派的诗学观》，《安庆师范学院学报》1997年第1期。
④ 杨淑华《方东树〈昭昧詹言〉及其诗学定位》，上册第13页。
⑤ 同上书，上册第91页。

容,有着较为严密的理论体系,可见并非随手落笔,而是出于有计划的写作,我们可据以对方东树诗学的内在理路做一番剖析。

1. 诗学原理

前辈学者也是桐城派传人吴孟复先生论桐城派,首先指出桐城文人以教师为职业,不但自己写文章,还要给人讲文章,教人做文章。因此他们论文章非常讲究切实功夫,实用的技巧[①]。这是认识和理解桐城派诗文论的关键,遗憾的是迄今未被研究者注意。方东树一生辗转于馆塾、书院,主要从事于今日所谓文学教育工作,从这职业角度看他的诗学,就会得到一些不同于时贤论断的认识。

首先,我们看到,方东树虽人微言轻,但久经历练的职业责任感还是促使他关注当代学术和文学批评,在评《古诗选》伊始,他就对当时的文学下了一个大判断:"大约今学者非在流俗里打交滚,即在鬼窟中作活计,高者又在古人胜境中作优孟衣冠。求其卓然自立,冥心孤诣,信而好古,敏以求之,洗清面目,与天下相见者,其人不数遘也。"[②]为此,他论学、著书无不汲汲以创新为要务,以超越前人为旨归。《书林扬觯》全书都贯穿着这一宗旨,洋溢着推陈出新的激情:

> 凡著书及为文,古人已言之,则我不可再说;人人能言之,则我不屑雷同。必发一种精意,为前人所未发,时人所未解;必撰一番新辞,为前人所未道,时人所不能。故曰"惟古于辞必己出"。而又实从古人之文神明变化而出,不同杜撰。故曰"领略古法生新

[①] 参看吴孟复《桐城文派述论》,安徽教育出版社1992年版,第21页。
[②] 方东树《昭昧詹言》卷一,人民文学出版社1981年版,第4页。

奇"。若人云亦云,何赖于我?①

这里在强调超越前人、时流的同时,并没有抛弃传统。出新不等于杜撰,新奇要从古法中神明变化而出,这种意识明确地将创新建立在领略传统的前提上,为后学阐明了正确的学习、写作理念。《昭昧詹言》正是依据这样的理念来展开其诗学各层面论述的。

方东树虽师承姚鼐,但论诗旨趣颇不相同,他对王渔洋诗学阴有所承②,却远不像姚鼐那么通盘接受,对渔洋典、远、谐、则之说更是不以为然,他明显要提出一套属于自己的理论话语。《昭昧詹言》卷一题作"通论五古",实为通论诗学的基本原理。像清代诗论家通常本自经传古训立论一样,方东树开宗明义也说:

> 《传》曰:"诗人感而有思,思而积,积而满,满而作。言之不足,故长言之,长言之不足,故嗟叹咏歌之。"以此意求诗,玩《三百篇》与《离骚》及汉、魏人作自见。夫论诗之教,以兴、观、群、怨为用。言中有物(抄本作言之有味),故闻之足感,味之弥旨,传之愈久而常新。臣子之于君父,夫妇、兄弟、朋友、天时、物理、人事之感,无古今一也。故曰:诗之为学,性情而已。③

这段话将儒家的诗学观念做了一个整合,并以"无古今一也"确认了其无可质疑的永恒性,为自己的言说定下总体框架。随后他就撇开那些老生常谈的命题,而将讨论引向了写作层面,独就"积而满,满而作"作

---

① 方东树《书林扬觯》,道光刊本。
② 台湾学者张健曾指出方东树论诗讲妙悟,如:"盛唐人固无体不妙,而尤以五言律为最。此体中又当以王孟为最,以禅家妙悟论诗者,正在此耳。"张健认为"此乃承沧浪渔洋立论者,绝非方姚口吻。"(《明清文学批评》,国家出版社1983年版,第258页)按:姚鼐诗学原承渔洋绪余,方东树这里亦属发挥姚鼐诗学的倾向。
③ 方东树《昭昧詹言》卷一,第1页。

二十八　诗学、文章学话语的沟通与桐城派诗歌理论的系统化

了特别的发挥:

> 思积而满,乃有异观,溢出为奇。若第强索为之,终不得满量。所谓满者,非意满、情满即景满。否则有得于古作家,文法变化满。以朱子《三峡桥》诗与东坡较,仅能词足尽意,终不得满,无有奇观。况不及朱子此诗者耶?①

方东树显然很重视写作的准备状态,认为必如水积满而自然溢出,才有奇观伟量。而所谓满的状态又分为意满、情满、景满和文法变化满四类,前三类是老生常谈,即刘勰《文心雕龙·神思》篇所谓:"登山则情满于山,观海则意溢于海。"第四类较少见,但也不是方氏的创说,其实就是王昌龄说的"作文兴若不来,即须看随身卷子,以发兴也"②。即当情、意、景的自然触发不足时,便借助于学养所积而触发之。这又是唐人诗格谈论写作经验的秘诀,暗示了方东树诗学的特殊渊源。方东树最推崇杜甫那种"从肺腑中流出,自然浑成"之作③,而反对强作,曾引姚鼐论陆游语曰:"放翁多无谓而强为之作,使人寻之,不见兴趣天成之妙。"④强作不仅指创作动机的勉强不自然,还包括内容的造作。陆游诗歌的内容,在方氏看来就属于刻意强为之。因此他特别强调诗歌应该说"本分语",即在什么场合,是什么身份,就说什么话。为此他甚至将诗以道性情的古典命题重新做了界定:

> 诗道性情,只贵说本分语。如右丞、东川、嘉州、常侍,何必深于义理,动关忠孝?然其言自足自有味,说自己话也;不似放翁、山

---

① 方东树《昭昧詹言》卷一,第1页。
② 王昌龄《诗格》,张伯伟《全唐五代诗格汇考》,江苏古籍出版社2002年版,第164页。
③ 方东树《昭昧詹言》卷十四,第380页。
④ 方同上书卷十二,第329页。

谷矜持虚骄也。四大家绝无此病。①

这里指出前人创作中一种好作大言的习气，与袁枚、赵翼对前人诗中的淑世之语不以为然，如出一辙，都对古今作者一种貌似崇高的写作态度提出了质疑。陆游晚年诗中的恢复之志，已被赵翼哂为："南宋偷安仇不报，放翁取之作诗料。"②赵翼《偶得九首》其六说："诗人好大言，考行或多爽。士须储实用，乃为世所仗。不可无此志，隔瘼视痛痒。不可徒此言，虚名窃标榜。"③方东树针对诗歌本源、写作动机提出满溢为奇的命题，在写作态度上强调"说本分语"，不仅是见识通达的经验之谈，也深中古今作者好作大言、惟求政治正确的习气。这对倡导一种与普通士人身份相称的自然、本色的写作，是很有意义的，也符合基于教学实践的桐城文学理念的朴素品格。

方东树满溢为奇的四满之一，在唐人之后重新提出向古代作家寻求启迪的问题，很有意义。古人的启迪包括许多方面，而方东树特别限定于"文法变化"，这绝不是随便说说的。"文法"是方东树论诗的一个核心概念，正如汪绍楹先生所说，方东树对诗的见解是以"古文文法"通于诗④。方东树自己曾说："欲知插叙、逆叙、倒叙、补叙，必真解史迁脉法乃悟，以此为律令……坡、谷以下皆未及此。惟退之、太史公文如是，杜公诗如是。"⑤自从黄庭坚指出："杜之诗法，韩之文法也。诗文各有体，韩以文为诗，杜以诗为文，故不工尔。"⑥虽属于反面教材，但出于

---

① 方东树《昭昧詹言》卷十二，第330页。
② 赵翼《论诗》，《瓯北集》卷二十六，《赵翼全集》，凤凰出版社2009年版，第5册第461页。
③ 赵翼《瓯北集》卷二十一，《赵翼全集》，第5册355页。
④ 汪绍楹《昭昧詹言》校点后记，第539页。
⑤ 方东树《昭昧詹言》卷十七，第233页。
⑥ 陈师道《后山诗话》引，何文焕辑《历代诗话》，上册第303页。

二十八　诗学、文章学话语的沟通与桐城派诗歌理论的系统化

大家手笔,仍成为宋代"破体为文"的口实,而普遍性的实践又自然地产生诗文之法及其批评的相互沟通。明清以后,在八股文主导文学思维的大背景下,以文法说诗尤其是说杜诗者不乏其人,至吴瞻泰《杜诗提要》而极其至。吴书自序提到:"至其整齐于规矩之中,神明于格律之外,则有合左氏之法者,有合马、班之法者。其诗之提挈、起伏、离合、断续、奇正、主宾、开合、详略、虚实、正反、整乱、波澜、顿挫,皆与史法同。而蛛丝马迹,隐隐隆隆,非深思以求之,了不可得。"①这些概念都是古文和八股文法的概念,叶燮《原诗》论及章法、结构也常用这些概念,应该同出于文法。此外,像《絸斋诗谈》《絸斋文谈》的作者张谦宜,《史记论文》《杜诗论文》的作者吴见思,以及《杜诗详注》的作者仇兆鳌等,也都是喜欢以文法论诗的批评家。这几位都兼为古文家,论诗时自觉不自觉地用文法来说诗,或许是出于习惯。但方东树不一样,他以文法论诗首先是基于一种"打通"的意识。兼为古文名家和诗人的方东树,有着丰富的创作经验和对文艺规律的深刻认识,这让他对艺术理论抱有一种融通的信念:

> 大约古文及书、画、诗,四者之理一也,其用法取境亦一。气骨间架体势之外,别有不可思议之妙。凡古人所为品藻此四者之语,可聚观而通证之也。②

他坚信在不同艺术门类之间,有着共同的原理,所以诗、古文、书、画的批评概念也是可通用的。他本人论诗,就常与文章相提并论;或以文章、著书立论,而终归于"诗理亦然"。这是他论诗特有的话语方式,同时也是理学观念的一种习惯表达。他曾引朱子"文章要有本领,此存乎识与道理。有源头则自然著实,否则没要紧"之说,而加按语道:"愚

---

① 吴瞻泰《杜诗提要》卷首,康熙刊本。
② 方东树《昭昧詹言》卷一,第30页。

谓诗亦然,否则没要紧,无归宿,何关有无?"①又引艾南英论文曰"道理正,魄力大,气味醇,色泽古",以为"此亦可通之于诗"②。论及学诗的义法,他特别强调:"至于意境高古雄深,则存乎其人之学问道义胸襟,所谓本领,不徒向文字上求也。"③类似这些议论都有助于打通诗文的界限,从诗文的共性出发理解文学的基本问题。最极端的说法,莫过于宣称:"诗与古文一也,不解文事,必不能当诗家著录。"④而讲到章法,则言"所谓章法,大约亦不过虚实顺逆、开合大小、宾主人我情景,与古文之法相似,有一定之律,而无一定之死法"⑤。最终,文章理论毫无障碍地融入诗论中,在一定程度上扩大了传统诗学的视野和问题意识。究其所由,则全然是立足于文学教育的立场,从不同艺术门类的共性、不同文体的共性来认识今所谓"文学"的一般特征。换句话说,方东树所谓"古文及书,画,诗,四者之理一也",已是现代文艺学的萌芽,只是还缺一个概念来命名它而已。正如现代学科分支概念都源于教育体制,方东树这种文艺学观念不用说也与他的教育经历密切相关。

2. 诗学话语

当文章学理论融入诗论后,"文法"就顺理成章地成为方东树论诗的一个统摄性概念。方东树两次引用姚范论及"文法"之语,其一曰"昌黎于作序原由,能简洁,而文法硬札高古",他坦言"余以此言移之

---

① 方东树《昭昧詹言》卷一,第 2 页。
② 同上书卷十四,第 376 页。
③ 同上书卷八,第 214 页。
④ 同上书卷十四,第 376 页。
⑤ 同上书,第 832 页。

二十八　诗学、文章学话语的沟通与桐城派诗歌理论的系统化

于诗"①。他所以将这个桐城前辈使用的文章学概念移植于诗,显然是觉得这个概念很好用。在《昭昧詹言》中,"文法"一词出现的频度确实非常高,应该不下几十次。如:

> 字句文法,虽诗文末事,而欲求精其学,非先于此实下功夫不得。②
>
> 古人不可及,只是文法高妙。③
>
> 文法不超妙,则寻常俗士皆能到,一望易尽,安足贵乎?④
>
> 汉魏诗陈义古,用心厚,文法高妙浑融,变化奇恣雄俊。⑤
>
> 用意精深,章法文法,曲折顿挫,变化不可执著。⑥
>
> 太白胸襟超旷,其诗体格宏放,文法高妙,亦与阮公同。⑦

这些用例多出现在古诗评点中,说明"文法"通常是方东树审视古诗的着眼点之一。如阮籍《咏怀》"昔年十四五"方东树评:

> 起四句,求荣名也。"开轩"四句,"荣名安所之"也。却以二句横接顿住,乃悟为仙人所笑。另结夷犹咏叹,文势文法,于壮阔浩迈中,一一倒卷,截断逆顺之势,惟阮公最神化于此。凡文法,先顺,后必逆。"平生少年时"篇略同。⑧

在这段评语和上列引文中,文法都是与章法、文势对举的。相对于章法之具体来说,它具有原理的一般性;而相对于文势之虚来说,它又有着

---

① 方东树《昭昧詹言》卷一,第 22 页。
② 同上书,第 15 页。
③ 同上书,第 8 页。
④ 同上书卷十一,第 235 页。
⑤ 同上书卷二,第 52 页。
⑥ 同上书卷四,第 121 页。
⑦ 同上书卷三,第 81 页。
⑧ 同上书,第 87 页。

较实在的规律性。所以说："文法不过虚实顺逆、离合伸缩，而以奇正用之入神，至使鬼神莫测。"①概言之，文法就是操控章法而主导文势的一般原则，汪绍楹校点后记所列举的62个题法、章法、字法，如"序题""还题面""题后绕补""入题交代""为前后过节""向空中接""横云断山法""拆洗翻用""设色攒用"等，笼而统之也可用"文法"概之，但实际上它们都是文法所统摄的下位概念。

正如上引阮籍《咏怀》评语所示，当文法成为方东树审视作品的一个基本角度后，它不仅决定了方东树对具体作品的判断，更直接影响到他对某些体式艺术特征的认识，最典型的莫过于七古。在方东树看来，若不懂古文，根本就不能懂得七古的章法：

> 诗莫难于七古。七古以才气为主，纵横变化，雄奇浑灏，亦由天授，不可强能。杜公、太白，天地元气，直与《史记》相埒，二千年来，只此二人。其次，则须解古文者，而后能为之。观韩、欧、苏三家，章法剪裁，纯以古文之法行之，所以独步千古。南宋以后，古文之传绝，七言古诗遂无大宗。阮亭号知诗，然不解古文，故其论亦不及此。②

由于这段议论是针对王渔洋《古诗选》而发，最后特别提到渔洋论七古未透这一层。但这并不能保证以古文法作七古是唯一正确的方式，而且也不是他的独家发明。王渔洋没谈到这点是不错，但后来的诗论家却有类似的论说。如乔亿曾说《剑溪说诗》即言："《史》《汉》、八家之文，可通于七古；李、杜、韩、苏之七古，可通于散体之文。"③清初同样以古文法论诗的叶燮，也在《原诗》中留下一段以文法解析杜诗的例子：

---

① 方东树《昭昧詹言》卷八，第214页。
② 同上书卷十一，第232页。
③ 乔亿《剑溪说诗》卷上，郭绍虞辑《清诗话续编》，第2册第1086页。

二十八　诗学、文章学话语的沟通与桐城派诗歌理论的系统化

杜甫七言长篇,变化神妙,极惨淡经营之奇。就《赠曹将军丹青引》一篇论之:起手"将军魏武之子孙"四句,如天半奇峰,拔地陡起。他人于此下便欲接"丹青"等语,用转韵矣。忽接"学书"二句,又接"老至""浮云"二句,却不转韵,诵之殊觉缓而无谓。然一奇峰高插,使又连一峰,将来如何撒手? 故即跌下陂陀,沙沵石确,使人褰裳委步,无可盘桓。故作画蛇添足,拖沓迤逦,是遥望中峰地步。接"开元引见"二句,方转入曹将军正面。他人于此下,又便写御马"玉花骢"矣。接"凌烟""下笔"二句,盖将军、丹青是主,先以学书作宾;转韵画马是主,又先以画功臣作宾。章法经营,极奇而整。此下似宜急转韵入画马,又不转韵,接"良相""猛士"四句,宾中之宾,益觉无谓。不知其层次养局,故纡折其途,以渐升极高极峻处,令人目前忽划然天开也。至此方入画马正面,一韵八句,连峰互映,万笏凌霄,是中峰绝顶处,转韵接"玉花""御榻"四句,峰势稍平,蛇蟺游衍出之。忽接"弟子韩幹"四句。他人于此必转韵,更将韩幹作排场,仍不转韵,以韩幹作找足语。盖此处不当更以宾作排场;重复掩主,便失体段。然后永叹将军善画,包罗收拾,以感慨系之篇终焉。章法如此,极森严,极整暇。①

尽管两人的解说方式和话语各别,但论文法,则不外乎如方东树所谓"其能处,只在将叙题、写景、议论三者,颠倒夹杂,使人迷离不测,只是避直、避平、避顺"而已②。这便是方东树透过古文之法所看到的七古的文法,而避直、避平、避顺作为一般原则又统摄了许多具体的章法、句法、字法,贯穿于《昭昧詹言》全书。不仅卷一通论有专门阐述,后面评论具体作家时,更时时就其特点申发理论问题。一些传统的理论命题

---

① 蒋寅《原诗笺注》外篇下,上海古籍出版社2014年版,第438—439页。
② 方东树《昭昧詹言》卷十一,第234页。

就在文法的具体运用和阐发中得到深化,而一些新命题也因文法概念的引入而衍生,由此形成《昭昧詹言》特有的一套批评话语。

研究者已注意到,方东树评诗使用了一些新颖的概念,如棱、汁、浆等,它们很可能源于文章评点。但除了魏耕原从《朱子语类》找到"汁浆"的用例,从刘熙载《艺概·经义概》找到"文有攻棱、补洼两法"为佐证外①,仍不知其所谓。这些术语在《昭昧詹言》第一次出现时,即已暗示其文章学的渊源:

> 行文必有奇棱,必有正汁,却不许挨衍。②
>
> 凡诗文之妙者,无不起棱,有汁浆,有兴象,不然,非神品也。③

所谓行文,当然是指作文。奇棱和正汁,方氏没有解释,据同事扬之水先生见教,起棱、汁浆,都是明黄成《髹饰录》中的术语。髹漆工序,首先是垸漆,在木胎上贴麻布,然后上漆灰,分别以粗、中、细工序刮三道。据王世襄《髹饰录解说》言:"第一次粗灰漆,第二次中灰漆,第三次作起棱角,补平窳缺"。然后是糙漆,即刮灰、磨平之后再涂漆。王世襄《解说》引乾隆十四年《工部则例》卷二十五《漆作用料则例》:"凡使汁浆灰一遍,……用严生漆二钱。"④然则起棱和汁浆的本义,就是用灰漆刮出器形的边缘,使棱角分明,再涂以汁浆,使圆润平滑。方东树用以喻诗,则指片断间的衔接既要有清晰的界线,又要有平滑从容的过渡。挨衍一词,参照另一则"大抵有一两行五六句平衍骏说,即非古。如贾生文,句句逆接横接,杜诗亦然。韩公诗间有顺叙者,文则无一挨

---

① 魏耕原《方东树〈昭昧詹言〉"棱、汁、浆"考论》,《中国诗学》第18辑,人民文学出版社2014年12月版。
② 方东树《昭昧詹言》卷一,第27页。
③ 同上书卷十二,第264页。
④ 黄成著、王世襄整理《髹饰录》,中国人民大学出版社2004年版。

笔"①,可以推知就是骏说、挨笔,即依次直叙顺叙,后一则论题面题绪"既要清楚交代,又不许挨顺平铺直叙"②,说得更为清楚。其核心意思正是上文提到的避直、避平、避顺之旨,所以说:"古人文法之妙,一言以蔽之曰:语不接而意接。"③由此我们又可以理解,起棱即是造成语不接的阻碍,再涂以汁浆,使之光润不糙手,又指意脉阻断后延宕和悠游的过渡。方东树的比喻是否直接源于髹漆工艺,不敢断定,参照刘熙载《艺概·经义概》"文有攻棱、补洼两法"来看,很可能出自时文家相传之说。总之,由其书中一再提到起棱、汁浆观之,不像是偶然涉笔:

> 陶渊明《归田园五首》"久去山泽游"评:此又追叙今昔,是题中"归"字汁浆。④
>
> 陶渊明《饮酒》"故人赏我趣"评:"父老"四句,说醉后之趣,情景意识,真汁浆垒涌。⑤
>
> 杜甫《醉歌行》评:是日句起棱写,收完密。章法井井,又棱。使无棱,则平无可存。⑥

他扬言"一诗必兼才学识三者。起棱在神气,存乎能解太史公之文;汁浆存乎读书多,材料富"⑦,甚至夸耀是"千余年不传之秘"⑧,但就是不肯稍事解释这些名词到底是什么意思。这真是古人论诗文的通病!但不要紧,我们参互其文字大概还能明白他究竟说什么。从下面一段话

---

① 方东树《昭昧詹言》卷一,第26页。
② 同上书,第27页。
③ 同上书,第28页。
④ 同上书卷四,第107页。
⑤ 同上书,第115页。
⑥ 同上书卷十二,第267页。
⑦ 同上书卷十一,第235页。
⑧ 同上书,第234页。

已可看出,汁浆是起棱的结果:

> 大约不过叙耳、议耳、写耳,其入妙处,全在神来气来,纸上起棱,骨肉飞腾,令人神采飞越。此为有汁浆,此为神气。①

行文入妙而到神来、气来的境界,就产生起棱的作用,从而实现骨肉飞腾即语不接而意接的效果。这就意味着,起棱具有阻断语势的功能,它一方面起到避直、避平、避顺的作用,同时还达成涂抹汁浆的效果。为什么要汁浆呢?意谓阻断语势后,要留出一个悠游不迫、生发感想的空间。以杜甫《观打鱼歌》为例:

> 绵州江水之东津,鲂鱼鱍鱍色胜银。渔人漾舟沉大网,截江一拥数百鳞。众鱼常才尽却弃,赤鲤腾出如有神。潜龙无声老蛟怒,回风飒飒吹沙尘。饔子左右挥双刀,脍飞金盘白雪高。徐州秃尾不足忆,汉阴槎头远遁逃。鲂鱼肥美知第一,既饱欢娱亦萧瑟。君不见朝来割素鬐,咫尺波涛永相失。

方东树评:"前段打鱼,后段食鱼。每段有汁棱,托想雄阔远大。潜龙句汁浆。"②按方东树的理解,在前段和后段之间,潜龙句正好是阻断打鱼场景的起棱,带出渲染江上风涛气势的"回风"句。这貌似电影空镜头而又意味悠长的景句,就是起棱后抹上的汁浆,它延缓了饔子治庖的出场,使江上风涛的动荡到宴席饱餐之间有了一个过渡。又如杜甫《丹青引赠曹将军霸》一诗:

> 将军魏武之子孙,于今为庶为清门。英雄割据虽已矣,文采风流犹尚存。学书初学卫夫人,但恨无过王右军。丹青不知老将至,富贵于我如浮云。开元之中常引见,承恩数上南熏殿。凌烟功臣

---

① 方东树《昭昧詹言》卷十一,第 234 页。
② 同上书卷十二,第 261 页。

少颜色,将军下笔开生面。良相头上进贤冠,猛将腰间大羽箭。褒公鄂公毛发动,英姿飒爽来酣战。先帝天马玉花骢,画工如山貌不同。是日牵来赤墀下,迥立阊阖生长风。诏谓将军拂绢素,意匠惨淡经营中。斯须九重真龙出,一洗万古凡马空。玉花却在御榻上,榻上庭前屹相向。至尊含笑催赐金,圉人太仆皆惆怅。弟子韩幹早入室,亦能画马穷殊相。幹惟画肉不画骨,忍使骅骝气雕丧!将军画善盖有神,必逢佳士亦写真。即今飘泊干戈际,屡貌寻常行路人。途穷反遭俗眼白,世上未有如公贫。但看古来盛名下,终日坎壈缠其身。

方东树评:"'褒公'二句与下'斯须'句、'至尊'句皆是起棱,皆是汁浆。于他人极忙之处,却偏能闲雅从容,真大手笔也。"① 此诗分为四段,起八句叙曹霸门第及艺术渊源,次八句述重绘开国功臣像,复次十六句述画玄宗玉花骢事,末八句怜其乱中流离之状。其中绘功臣像、画玉花骢、玄宗宠赐是诗中三个亮点,方东树说"褒公"二句与"斯须"句、"至尊"句都是起棱,就是认为它们都是阻断情节延续而过渡到下一情节的关节点:"褒公"二句用"来酣战"活写段志玄、尉迟恭的神勇,激发许多想象;"斯须"句以真龙乍现称赞玉花骢的神骏,生出下句的无限赞叹;"至尊"句又以玄宗催赐金的殊宠,引出豢马侍臣的失落。其共同的结构功能是引出一层令人玩味的感触,延缓了情节推进、过渡的节奏。古来作者于长篇作品,常使用一些手段来调节抒情节奏的张弛。杜甫《北征》在叙述途径凤翔、邠郊的荒寒景象之后,忽插入"山果多琐细,罗生杂橡栗。或红如丹砂,或黑如点漆"一段幽闲物色,便是诗史上一个著名的以写闲景物调节抒情节奏的例子。方东树的起棱、汁浆之说,实际上也是用横插入的新意——"酣战"取代静态服饰描写,"真

---

① 方东树《昭昧詹言》卷十二,第264页。

龙"之喻变换表现方式,"赐金"中断画马逼真效果的铺叙,使急促、紧张的叙事停顿下来;随后,仿佛涂上汁浆似地滋生的新意,再构成一个变速的过渡片段。

　　理解了这一点,就可知道,起棱生汁既可以发生在篇首,即"起法以突奇先写为上乘,汁浆起棱,横空而来也"①。如杜甫《冬狩行》"前段叙猎,且叙且写,有起棱,有闲情"②。《古柏行》"起四句以叙为写,首句叙,二三四句便是写,已有棱汁"③。也可以发生在篇中,如杜甫《奉先刘少府新画山水障画》"耳边句,随手于议写中起棱,反思句棱汁"④。或发生于篇尾,如杜甫《又观打鱼》"'且莫'以下议,起棱乃见归宿。"⑤杜甫《韦讽录事宅观曹将军画马图》"'借问'二句起棱,收束点题"⑥。苏轼《武昌西山》"'西山'以下细述,夹写带棱","'请公'二句收,顺逆棱汁"⑦。甚至通篇出现多处,所谓"汁浆起棱,不止一处,愈多愈妙。段段有之乃妙,题后垫衬出汁起棱更妙"⑧。方东树举出的例子有《苏端薛复宴简薛华醉歌》"起句妙,先起棱。'安得'三句插入,'百壶'以下叙饮,入薛华,亦是点题。'气酣'以下总收起棱,神气俱变"⑨。但通观全书,我们也知道,起棱、汁浆并不是个通用的概念,除了通论中的阐说外,只在评陶、论杜中使用过,而且主要用于七古。在方东树看来,七古中叙述、描写、议论三种笔法很难处理得当,"无写但

---

① 方东树《昭昧詹言》卷十一,第234页。
② 同上书卷十二,第265页。
③ 同上书,第265页。
④ 同上书,第259页。
⑤ 同上书,第261页。
⑥ 同上书,第263页。
⑦ 同上书,第302页。
⑧ 同上书卷十二,第234页。
⑨ 同上书卷十二,第260页。

叙议,不成情景,非作家也。然但恃写,犹不入妙;必加倍起棱汁浆,或文外远致,此为造极"①。以这样一种眼光看七古,他就看到前人未曾注意的章法特点及其在作家间的承传。如杜甫《渼陂行》,历来评注家很少注意它的章法,而方东树却指出:"此只用起二句叙点,以下夹叙夹写。此等章法,欧公惯用,无甚深奇。但其色古泽浓郁,棱汁巨响,非欧公所有,韩公亦时时学此。"又特别点明"'船舷'句棱,'此时'句加棱"②,引导我们玩味这两句加棱对意脉的影响。

3. 诗歌写作理论

桐城派的学问因其重视教学的倾向,都带有讲究路径切实的特点,诗学也不例外。方东树诗学特别典型地体现了桐城派教师之学的经验特征,严格地说应该单独列出一个学诗法。他论学诗,非常讲究熟习一家再学一家,尝列举前辈之说,如李翱云:"创意遣词,皆不相师。故其读《春秋》也,如未尝有《诗》。"朱熹云:"学文学诗,须看得一家文字熟,向后看他人亦易知。"姚鼐云:"凡学诗文,且当就此一家用功,良久尽其能,真有所得,然后舍而之他。"方东树嘱学人"当其读时学时,先须具此意识,以专取之。既造微有得,然后更徙而之他"③。这也是古人学诗文乃至书画一以贯之的宗旨。但他同时又诫人入手须从难到易,不可先落凡近,说"古人文之高妙,无不艰苦者。但阮公、陶公艰在用意用笔,谢、鲍艰在造语下字。初学人不先从鲍、谢用功,而便学阮、陶,未有不凡近浅率,终身无所知"④,就可能是他自己的主张了,同样

---

① 方东树《昭昧詹言》卷十一,第233页。
② 同上书卷十二,第258页。
③ 同上书卷一,第9页。
④ 同上书卷四,第110页。

也是经验之谈。

对方东树来说,学习的目的终究是为了写作,所以他讲说的学诗之法,经常也就是写作的原则。比如:

> 凡学诗之法:一曰创意艰苦,避凡俗浅近习熟迂腐常谈,凡人意中所有。二曰造言,其忌避亦同创意,及常人笔下皆同者,必别造一番言语,却又非以艰深文浅陋,大约皆刻意求与古人远。三曰选字,必避旧熟,亦不可僻。以谢、鲍为法,用字必典。用典又避熟典,须换生。又虚字不可随手轻用,须老而古法。四曰隶事避陈言,须如韩公翻新用。五曰文法,以断为贵,逆摄突起,峥嵘飞动倒挽,不许一笔平顺挨接。入不言,出不辞,离合虚实,参差伸缩。六曰章法,章法有见于起处,有见于中间,有见于末收。或以二句顿上起下,或以二句横截。然此皆粗浅之迹,如大谢如此。若汉魏、陶公,上及风骚,无不变化入妙,不可执著。①

这里说的是"学诗之法",但创意、造言、选字、隶事、文法、章法六者,无不是作诗之法,并且是一般的粗浅知识;而一旦讲到略深一点的经验,就不免卖弄点噱头,露出教师爷的声口。比如说:"豪语须于困苦题发之;失志时不可作颓丧语;苦语须于佛仙旷达题发之;流连光景须有悟语,见道根;山水凭吊须发典重语;酬赠应答须发经济语;如此乃为超悟,故作家不传之秘,而非学究伧父腐语正论所能解此秘奥。"②像这类不传秘诀最近于唐、宋、元人诗格的条规,只不过多了一点诲人不倦的广告色彩,终究不脱匠气。

但话又说回来,一个合格的、成功的教师,当然是要有真学问、真见解的。方东树最重要的工作是在于将桐城派的诗文理论细密化和系统

---

① 方东树《昭昧詹言》卷一,第10—11页。
② 同上书卷十一,第236页。

化。首先引起我注意的是,方东树很明显地区别了写作和批评两类不同的概念。在他的诗论中,有些概念是分属于写作和批评两个范畴的。比如,论文历来最重气,与气相关的概念有气脉和气势,两者看似指的是同一对象,但方东树却别有分疏,于写作讲气势,于批评则讲气脉。讲气势之例如:

> 气势之说,如所"云笔所未到气已吞",高屋建瓴,悬河泄海,此苏氏所擅场。但嫌太尽,一往无余,故当济以顿挫之法,如所云有往必收,无垂不缩,"将军欲以巧服人,盘马弯弓惜不发"。此惟杜、韩最绝,太史公之文如此,《六经》、周、秦皆如此。[1]

> 以诗言之,东坡则是气势紧健,锋刃快利,但失之流易不厚重,以此不及杜、韩。[2]

> 朱子曰:"行文要紧健,有气势,锋刃快利,忌软弱宽缓。"按此宋欧阳、苏、曾、王皆能之,然嫌太流易,不如汉唐人厚重。[3]

讲气脉之例则有:

> 大约诗文以气脉为上。气所以行也,脉绾章法而隐焉者也。章法形骸也,脉所以细束形骸者也。章法在外可见,脉不可见。气脉之精妙,是为神至矣。[4]

两相比照,讲气势是总结前代文章写作经验,教人写作中如何运用、控制气势;而讲气脉则是教人如何理解、辨认气脉,前者主于写作,后者主于批评,一目了然。

出于对写作理论和批评理论的自觉辨析,方东树《昭昧詹言》评论

---

[1] 方东树《昭昧詹言》卷一,第24页。
[2] 同上。
[3] 同上。
[4] 同上书,第30页。

作品,往往不是纯粹作价值判断,而是示人写作路径。比起沈德潜之重性情体制之正,方东树更重取意谋篇之善,将注意力由作者转移到作品上来。他评王安石《送程公辟守洪州》诗,首先断言:"此应酬题,他手只夸地颂才德而已,此时俗应酬气,纵诗句佳而意思庸俗。此言用意也。至于格局,纵用奇势,亦终是气骨轻浮,盖不知深于律法者也。"那么这种题目该如何处理呢? 他给出这样的策略:"必于此用意,将欲赞,换入他人口气,则立意不同人。以不如意先作一曲折垫起,用两人作局阵,此乃深曲迷变。"①通过变换言说主体及言说方式,作品就摆脱了世俗应酬的俗套。这也正是与他论诗文一以贯之的核心理念——力去陈言相表里的:"去陈言,非止字句,先在去熟意,凡前人所已道过之意与词,力禁不得袭用。于用意戒之,于取境戒之,于使势戒之,于发调戒之,于选字戒之,于隶事戒之;凡经前人习熟,一概力禁之。"②

话虽这么说,但在实际写作中他遵循的是桐城派的家法,将所有艺术问题都落实于语言文字之表。在他的意识中,"文字精深在法与意,华妙在兴象与词"③,因而深信"用意高深,用法高深,而字句不典不古不坚老,仍不能脱凡近浅俗。故字句亦为文家一大事"④。为此,他一再告诫后学:"字句文法,虽诗文末事,而欲求精其学,非先于此实下功夫不得。"⑤这其实也是传承和发挥桐城前辈之说,他曾经引姚范语曰:"字句章法,文之浅者,然神气体势,皆因之而见。"⑥姚鼐也曾表达过同

---

① 方东树《昭昧詹言》卷十二,第 288 页。
② 同上书卷九,第 218 页。
③ 同上书卷一,第 11 页。
④ 同上书,第 14 页。
⑤ 同上书,第 15 页。
⑥ 同上。

样的意思①。

文学写作要力去陈言,在语言层面上无非是取生、翻新二途。就诗歌的历史来看:"姜白石摆落一切,冥心独造,能如此,陈意陈言固去矣,又恐字句率滑,开伧荒一派。必须以谢、鲍、韩、黄为之圭臬,于选字隶事,必典必切,必有来历。如此固免于白腹杜撰矣,又恐挦撦稗贩,平常习熟滥恶,则终于大雅无能悟入。又必须如谢、鲍之取生,韩公之翻新,乃始真解去陈言耳。"②在此他举出了谢灵运、鲍照、韩愈、黄庭坚、姜夔五人作为取生、翻新的代表,相比桐城前辈之说,新增谢灵运、鲍照、姜夔,构成一个新的典范序列。姜夔姑且另论,谢、鲍、韩、黄四家在取生、翻新的意义上联系在一起,是有特殊内涵的,不仅印证了奇肆、新警等传统审美评价的沟通,还发抉了一些新的语言特征,即语助和虚字的运用。

杂用语助历来认为非诗家所宜,但自宋代以后,尤其是乾隆朝君臣喜为此风,遂成为诗中一个不可忽视的问题。方东树因此也专门加以讨论:

> 谢、鲍、杜、韩,其于闲字语助,看似不经意,实则无不坚确老重成炼者,无一懦字、率字便文漫下者。此虽一小事,而最为一大法门。苟不悟此,终不成作家。然却非雕饰细巧,只是稳重老辣耳。如太白,岂非作祖不二、大机大用全备? 世人不得其深苦之意,及文法用笔之险、作用之妙,而但袭其词,率成滑易。此原不足为太白病,但末流不可处,要当戒之。太白之后,真知太白,惟有欧阳公。其言太白用意、用笔之险,曰:"回视蜀道如平川。"此语可谓

---

① 参看蒋寅《海内论诗有正宗 姬传身在最高峰——姚鼐诗学品格渊源刍论》,《文艺理论研究》2015年第5期。
② 方东树《昭昧詹言》卷一,第19页。

真能学太白矣。①

在这里谢、鲍、韩、黄成了善用闲字语助的榜样，而李白相对成了容易导致滑易之弊的不完全典范，差别非常清楚。至于虚字的运用，古人虽常奉杜甫为典范，服其善用虚字，但从未细致究明具体用法，方东树则发其微义道：

> 好用虚字承递，此宋后时文体，最易软弱。须横空盘硬，中间摆落断剪多少软弱词意，自然高古。此惟杜、韩二公为然，其用虚字，必用之于逆折倒挼，令人莫测。须于《三百篇》及杜、韩用虚字处，加意研揣。②

杜甫善用虚字是诗家定论，而韩愈工于虚字则前所未闻，看来是方东树的独到见解，并且是从时文法的角度观察到的结论。由是韩愈再一次获得与杜甫并称的机会，同时，其"以文为诗"的倾向，也由宋代诗话的贬抑性评价转向正面肯定。这应该视为韩愈经典化历程中的重要一环，因为自宋代以来，韩愈诗歌的评价正缘于以文为诗而大打折扣。以文为诗一点得肯定，其价值自然会大幅度提升，而这恰恰是在方东树对桐城诗学的文法化改造中完成的。

最后还必须提到，桐城派文章学的因声求气之说，在方东树的诗论中也有所发挥。他论诗歌音节，有这样的说法："音响最要紧，调高则响，大约即在所用之字平仄阴阳上讲。须深明双声叠韵喜忌，以求沈约四声之说。同一仄声，而用入声，用上、去声，音响全别，今人都不讲矣。"③唐人在近体格律形成后而讲"词与调合"，实即讲究仄声三调的运用。后来只有词曲家讲四声，诗家反忽而不讲。明人刻意揣摩盛唐

---

① 方东树《昭昧詹言》卷一，第20页。
② 同上书，第19页。
③ 同上书卷十四，第378页。

二十八 诗学、文章学话语的沟通与桐城派诗歌理论的系统化

诗音节,心有所得而口不能言,此学遂秘而不宣。方东树重新提醒后学在平仄之上讲求阴阳、双声叠韵及上去入三声的搭配,乃是王渔洋、赵执信之后新一轮声调论的揭橥,是依托于桐城文章学"因声求气"之法开辟的另一条探索诗歌声调之路。

4. 诗歌批评理论

集教师和古文家两种身份于一身的方东树,可以说是近代以前极力追求严格的学理化批评的代表。论诗文既有教学所需的深切著明,又有作文所需的细致绵密,绝不满足于清初那种随所赏遇而漫施评语的风气。他曾毫不客气地批评王渔洋,说:"若王阮亭论诗,止于掇章称咏而已,徒赏其一二佳篇佳句,不论其人为何如,又安问其志为何如也,如何与于诗教也?"① 就大体倾向而言,他说得是不错的。不仅王渔洋,清初以来的诗歌评点都不外如此。这纯粹与诗歌批评的意识有关。王渔洋式的批评是一种风流自赏的表现,其内容与其说是表达对作品的审美判断,还不如是展示自我的生活态度和艺术趣味。方东树既没有这种情怀,也没有这种余裕,他是一个以此为职业的教师、文士,首先关注的讲授艺术和教学效果。

方东树的批评原则,除了发扬孟子知人论世的传统外,更重视文本的揣摩,一再强调"古人用意深微含蓄,文法精严密邃"②,"古人文字渊奥,非精思冥会,不能遴通"③。此所谓"文字""文法"虽不能直接等同于文章,但他下意识中是将诗歌视同于文章,或者说文章之一类的。古

---

① 方东树《昭昧詹言》卷一,第6页。
② 同上。
③ 同上书,第7页。

人的一般理解,也无非就是"诗,文之一也"①。是故方东树所理解的诗歌基本要素,既不是严羽《沧浪诗话》的体制、格力、气象、兴趣、音节,也不是叶燮《原诗》的理、事、情,甚至与桐城前辈姚范说的精神、气格、音响、兴会、义意也不重合,是文、理、义三要素:

> 求通其辞,求通其意也。求通其意,必论世以知其怀抱。然后再研其语句之工拙得失所在,及其所以然,以别高下,决从违。而其所以学之之功,则在讲求文、理、义,此学诗之正轨也。②

将讲求文、理、义自命为学诗正轨,无异于要将前代承传的体制、格调、气象、结构、意义、兴趣、音节等概念全都抹倒,归入异端。这实在是很惊世骇俗的论调。究其由来,则是本自唐李翱之说:"文、理、义三者兼并,乃能独立于一时而不泯于后代。"方东树称李翱学于韩愈,"故其言精审如此"③,不知道李翱此说出自《答朱载言书》,乃是论文而并非论诗。以为学诗正轨,虽不至于方枘圆凿,格格不入,也终不免削足适履,强人就我,适可见其诗学纯粹是建立在文章学理论之上而已。再看他对文、理、义的解释:

> 文者辞也,其法万变,而大要在必去陈言。理者,所陈事理、物理、义理也。见理未周,不赅不备;体物未亮,状之不工;道思不深,性识不超,则终于粗浅凡近而已。义者,法也。古人不可及,只是文法高妙。无定而有定,不可执著,不可告语,妙运从心,随手多变。有法则体成,无法则伧荒。率尔操觚,纵有佳意佳语,而安置

---

① 宋林景熙《郑中隐诗集序》,清毛奇龄《勤郡王诗集序》、吴之振《瀛奎律髓序》皆云:"诗者,文之一也。"徐子苓《敦艮吉斋文钞》卷一《言卓林诗序》云:"诗者文章之一事。"
② 方东树《昭昧詹言》卷一,第7页。
③ 同上。

二十八　诗学、文章学话语的沟通与桐城派诗歌理论的系统化

布放不得其所,退之所以讥六朝人为乱杂无章也。①

从这段诠说可以明白,义即法,所以文、理、义也就是文、理、法,这就与方苞的"义法"说沟通起来,同时部分地对应于姚鼐的义理、辞章范畴,实现了与桐城文学理论的衔接。方东树曾说,黄庭坚诗的独到之处"只在求与人远"。而所谓远者,包括格、境、意、句、字、音响六方面②,吴孟复先生认为这就是桐城古文的义法之所寄③。我们的确看到方东树有这样的说法:"欲学杜、韩,须先知义法粗坯。"其中包括哪些内容呢？有创意、造言、选字、章法、起法、转接、气脉、笔力截止、不经意助语闲字、倒截逆挽不测、豫吞、离合、伸缩、事外曲致、意象大小远近皆令逼真、顿挫、交代、参差,而其秘妙,尤在于声响④。如此看来,方东树的文、理、法概念绝没有停留在抽象的原理层面,而是最大限度地注入了历来有关诗文写作的技术性内容。虽然它们与文本构成的概念还隔了一层,但作为总纲,已统摄了诗学的主要内容。况且具体到诗歌作品的写作,还有用意、兴象、文法等概念⑤,这就完整地建构起一整套批评诗歌的理论话语。

以文、理、法为核心建立起来的这一套诗学理论,决定了方东树以文法论诗的批评方式。"文法"也确是《昭昧詹言》中反复出现的概念,但用法上相对论写作之实而言,论评诗则多着眼于虚。卷一写道:

> 读古人诗文,当须赏其笔势健拔雄快处,文法高古浑迈处,词气抑扬顿挫处,转换用力处,精神非常处,清真动人处,运掉简省、

---

① 方东树《昭昧詹言》卷一,第8页。
② 同上书卷十,第228页。
③ 吴孟复《桐城文派述论》,第135页。
④ 方东树《昭昧詹言》卷八,第213—214页。
⑤ 方东树《昭昧詹言》卷一:"用意高妙,兴象高妙,文法高妙,而非深解古人则不得。"第30页。

> 笔力崭绝处,章法深妙、不可测识处。又须赏其兴象逼真处,或疾雷怒涛,或凄风苦雨,或丽日春敷,或秋清皎洁,或玉佩琼琚,或憔悴寂寥,凡天地四时万物之情状,可悲可泣,一涉其笔,如见目前。而工拙高下,又存乎其文法之妙。①

这段话前半都近于言文法之妙,后半方说诗家之景,所谓以文法论诗并不等于崇尚以文为诗。一如方东树论七古,虽将叙事、议论、写景并列为三种基本表达方式,也并不意味着他视议论为必不可少。他论五言诗还说过:"作诗切忌议论,此最易近腐,近絮,近学究。"②看来他是根据诗体来区别对待某些表现手段的。前文提到方东树在批评方面着眼于气脉,这是就作品内在构成而言;就整体印象而言,他还提出过观气韵的命题:

> 读古人诗,须观其气韵。气者,气味也;韵者,态度风致也。如对名花,其可爱处,必在形色之外。气韵分雅俗,意象分大小高下,笔势分强弱,而古人妙处十得六七矣。③

气韵与气脉相比有隐显之别,气脉隐而气韵显。气韵好比是人的气色,丰润枯槁一望可知;气脉则只有搭脉才能感知。这未必是什么独到的发明,却是细致有条理的辨析。青木正儿推测方东树使用气韵概念,或许是为了与王渔洋的"神韵"相对抗④,可备一说。但真正值得注意的是,方东树说气是气味而不是前人论画所说的气势,这就将"气韵"概念彻底改造成一个诗学概念,与诗学的传统概念"意象"及书学概念"笔势"组成一个品味诗歌的概念层次,使自古相传的诗文、书画概念

---

① 方东树《昭昧詹言》卷一,第23页。
② 同上书,第20页。
③ 同上书,第29页。
④ 青木正儿《清代文学评论史》,杨铁婴译,中国社会科学出版社1988年版,第154页。

二十八 诗学、文章学话语的沟通与桐城派诗歌理论的系统化

各得清晰的界说,从而可以方便地使用。这也正是桐城派讲诗文特有的切于实用的品格。

《昭昧詹言》作为两部诗选的评点,更多的是具体作品的品评,其批评方法除了传统的知人论世(第6页)外,主要是以文本为中心讨论作品。论及所谓苏、李诗,毫不拘泥于李陵、苏武事迹,像前人那样穿凿附会,而是就文辞解说诗旨,持论相当通达。类似的例子书中不胜枚举。相比桐城前辈的诗论来,方东树在文本细读上倾注的精力要更多。且看他如何评阮籍《咏怀》"杨朱泣路歧"一篇:

> 起二句言毫厘千里,存亡几希。揖让交好也,而不可保,交期难终,一别离后,岂徒交绝而已,存亡实有焉。"萧索"二句言已见其祸衅必然之势而不可保,而为之悲。彼之交好于我,愈甘愈苦,如赵以女媚中山耳。"萧索"二句,中坚实说,力透纸背。"赵女"二句,亦是倒煞,笔势同"视彼桃李花"。"嗟嗟"二句,申言祸衅之必然而不可保,痛极长言悲号。此盖专指曹、马之交,危机如此,而爽不悟权一失即灭亡也。文法深曲妙细,血脉灌输。起二句横空设一影作案。"揖让"四句承明,而用笔横空顿挫。"萧索"二句忽换势顿住。"赵女"二句倒激酣恣。"嗟嗟"二句重著申明。用笔往复顿挫,一波三折。[①]

显然方东树对作品的意味及其表达都有很深细的玩索,评语对文法作了犀利的揭示。与陈祚明《采菽堂古诗选》、吴文淇《六朝选诗定论》、成书《多岁堂古诗选》等著名古诗选本对读,不难看出方东树的用力之处。

文学批评离不开比较,而最有效的比较莫过于剖析同题之作。方

[①] 方东树《昭昧詹言》卷三,第89页。

东树也很注重同题之作的比较，评韩愈《桃源图》，首析其章法："先叙画作案，次叙本事，中夹写一二，收入议，作归结，抵一篇游记。"然后点明："凡一题数首，观各人命意归宿，下笔章法。辋川只叙本事，层层逐叙夹写，此只是衍题。介甫纯以议论驾空而行，绝不写。"①评王安石《明妃曲》也说："此等题各人有寄托，借题立论而已，如太白只言其乏黄金，乃自叹也。公此诗言失意不在近君，近君而不为国士知，犹泥涂也。六一则言天下至妙，非悠悠者能知，以自喻其怀，非俗众可知。"②寥寥数语即中肯綮，揭示出作者存心托意之所在。

　　比较的眼光常让方东树注意到一些变例，比如他一直认为"古人诗文无不通篇一意到底者"③，但评阮籍《咏怀》"儒者通六艺"一篇，却发现此诗"十三句说儒者，一句结收，章法绝奇。言外见己非不知儒术，但己之道不同耳。古人诗文，无不一意到底。然如此又恐平钝，故贵妙有章法。此两说皆学诗微言也，学者毋忽"④。既知常又通变，这正是优秀批评家的见识。

　　正如前文所示，方东树在《昭昧詹言》中常将诗文相提并论，说明在他的意识中诗文有着共同的质性，于是以文法论诗也自然地成为他习用的方式。上文说韩愈《桃源图》"抵一篇游记"，乃是方东树以古文家眼光理解作品的典型表现。评韩愈《山石》也说："只是一篇游记，而叙写简妙，犹是古文手笔。他人数语方能明者，此须一句，即全现出，而句法复如有余地，此为笔力。"⑤评《八月十五夜赠张功曹》则说："一篇古文章法。前叙，中间以正意苦语重语作宾，避实法也。'一线'言中

---

① 方东树《昭昧詹言》卷十二，第 271 页。
② 同上书，第 287 页。
③ 同上书卷一，第 12 页。
④ 同上书卷三，第 93 页。
⑤ 同上书卷十二，第 270 页。

秋,中间以实为虚,亦一法也。收应起,笔力转换。"①评欧阳修《寄圣俞》又说:"凡寄人书,通彼我之情,叙离合之迹,引伸触类,无有言则。此诗前叙彼之才,次言己不能振之,抵一篇书。"②方东树似乎有一个信念:写作七古一定要擅长古文,"不解古文,不能作古诗,放翁所以不可人意耳"。评李商隐《韩碑》说:"此诗但句法可取而已,无复章法浮切气脉之妙,由不知古文也。欧、王皆胜之。"③李义山、陆放翁两家七古,历来评价都很高,但方东树却少所许可,甚至以为前人所以推重两家,也缘于不懂古文之法:"余最不喜放翁,以其犹粗才也。此论前未有人见者,亦且不知古文也。"④在这方面,欧阳修和王安石是他最赞赏的作家,尝言:"学欧公作诗,全在用古文章法。"⑤故而评欧阳修《送公期得假归绛》曰:"往返曲折,总是古文章法。"⑥评《送吴照邻还江南》曰:"数句耳,而往复逆折深变如此,非深于古文不知。"⑦评王安石《纯甫出释惠崇画要余作诗》曰:"此一派皆深于古文,乃解为此。初学宜从下手,乃能立脚。"⑧当然,也必须看到,方东树并没有将古文章法目为七古高境,倒不如说只是初阶而已。至于其他诗体,古文法更只是某些作品的特殊风味。比如杜甫《九日》:"用文章叙事体,一气转折,遒劲顿挫,不直致,不枯瘦。乃知严沧浪所讥'以文为诗'之论,非也。"⑨王安石《燕侍郎山水》看似"章法谨严",但他认为"全从杜公来,不自以古文

---

① 方东树《昭昧詹言》卷十二,第271页。
② 同上书,第278页。
③ 同上书,第275页。
④ 同上书,第283页。
⑤ 同上书,第275页。
⑥ 同上书,第280页。
⑦ 同上书,第283页。
⑧ 同上书,第286页。
⑨ 同上书卷十七,第415页。

法行之也"①。总之,方东树的以文法论诗,仍属于借助文法来认识和说明诗的章法、意脉,而不是用文法来范围或代替诗法,这是必须肯定的。作为文学教师的方东树,毕竟对诗文是有所解、有所见的,不至于混淆诗与文的体性及品格差异。

5. 取法路径

自唐代以后,诗学的核心问题就集中于师法途径,接受什么样的传统决定了一个诗人的艺术取向。不过,师法途径的选择并非纯粹由艺术观念或趣味决定,个人能力允许的范围、传统的影响力乃至对创新余地的估量,都会限定作者选择的方向。置身于古典诗学的末期,清代诗人对前代诗歌典范,不只王昶清楚"汉魏六朝五言古诗,妙处全在神理,千百年来转辗相仿,蹊径已穷,妙谛几尽"②,方东树也意识到"屈子之词与意,已为昔人用熟,至今日皆成陈言,故《选》体诗不可再学,当悬以为戒"③。在这种情况下,究竟该如何取法,就成了真正的问题。方东树并没有指出一条路径,而且他的议论中还出现一个逻辑悖谬:

> 古人诗格诗境,无不备矣。若不能自开一境,便与古人全似,亦只是床上安床,屋上架屋耳,空同是也。④

既然古人诗格诗境已备,后人又从哪里开拓一境呢?明人亦步亦趋地模仿唐人,又何尝不是出于对开拓新境界的绝望?何况方东树自己也说:"大约真学者则能见古人之不可到,如龙蛇之不可搏,天路险艰之

---

① 方东树《昭昧詹言》卷十二,第287页。
② 朱桂《岩客吟草》卷首,中国社会科学院文学研究所藏青丝栏抄本。
③ 方东树《昭昧詹言》卷一,第12页。
④ 同上书,第49页。

二十八　诗学、文章学话语的沟通与桐城派诗歌理论的系统化

不可升,迷闷畏苦,欲罢不能,竭力卓尔。"①知道古人不可及,竭力卓尔又如何?竭力卓尔即足以有成,即足以开拓新境么?他显然没有意识到前后说法的自相矛盾之处。

方东树还说过:"尝论唐宋以前诗人,虽亦学人,无不各自成家。彼虽多见古人变态风格,然不屑向他人借口,为客气假象。近人乃有不克自立,己无所有,而假助于人。于是不但偷意偷境,又且偷句。欲求本作者面目,了无所见。"事实上,唐宋之前与以后的诗人对待传统的不同态度,也取决于各自面临的创造空间之异——无论是文体还是技巧的资源,两者可资利用和开拓的余地大不一样。时代越往后,可供开掘的艺术空间就越小,其原理正如采矿。尽管如此,方东树还是力主推陈出新。从这个角度说,对古今诗歌面貌改变最大的,只能是叶燮所推举的杜甫、韩愈、苏东坡三人。方东树心目中最重要的诗人恰恰也是这三人:

> 观《选》诗造语奇巧,已极其至,但无大气脉变化。杜公以《六经》《史》《汉》作用行之,空前后作者,古今一人而已。韩公家法亦同此,而文体为多,气格段落章法,较杜为露圭角;然造语去陈言,独立千古。至于苏公,全以豪宕疏古之气,骋其笔势,一片滚去,无复古人矜慎凝重,此亦是一大变,亦为古今无二之境。②

三人中杜甫的典范性毋庸置疑,苏东坡也历来是文人的偶像,只有韩愈虽经叶燮大力表彰,诗家仍不能无间言。方东树从"造语去陈言"的角度推尊韩愈"独立千古",乃是对韩诗历史地位的再度确认。并且,这一确认完全是在"文法"的背景下实现的,从杜甫的融《六经》《史》《汉》到韩愈的行以文体,再到苏东坡的骋其笔势,三家的造诣和境界

---

① 方东树《昭昧詹言》卷一,第49页。
② 同上书卷八,第211页。

都被赋予一重新的意蕴。下面这段话将这新意蕴表达得更为直接：

> 韩公诗,文体多,而造境造言,精神兀傲,气韵沉酣,笔势驰骤,波澜老成,意象旷达,句字奇警,独步千古,与元气侔。①

由是我们看到,传统诗学和文法的概念——精神、气韵、笔势、波澜、意象、句字等已熔于一炉,而且其典范的确立也是在一个新的诗学语境即唐宋之争消弭之后完成的,因此泯灭了分唐界宋之迹,让我们看到一派唐宋同堂的气象。当然,方东树的大雄宝殿不是像叶燮那样三佛并列,而是三家之间有着地位等差:"杜公如佛,韩、苏是祖,欧、黄诸家五宗也。此一灯相传。"②另一处则这样说：

> 荆公健拔奇气胜六一,而深韵不及,两人分得韩一体也。……以韩较杜公、太白,则韩如象,力虽大,只是步步挨走;杜公、太白则如神龙夭矫,屈伸灭没隐见,兴云降雨,神化不测也。③

就是说,杜甫、李白为第一级,韩愈、苏轼为第二级,欧阳修、王安石为第三级,而完整的七古典范序列也由此构成：

> 杜、韩、李、苏四家,能开人思界,开人法,助人才气兴会,长人笔力,由其胸襟高、道理富也。欧、王两家,亦尚能开人法律章法。山谷则止可学其句法奇创,全不由人,凡一切庸常境句,洗脱净尽,此可为法;至其用意则浅近,无深远富润之境,久之令人才思短缩,不可多读,不可久学。④

引人注目的是,黄庭坚也进入了一流大家的行列,虽然对他的评价还颇

---

① 方东树《昭昧詹言》卷九,第219页。
② 同上书卷十一,第237页。
③ 同上书卷十二,第285页。
④ 同上书卷十一,第237页。

有保留。要知道,山谷尽管在桐城老辈中就甚被推崇,但尚未被供奉于如此尊贵的坛坫上。方东树说"山谷之学杜、韩,在于解创意造言不肯似之,政以离而去之为难能。空同、牧翁于此尚未解,又方以似之为能,是尚不足以知山谷,又安知杜、韩!"①特别肯定了黄庭坚学杜、韩而能自成面目的努力,同时也对他在明代格调派和清初软宋诗派那里未受到青睐的原因做了解释。这足以为黄庭坚争得一个比恰如其分要更高一些的位置。

晚生于沈德潜一个世纪的方东树,在沈德潜以系列诗选重构古代诗歌经典序列之后,似乎仍然要构建他自己的经典序列,因为前者未必适用于教学;同时他也要继续完成桐城派自身传统的建构,所以他在对六朝以来直到清初钱谦益、王士禛的诗学都做了主要是否定性的批评后,最后又返回到桐城派自身:

> 近代真知诗文,无如乡先辈刘海峰、姚姜坞、惜抱三先生者。姜坞所论,极超诣深微,可谓得三昧真诠,直与古作者通魂授意;但其所自造,犹是凡响尘境。惜翁才不逮海峰,故其奇恣纵横,锋刃雄健,皆不能及;而清深谐则,无客气假象,能造古人之室,而得其洁韵真意,转在海峰之上。海峰能得古人超妙,但本源不深,徒恃才敏,轻心以掉,速化剽袭,不免有诗无人;故不能成家开宗,衣被百世也。②

刘大櫆、姚范、姚鼐是他心目中对桐城派诗学贡献最大或者说最重要的三位前辈,这段话对三老的诗学造诣及得失做了相当深刻的评骘,足见钻研之深、知解之切。三老中刘大櫆诗名最盛,其诗才在方东树看来也最高,但因过于恃才敏捷,用功不深,转不及姚鼐成就之高。他这一评

---

① 方东树《昭昧詹言》卷八,第212页。
② 同上书卷一,第46页。

价可能与世间通论颇有出入,于是又加以阐述道:

> 海峰才自高,笔势纵横阔大,取意取境无不雅,吾乡前后诸贤,无一能望其项背,诚不世之才。然其情不能令人感动,写景不能变易人耳目,陈义不深而多波激。此由其本源不深,意识浮虚,而其词又习熟滑易,多袭古人形貌。古人皆甘苦并见,海峰但有甘而无苦,由其才高,亦性情之为也。海峰诗文深病在太似古人,能合而不能离。姚姬传先生以此胜之。①

方东树论诗文最重独开生面,离合之间得失顿判,黄庭坚由此足为典范,而刘大櫆也因此不足以开宗成家。最有希望的刘大櫆犹然如此,这就决定了他所认识的前代桐城诗学是一个不够完满的传统,也就是说:"诗文以避熟创造为奇,而海峰不免太似古人。以海峰之才而更能苦思创造,岂近世诸诗家可及哉?愚尝论方、刘、姚三家,各得才学识之一。望溪之学,海峰之才,惜翁之识,使能合之,则直与韩、欧并辔矣。"②尽管不够完美,但它在方东树眼中仍然是有整合的可能,更有着创造潜力的传统。这是他对桐城派诗学的总结和反思,同时也是为桐城后期诗学发展指明的路径。只不过他没有意识到,这一路径正好滑入方、刘、姚所代表的桐城文章学传统的窠臼中,使他及受到影响的桐城后学仅着意于从文法的角度开拓诗学视野和技法内容,而忽略了充分吸取传统诗学乃至桐城派内部如方世举、方贞观、方观承等积累的诗学资源的必要性,从而偏离诗学的主流方向。

惟其如此,作为桐城派后期诗学重要著作的《昭昧詹言》,在桐城后学中也未能获得一致的好评。吴汝纶《上方存之》提到有人说方书"示人以陋",他对此当然不认同,并且以为"实其平生极佳之作,视《大

---

① 方东树《昭昧詹言》卷一,第47页。
② 同上书卷三,第47页。

二十八　诗学、文章学话语的沟通与桐城派诗歌理论的系统化

意尊闻》《汉学商兑》为过之",肯定它"启发后学不在归评《史记》下"①。可我的感觉是,方东树虽列为姚门四大弟子之首,但气盛才粗,实未得姚鼐学问的绵密之长。仅粗知经学,略及性理之说,史学也疏而未密,又一味厚古薄今,恃气放言,故议论多迂阔不达于世故。论诗眼界颇高,口气很大,但对诗歌的趣味仍旧是很有局限的。评苏东坡七律,一再说宋调吾所不取,可见对宋诗明显存有偏见。就评诗而言,《昭昧詹言》说诗虽细,甚至被认为"此书在恳切详密这一点上,是罕有其匹的"②,但多近于时文家言,与诗家之说尚有一定距离。即以刘禹锡《西塞山怀古》为例:"王濬楼船下益州,金陵王气黯然收。千寻铁锁沉江底,一片降幡出石头。人世几回伤往事,山形依旧枕寒流。今逢四海为家日,故垒萧萧芦荻秋。"方东树评曰:

> 西塞山属武昌府。此地孙策、周瑜、桓玄、刘裕事甚多,此所怀独王濬一事。此诗昔人皆入选,然按以杜公《咏怀古迹》,则此诗无甚奇警胜妙。大约梦得才人,一直说去,不见艰难吃力,是其胜于诸家处;然少顿挫沉郁,又无自己在诗内,所以不及杜公。愚以为此无可学处,不及乐天有面目格调,犹足为后人取法也。③

这一段评说,仅"一直说去"四字,便见于全诗略无所解。汪师韩犹知"梦得之专咏晋事,盖尊题也"④,纪昀更指出:"第四句但说得吴。第五句七字括过六朝,是为简练。第六句一笔折到西塞山,是为圆熟。"⑤点明诗中并非不及六朝,只不过是用第五句一笔带过,第六句立即折回西

---

① 吴汝纶《吴挚甫尺牍》卷一,民国间石印本。
② 青木正儿《清代文学评论史》,第156页。
③ 方东树《昭昧詹言》卷十八,第428页。
④ 李庆甲辑《瀛奎律髓汇评》卷三,上海古籍出版社1996年版,上册第101页。
⑤ 同上书,上册第102页。

塞山,为结联的寄慨预留地步。寥寥数语便将作品的章法和作者的功力讲得十分到位,故梁章钜平章两家之说,肯定纪评"似较汪评更为显豁"①。相比之下,方东树的眼界之低更不待言,非但看不出刘禹锡笔法之妙,也读不懂诗中深刻的意味。这正是文章家论诗常不能免的鄙陋所在,只知道操持一套破承转合、提点顺逆的时文法诀来解诗,自以为深入髓理,实则门也没入。由此就不难理解,为什么《昭昧詹言》仅为桐城派后学所重,而未在诗坛产生更大的影响。根本原因在于,它从诗学角度看所具有的一些特色,恰恰是饱受时文熏陶的普通士子的惯常思路,实际并未走出新的独创之路。如果这一判断大致不错,那么本文开头所提到的认为方东树建构了古典诗学批评新范式的论断,也就需要重新考量了。

综上所述,我认为方东树继承桐城文学理论和批评中主于教学、注重实用的特点,于做诗、读诗、选诗、解诗、评诗都提出了一套完整的学说,一方面总结桐城诗学的经验内容,使之成为有系统的理论;一方面又在新的理论视野下沟通诗学和文章学,由文法中攫取部分概念入诗论,丰富了古典诗学的概念系统。这是《昭昧詹言》最重要的诗学价值和历史意义所在。但同时,这一诗学理论又不可避免地滑入方、刘、姚所代表的桐城文章学传统的窠臼中,而与饱受时文熏陶的普通士子的惯常思路相重合,并未走出新的独创之路,限制了他所能达到的理论高度。

---

① 梁章钜《退庵随笔》,郭绍虞辑《清诗话续编》,第3册第1958页。

二十九　旧学新知:李审言与《文选》学
——一种意识超前的文学研究

朱子论学,有"旧学商量加邃密,新知培养转深沉"之说,无论一个人的学业还是一个时代的学术,都是在旧学的深化和新知的酝酿中进步,在旧学的反省和新知的接受中发展变化的。每当王朝更替的政治动荡时期,或社会变革急剧的文化转型时代,旧学和新知的摩荡撞击,更呈现为复杂的交错纠结之态,许多人物及其学术的长短得失,往往要经过很多年才能看得清楚。被学界视为清代《选》学殿军的李详[1],当时有"旧学当推李审言"(樊增祥《赠丁闇公》)之目[2],与鲁迅同为大学院(中央研究院的前身)院长蔡元培第一批聘请的两位大学院特约著作员之一。据说鲁迅是作为新学的代表,而李审言则是作为旧学的代表入选的[3]。其实鲁迅的新学自有其旧法,李审言的旧学也不乏其新知。当我们透过李审言的《文选》学著述探究其背后的文学观念,就惊讶地发现,旧学中包含着朝向新时代的文学理论萌动。

1. 李审言其人其学

李详(1859—1931)字审言,号窳生、媿生、百药生。扬州兴化县

---

[1] 王书才《明清文选学述评》,上海古籍出版社2008年版,第265页。
[2] 蔡文锦《李审言评传》,中国文联出版社2001年版,第40页。
[3] 同上书,第345页。

人,明清之际名诗人李映碧裔孙。父经商不利,家道中落。审言少从江都史小庭受《左传》,好读《文选》,日课不辍。史小庭论学最推崇汪中,审言饫闻师论,仰之如天人。十九岁读《述学》,笃好其文章,集中佳篇都能背诵①。光绪十一年(1885),受知于学政黄体芳,以第一名取为附学生。翌年,继任学使王先谦视学泰州,审言复为所知,录为廪贡生。从此生计稍纾,益发苦读。三十岁撰《选学拾渖》,王先谦深为赞赏,勖以有成。光绪十七年(1891),谒淮扬海道谢元福,留幕府掌书记,为谢编录藏书,得肆读四部书籍。后谢元福因故去官,审言又馆于盐城王贞春家。屡应乡试不中,而名却鹊起,在《国粹学报》发表《论桐城派》一文,颇为当时瞩目。二十五年(1989),翰林蒯光典奉命至盐城丈量樵地,审言与陈玉澍往谒,畅论扬州学派渊源,蒯光典极赏审言才学。二十七年(1891)秋闱报罢,遂馆于蒯光典家。在南京前后五年,游于故老名士间,骈文盛为时流所赏。谭献读审言所作,称"熟精《选》理,自铸伟辞,无从来旁采肷篋之敝"②,与冯煦、缪荃孙、沈曾植并宠之以序。三十三年(1907)五月,冯煦出任安徽巡抚,沈曾植为布政使,在安庆创存古学堂,聘审言为教习,讲授史学与《文选》学。沈曾植于客座介绍审言,每以"江淮《选》学大师李先生"相称。是年十一月,蒯光典出任欧洲留学生监督,适值端方领两江总督兼南洋大臣,创江楚编译官书局,总纂缪荃孙聘审言帮办。当时其实无书可编,审言助况周颐编端方所藏金石目录解题之余,接连撰成《韩诗证选》《杜诗证选》,宣统元年(1909)刊于《国粹学报》。同年五月,陈夔龙继任两江总督,改江楚编译官书局为江苏通志局,冯煦任总纂,聘审言为协纂。

---

① 李审言《汪容甫文笺序》,《李审言文集》,江苏古籍出版社1989年版,上册第275页。后引《李审言文集》。皆据此版,不再注明。

② 李审言《药裹慵谈》卷二,《李审言文集》,上册第632页。

清室既屋,前清故老麕集于上海。李审言也于民国二年(1913)迁居沪上,馆于前江楚编译官书局总办刘世珩家,课其子并助其校刻古籍。江苏通志局复开,冯煦任总纂,聘审言为协纂。1921年2月,梁启超出版《清代学术概论》,审言读之,举书中错误数十条,刊于上海报刊,颇为学界所重视,后写定为《清代学术概论举正》一卷。1923年,应东南大学中文系主任陈中凡之聘出任国文系教授,讲授《文选》、陶渊明、杜甫、韩愈诗,未及两年以战乱辞归。1927年,蔡元培任大学院长(中央研究院前身),审言与胡适、鲁迅、陈垣等十二人同受聘为特约著述员,整理平生著述未毕,而于1931年4月3日病殁于兴化故里,享年七十三岁①。

审言自幼苦读,因为家贫无书,格外勤于抄录和诵读,记诵之博有过于常人。他在《媿生丛录》中曾记载:"癸巳秋闱至江宁,游莫愁湖,登曾公阁,读其像赞,有云'文场伏波,曰辰孔夕'者,表侄杨曾纶问所出,余云一见山谷《荆江亭诗》,次见《说文解字·晨部》。"②当时审言三十五岁,虽濩落无成,但学问已有扎实的功底。日后所撰各种著述,主要是靠对古籍的熟悉,通过不同文本的互证,揭示其互文关系或训释其义指。许多名家注释不详出典或引证错误的地方,他轻易就能举其出处,疏其源流。这本是宋人所喜好且擅长的学问路子,宋人做前代典籍注释与撰写随笔,无不刻意显示自己对古书的熟悉。被黄庭坚目为"无一字无来处"的杜诗,更成为他们炫示学问的竞技场。不过李审言的学问却绝非渊源于天水一朝,因为他治学秉承的是乡邦学术传统,即乾嘉以来始终以汉学为宗的扬州学派。

---

① 李审言生平,令嗣稚甫所撰《李详传略》偶有疏误,关国煊《李详》(台湾《传记文学》第285期,1986年5月)有所辨正,今据之。并参蔡文锦《李审言评传》,中国文联出版社2001年版。

② 李审言《媿生丛录》卷二,《李审言文集》,上册第453页。

扬州学派是乾嘉以还与吴学、皖学鼎足于学林的重要学术流派,有着清晰的学术理念与传授渊源。"扬州学派"之名始于何时,尚不太清楚。学界所知最早提到"扬州学派"一名的资料,是《刘申叔先生遗书》卷首的尹炎武《刘师培外传》①。而同出于尹氏之手的《李审言先生传》也曾提到光绪二十五(1889)审言谒蒯光典,"见即纵谈目录之学及乾嘉诸老渊源、唐宋诗文流派、国朝二百年来乡大夫所宗尚,以次及于扬州学派"②,再联系李审言《药裹慵谈》卷三"论扬州学派"一篇来看,李审言应该是较早使用"扬州学派"之称的学人。他认为乾隆间卢见曾为运使,延惠栋、沈大成、王鸣盛等校勘书籍,遂开扬州小学校雠一派。文中历数顾九苞、任大椿、王念孙、贾田祖、刘台拱、汪中以降,直到刘师培几代学者承传不绝的学术源流③,可能是对扬州学派最早的完整评述。

前辈论扬州学派的学术旨趣,莫精于张舜徽先生《清代扬州学记》序:

> 余尝考论清代学术,以为吴学为最专,徽学(皖)最精,扬州之学最通。无吴、皖之专精,则清学不能盛;无扬州之通学,则清学不能大。然吴学专宗汉师遗说,摒弃其他不足数,其失也固。徽学实事求是,视夫固泥者有间矣,而但致详于名物度数,不及称举大义,其失也偏。扬州诸儒,承二派以起,始由专精汇为通学,中正无弊,

---

① 尹炎武《刘师培外传》:"扬州学派于乾隆中叶,任、顾、贾、汪开之。焦、阮、钟、李、汪、黄继之,凌曙、刘文淇后起,而刘出于凌,师培晚出,袭三世经传之业,门风之盛,与吴中三惠九钱相望,而渊综广博,实兼有吴、皖两派之长,著述之盛,并世所罕见。"王俊义《关于扬州学派的几个问题》,《清代学术探研录》,中国社会科学出版社2002年版,第250—266页。

② 《李审言文集》附录一,下册第1448页。

③ 《李审言文集》,上册第656—657页。

最为近之。①

扬州学派的群体特征是由小学入手,长于疏解名物字义而归于义理,取精用宏,知微见著,故能当得一"通"字。世传《左传》之学的刘毓崧(刘师培祖父)以"通义"名其堂,其《通义堂集》中有咸丰五年(1855)所作《吴礼北竹西求友图序》一篇,总结扬州之学的特点最为精当:

> 百年以来,扬郡名儒尤盛。……然诸公学术之宗旨,具载于各书。其深于经学者,由名物、象数以会通典礼制作之原,而非仅专已守残,拘墟于章句之内也;其深于小学者,由训诂、声音以精研大义微言之蕴,而非仅贪常嗜琐,限迹于点画之间也;其深于史籍之学者,究始终以辨治乱之端倪,核本末以察是非之情实,而非仅好言褒贬,持高论以自豪也;其深于金石之学者,考世系官阶以补表传遗缺,验年月地理以订纪志舛讹,而非仅夸语收藏,聚旧拓以自喜也;其深于古儒家之学者,法召公之节性,宗曾子之修身,以阐邹鲁论仁之训,而非若旁采释氏,矜觉悟以入于禅也;其深于诸子书之学者,明殊途之同归,溯九流之缘起,以证成周教士之官,而非若偏嗜老庄,崇虚无以失于诞也;其深于骈散体文之学者,奉《易·文言》为根柢,《诗·大序》为范围,《春秋》内外传为程式,以镕铸秦汉后之文,而非若诘屈以为新奇,空疏以为简洁也;其深于古近体诗之学者,循风骚之比兴、乐府之声情、选楼《玉台》之格调,以化裁隋唐后之诗,而非若浅率以为性灵,叫嚣以为雄肆也。②

由这一学术传统熏陶出来的李审言,单凭谙熟典籍,博闻强识,已具深厚的学术功底,足以追踵前修,光大扬学,可是他终觉自幼所习端在辞

---

① 张舜徽《清儒学记》,齐鲁书社1991年版,第378—379页。
② 刘毓崧《通义堂集》卷九,刘承幹求恕斋刊本。

章,经传尚无根底,于是治学取径略异于前辈。晚年回顾扬州学派盛衰之迹,他一面遗憾自己"生顾、任之后,少壮习为辞章。四十以后略知涉猎,而不能为专门之学",同时又"窃念经史一途,陈陈相因,至难再凿户牖。唯子部杂家,其类至广,性与之近,姑以寄吾好焉"①。正是这既顺从自己的兴趣又审时度势的考虑,使他在研究和创作两方面都取得了可观的成绩。

审言虽熟读乡先辈著述,能得其学术之通侻,传其学术之精核,但由于他的学问根基奠定于早年研读《文选》和熟参汪中骈文的经历,于是较前辈更显出脱弃经史而驱驰于文学之途的倾向。他自述为文以四刘之书为宗,即源出于刘向的《汉书·艺文志》、刘义庆《世说新语》、刘勰《文心雕龙》和刘知几《史通》。这四部书包涵了中国古代辞章之学所必需的目录之学、掌故之学、文体之学、义例之学,与姚鼐义理、考据、辞章之说大体相通。他之所以鄙薄桐城派文家,而作《论桐城派》一文,实在是惩于桐城末流"渠辈概不读书,专致意于起结伏应,守为义法"②,"不求姚郎中(鼐)学问所出之途,惟执其选本,尊为金科玉条"③,"以《古文辞类纂》为集大成,置考据、词章于不问"④。为此他尤其注意考据和词章的结合,由考据之博雅而造词章之富赡,由考据之精当而求词章之贴切。推而广之,说他的学问就是典据之学,实在也未尝不可。因为他的学术兴趣主要集中在自幼喜好的骈文,研求典故成为他毕生攻治的学业。《觭生丛录》有云:

> 孔巽轩检讨骈体文三卷,余最所服膺,不以容甫、渊如、次仲之

---

① 李审言《药裹慵谈》卷三,《李审言文集》,上册第657页。
② 李审言《与陈含光》其一,《李审言文集》,下册第1056页。
③ 李审言《与钱基博》其二,《李审言文集》,下册第1050页。
④ 李审言《与钱基博》其一,《李审言文集》,下册第1048页。

言而重者也。孔文隶事深隐,与渊如、容甫略同,没其熔铸数书而成一偶句。余每诵其文,稍涉不悉,未敢臆度,则蓄胸中以为症聚,或积数载而始豁然。近时闽中某氏注彛轩文,略得四五,惜未存疑,故间有误处。如《书周长生画象赞》:"河济顽民,且锡将军之葬。"某氏蔓引数百言,曾无一形似语。余昔取韩非《外储说》"伯夷将军,葬于首阳山之下",谓能得"将军"出处,尚有"河济"二字,未了于怀。偶阅《大戴礼·曾子制言中》:"昔者伯夷、叔齐死于沟浍之间,其仁成名于天下矣。夫二子者居河济之间,非有土地之厚、货粟之富也,言为文章,行为表缀于天下。"彛轩此书补注云:"首阳山在蒲坂河曲中,其南王屋,河济所出。故云河济之间。"始恍然彛轩隶事之工,无可假借。而余年过彛轩,阅十年才通其义,可谓愧死。尝与周左麏太守共研此联出典,曾诒书告之。①

这一段记载将他以注释为中心、以研求典故为学问的治学取向及对此的痴迷表露无遗。通览他的全部著述,大体是以《文选》为本,而以经史传注厚其基,以诸子、说部博其趣,最终归结于操觚之用、讲学之资。他的著作多成于中年以后,厚积薄发,既有"扬学通"的传统特征,又有近代大学讲义的时代印迹。有关《文选》的著作下文将专门讨论,这里姑举其他著作,略见审言治学本末。

光绪三十年(1904),审言四十六岁,成《颜氏家训补注》一卷,系读卢抱经所刊与赵曦明合著《颜氏家训注》,以五日之功而成。其妙解,如《风操》"晋代有许思妣、孟少孤",赵注并云未详。审言则举出《世说新语·政事篇》:"许柳儿思妣者至佳。"又《栖逸篇》刘孝标注:"袁宏《孟处士铭》:处士名陋,字少孤。"孟陋传见《晋书·隐逸传》②。

---

① 李审言《媿生丛录》卷二,《李审言文集》,上册第455页。
② 李审言《颜氏家训补注》,《李审言文集》,上册第262页。

光绪三十三年(1907),四十九岁,有《分撰匋斋藏石记释文》二卷。时受聘为江楚编译官书局帮总办,而无书可纂,总办缪荃孙属况周颐编端方所藏石刻为《匋斋藏石记》,审言与其事,编石刻一百六十余种。晚年编文集时,择释文有可观者写定为二卷,有民国十七年(1928)九月题记。

宣统元年(1909),审言五十一岁,成《文心雕龙黄注补正》一卷。《文心雕龙》一书,今人推崇备至,而古贤论诗文引称者殊寡,它真正受到重视应该说是在清代。黄叔琳为之训解,纪晓岚施以评点,学者稍知诵读。惟两家注评都比较简略,迨及晚近遂不能令人满意。蒯光典曾嘱李审言重新作注,终因教授无暇而止。后稍得闲,时取黄注本读之,多有心得,"略以日课之法行之,日治一二条",成《黄注补正》一卷。当时孙诒让《札迻》中也有读《文心雕龙》札记一卷,主要是考校文本正误,"研求字句,体准高邮王氏"①。审言则侧重于引证史籍与作品,以见刘勰述事所本、论断所据,同时对刘勰的论断也不乏辩驳商榷。辨正事实之例,如《史传》"按《春秋》经传,举例发凡,自《史》《汉》以下,莫由准的,至邓粲《晋纪》,始立条例"一节,审言据刘知几《史通·序例篇》所载,指出:"史之条例,创由干宝,邓粲《晋纪》、孙盛《晋阳秋》继之。彦和谓始于邓氏,又云'安国立例,乃邓氏之规',殆是记误。"②商榷论断之例,如《诔碑》"陈思叨名,体实繁缓,文皇诔末,旨言自陈,其乖甚矣"一节,审言按:"陈思之《文皇诔》,连序计之,凡千有余言,铺陈功烈,正合古人累行为谥之义。至于诔末'咨远臣之渺渺'以下一段,申友于之痛,冀神明之我听。时禁锢诸王,不得奔丧。陈思于此,几欲

---

① 李审言《文心雕龙黄注补正序》,《李审言文集》,上册第215页。
② 李审言《文心雕龙黄注补正》,《李审言文集》,上册第233页。

泣血长号,攀髯无路,非寻常臣子可比。彦和目之为乖,尤所未喻。"①值得注意的是,他不仅引前代典籍以推其源,说明《文心雕龙》字句之所本,有时还征后代文献以溯其流,以见《文心雕龙》对后代的影响。如《原道》"乾坤两立,独制《文言》,言之文也,天地之心哉"一句,审言注:"阮文达《揅经室集·文言说》本此。"这便超越前人为注而注的机械方式,上升到文学理论史研究的高度。

宣统二年(1910),审言五十二岁,成《汪容甫文笺》一卷。光绪十七年(1891)审言馆于谢元福家,得读其藏书,因而动念注汪中文,限于学力,每篇仅得十之五六。"又当时不知注书体例,裨(稗)贩类书,往往失其原弟"②。多年后始在友人怂恿下,"汰其繁冗,益所未备",录为一帙。序称笺注《自序》《哀盐船文》《狐父之盗颂》《吊黄祖文》《吊马守贞文》《黄鹤楼铭》《汉上琴台之铭》《广陵对》,其实止成前四篇而已。

宣统三年(1911),审言五十三岁,成《庾子山哀江南赋集注》一卷。自序称:"余三十年来,钻味此书,每有所获。近乃综取诸家之说,仍其姓氏,加以考证。篇卷纪年,补入夹注,以避窜易。既以揽彼精英,遂欲公诸同好。写定如左,庶几有快炙背美芹子者,一取赏也。"据此知当日全稿已具,现存稿本自"阿胶不能止黄河之浊"后阙,应是未保存下来。

民国十四年(1925),审言六十七岁,有《楚辞翼注》,时任东南大学教授,用作讲义。自序称:"详今所说,一以王(逸)、洪(兴祖)为本,先辈绪言,揽取其善,或有异同,轻下己意;于所不知,盖阙如也。"③据范

---

① 李审言《文心雕龙黄注补正》,《李审言文集》,上册第229页。
② 李审言《汪容甫文笺序》,《李审言文集》,上册第275页。
③ 李审言《楚辞翼注》自序,《李审言文集》,上册第162页。

存忠先生回忆:"我在东南大学读书时,曾听过骈文家李审言讲解《楚辞》,给我的印象很深。他在课堂上凡是书上有的都不讲,只讲书上没有的。遇到关键性处则尽量发挥,一堂课只讲六七十句,但句句都是心得体会,引人入胜。"①

民国十五年(1926),审言六十八岁,成《韩诗萃精》。稿佚,有七月自序,见《学制斋文钞》卷一。

同年尚有《陶集说略》,有七月自序,强调陶公之文亦独有千载,"实能承后汉之季,跨此晋之先,士衡、安仁可与并论",因举其语、事所出,兼及训诂,以见陶公"诗文取法皆古"②。又自陈"《说略》义在疏通章句,披豁障翳,至夫证成故实,有诸家注本,不欲袭其故步。然于陶公祖述源流,必举其切"。如《答庞参军》"惨惨寒日,肃肃其风"一联,即引古直《陶诗笺》所举王粲《赠蔡子笃诗》"烈烈冬日,肃肃凄风",并不因时贤已注而不及,足见十分注意典据。

同时尚有《杜诗释义》,无序跋,其中引及《杜诗证选》之说,知作于《证选》之后。此与《陶集说略》都是执教东南大学时所发讲义的残本,其注释颇似以讲解重点为主,只取必要,而不主独创。如《望岳》所引书证,均已见仇注。惟末句注释为创见:"会当,犹言须当。《三国志·崔季珪传》注:'会当得数万兵、千匹骑。'《颜氏家训·勉学篇》:'人生在世,会当有业。'可证公两字所出,此详说。"③他自出新解的地方,固不乏独到创见,但偶尔也有失之穿凿的例子。如《武卫将军挽词》"王者今无战,书生已勒铭",他说:"'书生勒铭'指为将军撰墓铭。或谓班固作《燕然山铭》,非。"今按:"书生勒铭"如指作墓铭,那么与上句"王

---

① 范存忠《我的自述》,《文献》第7辑,书目文献出版社1981年版。
② 李审言《陶集说略序》,《李审言文集》,上册第312页。
③ 李审言《杜诗释义》,《李审言文集》,上册第356页。

者今无战"又有什么关系呢？此解显然不妥。又如《自京赴奉先咏怀五百字》"蚩尤塞寒空,蹴踏崖谷滑",他说蚩尤指卫士,引《西京赋》"蚩尤秉钺"、《羽猎赋》"蚩尤并毂"为证,这也不免让人疑惑那些卫士如何个"塞寒空"法。

《王荆文公诗补注》,系为海盐张氏校李雁湖注时所记,虽寥寥数则,也颇见功力。如《寄吴氏女子》"儿已受师学,出蓝而更青"一联,人必谓出《荀子》,而李审言更引《北史·李谧传》:"初师事小学博士孔璠,璠还,就谧请业,同门生为之语曰：'青或蓝,蓝谢青,师何常,在明经。'"这条书证显然更切近王安石诗语所出。以上三种及《庾子山哀江南赋集注》,据《李审言文集》整理者李稚甫先生说都是未完残稿。

《世说新语笺释》一卷,晚年才写定。审言治《世说》三十年,累积心得,多发前人所未发。如果说《楚辞翼注》等注释仍属传统的集解形式,那么《世说新语笺释》就可以说是注重梳理史料源流的史源学研究,通过典籍记载的歧异来考索《世说》取材所本,同时辨析文献传闻的异同,不时还订正刘孝标注的错误。如《文学》篇晋简文帝称许询"玄度五言诗,可谓妙绝时人",审言举魏文帝《与吴质书》"孔融其五言诗之善者,妙绝时人",认为简文帝是用曹丕语①,以见如此平常的语句也有所本。又如开卷第一则"陈仲举言为士则,行为世范",审言指出这句名言有两个源头,一是蔡邕《陈太丘碑文》"文为德表,范为士则";一是《三国志·魏书·邓艾传》"文为世范,行为世则"。这就说明,《世说新语》并非简单地摘取古书而成,其间自有剪裁和熔铸的功夫。

除上文所列举之外,李审言还著有《正史源流急就篇》(光绪三十四年,1908)、《西汉节义传》(宣统元年,1909)、《媿生丛录》(同前)、《药裹慵谈》(序刊登于国粹学报79期)及《学制斋骈文》《学制斋文

---

① 李审言《世说新语笺释》,《李审言文集》,上册第189页。

钞》《学制斋诗钞》等。他自以平生治学出入于潜研堂钱大昕、揅经室阮元之间,故以二研堂之名冠其所著书。然而统观李审言的著述,主要还是属于传统的笺注之学,除了训释语词名物之外,大抵取典籍互证的方式,考究语典所出,以达到疏通古书的目的,使读者在理解文意之余,更理解中国古典文学基于互文性的语义结构和言说方式。这一点在他的《文选》研究中表现得尤为突出。

2. 李审言的《文选》研究

李审言曾说:"《书目答问》所列《文选》学家,如钱陆灿、潘耒、余萧客、严长明、叶树藩、陈寿祺,或诗文略摹《选》体,或涉猎仅窥一孔,未足名学。余为汰去之,而补入段懋堂、王怀祖、顾千里、阮文达。此四君子乃真治《文选》学者。若徐攀凤、梁章钜亦可袝食庑下也。"[①]他所举的四位真正的《文选》学家,有两位是扬州学者,也是他心目中的扬州学派的中坚。他们治《文选》学,都是走扬州学派通行的路子,从小学入手考校本文,订补注释。李审言承其学风,也由文献学入手治《文选》,仔细考究李善注,并推广到《文选》与其他典籍的关系。具体说来,他的《文选》学包括注释订补、李善注体例研究和以他书证《选》三个方面。学者们对李审言在《文选》注释、体例方面的创获已有较细致的评述,但尚未就学术方式及其背后的文学理念展开讨论,甚至也未注意到《杜诗证选》《韩诗证选》的方法论意义,仅视同二家诗的注释[②]。这就使审言《选》学的重要内容和价值在很大程度上被遮蔽。

---

① 李审言《媿生丛录》卷六,《李审言文集》,上册第 548 页。
② 有关李审言《文选》学的研究,只见到穆克宏《李详与〈文选〉学研究》(《福建师范大学学报》2005 年第 5 期) 与王书才《明清文选学述评》下编第九章 "李审言文选学述评" 两篇,涉及的主要是对李审言具体注释的评价。

审言自幼喜读《文选》，"钻味善注，资为渊海，视有遗义，间复研究"。他治《文选》也像许多前辈一样，肇始于对善注的不满①。只因家贫无书，所得有限。光绪十一年（1885），王先谦来扬州策士，以《文选》为课。审言备受激励，愈加发奋，十四年（1888）将历年研读李善注本，订补前人阙误的心得编为《选学拾瀋》一书，求正于王先谦，当时他正好三十岁。王先谦深为赞许，批曰："所撰各条，并皆佳妙，无可訾议，只恨少耳！"②他尤为欣赏的是，"生所注兼能蒐讨古人文字从出之原，与鄙意符合，不专从征典用意，目光尤为远大。如能一意探求，俾成巨帙，允为不朽盛业"。这是说李审言对《文选》注释的订补，不单单着眼于追索语词的出典，而能顾及文本与所依据的前代典籍的关系，即当代文学理论所探讨的互文性或曰文本间性。无论李审言当时是否有这种自觉意识，但他后来的工作始终贯穿着这一精神。三年后审言馆于谢元福府中，纵观其藏书，所得愈多，遂于光绪二十年（1894）刊行《选学拾瀋》二卷。虽卷帙无多，仅79则，但有些条目非常精彩。比如沈约《恩倖传论》"夫君子小人，类物之通称；蹈道则为君子，背之则为小人"两句，审言引《后汉书·臧洪传》"夫仁义岂有常所，蹈之则为君子，背之则为小人"以为典据，确不可易。审言晚年执教于东南大学，撰有《文选》讲义，题作《文选萃精说义》，其中辨证字词训诂，订正旧注诖阙，也多有胜义。可惜讲授未久即以病辞归，只留下未竟的残稿。

古人著书必先立凡例，"凡例者，著书之纪纲也。凡例明则体要得，大义彰，惩劝昭；凡例不明则前与后殊词，首与尾异法，戾书体，乖名义，丛疑起争，著书之旨晦矣"③。正因为如此，前辈论读书都强调凡例

---

① 王书才指出清代《选》学兴盛的重要前提是善注的缺失，见《明清文选学述评》第118—123页。
② 李审言《选学拾瀋》批语，《李审言文集》，上册第3页。
③ 韩梦周《纲目凡例辨》，《理堂文集》卷一，道光三年静恒书屋刊本。

的重要。李审言的《选》学既然以注释为中心，李善注的凡例就不能不成为关注的重点。在他之前，钱泰吉已对《文选》注例有所研究，但他觉得还有遗漏，于是晚年撰《李善文选注例》一卷，补钱氏所阙。1929年10月自序云：

> 古人著书，例即见于注中。李善《文选注》，首举"赋甲"，存其旧式，《两都赋序》以下继之，皆例也。钱警石先生《曝书杂记》曾揭善注之例，而惜其未备。今广钱氏之采，加以案语，庶几备《选》学之一称云。①

他在钱泰吉所得之外又增补了24条，剔除两条互证之例，实得22条。虽大多不是什么重要的义例，但也有一两条是很重要的。比如班固《两都赋序》"赋者，古诗之流也"条，善注："《毛诗序》：诗有六义焉，二曰赋。故赋为古诗之流。诸引文证，皆举先以明后，以示作者必有所祖述也。他皆类此。"又，"朝廷无事"句善注："蔡邕《独断》：或曰：朝廷亦皆依违尊者，都举朝廷以言之。诸释义或引后以明前，示臣之任不敢专。他皆类此。"审言按："前已见举先明后之例，此又举引后以明前之例。统观全注，此二例最多，实开注书之门径。"②他又举曹大家《东征赋》"谅不登巢而椓蠡"句，善注引曹植《迁都赋》"椓蠡蜹而食蔬"，而谓"陈思之言盖出于此"③，作为善注引后以明前之例的佐证。这显然是较为重要的发明，他自己也颇为看重，晚年在东南大学讲授《文选》时，讲义《文选萃精说义》中曾提到。实则他自己的《杜诗证选》《韩诗证选》，都属于推广此例的工作，从而衍生出《选》学一个新的分支。

李审言的《文选》学，就像他治其他古籍一样，绝非为研究而研究。

---

① 李审言《李善文选注例》，《李审言文集》，上册第153页。
② 同上书，上册第154页。
③ 同上书，上册第156页。

从少年时代开始,他研读《文选》即为资己操觚之用。为了作骈文,他熟读《文选》,揣摩汪中文集;为了作诗,他又用功于杜诗、韩集。袁枚已注意到,"唐以前,未有不熟精《文选》理者,不独杜少陵也。韩、柳两家文字,其浓厚处,俱从此出"①。对《文选》及注的稔熟,为李审言认识杜甫、韩愈诗中的《文选》因子提供了便利,而杜甫、韩愈诗对《文选》及注的援据,又反过来加深了他对《文选》影响唐诗创作的理解。《文选》学对于他,不妨说就是个与其他典籍相发明的知识基础。他一方面利用《文选》学的积累来疏解、训释其他典籍,同时又以其他典籍的研究来与《文选》学相发明。比如他研究杜甫,就有《杜诗释义》,还有《杜诗证选》;研究韩愈,也有《韩集补注》,又有《韩诗证选》。晚年编定的笔记《媿生丛录》,大半是他毕生以群书与《文选》互证互释的心得,不少条目与他各种注释重出互见。前人治《文选》,主要是研究其中作品的来源,研究李善注如何使用书证及其得失,总之是着眼于《文选》本文、注释与前代文献的关系。而李审言注意的却是《文选》与后代文献主要是文学作品的关系,质言之即着眼于《文选》对后世写作的影响。这正是20世纪文学研究的时髦理论"影响研究"和"接受美学"所关注的问题,虽然审言未提出类似"影响"或"接受"的概念,但意识却指向这个方向,与影响研究和接受美学的观念相通。这是李审言《文选》学最有特点的地方,也是他在旧学中独辟的新知。

我们知道,唐代《文选》最为流行,杜甫课子学文,即诫其"熟精《文选》理"(《宗武生日》)。唐代作家对《文选》的普遍接受,已是文学史的常识,但要问具体情形如何,却也没有现成的材料和记载。李审言显然意识到了这一点,因而想通过具体例证来揭示唐人写作如何取材于《文选》及受其影响的一般情形,这项研究还从来没有人涉足。杜甫因

---

① 袁枚《随园诗话》卷七,凤凰出版社2000年版,第164页。

有"熟精《文选》理"之句,复有"无一字无来处"的定论,历来治杜诗者莫不以搜寻语、典出处为务,而尤以索《文选》之隐为急,至于其他作家便很少受到这种关注了。正有鉴于此,李审言的证《选》,首先拿韩愈集开刀。成《韩诗证选》一卷,刊于《国粹学报》(1909)第5期。前人有一种看法,认为初盛唐人尚《文选》学,但"至韩退之出,则风气大变矣"①。李审言以自己的研究证明,这种说法是站不住脚的。自序首先说明:

> 唐以诗赋试士,无不熟精《文选》,杜陵特最著耳。韩公之诗,引用《文选》亦夥,惟宋樊汝霖窥得此旨,于《秋怀诗》下云:"公以六经之文,为诸儒倡,《文选》弗论也。独于《李邢墓志》曰:'能暗记《论语》《尚书》《毛诗》《左氏》《文选》。'故此诗往往有其体。"余据樊氏之言,推寻公诗,不仅如樊氏所举,因条而列之,名曰《韩诗证选》。宋人旧注,如诠"贱嗜非贵献"及"徒观凿斧痕,不瞩治水航"诸语,能以嵇康《绝交书》、郭景纯《江赋》证之。始知韩公熟精《选》理,与杜陵相亚,此余之所不敢攘美。其为余所得者,则施名以别之云。②

据序所言,此卷是在前贤所获的基础上订补而成。因为目的是"证《选》",侧重于搜集韩愈诗中语、典出于《文选》的例证,以说明韩愈作诗取资于《文选》的情形。不过,相对于追寻出典而言,他更注重的是揭示韩愈作品与《文选》的关系。这种关系有时表面上看不出来,必须从深层次上挖掘。比如《赠崔立之评事》"钱帛纵空衣可准"一句,审言举任昉《奏弹刘整文》述刘寅妻诉整"突进房中,屏风上取车帷准米去"及"整便留自使,婢姊及弟,各准钱五千文"两句为证,说:"此公准字所

---

① 郎廷槐记《师友诗传录》,《清诗话》,上册第129页。
② 李审言《韩诗证选序》,《李审言文集》,上册第35页。

本。准,犹今当质也。"①这就是从一个不常用的动词来揭示其立意所本的例子。《韩诗证选》的取证似乎主要是语词类的例子,如《元和圣德诗》"庐幕周施"一句,举左思《吴都赋》"峭格周施"为证;《城南联句》"冥升蹑登闶"一句,举扬雄《羽猎赋》"涉三皇之登闶"为证;"春游轹霍靡"一句,举刘安《招隐士》"萍草霍靡"为证;"毕景任诗趣"一句,举鲍照《还都道中作》"毕景逐前俦"为证。这一方面是补旧注所阙(如"毕景"句),一方面也是说明韩愈诗歌语言的特点(详后)。值得注意的是,李审言在举书证时,比一般注家更重视语境。《晚秋郾城夜会联句》"漫胡缨可愕"句,审言云:"张协《杂诗》'舍我衡门衣,更被缦胡缨',公诗用此意,非专隶《庄子·说剑篇》也。"②可见他更注意诗句的取意,而不是只看"漫胡之缨"字面上的出典。

完成《韩诗证选》之后,李审言又撰写了《杜诗证选》。杜诗号称"无一字无来处",杜诗学的深厚积累为他的工作提供了良好的基础,他也最大限度地利用了前贤的成果。因为生怕"末学耳食,谓引《选》语,已见注中,而怪余剽袭",他特别说明,前代注家所举杜诗袭用《文选》之例,"或遗其篇目,或易其字句,或多引繁文而与本旨无关,或芟薙首尾而于左证不悉","又少陵每句有兼使数事者,有暗用其语者,但举其偏与略而不及,皆有愧于杜陵'熟精'二字"。他举例说:

> 如《客居》诗"壮士敛精魂",既效谢客"幽人秘精魂"句法,又用江淹赋"拱木敛魂",不仅古《蒿里歌》也。《玉华宫》诗"万籁真笙竽",此用左思《吴都赋》"盖象琴筑并奏,笙竽俱唱"语,故云真笙竽,盖引古自证也。如此之类,历来注家,尚未窥此秘。③

---

① 李审言《韩诗证选序》,《李审言文集》,上册第50页。
② 李审言《韩诗证选》,《李审言文集》,上册第62页。
③ 李审言《杜诗证选序》,《李审言文集》,上册第71页。

以此观之，他认为旧注有两个方面尚可补充，一是一句兼使数事，一是考究杜诗取意所本，就像"笙竽"一词最早的出处不是《吴都赋》，但"万籁真笙竽"句却显然取意于"笙竽俱唱"。这就是王先谦所赞许的"能蒐讨古人文字从出之原"，是注释的最高境界，比一般的征典更需要过人的学力和眼光。

基于这种意识，《杜诗证选》将杜诗用《文选》之例作了汇集和整理。审言的汇集不无遗漏，偶有创获也不很重要。如《饮中八仙歌》"高谈雄辩惊四筵"，仇兆鳌引庾信"高谭变白马，雄辩塞飞狐"之句，审言举曹丕《与朝歌令吴质书》"高谈娱心"①，作为"高谈"更早的出处。对他来说，注释有无创获实在无关宏旨，因为他的"证"，归根结底只是要说明杜甫于《文选》究竟是如何个熟法，所有书证只是说明这一结论的佐证，因此他并不在意有无自己的独到发现。严格地说，《杜诗证选》更像是一部资料长编，罗列了许多证据，却不加以阐发，偶有说明也语焉不详。如《彭衙行》"野果充糇粮，卑枝成屋椽"一联，审言曰："左思《招隐诗》：'秋菊兼糇粮。'陆机《招隐诗》：'轻条象云构，密叶成翠幄。'此公诗意所出。熟精《选》理，殆谓是矣。"②中国自古以来，注释就这么简略，"诗意所出"需要读者自己去玩索。

但李审言毕竟是经历清末民初文化变革的学人，学术方式多少受到近代教育和学术思潮的影响，较之前辈学理意识更为自觉。在晚年任教东南大学所编的《杜诗释义》讲义中，看得出他已有意将《杜诗证选》的成果加以总结与阐明。如论《骢马行》一篇云：

---

① 参看蔡文锦《李审言评传》第146页。蔡先生尚举出《李监宅》"娇燕入帘回"，仇兆鳌引北周王褒句"初春丽景莺欲娇"和梁简文帝《新燕》"入帘惊钏响"，审言引谢朓《和王主簿怨情诗》"风帘入双燕"；《崔驸马山亭宴集》"泬寥何处入"，仇注引何逊"泬寥自洞纠"，审言引郭璞《江赋》"迅泬增浇"两例。

② 李审言《杜诗证选》，《李审言文集》，上册第106页。

> 此诗写马之状,姑不具论,以精用《文选》不令人觉,略摘于后,以示学杜之趋响。如"嶕崒""青荧"见《西都赋》,"隅目"见《西京赋》,"夹镜"见《赭白马赋》,"碾磊"见《海赋》。"昼洗须腾泾渭深,夕趋可刷幽并夜"二语,先用《魏都赋》,"洗兵海岛,刷马江洲","洗刷"两字所出;又用《赭白马赋》"旦刷幽燕,昼秣劲越":非"熟精"而何?①

相比《杜诗证选》,这里不仅补充"青荧""碾磊"两例("嶕崒"《证选》已在《渼陂西南台》条注出,《骢马行》未再注),足见学与年进,治杜诗与治《文选》相互发明;而且还特别辨析,"昼洗"两句不只是用颜延之《赭白马赋》,"洗""刷"二字首先是本自左思《魏都赋》的"洗兵海岛,刷马江洲"。这正是《杜诗证选序》提到的"少陵每句有兼使数事"的一个典型例证,而《魏都赋》这一条也是《杜诗证选》中不多的创获之一,虽然他并没有特别强调。再如论《渼陂西南台》:

> 此诗全学大谢,朱长孺注历引谢诗证之。然公熟精《选》理,除谢诗外,如"仿像"见《海赋》,"空濛"见谢朓诗,"错磨"见《补亡诗》,"嶕崒"见《西都赋》,"乘陵"见《风赋》,"严郑"见《幽愤诗》,"知归"见《王文宪集序》。于此知公摹写物象,纵笔即得,庶几当得一"精"字。②

这一则相比《杜诗证选》也补充了"空濛""错磨"两例。《媿生丛录》有一条可以参看:

> 杜子美《渼陂西台诗》,取裁于谢康乐,朱长孺注既引谢诗证

---

① 李审言《杜诗释义》,《李审言文集》,上册第366页。"趋响"即趋向,繁体字"響"与"嚮"每混用。

② 同上书,上册第376页。"嶕崒见《西都赋》",原误作《西京赋》。

之矣。其《寄狄明府博济》一首,又取谢玄晖《始出尚书省诗》,余复以玄晖诗证之云:"长兄白眉复天启",谢:"文明固天启";"浊河终不污清济",谢:"浊河秽清济";"汉官威仪重昭洗",谢:"还睹司隶章,复见东都礼",又"微生谅昭洗";"谁谓荼苦甘如荠",谢:"餐荼更如荠";"身使门户多旌荣",谢:"载笔陪旌荣";"秋风萧萧路泥泥",谢:"零落多泥泥";"皎之横流出清沚",谢:"寒流自清沚"。公自谓"熟精《文选》理",于此二诗见之。①

这个例子非常典型。对《寄狄明府博济》一诗的笺注,已由《文选》一书集中到谢朓一首诗上。仇兆鳌《杜诗详注》虽已注出"载笔陪旌荣""寒流自清沚"两句,却未出篇名,也未注意到其他诸句的相似。"谁谓荼苦甘如荠""秋风萧萧路泥泥"两句仇注举《诗经》为出典,固然也不错,但联系全篇如此集中地袭用谢朓《始出尚书省》一诗来看,就可以断定"餐荼更如荠""零落多泥泥"两句也是杜甫所本。如此明显的例证,前代注家都视而不见,非要等到李审言才发其覆,这不正说明他"不专从征典用意,目光尤为远大"么?王先谦果然慧眼识才,早就觑出了苗头。

随着治学工夫的积累,李审言的学识与年俱进。读书愈广,愈见后世文辞取材于《文选》之夥,于是证《选》也不只限于杜、韩两家,甚至也不限于唐人。晚年编定的笔记《媿生丛录》六卷,相当一部分条目是举证古代作品与《文选》相似或因袭的现象。也许可以说,李审言的《文选》学,基本就是一种证《选》的工作,实质上是关于《文选》影响的全面研究。

唐代诗人受《文选》影响之深,尽人皆知,但究竟体现在哪些地方,却又难以轻易言之。为此,《文选萃精说义》举了一个例子,说明唐人对善注的熟悉。班固《西都赋》云:"隋侯明月,夜光在焉。"审言案:

---

① 李审言《媿生丛录》卷一,《李审言文集》,上册第441页。

注辨明月、夜光为通称,此见善考据之学。李义山诗:"珠玉终相类,同名作夜光。"即本善注。而注义山者,概不知所谓。唐人如杜陵、义山,皆熟精善注。举一于此,以示准的。①

以杜、韩两家诗证《选》,只是唐人接受《文选》的一斑。在烂熟《文选》的李审言眼中,实在到处都有唐人取资《文选》的佐证材料。《媿生丛录》颇记有一些例证。比如卷二缕举刘知几《史通》袭用《文选》成句或隐括其语的例子,便是一个很有力的证据②,文长不录。卷四举《唐庞德威墓志铭》"勇若专诸,捷如庆忌"两句,用左思《吴都赋》之文,却将专诸、庆忌互易其位;又"脱略公卿,跌宕文史"两句,直用江淹《恨赋》③。同卷还举裴度的文章为例:

唐裴晋公《诸葛武侯庙碑》"谁谓莲脆,励为劲兵"(左思《魏都赋》:"禀质莲脆。"案,此魏国先生诋吴蜀语,故蜀亦可得而用之),"上下无异心,始终无愧色"(袁宏《三国名臣赞序》:"刘后授之无疑心,武侯处之无惧色,继体纳之无贰情,百姓信之无异词"),"如仁之叹,存必拜之感"(任昉《为范始兴作求立太宰碑表》:"道被仁义",又"庶存马骏必拜之感"。"如仁夕惕"亦见沈约《齐安陆昭王碑》),皆用《文选》。知"《文选》熟","《文选》烂"之谚,唐人始可当之,宋人虚被此称,以其文考之则见矣。④

如果说文学写作终究难免因袭前代作品,这些例子还不足以显示《文选》在唐人文学修养中的重要性,那么卷二举的一则唐人逸事,就再有力不过地说明了《文选》在唐代是如何渗透到士大夫的一般教养中:

---

① 李审言《文选萃精说义》,《李审言文集》,上册第147页。
② 李审言《媿生丛录》卷二、卷三,《李审言文集》,上册第463—464页、第470页。
③ 同上书卷三,《李审言文集》,上册第494页。
④ 同上书卷四,《李审言文集》,上册第512页。

《通鉴》景云二年:至忠尝自公主第门出,遇宋璟。璟曰:"非所望于萧君。"至忠笑曰:"善乎,宋生之言。"案:潘岳《西征赋》:"非所望于萧傅。"《秋声赋》:"善乎,宋玉之言。"璟以潘语戏萧,萧亦以潘语相答。《新唐书·萧至忠传》作"萧傅",宋景文尚知所出,温公误改为"君"。阎百诗《困学纪闻笺》曾言之。若宋玉之改宋生,便于称道,未有他异,亦如"混鸡犬"改作"混奴婢"也。唐人熟精《文选》,所在皆是,余举其俱用潘语,尤觉词令之善。①

此外他还举过吴瑞征《世说序》的例子,以见"明人尚有爱重《文选》者"②。这简直是要将《文选》在后世的接受和影响研究推广到所有时代了。20世纪初叶的一个旧式学者,能有这样的见解和意识,实在是很难得的,值得我们从文学批评史的角度去认真考察。

3. 超前的文学研究意识

李审言虽博极群书,却不治经传,其著述遍及子史集三部,独不及经学。有一次提到刘宝楠《愈愚录》中涉及王勃、陈子昂的怪论,他不无鄙夷地说:"经生家本不当与论诗文,稍有寄心于此,鲜不错误,不仅楚桢一人已也。"③很显然,他是不屑厕身于经生家之列的。他的学问,王利器先生目为"杂学",固然不错,但其主要成就应该说是在文学方面。

王国维曾说:"凡学问之事,其可称科学以上者,必不可无系统。"④这当然是一种现代的学术观。以此来衡量李审言的《文选》学,其研究

---

① 李审言《媿生丛录》卷二,《李审言文集》,上册第453—454页。
② 同上书卷三,《李审言文集》,上册第469页。
③ 同上书卷四,《李审言文集》,上册第506页。
④ 箕作元八、岸峰米造《欧罗巴通史》卷首,徐有成等译,光绪二十六年排印本。

工作的自觉和系统就显示出一种现代色彩。表面上看,李审言的几种著作都采取传统的笔记和疏证形式,属于骆鸿凯所谓"校订补正之属"①,但其中贯穿的学术观念却很超前,可以视为中国文学研究现代化进程中的重要一环。

首先,李审言的证《选》具有鲜明的文学研究性质。以《韩诗证选》《杜诗证选》为代表的几种著述,都着力于突显诗家如何袭用《文选》,而不在于炫耀独得之秘,与前贤争一日之长,故广采旧注,力求其备。凡人所周知的旧注,一般不出姓氏,只有散见于其他书籍的考证成果,或别有见地的创论,他才说明所据,不没人善。如韩愈《秋怀》"戚戚抱虚警",举陆机《叹逝赋》"节循虚而警立",说明"此本顾氏炎武说"。《谒衡岳庙》"猿鸣钟动不知曙",举谢灵运《从斤竹涧越岭西行》"猿鸣诚知曙",说明顾嗣立指出此为翻用谢诗。当然,在汲取前贤成果的同时,他也随时纠正其错误。如《秋怀》"即此是幽屏"句,云:"旧注引张衡曰:'杂插幽屏。'详案:此左思《吴都赋》,非张衡。"②旧注引《文选》诗文都不著题目,这在李审言看来显然不够严谨,于是《赴江陵道中》一诗案语云:"旧注引《选》诗文,不著题目,余特补其阙。凡有改正,亦附己说焉。"③这种处理文献的规范性和严谨态度,正是中国文学研究进入现代的标志之一。

中国古代文学典籍的传统注释方法,往往只顾字面来历,有时引书很不得要领,仇兆鳌的《杜诗详注》是一个很典型的例子④。李审言不同,他的引证有清楚的研究意识。一是疏语词之源,说明作品取材的对

---

① 骆鸿凯《文选学》附编二"选学书著录"将历代《选》学著述分为全注本、删注本、校订补正之属、音韵训诂之属、评文之属、摘类之属、选赋选诗之属、补遗广续之属八类。
② 李审言《韩诗证选》,《李审言文集》,上册第39页。
③ 同上书,上册第40页。
④ 参看蒋寅《〈杜诗详注〉与古典诗歌注释学之得失》,《杜甫研究学刊》1995年第2期。

象。如《韩诗证选》注《元和圣德》诗,"搜原剔薮"句引张衡《西京赋》"乾池涤薮","岳衹蝶峨"句引颜延年《侍游曲阿后湖》诗"山衹跸峤路",以见韩愈的"剔薮""岳衹"是从张赋、颜诗的"涤薮""山衹"变化而来。《和裴仆射相公》"孰谓衡霍期,近在王侯宅"两句,引谢灵运《初发石首城》"息必庐霍期";《晚秋郾城夜会联句》"青娥翳长袖",引司马相如《长门赋》"揄长袂以自翳",也都示人韩诗语词所出。二是示脱化之迹,揭示韩诗语词的构造方式。《元和圣德》诗"乾清坤夷"一句,引颜延年《三月三日曲水诗序》"警跸清夷";"境落襃举"句,引沈约《齐安陆昭王碑文》"倾巢举落,望德如归";《永贞行》"超资越序曾无难"句,引干宝《晋纪·总论》"世族贵戚之子弟,凌迈超越,不拘资次"。这是将前人的词语拆开来用的例子。《送惠师》"日携青云客,探胜穷崖滨"句,引谢灵运《登石门最高顶》"惜无同怀客,共登青云梯";《合江亭》"树兰盈九畹"句,引《离骚》"余既滋兰之九畹兮,又树蕙之百亩"。这又是将前人的语词加以合并的例子。这些引证不仅证明韩愈"惟陈言之务去"的主张并不是句空话,而且突显出韩愈运用文学语言的一个特点,即尽量不照搬古书现成的语言,而是将它们加以改造,熔铸成新的词语。《媿生丛录》指出韩愈好翻用成语的特点,正可与此相印证:

> 韩退之诗,好翻用成语。如"猿鸣钟动不知曙"(谢灵运《从斤竹涧越岭西行诗》"猿鸣诚知曙"),"谁云少年别,流涕各沾衣"(沈约《别范安成诗》"生平少年日,分手易前期"),"春气漫诞最可悲"(宋玉《九辩》"皇天平分四时兮,窃独悲此凛秋")是也。(又"如今便可尔,何用毕婚嫁"亦翻用旧说)①

---

① 李审言《媿生丛录》卷一,《李审言文集》,上册第434页。

李审言以韩诗证《选》的结果,其实反过来揭示了韩愈诗歌语言的特点,比前人专论韩愈诗歌语言的说法更深入且能说明问题。三是明句法所自。有时李审言也从句法的角度揭示后代作家模拟《文选》的情形,比如王粲《登楼赋》"钟仪幽而楚奏,庄舄显而越吟"一联,他就指出庾信《哀江南赋》"班超生而望反,温序死而思归"两句是效其句法①。杜甫《游龙门奉先寺》"阴壑生虚籁"句,他引殷仲文《南州桓公九井诗》"哀壑叩虚牝"相证,也不是着眼于"壑"字的关联,而是认为"杜效其句法"②。韩愈《晚秋郾城夜会联句》"南据定蛮陬,北攫空朔漠"一联,他举出左思《咏史》"左眄澄江湘,右盼定羌胡"和谢朓《和伏武昌登孙权故城》"北拒溺骖镳,西壳收组练"两例,断言"公句法本此"③。正像王先谦所赞赏的,李审言的引证并不是简单地寻求字句的相似,而是更注意实质性的师法和模拟,这就使他能透过文字之表而"蒐讨古人文字从出之原"。

唐代诗僧皎然论古今作品的相似,有"偷语""偷意""偷势"之别④。偷语即上文所论的字面的因袭,这是李审言证《选》的重心所在;"偷势"是对前人作品布局运思的因袭,李审言的证选属于语言层面的探讨,不涉及这一层;而"偷意"则是对前人立意取象的因袭,虽非李审言搜讨的重点,却也不曾忽视。韩愈《秋怀》"贱嗜非贵献"句,他先引旧注:"负日之暄,而欲献君,食芹之美,而欲进御,贵贱固有差矣。"然后加按语云:"旧注虽用《列子》,其实本之嵇康《与山巨源绝交书》:'野人有快炙背而美芹子者,欲献之至尊。虽有区区之意,亦已疏矣。'

---

① 李审言《媿生丛录》卷一,《李审言文集》,上册第 435 页。
② 李审言《杜诗释义》,《李审言文集》,上册第 355 页。
③ 李审言《韩诗证选》,《李审言文集》,上册第 62 页。
④ 李壮鹰《诗式校注》,齐鲁书社 1986 年版,第 45—46 页。

此所云'贱嗜非贵献'也。"①《南山》"明昏无停态,顷刻异状候"两句,引谢灵运《石壁精舍还湖中作》的"昏旦变气候"为证,立见韩愈脱化前人之意的痕迹,类似黄庭坚所谓"脱胎换骨"。这种对诗意的考究,相比那些只关注字面的注释,从文学研究的角度说,显得目光更为远大。即以骚体《感春》其一为例:"我所思兮在何所?情多地遐兮遍处处。东西南北皆欲往,千江隔兮万山阻。"无论谁看到这首诗,都会联想到张衡的《四愁诗》吧?"我所思兮"的句法就是从张诗来的,旧注也举张衡"我所思兮在太山",谓"公句意盖取此"。然而李审言却补充说明:"'东西南北皆欲往',又翻用《招魂》语也。"②这就指出了韩愈诗意对《楚辞》的因袭。后面"春气漫诞最可悲"一句,审言又指出是翻用《九辩》"窃独悲此凛秋",于是韩愈写作中对屈骚传统的接受不觉就凸现出来。

由此看来,李审言的证选远不止于揭示语词和用典方面的关联,实际上已是全面的影响研究。这样一种意识及其成功实践,出现在20世纪初,应该说是很超前的。尤其是当我们了解了后来出现在西方的接受美学、影响研究及互文性理论之后,就越发感觉到李审言的工作体现了一种自觉的文学意识,包含着理论的萌芽。遗憾的是,他非但没有进一步思考上述理论问题,发展出一套关于文学接受、影响或互文关系的学说,甚至对自己用心整理的资料也未多加阐说,而使其背后的文学批评意义和理论价值清楚地呈现出来。他的著述大多停留在资料长编的水平上,要通过细致的爬梳,才能看出他的学术观念和文学见解。总之,李审言的问题意识应该说是很超前的,但研究兴趣和著述形式仍囿于传统,是为写作而做的研究。这种研究与他对中国传统文学的系统

---

① 李审言《韩诗证选》,《李审言文集》,上册第38页。
② 同上书,上册第49页。

认识相联系,也受到那个特定时代、特定文学环境的制约,很难发展为一整套系统的学问和有概括性的理论。

4. 李审言与扬州学派的文学观念

从传记资料看,李审言自始至终都是一个特立独行的人,既有坚持信念的气概,也不乏边缘人物的某种狷介褊狭。他非常认同乡邦学术的优秀传统并引为骄傲,在全面继承扬州学派学术理念的同时,也接受了乡先辈的文学观,而对阮元的《文言说》"尤所心醉"①。《媿生丛录》的一段话清楚地表明,他对文学的理解和认识明显秉承了阮元的文言观:

> 阮文达《揅经室集·文言说》:"孔子于乾坤之言,自名曰文,此千古文章之祖也。为文章者,不务协音以成韵,修词以达道,使人易诵易记;而唯以单行之语,纵横恣肆,动辄千言万字,不知此乃古人所谓直言之言、论难之论,非言之有文者也,非孔子之所谓文也。"又:"言于物,两色相偶而交错之,乃得名曰文。文即象其形也。"自注:"《考工记》曰:'青与白谓之文,赤与白谓之章。'《说文》曰:'文,错画也,象交文。'"文达此论,能窥文章之源。当时汪容甫、凌仲子、江郑堂皆持此义。②

这段话的内容虽主要是转述阮元《文言说》的观点,但李审言的态度是很明确的,立足于他自己对中国传统文学审美特征的体认,与刘师培以

---

① 李审言《与钱基博》其二,《李审言文集》,下册第1050页。
② 李审言《媿生丛录》卷一,《李审言文集》,上册第446—447页。

骈文为文学正宗的观念正相一致①,可以说是扬州学派文学观的集中表达。

近年学界越来越关注扬州学派的文学创作及文学观念②。有学者认为,扬州学派从经学家的角度所阐发的文论,不但是西学东渐前中国最后一套原生态的文学评论,同时也标志着传统文论的终结③。这一判断从后设历史观来看,当然也不能算错,但如果超越新旧文学之争、文言白话之争的历史语境,站在整个汉语文学和现代文学观念发展的高度来看,那么扬州学派这新一轮的文笔之辨,或许也可以认为包含着某种现代文学观念的萌芽,孕育着朝向未来的开放性和可能性。正如近代以来西方文学观念的演变所显示的,文学脱弃实用性而以抒情性、审美性为中心,是现代文学观念确立的重要标志。中国到明清时代,虽然戏曲小说等俗文学形式已在全社会的文学阅读中占有很大的分量,但士大夫阶层的主流意识仍顽固地坚守着传统的文章学观念,将戏曲小说等俗文学形式排除在外。阮元的《文言说》也仍囿于正统的文章学藩篱,不过他强调声韵、偶俪为文的基本要素,再辅以对"沉思翰藻"的重申④,就在语言层面上确立了文的审美特征。这是文章学内部自发的试图摆脱和抑制实用性而张扬审美性的要求,可以视为新一轮的

---

① 关于刘师培的骈文正宗观,参看施秋香、伢荣本《论刘师培的"骈文正宗"观》,《南京师大学报》2008年第4期。

② 有关扬州学派的研究近年有赵航《扬州学派概论》,广陵书社2003年版;杨晋龙《清代扬州学术》,"中研院"文哲所2005年版;赵昌智《扬州学派人物评传》,广陵书社2007年版。有关扬州学派文学理论的研究,有李贵生《传统的终结——清代扬州学派文论研究》,复旦大学出版社2009年版;郭明道《扬州学派的文学思想及其影响》,《学术研究》2006年第8期。对海峡两岸扬州学派研究的综述,可参看《汉学研究通讯》76(2000年11月)所载蒋秋华《大陆学者对乾嘉扬州学派的研究》、杨晋龙《台湾学者研究"清乾嘉扬州学派"述略》二文。

③ 李贵生《传统的终结——清代扬州学派文论研究》,复旦大学出版社2009年版。

④ 阮元《书梁昭明太子文选序后》,《揅经室三集》卷二,中华书局1993年版,下册第609页。

文学自觉,或者说是中国文学理论史上类似于雅各布森式"向内转"的倾向。因此我觉得,从汉语文学发展的角度看,它也可以说是在反思文学传统的基础上展开的一个朝向未来的启示。它原本不是传统文论的终结,而应该是一次新的开放,沿着这一道路,汉语文学未来的前景是很难估量的。不幸的是世局的变故根本上改变了文学的环境,到李审言的时代一切已尘埃落定,扬州学派的文学观似乎也成了不合时宜的天宝时世妆。

尽管如此,李审言没有放弃他自幼从汪中、阮元、凌廷堪这些杰出前辈那里承传的文学观念,他不仅发挥阮元的见解,更将传统的文笔之分重新作了解释,说"笔为驰驱纪事之言,文为奇偶相生之制"①,将骈俪确定为文学在语言形式上的基本特征。骈俪既得正名,则四六自然是"文"的正宗,为此他还曾打算写一部《骈文学》或曰《骈文研究法》,以年及衰暮而罢②。诗歌不用说也是"文"的主流,不过在他眼中,诗歌似乎已偏离正确的方向很久了。他曾引述吴翌凤编本朝诗选的一段序言,以为"其论甚允":

> 古人之诗浑,今人之诗巧。古人之诗含蓄,今人之诗发露。古人之诗多比兴,今人之诗多赋。古人之诗纡徐婉曲,无意求工;今人之诗好着议论,动使才气,每用一意,不能自达,往往自下注脚。此今人所以远逊古人也。③

姑不论作者是古非今的结论是否能成立,其所表达的审美价值观是很清楚的,所谓浑,所谓含蓄,所谓多比兴,都归结为纡徐婉曲的表达方

---

① 李审言《骈文学自序》,《李审言文集》,下册第898页。
② 仅存1928年2月自序,载《学制斋文钞》卷一,参看蔡文锦《李审言评传》,第351—352页。
③ 李审言《媿生丛录》卷四,《李审言文集》,上册第492页。

式,这通常被认为是体现中国文学审美理想的基本言说方式。吴翌凤以此为古今之分际,目标是针对乾嘉诗坛的风气;而李审言此刻引来,则是借以针砭宗法宋诗的同光体。

李审言本来就不喜欢宋诗,认为"宋派伤于径直,鲁直、后山学杜,直可谓之生吞活剥。半山一老学究语,陈简斋乃鲁直之肖子,诚斋、后村质儳朴野,太无兴会。放翁稍有雅人深致。南宋始皆西江派所流衍,而不能自成一队。北宋之初,自西昆体后,不失唐人正轨。欧公学韩,冗长驰骋,毫无归宿。苏长公出,伤尽伤巧,伤譬喻太多,伤聪明太露。心知为一大家,意所重者不在是也"①。回顾嘉、道以来的诗歌源流,由学苏参以翁方纲之风,到同光体的学韩愈、黄庭坚,到刘克庄、杨万里体流行而近于明公安、竟陵,又有龚自珍的七绝,李贺的牛鬼蛇神、李商隐的无题侧体,总之,"诗道既衰,国运随之,刍狗重陈,益为世取糵矣。昔宋崇宁后,时相不许士大夫读史作诗,陈去非以《葆真宫池避暑》五言一首,不过规摹山谷,一时坐上推为擅场,传写遍京师。吾恐中国异日,求去非不得,将出一胡钉铰,庄定山辈群将铸金事之。诗学之衰,萌芽于此,可叹又可痛也!"②由此不难体会,他对古文辞偶俪传统的张扬,实在是出自现实中对传统文学审美特质沦丧的恐惧。

诗歌如此,那么古文又如何呢?论及当时文章的主流桐城派,审言对曾国藩门下杨彝珍、王定安、张裕钊、薛福成、吴汝纶、黎庶昌六位后劲,已憾其"未能各自树立",而更糟糕的是,"龚、魏之学兴,偏霸之才,易饰耳目,求其优游揖让,不诡于正者,以余所知,海内不过十数人。推原其故,知于古文中求古文,而于古人为文所从事之书,未尝肄业及之;况古人与不可传者俱死,其存者糟粕而已。吾虑湘乡一派,积久渐绝,

---

① 李审言《与陈含光》其一,《李审言文集》,下册第1057页。
② 李审言《药裹慵谈》卷二,《李审言文集》,上册第630页。

读书者少便于习《古文辞类纂》,他书概从束阁故也"①。在阮元看来,明清以来的所谓古文,不过是经、史、子的余波,根本不能算作文,"专名为文,必沉思翰藻而后可"②。这就是说,文学的审美特质不只限于偶俪,还应包括设譬用典。李审言曾举例说:

> 《唐广州张曲江碑》"虞机密发,投杼生疑。百犬吠声,众狙皆怒。"此四语凡隶四事:一,《尚书·盘庚》及赵至《与嵇茂才书》;二,《战国策·秦策》;三,《三国志·魏书·卫觊传》注;四,《庄子·齐物论》。近世空疏之士,至文须附会处,阁笔冥思,无事可喻,直以"为众所疾,榜言日起"了之,然则古之为文章者,宜废此譬一体,而由六经以下,未尝绝焉。抑直致之不如婉曲邪?③

至此他终于触及本题的核心,合乎中国文学审美理想的婉曲表达方式乃是与引古用典的互文性语言密不可分的。他的《文选》学,无论是用他书疏证《文选》,或以《文选》疏证他书,都无非要揭示这种互文性,并由此阐明中国文学的一个重要美学特征。然而可悲的是,现实中他只能眼看着这一美学特征先是被桐城派末流的空疏不学所抛弃,后来又被今天的胡钉铰、庄昶辈即操白话文的新文学家们彻底毁灭。

李审言并不是不识时务的迂夫子,经历清末民初的文化革命,眼见白话文在全社会的普及已是不可逆转的潮流④,连章太炎、杜亚泉一辈文言文的铁杆捍卫者,都从思想领域退守到文学领域,不再像世纪初那样坚持文言文对思想的表达力⑤,他当然清楚传统文学不可能再占据

---

① 李审言《药裹慵谈》卷三,《李审言文集》,上册第658页。
② 阮元《书梁昭明太子文选序后》,《揅经室三集》卷二,下册第609页。
③ 李审言《媿生丛录》卷二,《李审言文集》,上册第460页。
④ 参看范伯群《文学语言古今演变的临界点在哪里》,《河北学刊》2009年第4期。
⑤ 参看盛韵《胡志德谈文言文的衰落》,《东方早报·上海书评》2009年8月23日第2版。

主流位置。只不过他还不甘自弃,希望并自信坚守阮元自命的"子派杂家"之学①,据以为诗文,未尝不能有所成就。在致陈衍书中,他曾慨然自陈这不无悲壮意味的区区之志:

  先生言:"近人能诗者,皆好自欺欺人语,又千篇一律,语熟口臭,阅之不一行,使人欲睡。"弟尝私谓,有子部杂家学问,偶尔为诗,必有可传。若就诗求诗,架上堆得《随园全集》《湖海诗传》,交不出乡里,胸不具古今。钟记室以任昉为戒,但揭羌无故实,诟出经史,相为裁量。因之一千余载之后,白话诗出,为大革命。阁下与弟,犹屈强负固,作刑天舞戚之态,同为大愚大惑。然吾两人之子部杂家诗,未必无一二可传。②

时论以为审言骈文似汪中,诗为学人之诗,他都不领受,而自称为"子部杂家之诗文"③。往来朋辈中,他只觉得陈衍可引为同道,与友人书中曾说愿"与石遗陈君共为子部杂家之学,亦即为子部杂家之诗文"④。这种论调,不要说在视桐城为谬种、《选》学为妖孽的新文学语境中无疑为异数,就是在晚清提倡新学的张之洞一辈也未必许可。张之洞是很鄙斥六朝诗文的,对本朝胡稚威等的骈文也不以为然⑤。在这种情形下,李审言的文学主张就显出一种孤高的色彩,王利器先生许其"能为绝学于举世不为之日,提倡杂家,以针砭空疏不学之辈,信一时豪杰

---

① 阮元《书梁昭明太子文选序后》,《揅经室三集》卷二,下册第609页。
② 李审言《与陈石遗》其一,《李审言文集》,下册第1041页。
③ 李审言《与沈含光》其三,《李审言文集》,下册第1059页。
④ 李审言《与陈石遗》其四,《李审言文集》,下册第1046页。
⑤ 李审言《媿生丛录》卷四:"张南皮之洞《抱冰堂弟子记》,实自撰也。云最恶六朝文字,谓南北朝乃兵戈分裂、道丧文敝之世。凡文章本无根柢,词华而号称六朝骈体者,必黜之。吾友上元周左麋钺,于壬寅客南皮幕府,言南皮极不以胡稚威等骈文为然,谓以艰深文其浅陋。今观此言益信。"《李审言文集》,上册第496页。

之士也"①,不能不说是非常精当的评价。但我更想指出的是,李审言的信念实质上代表着置身于新文化运动和白话文学语境中而顽强地维护和传承汉语言固有的形式之美的立场,这种保守主义的立场至今仍是值得我们尊敬和反省的。白话文学运动,正像它体现的现代性本身一样,仍是个未完成的过程,整整一个世纪的创作实践,今天还难以论定其得失。白话文学的创新之路,无疑有许多可能,但抛弃汉语固有的形式之美,远离两千年文学传统酿就的文学美感及其丰富的表现手段,肯定不是最好的选择。百年之后回顾一个世纪的白话文学创作,再品味当年李审言的信念与悲哀,感慨之余更令人钦佩这位饱学之士的先知先觉。其实,如果撇开为子部杂家之学、为子部杂家之诗文的具体取径不论,那么就应该说李审言也并非真的那么孤独。不要忘了,聘他讲授《选》学的东南大学正是1920年代文化保守主义的大本营,激烈反对白话文的《学衡》就是那儿出版的。大概因为他任教时间短,没发表什么论文,今人谈论学衡派都不提李审言的名字。而在当时文言、白话之争的语境中,李审言显然是与《学衡》派站在同一立场上的,他的为子部杂家之学、为子部杂家之诗文的思路,更不失为一种策略性的个人选择,至今仍发人深省。

李审言的《文选》学虽然形式上仍沿袭着传统的著述样式,但骨子里却渗透着某种现代意识,与后来西方文学理论中出现的接受美学、影响研究及互文性理论都有相通之处。他独到的"证《选》"工作,不仅以具体而丰富的例证说明了《文选》在唐代的广泛影响,更揭示了古代文学写作中经典的影响力及作家的接受方式,不能不说具有超前的理论意义。在新文学兴起,传统文学的审美特性日渐沦替的历史潮流中,他继承扬州学派子部杂家之学的传统,希望在此基础上走出一条保持传

---

① 王利器《兴化李审言先生文集序》,《李审言文集》,上册第3页。

统文学审美品格的创作道路,在今天看来,更是启人深思的先知先觉。他的探索是充满信心的,同时也是异常孤独的,他坚毅的信念和不懈的努力最终赢得了后人的由衷崇敬——先生之学之文,博厚典重,先生卓然为晚近大师[①]。

[①] 张舜徽《李审言文集序》,《李审言文集》,上册第1页。

三十　古典诗歌传统的断裂与承续
——中国现代诗歌中的传统因子

1. 现代诗歌与诗歌传统的关系

　　这项研究的缘起,是 2002 年 9 月在韩国东亚大学与几位研究现代诗歌的学者聊天,谈到我以往读中国现代诗歌时所感觉到的现代诗歌与古典诗歌传统的关系,金龙云教授希望我在学会上就此题目谈点看法。对这艰巨任务,我本来绝不敢接受,无奈金教授再三坚邀,盛情难却,只得勉力撰写这篇论文,希望这出自外行之见的肤浅意见,能为现代文学研究者提供一点来自不同视角的看法。

　　本文的出发点是现代文学史和诗歌史著作对旧体诗创作及新诗受古典传统影响的漠视。当现代文学史在单一的白话文视野中被叙述时,古典诗歌传统的延续和影响被严重遮蔽,仿佛新文学运动兴起后,古典诗歌就彻底退出了文学舞台,成了随脏水一起被倒掉的孩子。以致当今天的诗人们感叹新诗丧失了传统时,往往将责任追究到"五四",说"'五四'的最大后果不是发明或创造了一种新的语言形式,而是割裂传统或唾弃传统"①。这种印象式的结论因不断重复而成为常

---

① 见《回到文学本身——青年作家批评家论坛纪要》黄金明发言,《南方文坛》2004 年第 1 期第 17—18 页。

识,不能不说是我们现代文学史的权力话语遮蔽历史的结果。以我很业余的阅读所见,现代诗歌作品所呈现的诗歌史是新旧诗不断冲突、融合,最终发展到拒斥、抛弃古典诗歌传统的复杂过程。这一过程没能在现有的20世纪诗歌史叙述中得到展现,首先与民国年间的诗学史即主要由诗话和刘大白《中诗外形律详说》、杨鸿烈《中国诗学大纲》、范况《中国诗学通论》、蒋伯潜《诗》等现代形态的古典诗学研究构成的学术史,未曾进入现代文学研究者的视野有关①。我们看到的现代诗学研究,所处理的是由朱光潜、梁宗岱、艾青、李广田、袁水拍……构成的知识谱系,而一个更重要的更强大的学术传统被忽略了。

文学传统的力量是强大的,国体政体可以在一天内彻底改变,作家可以从一篇作品开始改用新的语体,但文化不可能在短时间内彻底转型,文学也不可能立刻与传统绝缘。照《论传统》的作者 E. 希尔斯的说法,"文学传统是带有某种内容和风格的文学作品的连续体"②,它通过蒙学教养和早期阅读深深渗透到作家的意识中,无论喜欢或不喜欢,作家都不能不意识到它的存在和力量,尤其是当他们试图以悖离传统的方式创新和立异时,会更强烈地感受到传统的力量。

新文学正是在对传统的反叛中发生的,新文学运动的直接后果就是在观念上造成白话文学与文学传统的断裂,由此引发文学理论中的古今、新旧之争。新文学家的反传统主张比较单纯,即以胡适的"三大主义"为代表:"曰推倒雕琢的阿谀的贵族文学,建设平易的抒情的国民文学;曰推倒陈腐的铺张的古典文学,建设新鲜的立诚的写实文学;曰推倒迂晦的艰涩的山林文学,建设明了的通俗的社会文学。"③这大

---

① 关于民国年间的诗学,可参看蒋寅《学术的年轮》(中国文联出版社,2000)。近年张寅彭主编《民国诗话》(上海书店出版社,2002),是民国间传统诗学资料最重要的整理。

② E. 希尔斯《论传统》,傅铿、吕乐译,上海人民出版社1991年版,第73页。

③ 陈独秀《文学革命论》引,载1917年2月《新青年》第2卷第6号。

家都清楚,毋须赘言,倒是反新文学者的议论,各有各的见地。对新诗最常见的批评,以不精炼为口实。如陈景寏《观尘因室诗话》举杜甫《咏怀古迹》"群山万壑赴荆门,生长明妃尚有村"一联,说若将此意写成新诗,必作:"这一大些山头和那些山涧沟子一齐都对荆门,路傍边有一个小村子里头有一位美貌的佳人。"①此话虽说得俏皮,但以历经千百年磨炼的古典诗歌语言与"五四"初兴的新文学幼稚白话相较,实在不能说很公允。

事实上,新旧两派的争论和冲突,都有不同程度的偏激之处,由此产生调停或者说超脱新旧之争的一派,他们更重视诗歌的本质问题,从而将论争引向深入。姚鹓雏在《也谈新体诗和旧体诗》一文中指出:"不管是新体诗还是旧体诗,重要的是本质,而不是形式。""旧体诗好比是中国式的磁器碗,新体诗就好比是洋磁碗,形式上固然有新旧,好丑却不在形式,而在碗里的东西,讲究的是滋味。"因此他主张:"会做诗而又有新学术新思想的人,不妨做做新体诗,万一他的新体诗做得好,受到欢迎,这不是新诗形式的功效。这是研究新学术新思想的功效。……反之,思想学术果真新了,仍旧做做旧诗,也未尝不可。旧瓶装新酒,旧碗盛佳肴,我看滋味还是不错的。"②时隔多年,仍在重弹梁启超"旧瓶新酒"的老调。1921 年 11 月,由《时事新报·文学旬刊》第 19 号斯提的《骸骨之迷恋》一文,引发一场笔战,薛鸿猷提出:"我认文学(诗是一种)这种东西,是人生的奢侈品,应当由各人自由欣赏,不受外力的压迫,喜欢做文言,就用文言,喜欢做白话,就用白话,格律方面,自己须解放自己,但是愿受格律的拘束者听之。"基于这种折衷的诗歌

---

① 陈景寏《观尘因室诗话》初集,1936 年陈氏观尘因室排印本。
② 原载 1919 年《晶报》85 号《笔剩》,收入杨纪璋编《姚鹓雏剩墨》,社会科学文献出版社 1994 年版。

主张,他提出:"我们当在文言诗中,做一番整理的和改革的工夫,在语体诗中,做一番建设的工夫,但文语两体中却无鸿沟之判。要在文言诗中做一番整理或改革的工夫,尤当认清各家的真面目,决不能因为是前人的作品,就鄙弃之,一笔抹煞,谓之毫无价值,而失学者研究精神。"①这种说法代表了折衷派的观点,与当时"整理国故"的思潮出发点是相同的。

现代中国诗学原处在一个"西洋文化闯进中国文化的藩篱,一切固有艺术,也将到了一个总结束的时期"的学术背景下②,新、旧诗歌营垒的论争更激发了清点传统的意识,催生本世纪第一部现代形态的中国诗学研究著作——刘大白的《中诗外形律详说》。据自序说,此书是1919年开始酝酿的,作者做这一课题的基本想法是:

> 不论是想把自己所有的古董向人家夸耀的,不论是想指摘人家底古董尽是些碎铜烂铁,一钱不值的,不论是想采运了洋古董来抵制国货的,似乎都得先把这些古董查明一下,给它们开出一篇清单来。如果不做查账、结账的工夫,而只是胡乱地夸耀一下,指摘一下,抵制一下,这种新旧交哄,未免有点近乎瞎闹。

后来闻一多自述整理国故的动机也重复了同样的意思③。刘大白在书中将诗的要素分析成音、步、停、组(联排)、均、协、节、篇、篇群,这九个要素经"差齐律""次第律""抑扬律""反复律""对叠律"五种结构方式的交互组合,就构成了古典诗歌变化多端的语言形式。他将这些有例可征的节奏、句法、章法、篇法与西洋诗歌相比较,得出结论:中国诗的

---

① 薛鸿猷《一条疯狗!》,1921年12月1日《时事新报·文学旬刊》第21号。
② 朱右白《中国诗的新途径》,商务印书馆1936年版,第1页。
③ 刘大白《中诗外形律详说》序言,1943年夏敬观铅印本。闻一多1943年在给臧克家的信中说:"我比任何人还恨那故纸堆,正因为恨它,更不能不弄个明白。"

形式特征是由语言特征决定的,并具有内在的结构美。现在看来,他所概括出的形式原理和形式法则都是近代美学的老生常谈,而断言五七言的音步比例、五七绝的篇章形式都符合黄金律,则显得牵强附会,但他的研究方式是具有现代学术色彩的,古典诗歌的形式特征在他的解析之下,与西方诗歌有了可比性。唐钺1924年撰《中国文体的分析》一文,以整(上下句长度相等)、俪(上下两句意思对偶)、叶(上下句声调相对)、韵(押韵)、谐(全篇字音有定格)、度(各句字数相同)六要素衡量古代文体,最后得出结论:散文与自由诗六要素俱缺,偈及部分佛经、公牍文有整,押韵自由诗、部分古诗、箴铭有韵,骈文有整、俪,大部分古诗、前期古赋有整、韵。四六(律骈文)有整、俪、叶,后期古赋有整、俪、韵,词曲有韵、谐、度,律赋有整、俪、叶、韵,绝句有整、叶、韵、谐、度,惟律诗六要素俱全。是故律诗堪称集古代文体之全部特征①。经过这些研究,古典诗歌的形式之美及其所具有的现代意义与其形式在表现现代生活和意识上的缺陷都清楚地呈现出来,人们对新、旧诗的价值和两者的关系从而有较理性的看法。后出的一些诗学通论著作,如杨鸿烈《中国诗学大纲》第九章结论,乃是"著者对于新诗人的罪言",而蒋伯潜《诗》(世界书局,1948年)则专设一节论"旧诗之敝",无论它们以什么样的观点和立场来回应新、旧诗之争,其联系中国古典诗歌的传统来讨论问题的出发点是相同的。曼昭(汪精卫)1930年代初期发表《南社诗话》,认为"新旧两体不妨并行",他强调自己这么说并非故为折衷,而是诗之历史观应如是,"与其息争,不如激之使争,争愈烈,则其进步亦愈速"②。这段话告诉我们,中国现代诗歌创作和诗歌理论建设虽是以反抗和挑战古典诗歌传统为徽帜,在与古典诗歌的搏斗中

---

① 唐钺《国故新探》,台湾商务印书馆1966年影印本。
② 《南社诗话两种》,中国人民大学出版社1997年排印本,第74页。

求进步的,但新诗的风行并没有使旧诗萧条萎顿,新旧之争引发的对古典诗歌传统的认真清理,反而使古典传统呈现得更为清晰和理性化,在给人压迫的同时更散发出迷人的魅力,吸引新诗人们的注意,这就是当时新文学运动所造成的"传统的背弃和发现"的双重结果。

尽管仍处在以反传统为主流话语的历史语境中,不敢公然表示对古典传统的倾倒和赞美,但当代学者的研究表明,以废名、林庚、卞之琳、何其芳等为代表的1930年代现代派诗人,与早期白话诗人不同,坦然地表白自己对古典诗词尤其是晚唐诗和五代、宋词的热衷,试图在古典诗词与西洋诗歌的沟通中探索新诗的道路。何其芳曾说:"我读者晚唐五代时期的那些精致的冶艳的诗词,蛊惑于那种憔悴的红颜上的妩媚,又在几位班纳斯派以后的法兰西诗人的篇什中找到了一种同样的迷醉。"①可以说,现代诗歌史上的第一代、第二代诗人,由于启蒙教育受到古典文学的熏陶(如卞之琳自幼熟读古典诗词,何其芳念私塾时已读过《唐宋诗醇》),不管是有意识还是无意识,写作中都利用了由教养获得的古典资源,显示出古代诗歌特有的意象方式和追求意境的特征,他们所受外国思想和文学的影响,主要是在增强主体性(如冰心的泛神论、徐志摩的自由主义)、扩大取象范围(如陈梦家、何其芳)、增加密度(如李金发)和自由联想(如冯至)等方面。当然,具体到每个人的诗风,则有不同的选择。既有朱湘那样执着地学习古代民歌,尝试现代格律诗的诗人,也有戴望舒、冯至那样的欧化情调浓厚的诗人,还有冰心那种中国版的泰戈尔风格。他们的选择有时显得很执拗而产生相当有趣的现象,比如被誉为新诗第一人的胡适,自称作白话诗的主张是

---

① 见孙玉石《新诗:现代与传统的对话——兼释20世纪30年代的"晚唐诗热"》《现代中国》第1辑,湖北教育出版社2001年版;曹万生《30年代现代派对中西纯诗理论的引入及其变异》,《文学评论》2003年第1期;张洁宇《现代派诗人对传统诗学的重释》,《新文学史料》2003年第4期。

受宋诗的影响；对古典文学造诣最深的闻一多，虽热心尝试格律诗，艺术表现却最少古典气息，反而有浓厚的现代主义色彩；相反，对西洋诗歌有丰富知识、后来成为英语诗歌翻译家和研究者的卞之琳，却对古典哲学很有兴趣，诗中不时玩弄一下古典情调和旧文人趣味；而现代诗歌史上象征主义的前驱李金发，同时也是诗歌语言文言色彩最浓重的诗人。这种复杂的个人化倾向给讨论现代诗歌中的传统因子增加了困难，因为我们很难根据一定标准或从某些原则出发确定讨论的对象，对现代诗歌史知识有限的笔者来说，这种困难更显得难以逾越。我只能就管见所及，蜻蜓点水似地举出一些例子，说明现代诗歌中传承的古典诗歌传统的因子。

2. 现代诗歌中的传统因子

讨论现代诗歌中的传统因子，人们常会举出现代诗歌与古典作品在意境上的相似。比如卞之琳说戴望舒《雨巷》好像李璟"丁香空结雨中愁"（《摊破浣溪沙》）的"现代白话版的扩充或者'稀释'"[1]；而他自己的《断章》"你站在桥上看风景，看风景人在楼上看你"，也有人认为似冯延巳《蝶恋花》的"独立小桥风满袖，平林新月人归后"[2]；还有人指出李金发《弃妇》与古代作品的关联[3]。这种相似性的指证，可以举出许多更直接的例子，如闻一多《口供》"鸦背驮着夕阳"直用温庭筠《春日野行》"鸦背夕阳多"；卞之琳《旧元夜遐思》"是利刃，可是劈不开水涡"，脱胎于李白"抽刀断水水更流"一句；余光中《劫》"断无消

---

[1] 卞之琳《戴望舒诗集》序，四川人民出版社1981年版，第5页。
[2] 孙玉石主编《中国现代诗导读》，北京大学出版社1990年版，第279页。
[3] 谈蓓芳《由李金发的〈弃妇〉诗谈古今文学的关联》，《中国文学古今演变研究论集》，上海古籍出版社2002年版，第327—345页。

息,石榴红得要死"改造李商隐《无题》"断无消息石榴红"一句;彭邦桢《月之故乡》整体化用李白诗意……戴望舒《深闭的园子》可以说是在意境上与古典作品相通的例子:

> 五月的园子,
> 已花繁叶满了,
> 浓荫里却静无鸟喧。
> 小径已铺了苔藓,
> 而篱门的锁也锈了——
> 主人却在迢遥的太阳下。
>
> 在迢遥的太阳下,
> 也有璀璨的园林吗?
>
> 陌生人在篱边探首,
> 空想着天外的主人。

此诗的情调最让人想到南宋叶绍翁那首脍炙人口的《游园不值》,钱锺书先生在《宋诗选注》中曾博举唐宋诗中与"春色满园关不住,一枝红杏出墙来"相似的表现,以见这种情景实在是常入诗人之眼的。但戴望舒诗所脱胎的却是叶诗前两句"应怜屐齿印苍苔,小扣柴扉久不开"的意境。古今中外人们的情感和心理是相通的,诗歌原理自也有共通之点。像冯至用商籁体写作的《伽利树》,精神上却是中国传统的咏物诗。而何其芳《预言》这样用传统的"比"体写成的恋歌,却充满了西洋童话式的景物和情调。在这一前提下,谈论现代诗歌中的传统因子,必须透过纷繁的诗歌表象,找到真正属于中国古典诗歌传统的东西。

首先要指出的是现代诗歌中渗透着古典哲学及其语言表象。古人的思想通过经典流传下来并作为教养深入到后人的意识中,人们不一定经常思考这些道理,但却会在某个时候突然产生一种类似"悟"的印证。卞之琳《无题》(九)写道:

> 我在散步中感谢
> 襟眼是有用的,
> 因为是空的*,
> 因为可以簪一朵小花
>
> 我在簪花中恍然
> 世界是空的,
> 因为是有用的,
> 因为它容了你的款步。

*号处作者自注:"古人有云:'无之以为用。'"有人引庄子"社木"的典故来解此诗①,未确。这里实际是用《老子》第十一章,老子举车轮、陶器、门窗的功用都是通过"空"来实现的,所以说"有之以为利,无之以为用"。作者在散步时,偶然采一朵花插在襟眼里,因而想到老子说的"无之以为用";插花时恍然悟及,世界从这个意义上说也是空的呀,因为它不也有用么:"容了你的款步。"末句让人联想到成语"空谷足音",但这里的"空"已由道家的虚实之辨延伸到佛家的有无之辨了。无论是作者的体悟也好,是发挥传统思想也好,总之其中看得出一种道家观念与佛家观念的融合。戴望舒《古神祠前》这样描写他的思绪:

> 它飞上去了,
> 这小小的蜉蝣,

---

① 孙玉石主编《中国现代诗导读》,北京大学出版社1990年版,第312页。

> 不,是蝴蝶,它翩翩飞舞,
> 在芦苇间,在红蓼花上;
> 它高升上去了,
> 化作一只云雀,
> 把清音撒到地上……
> 现在它是鹏鸟了。
> 在浮动的白云间,
> 在苍茫的青天上,
> 它展开翼翅慢慢地,
> 作九万里的翱翔,
> 前生和来世的逍遥游。

这里除了云雀之外,都是古典中的物象,从《诗经》中朝生夕死的蜉蝣,到《庄子》中栩栩化生的蝴蝶,到抟扶摇而上九万里的鲲鹏,最后发挥庄子《逍遥游》的意旨,表达对绝对自由境界的向往。这是从庄子到李白到苏东坡历代文人所企求的境界。

意象作为诗歌的基本构成单位,对诗歌本文确立和诗意的表达都起着非常关键的作用,意象的运用也是现代诗歌与诗歌传统联系最密切的地方。由于意象与名物有关,凡诗歌中涉及名物,往往与古典诗歌的意象发生关联。泛泛举证是不能说明问题的,也是缺乏说服力的,这里分别举一个常见的和不常见的意象,以见现代诗人在意象运用上古典作品的因袭。何其芳《脚步》写道:

> 你的脚步常低响在我的记忆中,
> 在我深思的心上踏起甜蜜的凄动,
> 有如虚阁悬琴,久失去了亲切的手指,
> 黄昏风过,弦弦犹颤着昔日的声息,

> 又如白杨的落叶飘在无言的荒郊,
> 片片互递的叹息犹似树上的萧萧。

这里的白杨飘零的意象本很寻常,但"萧萧"的叶声表明了它和汉代《古诗十九首》"白杨何萧萧,松柏夹广路""白杨多悲风,萧萧愁杀人"的关系,因此它不是出于独创性的构思,而是对古典诗歌的因袭。又如《预言》:

> 这一个心跳的日子终于来临!
> 你夜的叹息似的渐近的足音
> 我听得清不是林叶和夜风私语
> 麋鹿驰过苔径的细碎的蹄声!

在诗境所虚构的森林场景中,麋鹿不能说是一个奇异的角色,但这里"驰过苔径的细碎的蹄声"就不一般了,它让人想起唐代钱起的诗句"幽溪鹿过苔还静,深树云来鸟不知"(《山中酬杨补阙见过》),两者无论所描写的景物、所传达的感觉还是所表现的趣味,都有着同样清绝的韵致,其中"苔径"这一细节的相同大概不是巧合吧?

现代诗歌中的传统因子,更多的是在修辞技巧方面。这里随手举些例子,来看新诗修辞中的传统因子。

首先是化用典故。典故作为古典诗歌的修辞方式和语言素材,在诗里提供的不只是一种寓意,它包含的故事情节往往会浓缩为一个意象。像李金发"或一齐老死于沟壑,如落魄之豪士"(《夜之歌》)固然是用《孟子》"志士不忘在沟壑"之典。但更多的时候,意象只是局部和典故有关,经后代辗转运用,以至于人们都忘却其中寓有的典故及其含义。且看冯雪峰《有水下山来》:

> 有水下山来,
> 道经你家田里;

>它必留下浮来的红叶,
>
>然后它流去。

这里的红叶作为山泉带来的礼物,当然寄托着一种情意,如果追索其构思的原型,则应与唐代红叶题诗的典故有关。唐代有宫女在红叶上题诗,放到御沟里顺流漂出。诗云:"流水何太急,深宫尽日闲。殷勤谢红叶,好去到人间。"诗被士子拾到,后宫女被放出宫(或言战乱),竟结成良缘。事见范摅《云溪友议》、孙光宪《北梦琐言》、孟棨《本事诗》、刘斧《青琐高议》等书记载,人物和情节略有出入,但红叶题诗传情的故事则一。冯雪峰诗中的红叶,正是从唐代御沟流来的红叶,所以我们读到这里能感觉其中的诗意。比较起来,石评梅《心影》中的红叶用得较隐晦,虽然她直接点明了题诗,但脱离了流水的语境,反离典故更远了:

>夜深了,
>
>我想看天上散布的繁星。
>
>忽然由树林里——飞出一只小鸟,
>
>落到我的襟肩,
>
>原来是秋风赠我的枫叶诗笺。

清初诗论家叶矫然说:"近人作诗,率多赋体,比者亦少,至兴体则绝不一见。不知兴体之妙,在于触物成声,冲喉成韵,如花未发而香先动,月欲上而影初来,不可以意义求者,国风、古乐府多有之。"① 的确,《诗经》使用的表现手法"兴",即"先言他物以引起所咏之词"(朱熹《诗集传》),到唐诗中就不太运用了,今天只残留在《信天游》之类的民歌中。

---

① 叶矫然《龙性堂诗话》初集,《清诗话续编》,上海古籍出版社1984年版,第2册第938页。

但何其芳《花环》(放在一个小坟上)却是起首用"兴"的作品：

> 开落在幽谷里的花最香。
> 无人记忆的朝露最有光。
> 我说你是幸福的,小玲玲,
> 没有照过影子的小溪最清亮。

此诗写少女的夭亡,用的是很纯粹的"兴"而比的表现方法：先用幽谷之花和朝露暗喻她单纯而寂寞的生命,这是所谓"兴而比"即具有比喻意味的兴,以引出第三句对少女纯美生命的赞叹。这都是很平常的写法,奇特的是第四句又补充一句"没有照过影子的小溪最清亮",实际上是将三句兴语错综出之,不仅意思奇巧,节奏声韵也更宛转浏亮。这是将传统表现手法加以改造和变化、推陈出新的妙笔。

谐音双关是带有民歌色彩的修辞手法,南朝小乐府中用得最多,如用莲代怜,藕代偶,用莲子的苦双关人心之苦,不一而足。《子夜歌》有"雾露隐芙蓉,见怜不分明",《子夜四时歌》有"乘月采芙蓉,夜夜得莲子",《读曲歌》有"湖燥芙蓉萎,莲汝藕欲死"。文人除仿民歌之作(如刘禹锡"东边日出西边雨,道是无晴却有晴"),一般很少使用。朱湘的《歌》正是仿民歌体的作品,其中用了传统的谐音双关的手法：

> 在绿肥的夏天,
> 我想折一枝荷赠怜,
> 因为我们的情
> 同藕丝一样的缠绵,——
> 谁晓得莲子的心
> 尝到口这般苦辛?

这里"莲子的心"即双关上文的"怜"(情人),而藕丝缠绵的比拟也正是《读曲歌》"杀荷不断藕,莲心已复生"的意思。朱湘诗的特征,罗念生先生早有定评:"浪漫的灵感加上古典的艺术,他对于形式极其讲求,带古典色彩。"①从这首诗也看得出,朱湘的确是深得民歌技巧之三昧的。

互文亦称互辞、互文见义。《诗经·小雅·楚茨》"我仓既盈,我庾维亿",郑玄笺:"仓言盈,庾言亿,亦互辞,喻多也。"庾,露积也。《仪礼·乡射礼》贾公彦疏:"凡言互文者,各举一事,一事自周,是互文。"杜甫七律《狂夫》有句云:"风含翠筱娟娟净,雨裹红蕖冉冉香。"宋代罗大经《鹤林玉露》卷七指出:"上句风中有雨,下句雨中有风,谓之互体。"这是古典诗文中常用的修辞手法,在文字简洁和双音节词多的古汉语中能够产生文约义丰的效果。我们在现代诗歌中也看到互文的运用,如应修人《晨课》有这样两句:

　　叶外是嫩霞浮,

　　枝梢有淡云钩;

两句去掉"是"和"有",形式上便是五言诗句,其表现也是古诗典型的虚景实写,即类似风景照片的取景法,用一个具体的近景来衬托广阔的远景。"嫩霞浮"和"淡云钩"本是较虚的景,用"叶""枝"加两个方位词将其具体和固定,同时完成了互文的修辞手法。徐志摩《月下雷峰影片》也用了互文的手法:

　　我送你一个雷峰塔影,

　　满天稠密的黑云与白云;

　　我送你一个雷峰塔顶,

　　明月泻影在眠熟的波心。

---

① 罗念生《评〈草莽集〉》,《二罗一柳忆朱湘》。参看宋秋盛《朱湘新诗与中国古典诗歌的联系》,《中国文学研究》2003年第4期。

塔影和塔顶是互文的表现,"满天稠密的黑云与白云"是由塔顶所见,诗中用了塔影;而"眠熟的波心"是由湖中塔影所见,偏用了塔顶,形成塔顶实像和塔影虚像间的互文。顺便提一句,"明月泻影在眠熟的波心"还是取意于白居易写西湖的名句"月点波心一颗珠"(《春题湖上》)。

如果我们更细致地阅读和体会,还可以看到,现代诗人不仅在词汇上从古典诗歌中采撷了大量素材,如李金发诗中的"烟突""裙裾""勾留""户牖""颓委""缘登",在声韵方面也汲取了古典诗歌传统的菁华。石评梅《高君宇挽词》可以说是字字血、声声泪的哀歌,但声韵的运用却一丝不苟:

> 红花枯萎,宝剑葬埋,你的宇宙被马蹄儿踏碎。
> 只剩了这颗血泪淹浸的心,交付给谁?
> 只剩了这腔怨恨交织的琴,交付给谁?

"葬埋"一词从汉语习惯说并不自然,但若用"埋葬"就和"枯萎"平仄重叠,读起来不好听,作者显然是为保护诗歌的音乐性而对双音词的词素作了调整。同样的例子有冯至著名的《蛇》:

> 它是我忠诚的侣伴,
> 心里害着热烈的乡思;

"侣伴"习惯作"伴侣",但"侣""思"都是细音,韵部接近而又不押韵,读起来反差不大,是古诗的忌讳。用去声"伴"对"思",则对比明显,韵调有抑扬。

这些都是我阅读和讲课中随手记下的例子,如果仔细搜寻,类似的例证一定广而且多。

3. 徐志摩诗歌中的传统因子

徐志摩这位新月派的主将，从生活情调到待人接物的方式都给人全盘西化的印象，他的诗歌更是深受19世纪英国浪漫派诗歌的影响，从题材到思想都洋溢着异国情调。卞之琳说徐志摩和郭沫若一样，"都是从小受过旧词章的'科班'训练，但是当时写起诗来，俨然和旧诗无缘，而深得西诗的神髓，完全实行了'拿来主义'"①。这种看法出于学生对老师的深切了解，当然是值得倾听的，但我读徐志摩诗的感觉却同卞先生不太一样，在我看来他的洋装每每是用古典的针线缝纫起来的。

首先看1924年陪泰戈尔访问日本时所作的《沙扬娜拉一首》(赠日本女郎)，这首著名的短诗是由一个古典诗歌的经典表现构成的：

最是那一低头的温柔，

像一朵水莲花不胜凉风的娇羞，

用植物的风韵形容女子的神情，本是最普通的明喻，因其描述和比喻安排在一联中，让人油然想起白居易《长恨歌》的"玉容寂寞泪阑干，梨花一枝春带雨"。就艺术效果而言，两者难分伯仲，但从表现结构说，则徐句更复杂精巧，因为"水莲花不胜凉风的娇羞"本身包含了一个拟人修辞在里面，一种令人销魂的凄婉之美，更衬托出日本女郎含羞低头的神情，让人不胜爱怜。这一表现的成功，引来不断的模仿。戴望舒《山行》的"却似凝露的山花，我不禁地泪珠盈睫"，还只是《长恨歌》的翻版；郑愁予《错误》中的"我打江南走过/那等在季节里的容颜如莲花的

---

① 卞之琳《徐志摩诗集》序，四川人民出版社1981年版。

开落",则是后出转精的杰作。在时间中消耗的生命被具体化为四季的循环,期待—失望的心情具体化为容颜的欢欣和惨淡,容颜的欢欣和惨淡更具象化为莲花的开放和凋落,而莲花的开放和凋落又具象化了季节的循环。精巧的结构赋予这一表现以无限的意蕴。

徐志摩诗中时常可见对传统意象的因袭。以英国剑桥大学为素材的名作《再别康桥》便是很好的例子。诗的第二段写到康河畔的杨柳:

> 那河畔的金柳,
> 是夕阳中的新娘,
> 波光里的艳影,
> 在我的心头荡漾。

将杨柳比作夕阳中的新娘应该说是很新颖的比喻,我不曾在古典诗歌中看到过,但如果考虑到这里的杨柳作为诗人热爱的对象之一,寄予了一种眷恋之情,那么就容易看出它和《诗经》"昔我往矣,杨柳依依"的联系,杨柳还是那个依依不舍的杨柳,只不过用新娘离别新郎的眷恋来比喻,更将那艳影拟人化了,所以同是柔情,比"潭里的水漾成无限的缠绵"(《春的投生》)要更动人。再看第三段:

> 软泥上的青荇,
> 油油的在水底招摇;
> 在康河的柔波里,
> 我甘心做一条水草。

"青荇"出《诗·周南·关雎》"参差荇菜,左右流之。窈窕淑女,寤寐求之"。"油油"出《史记·宋微子世家》,箕子朝周,过殷故墟,歌曰:"麦秀渐渐兮,禾黍油油。"《索引》曰:"油油者,禾黍之苗光悦貌。"作者用中国古老的词语来描绘异国同样的植物荇菜,意在以传统的比兴的方式引出自己对康桥的恋慕之情。这种表现方式与《诗·桧风·隰有苌楚》同一机杼:"隰有苌楚,猗傩其枝。夭之沃沃,乐子之无知。隰有苌楚,猗傩其华。夭之沃沃,乐子之无家。隰有苌楚,猗傩其实。夭之沃沃,乐子之无室。"昔日苌楚的欣欣生意和无知无识,反衬古人对生的迷惘和愁烦;而此刻青荇悠然自适之可羡慕,则强化了诗人徐志摩离别康桥的无奈和眷恋。

类似传统意象的因袭,在国际题材的作品中并非偶然出现。他在平生最倾倒的女性曼殊斐儿墓前写的《悼诗》有这样两句:

> 我昨夜梦入幽谷,
> 听子规在百合丛中泣血。

子规泣血用蜀望帝怨魂化作子规的故事。《十三州志》载:"望帝使鳖冷治水而淫其妻,冷还,帝惭,遂化为子规。杜宇死时,适二月,而子规鸣,故蜀人怜之。"这一典故在后人诗中被运用时,往往各取一意。志摩这里是取李商隐《锦瑟》"望帝春心托杜鹃"之意,表达无尽的憾恨。这从他的《杜鹃》也可印证:"多情的鹃鸟他终宵声诉,/是怨,是慕,他心头满是爱,/满是苦化成缠绵的新歌,/柔情在静夜的怀中颤动;他唱,口滴着鲜血,斑斑的,/染红露盈盈的草尖,晨光。"《悼诗》又云:

> 谁能信你那仙姿灵态,
> 竟已似朝露似永别人间。

"朝露"出自汉代乐府中的挽歌《薤露》:"薤上露,何易晞。露晞明朝更复落,人死一去何时归?"《古诗十九首》有"浩浩阴阳移,年命如朝露。人生忽如寄,寿无金石固"的哀叹,曹操《短歌行》也有"对酒当歌,人生几何?譬如朝露,去日苦多"的慷慨悲歌。徐志摩笔下虽写的是外国人物、异域风景,但他的感觉和艺术表现却带有浓厚的古典气息和传统印迹。这不仅显示在意象运用上,也表现于词汇使用中。

徐志摩诗中较少运用传统的修辞格,一旦用就特别出色。比如

《再别康桥》用顶针格便是一例:

> 寻梦? 撑一支长篙,
> 向青草更青处漫溯,
> 满载一船星辉,
> 在星辉斑斓里放歌。
>
> 但我不能放歌,
> 悄悄是别离的笙箫;
> 夏虫也为我沉默,
> 沉默是今晚的康桥!

顶针格也称连锁,郑隶朴《修辞学》说:"连锁,是上下句首尾如连环相扣,语绝而意不绝的一种辞格。这不仅为呈巧而设,也是事之因果相关联者,有自然不容间断之势。……用在言情方面,但觉悲欢之缱绻。"①古乐府《饮马长城窟行》有:"青青河边草,绵绵思远道。远道不可思,夙昔梦见之。梦见在我傍,忽觉在他乡。他乡各异县,展转不可见。"这种修辞在古典诗歌中多见于乐府或古诗,像唐代元稹《水上寄乐天诗》那样刻意模仿,殊类文字游戏:"眼前明月水,先入汉江流。汉水流江海,西江过庾楼。庾楼今夜月,君岂在楼头。万一楼头望,还应望我愁。"而徐志摩的运用则极为巧妙,"寻梦"承上节"沉淀着彩虹似的梦"而来,已有顶针的意味,"星辉""放歌""沉默"又接连三个顶针格,分别用正接、反接、并列的结构细腻地表现了诗人由高扬而压抑,由压抑而低徊的情绪变化,韵律说不出的美妙动人。其他诗中用顶针格的例子还有《一星弱火》《我不知道风》《云游》等。

---

① 郑隶朴《修辞学》,台湾正中书局1969年版,第119页。

徐志摩显然是古典作品读得很熟的,他能熟练地运用文言词语,当他押韵遇到麻烦时,文言词汇常成为救驾的快镖。比如上引"但我不能放歌,悄悄是别离的笙箫"两句中,典型的古典语词"笙箫"被用在外国题材的语境,一方面是为了押韵,另一方面也是要渲染一种传统色彩的别离气氛。与此相近的是《难得》:

> 在冰冷的冬夜,朋友,
>
> 人们方始珍重难得的炉薪;

诗前面写到"你添上几块煤,朋友,/一炉的红焰感念你的殷勤。"这里却用"炉薪",看来是迁就韵脚,但很贴合全诗朴实淳厚的风格。《月下雷峰影片》写道:

> 我送你一个雷峰塔顶,
>
> 明月泻影在眠熟的波心。

这里的"波心"似可见姜夔《扬州慢》"二十四桥仍在,波心荡、冷月无声"的影子,都有一种冷清的况味。

4. 余论

从上文举例式的讨论可见,古典诗歌传统在现代诗歌的早期是一直渗透在诗人们的写作中的。不要说"新月"诗人没有忘记从传统诗歌汲取营养,或者说自觉不自觉地还沿用传统的表现手法写作,就是戴望舒、李金发、何其芳、卞之琳这些受西洋文学影响较深的诗人,也没有排斥古典诗歌的艺术传统,在观念、趣味、意象和词汇上或多或少都有取于古典诗歌。但随着新诗写作经验的积累和白话文的日益成熟,诗人们逐渐疏远了古典传统,以至走到当代中国诗歌对传统绝对陌生乃至拒斥的地步。

那么是从什么时候,诗人们在主观意识上开始放弃古典传统的呢?学术界似乎没有现成答案,甚至如此提问是否能成立也还是值得怀疑的。依我有限的阅读,只能提出一个假说:以明确的态度自觉与传统诗歌决裂并付诸实践的,或许是"九叶诗人"这一群体。郑敏晚年著文论述现代文学思潮,曾对自己一代人对古典传统修养的欠缺表示遗憾,说:"我们对自己的母语是相当麻木的。我自己就是这样,在这方面从小就没有受到很好的熏陶和训练。"①我在中国社会科学院文学所举行的座谈会上也曾听她谈到这一问题。从"九叶诗人"的创作中,我们开始看到古典传统的淡出,诗歌的精神内容、语言风格和艺术表现都远离古典传统而走向全新的现代风格,我认为这是中国现代诗歌成熟境地的到来。

这批作者晚年颇为以前抛弃传统、未汲取古典传统的营养而遗憾,并有意识地向古典诗歌的传统回归。如郑敏晚年通过对美国战后诗歌的研究,转而对古典诗歌的传统有了新的理解,在创作中追求意外之意、象外之象和类似中国画"留白"的意趣。而另一位女诗人陈敬容晚年的写作,也显出对古典诗歌表现手法的借鉴。比如她的名作《山和海》开头两节:

> 高飞
> 没有翅膀
> 远航
> 没有帆
>
> 小院外
> 一棵古槐

---

① 郑敏《新诗究竟有没有传统?》,《粤海风》2001年第1期。

> 做了日夕相对的
>
> 敬亭山

作者自注,末句是用李白"相看两不厌,惟有敬亭山"的意思,这虽是古典诗歌最简单的用典方式,但很有味道。

  这是个很有意思的问题。尽管当事人后来为当年所走的路后悔,但我仍认为他们的道路是最成功的。传统对当代的意义和功用,向来就是很复杂的,在不同的语境中会有不同的结果。就中国现代诗歌而言,对古典诗歌具有良好的修养同时也有意识地发挥这方面长处的诗人,像俞平伯、沈祖棻等,并没有取得太大的成就,而恰恰是强烈排斥古典传统的诗人,从"九叶诗人"到"今天"派,取得了20世纪中国诗歌的最高成就,达到迄今为止现代汉语诗歌的艺术顶峰。这是值得我们深思的一个更复杂的问题,但它已超出了本文讨论的范围,只能留待专家们去探讨了。